1963 年 11 月复旦大学研究班毕业

兴言谋学
著书万卷
立身传
薪一案
三千
锡伦师 欲开
九
薪 志寿 先生
李昌集书

李昌集题字

2003 年 11 月参加两岸"弦鼓声声唱"演出活动，接受台湾演员献花（台北）

2006 年 12 月 12 日在花莲教育大学发表演讲

2016 年 6 月在杭州车锡伦先生与弟子王汉民、尚丽新、华玮、丁肇琴、刘祯、刘水云、车振华（从左起）

2016 年 12 月在复旦大学中文系讲课

2016 年 12 月参加《昆曲艺术大典》首发式（北京）

2017 年 8 月车先生在学术研讨会上发言

继承与发展

庆祝车锡伦先生欣开九秩论文集

刘祯　刘水云　主编

浙江大学出版社
ZHEJIANG UNIVERSITY PRESS

编委会

（按姓氏首字音序排列）

编选说明

　　车锡伦先生,山东泰安人,生于1937年1月(农历丙子年十一月)。1955年7月毕业于山东泰安第一中学,考入复旦大学中文系。时复旦名师云集,先生于五年本科中,必修、选修专业课程29种。1960年本科毕业后,留校进中国文学史专业副博士(硕士)研究班,从著名俗文学家、戏曲学家赵景深先生学习中国俗文学史、中国戏曲史,同时跟班做助教工作;又从朱东润、蒋天枢、王运熙、鲍正鹄等先生学习古代文学系列专题,从王欣夫先生学习文献学,从蒋孔阳先生学美学等,从而奠定了从事文史研究的坚实基础。1963年11月研究班毕业,1964年4月由朱东润教授主持,毕业论文《南戏"拜月亭"研究》通过答辩。5月,到内蒙古大学汉语系古代文学教研室任教。1979年5月,调山东大学中文系民间文学教研室,在著名俗文学家关德栋教授领导下从事俗文学研究。1981年5月,应任中敏(半塘)教授要求,调扬州师范学院中文系,为词曲研究室业务负责人(后为研究室副主任),创办并主编以研究室名义出版的中国戏曲、说唱艺术史不定期论丛《曲苑》,并承担中文系元明清文学教学。1997年60岁,在扬州师范学院退休。此后,曾先后应聘为扬州大学中国文化研究所研究员、扬州大学中国俗文学研究中心名誉主任,中国社科院研究生院文学系教授(指导来华留学博士研究生),山东大学文学新闻学院特聘博士生导师,浙江传媒学院和山东泰山学院兼任教授,中国艺术研究院承担国家重大课题《昆曲艺术大典》编委、《文学剧目典》主编等,并应邀为台湾"中研院"中国文哲研究所访问学人,前后四次赴台,在各高校有关系和研究所发表讲演二十余场,为两岸学术交流做出贡献。

　　先生为学,继承赵景深先生衣钵,主要从事中国俗文学史研究,涉及戏曲、说唱艺术、民间故事、歌谣、小曲等多种文艺形式;同时注重它们存在、传承的文化背景和演唱形态的研究,研究的范围扩及宗教、民俗、音乐、语言等诸多方面,做跨学科的综合研究。同时,由于俗文学(民间文学)与作家文学、通俗文学密不可分的关系,也涉及作家文学和通俗文学的研究。

　　先生为文,坚持个人学术理念,不写逢场作戏、弄虚作假的文字。注重开拓新的研究领域,人弃我取,厚积薄发。治学方法,注重实证,既从事文献的发掘整理、文本的研究,同时又贯通古今,亲自作田野调查。

　　先生一生清苦,沉浮在下;坦诚守信,淡泊名利。五十余年教书育人,诲人不倦。对海内外来访问学、认真做学问的年轻学人,乐于交流和尽可能给予帮助和鼓励,希望也相信年轻学人能"后来者居上"。

　　我等得先生之教益多年,值此先生欣开九秩之际,集合友好,各献佳作,编为文集,为先生庆贺。先生考虑再三允可,并建议文集名为"继承和发展",寄托了对年轻学人的祝愿。

本书编委会

目　录

宝卷文本在台湾的流传及其使用
（1855—2011 年）

白若思（Rostislav Berezkin）

    宝卷原来是作为讲唱文学的脚本，是明、清两代盛行的一种带有宗教色彩的文学文本。近年来无论东、西方，都有越来越多学者投入宝卷的研究。当代中国大陆个别地方的宝卷表演已经成为较有名的文化现象，被定为"非物质文化遗产"，而当代表演者大部分使用的是最近抄的宝卷抄本。但是很多学者并未注意到几部在台湾被传承，且不断地被翻印出版的宝卷，同样亦以抄本形式流传。这些版本大部分尚未收入车锡伦《中国宝卷总目》（2000 年的增订本）。①同时，在台湾收藏旧的宝卷版本（包括抄本，主要来自大陆）已经有比较详细的目录。

    1975 年曾子良先生在台北政治大学中国文学研究所撰写了《宝卷之研究》的硕士学位论文，里面列出了几部在台湾"坊间出版者"的宝卷版本，大部分也未收入《总目》。②同时，曾子良的书目并不全，也需要补充一些最近出版的版本。最近王见川、李世伟两位教授在台湾出版的两套大资料编《台湾宗教资料汇编》第一、二集（由新北市博扬文化出版社分别于 2009 年和 2010 年出版）也未收入所有在台湾流传的宝卷版本，因此本文也将对此作一些补充。

    本文旨在著录 1855—2011 年在台湾流传的宝卷，以补《总目》所阙。本著录也是对当代台湾宝卷的初步研究。笔者通过 2011—2012 年间、2013 年 11 月亲至台湾几家图书馆、书局等处研究考察的机会，对此地所藏宝卷取得了较详细的信息；也做了一些相关的田野调查，以利更全面理解宝卷版本在此地的用途。本文中介绍宝卷在台湾流传情况的特点并提供读者这些宝卷版本的简略书目，一共二十二书名。③其中三个书名《总目》未著录，其他宝卷的许多台湾刊刻的版本也未收入《总目》。

台湾宝卷刊刻情况

    第一，清代中期的台湾书坊已经开始出版宝卷。笔者所见最早在台出版的宝卷是台南市松云轩刻印坊 1855 年刊刻《金刚科仪宝卷》的木刻本。本书（又名为《销释金刚科

---

    ① 由北京的燕山出版社出版，以下简称《总目》。此书是现有关于宝卷文献最为齐全的参考书。

    ② 曾子良《宝卷之研究》台湾政治大学中国文学研究所硕士论文，1975 年，第 149—151 页；亦见曾子良《国内所见宝卷叙录》，《幼狮学志》第 17 卷第 1 期（1982 年 5 月），第 109—134 页。

    ③ 有的文本形式与宝卷讲唱底本相似，但题名为"宝经""经"或"宝传"；车锡伦的《总目》与本书目照样收入此种文本。

仪》）是 1242 年前后由隆兴府百福院宗镜和尚编撰,多次被无为教创始人罗祖(罗梦鸿, 1442—1527)在其《五部六册》(民间宗教最早宝卷文献之一)中引用,是民间宗教宝卷的前身。[1]《金刚科仪宝卷》以问答形式讲述后秦鸠摩罗什(334—413)所翻译《金刚般若波罗蜜经》的内容,并用白话散韵结合形式解释经典的深意,具有佛教说法特点。《金刚科仪宝卷》的主旨在于探索快速觉悟的方法,希望通过偈句的注解,让听众理解真如本性,解脱生死轮回。

翻印《金刚科仪宝卷》的台南市松云轩刻印坊早在 1821 年建立,作为台湾最早的质量卓越的刻板书坊,此家书坊刊刻了一些宗教经典。[2]从此亦可见宝卷早在清中叶即已流入台湾,并成为当地早期出版品的一部分。日据时期与光复之后,台湾的宗教团体一直翻印出版大陆经典的宝卷版本。

第二,大部分在台湾收藏并流传的宝卷是从大陆传入的。在台湾比较流行的宝卷是更早的福建版本,如松云轩刻印坊的《金刚科仪宝卷》在封面与卷末有题记:"依涌泉寺原编"。高雄庆芳书局 1959 年《金刚科仪宝卷》的版本卷末也有题记:"板藏闽省鼓山涌泉禅寺"。可知,这本鼓山刊刻的原版也在台湾流传,《民间私藏:中国民间信仰、民间文化资料汇编》收入该宝卷的鼓山木刻本,但封面题为"汐止妙香坛",可见它由台北县(今新北市)汐止市的神职使用,宣唱。[3]《弥陀科仪宝卷》也有 1920 年福建泉州承天禅寺的木刻本与台中市正义书局 1962 年的排印本。[4]同时在台湾收藏的《王氏桂香宝卷》(1852 年木刻本,原由王以昭先生收藏)与《绘图目莲救母三世宝卷》(1899 年木刻本)均由福建鼓山涌泉禅寺出版。[5]在台南市翻印的《鸟窝禅师度白侍郎回心向善修行归西》(又名《白侍郎宝卷》)原版也是 1889 年鼓山涌泉寺的木刻本。

第三,在台湾流传的传统宝卷文本可以大体分为两种:(一)宣讲佛教、民间神灵信仰或民间宗教教派教义的经典(非叙事性)。(二)讲述民间传说故事的文本,其内容也以传教义或劝人为善为主。《金刚科仪宝卷》《佛说阿弥陀佛经宝卷》《明宗孝义达本宝卷》、罗祖的《五部六册》(几种版本)、《灶君宝卷》《花名宝卷》属于第一种;《目莲救母三世宝卷》《刘香女宝卷》(全名《太华山紫金镇两世修行刘香宝卷全集》)、《鱼篮宝卷》《庞公宝卷》《观音济度本愿真经》《何仙姑宝卷》《香山宝卷》《达摩宝卷》《白侍郎宝卷》(全名为《鸟窝禅师度白侍郎回心向善修行归西》)均属于第二种。

第四,大部分台湾传统宝卷文本与先天教(先天大道)、龙华教、金幢教等宗教在台湾传教有关系。据学者考证,这三种宗教(因为要求信众吃素,经常被总称为"斋教")原来为罗祖创立的无为教(罗教)教派,清代已经从大陆传入台湾,经历了不少挫折,仍在台湾各

---

① 车锡伦《中国宝卷研究》,广西师范大学出版社 2009 年版,第 66—69 页。

② 详细见杨永智《明清时期台南出版史》,学生书局 2007 年版。

③ 王见川主编《民间私藏:中国民间信仰、民间文化资料汇编》第一辑,博扬文化出版社 2011 年版,第二册,第 360—586 页。

④ 两部均收入王见川、林万传主编《明清民间宗教经卷文献》,新文丰出版公司 1999 年版,第四册,第 503—526; 471—502 页。

⑤ 见曾子良《宝卷之研究》,第 148 页。

地存在,有其礼拜场所,即"斋堂",有规模相当大的信众群体。① 因为先天道、龙华教拜罗祖为创教主,信徒从中国大陆带来了《五部六册》《明宗孝义达本宝卷》《金刚科仪宝卷》(罗祖非常重视这部科仪文本)等无为教经典;在台湾继续翻印。例如1980年台中的民德堂翻印了《五部六册》的《开心法要》版本(罗祖经典的注解本,由"临济正宗第二十六代兰风老人评释,法嗣松庵道人王源静补注重刊";最早的版本为1596年)。1994年台北县(现为新北市)板桥市正一善书出版社也重刊了《五部六册》的《开心法要》注释本。《五部六册》在台湾不断地被信徒传抄、募捐重印,流传地比较广泛。②

第五,很多叙事性的宝卷如《何仙姑宝卷》《观音济度本愿真经》《目莲救母三世宝卷》《刘香女宝卷》《鱼蓝宝卷》《庞公宝卷》《达摩宝卷》《白侍郎宝卷》等由先天教等无为教支派信徒创造改编,或被这些教派重视并使用;所以它们也在教派圈子里被翻印流通。③因为这种叙事性宝卷也有劝人为善的内容,它们经常被"善书局"重刊。清代晚期(约1800年后)在中国大陆一些地区许多这种宝卷文本被加入传统善书的目录。④这种专门出版善书的出版社在中国大陆19世纪末至20世纪初很多。其中最有名的是苏州玛瑙经房、杭州的慧空经房、上海的翼化堂善书局与宏大善书局。⑤它们也翻印宝卷,包括一些民间宗教的宝卷(如《何仙姑宝卷》《观音济度本愿真经》《达摩宝卷》等)。⑥ 后来这种宝卷木刻本与石印本流传到台湾,在那边由一些传统书坊翻印。⑦台中的瑞成书局、新竹的紫竹林书局、板桥的出版社、高雄的天桥印经处等经常翻印传统的善书,其中也包括几部宝卷,如1975年高雄县冈山镇明丰印刷所《目莲救母三世宝卷》的翻印本原版为1922年上海宏大善书局的石印本;万有善书《刘香女宝卷》的排印本(出版年不详)原版为1869年上海翼化堂善书局的木刻本。

出版这种宝卷被视为一种宗教功德,因此翻印宝卷成为各种宗教团体常见的活动。如日据时代,1941年台北市法藏禅寺资助出版《鱼篮宝卷》的排印本。1996年中和市大道义化事业有限公司出版的《观音济度本愿真经》有这种题记:"为广为宣化,故也成立大道文化编辑基金,重新刊印古版道经善书,透过计算机排版重新编辑,使段落分明方便于阅读,此本《观音济度本愿真经》就是十方善信大德共同发心护持,方能编印完成,在此大道文化编辑中心全体同仁,谨致上十二万感激之意,如有发心助印者敬请与本宫联系接洽,功德无量!"可见,当代宗教集团使用当代技术传播古老的经典。台湾光复以来,一些当地文人已经把宝卷视为传统中华文化遗产的一部分,例如《金刚科仪宝卷》1959年的刊本在后封面上有这种题记:"为维护历史文化而战,为复兴中华民族而战"。

① 见王见川《台南德化堂的历史:台湾现存最古老的龙华派斋堂》,台南德化堂1995年版;王见川《台湾的斋教与鸾堂》,南天书局1996年版;王见川、李世伟《台湾的寺庙与斋堂》,博扬文化出版社2004年版;林美容《台湾的斋堂与岩仔:民间佛教的视角》,台湾书房2008年版。
② 见王见川《台湾的斋教与鸾堂》第125,133—135页。
③ 有关民间宗教信徒改编讲述通俗故事宝卷文本,见车锡伦《中国宝卷研究》,第144—146页。
④ 见泽田瑞穗《宝卷の研究》[增补版],国书刊行会1975年版,第37页。
⑤ 见游子安《善与人同:明清以来的慈善与教化》,中华书局2005年版,第71—87页。
⑥ 车锡伦《中国宝卷研究》,第34—35页。
⑦ 台湾所见的几部翼化堂善书局的善书,见王见川主编《民间私藏:中国民间信仰、民间文化资料汇编》第二辑,博扬文化出版社2013年版,第34册,第75—77页。

《观音济度本愿真经》封面(高雄：
至善书局重刊本，出版年不详)

《金刚科仪宝卷》现代台湾版本的
插图

第六，台湾的出版社不仅翻印传统宝卷文本，也在此基础上进行一些创造，如 1988 年余俊华把《修真宝卷》改编为漫画，由正一善书出版社出版。

第七，在台湾，扶鸾很盛行，在鸾堂扶鸾出来的书籍也经常定名为宝卷。这种现象已经有相当久的历史，最迟在清朝末期，已有不少民间宗教采用扶鸾方法进行与神佛沟通，以此制造自己的布道书(有神佛所作的形式)，并放弃了传统宝卷的文学形式。这种书籍叫"坛训"或"鸾书"。[1]有时这种鸾书也用"宝卷"的题名。台湾最近也出现了几部这种"鸾书宝卷"，如《醒世宝卷》扶鸾于 1976 年，《弥勒会元宝卷》(1973 年的版本)也属于这一类鸾书。严格来说，这些作品并不在传统宝卷文本范围内，因此没收入附录的书目。

台湾当代宝卷的讲唱

现在台湾，不像大陆的几个地区，如甘肃省西部("河西走廊")、江苏省南部、浙江省北部等地有专门宣讲宝卷(宣卷)的人员(当地被称为"宣卷先生""讲经先生"或"佛头")，但是一些宗教神职人员会宣诵各别宝卷文本。例如《金刚科仪宝卷》作为普遍使用的宣诵台本。此宝卷台湾 1855 年的版本在正文上有"东(正东)""西(正西)""副东""副西""此两句丧事念"等题记，由此可见该版本由四位法师轮流宣唱，在丧葬仪式里使用。在现今的台湾，这部宝卷由几种神职使用，第一种是所谓"释教法师"，第二种是龙华教的教徒，第三种是民间的诵经团。

释教法师是台湾北、中部特有的民间神职人员，他们主要负责举办丧葬仪式，按其服务对象人群之原籍，可将他们分为闽南与客家释教两系(第二系也经常被称为"香花和

---

① 李世瑜《宝卷论集》，兰台出版社 2007 年版，第 14 页。

尚")。闽南系的释教法师将拜诵《金刚科仪宝卷》视为非常重要的仪式科本,此科仪俗称为"金刚对卷"。①当地人相信宣诵《金刚科仪宝卷》能让亡者得以超度,也能使丧家孝眷消灾解难,具有奇妙的法力。在当代台湾流传的《金刚科仪宝卷》版本中可以找到此说法的证据,如此宝卷的"开卷偈"曰:"金刚宝卷才展开,龙天八部降临来。荐资亡者超升去,现存人眷又消灾"。②这种现象历史悠久,因为有记载证明在明代中期的中国大陆已有民间法师、尼姑为了超度亡灵宣念《金刚科仪宝卷》,如《金瓶梅词话》里描述尼姑在西门庆家里宣唱该文本。③

据杨世贤博士对闽南系释教活动的田野调查,台地目前拜诵《金刚科仪宝卷》时的演法形式可以分为两种,一为四位释教法师对坐同宣,开卷拜诵时,仪式坛场内摆设四张桌子,提供给每位法师坐宣诵,现在台湾大多数释教班子(所谓"释教坛")采用这种形式。该宣唱有锣鼓音乐的伴奏。另一种形式是由五位释教法师宣诵,这种安排需要摆设五张桌子,每位法师也用一张桌子,居中者诵念《金刚经》,对坐在左、右两边的四位法师对宣《金刚经科仪宝卷》,此种形式只有嘉义县的山线乡镇释教坛采用。④据笔者自己的田野观察,并经过与释教法师访谈,能看出台湾北部的释教法师(新北市与宜兰地区)在丧葬仪式中经常采用《金刚经科仪宝卷》《梁皇宝忏》《血盆宝忏》《弥陀科仪宝卷》等科仪文本。《弥陀科仪宝卷》跟《金刚经科仪宝卷》一样也属于早期"佛教类"的宝卷,它解释《佛说阿弥陀经》的内容,也有荐亡的功能。

新北市释教法师丧葬仪式中宣唱《金刚科仪宝卷》

龙华教的信徒也经常在该教的斋堂宣念《金刚经科仪宝卷》。此种宝卷是他们最常使

---

① 杨士贤《台湾闽南丧礼文化与民间文学》,博扬文化出版社 2011 年版,第 192 页。
② 《金刚经科仪宝卷》,瑞成书局 2011 年版,第 10—11 页。
③ 见车锡伦《中国宝卷研究》,第 69—70 页。
④ 杨士贤《台湾闽南丧礼文化》,第 192 页。

用的科仪文本之一。①实际上，龙华教信徒使用的科仪文本大部分与释教法师的科仪相同。①如林美容教授考察彰化县复兴里的朝天宫斋堂（该龙华教的斋堂历史悠久，1884年已建立）活动时，发现1991年在七天内的朝天宫龙华法会上，"每天的法会里都必定诵三部经，即《梁皇忏》《三昧忏》和《阿弥陀经》。所诵经之外还有'五部'，即罗祖的《五部六册》，《金刚科仪》和《孝义》，即《明宗孝义达本宝卷》"②。该宣唱的形式与释教法师的"金刚对卷"基本相同。龙华教的教徒也从事民间的丧葬仪式，并在进行仪式时宣念《金刚科仪宝卷》。据林美容的考察，龙华教教徒举办"功德仪式"时，要念诵四部经：《梁王忏》《三昧水忏》《阿弥陀经》和《金刚科仪》。由此可见，台湾的龙华教仍然广泛采用传统宝卷文本。③

台湾"斋堂"里《金刚科仪宝卷》的宣唱[白可思（Nikolas Broy）摄]

民间的诵经团也经常在台湾中部鸾堂内宣诵《金刚科仪宝卷》。如笔者在台调查时发现，台中县丰原宝德大道院举行春季的三天法会时，堂主经常要请"敦和诵经团"宣诵这部科仪文本。这个诵经团本来有龙华教的背景，与草屯灵隐寺有关联，但是它像台湾其他的民间诵经团一样，一般承担各种民间法事，如"礼斗""祝寿""作七"等，其活动范围为台中市地区。

《金刚科仪宝卷》在台湾相当流行，而台湾的神职不只用这种文本，也模仿这部宝卷编写新的科仪文本。例如台湾南部的灵宝派民间道士（他们也从事丧葬仪式）便在其举办"功德仪式"中宣念《度人宝卷》与《救苦宝卷》。据杨世贤博士考察，这两部宝卷分别基于由民间道士编撰的《度人经》与《金刚科仪宝卷》，但笔者并未获见此两种文本。④

台湾客家系的释教法师（香花和尚）在其举办丧葬仪式中也会使用宝卷文本，但并不是《金刚科仪宝卷》，而是《香山宝卷》（《观世音菩萨本行经简集》）的改编本。为女性办理

---

① 台湾释教法师的仪式从早已受到龙华教的影响，同前注，第2页。
② 林美容《台湾的斋堂与巖仔》，第96页。
③ 同前注，第103页。
④ 杨世贤博士：笔者采访记录，2011年12月31日。

丧事时,香花和尚要进行"打血盆"等有关目连救母故事的仪式,仿照佛弟子目连从地狱救出自己母亲的亡灵,以超度女性亡者。男性的丧事仪式则称"拜香山"。①这是因为《香山宝卷》诸版本讲述妙善公主(即观世音菩萨前生)在香山修成正果以后,捐其手眼治疗自己父亲妙庄王的恶疾,以便使他皈依佛教并超升净土;因此该宝卷的内容完全符合超度父亲仪式的意义。②

早在 20 世纪 70 年代初龙彼得(Piet van der Loon)教授在桃园县考察民间丧葬仪式时,发现了《观音修身得道济度楞文宝卷》。这是民间的科仪本,目前它的下落不明。据曾子良先生的介绍,该宝卷分为上下两卷:上卷只有说白台词,下卷有韵文,其内容与《香山宝卷》基本相同。宣唱此部宝卷有特别的仪式:"宣此卷时,两道士对立,一人说白,一人吟词,相间行之"。③宝卷的内容也强调超度亡灵的目的,例如其中有这种句子:"上界念诸佛真经,下界金童、玉女朝拜观音,亡者早超升。"④虽然龙彼得教授与曾子良先生都称这些从事丧葬仪式的民间法师为"道士",但是他们显然是属于佛教派系的"香花和尚",这种神职在台湾也经常被称为"司公""斋公"或"道士"。

现在桃园县的客家香花和尚仍然会行"拜观音"仪式;此仪式的程序是先在科仪桌上摆设"观音香位"与亡者的牌位,纸扎的善才、龙女的像(在民间信仰中,他们是观音菩萨的下属伴侣);香花和尚先对讲《香山宝卷》的内容(宣念时间约一个小时);然后带领扮演善才、龙女的伙伴朝拜观音菩萨;接着带领亡者灵魂朝拜观音菩萨;以此表示亡灵超升。桃园县的香花和尚法式有时候使用两对善才、龙女表演者,分别穿古装与今装;然后进行两次朝拜观音的仪式。据说,现代"拜香山"仪式的台词乃自《观音济度本愿真经》改编;此文本也是 19 世纪中期先天道的"水法祖"彭德源约道光至咸丰年间对《香山宝卷》的改编,在台湾数度被不同宗教团体翻印出版。⑤

台湾个别的宗教团体也宣讲《观音济度本愿真经》的文本,如 1996 年中和市大道文化事业有限公司出版的《观音济度本愿真经》有如下题记:"大道文化编辑基金,收到功德赞助金额,合计新台币 332,900 元整悉数作为重新刊印《观音济度本愿真经》,感谢十方善信大德助化。无极天后宫本着上天旨意,开设讲堂代天宣化,故成立大道文化读经班,宣讲《观音济度本愿真经》,欢迎十方大众前来听讲。"可见此文本也被用于个别宗教团体劝人为善的宣讲活动。

---

① 见 Ch'iu K'un-liang (邱坤良)"Mu-lien 'Operas' in Taiwanese Funeral Rituals," in David Johnson, ed., *Ritual Opera*, *Operatic Ritual*:"*Mu-lien Rescues His Mother" in Chinese Popular Culture*(Berkeley: University of California Press, 1989), pp. 105-125;王天林《桃源县杨梅镇显瑞坛拔度斋仪中的目连戏"打血盆"》,《民俗曲艺》第 86 期,第 51-70 页。

② 有关妙善故事的起源见 Glen Dudbridge, *The Legendd of Miao-shan*. Revised edition (New York: Oxford University Press, 2004).

③ 曾子良《宝卷之研究》,第 149 页。

④ 同前注,第 149 页。

⑤ 有关该宝卷的来历见车锡伦《中国宝卷研究》,第 548—551 页。

结　语

可见,虽然宝卷讲唱在台湾不太流行,但个别宝卷文本从清代以来便一直在台湾乡土社会间流传。这些文本,如罗祖的《五部六册》《明宗孝义达本宝卷》《观音济度本愿真经》《达摩宝传》等,一般与民间宗教布道活动有关系;但是在台湾也流行与佛教、民间信仰有关的宝卷文本,如《金刚科仪宝卷》《弥陀科仪宝卷》《刘香女宝卷》《目莲救母三世宝卷》《灶君宝卷》《花名宝卷》《庞公宝卷》《鱼篮宝卷》与《香山宝卷》。台湾的宝卷与当地特有的民间信仰与民间宗教活动都建立了关系,如各派斋教的向民众布道与法会仪式、民间佛教丧葬仪式("释教法师"或"香花和尚"举办的)、善书出版业、扶鸾活动等。台湾也出现了不同宗教团体改编、创造新宝卷文本的现象,这能说明这些宗教团体至今对这种文学保持兴趣,用其于布道和仪式等方面。在台湾宝卷,一方面与刊刻善书事业有密切关联,另一方面,一些宝卷的讲唱会在不同形式民间法会、仪式中出现;因此在台湾的宝卷同时有宗教性读物与宣讲底本两种功能。通过这两方面,宝卷不仅在刊印流传,也进而成为台湾传统文化遗产的一部分。这与当地汉人传统文化的保存、流传有密切的关系。

附录:台湾宝卷版本书目(部分)①

一、《达摩宝传》,《总目》0178。

(1)彰化县员林镇:武圣宫国义堂,排印本,1970年(第二版——1974年)。

(2)台北县板桥市:正一善书出版社,排印本,1974年(第二版——1996年)。

(3)台中:瑞成书局,排印本,2004年。

二、《观音济度本愿真经》,《总目》0318。

(1)高雄县大寮乡天堂寺;高雄:至善书局,出版年不详,排印本。

(2)中和市:大道文化事业有限公司,排印本,1996年。

(3)板桥:正一善书出版社,排印本,2001年。附刊:"三世因果目莲救母"(简名为"目莲救母")。

(4)高雄:德惠杂志社,排印本,2010年。

三、《观音修身得道济度楞文宝卷》,《总目》未著录。

桃园县某村庄法师的抄本,1974年。分两卷:上卷说白,下卷韵文。(曾子良,现下落不明。)

四、《何仙姑宝卷》,《总目》0347。

台中:瑞成书局,排印本,出版年不详(曾子良,未见)。

五、《金刚科仪宝卷》,正名《销释金刚科仪》,简名《金刚宝卷》《金刚科仪》;《总目》1346。

(1)台南:松云轩刻印坊,木刻本,1855年,分四卷;影印本收入《台湾宗教资料汇编》第一辑,第一册,第278—688页。备注:卷末题记为:"依涌泉寺原编,台郡松云轩刻"。

---

① 因为本论文集对文章篇幅的限制本书目只包括有关宝卷版本基本信息:卷首(正文)题卷名、该宝卷在"总目"(2000年版本)的编号、作者与教派属性(如有)、刊本或抄本以及其出处、年代;册数或卷数;以上各条,如果宝卷没有,都略去;其他重要信息附在其后。

（2）高雄：庆芳书局，排印本，1959年。

（3）台中：瑞成书局，排印本，1997年，第一版。

（4）台中：瑞成书局，排印本，2005年，第二版；经折装，分两册，内容同（3）版。

（5）台中：瑞成书局，排印本，2011年，第二版三刷；经折装；上下卷合刊本；内容同（3）版。

六、《苦功悟道卷》；罗祖的《五部六册经卷》之一（《开心决疑》版本），《总目》0551。

抄本的影印本，善德堂，年代不详。备注：封面题为"康熙壬子(1672)年秋月之吉进士按察李子坚；唐山石云山本如大师；三湾慈善堂留记"；卷首载1672年李子坚"五部注解叙"、1802年云峰吴泉"五部注解开心决疑序"。①

七、《刘香女宝卷》，全名《太华山紫金镇两世修行刘香宝卷全集》，《总目》0642。

（1）万有善书刊本，板桥市三扬企业公司代印，出版年不详。

备注：1869年上海翼化堂善书局木刻本的翻印本。

（2）新竹：正德月刊社，翻印本（未注明原木刻本的出处），1980年。

八、《明宗孝义达本宝卷》，《总目》0702。

无为教宝卷，明释子大宁撰。抄本的影印本；两册；正文分为十八品。

九、《弥陀科仪宝卷》，简名为《弥陀宝卷》《弥陀卷》；《总目》未著录。

（1）台中：正义出版社，排印本，1962年，影印本载《明清民间宗教经卷文献》，第4册，第471—502页。

（2）经折装，出版地不详，出版年代不详。

（3）台中：瑞成书局，排印本，2007年，第一版三刷；出版格式与内容同（2）版本。

十、《目莲救母三世宝卷》，《总目》0694。

（1）台中：瑞成书局，排印本，1980年。

（2）高雄县冈山镇：明丰印刷所，1975年，线装本。备注：1922年上海宏大善书局石印本的影印本。

十一、《目连地狱救母宝传》，其他题名《地藏王菩萨目连地狱救母宝传》《幽冥教主地藏王菩萨目连地狱救母宝传》；《总目》未著录。

八千居士编著，台北：八八的排印本，2003年。

十二、《鸟窝禅师度白侍郎回心向善修行归西》，又名《白侍郎宝卷》，《总目》0769。

台南：永丰里仑仔顶庄金永发，翻印本，年代不详；影印本收入《台湾宗教资料汇编》第一辑，第二册，第534—585页。备注：原本是1889年鼓山涌泉寺的木刻本。

十三、《庞公宝卷》，《总目》0806。

（1）板桥：正一善书出版社，排印本，出版年不详。备注：有序，"光绪乙未云山风月主人"撰；附刊《悟道参修集录》。

（2）万有善书排印本（曾子良，未见）。

十四、《破邪显证钥匙卷》；罗祖的《五部六册经卷》之三（《开心决疑》版本），《总目》0779。

---

① 亦见王见川、林万传主编《明清民间宗教经卷文献》，第二册，第479页。

抄本的影印本,善德堂,年代不详,分二册。

十五、《叹世无为卷》;罗祖的《五部六册经卷》之二(《开心决疑》版本),《总目》1142。

抄本的影印本,善德堂,年代不详。

十六、《巍巍不动泰山深根结果宝卷》;罗祖的《五部六册经卷》之五(《开心决疑》版本),《总目》1224。

抄本的影印本,善德堂,年代不详。

十七、《五部六册经卷》,又名《五部经》《五部眞经》。

《苦功悟道卷》,《总目》0551、《叹世无为卷》,《总目》1142、《破邪显证钥匙卷》,《总目》0779、《正信除疑无修证自在宝卷》,《总目》1518、《巍巍不动泰山深根结果宝卷》,《总目》1224,合刊本。

罗祖(罗梦鸿,1442—1527)撰;《补注开心法》(明兰风评释,王源静补注)注释版本;石云山本如大师注释。

(1)台中:民德堂,1980年;影印1869年重刊本。

(2)板桥:正一善书出版社,1994年;标点本;据1869年重刊本。

十八、《香山宝卷》,全名《观世音菩萨本行经简集》,《总目》1290。

(1)1957年台湾重刊本,出版处不详。(曾子良,由邓绥宁先生收藏,未见。)

(2)高雄:升建彩色印刷公司附设天桥印经处;年代不详。

十九、《鱼篮宝卷》,全名为《鱼篮观音二次临凡度金沙滩劝世修行宝卷》;《总目》1482。

(1)台北:法藏禅寺,排印本,1941年,影印本收入《台湾宗教资料汇编》第二辑,第九册,第566—597页。

(2)神州善书排印本,出版年不详。(曾子良,未见。)

(3)高雄:升建彩色印刷公司附设天桥印经处;年代不详(全名为《观音临凡鱼篮宝卷》)。

二十、《灶君宝卷》;《总目》1498。

与《灶君真经》《灶君慈训》合刊;板桥:正一善书出版社,排印本,1985年。

二十一、《正信除疑无修证自在宝卷》;罗祖的《五部六册经卷》之四(《开心决疑》版本),《总目》1518。

抄本的影印本,善德堂,年代不详。

二十二、《花名宝卷》;《总目》351。

与《佛说三世因果经》《劝世文》《醒世文》《贤良词》《罗状元醒世诗》《十报恩》《十谶诗》等合刊;高雄:升建彩色印刷公司附设天桥印经处;年代不详。

"简称"附注:

1.曾子良:《宝卷之研究》,政治大学中国文学研究所硕士论文,1975年。

2.《明清民间宗教经卷文献》:王见川、林万传主编《明清民间宗教经卷文献》,新文丰出版公司1999年版。

3.《台湾宗教资料汇编》:王见川、李世伟主编《台湾宗教资料汇编》第一、二集,博扬文化出版社2009—2010年版。

白若思(Rostislav Berezkin):复旦大学文史研究院 副研究员

岁时长生，忉利情永

——清传奇《长生殿》"死与再生"的节令意涵

蔡欣欣

前言

创作命义与戏曲题材本是互为表里的，因此在中国戏曲舞台上虽有不少剧目是因循相袭的，但在剧作家的主题立意与剪裁构思下，也会捏塑出各种不同"意趣神色"的剧作文本。如洪升历经十余年"三易其稿"才完成的清代《长生殿》传奇①，虽是赓续前人的故事蓝本，然秉持"义取崇雅，情在写真"（《例言》）的创作理念，故采用"凡史家秽语，概削不书"（《自序》）、"一涉秽迹，恐妨风教，绝不阑入"（《例言》）的剪裁法度，企图能在戏文中统合对"精诚不散，终成连理"帝妃儿女至情的阐扬，以及对"昭白日，垂青史"忠臣子孝至情的表彰。

只是男女之情与民族之情，毕竟由于视角错位，而互相有所矛盾抵牾。因此洪升又特意搜集拼合"唐人有玉妃归蓬莱仙院之说，明皇游月宫之说"等不同来源的神话传说，增补延伸《长生殿》下半部的情节发展脉络，以提纯升华为"情缘总归虚幻，清夜闻钟，夫亦可以遽然梦觉矣"（《自序》）的宗教哲思来统摄二者。是故《长生殿》传奇中的主脑人物唐明皇与杨玉环，都被赋予"偶因小谴，暂住人间"的"谪仙"的身份②，必须历经劫难的考验与救赎的洗礼，才能够超越凡俗挣脱死生的局限，而得以重登彼岸回归乐园，臻于"忉利有天情更永"（第五十出《重圆》）的长生境界。

为使这"谪仙历劫"的故事框架，并非只是作为叙述人物出身的单纯装饰手笔，相对地亦能够因应戏曲剧作的文类需求，裨益于叙事结构的联系及排场表演的开展，因此洪升刻意设计上巳、七夕、清明与中秋等"岁时节令"作为时间轴架③，配置曲水、长生殿/斗牛宫、道观与月宫等"神圣地景"作为空间场域，透过这些不断反复折射永寿长生、拂除不祥、襄灾去疾、祝祷子嗣、招魂续魄、追奠亡魂等充盈着"死与再生"的双重意象，成为过渡与强化明皇

---

① 本文《长生殿》主要使用文学古籍刊行社影印郑振铎先生所藏稗畦草堂本的底本，并以暖红室本、通行的光绪庚寅文瑞楼刊本加以校订的清洪升原著，徐朔方校注《长生殿》，为求行文清简，谨随引文标注为自序、例言或出数等而不再一一注明出处。

② 迥异于唐人传说等将杨妃因马嵬喋血，"死后"居于海上仙山的玉妃描述，洪升一而再地在长生殿中通过嫦娥（《闻乐》）、土地（《冥追》《情悔》）、织女（《神诉》）与玉帝（《尸解》《重圆》）之口，表述杨妃原本为"蓬莱仙子""太真玉妃"的身份；至于明皇在《明皇杂录·逸文》与《杨太真外传》中皆述及"上帝召我为孔升真人"。

③ 笔者认为洪升对这些节令可能是特意挑选的。因如《长生殿》第十四出《偷曲》，应是取材自元稹《连昌宫词》，但洪升并未使用诗文中"寒食"节，明皇与贵妃在望仙楼上通宵歌舞的情景；且李谟偷曲是元宵前夕于东都洛阳天津桥，但剧作中并未刻意经营元宵此一节令；又如第二十一出《窥浴》应是取材自《开元天宝遗事》："五月五日，明皇避暑游兴庆宫，与妃子昼寝于水殿中。"以及《惊鸿记·兴庆昼娱》，但洪升亦未刻意经营"端午"此时日；再者如《明皇杂录》中记载唐明皇与杨贵妃两人在中秋夜同在太液池赏月，但洪升在第五十出《重圆》则令二人在月宫团圆。

与杨妃,从神圣/世俗/神圣,从生/死/再生"原型回归"历程的"通过仪礼"(Rites of passage)①;也作为"情根历劫无死生"(第五十出《重圆》)谪仙历劫历程的叙事情节与表演排场。

一、三月三日上巳《禊游》

《禊游》是《长生殿》第五出,描写三月三上巳暮春时节,唐明皇宣召杨国忠以及秦、韩、虢国三国夫人一起随驾游赏曲江,倾城百姓结群争睹,安禄山亦策马跻身于人群中评赏。本出以花红柳绿"上巳"曲江春游的欢乐景致,预伏下点燃"爱情冲突"与"朝政危机"的关脉针线:虢国夫人因春游承天眷恩宠侍宴,引发集三千宠爱在一身的杨妃"情深妒也深",娇妒生嗔顶撞忤旨,结果被明皇谪遣出宫。此情海波澜让李杨的爱情首度遭遇考验,然却也由其后所绾结的《傍讶》《幸恩》《献发》与《复召》等情节发展,更深层地反衬出帝妃情爱的眷恋执着与不可胥离。而因春游惊艳于杨家姊妹的天姿国色,觊觎明皇天子至尊特权的安禄山,隐约在此萌生了取而代之的豺狼野心;再加上杨国忠对于安禄山莽撞行径的光火,遂也使两人由此转换成为敌对攻讦的政坛双方,这"内隐"与"外显"的迹象俨然成为大唐江山面临兵燹的征兆。

上巳又称"元巳"或"重三"②,根据史料载记与学界研究,推测形成于春秋时期,或根源于先秦"水滨祓禊"的习俗,在三月冬去春来的时节,在水边用香熏草料涂身洗涤,以去灾除邪祓除身心的不祥。如《诗经·郑风·溱洧》即是上巳祓禊的最佳写照,"郑国之俗,三月上巳,之溱洧两水之上,招魂续魄。秉兰草,拂不祥"(《宋书·礼志二》引韩诗)。在先秦两汉人的神秘观念中,认为通过在水滨祓禊召唤殇子亡灵,便可以让其死而复生;乃至于可转换为招续生者的魂魄,借此以却灾除疾保佑子嗣的健康长寿。而孙作云更指出青春男女在郊野水际嬉戏野合,即是祭祀"高禖"(婚姻之神)节日或行事的延伸③。

三月本是大地春回、万物滋生的时序,古人借由对谷物精灵或大地母神等神祇的迎祭活动,来庆祝与迎接生命之神再度复活,故张君称上巳为"中国古代的复活节"④。而水被古人视为是生命的泉源"故曰水者何也,万物之本原,诸生之宗室也"(《管子·水地篇》),由水直接或间接孕生人类的创世纪神话普遍流传,也由此延伸出"沐浴祈子"等民俗事象⑤。"上巳祓禊"随着时代递演与地域流播,逐渐生发更丰富多元的符指。如《晋书·束晳传》中记载晋武帝询问挚虞及束晳关于"三日曲水之义"的源由,不仅符合武帝当政者的心理需要,也形成其后三月三君臣曲水泛觞、骚人墨客的赋诗聚会。而据说在环曲的水渠道上流置放酒杯,任其顺流而下到面前取饮的"流杯曲水"或"曲水流觞"可以祓除不祥,此遂与"上巳祓禊"的本质一脉相传⑥。

---

① 王孝廉认为"死亡与再生"是由俗到圣所须的通过仪礼,有关古人圆形循环的时间信仰,请参见《死与再生—原型回归的神话主题与古代时间信仰》一文,收录于《神话与小说》,台北时报文化出版企业股份有限公司1991年版,第91—125页。

② 关于上巳节的时间与称谓,在秦汉到魏晋间的文献史料记载中或有出入,请参见李道和《岁时民俗与古小说研究》的论证,天津古籍出版社2004年版,第97—100页。

③ 请参见孙作云《诗经恋歌发微》与《关于上巳(三月三日)二三事》,收录《诗经与周代社会研究》,中华书局1966年版,第297—315页,321—323页。

④ 请参见张君《神秘的节俗》,广西人民出版社2004年版,第82—101页。

⑤ 请参见杨琳《中国传统节日文化》,宗教文化出版社2000年版,第109—115页。

⑥ 请参见巫瑞书《南方传统节日与楚文化》,湖北教育出版社1999年版,第110—116页。

本出《禊游》场景架设在"曲江",曲江本为天然池沼,因"江流屈曲"而得名,秦汉以来陆续修凿建设,开元年间更大加兴修且恢复"曲江池"名称。《秦中岁时记》载"唐上巳日,赐宴曲江,都人于江头禊饮,践踏青草,曰踏青",从玄宗时期开始,在正月晦日、三月上巳与九月重阳等三大节日时,皇帝均赐宴百官于曲江亭,教坊与梨园子弟聚集于此宴乐游乐,民间的庶民百姓也在此时前往曲江踏青赏春,袚禊流饮。根据《册府元龟》记载,曲江池除了供人游乐之外,也是唐代朝廷早年祈雨之所在,其作为祭坛其功能意象犹如"曲水"般。在中国人天圆地方的观念下,曲水宛如对"泽中方丘"即大地的模拟,是古时的祭地大地的初创所在[①],由此越发凸显此神圣场域是生与死的重要过渡关口。

检视第五出《禊游》,明皇与贵妃这两位主角人物都没有真正现身,但借由虢国夫人与安禄山,却隐微地点染出"死亡与再生"的上巳袚禊主题。尤其将此邂逅动心的时空场景,安排在可以野合幽会与两性放纵的上巳修禊踏青中,所要影射的意涵不言而喻。至于剧中惊犯圣驾"猪首龙身,舞爪张牙"(第四十五出《雨梦》)的安禄山,正犹然是上巳中所需被除的不祥化身,其操纵着马嵬兵变杨妃魂归离恨天的命运,也左右着家国剧变明皇与杨妃阴阳两隔的际遇,所以必得在禳除此祸害疾疫后,李杨二人才得"招魂续魄"回归复活长生情永。而民间三月三日或"变形"成为真武大帝、王母娘娘与财神等神明诞辰,以此来对应《长生殿》明皇与杨妃的"谪仙"身份,则上巳既是生命复活之日,也是死亡或升仙之日的特殊时间关口。

二、七月七日七夕《密誓》与《耸合》

《长生殿》第二十二出《密誓》与第四十四出《耸合》都以七夕为背景。《密誓》描写在下界天宝十年七夕,织女与牛郎一年一度鹊桥相会,从"天上"俯瞰红尘,点出"两情若是久长时,又岂在朝朝暮暮"的至情真谛;其后转换视角改由"人间"仰望双星,杨玉环在长生殿中捻香乞巧,明皇至诚表态且应允设誓,在双星的见证下生生世世不胥不离,本出成为全剧爱情主题的高峰点。而木尾场景又旋回银河中,牛郎自愿充当"情场管领"的身份见证并护持爱情。因此在上元二年七夕的《耸合》中,牛郎与织女思忆昔时明皇与杨妃二人焚香密誓,然马嵬兵变玉环香消玉殒,织女谴责明皇薄幸骞誓,牛郎为明皇开脱辩解,试图说服织女协助二人钗盒重圆。就叙事结构而言,《密誓》与《耸合》这两出折子,都在上、下半部的剧情中发挥着"关键性"的坐标意义。

在《长生殿》爱情与政治的双重主轴线下,洪升特意架构起"双星作合"的这条情节线来交织并进,其有意识地借由牛郎织女来与明皇杨妃的"模拟/对比",呈现出"天上/人世"对"短暂/永恒"爱情真谛的不同认知[②]。作为农业社会"男耕女织"代表的牛郎与织女,由于情爱而荒疏了职守,此正犹如明皇与杨妃"占了情场,弛了朝纲",因爱情而荒废了政务般;再者通过牛郎织女的神仙情爱,来对比明皇贵妃的世俗情爱,更能点化出"情缘总归虚幻"的剧作题旨。此外,牛郎织女离别经年唯有七夕才相聚守,然相会之日却也是离别之期,以此来呼应《长生殿》中秋"死亡即团圆"的结局更是意味深远。

牛郎织女本是指天上的牵牛星与织女星,在民间、官方与知识分子等不同群体的孳乳

---

① 请参见李道和《岁时民俗与古小说研究》,第136—138页。

② 王安祈《如何检测昆剧全本复原的意义》指出牛郎织女对爱情是"短暂?亦或永恒"提出诘问质疑,《戏曲研究》2005年第1期,第68—73页。

附会下,延展出各式的民俗礼仪以及丰富的文化意象。双星七月七日渡河相会,原应是星座运行位置变化所引发的联想,但依附于"重七"此日,或如《说文解字》诠释"七"是阳数却也有阴数特质,《周易·复卦》即指出七天为阴阳化合、此消彼长的循环。因此"七"蕴含生殖与复生的功能,如《汉书·律历志上》"七者,天地、四时、人之始生也",《春雨逸响》"人之初生,以七日为蜡,人之初死,以七日为忌",《履园丛话·考索·七七》"祭于来复之期,即古者招魂之意",人死后需要进行"七七"四十九天的祭奠,即可飞散升天或招魂续生。因此"重七"又被视作是大地化生创造人类乃至仙人诞生的神圣日子,如"汉武帝乙酉年七月七日诞生于漪兰殿"(《汉武故事》)。

相对于上巳"春禊",七夕则被称为"秋禊"。对照三月三在水滨盥濯除疾与偶和求子,牵牛织女在天河中的聚会,俨然也有类同意指。在民间牛郎织女的传说中,不乏根源于沐浴祓禊所反映的"汉之游女"传说雏形,或是"天鹅处女"型的故事母题①。周处《阳羡风土记》中亦载七夕牛郎织女相会于天河,引发在"天门开"的瞬间祈求愿望可实现的风土信仰,是以民间认为二星具有护佑人生取得财富、长寿与子嗣的权力。因此《密誓》中化生金盆、蜘蛛织网、金盘种豆等摆设或曲文内容,都显示了民间乞子的礼俗。

《密誓》中透过人间仰望神仙,人间场景则设置在"长生殿"中。根据《唐会要》记载"天宝元年十月造长生殿,名为集仙台以祀神",长生殿是神仙降临的祭祀场所,唐郑嵎《津阳门诗》注云:"有长生殿,乃斋殿也",唐代祭祀太上老君的仪式相当隆重,祭祀前须先在长生殿吃斋、沐浴然后才能进阁祭祀。这神人交通的神圣场域,再佐以道教经典如"七月七日庆生中会斋"(《三元品戒经》)、"七月七日道德腊""七月七日为迎秋斋"(《明真科》)等七月七日乃是道教持斋的日子,越发凸显"长生殿里求长生"(第十六出《舞盘》)的真正意涵,也强化月圆证仙结局的仪式效力。

至于《密誓》与《笪合》的天上场景,则架设在"河明乌鹊渚,星聚斗牛宫"天河鹊桥与斗牛宫的"神圣空间"中。《唐开元占经》与《春秋元命苞》等典籍记载,天河中有着职掌祭祀和求子的傅说星;至于在天河两边的牵牛与织女,在古籍中即为桥神、水官或江湖等身份,原即具有生殖求子的功能意涵②;再加上"鹊桥"除拥有实质性的交通与引渡功能外,也寓含牵合姻缘与祈求子嗣的民俗特质;甚至于连乌鹊都可意指为男女相思、夫妻恩爱的巫术性媚物,凡此都让此天河鹊桥充盈浓郁的生命气息。杨泉《物理论》:"星者元气之英,水之精也"(《太平御览》卷六),星宿被视为是孕生万物的所在,具有主宰者人间生殖以及生命短长的职能,是故根源于星辰崇拜的牛郎织女及斗牛星宫等空间场域,自然也都蕴含着不死长生的丰富意象。

三、三月寒食清明《私祭》

《私祭》是《长生殿》第三十九出,描写天宝旧宫人永新与念奴,在金陵女贞观中修道,检晒经函闲谈看祓事,有感于清明佳节家家扫墓户户烧钱,乃为杨妃设位供养哭奠凭吊。

---

① 《拾遗记》卷二、卷四与《韩诗外传》,记载织女星神与汉水女神同周昭王、燕昭王或郑交甫交游的故事。[美]斯蒂·汤普森,郑海等译《世界民间故事分类学》,上海文艺出版社1991年版,中有"寻找超自然妻子"的故事类型,学界以此研析中国故事"天鹅处女"型故事母题。

② 请参见李道和《岁时民俗与古小说研究》,第194—198、208—212、229—232页。

适巧老伶工李龟年因避雨入道院，故人重逢奠觞叙旧感伤。本出空间场景是修道的女贞道观，时间场景为莺飞草长、细雨霏霏的清明佳节，通过对杨妃亡灵的祭奠与追念，"白首红颜，对话兴亡"。就叙事结构而言，衔接《看袜》中民间百姓的观点，表述对杨妃际遇的叹息或指责；也延续《弹词》透过李龟年对天宝遗事的弹唱，表达历史的沧桑与人生的无奈。文末对于梨园旧人下落的交代，不仅以侧笔道出对雷海清等"忠魂昭白日"的赞许，更借着对"殇逝忆往"历史语境的收束，预告对政治秩序与宇宙秩序的回归。

清明是二十四节气之一，为农历三月最后一个节日"春分后加十五日，斗指乙则清明风至"（《淮南子·天文训》）。属于"巽"的清明风，"万物生长此时，皆清洁而明净，故谓之清明"（《岁时百问》），恰显现出阳气上升，草木争发"清朗明净"的自然气象，民间呈现躬桑养蚕、万物滋长的鲜明景象。由于"寒食"位于清明前一两天，时间点颇为相近；加上寒食起源有民间流传的"介推说"以及学界认同的"改火说"，基于二者节日时间与事象内容的相近，因而常被习惯连称，隋唐后更逐渐融为一体，"清明节在寒食第三日，故节物乐事皆为寒食所包"（《岁时杂记》）。

祭天法祖，慎终追远，本是中国传统社会的宗法礼俗，早在秦汉时已有祭墓祀，但并未规范在特定时间中举行。开元时唐玄宗才颁下诏令，使寒食上墓从自发性的民间祭祖活动演变为国家法定的礼俗习尚。而宋代时才逐渐出现"寒食第三节，即清明日矣。凡新坟皆用此日拜扫"（《东京梦华录·清明节》）的记载，或许是由于上坟时需要抛洒、悬挂或焚化纸钱，以供祖先于冥间使用，故改为可以生火的清明节来上坟。翁敏华曾厘析寒食是"并"入清明的，由于其"缺乏广泛的适应性"；而上已是"躲"入清明的，因为正统理学规范压制的结果[①]。所以上已、寒食与清明有许多习俗是相互掺杂的。

如《武林旧事·祭扫》载："清明前三日为寒食节，都城人家，皆插柳满檐"，据说"插柳"可醒目标志住宅，方便祖先灵魂归来。清明前后本为柳枝发芽泛绿时序，柳树的抽枝与发芽，意味着冬季的凋零枯萎，先民认为这是主宰生命和大神的死亡（或睡眠）与复活（或苏醒），因此需在此进行生与死、魂魄离去又归来的转换过程。是故"插柳"本质上为一种"招魂续魄"的仪式，而其形变即是呼唤亲人和亡灵的复活与回归的"扫墓踏青"[②]。所谓事死如事生，清明扫墓时多会携带酒食来祭祀先人，而在哀伤追悼祭拜先人后，不直接返家反倒"寻芳讨胜，极意纵游"（《武林旧事·祭扫》）饮酒"踏青"。这种"哀往而乐回"的情绪调整，固然具有"通过礼仪"的转换意涵，协助人们从忧伤中解放再重回生活的常态；而杏花春雨、杨柳和风，提供青年男女邂逅与偶合的契机，也呼应着人们对于求生、求偶与求子的心灵祈愿。

《私祭》以清明节祭奠亡魂的习俗为内核，由流亡在外的宫人以及遗老等次要人物为主角，永新、念奴与李龟年所具有的伶工乐妓身份，恰彰显出明皇与贵妃对于音乐歌舞的精通与热爱；而在女贞道观中的"私"祭，更情真意切表露与杨妃的主仆情深及霓裳"音"缘。道教以"道观"作为修炼、传道、执行各种宗教法事与生活的场所，"观者，于上观望也"（《渊鉴类函》居处部四观一引《释名》），本是城堞可供眺望的场所，因高于地面所以可以用来迎候天神，由是奉仙之地皆名曰"观"（《埤史》）。由于"道观"可作为"世俗/神圣"的交通场域，通过朝夕诵经、礼赞宝诰、追荐超度及斋醮设坛等宗教科仪与活动，可以祈福求寿，禳灾

① 请参见翁敏华《清明节与清明剧》，《政大中文学报》第 5 期，第 67—88 页。

② 请参见杨琳《中国传统节日文化》，第 222—225 页；张君《神秘的节俗》，广西人民出版社 2004 年版，第 106—108 页。

去疾、拔苦谢罪以及度亡生方。是故在清明扫墓"招魂续魄"的原型意指下,在女贞道观"神人可致"的空间场域,"谪仙"杨妃虽肉体死亡却灵魂飞升,在彼岸死而再生臻至永恒长生。

向来在政治昏暗、战乱动荡的时代,人们往往祈求能像拥有如同清明节气前后的春日美景般,有个"清洁而明净"的政治环境与太平盛世,如《后汉书·班固传》"固幸生得清明之世",表示对美好政治的渴望与赞扬①。因此《私祭》兼容清明在自然物象、民俗事物与政治符码的多重指摄,辐射出招魂续魄、慎终追远、巩固国本、建立秩序等意涵,在此收束安史之乱的人世纷扰,开启对天上人间情永长生的书写。

四、八月十五中秋《重圆》

《重圆》是《长生殿》收束结尾的第五十出,描写道士杨通幽奉明皇令觅杨妃幽魂,经织女指点终得见蓬莱玉妃,嘱知在八月十五中秋之夕,与原是孔升真人的明皇在月宫相会,互诉情衷各悔罪愆,以重证仙果结为天上夫妻。本出以月圆人圆的中秋佳节,作为明皇与杨妃"钗盒情缘"与"长生盟誓"的终结。虽说李杨二人天人重见的关键,主要是由于明皇"败而能悔"以及杨妃"情悔何极"的自我救赎,然若无嫦娥、牛郎织女以及道士杨通幽等提供从中交涉、禀告求情、四处寻觅、安排会面等协助,恐需更费周章而耗费时日。"敬谢嫦娥把衷曲怜,敬谢天孙把长恨填",正是基于仙人们的鼎力相助成人之美,才使得"长恨"得以转化为"长生"。结尾时承继中国戏曲喜庆大团圆的结局传统,在仙乐飘飘、舞影翩翩的霓裳乐曲排场中,明皇与杨妃"死生仙鬼都经遍,直作天宫并蒂莲。才证却长生殿里盟言",将缤纷热闹的欢腾气氛渲染到最高点。

月宫是《长生殿》"专写钗盒情缘"的关键时空场景,更是明皇与杨妃双双"证道成仙"的神圣场域。《重圆》拆解典籍中攸关明皇八月十五夜游月宫的神话传说,保留如罗公远、申天师、叶法善等"仙道之士",伴游导引明皇到月宫的情节;但将典故内容置换为明皇与杨妃在月宫重圆,欢送二人前往忉利天宫,作为全剧最终的收束点。此不仅呼应"人月双圆"的中秋节令意象,同时更串联起杨妃"六月初一"的生辰关口,以及明皇"八月十五"的飞升关口;对照着月亮朔缺望圆的周期规律,投射出"死而复育"生生不息的内蕴意涵。

先民从月亮缺而复圆、蚀而复全的自然现象中,直观认定月亮具有"不死/再生"的神圣能力。如《楚辞·天问》载:"月光何德,死则又育?厥利为何,而顾菟在腹",古人已然注意到月亮圆缺盈亏的"不死"现象;继而由月亮的亏消盈长、明晦循环,生发如玉兔捣不死药、嫦娥窃不死药、嫦娥化身为蟾蜍、伐桂树创口愈合等系列神话传说,其基本上都潜藏着"死与再生"的深层结构,象征着对于死亡的否定以及对于永恒的神圣企盼。而这些神话传说也随着时间的积淀以及地域的流播,与中秋节令相互缔结而逐渐内化成为民族记忆与生命信仰。

"月者,群阴之本也"(《吕氏春秋·精通篇》),被喻为是太阴之精的月亮,无论作为孕生大地万物的地母,或是象征繁衍子嗣的人母,乃至撮合男女姻缘的高禖等,都寓含"祈生/求嗣"的原始文化思维,因此人们也常经由对月亮的祭祀崇拜,来促进或强化自身的生殖能力,如早在殷墟卜辞与《尚书·舜典》中,已有祭月或拜月的礼俗记载。而这些原属于官方的宗教祭典,结合民间基于自然崇拜与秋收祈稔,及诗人骚客望月吟咏与诗兴感怀等

---

① 参考黄世堂、晏政风《春俗大观》,湖北人民出版社 1994 年版,第 157—160 页。

创作,在唐宋时遂逐渐稳固定型,形成在中秋月圆时分,举国上下都热衷参与的拜月、祭月与玩月等民俗节庆活动,以及如"偷瓜/送瓜"以祈求生育,"走月/点天炙"以厌疾去病,"拜月老/拜月娘"以祈婚姻长寿,"听香/降神"以卜吉凶等,历代相传或各地风物附生的中秋习俗。而其大抵都环绕着月亮的原型意象与神话传说所挛乳演化,或着眼于追求生命永恒的"永寿长生",或创造生命绵延的祈求子嗣的人生愿望。

洪升特意安排在月宫这"不死长生"的神圣空间,架构中秋"人月双圆"的时间关口,作为二人游仙上升"忉利有天情更永"的时空场景。历来月宫的称谓极其多元,《重圆》中使用蟾宫、玉轮、彩蟾、桂丛、月殿、月府、广寒清虚之府、清虚府洞天等各种称谓。道教仙境中所谓"洞天福地",是道教对于大地名山神仙所居洞府圣境的总称,也是上天特派真仙直接掌管的圣地,亦是人间道士修炼得道成仙的所在。因此本源自于月宫中"广寒"与"清虚"两个宫殿,故又名"广寒清虚府"或"清虚府洞天",在道教洞天圣地与"清静虚无"道教信念的相互映照下,越发点染几分道教的神仙色泽。

小　结

对于历经国殇家难,看尽世态炎凉,感悟仕进无望的洪升而言,始作于康熙十二年(1673),定稿于二十七年(1688),兼容史笔意识与文学想象所创作的《长生殿》传奇,有意应用"节令神话传说"的书写策略,"借太真外传谱新词"。剧中被赋予"谪仙"身份的两位主角,必须通过"历劫遭磨"(第四十出《仙忆》)的试炼与救赎。如本是孔升真人的唐明皇,需经过政治的放逐与情爱的试炼;原为蓬莱仙妃的杨贵妃,需借由死亡的救赎与情悔的执着,方能够结束俗性时间,回归神话生命。

是故在此"原型回归"的历程中,根源于"圆形时间"的循环规律,依附着宗教信仰与神话传说,积淀着历史记忆与文化传统的"岁时节令",具有"过渡关口"与"调节自我"的价值功能,且富含着中国人"永寿长生"的养生传统。因此洪升用以作为强化与过渡明皇与杨妃"纵欲/情悔""沉迷/败悔"谪仙历劫过程的"通过仪礼",通过这些节令文化所反复折射的"死与再生"的本质意涵,来强化《长生殿》传奇的主题旨趣,贯串叙事情节与开展表演排场。

所以在"岁时节令"的时间轴架中,在"神圣地景"的空间场域里,第五出《禊游》以"上巳/曲江"为时空场景,铺排举国上下春游踏青的欢乐景致,在上巳偶合祈子及祓除不祥等节令意涵中,点燃杨妃情妒的爱情试炼,预伏安禄山叛变的朝政危机;第二十二出《密誓》以"七夕/长生殿/天河"为时空场景,在"李杨仰望天上/牛女俯瞰人间"的双重视角中,"模拟/对比"了同样是由于情爱而玩忽职守的天孙与李杨,在七夕乞巧化生与神人会通等节令意涵中,双星既见证李杨钗盒情缘的情爱极致,却也在长生盟誓中预言生离死别劫难的到临;第三十九出《私祭》以"清明/道观"为时空场景,勾勒出细雨霏霏宫人遗老叙旧追悼的哀凄场面,在清明慎终追远与招魂续魄的节令意涵中,白首红颜伤逝忆往、对话兴亡,预告清明政治与宇宙秩序的回归。第四十四出《笕合》则以"七夕/斗牛宫"为时空场景,描绘牛郎织女系念李杨的温馨对话,在七夕天河祓禊与牵合姻缘的节令意涵中,呼应长生密誓时允诺为情场管领的职责,拈出"情悔救赎"是二人能长生情永的关键;第五十出《重圆》以"中秋/月宫"为时空场景,铺垫弦歌乐舞情意缠绵的热闹欢合大场面,在中秋人月团圆与不死长生的节令意涵中,对应杨妃生辰与明皇飞升的时间关口,标志出仙果重成、情缘永证的乐园回归,在"情缘总归虚幻"的真谛揭示中,臻至岁时长生与忉利情永。

综观洪升在《长生殿》中所撷取的上巳春禊,七夕乞巧,清明奠亡,七夕秋禊,中秋团圆等岁时节令,其实都环绕着"死与再生"的核心意识,充盈着踏青春游、偶合求子、祈生延寿、祈岁卜稔、祓禊不祥、攘灾去疾、招魂续魄等各种风土节俗与文化意蕴,从积极面上而言,意味着祈婚、祈子、祈寿、祈岁与祈富;从消极面来说,寓含着除疫、去疾、攘灾、避祸、招魂与续魄等,这些内蕴看似两元对立,却是一体两面的企求。由于在古人的质朴世界观中,日月星辰与天地山川,都是提供生命泉源与活力的神圣事象,在"万物有灵论"的前提下,遂都成为人们膜拜顶礼的对象;而由大自然到动植物乃至到人类,在"人死曰鬼"(《礼记·祭法》)灵魂不灭的原始信仰下,则形成所谓的祖先崇拜。

因此《长生殿》中的四个岁时节令,隐含对河川(上巳)、星辰(七夕)、月亮(中秋)、祖灵(清明)的崇拜印记,且皆统摄在"圆形循环"的时间信仰中。至于曲江(上巳)、长生殿/天河/斗牛宫(七夕)、道观(清明)与月宫(中秋)等"神圣场域",则除了沿用原本岁时节令所对应的空间场景外,也从大自然的原型物象中,点染孕生祓除的民俗意涵,其或作为斋殿或祭坛等举行宗教仪典之所在,凡此亦越发地彰显出"死与再生"的本质意涵。尤其若依据剧作中的情节先后,将这些岁时节令的时序环扣起来,则大地春回,万物复苏的三月三上巳《禊游》,意味着"诞生"的起始;而慎终追远、追奠亡魂的三月清明《私祭》,可视为是"死亡"的终点;是故蚀而复全、月圆人圆的八月中秋《重圆》,则俨然是"再生"的循环;至于镶牵在"生"—死"以及"死"—再生"中间的两个七月七日七夕《密誓》与《尸合》,前者凸显乞巧化生的子嗣诞生意涵,后者关系着情悔救赎的死亡升仙过渡,在此"生/死"意象的强化衔接中,更完整地展示"死与再生"的剧作内涵。

永寿长生!原即是人类潜藏的心灵欲望与终极理想,根植于世俗王国,寄托于彼岸乐土。谪仙历劫的明皇与杨妃,在洪升结合的岁时节令与神圣场域中,以"死与再生"的双重指摄架构通过仪式,终能在尘世中涅槃,在情爱中超越,在仙界中永生,而此正是《长生殿》之由"长恨"转为"长生"的命义所在。(原文发表于2007年"纪念俞大纲先生百岁诞辰戏曲学术研讨会",本文为重点浓缩)

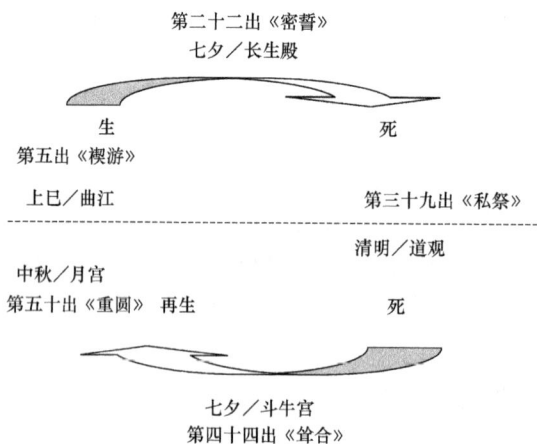

第二十二出《密誓》
七夕／长生殿

生　　　　　　　　　　死

第五出《禊游》

上巳／曲江　　　　　　　　　　　第三十九出《私祭》

清明／道观

中秋／月宫
第五十出《重圆》 再生　　　　　　死

七夕／斗牛宫
第四十四出《尸合》

蔡欣欣:台湾政治大学中文系　教授

《郑伯奇文集》补遗二篇

车振华

郑伯奇(1895—1979)是现代文学史上一位资深的革命作家,早期戏剧、电影创作者和理论批评者。他是创造社的主要成员,参加过创造社出版部的实际工作。他还是"左翼作家联盟"的筹备人和常委。当时,为了宣传马克思主义的文艺理论并适应革命文学运动的需要,"左联"展开了"大众化"问题和"通俗文学"问题的讨论。在此讨论中,郑伯奇写过大量的文章,发表在《大众文艺》《北斗》《新小说》《光明》《东方文艺》及《大晚报》副刊等刊物和报纸上,并展开了实践工作,编《新小说》,以登载通俗作品相号召。

郑伯奇论"大众化"和"通俗文学"的文章,《郑伯奇文集》(《郑伯奇文集》编委会,西安:陕西文艺出版社1988年版)中大部分已收录,但近日笔者在翻阅《大晚报》时又发现了他的两篇论通俗文学和通俗文化的文章:《建设新的通俗文学》和《展开通俗文化运动》。此二文于《郑伯奇文集》中未见收录,有关郑伯奇的研究论文中也未见有人提及。只有王延晞和王利两位先生编的《郑伯奇研究资料》(山东大学出版社1996年版)"目录索引"部分的《郑伯奇著译系年目录》中收有二文的目录,但原文未见著录。

另外,《郑伯奇著译系年目录》中有两处明显错误:一是把《展开通俗文化运动》一文误作《展开通俗化运动》;二是出处错误,该目录注明"《建设新的通俗文学》(文艺论文)载1936年4月3日、4月8日上海《大晚报·火炬》。"其实,应为《大晚报·火炬通俗文学》周刊第1、2期。[①]

在《建设新的通俗文学》一文中,郑伯奇从文学理论出发,对文学大众化没有取得较大进展的原因进行了分析,认为中国文学必须走大众化的道路,而大众化应该由内容和形式两方面着手。要以大众的感觉为感觉,大众的趣味为趣味。在《展开通俗文化运动》一文中,郑伯奇认为,"文学运动和文化运动全体在有机的联系上才能有正当的发展和丰饶的收获",他从整理研究和研究方法两个方面对通俗文化运动进行了分析和总结。

《大晚报·火炬通俗文学》周刊由阿英(钱杏邨)主编,于民国二十五年(1936)4月3日创刊于上海,同年12月30日停刊,共刊出40期。《大晚报·火炬通俗文学》周刊是以周刊形式创办的第一个专门研究俗文学的学术刊物,由于创刊于时局危艰之际,存在时间又极短,《大晚报·火炬通俗文学》周刊目前已是极难寻觅。为方便研究者,笔者认为把这两篇文章刊登出来是必要的,相信会对郑伯奇研究和左翼文学运动研究提供一点帮助。以下是郑伯奇先生的两篇文章,除繁体字改为简体和排版不同外,其他均与原文一致。[②]

---

① 《大晚报·火炬通俗文学》周刊的具体情况,详见关家铮《阿英与20世纪30年代俗文学研究》,载《民俗研究》2005年第1期。

② 《建设新的通俗文学》一文分两期刊载,本应分为(上)(下),但原文分为《建设新的通俗文学(一)》和《建设新的通俗文学(下)》。

建设新的通俗文学（一）

文学,跟其他艺术一样,应该是最大多数的民众所能享受的。可是,目前,电影、戏剧、音乐、绘画等各种艺术多少都做到这样地步了,只有文学,依然停留在少数知识分子的范围以内。和最大多数的民众依然不发生关系。

为民众的解放,为文学本身的发展,这都应该是一个严重的问题。

当新文学运动的开头,曾经有人说明,新文学就是"平民文学",但是,事实上,新文学的作品并没有普遍地散布到平民社会中间去。最近十年来新兴的文学运动,虽然以走向民众相号召,但,民众不能接受这样的文学,这也是谁都不能否认的事实。五六年前,曾经有过大众化的要求,当然是根据这种事实而出发的。

大众化没有什么成绩,原因自然很多,单就文学理论方面来看,也有许多地方值得重新讨论。现在,因为篇幅所限,我只就文学本身,指出几点：

第一是大众化的否定论。这一派的意见,以为真正优秀的文学作品必然能得到大众的欢迎,古今许多不朽的杰作就是很好的例证；反之,顾虑读者想博大众欢心的作家倒没有留下什么好的作品；所以,大众化云云只是文艺的邪道。这意见好像是颠扑不破的一元论,实际只是旁观者的风凉话。想博大众欢心的作家,或者是浅薄,或者是故意通俗,当然遗留不下有价值的作品；可是能得大众欢迎的伟大作家,他们的写作态度决不是超然物外的。像高尔基那样由下层生活挺身出来的作家不用讲了,如左拉的实验下层生活,托尔斯泰的学习农民言语等等,都可表示他们的作品能得大众的欢迎决不是偶然的。

第二是内容偏重论。这就是说,只要作家能够理解大众生活,能够描写大众生活,他的作品自然能大众化,自然能得大众的欢迎。这把问题看得太简单。其实理解大众生活的作家,未必能写大众欢迎的作品；描写大众生活的作品未必一定都受大众的欢迎。

第三是形式偏重论。这是劝作者用大众所熟悉的形式去写作,如用五更调写九一八事变,用花鼓词写军阀割据农村破产的痛苦,都可算作这种尝试的成绩。其实这种尝试由来很早,在前清末年已经有了。不过这也是把问题看得太简单。要由侧面去解决问题反而看不到问题的核心。清末的种种文学革新的尝试都没有五四文学运动的有效果,就在这个地方。

由上面所说的看来,我们得到两个结论：

其一,文学应该大众化,尤其是中国现在的新文学更应该走向大众化的这条大道。

其二,大众化应该由内容形式两方面着手,偏重任何方面都不能成功。

（《大晚报·火炬通俗文学》周刊第 1 期,1936 年 4 月 3 日,周五,第五版）

建设新的通俗文学（下）

站在这样的观点上,我们来建设新的通俗文学。

中国数千年来的传统文学是贵族文学。这在五四运动当时已经大家承认了。站在新的观点上,还有许多可以补充的地方,我们如今且不去多说了。中国最初的市民文学,在当时,实在可以说是一种通俗文学,这却值得一提。无论传奇、评话、元曲、杂剧乃至三言二拍、水浒传、三国志演义等长短篇小说,实在都是当时的通俗文学。这和诗、颂、论、传等庙堂文学或尺牍、小品等抒情文学相对比是更容易明白的。对于这种通俗文学,作者的态度有两点可以看出:第一,是教训的;第二,是游戏的。所谓教训的,不单是说教的意义,而是作者的写作的态度为迎合读者而特别降低,用今日的名词来讲,也可说是一种大众化罢。因为自己的写作并不严肃,所以这样的作品,作者自身并不重视。许多初期的作品往往不知是何人所写作,也正是这样的原故。可是,谁知道数百年后,他们所视为不朽的庙堂文学或发抒性灵的抒情文学倒随着时代湮没,他们视为游戏文字的通俗作品反成了下一个时代的宝贵的遗产呢?

如今,时代不同了,我们所提倡的新的通俗文学当然不能用从前那样的眼光去看,而作者的态度也应该是更严肃的。

我们以为新的通俗文学不仅是新文学的大众化,而且是新文学目前应该走的一条大路。我们建设新的通俗文学,同时要因此使新文学的内容更加丰富,新文学的领域更加广大。

我们要理解大众生活,描写大众生活,更进一步,我们要以大众的感觉为感觉,大众的趣味为趣味。大众的感觉和趣味,客观地讲,都是健全的。说大众的感觉迟钝,那只是表示自己的感觉是病态的过敏。大众的趣味并不必是低级的,低级趣味只是作者曲意奉迎的一种丑态。当然,大众的人生观道德观是要具体地加以批判的。

旧的形式是可以用的。我们相信最初的新文学都不免要利用旧的形式。不过在运用中,我们要使旧的形式渐渐脱弃了不适宜的成分而变成崭新的东西。同时,我们要明白西洋近百年来完成的文学形式不应该是我们绝对唯一的遗产。对于形式主义(Mannorism)的欧化我们还要坚决的反对。

这是我们提倡新的通俗文学的态度。至于目前提倡新的通俗文学,附带地还有一种意义。

这几年来,小品文的盛行,心境小说的抬头,末梢的都会趣味(当然具有殖民地寄生层的特色)的泛滥,都侵害新文学的正当的发展,以是大多数的民众为背景的新的通俗文学也是解除这种危险的一种有意义的方法。

一九三六年三月二十七日

(《大晚报·火炬通俗文学》周刊第 2 期,1936 年 4 月 8 日,周三,第五版)

展开通俗文化运动

文学运动和文化运动全体在有机的联系上才能有正当的发展和丰饶的收获。脱离了文化运动的文学运动,势必变成时代的落伍者。

两年来的文化运动,在救国运动这时代巨潮的推动中,呈现出非常活跃的姿态。远比七八年前的文学运动,有一个显著的特色,就是通俗化大众化的实践。

新的通俗文学是在这样的要求之下产生的。虽然产生的作品还不多,但在这样短促的时间内,在这样困难的环境之下,能有这样的成绩,我们正不必感到失望。

整理研究方面,较之以前也获得了更多的成绩。自五四运动以来,在"平民文学""民间文学"的称号之下,俗文学方面的文学遗产,也颇有人从事整理研究;但近年来,因通俗化大众化的要求,使这方面的整理研究,更加进步。我们可以大胆地说,近数年来的研究,比较以前的确大有进步而且有更丰富的收获。具体的事实，在阿英先生的《一九三六年中国通俗文学的发展》一文中，已经详细地指点出来了，我在这里也不须多讲。

最使人注目的，是研究方法的进步。以前的许多研究，都不能越出五四运动当时所提示的规准。版本的考证和作者的身世成了研究的中心。现在也还有这种倾向，而且这种研究的成绩也正不能一笔抹杀，然而研究方法和研究者的态度，却更进一步。不少的人注意到产生的社会环境和作品的社会意义。虽然方法并不严密，但这种进步值得我们加以注意。若能把这几年来文艺批评的成果，更丰富更活泼地利用到这方面的研究，成绩自然还会更大。

不过，危险并不是没有的。这种整理研究往往容易流于个人的趣味而和时代潮流隔离。结果只能供少数学者参考，与大众不发生关系。再有时因通俗的界限不明，以为用俗文学形式写成的都是通俗的作品，所以《红楼梦》《儒林外史》等高级的艺术作品都被作为研究的对象了。这种士大夫阶级抒情泄愤的著作在宫廷文学全盛时代，固然是异端，其实与大众是毫无关系的。这种研究，在中国文学史的研究上固然有意义，但对于目前我们所需要的通俗文学并不能有什么寄与的。

对于在来的通俗作品，我以为有将通俗文学的意义重加确定一番的必要。在封建制度全盛的时期，除了宫廷贵族沿用的正统形式以外的作品，都不能登所谓"大雅之堂"的。这些作品固然不妨是下一个社会的先驱的作品，但当时的民众却并不能理解鉴赏，下一个社会的民众也不需要它们。所以封建时代所说的通俗，在我们现在这时代并不能一律通用。我们现在承认其为通俗作品，应该是以下两种：一种是完全由民间口碑流传下来的俗歌、民谣故事传说；一种是士大夫用来教化民众而民众乐于接受（这一点很重要，民众乐于接受，就表示这作品含有大众性。我们随便将《西游记》和《东游记》比看看：《西游记》现在还受民众欢迎，而《东游记》早已无人理睬了，这就是因为后者教化大众而写作，却没有大众性的原故）的一些作品，目前我们的整理研究，由这一点看下来，对于真的通俗作品，做的并不能说是很多。

但即使我们就将真的通俗作品，用现在的研究方法去研究，对于目前需要的通俗文学也不见得会有什么影响。新的通俗文学并不能因此产生。因为现在的研究方法毕竟偏于学术论文式的，一个通俗作品成功的因素并没有什么说明，从事新的通俗文学得不到什么提示。固然以前的通俗作品应该是，新的通俗文学的宝贵的遗产，我们应该接受，但现在的研究方法，对此并不能有什么帮助。

新的俗文学是新的通俗文化的一翼。通俗文学的研究也应该跟通俗文化的运动而另作新的展开。社会科学的观点，写作技术的探求都应该用在通俗文学的研究上。我希望在一九三七年我们的研究有这方面的新开展。

（《大晚报·火炬》，1937年1月17日，星期日，第五版）

车振华：山东社会科学院文化研究所　副研究员

朱炳国先生新收 1938—1954 年洛社宝卷考述[①]

陈泳超

　　常州市谱牒文化研究会会长朱炳国先生长年搜求民间古书佚籍,成绩斐然。其于谱牒大宗之外,近年亦多留心俗文学之作,宝卷山歌之类,每有新获,必飨余目验摄影,略无居奇自矜之心,惠我实多。2013 年下半年,朱炳国先生又从江苏省常州市与无锡市之间的洛社镇收获宝卷旧抄本 40 册,据朱先生介绍,这批宝卷是从洛社某人家中一次性收来的,原主人说是家中前辈保存,此前尚有更多,因"文革"等运动烧毁不少,此为残存之全部。经笔者翻检,除一册外,余皆为同一抄手,有较为明确的抄手信息。尤其难得的是,这一地区此前搜集到的宝卷,很少出现较为久远时段内具有明确信息的批量实物,因而很难体现宝卷活动的真实面貌;而在这批抄本中发现了抄手记录的两种宝卷目录,去其重复,共得 79 种之多,颇可代表民国时期常锡地区宝卷流通本之概貌,洵足珍贵,特撰文为之绍述如下。

　　这 40 册宝卷实为 32 种(有些卷册中还抄附有别的经卷,暂不入计,后将说明),其中有《白蛇宝卷》一册,封面署"第十五号""张文元记",卷尾署"张文元抄写""光绪十五年杏月抄写",其余卷册均为卫清泉一人所抄,故《白蛇宝卷》当为其他缘故掺入,本文置之不论。就卫清泉所抄 31 种 39 册宝卷中,在《孟姜女宝卷》和《三娘宝卷》的卷尾各有一份宝卷目录,为方便起见本文分别称之为"A 目"和"B 目",两相对照差别不大,以"A 目"较多且较齐整,故本文将以"A 目"为纲,将"B 目"打散参校,并以车锡伦先生《中国宝卷总目》(下文简称"《总目》")[②]为主见其外部流通情况,即对照《总目》录其序号,如有需要再略抒管见;若有宝卷实物遗存,则简述其相关信息。为求清晰明了,特制成表格如下。需要说明的是,抄本中错别字甚多,除错字改为相应之字外(否则无法打出字符),别字一仍其旧,大多不难猜准,这也可以看出抄手的文化水平,个别重要信息则另加说明。

A 目	B 目	外部流通情况	实物信息
龙凤卷二本	龙凤二本	《总目》0651	
寿春卷一本	六寿春一本	《总目》未见,笔者所见各宝卷集均未见此目。	卷内又名《贤良宝卷》,主人公名"陆寿春",该抄手习惯将"陆"字写成"六",民国三十六年(1947)抄。

　　① 本文为北京大学中文系自主科研项目"以苏州上方山为中心的宣卷活动田野调查"(2015ZZKY12)系列成果之一。

　　② 车锡伦《中国宝卷总目》,北京燕山出版社 2000 年版。

续 表

黄糠卷一本	王糠一本	《总目》0401	
双富贵一本	双富贵一本	《总目》1034	
珍珠塔四本	珍珠塔四本	《总目》1540	
梁祝烟缘一本	梁祝一本	《总目》0609	封面缺,卷内题作"梁祝姻缘",壬辰年(1952)抄。
妙英卷一本	妙英一本	《总目》0699、0700	民国二十九年(1940)抄。
玉英卷一本	玉英一本	《总目》1473	
顾兰英二本	兰英二本	《总目》0675	封面题《兰英宝卷》仅见下本,卷内主人公兰英姓万俟不姓顾,或系笔误。民国二十八年(1939)抄。
乌盆记一本	乌盆记一本	《总目》1199	庚寅年(1950)抄。
六月雪一本	六月雪一本	《总目》0195	
彫龙扇一本	彫龙扇一本	《总目》0187	
三娘卷一本	三娘一本	《总目》0585	民国二十八年(1939)抄。
奎星卷一本	奎星一本	"奎星"当为"魁星"之讹。《总目》0420《还金镯宝卷》和0839《欺贫重富宝卷》皆有别名《魁星宝卷》,不知此目何属。	
忠义卷二本	忠义二本	《总目》1534	卷内又名《大红袍宝卷》,民国二十七年(1938)抄。
素贞卷一本	素贞一本	《总目》未见标目,其0342《合同记宝卷》又名《素贞宝卷》,一册,但《合同记》本身在"A目"与"B目"中已有;又1095《太平宝卷》又名《太平赵素贞宝卷》,二册。此卷究竟何属待考。	
龙灯卷一本	龙灯一本	《总目》0649	
如意卷二本	如意二本	《总目》0883	仅见下本,癸巳年(1953)抄,后附《灯笼经》一页。
鹋哥卷一本	鹋哥一木	《总目》未见,笔者所见各宝卷集均未见此目。"B目"中该目重出,写作"鹋鹋 卷一本",此卷之名当为"百哥",或音近之"八哥"。	
百花台二本	百花台二本	《总目》0038	仅见上本,卷内又名《双恩宝卷》,人民癸巳年(1953)抄。
西瓜卷一本	西瓜一本	《总目》1255	

玉连环四本	玉连环四本	《总目》1476	仅见中间两本，其一卷尾有"忠孝节义四本"字样，民国二十七年(1938)抄。
显应卷一本	显应桥一本	《总目》1395	民国二十七年(1938)抄。
双珠凤二本	双珠凤二本	《总目》1070	
彩莲卷一本	采莲一本	《总目》0075	
大红袍一本	大红袍一本	《总目》0133。前录《忠义宝卷》卷内又名《大红袍宝卷》，或为繁简本之别？	
刺心卷一本	刺心一本	《总目》0065	
合同记一本	合同记一本	《总目》0342	
叙宝卷一本	叙宝一本	《总目》未见，笔者所见各宝卷集均未见此目。	
文武香球卷四本	文武香求四本	《总目》1190	
孟姜卷一本	孟姜女一本	《总目》0707	民国念九年(1940)抄。
三阳县二本	三阳县二本	当即《总目》0975 之《山阳县宝卷》	
延寿卷一本	延又卷一本	《总目》1405	卷内又名《金本中延寿宝卷》，民国二十八年(1939)抄。
灯龙卷二本	灯龙二本	《总目》0190	卷内又名《千金宝卷》《欺贫宝卷》，民国念七年(1938)抄。
双花卷一本	双花一本	《总目》1038	
双钉记一本	双丁记一本	《总目》1030	卷内又名《张义宝卷》《金龟宝卷》，民国二十八年(1939)抄，后录《灯龙经》一页。
猛将卷一本	猛将一本	《总目》0721	民国二十八年(1939)抄。
碧玉簪一本	碧玉簪一本	《总目》0058	
玉蜻蜓二本	玉蜻蜓二本	《总目》1471	卷内又名《蜻蜓宝卷》《瑞珠宝卷》，民国二十八年(1939)抄。
金牌卷一本	金牌一本	《总目》0474	
舜哥卷一本	舜哥一本	《总目》未见，笔者所见各宝卷集均未见此目。	
卖花卷一本	卖花一本	《总目》0734	
徐子见一本	徐子见一本	即《总目》1303《徐子建双蝴蝶宝卷》。	
麒麟卷二本	其麟二本	《总目》0864	封面题《麒麟豹卷》，卷内又名《麒麟宝卷》，民国二十八年(1939)抄。

续 表

赵五娘卷二本	赵五娘二本	《总目》0788	封面题《琵琶宝卷》,卷内又名《贤孝宝卷》,民国岁次己卯年(1939)抄。
买爹卷一本	买爹一本	《总目》0724	
地母卷一本	地母一本	《总目》0154	
董永卷一本	东永一本	《总目》0179	
二度梅卷一本	二度梅一本	《总目》0197	
龙图卷二本	尤图一本	《总目》0661	
何文秀二本	何文秀二本	《总目》0345	
玉带记一本	玉带记一本	即《总目》0640《刘文英宝卷》	
沉香卷一本	沉香一本	《总目》0092	
芙蓉卷一本	芙蓉一本	即《总目》0263《芙蓉宝卷》	封面题《延寿宝卷》,卷内又名《芙蓉宝卷》,民国念九年(1940)抄。
佛裸卷一本		《总目》未见,笔者所见各宝卷集均未见此目,"裸"或当为"课"。	
双凤卷二本	双凤二本	《总目》1032	民国二十八年(1939)抄。
洛阳桥一本		《总目》0597	
解神星一本	解顺星一本	《总目》0528	民国三十年(1941)抄。
九更天一本		《总目》未见,笔者所见各宝卷集均未见此目。	
张四姐一本	张四姐一本	当即《总目》1566《张四姐大闹东京宝卷》	
林子文二本	双玉玦二本	即《总目》1066《双玉玦宝卷》	封面题《双玉玦宝卷》,卷内又名《林子文宝卷》《一餐饭宝卷》。民国三十五年(1946)抄。
江流子卷一本	江流子一本	《总目》0450	民国三十六年(1947)抄。
生死牌卷二本	生死牌二本	即《总目》0847《抢生死牌宝卷》	
取金卷一本	取金一本	《总目》未见,笔者所见各宝卷集均未见此目。	
金杯卷一本	老鼠金环一本	"A目"中的"金杯"当为"金环"笔误,即《总目》1052。	封面名《金环宝卷全本》,卷内又名"奇缘宝卷""双奇缘宝卷",1949年抄。
庵堂相会一本	庵堂相会一本	《总目》0002	
落手帕卷二本		或即《总目》0926《四亲宝卷》之别名《落巾帕卷》。	

刘金达卷一本		《总目》0458、0636	封面题《金达宝卷》，卷内又名《忠义卷》，人民庚寅年（1950）抄。
陆天宝一本	六文进一本	或即《总目》1404之《延寿宝卷》，笔者曾见常熟图书馆藏本与此全同。	卷内又名《延寿宝卷》，情节大致同于《男延寿宝卷》，民国三十五年（1946）抄。该卷说陆天宝之父名"陆文俊"，"B目"之"六文进"或即"陆文俊"之讹。
盗满金一本	盗满金一本	《总目》未见，笔者所见各宝卷集均未见此目。	
乌金记卷一本	乌金记一本	《总目》1197	卷内又名《桂英宝卷》，民国三十二年（1943）抄。
王花卷一本	王花一本	《总目》1176	民国三十二年（1943）抄，后附《灵官忏》一种。
双玉燕二本	双玉燕二本	《总目》1067	封面题《玉燕宝卷》，无下本，人民甲午年（1954）抄。
红罗卷一本	红罗一本	《总目》0379	
	姣英二本	《总目》未见，笔者所见各宝卷集均未见此目。	
	顾文玉一本	《总目》未见，笔者所见各宝卷集均未见此目。	

　　上表所列是以"A目"和"B目"合并而计的，二目之外，这批宝卷实物中尚有《大香山宝卷》一册，《香山宝卷》是江南宣卷活动的必备卷本，抄手或因其常见反未著录。该册极省俭，后又附《开家宝卷》一册，卷内又名《开公宝卷》，即《总目》0564。此外，该卷还附《庚申经》两种，《星宿经》一种，均为短小韵文。

　　又，《琵琶宝卷下本》之后，附录《大发财宝卷全本》，卷内又名《双富宝卷》，述陶美玉事，当为《总目》0274。

　　由此合计，抄手卫清泉实际留存宝卷34种，短篇经文4种（《灯龙经》《星宿经》各一种，《庚申经》两种），忏文1种（《灵官忏》）。再加上表所列AB篇目，去其复重，实得宝卷凡79种。

　　这79种宝卷名目，大多可在《总目》中找到，可见是较为通行的。但仍有《百哥》《叙宝》《舜哥》《佛课》《九更天》《取金》《盗满金》《姣英》《顾文玉》9种未见著录，其中《舜哥》当是讲述舜孝故事无疑[①]，《九更天》或许与同名京剧内容相关，《佛课》或为接佛、送佛之类科仪卷本，余皆不知所叙何事。

　　在所获宝卷实物中有《寿春宝卷》一种，叙顺宗皇帝时通州府如乐县陆家庄陆寿春冤案曲折事，《总目》里未见著录；其卷内又名《贤良宝卷》，查《总目》中《贤良宝卷》可能是三种宝卷的别名，分别为0345《何文秀宝卷》、1007《杀狗劝夫宝卷》和1176《王花宝卷》，与本

――――――――――――

　　① 《王花宝卷》内有道士唱道情"十二月调"，中云："二月里来是仲春，舜哥天子座龙庭。吃了蛮娘千般苦，二十四孝当头名。"《舜哥宝卷》当是敷衍此事。

卷均不合;笔者所知常熟地区另有《贤良宝卷》一种,叙地方土神、西湖巡查刘大根事,与本卷亦不合。故此卷似乎值得特别关注。

关于这批宝卷的抄手情况,抄本中也留下了不少信息。此人名叫卫清泉,在其宝卷封面上都会留下"卫恩义堂清记"的字样,显系抄手堂号。非常难得的是,《梁祝姻缘》的首尾封页是后来重贴的,所用纸张竟然是一份自家报丧单,丧主是卫清泉之妻,其全文如下:

报丧　丧居:洛社卫马巷本宅
寒门不幸蹇及
荆室陆孺人痛于公元一九五二年农历十月二十九日下午一时寿终享寿八十岁兹
定于农历十一月十四日出殡谨此报
杖期夫卫清泉率子(巧杏仁永)生 暨孙(桂福寿富金东南玉柏梅钧文瑞)林 曾孙
(锡康 福康 俊康 中祥 中衡)顿首

据此,卫清泉家门情况历然,他居住在洛社卫马巷,妻子姓陆,至1952年已有4个"生"字辈儿子,13个"林"字辈孙子以及6个曾孙,可谓全福老人。他抄写的宝卷每本卷末都有时间记录,在《忠义宝卷卷上》末尾卫清泉老人有一段自述:

时值八一三明年中日战争仍未和平因此老人在家无事作消遣幸老人精神强健每日朝夕誊写以作消遣也年七十樵叟诚不容易阅者慎之乎
敬惜字纸珍藏卷本
中华民国二十七年闰七月吉日卫清泉亲笔抄完

这是现存抄本中时间最早的一本,卫清泉自号"樵叟"①,时年70岁,因为抗战军兴而抄卷消遣残年,虽纸张腾贵亦未中辍。上引文字的间隙又有两行不同墨迹的夹注:

非常时期纸价极贵每张铜元六十文
子国桢题志

显系其子事后追记,但此处其子名"国桢",不按报丧单上的"生"字论辈,或为别名、字号之类,已不可知。对于这样费钱费力的抄写,卫清泉自己也有记录,在《兰英宝卷下本》末尾他写道:

抄本宝卷真正难　借去看看就来还
算算不直多少钱　工夫非力实在难
关纸如今真真归　八分洋钱买一张

其中别字一猜即准,不烦更正。《玉蜻蜓宝卷下本》里也照录了一遍,这两本宝卷都抄于1939年。现存最晚的抄本是《玉燕宝卷》,卷末自署:"人民甲午年日杏月日立年龄八十六岁卫清泉抄完",时值1954年,卫清泉年届耄耋,或真抄卷之报应耶。

综合这批39本宝卷来看,大多带有明显的常州无锡地区方言特色:我里(我们)、条不落(丢不下)、回豆(拒绝)、勿末(否则啊)、探下(脱下)、铁正撞若(正巧碰着)、亲娘(奶奶)、难末勿好哉(那么不好了)、那哼(怎么)、听壁脚(窃听)、过是(那是)、不着刚(无着

---

① 如《显应宝卷》末署:"民国二十七年九月廿七日吉日谷旦抄完　七十龄樵叟卫清泉抄"。

落)、龙到(弄到)、半边(旁边)、阿囡(女儿)、种田老(种田人)、喝(撕)下、客在……下(压在……下)等等特色字眼俯拾皆是。另外,抄本中涉及的地名,明显对于常州、无锡一带记录得非常细致,如《忠义宝卷卷下》中人物的追赶路线是:

　　南京—常州—落社—无锡—黄婆塾—三里桥—大桥—南门—清明桥—新安—浒墅关—吴县—苏州—南门外白爵寺—松江府

　　而对于距离常州、无锡较远的地方,通常只是记录一些大的州县而已。这些特点都与抄手所在的洛社(现属无锡)位置相匹配,足以代表民国时期常锡地区宝卷流通的大致情况。

陈泳超:北京大学中文系　教授

谈泰山《悬云寺》传说的流传

丁肇琴

前言

泰山位于山东省泰安市,古称岱山、岱宗。泰山的主峰玉皇顶海拔 1545 米,虽较五岳中的西岳华山、北岳恒山为低,却是东部沿海第一高山。泰山山势磅礴雄伟,居五岳之首,故有"五岳独尊""东岳泰山""天下第一山"之称。春秋时代,孔子曾经登上泰山而小天下;①唐朝大诗人杜甫也有《望岳》之作,说泰山是"造化钟神秀""一览众山小"。从秦始皇开始,不少皇帝都曾到泰山举行封禅大典。帝王们驾临泰山,或修建亭台楼阁,或吟诵诗词歌赋、摩崖刻石,给泰山留下了很多文物古迹。由于泰山的自然与人文景观都卓越杰出,所以早在 1987 年 12 月即被联合国教科文组织遴选为"世界自然与文化遗产"。②

泰山的著名景点有不少解释性的传说,如《斩云剑》《经石峪的传说》是解释山川地形结构,说明命名由来等。而山上众多的庙宇,也是各路神仙事迹形成的温床,故有《天贶殿》《悬云寺》《迎仙桥》等篇广为流传。根据笔者统计,《泰山民间故事大观》一书中共有各类传说 139 篇,其中地方风物传说就占了 80 篇,③这些丰富的材料,很值得我们重视。

《悬云寺》在泰安是家喻户晓的泰山传说,《泰山民间故事大观》里提到,工作人员共采录到异文十种,在书中收了一篇整理稿,选了三种异文,包括 1933 年出版的《山东民间传说》(第一集)刘逢源搜集的《玄真寺》。④《悬云寺》内容主要是说:小和尚每天上山拾柴,都有小孩和他玩,并帮着他拾柴。后来老和尚起疑,命小和尚把针线别在小孩背后,老和尚因而掘到了人参。老和尚煮人参,吩咐小和尚不可掀锅。小和尚忍不住香气的诱惑,把人参吃光,又把汤浇在庙的四周,结果庙就升上天了。而东北的长白山是盛产人参的地方,因此吉林也有相关的传说。笔者在整理泰山民间传说时,对这则传说特别感兴趣,因为小时候就曾听家母说过类似的故事。

后来整理中岳嵩山的传说时,又发现《少林寺的由来》和《悬云寺》基本情节十分类似,只是将何首乌取代了人参。其至西岳华山也有一篇老道士在山中采药遇见人参娃娃的《和合二仙》的传说,可见《悬云寺》传说流传的范围很广,这是笔者最感兴趣的部分。到底它是如何流传到各地呢? 在流传的过程中有何改变? 为何要有所改变? 这是本文想讨论的问题所在。

---

① 《孟子·尽心上》:"孟子曰:'孔子登东山而小鲁,登太山而小天下。'"太山即泰山。

② 李爱国、单传海等编《泰山百问》,中国旅游出版社 1984 年版,第 35 页。

③ 陶阳、徐纪民、吴绵编《泰山民间故事大观》,北京文化艺术出版社 1984 年版。此书分为七辑,共有 156 篇,扣除生活故事、童话与泰山无关的传说,实有泰山传说 139 篇,其中地方风物传说占 80 篇。

④ 《泰山民间故事大观》,第 116 页。

一、泰山传说《悬云寺》

《泰山民间故事大观》收录的《悬云寺》整理稿,是以张建新讲述的《竹林寺的传说》为基础,并参考张光海、李伯洋、翟希芝、关龙等口述材料整理而成。因原文甚长,兹将内容摘要如下:

> 悬云寺原本叫作竹林寺,在泰山傲徕峰长寺桥上边。寺里有个老和尚与一小和尚,小和尚每天上山拾柴,拾少了得挨打。有一天小和尚到马蹄峪拾柴,和一男一女两个小孩玩起来。小和尚没拾柴,怕回去挨打。那两个小孩主动帮忙,拾了满满一筐柴。从此小和尚每天都到山上和那两个小孩玩,那两个小孩每天都帮他拾很多柴。时间长了,老和尚觉得奇怪,问小和尚怎么回事,小和尚实话实说,老和尚不信,还跟着小和尚去看才信了。后来他给小和尚一根针和一个红线穗子,要小和尚偷偷把针别在小女孩的后背上。小和尚照做了,老和尚则循线挖出个参娃。
>
> 老和尚把参娃洗净放进锅里煮,想去请朋友来吃,一道成佛升仙。他吩咐小和尚在家烧火,千万别掀锅盖,再三交代才走。小和尚好奇,掀开锅,一股奇香扑鼻,忍不住三吃两吃,吃没了。想起师傅的嘱咐,害怕起来。他一不做,二不休,干脆把汤也围着庙浇了一遭,只听"轰隆"一声,整个寺院离开地面升起来了。这时,老和尚和请来的士绅名流也到了。他一看寺庙升起,赶紧扒住庙台,大喊:"等等我!等等我!"可是那寺越升越高,越升越快,老和尚同那块庙台一起掉在地上摔死了。
>
> 庙升到半空中,就悬在云彩上了。从那以后,人们就把升上天的竹林寺叫"悬云寺"。据说,每逢雨过天晴,站在竹林寺的地基旁边,可以隐约看到天上的悬云寺,还能听到寺里的鸡鸣和钟声哩!据说,原来人参的老家是泰山,只因男参丢失了小伙伴,心里难过,就一路哭着上东北长白山了。男参流下的泪水变成泰山的天麻和赤鳞鱼。所以,现在东北长白山人参很多,泰山上的人参就很少了。①

异文之一《悬云寺》篇幅较整顿稿稍短,寺里住的是道士而非和尚,陪徒弟玩的只有一个小孩。其内容摘要如下:

> 悬云寺里有师徒二人,师傅是道士,徒弟是个傻子。有一天师傅出门,徒弟问师傅他吃什么烧什么,师傅顺口说吃石头烧腿。过了几天师傅回来,以为徒弟饿死了,不料徒弟好好的。师傅知道有个小孩来和徒弟玩,便给徒弟一个线穗子,叫徒弟别在小孩的身上。徒弟照做了,师傅就顺着线挖出一个参娃。师傅把参娃煮上,跟徒弟说不能动,好好看家,自己上城里请县太爷来吃。徒弟闻着挺香,便把人参吃光了。吃了才想起师傅回来怎么办?就把汤围着庙浇了一遭,房子就动弹了,往上起。他师傅回来时,徒弟到庙门口上去拽他师傅的手,可已捞不着了。县太爷在后头也没了治,这个房子就平地飞起来。
>
> 打那以后,这地方就叫"悬云寺"。这参是个公参,还有个母参。这个母参到了夜里在这个地方哭,哭了三天三宿,后来就上了东北长白山了。②

---

① 原文详见《泰山民间故事大观》,第119—120页。
② 原文详见《泰山民间故事大观》,第121—123页。

异文之二《悬云寺的传说》和整理稿《悬云寺》一样是一老一小两个和尚,但不是小和尚上山去和小孩玩,而是晚上有个女子来与小和尚谈笑,老和尚知道了,给小和尚线穗子和针,要他别在女子背后衣裳上。小和尚照做,结果老和尚循线找到一棵人参。老和尚亲自到厨房去煮,煮好了把小锅盖好,出门去红门宫请朋友来吃,来回三次对小和尚说别掀锅。小和尚还是掀锅吃个精光,再端起小锅围着庙浇了一遭,庙宇摇摇晃晃升起来了。老和尚请着客回来了,见庙要升天了,就边跑边喊叫等一等,又赶紧扳住庙门台大喊等一等!

老和尚喊,庙往上升,他因为没吃参,所以扳下一块门石掉在地上了。从此,留下了一句俗话:"有了和尚无了寺"。庙升到半空中,就悬在天上停住了。据说是叫老和尚喊"等一等"喊的,要不庙就上天宫了。

庙悬在半空中,据说六十年可以看见一次。也有的说,每逢雨过天晴,就会在半空中看到悬云寺的红墙,也能听到钟声。据说,原来人参的老家是泰山,只因母参被老和尚挖去之后,气得那公参跑到关外去了。关里没人参了。①

《泰山民间故事大观》在两篇《悬云寺》的异文之后又附了一篇《玄真寺》,也是讲小和尚偷吃人参后把汤水浇寺院一周,结果寺院就悬起上升的故事,但它没有小和尚与小孩或女子玩,把针别在其背后等情节。老和尚与小和尚的关系比较好,他煮好两根参,出门到城里办事(不是去请县太爷或朋友)时,嘱咐小和尚千万不要到厨房里去,等他回来一块吃饭。但老和尚的下场很悲惨:

老和尚既不能升天,又无寺可归宿,愤感交集,竟在寺前遗下的石狮子上三头碰死了!他的坟墓,一直到现在,还在这寺的遗址旁的乱石蔓草内保存着。

据山中的人说,自玄真寺升天后,每每在晴明的寂静的夜里,听见空中有鸡鸣、犬吠、撞钟、敲磬的声音。那一定是由玄真寺内发出的了。

寺后面遗下的两棵大参,因为失了伙伴,悔恨地脉不佳,于是相约着哭往东北去了!由此,你可以知道,现在东北人参的祖宗,是自关里泰山上移植去的。②

由以上引述的四篇传说看来,确实是同一系统的"悬云寺",主要情节类似,但细节有些不同。主要是头尾略有不同,但中段的发展基本上是一致的。所谓头尾略有不同,指的是闯入师徒二人平静生活的小孩是一男一女或一男或一女的区别,因为小孩是人参的化身,当人参被煮食,剩下的另一(或二)枝人参也就有公参或母参的不同。

这几则传说表面是说竹林寺变成悬在半空中的悬云寺的缘故,但其实是在强调"人参"药力的强大。范子《计然》曰:"人参出上党,状类人者善。"③隋朝还有上党人参呼叫示警之说:

高祖时,上党有人,宅后每夜有人呼声,求之不得。去宅一里所,但见人参一本,枝叶峻茂,其根五尺余,具体人状,呼声遂绝。盖草妖也,视不明之咎。时晋王阴有夺宗之计,诡事亲要,以求声誉。谮皇太子,高祖惑之。人参不当言,有物凭也。上党,党,与也。亲要之人,乃党晋王而谮太子。高祖不悟,听邪言,废无辜,有罪用,因此而乱也。④

---

① 原文详见《泰山民间故事大观》,第124—126页。
② 刘逢源整理《玄真寺》,《泰山民间故事大观》,第127—128页。
③ 李昉等编《太平御览》卷九百九十一,载文津阁《四库全书》子部类书类第903册,商务印书馆2006年版,第636页。
④ 魏征等撰《隋书》卷二十三,鼎文书局1983年版,第645—646页。

《太平广记·卷四百一十七·上党人》云：

> 文帝时，上党有人宅后每夜有人呼声，求之不见。去宅一里，但见一人参枝。掘之，入地五尺，如人体状。掘去之后，呼声遂绝。时晋王广阴有夺宗之计，谄事权要。上，君也；党，与也。言朋党比而谮，太子竟见废。隋室因此而乱。①

二者内容略同，都是说上党人参藉呼声警告隋文帝，晋王杨广有夺宗之计，可惜文帝不能明察，终于让杨广阴谋得逞。可见早在隋唐时代，正史和小说就有人参大如人形并能呼声警人的记载，之后民间传说出现人参化为小孩也就不足为奇了。

林仁寿博士在《认识人参》的演讲中也说：

> 一般我们所说的人参是指人参的根部，人字是代表人参根部外形有如人的身体形状，其根形仿如人体有头有体，有手有足，甚至隐约还有男体女体之别，让人有幻想空间，增添人参的神秘性。②

正因为人参根部外形有如人体，所以传说中的人参会化为小孩；也因为人参根形似有男体女体之别，故传说中会出现公参母参之说。

笔者幼时即常听家母李业绣女士（1930—2016，原籍山东省日照县）讲"人参娃娃"的故事：

> 千年的人参都长在深山里，它们早已修炼成精，会变成小孩子，白天出来玩耍。砍柴的樵夫和挖参的人有时就会遇到这种小孩。因为山里没什么住家，时间久了，挖参的人就起了疑，于是偷偷地把红线别在小孩背后的衣服上，到了夜里再顺着红线去找，最后找到的就是这种千年野人参。这种参挖出来特别大，样子活像个小孩，有头和身子，还有手脚。挖到这种参就发财了。③

家母的故事中没有寺庙升天的情节，只是说人参能修炼成人形而已。笔者一直以为这故事的重点就在于人参能化为小孩这种奇幻的情节，但 2012 年 8 月 11 日家人同赴南投惠荪林场度假，笔者与家母谈及人参娃娃的故事，说："妈，您讲的故事比较简单。我在书上看的还有老和尚和小和尚……"话没说完，家母竟接着说：

> 是啊，老和尚叫小和尚炖人参，结果小和尚把人参偷吃光了，怕老和尚骂他，连汤也端起来倒在庙的四周，结果庙升天了。老和尚也想上天，可惜够不着摔死了。④

家母说这是她小时候在山东日照老家听奶奶说的，距今已七十多年，内容和三十年前陶阳等人在泰山采集的传说十分雷同，只是家母不记得寺庙的名字，也不清楚故事的地点是不是在泰山，因为家母并不是泰山附近的人，也从未去过泰山。不过可以肯定的是：这则传说流传得很广，已经从山东中部的泰山往东传到山东东部靠海的日照县，以曾外祖母

---

① 李昉等编《太平广记》卷四百一十七，文史哲出版社 1987 年版，第 3397—3398 页。按：此条末云："原阙出处，陈校本作出《宣室志》。今见《隋书·五行志》。"

② 林仁寿《认识人参》，2003 年 3 月 9 日讲于法尔禅修中心。内容详见 http://www.dharmazen.org/X1Chinese/D32Health/H710JS.htm（浏览日期 2012—09—23）

③ 家母仅受私塾教育，说山东方言。她说山东人过去常到东北挖人参，只要挖到一棵千年野参，就一辈子吃穿不愁了。

④ 家母是小时候听她奶奶李张氏（1884—1951，山东省日照县狼洞村人，不识字）讲述的。

张氏为家母讲这故事的时间(约1940年左右)来推算,和刘逢源搜集《玄真寺》的年代(1933年出版)真的很接近。

二、吉林人参的故事

由于泰山《悬云寺》传说结尾都提到幸存的公参(或母参)哭着上了东北长白山(或跑到关外去),过去吉林长白山确实也是人参的盛产区(如今则多为人工种植,而非野生者),所以在吉林也流传着不少人参的传说。

有一则《小二姐上车》,讲小男孩冬儿在林子里结识小姑娘小二姐一块玩耍,后来冬儿的爹起了疑,要冬儿在小二姐身上别上红绒线的针,然后他循着红线找,找到大松树下有一苗不大点的棒槌(在长白山指人参),他就挖起来。但他后来打盹,梦见一家人忙着搬家,还听见人喊:"小二姐,快上车!"等他醒来,红绒线早断了,人参搬了家。[①] 此篇小孩一起在山里玩耍和别红线、循线找人参等都与《悬云寺》系列传说类似。

还有一则《红松和人参的故事》,说在山东云梦山上的云梦寺有师徒二人,老师父对小徒弟很苛,小徒弟每天得在林子里砍柴,后来跑来一个红兜肚小孩和他一块干活,什么活都难不倒他俩,老师父知道后盘问小徒弟,怀疑是棒槌精,叫小徒弟下回把红线穗子用针别在他的兜肚上。之后发展和《悬云寺》相同,只是最后说老红松树下本长着一对人参,一棵被老和尚挖走,剩下的这棵跟着老红松逃到关东,在长白山的林子里落脚,所以长白山的人参和红松才特别多。[②] 这则传说和《悬云寺》内容雷同,而且"云梦寺"和"悬云寺"只有一字之差,应该也是从山东随着闯关东的百姓带到吉林的。

所以泰山《悬云寺》系列的传说不只是向东流传到山东滨海地区(如日照),家外曾祖母和家母就是见证人;而且又往北传播到东北吉林省,流播的范围愈来愈大。不过,我们可以很明显地看出:传到东北吉林的这两则传说,第一则《小二姐上车》的情节较为简单,冬儿的爹虽然也循线找到了人参,却因打盹睡着而功败垂成;有趣的是,人参居然和人一样,知道住处危险会赶紧坐上车搬家。和《悬云寺》相比,它显然是省略了故事的后半。第二则《红松和人参的故事》,发生的地点原本在山东,老和尚只挖走一棵人参,另一棵则和红松逃到关东,这显示传说本身和山东的地缘关系很密切,但和泰山《悬云寺》系列的传说比较,多出了红松,则用来说明长白山里人参和红松特别多的原因,这是传说流传时自然产生的变异性。

三、嵩山的《竹林寺升天》

中岳嵩山的传说资料也相当丰富,以《嵩山的传说》一书来说,所收的50则嵩山传说中就有46则是地方风物传说,[③]比例高达90%。嵩山最著名的景点非少林寺莫属,和少林寺相关的传说也很多,其中《竹林寺升天》一则,竟然和泰山的《悬云寺》传说十分雷同。

原来在《少林寺的由来》这则传说中,就含有这么一段关键文字:

---

① 详见任淑元讲述,梁之搜集整理《小二姐上车》,载陈庆浩、王秋桂主编《吉林民间故事集》,远流出版公司1989年版,第405—409页。

② 详见宋哲搜集整理《红松和人参的故事》,《吉林民间故事集》,第498—501页。

③ 据笔者《嵩山民间传说比较表》,《五岳民间传说之研究》,第511—519页。

一个小和尚扶着扫帚，正向老僧问话："师傅，竹林寺升天了，天下还有佛寺吗？"老僧颤着胡须答着说："有！有！天上竹林，天下少林嘛。"①

这所谓"天上竹林，天下少林""竹林寺升天了"，正说明了嵩山原来的确有座竹林寺，后来竹林寺升天了，所以才又盖了少林寺。至于竹林寺为什么会升天？传说是这样的，兹摘要于下：

传说竹林寺的和尚很多，其中有个独眼老和尚，每天晚上都出寺去吃喝嫖赌，大家给他送个外号叫"独眼龙"。

有个五六岁的小孩常到寺院来玩，他长得胖乎乎，头上留着"娇郎捻儿"，聪明好学。大家都喜欢他，但不知他住哪里。独眼龙见了这小孩写的字，怀疑他是精怪，叫小和尚偷偷拴条红线在他衣角上。

独眼龙回来，提只灯笼顺着红线走，走进一片荒坟，一阵风把灯笼吹灭了，他吓得跑回寺里。第二天，他叫了两个小和尚跟他去坟地，看见红线顺着杂草钻进地里。他命小和尚回寺拿锄头、铁锹来刨，终于挖出一棵人形何首乌。

独眼龙把何首乌拿回寺里，洗净掰成段，放进锅里用大火煮起来。从早煮到晚，也不冒热气。独眼龙不耐烦，便交代小和尚："只准烧火，不准揭锅。"自己又出去赌钱了。

独眼龙一走，锅里冒热气了，很香。小和尚偷揭了锅，大家都尝了起来，把一锅何首乌吃完了。独眼龙回来敲门，小和尚乱作一团，有人说："干脆把水泼了，说水也烧干了。"一个小和尚端起锅，顺着寺院墙内抢了一圈，只觉整个寺院都飘了起来。独眼龙疯狂地敲着寺院大门，但他看见整个寺院升天了，越来越小，最后什么也看不见。只剩下没泼上何首乌水的两座砖垒门垛和周围的墙基。②

和泰山的《悬云寺》传说相较，除了寺名原本都叫竹林寺，这篇的主要人物也是老小两和尚，但这老和尚是个独眼龙，又不务正业；小和尚不用出外拾柴，却有个聪明会写字的小孩常来庙里玩耍。最大的差别在于循着红线挖到的是一棵人形何首乌，虽不是人参，但和人参外形相像，也同样有个"人"字。

《竹林寺升天》传说还有其他异文，像李冬梅搜集整理的《竹林寺升天》，内容与这则传说大同小异，大要是：

老和尚名道齐，小和尚名道篮。道齐要道篮每天背篮子在嵩山上砍柴割草，一天他发现道篮在山上跟一个小男孩玩耍，却能背回满篮子枯枝干柴，责问道篮。道篮说是小参果帮他砍的。道齐要道篮用穿着白线的针别在小参果身上，结果循线挖出一棵人形的人参。

道齐回寺煮人参，恰好白莲寺的和尚悟通来找他。道齐只得出去与他周旋，结果人参全被其他小和尚吃光了。道篮不忍心吃，但又饥又渴，也喝了一碗汤。道齐返寺后气得大骂徒弟，道篮生气道齐把小参果害死，赶紧把汤倒在寺门上。结果一声巨

---

① 王鸿钧搜集整理《少林寺的由来》，《中岳》编辑部编：《嵩山的传说》，中国文艺出版社1982年版，第64—68页。引文见第66页。

② 详见耿直搜集整理《竹林寺升天》，《嵩山的传说》，第69—72页。

响,竹林寺腾空而起。道齐虽用胳膊死抱着大门坎,后来却从半空中摔下来死了。①

《中国山川掌故与传说》里的《竹林古寺升天》内容也大致相同,较简略,但篇末说道篮看着和尚们分吃参果肉,他一口都没吃,而在一旁流泪。后来因为道齐要抢汤喝,道篮连锅带汤使劲一扔,溅了自己一身,也撒了一地,竹林寺才升到天上。②

这两则异文里老和尚挖出的不是何首乌,又回到"人参",而且小孩就叫小参果。至于煮在锅里的人参,小和尚道篮一个是不忍心吃,只喝了一碗汤;一个是一口都没吃,而在一旁流泪。后来道篮倒汤的原因是生气,前者是气道齐把小参果害死,后者是因为道齐要抢汤喝。若从"人参"这点来看,这两篇异文和泰山《悬云寺》比较接近,《竹林寺升天》传说则有"本土(河南)化"的现象。何首乌是嵩山的特产,嵩山传说里就有一篇叫《何首乌》,讲何首乌发现的经过和药效。③

这种寺庙升天的传说在泰山有十种异文,在嵩山被收录的也有三种,都是说竹林寺升天,也都是家喻户晓的。泰山的竹林寺升到半空,就是悬在云彩上,所以叫悬云寺;嵩山的竹林寺升空后不见踪影,因此另建规模宏伟的少林寺。比较嵩山和泰山的竹林寺升天传说,情节虽大体类似,但重点却不相同。简言之,嵩山的竹林寺升天着重在寺庙升天,以便铺叙继之而起的少林寺;而泰山的传说则强调人参的产地移到东北,因为传说的结尾说:

> 据说,原来人参的老家是泰山,只因男参④丢失了小伙伴,心里难过,就一路哭着上东北长白山了。男参流下的泪水变成泰山的天麻和赤鳞鱼。所以,现在东北长白山人参很多,泰山上的人参就很少了。⑤

也因为嵩山竹林寺升天的传说重点不在人参,所以会出现用"何首乌"代替"人参"的现象,这也就是笔者所谓的"传说在地化"。

四、华山的《和合二仙》

西岳华山也是以地方风物传说占大多数,《陕西民间故事集》虽把《和合二仙》列于幻想故事类,但这则传说最后说:

> 从那时,华山"水帘洞"旁的山石上,有了两个携手而站的人影,后人把它叫"和合二仙"。你若游到华山,站在聚仙台上,往南一望,"和合二仙"就隐约可见。⑥

显然是一则解释特殊山石形貌的传说,应当也可归于地方风物传说。这则传说内容大要是说:

> 华山云台峰有个老道士,带领两个徒弟修道炼丹。他每天在山间寻找药材,有一天来了两个头结发髻,身穿红肚兜的胖娃娃,帮着他找药苗。太阳西下,他要回家,两

---

① 详见李冬梅搜集整理《竹林寺升天》,郑土有、陈晓勤编《中国仙话》,上海文艺出版社1997年版,第810—813页。
② 详见《竹林古寺升天》,载柳莘编著《中国山川掌故与传说》,中国展望出版社1984年版,第130—134页。
③ 详见王鸿钧搜集整理《何首乌》,载陈庆浩、王秋桂主编《河南民间故事集》,远流出版公司1989年版,第136—139页。
④ 此则传说中帮小和尚拾柴的是两个小孩,一男一女,被别上线的是小女孩。
⑤ 张建新讲述,吴绵、陶阳、徐纪民整理《悬云寺》,《泰山民间故事大观》,第120页。
⑥ 袁宏毅搜集整理《和合二仙》,《陕西民间故事集》,第454—457页。引文见第457页。

个可爱的娃娃也消失在密林里。他天天去采药,这两个娃娃也天天来帮他。问他们住哪里,他们说就住山里。后来老道士用白线别在娃娃身上,因而循线找到了大黄芩和大人参,决定回庙去精心炮制。对徒弟说要用文火炖七天七夜,不能揭锅,自己又出门去挖药。烧到第五天,两个徒弟忍不住好奇揭开锅,浓香扑鼻,把人参偷吃光了。到第七天老道士回来,气得拾起捅火棍就打,两个徒弟看师父动了气,撒腿就往庙门外跑。跑着跑着就贴上了西峰北面的大石壁上,成了"和合二仙"。①。

这传说和泰山的《悬云寺》前半部也很类似,只是两个娃娃是帮着老道士采药而不是与小和尚(或小道士)玩耍、拾柴。拴线的人也就是老道士本人,不假他人之手。最大的差异是结局,与人参毫不干系,反而是形成当地一个特殊的山石影像。但通过这样的比较,这《和合二仙》的传说应该也是从《悬云寺》传说演变过来的。

结　语

本文以上各节所述及有关人参娃娃及寺庙升天的传说中,以泰山《悬云寺》传说的异文最多,显示这则传说在泰山本地流传得相当普遍;而山东日照(甚至台湾)、东北吉林和河南嵩山也有类似的传说,则证明这则传说向东(甚至向南)、向北、和向西都有所传播。华山的《和合二仙》与《悬云寺》相较变异最大,或者是因距离较远,辗转流传的结果。

如果以"传说圈"的概念来看,五岳应该是分属五个不同的传说圈,其传说在各自的山岳地区中流播,向外流传的广度很受限制。乌丙安先生曾指出:

> 我国风物传说圈是由民族、历史、宗教三要素加上地理的、方言的(或民族语言的)两要素形成,是很重要的传说传播特征。了解这种种特征,才有可能对地方风物传说的内容与形式做出科学的分析……②

那为什么《悬云寺》的传说能够流传到其他的传说圈里去呢?主要是山东泰山传说圈、吉林长白山传说圈和河南嵩山传说圈在民族的、历史的、宗教的三要素上是一致的,在地理上位置也是邻近的,方言也相仿(山东方言和河南方言可以互通,山东人早期移居东北时仍讲山东方言),所以泰山传说才能够很顺利地传到长白山和嵩山。至于陕西华山,距离山东泰山就远了点,方言的差距也比较大一些,所以传过去的传说变异的部分也更多一些。整体而言,泰山这个传说圈的传播影响力在五岳中算是蛮大的。③

丁肇琴:世新大学中文系　教授

---

①　详见袁宏毅搜集整理《和合二仙》,《陕西民间故事集》,第454—457页。
②　乌丙安《论中国风物传说圈》,《民间文学论坛》,1985年第2期,第30页。
③　详见笔者《五岳民间传说之研究》,第526—527页。

叶德均民俗学与俗文学研究述略

关家铮

一、叶德均先生生平事略

叶德均1911年6月6日—1956年7月6日,江苏淮安人,别名叶子振,笔名均、子振、云君、匀君、玄明、永明、柏森、振之、德均、叶云君(?)。1925年,淮安中学初中时期,他开始民俗学方面的收集整理工作。1927年加入中山大学民俗学会,成为第一批民俗学会校外会员。1929年编辑《淮安歌谣集》出版,成为代表当时民俗学研究最高成就的三十六种丛书之一。1930年考入上海复旦大学中国文学系,师从赵景深先生,1934年大学毕业。大学毕业后,辗转扬州和上海等地,从事教学及俗文学研究。1944年任浙江湖州中学教师,1945年在浙江青年中学任教。1947年在长沙湖南大学任副教授,讲授"俗文学"及"宋元明讲唱文学"。1948年应云南大学中文系主任徐嘉瑞先生邀请,任云南大学教授,讲授"中国戏曲史""历代散文""中国俗文学史""中国文学史"等课程①。1956年7月6日含冤去世。

二、叶德均先生著述年表

1925 年

《京报副刊·国语周刊》《京报副刊·民众周刊》待查。②

1926 年

我们学英文的目的

《学生文艺丛刊》,1926年,第3卷第1期。(另见《学生文艺丛刊汇编》,1933年,第3卷汇编,全四册。)

我之非非想半打

《学生文艺丛刊》,1926年,第3卷第4期。(另见《学生文艺丛刊汇编》,1933年,第3卷汇编,全四册。)

1928 年

"歌谣零拾"补 《民俗》,1928年,第29—30期合刊。

淮安风俗杂掇 《民俗》,1928年,第35期。

---

① 见附,信札一。

② "我搜集民间文艺是由民国十四年的夏天起。那时,《国语周刊》(京报附刊之一)征求谚语,就写了几十则寄去。秋天又写了些故事投到《民众周刊》(京报附刊之一)。"叶德均《淮安歌谣集自序》《民俗》,1929年,第65期,第12—13页。

民间文艺的分类　　《文学周报》第 6 卷,1928 年,第 301—325 期。

关于痘疮的迷信言行(一)天花(淮安风俗杂掇之四)

　　《贡献》,1928 年, 第 4 卷 第 7 期。

大题小做:民众对孙陵的恐惧心——淮安人对于造孙陵

　　《贡献》,1928 年, 第 4 卷 第 1 期 。

1929 年

淮安歌谣集

　　广州:国立中山大学出版部,1929 年 7 月,《民俗学会丛书》。

淮安方言录　　《民俗》,1929 年,第 45 期。

建筑:淮安风俗杂掇之五　　《民俗》,1929 年,第 56 期。

淮安谜语　　《民俗》,1929 年,第 56 期。

"往生钱"说明书:流行江苏淮安　　《民俗》,1929 年,第 60 期。

"烧纸"说明书:流行江苏淮安　　《民俗》,1929 年,第 60 期。

"小谣儿"说明书:原物流行江苏淮安　　《民俗》,1929 年,第 64 期。

《淮安歌谣集》自序　　《民俗》,1929 年,第 65 期。

淮安医学的迷信　　《民俗》,1929 年,第 67 期。

淮安动物观　　《民俗》,1929 年,第 71 期。

淮安旧俗　　《民俗》,1929 年,第 80 期。

关于二郎神的诞日　　《民俗》,1929 年,第 81 期。

淮安农谚　　《民俗》,1929 年,第 83 期。

淮安地名谜　　《民俗》,1929 年,第 84 期。

淮安东岳庙　　《民俗》,1929 年,第 86—89 期四期合刊。

民俗杂谈　　《民俗》,1929 年,第 90 期。

民俗杂谭——宁波歌谣　　《民俗》,1929 年,第 91 期。

绍兴歌谣　　《文学周报》,1929 年,第 326—350 期。

谈谈两部俚曲:北京俚曲与民间十种曲　　《民俗》,1929 年,第 91 期。

短评:童话论集

　　《开明(上海 1928)》,1929 年,第 1 卷第 8 期。

1930 年

淮安赌的迷信　　《民俗》,1930 年,第 92 期。

关于民俗　　《民俗》,1930 年,第 104 期。

坊本"谜语"谭:民俗杂谈　　《民俗》,1930 年,第 96—99 期四期合刊。

为"民间文艺的分类"答绍原先生　　杭州民俗学会《民俗周刊》,1930 年。

解信(署名:德均)　　杭州民俗学会《民俗周刊》,1930 年。

读民间戏曲的研究　　杭州民俗学会《民俗周刊》,1930 年。

一猎人　　杭州民俗学会《民俗周刊》,1930 年。

痴女婿　　杭州民俗学会《民俗周刊》,1930 年。

淮安的禁忌及其他　　杭州民俗学会《民俗周刊》(40—60 期内),1930 年(?)。

淮安歇后语　　《民俗旬刊》,1930 年(?),6 期(?)。

淮安医药迷信言行　　杭州民俗学会《民俗周刊》(40—60 期内),1930 年(?)。

　　(注:以上几篇杭州民俗学会《民俗周刊》文章,见钟敬文、娄子匡编辑《民俗学集镌》第一集、第二集,1931—1932 年出版,著录。另见娄子匡编校《北京大学中国民俗学会 民俗丛书 17》,台北:东方文化书局 1970 年版,著录。)

中国民俗学书目

　　《思明日报·民俗周刊》33—35 期,1930 年 8 月 22、29 日;9 月 5 日。

最近出版的民间故事集　　《现代文学》,1930 年,第 1 卷第 3 期。

九头鸟的别名　　《民俗周刊》(福州),1930 年 12 月 1 日,第 38 期。

1931 年

谁的牛——民间传说(署名:振之)　　《民间旬刊》,1931 年,第 15 期。

《中国民间文学概说(杨荫深著)》(评论)

　　《万人月报》,1931 年 1 月,创刊号。

中国民俗学研究的过去及现在　　《草野》,1931 年 4 月,5 卷 3 号。

淮安歌谣续集:(一一廿三)　　《新学生》,1931 年,第 1 卷第 4 期。

文艺赏鉴特辑:《三对爱人儿(邹枋著)》

　　《读书俱乐部》,1931 年,第 9、10 期。

运河之旁(署名:德均)　　《星期文艺》,1931 年 7 月 25 日,第 2 期。

《格林童话》的中译本　　《星期文艺》,1931 年 8 月 29 日,第 7 期。

作品与作家:《青海风土记(杨希尧著)》

　　《星期文艺》,1931 年 11 月 7 日,第 17 期。

白象王国之风俗(署名:振之)　　《新亚细亚》,1931 年,第 3 期。

民俗杂谈　　《民俗周刊汇刊》,1931 年,第 1—20 期。

1932 年

李调元故事集

　　绍兴民间出版部,1932 年 4 月 20 日(民国二十一年 4 月 20 日)。

介绍民俗学集镌第二辑(署名:永明)

　　《中国新书月报》,1932 年,第 8 期。

中国民歌千首　　《青年界》,1932 年,第 2 卷第 4 期。

民间故事书目　　《青年界》,1932 年,第 2 卷第 5 期。

淮安的放风筝　　《民间月刊》,1932 年,第 2 卷第 1 号。

淮安的摇会制度　　《社会杂志》,1932 年,第 4 卷第 2 期。

淮安的岁时记　　《社会杂志》,1932 年,第 4 卷第 2 期。

故事零拾(续)　　《大同日报·民俗周刊》,1932 年 3 月 24 日,第 3 期。

1933 年

编辑座谈　　《文艺先锋》,1933 年,第 4 期。

淮安的杂俗　　《民间月刊》,1933 年,第 2 卷第 5 号。

淮安婚俗志　　《民间月刊》,1933 年,第 2 卷第 6 号。

略论指纹歌　　《民间月刊》,1933 年,第 2 卷第 8 号、第 2 卷第 9 号。

淮安迁居习俗　　《民俗》,1933 年,第 122 期。

山海经中蛇底传说：读山海经随笔

　　《民俗》，1933年，第116—118期合刊。

山海经中蛇底传说及其它：读山海经随笔（未完）

　　《文学旬刊》，1933年，第1期。

山海经中蛇底传说及其它（续）　　《文学旬刊》，1933年，第2—3期合刊。

淮安打寿材的习俗

　　（原文见金文图书公司编辑部编《中国民俗搜奇》，天津：金文图书有限公司出版，1983年4月，第四集。）

关于"花鼓戏"　　《申报·自由谈》，1933年11月19日。

1934年

残荷（署名：云君）　　《初杭》，1934年，第1期。

鬼车传说考　　《文学期刊》，1934年，第1期。

关于八仙传说（附吴红叶赵景深的讨论）

　　《青年界》，1934年，第5卷第3期。

清代歌谣的採集（附表）　　《青年界》，1934年，第6卷第4期。

1935年

民俗学的意义及其变迁

　　《文学期刊》（上海：复旦大学中国文学系出版部），1935年，第2期。

1936年

林白水先生（署名：子振）　　《报展》纪念刊，1936年1月。

嘲讽（署名：云君）　　《民众之友》，1936年，第2卷 第10期。

民俗学之史的发展　　《青年界》，1936年，第9卷第4期。

"鼓子词"杂话

　　上海《大晚报·火炬通俗文学》周刊第24期，1936年9月11日。

阿英著《小说闲谈》

　　上海《大晚报·火炬通俗文学》周刊第19期，1936年8月5日。

《今古奇闻》中的"林蕊香"（署名：均）

　　上海《大晚报·火炬通俗文学》周刊第19期，1936年8月5日。

1937年

三日间读书琐记　　《青年界》，1937年，第12卷第1期。

猴娃娘型故事略论　　《民俗》，1937，第1卷第2期。

无支祈传说考　　《逸经》，1937年，第33—34期。

关于"影戏"

　　《歌谣周刊》，1937年，第3卷第3期。

明代撤帐歌钞　　《歌谣》，1937年5月，第3卷第7期。

关于俗曲的传流演变——读俗曲小记

　　《歌谣》，1937年6月，第3卷第10期。

"鬼儿型"民谈旧钞

　　杭州民俗学会《孟姜女》，1937年，第1卷第1—4期（内）。

叶德均民俗学与俗文学研究述略

41

关于俗嗣的演变　　《歌谣》,1937年6月(?),第(?)卷第(?)期。

拟奇幻小说一则:李镖师暗侦古荒遗骨(署名:子振)

　　《奋励》,1937年6月,第2期。

春郊闲眺(署名:子振)　　《奋励》,1937年6月,第2期。

1938年

一年前的回忆　　香港《大风》,1938年,第17期。

从苏北到上海流亡杂记之二　　香港《大风》,1938年,第23期。

1939年

(待补)

1940年

论文字与文艺(署名:永明)　　《中国文艺》,1940年,第5期。

读曲札记:"转五方"解、挂枝儿和订枣竿　　《学术》,1940年,第1期。

1941年

写作的态度(署名:永明)　　《自修》,1941年,第196期。

论文艺的典型(署名:永明)　　《自修》,1941年,第197期。

关于集体创作(署名:永明)　　《自修》,1941年,第199期。

邻村的刀会事件(署名:匀君)　　《宇宙风》,1941年,第117期。

赵辑本《天宝遗事》诸宫调辑佚(署名:匀君)

　　香港《星岛日报·俗文学》周刊第13期,1941年3月29日。

关于《吴骚合编》和《吴骚集》——致赵景深先生书

　　香港《星岛日报·俗文学》周刊第14期,1941年4月5日。

词谑

　　香港《星岛日报·俗文学》周刊第18期,1941年5月3日。

曲目拾零(署名:德均)

　　香港《星岛日报·俗文学》周刊第24期,1941年6月28日。

《郑月莲秋夜云窗梦》杂剧(署名:德均)

　　香港《星岛日报·俗文学》周刊第28期,1941年7月26日。

读《六十种曲》杂记

　　香港《星岛日报·俗文学》周刊第34期,1941年9月6日。

小说考源(署名:匀君)

　　香港《星岛日报·俗文学》周刊第43期,1941年12月6日。

1942年

略论报告文学(?)(署名:永明)　　《自修》,1942年,第201—202期。

民间故事的前人记述　　《万象》,1942年,第2卷第5期。

地志与戏曲家传记　　《戏曲月辑》,1942年,第1卷第1期。

元曲箭记　　《戏曲月辑》,1942年,第1卷第2期。

1943年

关于笔记(上、下)(署名:叶云君,疑为叶德均)

　　《古今》,1943年,第29—30期。

"小孙屠"戏文的作者　　《半月戏剧》,1943 年,第 1 期。

卫道者的小说观　　《万象》,1943 年,第 2 卷 10 期。

俞万春及其荡寇志　　《小说月报》1943 年 8 月,3 卷 11 期(第 35 期)。

1944 年

曲品考　　江苏省立教育学院研究室出版,1944 年铅印本。以原题名收入叶德均《戏曲论丛》(日新出版社 1947 年 6 月版)。

再生缘续作者许宗彦梁德绳夫妇年谱　　江苏省立教育学院研究室出版,1944 年铅印本。(另见:《研究季刊》第 2 期,1944 年。)

明代的俗曲　　《杂志》,1944 年,第 13 卷第 3 期。

读稗杂录

　　下列:李祯史料补、柳敬亭、明代传奇文七种、李达道与四和香的本事、关于吴承恩诗、传奇文与平话

　　《风雨谈》,1944 年,第 10 期。

关于《新曲苑》　　《风雨谈》,1944 年,第 14 期。

跋"霜崖曲跋"　　《风雨谈》,1944 年,第 9 期。

沈三白与石琢堂　　《古今》1944 年,第 39 期。

再谈沈三白　　《古今》,1944 年,第 40 期。

石点头的作者和来源　　《天地》,1944 年,第 6 期。

吴歌　　《天地》,1944 年,第 10 期。

蓂漪室曲话

　　《小说月报》第 44 期,1944 年 9 月 15 日。又以原题名收入叶德均《戏曲论丛》(日新出版社 1947 年 6 月版)。

清代小说中的俗曲(署名:云君)　　《小说月报》,1944 年,第 43 期 。

1945 年

新年杂谈(随笔)(署名:云君)　　《锻炼》,1945 年,新年号。

演长生殿之祸　　《杂志》,1945 年,第 15 卷第 5 期。又以原题名收入叶德均《戏曲论丛》日新出版社 1947 年 6 月版。

1946 年

民歌,诗(署名:均)

　　《中国建设(上海 1945)》,1946 年,第 2 卷 第 1 期 。

书籍的厄运(署名:子振)　　《上海文化》,1946 年,第 7 期。

聊斋志异集外遗文考

　　《永安月刊》,1946 年,第 89 期。又以原题名刊于《文史杂志·俗文学专号》,1948 年 3 月,第 6 卷第 1 期。

曲目钩沉录

　　上海《大公报·戏曲与电影》,1946 年 10 月 10、17、24 日;1946 年 11 月 7、21、28 日。

刘姥姥的世故　　上海《申报·春秋》,1946 年 11 月 5 日。

小说琐谈(署名:子振)下列:平妖全传、满文小说译者

《申报·春秋》,1946 年 10 月 14 日。

小说琐谈(署名:子振)

下列:绮楼重梦、儒林外史、封神诠解、烟粉灵怪与新词小说

《申报·春秋》,1946 年 10 月 17 日。

小说琐谈(署名:叶子振)下列:续金瓶梅、水浒后传、龙舟记

《申报·春秋》,1946 年 10 月 28 日。

清代的画家戏曲(署名:振之)

《申报·春秋》,1946 年 12 月 10 日。

《红楼梦》的戏曲 《申报·春秋》(上海),1946 年 11 月 5 日。

《醉醒石》成书年代(署名:叶子振)

上海《大晚报·通俗文学》周刊第 1 期,1946 年 9 月 3 日。

鲁迅的中国小说研究(署名:叶子振)

上海《大晚报·通俗文学》周刊第 2 期,1946 年 9 月 10 日。

戏曲家王抃(署名:叶子振)

上海《大晚报·通俗文学》周刊第 3 期,1946 年 9 月 17 日。

陈子扬的《忠烈记》(署名:叶子振)

上海《大晚报·通俗文学》周刊第 6 期,1946 年 10 月 8 日。

银字集(署名:叶子振)

上海《大晚报·通俗文学》周刊第 7 期,1946 年 10 月 15 日。

小说探原(署名:永明)

上海《大晚报·通俗文学》周刊第 8 期,1946 年 10 月 22 日。

大鼓旧闻抄(署名:柏森)

上海《大晚报·通俗文学》周刊第 11 期,1946 年 11 月 12 日。

织花吟客的《诗帕记》

上海《大晚报·通俗文学》周刊第 15 期,1946 年 12 月 10 日。

《六十种曲》中的山歌

上海《大晚报·通俗文学》周刊第 18 期,1946 年 12 月 31 日。

俗曲史料钞

上海《大晚报·通俗文学》周刊第 18 期,1946 年 12 月 31 日。

郑澹若与周颖芳——弹词女作家小记(署名:叶子振)

上海《中央日报·俗文学》周刊第 1 期,1946 年 10 月 11 日。

元代俗曲(署名:叶子振)

上海《中央日报·俗文学》周刊第 1 期,1946 年 10 月 11 日。

陈端生的世系——弹词女作家小记(署名:叶子振)

上海《中央日报·俗文学》周刊第 3 期,1946 年 10 月 24 日。

《西游记》研究的新资料

上海《中央日报·俗文学》周刊第 5 期,1946 年 11 月 14 日。

《秋夜月》中罕见剧名

上海《中央日报·俗文学》周刊第 7 期,1946 年 11 月 28 日。

邱心如的生平——弹词女作家小记

    上海《中央日报·俗文学》周刊第 8 期,1946 年 12 月 5 日。

《续剧说》

    上海《中央日报·俗文学》周刊第 10 期(原刊误题第 9 期),1946 年 12 月 19 日。

1947 年

戏曲论丛   上海:日新出版社,1947 年 6 月。

水浒传和宋元风习   (署名:子振)《文潮月刊》,1947 年,第 2 卷第 5 期。

西厢五剧注(书评)   (署名:子振)《文潮月刊》,1947 年,第 3 卷第 1 期。

三言二拍来源考小补   《文潮月刊》,1947 年,第 3 卷第 4 期。

避征(署名:永明)   《文艺青年》,1947 年,第 17 期。

关于"青年可读的书"   《青年界》,1947 年,新 3 第 1 期。

十年来中国戏曲小说的发现   《东方杂志》,1947 年,第 43 卷第 7 期。说词话(附表《东方杂志》,1947 年,第 43 卷第 4 期。)

儒林外史的人和事   (署名:子振)《论语半月刊》,1947 年,第 123 期。

双渐苏卿诸宫调的作者   《申报·春秋》,1947 年 1 月 25 日。

《水浒传》词话   《申报·春秋》,1947 年 2 月 6 日。

小说的禁黜(署名:振之)   《申报·春秋》,1947 年 2 月 24 日。

宋元的女"说话人"(署名:振之)   《申报·春秋》,1947 年 3 月 4 日。

戏剧论丛题记   《申报·春秋》,1947 年 3 月 5 日。

关于王廷绍(署名:子振)   《申报·春秋》,1947 年 4 月 12 日。

清代俳谐文集的作者(署名:子振)   《申报·春秋》,1947 年 5 月 21 日。

小说琐记(署名:子振)   《申报·春秋》,1947 年 6 月 27 日。

绿窗新语(署名:子振)   《申报·春秋》,1947 年 7 月 11 日。

《东窗事犯》小说——小说琐记(署名:子振)   《申报·春秋》,1947 年 8 月 4 日。

高念东的俗曲(署名:子振)   《申报·春秋》,1947 年 10 月 15 日。

瞿佑馀的清曲谱

    上海《大晚报·通俗文学》周刊第 20 期,1947 年 1 月 14 日。

关于浦琳

    上海《大晚报·通俗文学》周刊第 21 期 1947 年 1 月 21 日。

《墨憨斋词谱》辑

    上海《大晚报·通俗文学》周刊第 26 期,1947 年 4 月 21 日。

瞿佑史料辑

    上海《大晚报·通俗文学》周刊第 29 期,1947 年 5 月 19 日。

"十二时"

    上海《大晚报·通俗文学》周刊第 33 期,1947 年 6 月 16 日。

《琴心雅调》的作者

    上海《大晚报·通俗文学》周刊第 37 期,1947 年 7 月 14 日。

曲家黄钧宰

上海《大晚报·通俗文学》周刊第 43 期,1947 年 8 月 25 日。

《翻西厢》乃沈谦作

上海《大晚报·通俗文学》周刊第 57 期,1947 年 12 月 8 日。

读明代传奇文七种

上海《中央日报·俗文学》周刊第 30 期,1947 年 5 月 30 日。

《聊斋志异》的来源和影响

上海《中央日报·俗文学》周刊第 32 期,1947 年 6 月 13 日。

凌蒙初事迹系年

北平《华北日报·俗文学》周刊第 4 期,1947 年 7 月 25 日、第 5 期,8 月 1 日、第 6 期,8 月 8 日、第 7 期,8 月 15 日、第 9 期,8 月 29 日。

金仁杰《东窗事犯》非小说

北平《华北日报·俗文学》周刊第 19 期,1947 年 11 月 7 日。

曲目小识——《鹄奔亭苏娥自诉》

上海《中央日报·俗文学》周刊第 15 期,1947 年 2 月 13 日。

说"砌"

上海《中央日报·俗文学》周刊第 16 期,1947 年 2 月 21 日。

《绣襦记》薛作说质疑

上海《中央日报·俗文学》周刊第 28 期,1947 年 5 月 16 日。

1948 年

曲目杂识(署名:子振)　《文潮月刊》,1948 年 2 月,第 4 卷第 4 期。

明代俗曲序论

上海《大晚报·通俗文学》周刊第 63 期,1948 年 1 月 19 日。

明宣弘间的俗曲

上海《大晚报·通俗文学》周刊第 64 期,1948 年 1 月 26 日。

明嘉靖间的俗曲

上海《大晚报·通俗文学》周刊第 65 期,1948 年 2 月 2 日。

明隆庆前后的俗曲

上海《大晚报·通俗文学》周刊第 66 期,1948 年 2 月 9 日。

明万历间的俗曲

上海《大晚报·通俗文学》周刊第 67 期,1948 年 2 月 16 日。

明末的俗曲

上海《大晚报·通俗文学》周刊第 68 期,1948 年 2 月 23 日。另见《美丽画报》(天津),1948 年 3 月 11 日,第 75 期。

《吴下谚联》

上海《大晚报·通俗文学》周刊第 91 期,1948 年 8 月 2 日。

《玉壶春》——元剧杂识

上海《中央日报·俗文学》周刊第 52 期,1948 年 1 月 30 日。

"赵老送灯台"(署名:振之)

上海《中央日报·俗文学》周刊第 55 期,1948 年 2 月 20 日。

《古今小说》探源二则(署名:玄明)

上海《中央日报·俗文学》周刊第 60 期,1948 年 3 月 23 日。

《雷泽遇仙记》的来源(署名:子振)

上海《中央日报·俗文学》周刊第 61 期,1948 年 4 月 2 日。

《李秀卿义结黄贞女》——《古今小说》探源(署名:玄明)

上海《中央日报·俗文学》周刊第 62 期,1948 年 4 月 9 日。

跋《山人歌》

上海《中央日报·俗文学》周刊第 64 期,1948 年 4 月 23 日。

龙膺散曲

上海《中央日报·俗文学》周刊第 67 期,1948 年 5 月 28 日。

康熙刻本《南音三籁》

上海《中央日报·俗文学》周刊第 69 期(原刊误题第 68 期),1948 年 6 月 8 日。

龙膺——湖南曲家考略

上海《中央日报·俗文学》周刊第 70 期,1948 年 6 月 18 日。

《黄丸儿》——院本旁证

北平《华北日报·俗文学》周刊第 31 期,1948 年 1 月 30 日。

《灰骨匣》——《醉翁谈录》话本名目小考(署名:云君)

北平《华北日报·俗文学》周刊第 48 期,1948 年 5 月 28 日。

释"常卖"

北平《华北日报·俗文学》周刊第 54 期,1948 年 7 月 9 日。

李达道——《醉翁谈录》话本名日小考(署名:云君)

北平《华北日报·俗文学》周刊第 67 期,1948 年 10 月 8 日。

1949 年

彭泽散曲

案:上海《中央日报·俗文学》周刊第 89 期,未刊出。后以原题名收入叶德均《戏曲小说丛考》"读曲小纪"中十一部分。

后土夫人变考——变文存目之一

案:本文 1949 年 6 月 13 日完稿,未刊出。后收入叶德均《戏曲小说丛考》(北京:中华书局,1979 年 5 月,第 1 版),页 689—692。

曲目钩沉录

案:本文 1949 年 9 月 4 日完成,未刊出。后收入叶德均《戏曲小说丛考》(北京:中华书局,1979 年 5 月,第 1 版),页 68—148。

元代曲家同姓名考

案:本文 1949 年 7 月 30 日完稿,未刊出。后收入叶德均《戏曲小说丛考》(北京:中华书局,1979 年 5 月,第 1 版),页 325—341。

白朴年谱

案:本文 1949 年 5 月 25 日完稿,未刊出;1950 年补记。后收入叶德均《戏曲小说丛考》(北京:中华书局,1979年5月,第1版),页342—370。

1953 年

宋元明讲唱文学

上海:上杂出版社,1953年9月初版;上海:古典文学出版社,1957年1月再版;北京:中华书局,1959年第1版。

1955 年

歌谣资料汇录

案:本文1955年6月30日完稿,未刊出。后收入叶德均《戏曲小说丛考》(北京:中华书局,1979年5月,第1版),页757—835。

祁氏曲品剧品补校

案:本文1955年7月31日完稿,未刊出。后收入叶德均《戏曲小说丛考》(北京:中华书局,1979年5月,第1版),页187—319。

1957 年

评《远山堂曲品校录》　《戏剧论丛》,1957年,第3期。

戏曲小说丛考　(赵景深、李平先生1957年12月编辑完稿)①

北京:中华书局,1979年5月,第1版;2004年12月,第2版。
台北:文史哲出版社,1989年出版。

三、叶德均先生的学术成就

(一)民俗学与民间文学研究

1918年2月1日,《北京大学日刊》刊登《北京大学征集全国近世歌谣简章》和蔡元培的《校长启事》,正式揭开了中国"歌谣学运动"的序幕。1920年,"歌谣研究会"在北京成立。1922年12月创刊发行《歌谣》周刊,明确说明"歌谣是民俗学史上的一种重要资料",在全国公开征集歌谣。1923年1月,歌谣研究会决定扩大搜集范围,除歌谣外,还要收集研究神话、传说、童话故事、风俗、方言等。"歌谣学运动"的兴起,使民间文学和民俗学受到人们的热情关注,一时间研究者云集景从。②

叶德均就是在这一时代背景下开始走上学术道路的。叶德均早期的民俗学活动主要是对地方民俗的搜集整理,尤以他的家乡淮安的民间谚语、歇后语、歌谣、故事传说等为对象,著有《淮安风俗杂掇》《淮安歌谣集》《淮安农谚》《"歌谣零拾"补》《淮安方言录》《淮安谜语》《淮安旧俗》《淮安地名谜》《淮安东岳庙》《淮安旧俗》《淮安医学的迷信》《民俗杂谈》《淮安赌的迷信》等等。1929年叶德均《淮安歌谣集》作为"民俗丛书"之一,由国立中山大学语言历史研究所出版。该书的出版,极大地激发了叶德均的研究热情,此后数年他一直致

---

① 赵景深先生1957年12月9日给家父关德栋教授信件,就整理叶德均遗著情况,这样写道:我共编成《中国小说戏曲论丛》七卷……。卷一是《明代南戏五大腔调及其交流》,卷二是《郭氏曲品剧品补校》,卷三是《戏曲论丛》31篇,卷四是《小说论丛》23篇,卷五是《俗文学论丛》18篇,卷六是《曲目钩沉录》,卷七是《歌谣汇辑》。倘有《挂枝儿》,即在卷七里面。卷一、二、六、七都是原稿,卷三、四、五中也有原稿不少,如《白朴年谱》等。此书我托李平校,俟排出时,当嘱李平注意其中有没有《挂枝儿》。……

② 关于这一时期"歌谣学运动"的详细情况,可参看刘守华著《中国民间故事史》,湖北教育出版社1999年版,第735—746页。

力于民俗学(民间文艺)的研究,陆续发表了《关于二郎神的诞日》《绍兴歌谣》《中国民俗学书目》《中国民俗学研究的过去及现在》《山海经中蛇底传说及其它》《民俗学的意义及其变迁》《民俗学之史的发展》《关于八仙传说》《明代撒帐歌钞》《清代歌谣的采集》等等。即使在后来研究戏曲、小说时,他往往也会借用民俗学或民间文艺学的研究方法和资料。其中,《关于民俗》《中国民俗学研究的过去及现在》二文是对我国民俗学运动的概括性总结,是研究中国民俗学运动和民俗学史的重要参考文献。在《民俗学之史的发展》中,叶德均系统地阐述了西方民俗学各派的观点理论,并提出了自己的观点,是比较能够集中反映他民俗学思想的一篇重要论文。纵观叶德均的民俗学研究,对传统民间文化的继承和对西方民俗学思潮的接受始终贯穿于其中,他的研究为我国早期民俗学学科的建设和发展做出了很大的贡献。

叶德均还发表了很多民间文学研究方面的论著,主要有《民间文艺的分类》《为"民间文艺的分类"答绍原先生》《中国民间文学概说(杨荫深著)》(评论)和《民间故事书目》《李调元故事集》等,其中《民间文艺的分类》(《文学周报》第 6 卷,1928 年,第 301—325 期。)通过对沈杰三《民间文艺的类别》、徐蔚南的《民间文学分类》和周作人的歌谣分类(为民间文艺的一部分)等分类种类的分析和比较,最后提出了自己的分类主张。(1)故事类:A故事、B 传说(普通传说、地方传说)、C 童话、D 神话、E 寓言、F 笑话;(2)有韵的:G 歌谣分为:情歌、生活歌、滑稽歌、叙事歌、仪式歌和儿歌,儿歌又分为事物歌、游戏歌、拗口令和无意思。H 小调、L 莲花落;(3)片段的:J 谜语、K 俗谚,分为谚语、歌诀、歇后语。对于歌谣的划分,在当时民间文艺的分类问题上是很有影响力的观点。《猴娃娘型故事略论》一文,较系统梳理了古籍中的猿猴盗妇型作品,并分析了二十余篇本类型民间故事材料,论述了猴娃娘型故事发展演变的情况与原因,这是我国第一篇系统研究猿猴抢婚型故事的专论。作者指出:猿猴抢婚故事乃是原始图腾主义的产物。这一观点颇有启发性,尽管论述尚欠精细,但其开拓意义值得充分肯定。《民间故事的前人记述》对"现在流传的故事""螺女型""老虎外婆型""灰娘型""天鹅处女型""水灾型"进行了纵向的追溯。这些研究都是具有开创性的研究,至今仍不失其价值。

叶德均重视民间文学的搜集整理,尤其是重视从古代文献中辑录民间文学资料。如《歌谣资料汇录》一文,辑录了前人著述中有关宋代以来歌谣的资料,其辑录目的是给研究口头文学的人提供帮助,"为研究中国口头文学史提供一些歌谣资料,以免别人检书之劳。"文中辑录了瑶歌、僮歌、苗歌等少数民族的歌谣,十分珍贵。文章分上、下两辑:上辑是从宋代以来的笔记、诗话、地方文献和通俗小说等书辑出;下辑是从元、明、清的南戏、传奇中辑出。所辑以反映人民痛苦、揭露社会黑暗的"民谣"和"歌谣"为主,其中劳动人民的"情歌"占相当大的比重。在"汇录"前的引言、凡例中,集中地表达了他的民间文学观。他充分肯定了中国人民口头创作遗产的丰富,认为"中国历代劳动人民口头创作的歌谣,不仅产量丰富,而且质量也是优良的。""这些口头文学是历代劳动人民智慧的结晶。"针对一些人认为古代的口头创作早已全部在现代人民口头上消失了的看法,他指出:"这种看法显然是不恰当的。事实说明,古代人民的口头文学,有一些仍然保存在现在人民的口碑上"。

叶德均重视对民间的俗曲研究,作有《俗曲史料钞》《元代俗曲》《高念东的俗曲》《关于俗曲的传流演变——读俗曲小记》《清代小说中的俗曲》等。他对俗曲的整理并非简单的搜集汇总而已,而是有着学术研究的大局观。《明代的俗曲》一文,他根据沈德符《万历野获编》,顾起元《客座赘语》"这两书重要线索,并钩稽他书涉及俗曲史料的记载,做一个通盘的考察。其目的是为明代俗曲作一笔总账"。之后他陆续写作了《明代俗曲序论》《明宣弘间的俗曲》《明嘉靖间的俗曲》《明隆庆前后的俗曲》《明嘉靖间的俗曲》《明万历间的俗曲》《明末的俗曲》等,其目的就在于"只是把明代俗曲做一次结账式的整理","希望以后有机会写成一册明代俗曲志"。

叶德均对说唱伎艺和说唱文学的研究格外值得我们重视。对宋代说唱艺术的论述,他作有如《"鼓子词"杂话》《说词话》《宋元的女"说话人"》等。对清代的弹词女作家关注,他陆续写了《再生缘续作者许宗彦梁德绳夫妇年谱》《郑澹若与周颖芳》《陈端生的世系》《邱心如的生平》等,对说唱文学作者的生平和家世进行了详尽的考辨。

《宋元明讲唱文学》是叶德均民间文学研究的代表作,也是中国民间文学和俗文学研究史上较早的一部关于讲唱文学的专著。该书全面清理了宋元明(实际涉及清代)时期包括乐曲系、诗赞系及两系兼用在内的说唱文学体系及其发展。作者首先概要论述了乐曲系和诗赞系讲唱文学的特点、区别及联系,还分析了韵文唱词在讲唱文学中的作用。接着论述了乐曲系讲唱文学的发展和流变,介绍了宋元以来的小说、叙事鼓子词、覆赚和诸宫调、驭说、说唱货郎儿的情况,指出明代流行的陶真、叙事乐曲道情、叙事莲花落等,虽不属于乐曲系讲唱文学范围以内,但其中也有少量的用乐曲和散文构成的叙事的讲唱文学作品或伎艺。论述了诗赞系讲唱文学的发展和流变,宋代的涯词、陶真,元代的词话,明代的弹词和鼓词等。着重论述了词话的特点以及从词话到弹词、鼓词的发展演变过程。叶德均对宋元明时期民间讲唱文学所作的分类和许多论述,至今仍很有启发意义,本书也成为俗文学尤其是说唱文学研究者最重要的参考书目之一。

(二)戏曲研究

戏曲研究是叶德均为自己确立的主要研究方向[①],他对此用力最勤,也取得了丰硕的成果,这主要体现在戏曲曲目资料的搜集、整理,以及戏剧家生平和明代南戏源流等方面的钩沉和论述上。

20世纪的戏曲研究,王国维(1877—1927)有《曲录》(1908年)、《宋元戏曲考》(1912年)等著作,吴梅(1884—1939)有《奢摩他室曲话》(1907年)、《顾曲麈谈》(1914年)、《曲学通论》(1919年)、《南北戏曲概言》(1923年)、《中国戏曲概论》(1926年)等著作,对当时的学术界有着非常重要的影响,在戏曲研究史上具有开拓性的意义。

与王国维大约同时,还有一位戏曲研究者——姚华(1876—1930),他的词曲理论主要见于《菉漪室曲话》(四卷,初刊于1913年《庸言》杂志。后被收入任二北编《新曲苑》),该书以辑佚和考释的文献研究方法探讨词曲的流变与传承。他的另一著作《曲海一勺》(初刊于1913年《庸言》杂志第5、8、15期,后被收入任二北编《新曲苑》和文集《弗堂论稿》),分为《述旨》《原乐》《明诗》《骈史》四章,完整而系统地呈现了姚华一生词曲理论的精髓。叶德均在《姚华的〈菉漪室曲话〉》一文中,称赞"他的著作中却有精密独到之处,如用治经史的校勘、辑佚的朴学方法来治戏曲,虽其成就不及近人,但首先运用这方法治戏曲的,当以姚氏为第一人"。

---

① 见附,信札二。

"用治经史的校勘、辑佚的朴学方法来治戏曲"也是叶德均本人的戏曲研究所最常使用的方法,《地志与戏曲家传记》《白朴年谱》《元代曲家同姓名考》《读曲小纪》《清代曲家小纪》等专门研究古代戏曲家的论文代表了他的治学理念和意趣。他在戏曲版本和目录方面用力颇勤,希望以此来达到"辨章学术,考镜源流"的目的。他认为:"编印古书,最低限度是必要举出所据的版本,并以古本为主。"(《关于〈新曲苑〉》,《戏曲小说丛考》第 467页。)作有《曲目拾零》《曲品考》《曲目杂识》《曲目钩沉录》《祁氏曲品剧品补校》等。《曲品考》主要包括三个方面:(1)作者在比较《曲品》的各种版本异同后认为,"暖红室本及吴本是今日流行的诸本中改易原文最多的二种,其价值反不如次序错乱的三种《曲苑》本。因为从那几本中尚可约略窥见《曲品》的本来面目";(2)《古人传奇总目》和吕天成无关,但《总目》的作者却是有心补《曲品》之失的。至于作者的时代,大约是清初或清中叶,最迟也应在乾隆四十六年以前。这位作者是《曲品》的读者或传抄者,所以将所作附于《曲品》中,后人因移写之讹,误认为吕作;至刘世珩,又误以为高奕之作,遂使近人堕于两重迷障之中。(3)《曲海目》和《曲录》都曾引用过《曲品》,但只注意到眉目清楚的 191 种,对释曲部分的曲目则视而不见。在中国古代戏曲目录中,《曲品》无疑是特色极为鲜明的一部著作,它与后来祁彪佳的《远山堂曲品》《远山堂剧品》以"品第"式著录方式为后世研究者关注。《曲品考》还对《曲品》版本异同、错误、相互影响及其与王国维《曲录》的关系进行了详细考察。

《曲目钩沉录》所录,"大抵取材于诗、文、词集、诗话、杂著、方志、书目、小说、戏曲诸书,以未见著录且尤传本者为限",共钩沉出明、清两代戏曲(包括"杂剧之属""传奇之属""杂剧传奇未明之属"及"不知剧名之杂剧传奇")曲目 176 种。此录着力于汇集各种文献上所载戏曲曲目资料,补充已出曲目记载之不足,钩稽戏曲总集选本之遗漏,并适当作考辨以明此曲之来源、内容等,并对各种曲目记载材料相互比较,以明别出。所以,它的价值在于可补历代各种曲目著录之不足,是从事戏曲目录研究价值较高的材料。

《祁氏曲品剧品补校》是补充黄裳《远山堂明曲品剧品校录》一书之疏漏和不完备而作的校正材料,发现了《曲品》《剧品》本身的特点、错误及《校录》本存在的问题,"择其可补充、商榷者二百四十余则,为之补校一过"。文章认为,《校录》的错误主要是两种情况,一种是已为其他曲目著录或有传本的,《校录》以为没有著录;一种是《校录》认为已见其他曲目著录但事实并未著录,属于这种情况的最多。《补校》是叶德均继《曲品考》《曲目钩沉录》之后对戏曲目录的又一次钩沉和考证。

叶德均的戏曲研究重考证,因此在一些名家的作品中能检出不足和疏漏。《关于〈新曲苑〉》编录了大量传统戏曲曲目,对任讷(1897—1990)《新曲苑》(1940 年)的得失作了学术商讨。他肯定"近人治戏曲而有所成就者,首推王国维,其次便是吴梅"。但也发现吴梅《霜崖曲跋》里许多违失与错误,"其原因当为吴氏写跋文时,亦与往日传统文人作序跋相同,是漫不经心随意一挥而就的"。(《吴梅的霜厓曲跋》,《戏曲小说丛考》第 494 页。)

《明代南戏五大腔调及其支流》论述明代南戏声腔,探讨明代南戏源流的问题。考证了明代南戏五大声腔——温州腔、海盐腔、余姚腔、弋阳腔、昆山腔的源流,五大腔调的兴衰演变及五大唱腔的支流,各种滚唱腔的戏曲。认为一些传统上被认为是"雅调""官腔"的文人传奇,其腔调归属应该受到质疑,汤显祖戏曲的"写作腔调"问题正依托于这一学术史背景。

（三）小说研究

小说研究也是叶德均学术研究的重要组成部分。叶德均长于对小说史料的发掘和作者生平事迹的考证，如《凌濛初事迹系年》一文，根据凌氏后人凌廷华嘉庆乙丑本《凌氏宗谱》及《湖州府志》《乌程县志》等资料撰写而成，钩稽出凌濛初的家世及其生平概况，成为研究凌濛初家世的重要参考文献。[①]《西游记研究的新资料》从陈文烛《淮上诗》、丁晏山《山阳诗征》中发现了三首有关吴承恩的诗歌。这些对研究吴承恩及《西游记》皆有重要的参考价值。另外，《瞿佑史料辑》一文，汇录所辑有关《剪灯新语》作者瞿佑生平及著述的史料七条。《小说考源》《古今小说探原三则》《三言二拍来源小补》以及《聊斋志异的本事》等都是对小说本事的研究，为小说的研究打下了坚实的基础。

中国古典小说与唐宋以来的说话、评书有着十分密切的关系。许多名著的产生，大都经历了先在民间广泛流传，然后再由文人写定的过程。在流传过程中，作品会掺入不同时代的社会风尚和民俗意象，这就为研究者探讨其作者和成书提供了有效的信息。叶德均《水浒传和宋元风习》一文，选取《水浒传》中关于"灯市""酒库""锦体（文身）""圆社（踢球）"等社会风习的描写，将其与孟元老《东京梦华录》、耐得翁《都城纪胜》、西湖老人《繁胜录》、周密《武林旧事》、吴自牧《梦粱录》等文献中的相关描写对照，印证《水浒传》中的这类灯市等习俗的描写，大致符合宋元时期的实际情形。这种用民俗资料与小说相互印证的研究方法对于探讨《水浒传》的成书过程和成书时间，有着十分重要的意义，为中国古典小说研究增添了新的角度，开拓出新的视野。

《无支祈传说考》一文，广征博引，用力甚勤。文章运用民俗学的研究方法，探讨了淮涡水神无支祈故事发展演变的过程，认为："即使其他猴子故事和印度相似，但与无支祁传说毫无关系，更非同源一类"。《释"砌"》一文揭示出，浑砌、使砌、点砌、打砌、诸杂砌、砌话等语，皆为插科打诨、诙谐调谑之意。《释"常卖"》一文认为原来"常卖"是宋代俗语，指沿街叫卖零星实物者，"尹常卖"是他曾经的职业称谓："说三分是讲《三国志》平话，五代史是讲《五代史》的平话——这两种都属讲史的一家，霍四究和尹常卖是讲史的两个'说话人'"。修正了在此前一些学者的误读。如郑振铎《宋金元诸宫调考》（1932年）称为尹常的《五代史》；赵景深《南宋说话人四家》（收入赵景深著《银字集》，上海永祥印书馆1946年3月初版）称为尹常《卖五代史》。孙楷第、吉川幸次郎也不免误会。

四、结语

叶德均先生一生主要从事民俗研究和戏曲、小说、民间文学等所谓的"俗文学"研究，在现代文史研究学者中，他称不上鼎鼎大名，原因并不在于他不够多产，更不是因为他的论著缺乏深度。在研究成果的质和量两方面，叶先生都堪称当时民俗学和俗文学研究诸家中的佼佼者。可惜其学术盛年正遭逢20世纪上半叶的社会动荡和战乱频仍，以不满半百之年遽然辞世，可哀可叹！加之其著述多发表于20年代末期至40年代杭州、广州、福州和上海等地的诸多小期刊和报纸副刊，如今这些报刊或毁或佚，今日难得一观，学界对

---

① 见徐永斌著《凌濛初考证》，江苏人民出版社2010年版，第3—10页。

其人其文的陌生和隔膜是可以想见的。叶先生著述年表的整理,以及对他学术研究的评述,对于我们了解这位杰出学者的学术思想和学术成就,加深中国俗文学学术史的研究,都有着重要的意义。

附:叶德均先生致关德栋教授信札两通

一

德栋兄:

　　奉读大札,快慰奚似。频年以来,衰弱不堪,行年未及五十,而疲惫甚于他人。故疏懒亦日甚,更无成绩可言。今后之计,将任较轻松之研究工作或退休耳。近年以来授历代散文及俗文学史。本学期授文学史(三),止负十分之七的讲解,余为他人助讲,然亦疲惫不堪。

　　"口头创作"及文学史之提纲,如有可能,乞赐一二。

　　《文史哲》第四期有《季布词补校讨论》一文,可否代补一份,乞示知。

　　俗讲至宝卷之间的一段历史,近已略知梗概,惟此类资料殊无整理必要也。

　　月前曾将拙稿一册寄冯沅君先生,不知收到否?

德均上 10 月 29 日病中倚枕书(1953 年)

二

德栋兄:

　　大札奉悉,承示王文大纲感甚。拟致函北京宣武门王君处索取。

　　关于拍案惊奇序,见另纸。此间口头文学另有他人讲授。以前曾辑宋至清歌谣史料一册,去岁曾整理一次,补充后或可刊行。今后不拟再作此等事矣。去夏曾将黄校《曲品》《剧品》,作一补注,约二百五十则。今年正搜罗明代戏曲史料,拟致力于弋阳等地方戏曲之研究。弟于教书一事尤感厌倦,本拟参加戏曲研究院曲目整编工作,迄未能行。短期内可能改为研究工作也。

　　孔尚任晚岁所作之《长留集》(非《湖海集》),不知山大有此书否?

弟德均上
1956 年 1 月 13 日

　　关家铮:山东大学图书馆　研究员

"唸歌"
——台湾民间说唱艺术及民间艺人研究

洪淑苓

前　言

　　"唸歌"是台湾民间说唱艺术的一种,或称唸歌仔,系由民间艺人以简单的乐器伴奏,念唱劝世歌谣、短篇或是长篇的故事。唸歌艺人通常二人搭档,在节庆时于庙埕、广场演出,为民众带来精彩生动的表演,兼有传播知识与娱乐的效果。因为唸歌广受欢迎,所以也有书店把唸歌的歌词印刷出版,以供民众闲暇时阅读欣赏,这些通俗读物被称为歌仔册。

　　唸歌的表演形式随着时代而有所演变,曾经风行一时,但也随着时代而衰退。然而欣赏唸歌却是庶民百姓的宝贵记忆,从中可以体现庶民的娱乐生活与情感思想,值得我们重新去了解与研究。2016年,台湾的两位民间艺人陈美珠、陈宝贵获得新北市"说唱类"传统艺术之艺师奖项,以下就借由对这二位民间艺人的访谈与研究,深入探讨"唸歌"的丰富内涵。

一、唸歌艺术的起源、形式、流传与演变

　　"唸歌",又称"唸歌仔""歌仔",是台湾民间说唱艺术的代表之一。"唸"或作"念",是"唱"的意思,"歌"指的是歌曲,闽南话称为"歌仔"。"歌仔"在闽南地区称为"锦歌",约产生于明末清初,福建南部的漳州、厦门、晋江、龙溪一带,而后随着移民的潮流进入台湾。"锦歌""歌仔"名异源同,都是流传于民间的小调歌谣,以七字或五字组成一句,每四句组成一段,用方言俚语歌唱,内容多反映日常生活的风貌,后来发展为演唱故事和民间传说。其伴奏乐器通常是手鼓和月琴,继承明代南词小调的一些曲调,吸收当地民间小戏、民歌及部分佛曲、道情的一些曲调,音乐表现非常丰富。

　　"歌仔"何时开始流传于台湾,难以考据,但连横《雅言》已经记载了台南地方有盲女以月琴弹唱"昭君和番""三伯英台"等故事;日人片冈岩《台湾风俗志》也收录"台湾的杂念",包括乞食歌、挽茶歌、朱一贵之乱歌等,可见"歌仔"在清代台湾民间已经相当流行。"歌仔"加上扮演,也可能促成台湾"歌仔戏"的产生,例如宜兰"本地歌仔",就和"歌仔"有密切关联①。

　　唸歌的表演形式,有一人独唱,以大广弦或月琴自行伴奏;或是以一人主唱、一人伴奏

---

　　①　有关"歌仔"的介绍,参考曾永义《歌仔戏的形成》,载《台湾歌仔戏的变迁与发展》,联经出版公司1988年版,第44—45页;曾子良《台湾闽南语说唱文学"歌仔"之研究及闽台歌仔叙录与存目》,第二章"台湾闽南语说唱文学'歌仔'的形成与演变",东吴大学中文所博士论文1990年版,第10—20页;林鹤宜《从剧种的历史进程看日剧时期歌仔戏唱片的价值》,见林鹤宜等编著《听到台湾历史的声音》,台湾传统艺术中心2000年版,第20页。

的方式搭档演出。最初也许是盲人或是民间艺人沿街走唱，或是节庆时在庙埕广场演唱，以获得观众的赏钱，或是由主人出资邀请到家中演唱。例如作家赖和即曾邀请艺人到家中演唱，记录其唱词内容①。这些艺人起先是兼职，渐渐的也有职业演员，以 20 世纪 30 年代歌仔册大量出版流传的情形推测，当时应该有民间艺人以唸歌为职业，他们除了会唸歌之外，也会编写歌词与故事，因此产生了丰富的文本。例如基隆宋文和②、万华梁松林③，他们往往在歌仔册的开头或是结尾的地方表示，这个故事、这本歌仔册是我某某人编写的，我就住在某个地方，或是在某个场所演唱。

二次大战之后，唸歌艺术在台湾民间仍然相当盛行，从一些老艺人的访谈中，可以知道他们大多和"卖药团"的事业结合在一起。战后初期 20 世纪 50—60 年代，制药厂为了增加销售量，就雇用唸歌艺人来表演，中间休息时间，就是他们推销产品的时间。由于唸歌艺术表演精彩，吸引大批群众，因此药品的销售量良好，更增加制药厂的信心，和唸歌艺人密切合作，因此形成"卖药团"的特殊行业。卖药团到处卖唱与推销，后来也和广播电台结合，以录音的方式制作节目和卖药，因此又形成唸歌的录音节目，据说也受到听众的热烈欢迎④，形成早期台湾民众记忆深刻的通俗娱乐。

但这种传统的民间艺术究竟还是抵不过现代化的传播媒体，电视开播（1962 年）后，唸歌的录音节目也就慢慢退出流行，更不用说是卖药团在户外广场的演出。

时至今日，唸歌表演确实有逐渐式微的危机。但仍有唸歌艺人努力维持传统，以发扬传统民间艺术的精神。曾经获得文化薪传奖的杨秀卿自然是其中的代表人物，陆续被学者研究的蔡添登、陈再华、吴天罗、王玉川等，也是技艺精湛的民间艺人。但这些民间艺人除了有少数的机会在传统的庙会节庆场合演出外，可能最多的情形是以推广乡土艺术、乡土文化的名义，被各级学校、文化单位邀请演出；或者是在联欢晚会、民俗之夜的场合中，担任一个节目演出，较少是整场的演出。这类场合，被称为"文化场"，有别于以利益取向的商业场。在快速进步的现代社会，文化场似乎成为唸歌艺术的发展趋势，但艺人的老成凋零，仍然是个必须关注的重要问题。

二、唸歌艺术的现况——民间艺人陈美珠、陈宝贵的案例

笔者曾对民间艺人陈美珠、陈宝贵进行研究，希望透过访谈，了解其演出经验，记录其擅长的歌谣、剧目，借以保存研究资料。以下是访谈的摘要资料⑤：

（一）陈美珠

陈美珠，1937 年生，新店人，现居三峡。其父陈软是歌仔戏艺师，但他并未亲自传授陈美珠才艺，而是要她跟着"直仔先"学艺。陈美珠 13 岁开始学唱歌仔，15 岁开始唸歌卖

① 陈万益《赖和的小说艺术》提到："赖和在世的时候，一九二五年的时候，就找了一个讲唱的到家里面来讲故事，讲什么故事呢？讲戴潮春的故事。"参见赖和纪念馆网页，http://km.moc.gov.tw/laihe/c1/c12—011de.htm
② 宋文和编著的歌仔册，例如《自动车相褒歌》，捷发书局 1935 年版。
③ 梁松林编著的歌仔册，例如《特编三伯想思歌》，周协隆书店 1936 年版。
④ 从唸歌艺人杨秀卿的传记可以看到这些事迹，参见杨秀卿口述；陈奕恺编撰《唸歌仔走江湖：杨秀卿的游唱人生》，新北市文化局 2010 年版。
⑤ 洪淑苓采访，助理：林胜韦、林佳颖、郑慈瑶，时间：2012 年 7 月 3 日下午 2—5 点，地点：台北市阳明山林语堂纪念馆。受访者：陈美珠、陈宝贵、王玉川，并感谢台湾念歌团团长叶文生之协助。

药,在台北松山、基隆一带活动。后曾师事台南的吴丁山,曾在台南驻唱几年。因为找不到人伴奏,所以自学电吉他,形成自弹自唱的特殊风格。17岁时,艺师汪思明邀陈美珠到警察广播电台和中国广播公司演唱录音,开始了她的电台录音时期。18岁时,拜师李新发,因此与王玉川变成师兄妹。陈美珠唱歌的音色婉转,也可以一人分饰多角,感情很丰富,加上电吉他伴奏,表现中西合璧的特色,给听众深刻的印象。她的拿手戏是李三娘、陈三五娘、梁山伯祝英台等。她在受访时表示,她现在不会想表演唸歌,反而比较喜欢下田去种菜,活动筋骨。

(二)陈宝贵

陈宝贵,1939年生,新竹人。曾学习南管、高甲戏与歌仔戏,加入环球戏剧团。本来是学旦角,演过白蛇传的白珍娘(即白素贞)。后来和陈美珠搭档表演唸歌,才改扮生角或男性人物。陈宝贵24岁时进入电台录音,在台北民本电台演唱,因而结识陈美珠。她和陈美珠的默契极佳,常常是先商量大概的剧情之后,就可以对唱,一搭一唱,你来我往,剧情十分流畅,模拟各种角色的声调口吻也都很生动。

陈宝贵在受访时表示,她很喜欢唸歌,即使现在退休在家,也会自己经常复习以往熟悉的歌曲,有时一边炒菜,拿着锅铲也会挥舞起来,帮助自己想起歌词和音乐。她觉得在老年时候还能有演出的机会,是很值得珍惜的,每次到外地演出,就好像去郊游一样,可以表演,也可以游山玩水,也可以和老朋友见面联谊。她是抱着轻松愉快的心情来演出,而当她开始念唱时,她都会把自己投入剧中的角色,把感情放进去,让自己唱得更生动。

陈宝贵和陈美珠为旧识,一同度过电台录音的风光岁月。但一样也遭受时代转变的打击,淡出表演的舞台。20世纪90年代,第四台开播,陈宝贵和陈美珠两人组成"锦裙玉玲珑",在"海上仙山"电视台表演唸歌。不过这个节目未如预期,所以很快就结束了。2004年,"洪瑞珍唸歌团"成立,陈美珠、陈宝贵和经常为她们伴奏的王玉川都曾加入,直到2008年"洪瑞珍唸歌团"因故解散,三人另外再加入叶文生主持的"台湾唸歌团"。此后陈美珠、陈宝贵与王玉川三人比较常登场表演的,以文教单位邀请的文化场为多[1]。

三、"唸歌"演出内容与特点

(一)"一门三孝面线冤"

陈美珠、陈宝贵、王玉川与台湾唸歌团曾应邀到台湾大学演出"一门三孝面线冤"[2]。

"一门三孝面线冤"原出自明代的陈罴斋《跃鲤记》,凡四十二折[3]。故事说书生姜诗,娶妻庞三春,育有一子小名安安。姜诗与眼盲的母亲同住,夫妻俩都很孝顺母亲。但姜母误信邻妇秋香谗言,以为庞氏在花园中焚香祝祷,却暗中诅咒她,因此命令儿子休妻。姜诗碍于母命,只得休妻。庞氏受此冤屈,只得暂住白衣庵。安安思母心切,亲自背米到庵中寻母,母子相见,两人都伤心落泪。后庞氏托人送鲜鱼给婆婆吃,婆婆亦感后悔,遂迎

① 详参洪淑苓《唸歌艺人的学艺历程与即兴表演艺术以王玉川、陈美珠及陈宝贵为例》,《台闽民间戏剧国际学术研讨会论文集》,成功大学闽南文化中心编印2013年版,第163—182页。

② 演出时间:2012年9月12日14:00—17:00,地点:台湾大学国青大楼地下一楼礼堂。

③ 见殷梦霞选编《郑振铎藏古吴莲勺庐抄本戏曲百种》,国家图书馆出版社2009年版,册24,第165—376页。感谢林鹤宜、蔡欣欣、李惠绵教授提示这个线索。

回庞氏,并惩处秋香,姜诗夫妻团圆。

《跃鲤记》在昆曲、秦腔、潮剧等,都有改编的剧本演出。1939年福建歌仔戏名家邵江海也曾将之改编为歌仔戏《一门三孝面线冤》[1];台湾歌仔戏杨丽花幼年登台即演出“安安送米”一折,轰动一时。王玉川等人所演的“一门三孝面线冤”,应系来自于这个系统。

台湾唸歌团此次演唱的“一门三孝面线冤”故事,主角的名字改作姜时,姜时十分孝顺盲眼的寡母,其妻杜三春亦是个孝顺的媳妇。姜时进京赶考,杜氏为了将祝寿的面线留给婆婆吃,得罪了邻居秋娘,秋娘记恨在心,挑拨婆婆对媳妇的信任,导致婆婆要求姜时将三春休离。三春离开家亦不被娘家收留,决心自杀时被白云庵师父遇见,收留于白云庵。杜三春的儿子安安,多日不见母亲,决定出门找母亲,在土地公的指引下找到母亲,母子相聚。姜时亦考中状元,回家报喜。母亲这才说出自己非常想念媳妇,希望姜时带媳妇返家。姜时于是带着安安前往白云庵接三春回家。回家后姜时问清事情原委,差人带秋娘前来认罪,姜时严厉教训,秋娘伏罪后悔,三春与婆婆亦原谅秋娘,欢喜结局。

就故事情节来看,《一门三孝面线冤》维持了《跃鲤记》的大概轮廓,亦即是从婆媳冲突到真相大白,而加上幼龄儿子的孝心表现,终于是大团圆喜剧收场。二剧冲突的原因不同,《跃鲤记》系因邻人秋娘伴称庞氏焚香诅咒,而台湾唸歌团《一门三孝面线冤》则是用为婆婆祝寿的面线为导火线,邻妇秋娘因为等不到一碗面线,所以怀恨在心,陷害杜氏。杜氏并非吝啬,而是家中贫穷,只有一碗面线为婆婆祝寿,婆婆不知情,还大方请邻妇分食,杜氏又因此担心婆婆吃不饱,所以才使用缓兵之计,希望秋娘可以因为久等而自动放弃。奈何秋娘是个小心眼的人,以为杜氏借机羞辱她,所以心生报复。她故意拿香戳破姜母的衣裳,又嫁祸给杜氏,引发婆媳战争与休妻事件。这碗面线的设计,确实平易近人又具有刺伤力量。

杜氏被休后,走投无路,只好借住白云庵。这里,安安的脚色仍然受到重视,因为《跃鲤记》中的“安安送米”已成为经典的折子戏,所以《一门三孝面线冤》的“安安送米”也是重头戏,透过孩子天真的言语,传达了思母情切、稚子孺慕的深情。不过,这段情节在《跃鲤记》中还有一个加强点,就是安安所送的米,是数日累积下来的,所以米的颜色不同,因此解决了安安被怀疑偷米的问题,使得大人们更为他的孝心感动。而《一门三孝面线冤》并没有用这个情节,反而是在送米之前,安安赶鸡的身段做了不少,试图呈现孩童天真活泼的模样。待安安到白云庵找到母亲,又加上一个细节,即安安衣服的扣子掉了,他央求母亲为他缝缀,通过扣子,更增添杜氏的慈母形象。

就表演形式来看,当日台湾唸歌团的陈美珠、陈宝贵虽然有化妆、穿着亮丽服装上场,但并没有依照剧中人物来做造型,仍是以唸歌叙事的形式呈现故事。这种以模拟角色声口演唱、对话,却没有舞台上的人物造型、动作与走位,现场观众就算闭起眼睛,用耳朵来听,也可以了解故事的来龙去脉,因此也可说就像歌仔戏录音表演一样,是用声音(音乐、唱词、唱腔)来演出《一门三孝面线冤》的故事。

于此,我们又发现这其中具有一人分饰多角的特点。因为只有两个演员——陈美珠

---

　① 1939年,邵江海根据《跃鲤记》改编为芗剧《面线冤》;1956年12月,香港电影公司上映厦语电影《安安寻母》(又名《一门三孝》),王大林导演。引自百度“安安寻母”,网址:http://baike.soso.com/v11011607.htm。但台湾歌仔戏如何接受邵江海的这个剧本,演出的记录如何,有待进一步考述。

和陈宝贵,所以必需分工合作。可以用四个地方来论。一开始,陈宝贵扮演姜时,陈美珠扮演杜三春;第二,夫妻两人话别后,陈宝贵即改扮婆婆,而陈美珠则改扮邻妇秋娘。这里可以发现宝贵由原本斯文的小生腔调转为低沉的老旦腔调,而陈美珠也由温柔的小旦腔调转为泼辣的坏女人声口。第三,到了安安上场的这段,由陈宝贵饰安安,她又由前面的老旦转为幼童,表现聪明可爱的样子,声音则带点委屈,因为她正要去寻找母亲。第四,姜时高中状元,消息传来,安安陪伴婆婆到门外看状元游街。这时陈宝贵扮演安安,陈美珠扮演婆婆,祖孙之间有着温馨的对话。而后姜时现身,陈宝贵又转为姜时,而陈美珠则适时转为安安的脚色,和父亲姜时相认。到了末尾,姜时夫妻团圆,陈宝贵和陈美珠又回到各自担任的脚色中。

王玉川担任弦乐伴奏,但却是主导的位置,由他来配合两位演员的歌唱,可说默契十足,天衣无缝,他坐在舞台左后方,看不到陈美珠、陈宝贵的表情、眼神,只凭着平日的默契,就可以用音乐交谈、会合,一同推动故事的进展。

事实上,更应该说整个表演的气氛是十分融洽、契合的,因为除了中场休息,只有一次错误重来。整场几乎可说是一气呵成,台前的两位艺师的默契已经到了连眼神都不用打暗号,好像只要一抬头、一个手势或是一种感觉,就可以知道彼此的需求,唱词、口白都可以你来我往,毫无滞碍。

那么,使人好奇的是两位艺师事前有无排练呢?根据台湾念歌团叶文生团长的说法,有一天他开车载陈美珠去淡水找陈宝贵,因为有一段表演需要两人合作。车子开到陈宝贵家,陈美珠把故事从头到尾说给陈宝贵听,然后,两个人就可以搭配说唱。笔者又问是否至少有排练过一次,叶文生回答:"没有,连彩排都没有!上场马上就是,这让我很钦佩他们。包括后场打鼓、拉弦都一样,用听的听到什么状况,接下来他们就能知道是要接七字仔、还是高调,他们这默契我就觉得很离谱,像是这手势我这样一甩,他就知道下面是什么了。"[1]可见民间艺人的真才实学和临场发挥的本领,以及彼此间的默契。

(二)保生大帝故事

2013 年,陈美珠、陈宝贵、王玉川与台湾唸歌团再度应邀到台湾大学演出"保生大帝"[2]。

本次表演为两段说唱,都是和保生大帝有关,这两段衍生自一副对联——"时去干姜毒死人,运来生水助生产"。这两段故事不见于相关的碑志等文献,系由陈美珠提供,她在记忆中曾经听过这两句对联,也听过这样的故事[3]。但这两段故事和民间流传的保生大帝医虎喉、点龙眼、医太后乳疾与泥马救康王的传说故事不同,也和"大道公风、妈祖婆雨"的传说无关。此外,也必须指出一点,故事中的吴保生娶有妻室,这并不符合碑志说吴真人不婚娶的事迹。我们暂且把它当作是后人编写的故事来看待。

这次表演,由叶文生团长开场演唱《劝世歌》,然后由陈美珠、陈宝贵主唱,王玉川主

---

① 访谈时间:2012 年 9 月 6 日,地点:台湾大学台文所 324 教室。采访:洪淑苓、叶文生、郑慈瑶、林胜韦、陈幼馨、刘建志、王品涵,记录整理:洪淑苓、郑慈瑶。

② 演出时间:2013 年 6 月 3 日,14:00—17:00,演出地点:于台湾大学台文所 324 室。

③ 叶文生曾录制一段陈美珠说这个故事的影片,上传到 youtube 网站,标题:"时去干姜毒死人",2012 年 8 月 17 日录影,2012 年 9 月 20 日上传,片长 4 分 20 秒。网址:http://www.youtube.com/watch? v=iU_BuGt2g8I。

奏、李添丁客串伴奏。两位演员未穿着戏服和梳妆,只穿着一般时装和简单的化妆。叶文生团长告诉我们,这个故事陈美珠与陈宝贵并未事先排练,他们的合作模式是,在前来表演的路途中,在车上由陈美珠讲述故事大概,然后与陈宝贵两人稍微讨论一下角色分配和剧情衔接问题,到场再由王玉川随时搭配乐曲,就可以开始表演。

在当天的演出中,可以看(听)到陈美珠、陈宝贵分饰多角,而且因应剧情需要,可以自然转换角色,毫无阻碍。譬如在第一段"时去干姜毒死人"这段,原本由陈宝贵担任审案的县官审问洪阿金(陈美珠饰),但是到了审问吴保生时,陈宝贵转为吴保生,陈美珠则转为县官,一问一答,剧情衔接得很顺畅。而第二段"运来生水助生产"这段,一开始是陈美珠担任县官夫人,陈宝贵担任县官,两人同往临安县上任。县官夫人顺利生产后,县官亲自前往吴保生家道谢;这时陈宝贵饰演吴保生,而陈美珠则转为县官,两人有精彩的对答。县官离去后,吴保生与妻子分享这份荣耀,此时陈美珠又很自然地改唱吴夫人的角色。

综合来看,陈美珠一人可以充当八个角色,还可以兼任旁白的工作。而陈宝贵也可以担任四个以上的角色,配合剧情所需,和陈美珠合作无间。加上王玉川总是能够给予恰当的音乐来搭配她俩的唱词,或是情节气氛,三人可说默契十足,完全不需要脚本,临场发挥,也能达到完美境界。接下来就介绍他们所演唱的故事内容。

1.《时去干姜毒死人》的内容
演员/剧中人物(依出场序)
陈美珠/洪公子　家丁阿顺　捕快　县官　(旁白)
陈宝贵/讨债人　吴保生　洪父　县官

故事一开始就是纨绔子弟洪公子阿金被讨债者催讨赌债。洪阿金百般求饶,最后以回家向父亲要钱还债为由,摆脱讨债人的纠缠。洪阿金先到一家汉药店,看店的正是吴保生。洪阿金希望跟他买砒霜,吴保生套他的话,才知洪阿金是想要毒死自己的父亲以便早日取得家产。吴保生便开了一服药,告诉他总共要抓三十帖,要找个隐秘的地方小火慢煎,还要用乌骨鸡小火慢炖,并且要表现好言相劝,说这是补药,药给父亲补身体。如此这般,每天一帖,使毒药渐渐入侵,最后就可以达到目的了。洪阿金依言买药回去,也照着吴保生的指示炖给父亲喝。洪父半信半疑,起先都不敢喝,偷偷把药倒掉或是放在那里假装忘记喝。但看到洪阿金越来越孝顺,还会帮忙家事,他愈来愈觉得满意,也就喝了三帖。剩最后两帖时,那天洪父一边喝补药,一边把洪阿金叫到跟前来赞许他,孰知话还没说完就七孔流血,暴毙而亡。

洪阿金十分惊慌,叫家丁阿顺赶快将父亲收埋。但衙门捕快听说此事,就直接来洪府调查。洪阿金说明过程,捕快就到吴保生家把吴保生逮捕起来,送到衙门审理。经过县官审问,发觉事有蹊跷,就先将吴保生押入大牢,而大队人马前往洪家实地勘察。洪阿金说明自己如何在自己房间外的龙眼树下煎药,县官就命他把剩下的那贴药照样拿去煎,并在旁观察动静。经过很长时间,已经是夜半时分,忽然看到树上一条大蟒吐出蛇信,好像要舔食那锅药汤。大蟒张开嘴时,明察秋毫的县官发现蟒蛇的口水滴了下来,于是真相大白,就是这蟒蛇的口水含有毒液,所以使得那锅药汤也变得有毒了,才会使洪父一命呜呼。

经过审判,吴保生无罪释放。但因为曾经遭受牢狱之灾,使得众人对他也有所顾忌,汉药店的生意更加冷清了。洪阿金为了表示歉意,就按月送米送肉给吴保生,资助他的生计。

2.《运来生水助生产》的内容

演员/剧中人物

陈美珠/县官夫人 小卒 产婆 吴夫人 婢女阿叶 婴儿 将军 县官

陈宝贵/县官 吴保生

故事接着前一则"时去干姜毒死人"的时间。经过一阵子,吴保生的汉药店并无起色,生活过得十分黯淡。有一天,某县官将往临安县就职,他带着身怀六甲的妻子同行。但妻子不耐轿子的颠簸,走到偏乡小镇就非常不舒服,好像要生产的样子。县官很着急,派小卒去寻找产婆。产婆来到,见到夫人痛苦的样子,说是难产,不敢为她接生。产婆急忙离去,县官夫人已经痛了三天三夜。小卒终于打听到此地有家汉药店,药店的吴保生可以为人看病。于是小卒连夜赶到,急忙敲门,在门外就大声嚷喊着快点快点。吴保生听到敲门声急忙起床,吴夫人也跟着起身,并问他要不要烧个热水洗脸。吴保生回答说不用,生水就好。在门外的小卒听到"生水就好",以为是吴保生给他的指示,就连忙跑回去跟县官报告。县官起先很怀疑,但是小卒一直说医生说"生水就好",于是就派婢女阿叶赶快拿生水过来,直接端给产妇喝下。没想到县官夫人一喝了生水,马上生产了,生下一个健康的男婴。

县官为了感谢吴保生,就在孩子满月时准备丰盛的麻油鸡酒、猪脚面线等礼物送到吴家。吴保生夫妇不知其意,经过县官告知,才知道自己无意中说的"生水就好"竟然帮了这么大的忙。县官问吴保生还有什么可以帮忙的,吴保生告诉他前一阵子被洪家命案连累的事,他希望县官可以为他洗刷阴影,告诉乡人他是个可以救人的好医生。县官想了想,就写了一副对联送给他:"时去干姜毒死人,运来生水助生产"。吴保生得到这副对联,相当欣慰。在故事的最后,他与妻子辞别,打算到深山之中去采药,顺便回乡探望父母,也再多多学习医术,使自己医术更为精进。吴夫人很贤慧,完全赞同他的做法,夫妻两人依依不舍地分开。

这两则故事,虽然和文献、传说中的保生大帝故事不尽相同,但经由陈美珠和陈宝贵精彩的演出,也让作为观众的我们,见识到两位民间艺人默契十足又能即兴发挥的才华①。

结　语

陈美珠、陈宝贵在其年轻时代,即以唸歌艺人、歌仔戏演员的身份,登台表演,或是与卖药团结合,到处表演与推销药品,广受观众喜爱。而后亦进入广播电台录制节目,更加受到观众欢迎,达到其演艺生涯的高峰期。但随着唸歌表演的式微,其人也逐渐淡出这种户外表演剧场以及电台录音的工作,而转向文教单位邀演的文化场演出。

值得注意的是,陈美珠与陈宝贵曾以"锦裙玉玲珑"搭档在电视台演出,虽然效果不如预期,但这个形式却被另一组电视艺人澎恰恰与许效舜模仿,以"铁狮玉玲珑"的节目演出而造成轰动。1996年,三立电视台"黄金夜总会"节目中曾穿插"铁狮玉玲珑"的表演,澎、许二人其后也在别的电视台再度推出"欢喜玉玲珑"等节目。这个古老的民间表演艺术在电视综艺节目中复活,但不是完全的复古,而是因为澎恰恰、许效舜这两个艺人以谐谑的表演风格获得观众青睐,和传统的说唱表演已经很不相同。不过,这并不表示"铁狮玉玲

---

① 详参洪淑苓《唸歌艺术与保生大帝故事》,《祀典兴济宫暨保生大帝信仰国际学术研讨会论文集》,成功大学人社中心编印 2013 年版,第 131—156 页。

珑"系列节目也就因此成为长久演出的节目,因为它毕竟是属于通俗娱乐,流行一阵子之后,也就退烧,欲欣赏者也只能从 DVD 中去欣赏①。反而是民间艺人参加文化场的演出,可以增加不少演出的机会,也让他们感到鼓舞的力量。而值得庆贺的是,2016 年 11 月陈美珠、陈宝贵两位荣登新北市"说唱类"传统艺术艺师名录,并由市长颁奖表扬②,期盼这项荣誉,可以唤起更多民众对唸歌艺术的重视和喜爱。

以上,从"唸歌"艺术的传承来看,民间文学、传统艺术的传承与发扬,实需要多方面的支持和努力。政府大力支持,挹注资源、建立传承制度以及提供演出机会,加上民间对于传统文化的自觉,体认传统文化的丰富内涵,才能维护民间艺术,使之源远流长。

洪淑苓:台湾大学中文系　教授

---

① 这两人的搭档形式是,澎恰恰弹吉他唱歌,许效舜手拿彩巾负责说与唱,两人皆反串女性人物,以假发装饰,脸部化妆十分夸张,眼影、腮红颜色鲜明,有丑扮的效果。而弹唱、对答的内容也很俚俗,偶带情色的暗示,迎合大众的口味,以制造娱乐效果,吸引观众。可参阅其 DVD 与 Youtube 网站的影片片段。

② 见 2016 年 11 月 23 日,自由时报报导,网址 http://news. ltn. com. twnewslocal/paper/1054769

一点情千场影戏

——论《南柯梦》里的视觉与宗教启悟的关系

华　玮

一、情了为佛：《南柯太守传》的改编

《南柯梦记》叙述一游侠之士淳于棼在梦中被"大槐安国"的使者接去，做了该国的驸马，从此踏上宦途。在南柯郡做太守二十年，政绩显著，子民为他立生祠，祠中的德政碑记载了他行过的德政七千二百多条。但这一切都只是"南柯一梦"。醒后，他虽然发现所谓"大槐安国"乃蚁聚之地，仍情缘难了，诚心要度蝼蚁生天。在末出《情尽》里，淳于棼亲见他的亲疏眷属生天，一一了断了父子、朋友、君臣、夫妇之情，再经契玄禅师当头棒喝，终于立地成佛。此剧的故事源自唐李公佐的传奇《南柯太守传》。此传最后叙及主角淳于棼于梦醒后，"感南柯之浮虚，悟人世之倏忽，遂栖心道门，绝弃酒色。后三年，岁在丁丑，亦终于家。"接下来，作者叙明写作主旨：

> 虽稽神语怪，事涉非经；而窃位著生，冀将为戒。后之君子，幸以南柯为偶然，无以名位骄于天壤间云。前华州参军李肇赞曰："贵极禄位，权倾国都。达人视此，蚁聚何殊？"①

由小说到戏曲，从悟道到度世，由政治讽喻到"情了为佛"，《南柯梦》之主题思想已与原著有所差异。汤显祖的改作，突出了原著情节内容背后所隐含的各种人物之情，主角不论，余若大槐安国主的野心（《树国》）、右相段功的嫉妒（《象谴》）、檀萝太子的好色（《围释》）、瑶芳公主的闲闷（《闺警》），以及南柯百姓对贤宦之礼敬依恋（《卧辙》）等，无不细心刻画。他利用传奇文体利于抒情的特点，或演绎原著之单纯叙述为直观之人物心理与情感的呈现；或如前所述，增添原著所无之情感内涵。

"世总为情"，②汤显祖在此剧中无疑"为情作使"，③欲藉南柯一梦，写尽人情。他曾在给友人的书信中谈到他的《南柯》《邯郸》二梦：

> 弟之爱宜伶学二梦，道学也。性无善无恶，情有之。因情成梦，因梦成戏。戏有

---

① 汤显祖著，钱南扬校注《南柯梦记》，人民文学出版社 1981 年版，附录，第 182 页。以下凡引此剧曲文，除非特别注明，俱出此书。

② 汤显祖云："世总为情，情生诗歌，而行于神。天下之声音笑貌大小生死，不出乎是。"见《耳伯麻姑游诗序》，汤显祖著，徐朔方笺校《汤显祖全集》（二），古籍出版社 1999 年版，第 1110—1111 页。

③ 显祖尝道："岁之与我甲寅再矣。吾犹在此为情作使，勉于伎剧。"见《续栖贤莲社求友文》，汤显祖著，徐朔方笺校《汤显祖全集》（二），第 1221 页。

极善极恶,总与伶无与。伶因钱学梦耳。弟以为似道。怜之以付仁兄慧心者。①

言下之意,慧心者应能看出他创作二梦,藉彼反思道学的深意。传说汤显祖曾对不满其不务正业写作戏曲的老师张位说道:"某与吾师终日共讲学,而人不解也。师讲性,某讲情。"②上引这封短信,正精简地提示了汤显祖戏曲创作的关怀所在:儒门的道德修养,在于让人情的发用能达到不偏不倚,无过无不及的中和境界。汤显祖艺术追求的境界,当然也要达到中和,但这中和并不是通过对人情的节制以求得;恰恰相反,它是先要把人情推拓到极偏极倚处,让矛盾和冲突极度展开,然后再把矛盾和冲突消解才求得的中和境界。它不是儒家"清风明月"的中和,它的"清风明月"的到来,是在狂风暴雨、雷霆闪电之后,而不是在此之前。而引文中所谓:"因情成梦,因梦成戏",则可以理解为汤显祖创作戏剧,其艺术构思的主要过程以及方向,亦即:他是以情为出发点,以情为中心,通过梦的构成、戏的书写,来发抉人生之中,情之善恶。不过,我们需要注意的是,此情之善恶,绝非一般众人观点之善恶,且剧中主角身为梦中之人,为情所困,亦迷糊不察;须待梦醒时分,化身局外人,置换眼光后重省、观看此情,方始了悟其善恶之理——在《南柯》,此局外人是契玄禅师,在《邯郸》,是道教神仙吕洞宾。由于二梦对"情"反复辩证,铺写竟尽,故汤氏自评:"以为似道"。

我们可以说:写情、突出契玄、思索色空及佛家思想,就是汤显祖创作《南柯梦》的构思重心及其有异于原著小说之处。对汤氏而言,写情既是宗旨,但"世间只有情难诉",如何写才能不同于一般作者,又不同于自己先前之作?其目的又是为何?《南柯》首出,取名《提世》,用词牌【南柯子】,上半阕叙说作者心情,下半阕概括剧情大要,词云:

玉茗新池雨,金梩小阁晴。有情歌酒莫教停,看取无情虫蚁,也关情。 国土阴中起,风花眼角成。契玄还有讲残经,为问东风吹梦,几时醒?③

词中之"看取""关情"与"风花眼角成",犹如点题,它透露出汤氏此剧乃藉视觉所生发的虚幻视像,写情之空幻,其目的在使人(己)受到契玄禅师点化,由情梦中醒觉;亦即他在《南柯梦题词》中所说:"梦了为觉,情了为佛",达致了悟"一切相不真实"之佛境。

析解《南柯》的学者,泰半会提到汤氏写作此剧,受晚明四大高僧之一达观的影响甚巨,而此达观就是汤显祖创造契玄禅师的灵感来源。④ 原著中只在主角的对话中短暂提及"契玄法师",⑤他并非统揽全剧的权威观点,而《南柯梦》则不同。就在写作《南柯》的前一年,汤显祖做了一个有关达观的梦:

戊戌(1598)岁除,达公过我江楼,吊石门禅,登从姑,哭明德先生往反。己亥(1599)上元,别吴本如明府去栖庐峰,别予章门。予归,春中望夕寝于内,后夜梦床头一女奴,明媚甚。戏取画梅裙着之。忽报达公书从九江来,开视则剃成小册也。大意本原色触

① 汤显祖《复甘义麓》,汤显祖著,徐朔方笺校《汤显祖全集》(二),第 1464 页。

② 陈继儒《王季重批点牡丹亭题词》,汤显祖著,王思任批《清晖阁批点玉茗堂还魂记》,明天启会稽张氏著坛校刻本。

③ 汤显祖著,钱南扬校注《南柯梦记》第 1 出《提世》,第 1 页。

④ 例如,郑培凯《汤显祖与晚明文化》,允晨文化 1995 年版,第 357—444 页。

⑤ "又七月十六日,吾于孝感寺侍上真子,听契玄法师讲《观音经》。"见《南柯太守传》,汤显祖著,钱南扬校注《南柯梦记》附录,第 176 页。

之事,不甚记。记其末有大觉二字,又亲书海若士三字。起而敬志之。公旧呼予寸虚,此度呼予广虚也。①

我们可以确定汤氏当时所做之梦的前半是一个有关情色的绮丽春梦:床头明媚的女奴,汤显祖正准备帮她穿上画梅裙,但宛如杜丽娘"梦到正好时节,甚花片儿吊下来也",②他忽然听到有人报告达观从九江给他捎来了书信,此书劝喻显祖灭情绝色,期许他"广虚""大觉"。

汤显祖在四十一岁时,受记于达观禅师。从那时起,达观便成了他在中年和晚年精神上的重要慰藉。达观一心要度显祖出家,他对汤显祖从事戏剧创作,持根本否定的态度。这当然不可避免地给显祖带来极大的困惑。显祖与达观相交甚深,但对后者"情消性复"③"情有者理必无,理有者情必无"④的思想始终无法认同。汤显祖执着于"个体感情生命的别趣、意趣、意味之美的追寻",⑤尽管对佛禅有很深的研究却无法从佛禅得到解脱。他的内心拉扯、挣扎反映在他的梦里,亦见于他的《江中见月怀达公》一诗:

> 无情无尽恰情多,情到无多得尽么?
> 解到多情情尽处,月中无树影无波。⑥

他以只有多情者方能情尽而成佛的思路,为自己辩解。情了始能成佛,是佛门的共法,汤显祖也赞成。但情了不能一蹴而至,人要情了,必先经"情至"这一阶段。人生如梦,梦如人生,而"梦生于情",⑦人若不能把"苦乐兴衰"⑧"宠辱得丧生死之情"⑨推拓引至微至具,则梦必不能觉,情必不能了。《南柯梦记》中的淳于棼,其梦觉只在经历了宦海浮沉、妻死子散之后,而不在此之前,原因即在于此。在汤显祖看来,惟"情至"始能梦觉,惟梦觉始能情了,惟情了始能成佛。我们虽不能说《南柯梦》里的淳于棼就是汤显祖的化身,但在此剧《偶见》《情着》到《转情》《情尽》的结构中,淳于由对男女情色的执迷爱恋,经过南柯二十年儒家入世人生理想的实现,到末了度世之后的情尽成佛,全剧在"儒与释的对话"的思想层次上,确实隐含有汤氏与自我、与达观对话的痕迹。

二、双重视界:契玄与淳于棼

契玄禅师是汤显祖的创造,剧中注明由净角扮演,在《禅请》《情着》《转情》《情尽》这四

---

① 汤显祖《梦觉篇有序》,汤显祖著,徐朔方笺校《汤显祖全集》(一),第564页。徐朔方笺云:"作于万历二十七年(1599)二月,家居。五十岁。"
② 汤显祖著,邵海清校注《牡丹亭》第12出《寻梦》,三民书局2003年版,第87页。
③ 释真可《释金刚经》及《礼石门圆明禅师文》,《紫柏大师集》,佛学书局1934年版,第16—24、63页。
④ 汤显祖《寄达观》,汤显祖著,徐朔方笺校《汤显祖全集》(二),第1351页。
⑤ 邹元江《情至论与儒、道、禅》,《中国戏曲学院学报》第24卷第4期,2003年11月,第32页。
⑥ 汤显祖著,徐朔方笺校《汤显祖全集》(一),第581页。据徐朔方笺,此诗作于万历二十八年(1600)正月,家居,自南昌归临川途中,汤显祖五十一岁。
⑦ 汤显祖《赴帅生梦作有序》,汤显祖著,徐朔方笺校《汤显祖全集》(一),第262页。
⑧ 汤显祖著,钱南扬校注《南柯梦记》,卷下第22出《情尽》,第171页。淳于棼道:"我淳于棼,这才是醒了。人间君臣眷属,蝼蚁何殊?一切苦乐兴衰,南柯无二。"
⑨ 汤显祖著,李晓、金文京校注《邯郸梦记》,上海古籍出版社2004年版,第29出《生寤》,第217页。卢生对吕洞宾道:"老翁、老翁,卢生如今惺误了。人生眷属,亦犹是耳,岂有真实相乎?其间宠辱之数,得丧之理,生死之情,尽知之矣。"

出淳于梦外的戏上场,并在梦内的戏(《念女》)被提及。汤显祖通过契玄的禅师身份,借由他的曲文、宾白、动作,阐发色空等佛理。比如说,卷上第八出《情着》有以下的对话:

> (首座)如何空即是色?(净)东沼初阳疑吐出,南山晓翠若浮来。(首座)如何色即是空?(净)细雨湿衣看不见,闲花落地听无声。(首座)如何非色非空?(净)归去岂知还向月,梦来何处更为云。(首座)多谢我师!今日且归林下,来日问禅。①

此处对色与空的讨论虽只轻描淡写,但深意存焉,它不仅为接下来淳于上场问禅与剧情的正式开展做好了思想的铺垫,并且为此剧进行了戏剧主题的揭示,增添了由宗教哲学的高度冷眼观看人生的况味。

在全剧开始,两位男主人公,一僧一侠,契玄面对人生的观照与淳于扞格不入,到剧尾,经过他的启悟,淳于面对人生的观点已被他的空观所同化(所谓"梦来何处更为云")。整体来看,双重视界的呈现使得观众(读者)能独立于主人公淳于的追求与经验之外,进而反思、解读人生的最终归宿与意义。前辈学者吴梅尝举出"玉茗天才所以超出寻常传奇家者",即其所谓"主观的主人""客观的主人"之说,其实指的就是这层双重人物安排与主题命意相关之意,也就是一般所论,汤显祖的剧作能超出情节铺陈之外,而富有"思想性"的主要原因:

> ……就表面言之,则四梦中主人,为杜女也,霍郡主也,卢生也,淳于梦也。即在深知文义者言之,亦不过曰《还魂》,鬼也;《紫钗》,侠也;《邯郸》,仙也;《南柯》,佛也。殊不知临川之意,以判官、黄衫客、吕翁、契玄为主人。所谓鬼、侠、仙、佛,竟是曲中之意,而非作者寄托之意。盖前四人为场中之傀儡,而后四人则提掇线索者也。前四人为梦中之人,后四人为梦外之人也。既以鬼、侠、仙、佛为曲意,则主观的主人即属于判官等四人,而杜女、霍郡主辈仅为客观的主人而已。玉茗天才所以超出寻常传奇家者,即在此处。彼一切删改校律诸子,如臧晋叔、钮少雅辈,殊觉多事矣。②

现举一个在剧中有代表性与象征性的"双重视界"的例子,从中可见汤显祖作为戏剧家如何将抽象的主题(情与佛的对立)化为具体的人物动作(观看)。此例涉及剧情发展的关键二出:卷上第八出《情着》与全剧最末出《情尽》。《南柯》除前面介绍主要人物出场的数出,《情着》是剧情真正的开始,此出与《情尽》,出名刻意前后呼应,而"情着"到"情尽",正代表着全剧戏剧动作的完成(类似一百二十回《红楼梦》的第五回与第一百一十六回贾宝玉的两次做梦)。这两出的主要角色都是契玄与淳于梦,背景都是法会,也都涉及金钗与犀盒这两件关键性的砌末。契玄与淳于一开始的人生观的差异,或云情与佛的对立,在戏剧中,汤显祖将之表现为二人"眼光"或视界的差异,更进一步集中而具体地表现在二人对金钗、犀盒及其持有人的观看及其情感态度的差异。到剧尾,淳于与契玄思想情感、人生归宿的会通认同,同样地聚焦于金钗、犀盒;此番淳于重新观看金钗、犀盒,其心境及眼

---

① 汤显祖著,钱南扬校注《南柯梦记》,第 31 页。
② 吴梅《四梦传奇总跋》,转引自汤显祖著,徐朔方笺校《汤显祖全集》(四),第 2620—2621 页。刘世珩的观点也类似:"前人只知四梦本酒、色、财、气四犯:《南柯》,酒也;《还魂》,色也;《邯郸》,财也;《紫钗》,气也。不知《南柯》之契玄,《还魂》之老判,《邯郸》之纯阳子,《紫钗》之黄衫豪客,是皆临川自谓也。现身说法,固以别具一格,而其醒世苦心,则亦见道之文,岂可以痴人说梦,等闲观之乎哉!"见《暖红室刊王思任评校本玉茗堂还魂记·跋》)。

一点情千场影戏

光已与先前迥异,于是才有立地成佛的收场。

《南柯》中多次提到淳于是"有情人"。他追求男女、功名之情,感叹"到今三十前后,名不成,婚不就,家徒四壁"。①《情着》里契玄与淳于第一次见面,淳于看自己人生感到"落托无聊,终朝烦恼",故前来参禅,但契玄所见不同,他对观众说道("背云"):"老僧以慧眼观看此人,外相虽痴,到可立地成佛。"②他的"慧眼"还立即辨识出从槐安国前来人间寻求驸马的琼英郡主(贴扮)和上真仙姑(小旦扮)的蚁子身份。反观淳于则大不相同,当他看见她们代瑶芳公主献给禅师的金凤钗一双与通犀小盒一枚,他不禁痴情妄起,由物思人。剧本中写道:

> (生背介)奇哉此女!(回介)大师,金钗、犀盒,愿一借观。(看介)(回眄小旦、贴介)人与物皆非世间所有。
>
> 【前腔(梁州序)】巧金钗对凤飞斜,赛暖金一枚犀盒。(背介)看他春生笑语,媚翦层波,把灵犀旧恨,小凤新愁,向无色天边惹。(净冷笑介)(生回唱)价值千百两,未多些,一笑拈花奉释迦。(合前)
>
> (生)大师,此女子从何而来?(净背介)此生痴情妄起,倩观音座前白鹦哥叫醒他。(内作鹦哥叫)蚁子转身,蚁子转身。(净)淳于生可听的么?(生)道是女子转身,女子转身。③

引文中淳于"观""看"金钗、犀盒,"回眄"小旦和贴,他因心为外相所迷,因情见色,所见者是人而非蚁,以致惊叹流连人与物之美。以后他被紫衣使者接去大槐安国做驸马,一切后续的发展都始于这"情着"的一刻。④【梁州序】的曲文前二句写物,次二句写人,进而写到淳于由色生情,"把灵犀旧恨,小凤新愁,向无色天边惹。""无色天"此指讲经道场。而契玄则一直在一边旁观、"冷笑"。淳于与契玄眼光的差异,代表着二人对"真"与"妄"认识的差别。此出取名《情着》,就因金钗、犀盒为淳于一见留情之物,此时的他尚未能"达本忘情"。⑤知心即达本。唯有到剧末,淳于了悟到自己一向痴迷,才会感叹:"咱为人被虫蚁儿面欺,一点情千场影戏。"⑥那时他已梦醒情忘,再看金钗、犀盒,所见已不相同:金钗是槐枝,犀盒是槐荚子。"笑空花眼角无根系",《情尽》结尾的这句曲文与首出《提世》的"风花眼角成",透露出《南柯梦》写情是与剧作对"色/空"的思索紧紧联系在一起的。就佛家而言,广义之"色"为物质存在之总称,狭义之"色",专指眼根所取之境。眼之所见"色"乃意念造作而生,一切相不真实。

---

① 汤显祖著,钱南扬校注《南柯梦记》,卷上第 10 出《就征》,第 40 页。
② 汤显祖著,钱南扬校注《南柯梦记》,卷上第 8 出《情着》,第 32 页。
③ 汤显祖著,钱南扬校注《南柯梦记》,卷上第 8 出《情着》,第 34 页。引文中画线为笔者所加。
④ 见第 9 出《决婿》,琼英郡主向大槐安国国母所言:"我和上真子于讲下献上公主的犀盒、金钗,此生顾盼有余,赏叹不足。他既垂情于咱,咱堪垂目于此。若婿此人,堪持咱国。"汤显祖著,钱南扬校注《南柯梦记》,第 38 页。
⑤ 达观曾说:"梦悟醒迷,圣凡途隔。究其所自,不过未达本源。故曰:'达本忘情,知心体合。'即此而观,情未忘时,不必以情忘情。何以故? 情终不忘故。如一达本,情不待忘而自忘矣。如体未合,亦不必求合。何谓'体合'? 无思契同也。若然者,知心即达本,达本即知心明矣。"见曹越主编,孔宏点校《明清四大高僧文集·紫柏老人集》,北京图书馆出版社 2005 年版,"法语"(六),第 144 页。
⑥ 汤显祖著,钱南扬校注《南柯梦记》,卷下第 22 出《情尽》,第 171 页。

金钗与犀盒在此剧是男女情爱的象征,原本在《南柯太守传》就已出现。① 但在小说中钗盒并非瑶芳之物,也并未成为主人公入槐安国做驸马的机缘,更未被作者借以对照主人公最终的弃情悟道。汤显祖的发挥或许是受到白居易《长恨歌》的影响。在《长恨歌》里:"惟将旧物表深情,钿合金钗寄将去。钗留一股合一扇,钗擘黄金合分钿。但教心似金钿坚,天上人间会相见。"如同杨贵妃与金钗、钿盒的联系,大槐安国的金枝公主瑶芳也与金钗、犀盒密不可分,只是在《南柯梦》里,天上的瑶芳下地与其夫淳于相见,留下了金钗、犀盒,淳于却在禅师的慧剑之下,斩断了情丝:

> （生醒起看介）呀! 金钗是槐枝,小盒是槐荚子。哗! 要他何用?（掷弃钗盒介）我淳于梦,这才是醒了。人间君臣眷属,蝼蚁何殊? 一切苦乐兴衰,南柯无二。等为梦境,何处生天? 小生一向痴迷也。
>
> 【南园林好】咱为人被虫蚁儿面欺,一点情千场影戏,做的来无明无记。都则是起处起,教何处立因依?②

　　究竟这最后一次淳于与瑶芳的会面是真是幻? 汤显祖没有明说。我们只知道契玄的思考:"便待指与他诸色皆空,万法惟识,他犹然未醒,怎能信及? 待再幻一个景儿,要他亲疏眷属生天之时,一一显现,等他再起一个情障,苦恼之际,我一剑分开,收了此人为佛门弟子,亦不妄也。"③既说"幻一个景儿",莫非淳于所见到的瑶芳只是幻影? 契玄的这番话,明白表示此剧中"视觉""情障"与最终"情了为佛"的紧密关联。其实契玄的角色好比此剧之导演,他的心计与经营,使得此剧最终淳于的悟道并不十分自然,这或许是汤显祖内心挣扎的体现吧。

三、《南柯梦》的视觉性、戏剧性与宗教启悟的关系

　　戏剧不同于小说,需要靠直观具体的视像设计,而非光靠叙述来呈现内容。但《南柯》既写情之空幻不真,又需靠视像来表现,岂不形成两难? 得力于原小说"梦入蚁国"的比喻,汤显祖借力使力,运用戏剧的"视觉性"来进一步强调人生包括情之虚空。他的《南柯梦记题词》云:

> 嗟夫! 人之视蚁,细碎营营,去不知所为,行不知所往,意之,皆为居食事耳。见其怒而酣斗,岂不哑然而笑曰:"何为者耶?"天上有人焉,其视下而笑也,亦若是而已矣。……世人妄以眷属富贵影像,执为吾想,不知虚空中一大穴也。倏来而去,有何家之可到哉?④

　　天上之人的观看下界,犹如地上之人的观看蚁行。一旦视界转换,对个体存在的意义认知就会有所不同。淳于梦醒后的《寻寤》一出是结尾《情尽》的前奏,淳于之梦中经历在

---

　　① "又七月十六日,吾于孝感寺侍上真子,听契玄法师讲《观音经》。吾于讲下舍金凤钗两只,上真子舍水犀合子一枚。时君亦讲筵中于师处请钗合视之,赏叹再三,嗟异良久,顾余辈曰:'人之与物,皆非世间所有。'"汤显祖著,钱南扬校注《南柯梦记》附录,第176—177页。
　　② 汤显祖著,钱南扬校注《南柯梦记》,卷下第22出《情尽》,第171页。
　　③ 汤显祖著,钱南扬校注《南柯梦记》,卷下第21出《转情》,第162页。
　　④ 汤显祖著,钱南扬校注《南柯梦记》,第1页。

他醒觉后的现实世界里——被证实为真,但时空的极度缩小,却又在显示他经验感受的不真实:梦中以为珍贵重要的人与事,已变得如此渺小而微不足道。不只南柯二十年的宦绩在现实中仅是他一场短暂的午梦,当他在朋友和仆人的陪伴下一同在槐树根下挖掘,往事历历,但是,就连他最难忘的爱妻的死亡,也仅只以极其微小而不真实的方式再现于他的眼前:

> (生细看哭介)是了。你看中有蚁冢尺余,是吾妻也。我的公主呵!
>
> 【前腔(宜春令)】人如见,泪似倾,叫芳卿恨不同棺共茔。为国王临并,受凄凉叫不的你芳名应。……①

这里,戏剧的处理由于有角色与其他人物的互动,有演员的唱、做、念、表,使得此刻扩大而成剧中一情感的高潮。相比于小说此段的叙述:"又穷一穴,东去丈余,古根盘屈,若龙虺之状。中有小土壤,高尺余。即生所葬妻盘龙冈之墓也。追想前事,感叹于怀。"②后者显然较为平淡,缺少当下情感的张力。剧中,淳于寻梦,他的"细看"与"哭",很有戏做,势必会引领此剧之观众(读者)同观其所看之物(哪怕只是在想象的层面),然而,中国传统的写意舞台上,是既无蚁冢亦无蚁子的空无一物(就是有,观众也看不见)。换言之,汤显祖故意安排我们观看淳于的观看,而我们跟随他的目光所看到的,却仅只是个"空"而已。淳于是地上人视蚁,而我们身为局外人,则犹如天上人视下。借由此次观看,淳于之痴迷与情之空幻,慧心的观众(读者)当能了然于心而有所悟——情的空幻还有更甚于此的表现么?《南柯》之视觉性、戏剧性与宗教启悟三者之间的关系由此可见。

为何要有《寻寤》一出?如果蚁国不存在,我们只会以一般意义上的"人生如梦",亦即"如梦般短暂不真实"来理解一般用语上的"南柯一梦",但其实,《南柯梦记》(或《南柯太守传》)的意义绝非如此简单。正因为淳于的南柯一梦仿佛就是另一时空的真实,这才让我们对所谓"真实"的理解更加的深层化、哲理化。淳于、山鹧、溜二、沙三观看蚁穴动静,而我们在戏外观看他们的观看,蚂蚁的舞台、淳于等的舞台,一层一层,真幻虚实难分。

事实上,观看的母题频频出现于《南柯》剧中。除了以上提过的淳于在《偶见》《情着》《寻寤》《情尽》这些重要关目里的观看动作之外,其他出目如《玩月》描写淳于与妻儿在新筑的瑶台城观月;《围释》叙述檀萝国太子为抢瑶芳攻打瑶台,公主登城楼观望,而太子正好借机饱看她的美色。后面这出戏尤其充满着有关视觉性与视像的描写,举例来说,汤显祖细心描绘公主换戎装拿弓箭的过程:

> (旦换戎装弓箭介)
>
> 【梁州第七】怎便把颤巍巍兜鍪平戴?且先脱下这软设设的绣袜弓鞋,小靴尖戗逼的金莲窄。把盔缨一拍,臂鞲双抬。宫罗细揣,这绣甲松裁。明晃晃护心镜月偃分排,齐臻臻苤血裙风影吹开。少不得女天魔摆阵势,撒连连金锁枪垒;女由基扣雕弓,厮琅琅金泥箭袋;女孙膑施号令,明朗朗的金字旗牌。(众喝采介)(旦)奇哉!你待喝采。小宫腰控着狮蛮带,粉将军把旗势摆。你看我一朵红云上将台,他望眼孩台。③

---

① 汤显祖著,钱南扬校注《南柯梦记》,卷下第20出《寻寤》,第155—156页。
② 汤显祖著,钱南扬校注《南柯梦记》,《南柯太守传》,第182页。
③ 汤显祖著,钱南扬校注《南柯梦记》,卷下第7出《围释》,第102—103页。

这段曲文如果出现在一般人世间女子易换闺装备战的场景就一点也不特殊,但是我们明明知道瑶芳是蚂蚁,因此曲文中她形容自己戴盔甲、换靴、拿雕弓、背箭袋、挥旗牌等肢体动作就显得不可思议,带有奇幻的色彩。如果说上述《寻寐》中,淳于梦醒后审视蚁穴的动作是把人生富贵眷属的影像极度的缩小,使之如"虚空中一大穴"可以一览而尽,那么,此处《围释》则是把蚂蚁公主瑶芳换戎装的肢体动作加以局部放大而成为特写镜头。无论镜头是放大或缩小,都提供给此剧观众/读者一种"非常"的视界,在全剧的脉络中,可以引领大家凝视并且冥思人生的真相,从中或有可能跳脱一般习以为常之观点,进而得到悟道的契机。瑶芳自比善射的春秋时人养由基,又自比名兵法家孙膑,历史人物的英姿与事迹,在这里竟如蚁国之间小题大做、无聊的争战,一并成为剧作家反思嘲弄的对象。无论历史还是当下,人生的危机犹如蚂蚁公主的备战,面对之时的勇气虽然崇高,但难免带有荒谬可笑又有些悲凉的味道。当瑶芳唱出:"你看我一朵红云上将台,他望眼孩台",此剧的观众(与读者)随着曲文观看,眼中的"她"是人身演员所扮的女将,但是,她真实的身份却是只蚂蚁。人乎?蚁乎?既是人又是蚁,观戏的感觉竟如此扑朔迷离,恰合汤氏"浮世纷纷蚁子群"①的整体暗喻。戏剧以假当真之"幻",与此剧所传达的"一切相不真实"之佛家思想,在这里不仅仅相通,而且又真的相辅相成。

《南柯梦》很好地表现了戏剧与人生之以幻为真。《情尽》出,淳于终于了悟到自己一向痴迷,他唱道:"一点情千场影戏",这可以用来描述《南柯》和诸多剧作,更可以用来刻绘人生。"影戏"一词,汤显祖在《牡丹亭》第四十八出《遇母》里曾经用过:

> (低与老旦介)我捉鬼拿奸,知他影戏儿做的恁活现!(合)这样奇缘,这样奇缘,打当了轮回一遍。②

这段曲文乃石道姑对杜母所唱,说的是当初杜丽娘之魂与柳梦梅在书斋幽会,她听到夜晚男女谈话声,以为是小道姑与柳生有染,前去捉奸,结果被丽娘藏身在其美人图后躲过了追查(见第三十出《欢挠》)。这里的"影戏儿"根据学者的注解:"也叫影灯戏,用纸或皮剪作人形,以灯光映于帷布上操作表演的戏剧",③全句"知他影戏儿做的恁活现"意指石道姑当初并不知道丽娘之魂(影)正与柳生谈情说爱有如生人活现一般。《牡丹亭》写"情至"能超越死生,立意虽与南柯写"情了"不同,然而,无独有偶地,汤显祖也是把人生比喻做戏剧,把情、影、戏三者相连结,只是在《牡丹亭还魂记》,"影戏儿做的恁活现",观众被引领、鼓励去以幻为真;戏剧弥补了人生的缺憾。但在《南柯梦记》,情是痴妄无明,汤显祖用戏剧,用淳于之梦,让我们看清了人生的盲目——"普天下梦南柯人似蚁",④蚁之细碎营营,忙于居食之事,是梦醒后所观察到的人生写照——也让我们目睹了情缘的虚幻:"世人妄以眷属富贵影像,执为吾想,不知虚空中一大穴也。倏来而去,有何家之可到哉!"

"一点情千场影戏";"不需看尽鱼龙戏,浮世纷纷蚁子群",《南柯梦》用戏剧这个母题来思索人生虚与实、真与幻以及最终如何收场的问题。此剧主题不仅仅是人生如梦,也是人生如戏。如何从"梦"与"戏"的譬喻中,了悟到"一切相不真实"?关键在于我们的心,以及眼光。

---

① 见全剧最后下场诗的末句;汤显祖著,钱南扬校注《南柯梦记》,卷下第22出《情尽》,第172页。
② 汤显祖著,邵海清校注《牡丹亭》第48出《遇母》,第367页。
③ 汤显祖著,邵海清校注《牡丹亭》第48出《遇母》注释,第367页。
④ 这是此剧末出尾声【清江引】的最后一句;汤显祖著,钱南扬校注《南柯梦记》,卷下第22出《情尽》,第171页。

　　《南柯梦》是汤显祖自传性最强的一部剧作,它不仅表现出他与自我、与达观对人生问题的思索对话,也表现出他作戏剧家,对自己所追求的艺术的深刻体认,艺术本质之视觉性意涵与佛家思想相通,能够启示人生真相。《南柯梦》是戏/梦/人生的隐喻,是汤显祖悲悯于"世总为情"的度世之作,是他踟蹰徘徊于情多、情尽之间的写心传奇,是一出生命的戏剧。

华玮:香港中文大学　教授

游戏八股文的文学趣味

——介绍俗文学的一个新品种

黄 强

　　游戏八股文是指融入八股文的一种或几种文章要素而写成的或幽默、或诙谐、或庄重、或嘲讽的文学作品,或者说是能够体现八股文一种或几种文章要素的各类文体。游戏八股文不等于都是正宗八股文的结构形式,因为即使是正宗八股文也有不分股对偶的。从现存的被清代文人称之为"制艺"的游戏八股文看,集"四书"原句为题的作品在文章形式上就相当随意。我们称游戏八股文,既指其内容方面的游戏性质,同时指其形式方面的游戏性质,唯其在形式方面具有浓厚的游戏性质,所以即使它们不是正宗的八股文形式,直接视其为游戏八股文亦未尝不可。可以是诗,可以是小说,也可以是戏曲、诗钟等等。作为游戏八股文的诗歌、小说、戏曲是特殊的文体,在八股文出现以前,没有这一类的诗歌、小说、戏曲;这类特殊的文体失去了它们所蕴含的一种或几种八股文的文章要素,也就失去了它们不同于一般诗歌、小说、戏曲的特殊文学趣味。所以,物以类聚,着意运用八股文体裁写成的"《西厢》制艺"是游戏八股文,随意运用各种体裁阐述"四书"章句微言大义的传奇《东郭记》、小说《七十二朝人物演义》、七律《论语诗》也是游戏八股文。游戏八股文应当归属于俗文学范畴,是俗文学的一个新品种。由于种种原因,历来人们忽视了它的存在,如今可谓重新"发现"了它。

　　一种文体的确立,除了取决于它曾有过一定的数量和规模;得到当时和后来人约定俗成的认可(即使是贬斥的态度也是对文体的一种认可);有源于内容因素的价值支撑这三个条件以外,还必须具有足以吸引欣赏者的趣味。对于游戏八股文而言,前三项条件已经具备。明末清初,游戏八股文曾风行一时,有"稗官野乘悉为制义新编"之说[①],其体游戏其貌,正经其心,自有其独特的文学意蕴。然则游戏八股文特殊的文学趣味何在?曰相对于正宗八股文而存在,与其内容立意部分或整体、相对或绝对地背离正宗八股文"代圣贤立言"的原则相适应而存在,这种文体也就充分具有了文学的特征。

一、通俗之趣

　　"清真雅正"在清代被标举为八股文的最高境界。其实"清""真""正"三者也可视为广义的"雅"。"清真雅正"这一标准是"代圣贤立言"所带有的霸气的雅。恰恰相反,游戏八股文所呈现的则是一种稚气的俗。之所以稚气,是因为游戏八股文尽管曾有一定的数量和规模,但作为一种文体毕竟没有得到充分的肯定和展示,达到相当成熟的程度,其文学审美趣味的俗还处于尝试阶段。

---

　　① 叶梦珠《阅世编》卷八,上海古籍出版社 1981 年版,第 183 页。

通俗，一是表现在题材上。《扶小娘儿过桥》《钟馗着鬼迷》《肚疼埋怨灶君》《老虎吞蝴蝶儿》[①]《巧妻常伴拙夫眠》[②]这样的俗语题文，其题材之通俗自不必说。游戏八股文所选择的许多题目，我们还没有发现其他文体做过，也很难想象其他文体会选择这样的题目；而且即使做了，也难想象会有游戏八股文这样的效果。代剧中人立言的《西厢》制艺，甚至是"四书"题文、以"四书"题标目的《东郭记》《七十二朝人物演义》等等，也都表现出题材的通俗化。"西厢"故事本来就是家喻户晓的通俗题材，《西厢》制艺更是将其中为人们所称道的通俗文句作为演绎的对象，如《怎当他临去秋波那一转》《我是个多愁多病的身怎当他倾国倾城貌》《这叫做才子佳人信有之》《亲不亲尽在您》《难道是昨夜梦中来》[③]《半晌抬身儿回搔耳一声长叹》[④]等等，无不概括超越时空界限的青年男女之间的世俗常情，有的文题已经成为青年男女爱情生活中的俗语。《七十二朝人物演义》既是为"四书"中涉及的芸芸众生立传，题材自然主要是通俗的。例如羿射九日、叶公好龙、愚公移山、子思鹑衣百结、柳下惠坐怀不乱、杨朱拔一毛利天下而不为、隋侯救蛇得珠、冯妇搏虎转善、萧史与弄玉吹箫引凤等等，不少已成为广泛流传的中国民间故事。[⑤] 尤侗的《论语诗》则是以通俗的诗歌题材将《论语》题义具体化，通俗化，如《回也不改其乐》[⑥]一首云：

> 僻巷柴门苔草生，幽居时有玉琴鸣。此间礼乐如三代，满座诗书胜百城。
> 郭外清流常引汲，树头好鸟正催耕。悠然试会其中意，未必家贫便适情。

千百年来中国文人所称道、所向往的"孔颜乐处"，在尤侗笔下无非就是僻巷柴门中的满座诗书，幽居琴鸣中的悠然会意，清流引汲、好鸟催耕。其中固然不乏既可意会也可言传的风雅道德境界，更多的却是拭目可见、触手可及的世俗田园生活。

分咏体诗钟通常分咏两个反差极大的事物，仿八股文之截搭题而作。其中一个事物往往俗到了极点，如"杨贵妃·煤"，题目看似不伦不类，但这正是分咏体诗钟的魅力。如此题佳作为"秋宵牛女长生殿，故国君王万岁山"，上句破"杨贵妃"，下句破"煤"，两句又绾合起两朝君主的兴衰存亡。或者分咏两件俗物，如"不倒翁·砧板"，佳作是"问君何事摇头脑，此物从来厚面皮"。在不露痕迹的截搭中寄寓对世俗常情的讥刺。

通俗，二是表现在语言上。相对于正宗的八股文而言，游戏八股文的语言显得浅俗。集"四书"文句成文者虽然今日看来显得晦涩，但在清代科举社会中，对一般读书人而言却是十分通俗的。除此以外，游戏八股文或是浅近的文言，或在浅近的文言中施以口语。《西厢》制艺《佛啰成就了幽期密约》(《唐六如先生文韵》)叙张生祈祷菩萨玉成自己与莺莺的好事，竟让张生一连吐出十七个诵经术语"佛啰"，例如："佛啰！如珙之与莺，可缔同心于百岁，早移来撮合之山；佛啰！如莺之与珙，曾私一笑于三生，善付嘱氤氲之使。""佛啰！幽期得遂，吾当一心皈依，五体投地；佛啰！密约如谐，吾且重光宝刹，再整金身。"憨态可掬，令人忍俊不禁。《钟馗着鬼迷》有云：

---

① 以上4篇载经纶堂藏版《文章游戏》初编卷六，署"武林缪艮莲仙选　姚鉷古香校"。

② 徐珂编《清稗类钞》第四册，中华书局1984年版，第1639页。

③ 以上5篇载钱书《绣像西厢时艺雅趣藏书》，清康熙刻本。

④ 本篇载《唐六如先生文韵》，作者系伪托，收入民国二年扫叶山房本金圣叹批评《西厢记》。

⑤ 李致忠，袁瑞萍点校《七十二朝人物演义》，《书目文献出版社》1988年版。

⑥ 尤侗《西堂全集》，《续修四库全书》第1406册，上海古籍出版社2002年版，第542页。

当是时,大鬼小鬼,既上天而落地;强鬼弱鬼,乃后应而前呼,左窜右跳者,溜打鬼也;装妖作怪,形容鬼也;比肩并立者,鬼夫妻也;苍颜白发,颓乎其中者,鬼婆婆也;若即若离,若有若无,疑心中之暗鬼也;如泣如诉,如怨如慕,枕头边之妖鬼也。男鬼曰:"吾放鬼剑,尔何以阻我?吾起鬼人,尔何以见我?"女鬼曰:"吾扮鬼脸,尔何以笑我?吾怀鬼胎,尔何以堕我?"

信手拈来《醉翁亭记》《前赤壁赋》中的成句,又杂以"扮鬼脸""怀鬼胎""疑心生暗鬼"等等俗语。此种语言构成,在其他文体中同样很少见到。

题材的俗和语言的俗,关键在于游戏八股文作者写作动机上对俗趣的追求。兴之所至,走笔为文,各取所需,各逞己意,借圣贤之酒杯,浇胸中之块垒,以游戏之名,行玩世不恭之实。雅的趣味与游戏文字是不相容的,游戏八股文在文学审美趣味方面的游戏性质在很大程度上取决于它通俗的题材、通俗的语言、通俗的趣味。

二、虚构之笔

称游戏八股文乃文学虚构之笔,此亦相对而言。正宗的八股文既是"代圣贤立言",不可能没有虚构的成分。对作者而言,借八股文立言的过程,也就是化其身为代言对象,传其神、刻画其形象的过程,须设身处地、梦往神游,"刻画千古圣贤之须发眉面,与夫毛孔衣褶之微,靡不精致"①,"必使人恍然见三代之遗而后为无愧"②。

游戏八股文的文学虚构性脱胎于正宗八股文。然而正宗八股文的代言对象不过是尧舜孔孟等圣人贤人,揣摩其音容笑貌必须虔诚规矩,着不得游戏笔墨,纵使学富五车,厚积薄发,无奈题目有定,朱注有准,岂能任意纵横驰骋?因此虚构的余地有限,此所谓之"实"也。而游戏八股文选题是自由的,即使以经言命题,也是因有切身感触而取之,无须谨遵朱注,无须仰人鼻息,可以顺题发挥、直抒胸臆,更可以借圣贤之题目,发自己之心事,借助于隐蔽的曲解甚至偷换,驱使儒家经典原句为我所用,注我思想。因此,游戏八股文事实上进入了思接千载、视通万里的文学虚构领域。

《西厢》制艺的每一篇无不以悬想的虚构笔墨取胜。或猜度人物情感,如《四围山色中一鞭残照里》③云:"南郊极望,忽见残照里有扬鞭而前者,依稀伊人也。青骢与赤乌争驰,虽昏黄欲瞑,不且人归故园乎?即而视之,实获我心矣,而此际则难为情。"让莺莺遥想张生他日人归故园的情景,以突出眼前离别的痛楚。或揣摩人物声口,以一题见一折,见全剧,使得人物形象呼之欲出,如在目前,主要人物如此,次要人物也不例外。《寺警》一折写惠明下书,一套曲词已突显出一个叱咤风云、威武勇猛的和尚形象,《唐六如先生文韵》中《绣幡开遥见英雄俺》一文,更以气吞山河的言词,描绘其先声夺人的气势、豪迈激昂的胸襟和一往无前的胆略。无怪乎文后评云:"其声势如海上奔涛,天边怒雷,披读之下,恍见普救寺前,绣幡开处,有一赤身露顶莽撞和尚直跳出来。"

"扶小娘儿过桥"这样的题目,如果就事论事,确实没有多少话可说,作者却通过没话找话说式的虚构,上下牵扯,左右逢源,写出了两篇十分风趣的文字。第一篇主旨在于惜

① 曾异撰《叙王有巢文》,《明文海》,中华书局 1987 年版,第 3184 页。
② 章世纯《半舫斋稿序》,《明文海》,中华书局,1987 年版,第 3223 页。
③ 《才子西厢醉心篇》,《金圣叹全集》第三册,江苏古籍出版社 1986 年版,第 231 页。

游戏八股文的文学趣味

玉怜香,佳处在于接连排出几股关于美人和桥的文字,浮想联翩:"桥为何桥?小娘何氏?扶而过者为何人?而要非无说以处此:长亭送别,怨走荒郊,或莺娘其人也,别离魂而梦者曰草桥,扶而过者疑为张君瑞。越府私奔,旅逢侠客,或一妹其人也,则盘山而渡者曰板桥,扶而过者疑为李药师。"①第二篇主旨在于男女有别,佳处在于刻画"扶之者"与"被扶之者"不同心态的两股文字,上股云:"捧腹颦眉,无限娉婷之态,怯风畏日,几多妖冶之形,而扶之者方思以一己相偎抱焉耳,而珍惜宁有止乎?由是而若人乃日望有小娘过桥矣。"中国古代文章绝大多数非代言体,唯代言虚构,须体验真切,故能逼入深细,游戏八股文乃能有此。在这个意义上,游戏八股文不可不谓为文格之创体。

《东郭记》《七十二朝人物演义》《论语诗》虽皆以经言命题,却也尽可能加以虚构想象,或借社会现实虚构想象,或据文献记载虚构想象,或凭个人理解虚构想象。前两者以场面或故事代言,更非虚构想象不足以成篇。如闵子骞事迹,薛应旂的《七十二朝四书人物考》据《艺文类聚》等书叙云:"闵损字子骞,鲁人,少孔子十五岁。初丧母,为后母所苦,冬月以芦花衣之以代絮。其所生二子则衣之以绵。父知之,欲出后母。损曰:'母在一子单,母去三子寒。'遂止。"

《七十二朝人物演义》卷十一《孝哉闵子骞》,据此演绎成长长的一篇故事,其中后母虐待闵子骞的行为通过其语言、心理、行动描写得到充分的刻画,并以其亲生子源于童心对闵子骞的同情加以反衬。

三、讽喻之言

正宗的八股文以"代圣贤立言"为最高准则,旨在提供一幅儒家伟人的人格与心灵的图画,是赞颂型的。与此大异其趣的是,游戏八股文相当一部分作品却是讽喻型的。这也是它被视为游戏文章的一个重要因素,因为讽刺成分是游戏笔墨的重要体现。

讽喻可以是否定性的,也可以是肯定性的。民间俗语多否定性的讽喻之言,所以俗语题的游戏八股文多否定性的讽喻之作。讥讽社会现实是否定性的,上文已提及多篇。《东郭记》讥讽现实深入骨髓,全剧四十四出无不是否定性的刻画。一直到李宗吾的《孔子办学记》,依然继承着这一传统。《孔子办学记》虽是小说体裁,但"其中的材料,纯是取自《论语》。作者系采用八股文中'截搭题'的手法,任意拉扯,任意附会,字义诡串也不管,时代错误也不管,可谓极尽梯突滑稽之能事"。②民国时期,全国各大城市一度出现"办学热",许多冒牌的教育家,借创办学校的名义捞取钱财,误人子弟。李宗吾此文借孔子的办学,讽刺现实中的办学。文章从开学之日写起,到学校倒台为止,学校的管理,课程的讲授,处处荒诞可笑;整个办学过程成为以校长、教员为主角的一幕闹剧。而现实办学中的荒诞状况,全可以在孔氏学校中看到。诗钟也多讽喻之作,如"八股文•缠足",得到好评的是这样一联:"两代遗风沿北宋,一钩新月送南唐"。其讽喻意义不言自明。

反讽是否定性讽刺中的一种手法,一些游戏八股文充分利用了这种手法。明人说部

---

① 钱锺书先生的《围城》第五章中,曾描写方鸿渐与孙小姐过桥的情景。旁观者李梅亭"用剧台上的低声"问顾尔谦看过《文章游戏》没有?说"里面有篇《扶小娘儿过桥》的八股文,妙得很"。李梅亭所指应是本篇。若没有读过原文,确实无法理解李梅亭称"妙得很"的真实用意。

② 张默生《厚黑教主传》,花山文艺出版社1991年版,第237页。

中曾列"以杖叩其胫阙党童子"题。这一题将《论语·宪问》中"原壤夷俟"章的末句与"阙党童子将命"章首句的前四字扯搭到一起,两者之间原本不相连属,但有人却巧加渡挽。文云:"一杖而原壤痛,再杖而原壤哭,三杖而原壤死矣。三魂渺渺,七魄沉沉,一阵轻风,化为阙党童子。"①作者借助于凿空想象来敷衍故事,实际上是以极端的例子进行反讽,表明了作者对八股文题目中荒诞的截搭题的嘲弄。在所谓的"代圣贤立言"的正宗八股文中,议论为主,类似截搭题的荒诞性尚不显露,当文人以小说笔调牵此搭彼,别出心裁时,这种荒诞性暴露无遗。那些惯于以荒诞的截搭题标新立异的试官们若见了这等文字,岂不哭笑不得?《釐正文体上谕书后》②一篇以八股文形式嘲讽八股文,嘲讽慈禧太后关于釐正八股文体的上谕,句句反话正说,皮里阳秋。李宗吾的《孔告大战》也是一篇反讽性质的游戏八股文。材料主要来自《论语》和《孟子》,特征就是牵扯连缀经书句意。据作者自己介绍,"当年的八股文——尤其是八股能手,就是用的这等伎俩"。如此说来,"这篇小说也可以说是讽刺八股文及惯好附会的文章作者了"。③

肯定性的讽刺也即善意的讽刺。《西厢》制艺中不乏否定性的嘲讽,如代红娘立言的《偷韩寿下风头香》(钱书《雅趣藏书》),快人快语地表达了红娘对企图抢婚的郑恒的鄙视,但《西厢》制艺各篇主要是以善意的讽刺来写莺莺、张生、红娘三者之间的误会性冲突。如《便做道搂得慌也索觑咱》(《唐六如先生文韵》),入红娘口气,讽刺张生跳墙赴约,急切慌忙之中误抱了自己。《晚妆楼上杏花残》(同上)也入红娘口气,讽刺莺莺不理解自己:"我怜你牛女常睽,欲鹊桥之高架,而今反增罪戾也。楼头红杏,谅予心耳。"至于分别入三人口气,在委婉的陈述中自嘲自讽的文字,各篇中随处可见。

在中国古代各类文体中,讽喻之作在作品总数中所占比例之高,无如游戏八股文者,仅就这一点而言,也不应轻视这种文体。或许是一种对正宗八股文赞颂功能加以反叛的集体无意识,导致了游戏八股文文学讽喻功能的强化。

四、灵活之体

正宗的八股文体制虽可据题目的类型有相当灵活的变化,不必拘泥于八股,极端之作甚至可以不分股,但与游戏八股文相比,仍然有整与散的区别。散者,自由也,与内容的自由相适应,游戏八股文在充分利用八股文的文体要素的同时,又不受其形制的束缚。这一点可以从三个方面予以考察:

其一,股法和句法的灵活性。严格的八股文程式以每比两股对偶为显著标志,游戏八股文由于内容的丰富性更忌讳股法、句法的拘谨,因文害意。因此,灵活地运用股法、句法,便成为采用八股文基本形制的游戏八股文的特征。《王髯笑柄》④仅六股,钱书的《西厢》制艺《晚妆楼上杏花残》则排出十六股,《亲不亲尽在您》十四股,《昨宵今日清减了小腰围》十二股。《难道是昨夜梦中来》以三股排比:"我审视明白,则香埃犹是也,而何以零露瀼瀼,至今夜而生香? 闲阶犹是也,而何以清风飒飒,至今夜而如暖? 书斋犹是也,而

---

① 张培仁《妙香室丛话》,《笔记小说大观》第18册,广陵古籍刻印社1983年版,第40页。

② 徐珂编《清稗类钞》第四册,中华书局1984年版,第1640页。

③ 张默生《厚黑教主传》,花山文艺出版社1991年版,第239页。

④ 缪艮辑《文章游戏》二编卷五,经纶堂藏本。

何以月色皎皎,至今夜而更融?"凡同一股中不复对偶,而领题、过接等本来用散句部分,则不妨偶尔排比,如《四围山色中一鞭残照里》(《才子西厢醉心篇》)过接云:"彼夫意淡如无,色浓似染者,非四围山色耶? 疏林黯淡,古道苍黄者,非山色中之残照耶? 而一鞭倦举,行行且止者,非伊人耶?"《怕老婆的都元帅》①以"怪其怕之不辨妍媸也""怪其怕之不论年纪也""怪其怕之不察颜色也""怪其怕之不分时刻也"领起,布下四股文字。《管教那人来探你一遭儿》(《唐六如先生文韵》)如同散文诗,最长两股每股不过 53 字,全文不过 414 字。《从今后由他一任》(《唐六如先生文韵》)写红娘热心帮忙,却遭到对之隐瞒真相的莺莺的屡屡冷淡,委屈之极,不禁想撒手不管,文中以"淡淡春山由他损,盈盈秋水由他穿"等十八个"由他"句一气贯穿,淋漓尽致地倾泻出红娘的不满。以上股法和句法的灵活运用在俗语题类等采用八股文基本形制的游戏八股文中十分常见。

　　说游戏八股文追求股法和句法的灵活性,并不意味着完全否定八股文的基本形制。恰恰相反,在作者看来,八股文也是有形式美的,然而在"代圣贤立言"的正宗八股文那里,因为思想的独立性遭到排斥,人们不屑于承认这种形式美。只是到了选题自由因而写什么内容也是自由的游戏八股文中,八股文的形式美才有了相对广阔的用武之地,有了和内容配合默契的可能性,也才易于为人们所认可和接受。形式美为《西厢》题类、俗语题类等采用八股文基本形制的游戏八股文提供了重要的附加值。可以想象,如果不讲究形式美,失去了抑扬顿挫的诗歌韵味,排比对偶的赋体句式,像"立苍苔绣鞋儿冰透"(《才子西厢醉心篇》)、"急来抱佛脚""晴天不肯走直待雨淋头"(《文章游戏》初编卷六)以及"扶小娘儿过桥""怕老婆的都元帅"这样并没有深刻的思想、复杂的意蕴的题目,即使再进行没话找话说式的虚构,其文学审美趣味也会大打折扣的。游戏八股文的独特于此又可见一斑。

　　其二,集"四书"成句为八股文。诗歌的集句体集古今成句,游戏八股文的集句体则集"四书"文句。其集"四书"句有几种类型:1.一字不改地照搬原句,绝大多数属于此类。2.照搬原句,但个别字眼在理解时原来的义项必须被替换,如原来是用作虚词,现在则必须作为实词的特定义项来理解;原来采用的是实词的此一义项,现在则必须以彼一义项来理解。3.所集"四书"成句中的某些关键字必须作为另一字的谐音来理解。如小说《八洞天》中《使铜银》②一篇,讽刺以铜冒银者,"善与人同"一句,理解时必须以"同"谐"铜";"其矣形色"一句,理解时必须以"形色"谐"银色"。4."四书"中一句无法达意,必须割截两句合为一句。无论哪一种类型,都是使用了八股文截搭题的技巧,紧扣题目,将各句的意义连缀起来。或者利用本句在"四书"原来语言环境中的意义,或者巧妙地赋予其新的意义。高手戏为此体,信手拈来,皆得其妙,例如金圣叹的《春郊演剧》一文③简直就是一篇集"四书"文句而成的小小说,借助于巧妙的谐音,对原句意义的机智挪移,惟妙惟肖地描写了春郊演剧的全过程,文句意义的搭合天然浑成,无生拉硬扯之弊,也无须依照八股文的基本形制。正因为全文集"四书"文句而成,颇有一种先秦语言带来的古朴简约的风味,这种风味在中国古代其他文体中不可能体验到。饱读"四书"虽然是明清文人的基本功,但在习惯于做"代圣贤立言"的正宗八股文的文人笔下,不可能出现这样的游戏八股文,其出于金

---

① 缪艮辑《文章游戏》初编卷六,经纶堂藏本。
② 陈翔华,萧欣桥点校《八洞天》,书目文献出版社 1985 年版,第 112 页。
③ 顾公燮等编《丹午笔记》,江苏古籍出版社 1985 年版,第 134—135 页。

圣叹这样于小说、戏曲、八股文无所不通的滑稽文人之手,是十分自然的事。

其三,将八股文要素融入小说、戏曲、诗歌诸体中。这体现了不同文体彼此之间的交叉渗透,使得八股文文体要素得到了更自由的表现。《东郭记》以一出戏阐述《孟子》中的一题,如"离娄章句下""人之所以求富贵利达者""媒妁之言""一妾""诏"①,或取全句,或取半句甚至一字,取全句者为单句题,取半句或一字者为割截题。无怪乎蒋瑞藻云:"本传以曲演《孟》,本《齐人》一章为骨,而敷衍结合,取材七篇,作者殆老于举业,又妙诙谐,故涉笔成趣,笑骂皆宜","本传讥弹,原非无谓……隆万为明制举文极盛之时,其思致又多牵连如此"。②确实,只有老于举业之人,才能如此融八股文要素于戏曲之中。《七十二朝人物演义》堪称《东郭记》的姊妹篇,以串联故事情节的形式阐述"四书"中的一题,两者均使得"四书"中形形色色人物的描写有了纵横驰骋的广阔天地。

就形式层面而言,游戏八股文的游戏性质又指其利用了八股文的文章要素,却并不遵守八股文形制的清规戒律,甚至将八股文的文章要素大卸八块,为我所用,只是将八股文要素融入小说、戏曲、诗歌诸体的做法走得更远而已。

五、诙谐之格

正宗的八股文的内容决定了其格调的庄重。与此形成鲜明的对比,游戏八股文则是以格调的诙谐取胜。失去了诙谐幽默、滑稽调笑的格调,也就没有游戏八股文。诙谐幽默、滑稽调笑的格调自然与俗的题材、俗的语言以及讽喻特征有密切关系,但又非必然,即讽刺不一定有诙谐效果,俗的题材、俗的语言也不见得就是诙谐的题材或诙谐的语言。游戏八股文则追求讽刺的诙谐性,并在题材和语言层面上往往将俗与诙谐两者统一起来,下举各例少有例外,故不再赘言,仅考察其诙谐性。

不同类型的游戏八股文其诙谐性的具体表现内容有所不同。

《西厢》制艺的诙谐性主要来源于原剧误会性冲突的喜剧性。由于一句唱词化为一篇人物心理的独白,这种喜剧性得到了更深的开掘和展示。《兰麝香仍在佩环声渐远》(《唐六如先生文韵》)让张生幻想:"夫安得东风一阵,吹小姐使之出?又安得游丝千丈,囊小生使之入耶?"《佛啰成就了幽期密约》中,张生将全部希望寄托于菩萨保佑:"发慈悲心,运广大力,非吾佛不为功也。"二文写得相思入骨,憨态可掬。红娘原是误会性冲突的关键人物,而且出语泼辣风趣,到了《西厢》制艺中不减本色。《便做道搂得慌也索觑咱》(《唐六如先生文韵》)一篇末尾,红娘调侃张生云:"年未三十,而视茫茫;秀才,你饿眼花矣!"《管教那人来探你一遭儿》(《唐六如先生文韵》)一文中,红娘自信一定能说服小姐,于是不免卖弄自己的能耐:"放心波,张秀才也!"在《立苍苔绣鞋儿冰透》中,她诉说委屈:"功则为首,罪则为魁,偏成祸种。尔其谓我何!"在《他说小姐你权时落后》(《唐六如先生文韵》)中,她抵赖:"我于是飘然归也!"或调侃,或卖弄,或委屈,或抵赖,联系剧情,句句幽默可笑。而且上举四句皆为文章尾句,也就意味着全文在红娘诙谐的声口中结束。

俗语类游戏八股文是诙谐色彩最浓的一类。其往往用穷形极相的表述,将有违常情的现象推向极端,由此显示浓郁的诙谐意味,篇篇如此。或代菩萨立言,《急来抱佛脚》一

---

① 毛晋编《六十种曲》第十二册,中华书局1958年版,第1—120页。
② 蒋瑞藻《小说枝语》,古典文学出版社1958年版,第85—86页。

文云："而大佛于此又讶然询矣：子欲亲我，胡弗拉手？子诚爱我，胡弗掇臀？念掣肘之多烦，示余屈膝；怜步趋之欠速，为我搽油。无事不登三宝，而手忙脚乱，予以为窃屦来舆？"写尽了急来抱佛脚者的丑态。或代老虎立言，《老虎拖（音驮）蓑衣没人气》（《文章游戏》二编卷五）一文云："嗟嗟！闻斯旨也，老虎大悟：今而后如有衣冠禽兽故向虎前立者，老虎必昂头摆尾不顾，而唾曰：'没人气！没人气！不拖！不拖！'"借老虎戏谑的声口，骂尽天下衣冠禽兽之辈。或极度夸张，如《癞痢头上放毫光》；或捏合性质悬殊的事物，如硕大的老虎与细微的蝴蝶；或造语奇特，如《和尚拜丈母第一遭》（《文章游戏》初编卷六）仿丈人称之为"泰山"而称丈母为"泰水"。凡此种种，插科打诨，能不令人觉得滑稽可笑？

集"四书"句体因断章取义、为我所用、唐突经典而诙谐幽默；融入八股文要素的戏曲体、小说体、诗歌体因不同程度的"戏说"经言而诙谐幽默，《东郭记》可说是标准的"戏说"；分咏体诗钟因将看似牛头不对马嘴的题目，在新的意义层面上协调统一而诙谐幽默。

游戏八股文的出现，说到底是对"代圣贤立言"的正宗八股文的戏弄和反叛，但无论这种戏弄和反叛的笔墨如何放纵自由，融入八股文的一种或几种文章要素的游戏八股文均与正宗八股文相对立或相映衬而存在，失去了包含在其中的一种或几种八股文要素，游戏八股文的文学特质也就不复存在；失去了正宗的八股文，游戏八股文的独特文学趣味的欣赏也就失去了参照系。正因为如此，与正宗八股文相对立的游戏八股文，其命运却又大致与正宗八股文相始终。正宗八股文是中国古代文体演变的终结，游戏八股文则是这一终结饶有趣味的余波。

黄强：扬州大学文学院　教授

论元杂剧盛行南方的历史条件

季国平

一、问题的提出

几十年来,学术界关于元杂剧的历史发展已形成了这样一种认识模式:以大德年间(1300 年前后)所谓杂剧中心由大都(今北京)向杭州南移为界,分杂剧史为前后两期,前期在北方兴盛,后期在南方衰微[①]。并且进一步分析了杂剧在南方衰微的原因,其中不少学者反复强调的一个重要原因是,杂剧产生于北方,北音北调不适应江南人的口味。如日本学者吉川幸次郎早在 20 世纪 40 年代所著《元杂剧研究》(上篇)中指出,杂剧衰因之一是由于杂剧"为北方事物之故而受人轻视,还有杂剧用韵必须从北音,没有入声……因为缺少入声,当他们意识到杂剧用韵和旧来韵法不同时,说不定更深一层地产生悔辱之感"。吉氏还引用元人邵复孺《贺新郎》词的序文,说贯云石的词作用韵"不纯",并引用词句"便有传来《中原谱》,终带穹庐烟月",认为这种诗余韵法的"不纯",一定也会延及于杂剧的用韵上面,这"也是促使南方士人疏远的一个原因"[②]。又如近年出版的《中国大百科全书·戏曲曲艺》卷"元杂剧"条,认为元杂剧的衰微与"戏曲中心的南移,用北方的语言、乐曲演出的杂剧,愈来愈难以适应南方的观众的要求"有着密切的关系。

事实如何呢? 据我考察,关于元杂剧发展史旧有认识模式应当打破。元杂剧不仅在元蒙统一全国之初即已向南方广泛传播,而且出现了"一时靡然向风"[③]的繁荣局面;南方人不但没有疏远杂剧,而且十分喜爱杂剧艺术;北方南下的杂剧作家和演员不仅扎根南方,而且南方杂剧作家演员群涌辈出,积极创作。

于此,拟从南方文化传统和南方作家认同杂剧的积极态度两方面,对杂剧得以盛行南方的历史条件作一具体揭示。

二、似断实续的南北文化

元杂剧的兴起渊源有自。它是在宋杂剧和金院本的基础上,融合了宋、金以来的音乐、说唱、舞蹈等艺术因素而形成的舞台综合艺术。早在北宋时代,以汴梁为中心的大城市商业经济繁荣,宋杂剧、诸宫调、说话、弄影戏、弄傀儡等各种表演伎艺在瓦舍勾栏之中

[①] 如郑振铎《插图本中国文学史》第 46 章"杂剧的鼎盛"、游国恩等编《中国文学史》第三册、《中国大百科全书·中国文学卷》等皆持此看法。

[②] 近年有学者对吉氏上述观点加以进一步解说,并指实邵复孺词中的《中原谱》即元人周德清的《中原音韵》。见《元代社会与杂剧兴衰》,《文艺研究》1988 年第 3 期。

[③] 徐渭《南词叙录》。

经常演出,而尤以宋杂剧为翘首。北宋被女真逼向江南,宋杂剧显然分作两支发展,一支由留在北方金朝的艺人继承和发展,形成金院本;另一支则随着王朝的南迁,由宋杂剧艺人带到了临安(杭州)。南宋的临安继续着北宋故都勾栏文化的繁荣,瓦舍勾栏遍布杭城,数量和规模都超过了汴京。其表演伎艺极为丰富,诸如说话、杂技、唱赚、鼓子词、诸宫调、崖词、傀儡戏、杂剧以及新兴的南曲戏文等,其发展也超过了北宋时期。南宋周密在《武林旧事》中所记载的宋杂剧剧目——《官本杂剧段数》280本,包括了两宋的剧目,其中有不少与《金院本目》以及元杂剧剧目相同。在中原文化的大背景之下,以宋杂剧、金院本为基础而发展起来的元杂剧,与南宋的勾栏文化原本具有渊源的关系和一脉相承的艺术传统。

事实上,偏安的南宋王朝是中原北宋的继续,南宋文化是南迁的中原文化与江南文化融合的产物,其精神与北方文化是相承相通的。从两宋时有关汴梁和临安两都城的笔记《东京梦华录》《梦粱录》《武林旧事》等书中,可以清楚地了解到,这两个分别代表着南、北文化的大都市,在礼仪制度、人情物理、市井景物等方面十分相似。

而与南宋同时代的是将宋人逼向南方的金朝。女真人虽然占据了北方,但却接受了被征服者的中原文化。金文化是北宋文化的继续和发展,并为后来的元代的北方文化奠定了基础。金中都(燕京)取代了汴梁,成为宋朝北流人口的聚集地和汴京勾栏文化的复兴地。金末,又成为早期北曲杂剧(即元杂剧)的流传地。元蒙灭金,大都的重建,这里终于成为大一统封建王朝的政治、经济和文化中心,同时也形成元杂剧的中心。"歌棚舞榭,选九州之秾芬";瓦舍勾栏,集百家之"才人"。剧艺繁荣,新作迭出,盛况空前。[1] 随着元朝统一南方,元杂剧又迅速向南方流传,并形成了南方杂剧的繁荣中心——杭州。

近人王国维在《宋元戏曲史》中分析元杂剧发展时地之后曾经指出:盖杂剧之根本地,已移而至南方,岂非以南宋旧都,文化颇盛之故欤?的确,深厚的历史文化根基是杭州杂剧繁荣的重要原因。南宋故都文化特别是勾栏文化的发达,在南宋人的《都城纪胜》《西湖老人繁盛录》《武林旧事》等书中有详尽的记述。在元灭南宋的战争中,杭州并没有受到战火的摧毁,它继续着亡宋的繁荣。试举一例:南宋时,杭州已经开雕大量印刷剧本、话本等通俗文艺作品。今存话本《大唐三藏取经诗话》是南宋临安刊本。杭州印刷业极为发达,大小书铺林立,生意兴隆,有名可考者就有16处[2]。入元,杭州刻书之盛不减南宋。且不谈官书如宋、辽、金三史皆刊于杭,私人著作如《文献通考》《国朝文类》等刊于杭州者也不在少数。昔日的书铺依然存留,民间刊刻通俗文艺书刊的风气十分盛行。元末长谷真人《农田余话》说:"宋祚将终,不独文气衰弱,民间歌曲皆靡靡亡国之音,至今临安府瓦子印行小令人家尚存。"这些书铺印行的当然不只是小令,还有杂剧剧本及其他文艺书刊。现存元刊杂剧中,除标明有"大都"字样者,《古杭新刊的本关大王单刀会》《古杭新刊的本尉迟恭三夺槊》《古杭新刊的本诸宫调风月紫云亭》《古杭新刊关目的本李太白贬夜郎》《古杭新刊关目霍光鬼谏》《古杭新刊关目辅成王周公摄政》等剧本,一看便知是当年杭州刊行的。元代的大都和杭州是南北杂剧剧本主要的刊行地。剧本等通俗文艺书籍的大量刊行,既是杭州杂剧繁荣的标志之一,又对杂剧的发展起到积极的推动作用。

元大都的繁华,是伴随其作为全国政治中心而出现的。比较之下,杭州原曾是一代首

---

① 详见拙作《元大都的戏剧文化》,《河北学刊》1991年第3期。
② 王国维《两浙古刊本考》。

都,但在宋亡后,已失去政治上足以与大都抗衡的优势;而它作为东南第一大都市对于有元一代仍发挥着举足轻重的作用,主要仰仗其经济优势。有关元代杭州的历史缺少系统的记载,但从当时的一些零星史料,还是可以了解到杭州城市经济繁荣的概貌。关汉卿《杭州景》散曲中描写道:"这答儿忒富贵,满城中绣幕风帘,一哄地人烟凑集。百十里街衢整齐,万余家楼阁参差。"郑元祐《遂昌杂录》中说钱塘内附之初,"以故都生聚既繁,资力殷盛"。《元典章》中说杭州"城宽地阔,人烟稠集"。周密《癸辛杂识》说:"两浙之地,市易浩繁,非他处之比。"徐一夔《思政堂记》说:"五方之民所聚,货物之所出,工巧之所萃,征输之所入,实他郡所不及。"苏天爵《江浙行省浚治杭州河渠记》中,从地理因素分析杭州商品经济繁荣的原因:"杭州为东南一大都会,山川之盛,跨吴越闽浙之远;土贡之富,兼荆广川蜀之饶。郡西为湖,昔人酾渠引水入城,联络巷陌,凡民之居,前通阛阓,后达河渠,舟帆之往来,有无之贸易,皆以河为利。"马可·波罗在《游记》中,用三章篇幅对杭州作了详尽的描绘。元代的杭州已成为全国经济最发达地区,成为政府最重要的财政来源之一。《元史·食货志》载,到天历初(1328),江浙行省每年向朝廷缴纳商税 26 万 9000 余锭,是大都地区的 2.5 倍,占全国商税的 35%,遥居全国之首。即使是大都,"百司庶府之繁,卫士编民之众,无不仰给于江南"。伴随着城市经济的繁荣是勾栏文化的发达,这几乎是人所尽知的常识。马可·波罗在杭州时,看到这里的歌妓极多,并且就集中在闹市区的商业街道上。商业街即娱乐场,这与大都的情况完全是相同的。

　　杭州与大都地分南北,各具特点,但应看到二者在文化传统上似断实续,有着内在的一致性和联系性。大都,悠久的中原文化在这里得到了继承和发展。新兴的元杂剧虽然受到少数民族文化的影响,亦有少数民族作家参与创作,取材于他们的民族生活,但其主流仍是中原剧艺文化的继续和发展。这正是为什么元杂剧作家总是喜欢向中州生活取材的原因①。至于杭州文化,如前所述,同样也是中原传统文化的继续和发展。元代的杭州与以大都为中心的北方文化内在的一致性和联系性是多方面的,于此我们试就与戏曲艺术关系极为密切的方言文化作一具体分析。

　　探讨方言文化与包括元杂剧在内的中国戏曲的内在联系,是戏曲史研究中应该受到重视的课题。我国传统的戏曲艺术,无论是在创作上还是演出上,与文字声韵有着天然的联系,元人燕南芝庵《唱论》最早对北曲的演唱要求"声要圆熟,腔要彻满",咬字、发声成为关键。周德清在《中原音韵》中,对中原语的声、韵作了具体分析,对曲的写作提出知韵、辨音、用字等一系列要求。在明清曲学家的戏曲学论著中,有关这方面的论述是大量的。今人王守泰《昆曲格律》开头就说"唱腔和字音的密切配合是一切汉语戏曲共有的特征","作为戏曲的要求,是达到美化字音的目的"。其实,戏曲史上常说的"腔""声腔",原本是指"字腔"或字的"声腔",也就是字的声韵调。正因为字音与戏曲演唱之间存在着天然的联系,故而从字"腔""声腔",引申到戏曲唱腔、声腔,也是十分自然的。在此,我们明确了字腔与唱腔的密切关系,进而认识宋元时期杭州的方言文化与中原语音文化的内在联系,对于认识用北方话创作并演唱的元杂剧为什么能在杭州兴盛,为什么诸多杭州作家能够自觉地运用中原"通语"进行创作,就显得十分重要。

　　杭州地处江南,本属吴语方言区。建炎四年(1130)杭州在遭受金兵洗劫后,"户口所

存,十裁二三";但在南宋正式定都临安后,大批北方移民"以驻跸之地,辐辏骈集,数倍于土著"①。这是中国历史上空前的一次人口流徙。在这种北方移民"数倍于土著"的情况下,杭州原有语音发生了戏剧性变化,呈现出北方中原话的一些特点。明代郎瑛《七修类稿》卷六"杭音"说:

> 城中语音好于他邦,盖初皆汴人,扈宋南渡,遂家焉,故至今与汴音颇相似。如呼"玉"为"玉"(音御),呼"一撒",为"一(音倚)撒","百零香"为"百(音摆)零香",兹皆汴音也。唯江干人言语噪动,为杭人之旧音。教谕张杰尝戏曰:"高宗南渡,止带一'百'(音摆)字过来。"亦是谓也。审方音者不可不知。

张氏戏言,既是对南宋朝廷的莫大讽刺,又真实地反映出杭州话受中原话影响后诸如入声读为平声(见上例)等语音特点来。

元灭南宋,中国历史上又出现一次大的人口南迁,而江南以杭州为最。据《元史·崔域传》载,至元二十年(1283),南流人口已达15万户,相当于北方总户数的十分之一以上。元人完泽《西湖竹枝词》说:"堤边三月柳阴阴,湖上春光似海深。游人来往多如蚁,半是南音半北音。"这就十分清楚地反映出宋元以来杭州方音"中原化"的总趋势。至明清两代,从郎瑛所说"至今与汴京颇相似",亦可略知一二。直至今天,被包围在纯粹吴语方言文化圈中的杭州,依然保持着自身"半官话"的性质。周振鹤等著《方言与中国文化》中曾举出词汇方面的例子,兹引如下:

官话	你	他	我们	你们	他们	我的书	不说
杭州	你	他	我们	你们	他们	的	不
余杭	尔［n］	夷	［ŋa］	倷	［jia］	个	勿
上海	侬	夷	阿拉	倷	夷拉	个	勿

经过几百年的历史沧桑,杭州话在吴方言区中仍然"独树一帜",可想而见,宋元时代的南方(不仅是杭州)是中原话的天下。特别是在元朝统一南方后,北方中原话成为通行天下的官话,成为南北对话和现实交际的工具。周德清《中原音韵》说:"混一日久,四海同音。上自缙绅讲论治道,及国语翻译,国学教授言语,下至讼庭理民,莫非中原之音。"元杂剧的创作本来也就是建立在北方话的语言基础之上的,前辈作家关汉卿、白朴、马致远等人的剧作自觉地做到了"韵共守自然之音,字能通天下之语"②。随着杂剧南流,这些杂剧大家们又成为杂剧艺术在南方的传播者和倡导者。至于杂剧为什么能形成南方杭州繁荣的中心而并没有受到区域文化(特别是语言)的限制,杭州杂剧作家为何能够群涌辈出,自觉地运用中原话进行创作,演员能够熟练地演唱北曲,观众能够欣赏杂剧,这些是因为与杂剧创作和演唱息息相关的中原话不仅是通行全国的"官话",而且这种"官话"本来就流传于杭州,杭州杂剧作家、演员所操的杭州语本来就具有"中原化"的性质。

---

① 《建炎以来系年要录》卷一七三,绍兴二十七年七月。
② 《中原音韵·自序》。

三、南方作家对北曲杂剧的认同

在中国文学艺术史上，由于南北文化的差异，造成南北文艺的创作特别是通俗文艺的创作，往往表现出各自不同的特点。例如南北朝乐府民歌，"江左宫商发越，贵于清绮；河朔词义贞刚，重乎气质"①。同时兴盛于元代的南曲戏文和北曲杂剧，二者的差异也正体现出与历史上南北文化艺术的差异相对应的关系，前者"婉扬"，后者"激昂"。这就难免有人认为北音北调的杂剧不为南方人赞赏了。然而，有趣的是，事实恰恰是杭州崛起了一群从事杂剧创作的作家，南方作家对北曲杂剧采取了积极自觉的认同态度，相对说来，南方文人作家反而冷落了本地南戏。为什么会出现这种特殊的艺术文化现象呢？

首先必须看到，南方作家对北曲杂剧的认同，实质上是对中原传统文化的认同。明代杨慎《词品》卷一"北曲"条说：

> 《南史》蔡仲熊云："五音本在中土，故气韵调平。东南土气偏陂，故不能感动木石。"斯诚公言也。近世北曲，虽皆郑、卫之音，然犹古者总章、北里之韵，梨园教坊之调，是可证也。

这段话，明代曲学家何良俊在《曲论》中也曾加以引录。由此可见，在明代曲家心目中，北曲艺术虽被视为郑、卫之声，但终究不同于南曲戏文，是中原嫡传、正声。这种看法，实际上早见于元代。虞集《中原音韵序》说：

> 我朝混一以来，士大夫歌咏，必求正声。凡所制作，皆足以鸣国家气化之盛，自是北乐府出，一洗东南习俗之陋。

这里所谓"北乐府"，是北曲杂剧的别称。周德清《中原音韵》"作词起例"说：

> （南朝）齐史沈约，字休文，吴兴人，将平、上、去、入制韵……详约制韵之意，宁忍弱其本朝，而以敌国中原之音为正耶……南宋都杭，吴兴与切邻，故其戏文如《乐昌分镜》等类，唱念呼吸，皆如约韵。昔陈之《后庭花》曲，未必无此声也，总亡国之音，奚足以为明世法。惟我圣朝起自北方，五十余年，言语之间，必以中原之音为正……予生当混一之盛时，耻为亡国搬戏之呼吸；以中原为则，而又取四海同音而编之，实天下之公论也。

视南戏为亡国之音，耻为作音韵总结，尊北抑南，溢于言表，却又出于一位南方士人之口，就更值得今人注意。这大概正是元杂剧兴盛时，南方文人大写北方杂剧，而较少有人参与南戏写作的主要原因。

我国传统文化发祥于中原大地，虽自古以来各地方言多种多样，但因中原为王朝都城所在，故总以中原之音为正，称"雅言"②。历史上，即使在政权分裂、南北对峙的时代，以长安、洛阳、汴梁为轴线的中原大文化圈，始终对各地人民起着一种维护共同文化意识的内聚作用。南朝齐沈约制韵，为何却以当时政权尚属敌对地区的中原为正声，只有从这方

---

① 《隋书·文学传叙》。
② 《论语·述而》："子所雅言：《诗》《书》、执礼，皆雅言也。"郑注："读先王典法，必正言其音。"刘台拱《论语骈枝》卷一："王都之音最正，故以'雅'名。"

面才能得到合理解释。中原文化并不只是中原一地的文化,中原之音也就具有着超方言的、传播全民族共同文化的伟大功能。近人陈寅恪在《东晋南朝之吴语》一文中,论述南朝作家创作时说:

> 除民间谣谚之未经文人删改润色者以外,凡东晋南朝之士大夫以及寒人之能作韵语者,依其籍贯,纵属吴人,而所作之韵语则通常不用吴语,盖东晋南朝吴人之属于士族阶级语者,其在朝廷议论社会交际之时尚且不操吴语,岂得于其摹拟古者典雅丽则之韵语转用土音乎?至于吴之寒人,既作典雅之韵语,亦必依傍胜流,同用北音,以冒充士族,则更宜力避吴音既不敢用。故今日东晋南朝士大夫以及寒人所遗传之诗文篇什颇众,却不能据以研究东晋南朝吴音与北音异同及韵部分合诸问题也。

南朝人说话和写诗都避吴语而用北音,正反映出当时人们对中原文化的趋求,反映出中国古代四方之民对中原文化认同的民族心理。政权虽然南北对立,南北诗人创作传统却似断实续。宋人严羽在《沧浪诗话》"诗体"中说:"南北朝体,通魏、周而实言之,与齐、梁体一也。"这正反映出就在南北乐府民歌——俗文化各以自身鲜明的地域色彩争艳之时,南北诗人的创作——雅文化却形成了南北一体的共生文化系统。

唐人写诗,相对于民间文艺当然属雅文化的范畴,也是视中原之音为正,而视吴音为"邪"。元稹《病醉》诗:"醉伴见侬因病酒,道侬无酒不相窥。"自注云:"戏作吴吟。"可见,吴吟只能戏作而已。白居易《寄明州于驸马》诗:"平阳音乐随都尉,留滞三年在浙东。吴越声邪无法用,莫教偷入管弦中。"都可作明证。南宋小朝廷偏安东南,但其文化传统仍然是中原的。张端义《贵耳集》卷上载:

> 德寿孝宗在御时,阁间多取北人充赞唱。声雄如钟,殿陛间颇有京洛气象。自嘉定以来,多是明、台、温、越人在阁门,其声皆鲍鱼音矣。

完全是对中原文化的推崇和对吴越地方文化轻蔑的传统心态。"鲍鱼"者,典出《周礼》,原为江浙所产,故后人以"鲍鱼音"贬称江浙土语。元灭南宋后,这种传统的文化心态并没有消亡,这从上引虞集、周德清及杨慎等人的论述可见。朱权著《太和正音谱》,即北曲谱,以北曲为正音。事实上,当根植于中原文化土壤之上,用中原之音创作的北曲杂剧南来之时,杭州乃至南方各杂剧流传地的文人作家自觉而迅速地加入到创作行列之中,正是一种对中原文化的认同和回归的突出表现。[①] 对比之下,南宋时早已形成的戏文,早期较少有文人作家的参与,更不要说出现杭州杂剧作家群体那样的盛况,应该说与这种戏曲样式属于用"鲍鱼音"创作的一隅之文化,有较大的关系。这有点类似于唐人作诗,可以偶尔用吴吟戏作,但又有谁当过真呢!徐渭《南词叙录》中说过,南戏创作"语多鄙下,不若北之有名人题咏"。所谓"北之有名人题咏",即指北曲杂剧有南北方众多"名公才人"参与创作,因而取得了丰硕的成果。

在元代,南方曲家不但积极参与杂剧创作,而且和北方曲家一样,都把杂剧推崇到与汉文、唐诗、宋词(或称宋道学)并举为一代文艺的重要地位,具有传统诗教"兴观群怨"的"美刺"功能。"一代文艺说"最早在罗宗信为友人周德清作《中原音韵序》时已明确指出:

---

① 在少数元人文集、笔记中,能看到元初有的南宋遗老,矢不与北人交往,听到北方语音就走开之类的记载。这是一种与元蒙统治者相对立的民族情绪,而不是对中原文化传统的抵制。二者不宜混为一谈。

"世之共称唐诗、宋词、大元乐府,诚哉!"所谓"世之共称",可见此说在元代十分流行。"大元乐府",即元曲(包括元杂剧和散曲)。孔齐《至正直记》卷三引录了元代著名诗人虞集的一段话:

> 虞翰林邵庵尝论,一代之兴,必有一代之绝艺足称于后世者。汉之文章,唐之律诗,宋之道学,国朝之今乐府,亦开于气数音律之盛。其所谓杂剧者,虽曰本于梨园之戏,中间多以古史编成,包含讽谏,无中生有,有深意焉。是亦不失为美刺之一端也。

这是有关杂剧(今乐府)作为一代文艺并兼有诗教传统的较为具体的论述①。其后,此说不断得到明清曲家、学者的鼓吹,如明初叶子奇《草木子》说:"传世之盛,汉以文、晋以字、唐以诗、宋以理学,元可传者,独北乐府者。"其他如臧晋叔、王骥德、胡应麟、顾炎武、李渔、焦循,直到王国维等,屡有述论,影响极大。元代杂剧有如此之高的赞誉,是南戏所望尘莫及的。所以,受中国传统礼乐文化熏陶的知识分子,即使是南方知识分子,积极参与杂剧创作,其缘由是可以理解的。

元杂剧不仅被视为中原正声,推崇备至,而且从剧本创作主体看,是一种文士艺术,也即知识分子艺术家所创作的艺术,其文学品位远高于早期南戏,创作之难又非常人所能为。罗宗信在《中原音韵序》中有过论述:

> 世之共称唐诗、宋词、大元乐府,诚哉!学唐诗者,为其中律也;学宋词者,止依其字数而填之耳;学今之乐府,则不然。儒者每薄之,愚谓:迂阔庸腐之资无能也,非薄之;必若通儒俊才,乃能造其妙也。

徐渭《南词叙录》曾比较过杂剧与南戏创作的差异,关键在于作家:

> 南易制,罕妙曲;北难制,乃有佳者。何也? 宋时名家未肯留心,入元又尚北,如马、贯、王、白、虞、宋诸公,皆北词手。国朝虽尚南,而学者方陋,是以南不逮北。

当然,这里所说创作之难、北曲成就之高,主要是指曲文的创作而言。自元杂剧奠定了重视剧曲的审美传统,其影响之深直至当今。现存元刊杂剧30种,剧本以曲为主,少宾白,甚至宾白全无。明清曲学家又有曲为主、白为宾之说,文士写曲、艺人即兴念白之说。我们在此不讨论这些说法的是非,只是要指明,北曲杂剧相对于早期南戏是一种尚曲的文人创作。今天,杂剧已经衰微了六百年,而关汉卿、白朴、王实甫、马致远、郑光祖等优秀杂剧家,却因他们留下来的文学剧本而奠定了在中国戏曲史、中国文学史上崇高的历史地位。

在元杂剧形成史上,关汉卿等早期作家是杂剧从不成熟向成熟过渡、由小定型向定型转化的重要作家。杂剧艺术一旦成熟、定型,也就趋向自律化、形式化、规范化,而原来所具有的地域色彩经过文人审美色镜的过滤之后,就会趋于淡化。这种文士艺术已经是一种独立于某一具体地域文化之上,具有更为宽广的空间跨度的样式。如前所言,南北朝时期出现的南北方乐府民歌各自有着浓烈的乡土气息,这就因为乐府民歌属于深深扎根于生长和滋养它的文化土壤的一种民间文艺;而同时产生的南北诗人创作,却形成了南北一体的共生文化系统。文士艺术是民间艺术的提高和升华,伴随着的是这一艺术从某一具

---

① 关于杂剧具有"诗教"传统,元人论述甚多。如夏伯和《青楼集志》说杂剧"可以厚人伦,美风化,又非唐之传奇、宋之戏文、金之院本所可同日语矣"。不俱引。

体的区域走向更为广阔的空间,由在一地流传发展到更大的流布范围。元杂剧艺术也经历了这一提高的过程,大量文人的参与在这一提高过程中发挥了积极的作用,伴随着的也是流传范围的扩大。因此,杂剧南流是必然的,在南方的盛行是为自身发展的历史所证明了的。同时,文士艺术正投合了南方士人的创作情趣。结果是,南北作家都共同按照杂剧艺术内在的规律、固定的形式、一定的规范去创作,尤其是剧曲的创作,取得了巨大的成就。

当然,必须附带论及的,杂剧艺术又是通俗艺术、大众艺术、平民艺术,是作家和艺术家创造的以各社会阶层尤其是普通观众为审美对象的表演艺术。杂剧作为通俗艺术的一面,是众所周知、毋庸赘言的,同时兼有文士艺术和通俗艺术的品格,是杂剧艺术的重要特点。匈牙利学者豪泽尔在《艺术社会学》中曾分析过通俗艺术的特点:"事实上,以未受良好教育的、广大的社会阶层为对象的艺术比较程式化和古板,更加拘泥于习俗、时尚和流行的模式。"这种特点的确在元杂剧艺术中有着充分的表现,如角色形象的类型化,关目的通套化,念白的模式化,科诨流于习俗,表演趋向程式。杂剧艺术的二重特性,决定了它是文士与演员共同创造的艺术,决定了在创作中重曲词,表演时重演唱,而其他艺术手段处于次要地位,并以迎合世俗的好恶为尚。现存元刊杂剧以刊印剧曲为主也就是必然的,而南北杂剧创作中关目雷同、人物类型化等现象,客观上是允许存在的,所谓宾白、科诨可以由演员即兴发挥、增添的说法,也是有一定根据的。

四、结语:南北齐盛与杂剧的黄金时代

早在明代的曲学家中就已流传着"北曲不谐南耳而后有南曲"的说法。这种观点显然是片面的。不必先有北曲然后才能有南曲,也不必北曲不谐南耳才有南曲。同样,今人所谓北音北调的杂剧不适应南方人的欣赏口味,为南方文士所不取的说法,也是不符合历史事实的。综上所论可见,元杂剧创作的语言——北方话恰恰是其盛行南方的极有利的条件;而南方士人认同杂剧,积极创作,已成为杂剧得以在南方盛行的主观条件。在用韵方面,恰恰是南方语言韵系复杂,南方戏曲总以《中原音韵》作为叶韵的参照,如李渔《闲情偶寄》"词曲部"所说:"既有《中原音韵》一书,则犹域畛画定,寸步不容越矣。"由此来看,吉川幸次郎等学者所谓中州韵"不纯"而为南方人蔑视的说法也就不可信了。至于邵复孺词中的《中原谱》,也并非是《中原音韵》。更何况邵词是相和友人贯云石〔贺新郎〕而作的。贯氏卒于1324年5月,词作时代在此前,而《中原音韵》一书同年秋始编成。事实上,邵复孺词与杂剧、与《中原音韵》,都不相干。

元杂剧在元朝统一全国之后迅速流向南方,并出现"一时靡然向风"的繁荣局面,其意义是十分重大的。如果说此前杂剧还仅限于北方,那么此后杂剧已经从原来属于北方的地区性戏剧样式,发展成为通行南北的全国性剧种了。元杂剧的兴盛出现了中国戏曲史上第一个黄金时代,而杂剧黄金时代的到来,是与杂剧通行全国、传唱南北紧紧联系在一起的。因此,杂剧的鼎盛,不是以大都为中心的北方地区的"一方独盛",而是元统一后流传南方,并形成杭州杂剧中心的"南北齐盛"。大都、杭州这两大杂剧中心先后形成,南北辉映,作家演员,群涌辈出,造成了杂剧奇迹般繁荣的盛况。反之,没有杂剧艺术的全国化,也就没有杂剧南北鼎盛的黄金时代。

(说明:本文是拙著《元杂剧发展史》中的部分章节。《元杂剧发展史》完成于1990年

10月,32万字,是我的博士论文,1993年初由台湾文津出版社出版繁体字版,2005年4月由河北教育出版社出版简体字版。20世纪80年代初,我从扬州师院中文系毕业留校,在任中敏先生主持的词曲研究室工作,并兼任了一段时间任师的学术助手。再后来读了六年的硕士、博士研究生,直到1991年夏离开母校到北京,在中国文联和中国戏剧家协会工作至今。无论是在任中敏先生处做学术助手,还是后来攻读硕士、博士学位,都得到了车锡伦先生的关心和帮助,在此表示衷心的感谢。)

季国平:中国戏剧家协会　分党组书记、驻会副主席、研究员。

论元杂剧盛行南方的历史条件

民众教育戏剧运动视域中的乡土戏剧：
以定县大秧歌为例

江　棘

　　民众教育戏剧，指的是在民众教育思潮的发展中，由民众教育者领导的依托民众教育机构和试验区，以普通市民、农民为目标对象所展开的戏剧教育运动。因有着西方国家物质支援背景，且与政府上层相通，与同时期的都市职业戏剧和左翼戏剧相比，这可能是一段令我们较感陌生的故事。20 世纪 20 年代到 30 年代中期，以俞庆棠、晏阳初、黄炎培等为代表的一批有良知的爱国知识分子纷纷从不同的方向着手用力，力图在民众中寻求强国宝矿；而南京国民政府为加强中央及地方政权建设，提出所谓破坏性的革命业已完成、全国进入训政时期的方略，也给予民众教育一定程度的合法性，民众教育馆等一大批民教机构在国民政府的鼓励甚至强制命令和监督下，于全国各地城乡建立起来。由此，虽则知识界与国民政府动因不同，却形成了民教战线上的呼应与合作，汇成民众教育思潮的高潮。

　　这一思潮中，都市之外的乡土社会为知识分子提供了最典型的中国民间社会背景和民众对象。对中国的知识阶层而言，乡土社会自古以来都是一个复杂的存在，甚至带有某种情结性质。伴随五四狂飙而来的社会主义思潮以及日本舶来的新村主义、"到民间去"的民俗热潮……都印证着一批知识分子对都市的失望和对乡土中国再发现的热望。这种亦可说是对饱经忧患的中国其未来可能性的发掘热望，与民众教育运动和国民政府当时大力提倡的"农村复兴"计划又合上了节拍。因此，在遍布全国的民众教育馆中就有了相当一批建立在县、镇和村庄的民教馆，以及像晏阳初、梁漱溟等走到乡间从事乡建的知识分子和中华平民教育促进会这样的团体。

　　在这股乡土民教思潮中，面对占绝大多数的文盲，戏剧依然也是当然地被看作最有力的启蒙手段。不过，经历了五四"走向民间"思考之后的中国知识分子，这一次对于戏剧的借重便不仅仅是如晚清以来在《大舞台》这类报刊杂志上的呼号创作，而确是在与民众的面对面中展开了戏剧活动。作为一种打上强烈精英阶层意识色彩的、非盈利、非行业性的启蒙行为和具有较强合法性、获得了相当自由度的民众活动，乡土社会中的民众教育戏剧为文艺大众化理想的民间实践这一问题，提供了更为典范的精英阶层与民间对话的样本。在这一对话中，我们注意到，虽然民教剧宗旨和创作法主要是从知识分子自身立场和想象出发，但相当的民教戏剧家也已认识到"不仅仅要给予，最要紧的是顾到观众能否接受"[①]的问题。然而，力图让民众接受民教剧并收为己有的民教戏剧家们，还面对着来自民间社

----

　　① 熊佛西《怎样走入大众》(1932 年 7 月)，《熊佛西戏剧文集》，熊佛西戏剧文集编委会编，上海文艺出版社 2000 年版，第 670 页。

会原有文化网络中各种资源的挑战,例如作为民间社会文化权力表征的乡土戏剧。乡土戏剧在民间文化网络中究竟有多坚固?民教人士对它的存在又有怎样的对策?受命于晏阳初和中华平民教育促进会的戏剧家熊佛西在定县戏剧实验中所遭遇到的大秧歌,就为我们讨论上述问题提供了一个典型的例子。

一、定县大秧歌在乡土文化阐释中的多义性

定县大秧歌不同于扭秧歌,而是一种戏剧。它起源于宋朝以前定县黑龙泉附近流传的民间小曲,相传苏东坡为其填词正曲,自清以来,当地劳动人民和民间艺人逐步利用"秧歌"曲调以说唱形式演唱有人物有故事的曲目。清晚期,受其他地方剧种影响,开始被编成戏本,并配上板鼓、锣、镲等打击乐,逐渐成了大秧歌。[①] 它在当地超出了一般民间娱乐的范围,不仅各村都有能唱者并组织自己的剧团(一般称为义合会),遇年节庙会大兴演出,且自 20 世纪 20 年代以来,逐步在当地各种民间文艺中擅胜,形成了演秧歌和看秧歌的稳定民俗事件。

近年来,关于定县大秧歌与乡村社会和民众思想的研究主要有董晓萍和欧达伟(美)的《乡村戏曲表演与中国现代民众》、欧达伟《中国民众思想史论——20 世纪初期—1949年华北地区的民间文献及其思想观念研究》和吕微《民间文学:现代中国民众的"道德—政治"反抗——欧达伟〈中国民众思想史论〉对〈定县秧歌选〉的研究之研究》等论著[②]。笔者接下来将在田野考察和已有研究基础上,对定县大秧歌如何成为当地社会最具权威的文化表征进行分析。

首先,定县大秧歌的文化权威性是与当地宗教环境紧密相连的。一般说来,河北各地戏剧形式的秧歌起初都存于民间"花会"(或称"社火")表演中,在清代地方戏兴起时,才逐渐与"花会"脱离,独立搬演。因此从其来源看普遍具有强烈的民间仪式色彩。而定县情况更为特殊,这就是此地还是以韩祖信仰为核心的弘阳教圣地。

弘阳教于明万历年间创立,在明代又称混元教、源沌教。清朝为避乾隆讳,改称红阳教。与大多数民间宗教结社一样,属多神信仰。其来者不拒、佛道儒和本教神灵融汇一炉的全神崇拜信仰模式,体现了下层民众信仰极为强烈的功利主义色彩。定县与弘阳教的渊源来自其创始祖韩飘高的一个传说,此传说今天就刻于定县韩祖庙内:

> 飘高圣祖大明万历时人也。世居直隶广平府曲周二疃村,姓韩,讳兆麟号飘高子……万历二十六年,著锦衣道巾入京,先投奶子府,转道石府宅中,其道始于万历二十八年皇姑染病,祖应诏隔帘走线诊视,不用膏丹,只须茶叶为药,服之而愈。当时御马监程公公、内经厂石公公、盔甲厂张公公皆宗三祖,竟不愿受名药安高尚,遂登空而往,飘然长逝。御言:此乃飘高圣祖也。……牛、曹二子云游鄠地,化修师祠,仅蒉尔一室,规模狭小。明末岁多饥,祖显化东方,即古遗传。岁旱甚晚雨,五谷尚未播种,祖赊放荞麦子种,声明秋后倍还,诘问里居姓名,答言北齐韩姓。秋果大稔,及远村无韩姓者,惟韩祖爷姓韩,众觉显化,皆欢悦,焚香叩拜……

---

① 中国戏曲志编辑委员会《中国戏曲志·河北卷》,中国 ISBN 中心 1993 年版,第 89 页。

② 吕微《民间文学:现代中国民众的"道德—政治"反抗——欧达伟〈中国民众思想史论〉对〈定县秧歌选〉的研究之研究》,《民俗研究》,2001 年第 2 期。

大旱之年，韩祖在北齐附近现身事由遵皇命记录在案。在皇帝授意下，定县北齐村修成韩祖庙，成为弘阳教圣地。从韩祖传说来看，这一民间教派的创始得到了明朝朝廷上层（如几位太监）的支持，同时可见，以治病、救济民众形象出现的韩祖（韩祖庙在当地又被称为药王庙）及弘阳教派基本是一个平和、保守的教团组织。弘阳教获得上层支持的合法来源（哪怕只是在民众想象的传说中）以及实用功利，再加上传说中的本地色彩等因素，四百年来以弘阳教和韩祖信仰为核心的民间信仰在定县地区形成庞大势力。民初孙发绪任县长时，毁庙数百，却并不敢碰韩祖庙；"文革"后民众们还把无家可归的观音、龙王、玉皇等一齐移到韩祖庙中，由韩祖领着过"神仙日子"；平教会定县实验之际，发现平民学校学生缺课最主要的原因之一就是"赶庙集"①，也发现当地人对韩祖信仰最深，庙会上都是先拜韩祖，再去拜别的神②。直到今天，定州庙会仍然兴隆（定州当地地图上会列出一张密密麻麻的城乡庙会表，全年竟有百余），其中每年农历三月和十月的北齐村韩祖庙会最盛，信众数十万。

既要酬神，就免不了唱戏。北齐韩祖庙正对面，便是一处大戏台。乡民们根据祭祀、婚、丧、寿、诞等不同的场合唱不同的戏，往往会有些约定俗成的规矩。定县秧歌不像其他一些民间草台戏充斥着"路头戏"，传统剧目的变化也相对较小，可见其仪式固定性。此外，今天秧歌戏中一些内容可与弘阳教民间宝卷相印证，有的人物、用语和典故（如无生老母、"赶太阳"、刘公打雁等）正是从弘阳教而来，这亦是定县大秧歌具有宗教土壤的另一个佐证。

当然，除了与定县的民众信仰相关联的仪式特征，定县大秧歌的文化权威还因为它在解释整个乡村社会生活方方面面的"多义性"。

首先，是给予了中下层民众日常生活的合理性解释，既满足他们道德探索和情感释放的愿望，又保证了这种探索和释放的安全性。定县大秧歌的题材多是家长里短，日常生活气味很浓，充斥着家庭冲突，特别是小辈与老辈的冲突。例如受压迫的媳妇与不讲理的婆婆（如《小姑贤》《四劝》《安儿送米》），对爱情忠贞的富家女与嫌贫爱富的父亲（如《杨二舍化缘》）等。同时，还有丈夫休妻、负妻题材（如《坐花厅》），自由恋爱题材（如《打鸟》《蓝桥会》）等等。这些剧目往往对纲常伦理中的弱势方（小辈、媳妇、妻子）寄予同情，对其"不亲不孝不伦"行为表示某种支持，这些小辈、年轻女性的品格、才华也往往胜过老辈、男儿。这体现了几百年来中国传统戏曲与民众日常生活关联的常态：即民众以戏剧为出口，对抽象的伦理原则（如"孝道"）在进入具体生活情境会出现的种种难题（特别是与"情"冲突）的感性思考和质朴探索。通过对处在"情"一方的弱者的喜爱和同情，宣泄了家庭生活和权威秩序中被压抑的天然情感，并将这份"人情"在舞台上放大，秧歌戏中"苦人儿"哭诉的"说情"戏就最受观众欢迎，在全剧结构中也最紧要。如此我们不难理解，定县大秧歌特别为乡村社会中的弱势人群（特别是妇女）所喜爱并被称为"栓老婆桩"的原因。但对民众而言仅仅发泄是不够的，他们还要看到戏剧中的解决才能心安。这个解决也是民众表明其道德立场和进行道德探索的重要体现。在定县大秧歌中，虽然充斥着家庭矛盾和对强势的反抗，但结局往往都是借乡土社会之外的道德权威力量来完成矛盾双方的妥协，如皇帝

---

① 《中华平民促进会定县实验区第二期实验平校学生缺席原因统计》，见汤茂如《定县农民教育》，中华平民教育促进会学校式教育部，1932年版，第407页。

② 李景汉《定县社会概况调查》上海人民出版社2005年版，第424页。

主婚、神灵降福等。这些外在的权威大多与受同情的主人公一样,富于人情,令人喜爱,如充满母性的"无生老母"。民众通过诉诸这样的外援使得"善恶有报",就在思想中彻底满足了张扬情感的要求,同时又自行消解了之前道德中的困惑、不安和对乡村现有关系的危险性因素,完成了道德解释,获得了自认为合理的安置,使戏剧演作成为了一种无害的集体游戏。

进而相关的是,定县大秧歌的内容虽多为富人和强势群体不喜,但其所体现出的下层民众对权威的想象反有利于被乡村绅士和官僚利用,安顿民间社会关系。如上所述,大秧歌结尾常寄希望于乡村权威之外的道德势力获得矛盾的解决,如神灵世界。欧达伟曾以韦伯的宗教社会学说为依据,将这种诉诸神灵的手段视为民众的反抗精神获得了超越性合理化的依据,或者说他们从想象的宗教与政治的形态中,找到了现世社会以外的道德杠杆,去反对现存的社会秩序。针对这点,吕微回应道:"中国政教合一的社会结构,并不是如欧洲社会那样政教分离的形式,这使得宗教人士与行政人员合一的儒生式官吏或官吏化儒生垄断了对超越性合理化价值资源(天理和祖训,而非上帝之言)的解释权,于是民间只能通过官府的'教化'获得有关的价值信息。正是以此,在中国的百姓心目中,皇帝始终是天子,老爷始终是'青天','天'则是中国文化的价值源泉之所在。在这样的政治、宗教和家族社会一体化的国度以及'天地君亲师'的价值传递通道中,由于官府垄断了对于超越性合理化价值的解释权力,从而也就垄断了对于社会不合理现象的最终否决能力,民间只能以官府为父母,为教师,为神灵,因而民间的超越性、合理化想象也就只能落实、比拟在官府大员这一实体身上。"① 笔者认为后者的论述更有说服力,仅从弘阳教一例,我们已经可以看出民众通过攀附皇权与纲常"正统"将自身信仰的宗教地位抬高,并将诸神官僚化,这是根深蒂固的上层和士大夫思想的折射,在秧歌戏自身的起源问题上也要拽上苏东坡并以唐明皇为"戏祖"。秧歌中诉诸具有"人情美"的神灵和弘阳教等民间宗教的解决方案实际恰恰是以转换了面貌的"正统"来自行消解产生于"正统"压制下的骚动,因此,这种满足了底层民众心理的道德解决其实并非提倡反对伦理权威,也始终未超出乡村社会原有的伦理范畴,它不仅未构成现代意义上革命性的反抗,反有利于被官僚和乡村领袖接受并利用。

最后,秧歌戏的作用还表现在通过演、看大秧歌这一民俗事件,乡村社会获得了一种维系亲缘、地缘(街坊)纽带的自组织方式。庙会演戏数日间,村人合力筹备,摊派钱款、分工准备事宜。演唱秧歌的村庄的住户也大半借此机会请外村的亲戚,特别是女亲戚,来村里家中住几天,款待他们。② 除此之外,定县还成立过新式的民间结社——秧歌媳妇会,组织妇女一起劳动、识字、教妇女唱秧歌。③ 在这样的联系中,华北乡村的地缘共同体和分散的亲族关系得到加强,扩展了家族、村落文化的边界。

总而言之,具有多义性,能调节不同的利益集团,这是文化网络中权威产生的关键。定县大秧歌就是这样,既在极大程度上表达和宣泄了民众心理,具有底层特质;又成为法

---

① 吕微《民间文学:现代中国民众的"道德—政治"反抗——欧达伟〈中国民众思想史论〉对〈定县秧歌选〉的研究之研究》,《民俗研究》,2001 年第 2 期,第 34 页。

② 李景汉《定县社会概况调查》,第 324 页。

③ 董晓萍、[美]欧达伟《乡村戏曲表演与中国现代民众》,北京师范大学出版社 2000 年版,第 192 页。

统可以利用的对象;同时还具有维系共同体一致的仪式性、组织性和宗教支持,所以才被各种利益集团追求,从而在乡土社会中具有了根深蒂固的力量。

二、民教戏剧家对乡土戏剧思想内涵的读解

然而对于民教戏剧家,他们虽承认民间戏剧在乡土社会的文化权威,在他们的表述中却很难发现文化权威之所以形成的这种"多义性"。当然,这些更偏向单义性的表述本身也很可能蕴含着某种策略选择的意味。戏剧本身之于集团的一致性体验,或者说戏剧的仪式性和社会性本身就使其成为一种极端"政治性"的艺术形式,对它的读解也不可能没有这方面的考虑。

当时包括民教戏剧家在内的知识分子对民间戏剧最为人熟知的表述是将其作为旧时代的产物和封建官僚毒害民众的工具,否定其时代性和民众性。如熊佛西的"传统的戏剧不能适应时代需要:所谓传统的戏剧,据我们的意见,至少包括:二黄、西皮、秦腔、昆曲、高腔,乃至嘣嘣、秧歌、高跷、花鼓等戏……如果那一个时代过去了,那一个时代的产物还是一成不变的保留着(保存在博物馆里我们并不反对),不但失去了存在的意义,且在功能的表现上,也将予社会进展以妨害……戏剧在过去,只把一些传统的、封建的、有毒素的东西交给了他们。"[①]"旧剧如何改良也终不能把现社会的生活反映进去,这是旧剧不能改良和必自崩溃的主因"[②]等等表述。身处定县,熊佛西这些言论矛头所向最主要的就是秧歌戏。在我们对秧歌戏已经有了一定认识之后再来看这些言论,自然会发现其中片面的地方。例如,我们已经看到定县大秧歌具有非常现实的生活观照,非常鲜明地透露出民众生动泼辣的心理。知识分子认为旧戏中充满诸如"'好马不备双鞍辔,烈女不嫁二夫男''马背双鞍路难走,女嫁二夫骂名留'的腐朽的伦理"[③],在定县大秧歌中恰可以找到很多具体的反例,如反映男女自由恋爱的传统戏《蓝桥会》中,家有恶夫的少妇以"好马不佩双鞍子,好女不嫁二夫郎"拒绝小生的求爱,而小生便以"马备双鞍有好马,女嫁二夫也为贤"的说理来打消少妇的顾虑,两人最终在民众的理解和期待中自由结合,等等。

由此看来,这部分知识分子对定县秧歌的读解是带有很强的先见的,即"我们大家都知道,辛亥革命之后的中国已走入一个新的时代"[④],因此知识界有着普遍否定上层皇权、创造崭新平民文化的思维方式。在这方面,定县秧歌等乡土戏剧在评价古代史的方面附会皇帝、神灵和官僚,在观照现代史方面掺夹附近的村民和村事等,虽然有助于其获得权威与地方普及性,但也正因此为断裂性、革命性的"崭新的文化创造"带来了巨大障碍。对于熊佛西而言这种障碍更有一点特殊性,这个特殊性从"即便站在社会进化的立场上,我们也有铲除它(旧剧)的必要,况且我们干戏剧的,要想使话剧成为民众的导师,那就更非先铲除旧剧不可"一句话可鲜明看出,那就是旧剧对他始终不渝的"话剧"理想的阻碍。笔者相信,在定县长期生活的熊佛西对定县秧歌不可能没有更深的了解,但在这"文化(戏剧)进化论"和以话剧为本位的国剧理想下,熊佛西虽立志成为民众的"戏子"而非"导师",

---

① 熊佛西《戏剧大众化之实验》,《熊佛西戏剧文集》,第 681、789 页。

② 杨村彬《前言》,熊佛西《〈过渡〉及其演出》,正中书局 1937 年版,第 3 页。

③ 熊佛西《戏剧大众化之实验》,《熊佛西戏剧文集》,第 681 页。

④ 同上。

却始终没有把秧歌戏这样的地方性乡间娱乐作为目标,他否定旧剧以及改良旧剧的可能和必要、甚至有点自说自话地否定秧歌拥有广大乡村民众这样的事实①,实际上也就为他另起炉灶试验农民话剧造成了舆论空间,这不能不说是知识分子精英意识的一种流露。

另一方面,另一些民教知识分子看待民间戏剧的立场正相反。与"走向民间"的民俗和乡土文学发现热潮相应和,他们看重旧戏中拥有广泛群众基础的"忠君、孝悌、人伦"等理念、包括民众对皇权和上层的崇拜,认为这正是当下可以为我所用,借以进行国民再造和民众动员的资源。即便是"斗大黄金印,天高白玉堂。不读万卷书,焉能伴君王"②这样的思想,于平教会识字运动的开展也有可利用之处。因此晏阳初在20年代末三顾茅庐请熊佛西出山的时候,实际上心里想的只是改良秧歌。同时对秧歌热烈赞扬的还有孙伏园、瞿世英、李景汉、张世文等早于熊佛西在平教会主持戏剧和秧歌整理工作的几位。他们认为定县秧歌并没有什么"了不得的不良影响"③,相反它"辞句简明,人人都可以懂",并且"能把农民生活的实在情形说得极其透澈",是"乡间平民好文学"④,尤其重要的是"只有这种农民的文学才是真的,才能表达真实的民族情感和民族经验……一个国家的思想、意识、风俗、士气都最清楚地体现在她的文学之中。农民接受和保存诗歌戏剧的标准之一就是它们是否符合过去的风格、习俗和想法。这是比任何文学评论都更为有力的评论"⑤。在20世纪二三十年代,京津上层人士甚至还专门邀请定县秧歌班子北上演出并录制了唱片。

客观说来定县民教人士对民间文艺的推崇是经过了一番甄别的,他们确实会更倾向于那些大胆表达内心爱恋、直抒胸臆倾诉怨苦的文辞,对其表露出更多的赞赏,认为是"好文学、真文学",体现了对自由平等的追求。但是关于这点,还值得更多的讨论。据董晓萍和欧达伟考察,定县秧歌剧目中有至少15出未被编选入平教会的《定县秧歌选》,尽管它们"比较简单,徒弟也能演,观众一看就懂,所以容易流传下去",但这些戏往往"正邪混合、阶级不分",如富小姐认穷媳妇为姐妹等,不像《定县秧歌选》中的剧目那样光彩。⑥ 这个解释似乎又一次证明了"民间文学"在知识分子想象中的收缩和窄化:知识分子会或有意或无意地保证它事实上并不存在的"纯洁性"。但是笔者认为同样有必要审视的,是学者可能存在的先入之见。正如前述吕微等人业已指出的,欧达伟在其著作《中国民众思想史论》中,将二三十年代兴盛的秧歌与大革命思潮结合起来从中发现民众革命思想的依据和土壤,是存在偏颇的⑦,董、欧合作书中的这个论断,也不乏绝对之处。他们认为这15出剧目未被选入是因为与民教主旨不符的不正确思想,如肯定节烈贞操观和"一夫多妻"、提倡小辈服从于老辈和父母权威、忠君并反对农民"上山"造反等,但其实这些在《秧歌选》的

---

① 熊佛西《戏剧大众化之实验》,《熊佛西戏剧文集》,第696页。
② 定县秧歌《双红大上坟》,入录李景汉、张世文编《定县秧歌选》,中华平民教育促进会1933年版。
③ 李景汉《定县社会概况调查》,第324页。
④ 李同民:社会调查《定县的秧歌》连载,《农民》,中华平民教育促进会总会乡村教育部,第5卷5期,1929年7月11日。
⑤ 瞿菊农《定县秧歌选序言》,李景汉、张世文编《定县秧歌选》,第1—2页。
⑥ 董晓萍、[美]欧达伟《乡村戏曲表演与中国现代民众》,第207页。
⑦ 关于此,钟敬文也有批评,他的批评主要在于某一时段流行的民俗事象反映的民众思想可能是长期的而不是当时的。从近代地方戏形成历史也可知,秧歌的故事题材、所反映的民众思想都要早于其戏剧形式的确立和民间流行。见钟敬文《民俗文化学:梗概与兴起》,中华书局1996年版,第78页。

民众教育戏剧运动视域中的乡土戏剧:以定县大秧歌为例

入选剧目中都可以找到证明的反例。① 当时的编选者对于秧歌中的观念混乱和矛盾其实也并不讳言，张世文就曾指出秧歌中的一些"思想特点"，如只要婚姻一定，即当始终不变，但也有羡慕自由恋爱的；重视读书人；女子喜欢嫁给金榜得中做官为宦的男子，尤其喜欢嫁给皇帝（有三出戏因女子望见男子显出龙兆而主动求亲讨封）；重孝道甚至活埋亲子，宁可失贞不能不要子孙，夫妻关系的绝对不平等，婆婆对于媳妇的压迫和婆媳恶循环等。② 可见，站在改良立场的平教会编纂者，虽然对于《秧歌选》的功效有着"除文盲、做新民"的新期待，但是具体到哪些是不符合于此新期待的"糟粕"和要去除的"毒"，则未必与我们今天的学者认识一致，更何况董、欧二人在解释剧目是否入选时，还缺乏了最基本的对年代的考察③。由此言之，董晓萍、欧达伟的解释确实带有"越界赋权"的意味。他们的这种"越界赋权"与近代以来民间文艺的"纯化"进程，共享的是同一种逻辑。在这一逻辑下，民众因为价值失序、因为长期以来占据他们头脑的生活难题而产生的种种怨恨情绪和解决方案很容易被绝对化为"反抗斗争"和"革命性"，并进而被转换为对新的价值秩序的向往，由此知识分子们也将最为农民喜爱的"苦情戏"中的负面情绪转化为了他们所希望的"向上"的斗争积极性。例如秧歌戏《杨富禄投亲》中农村青年杨富禄被说成是东斗星的情节，了解中国戏曲的人大约都知道，这样人神合体、神仙下凡的情节，特别是苦命人因具有通灵能力（可能是天生，也可能是后天积德修来）最终时来运转的结局是太普遍不过了。尽管定县秧歌于20世纪之后兴盛，但如果就此从20世纪特别是"大革命"带来的正统式微、革命精神和新价值体系的创造出发，将其解释为"不是神仙的行为，而是民众的安排""民众自己同样能有星宿下凡的身份，帝王将相又有什么了不起？……大革命把民众仰视两千多年的帝王将相都推翻了，难道还不许老百姓手拍胸膛想一想：贵者不贵，贱者原来也不贱吗？"④，则颇显牵强。不仅仅因为自古以来的神仙本就不可能是"神仙的行为"而只能是民众根据自己的需要创造出来的，而且反过来看，我们不也可以说这正体现出20世纪的乡村民众仍继续着自古以来的道德和生活难题思考，并以他们长期以来所能认同和习以为常的既有价值体系（寄望于神仙和更上层的权威）来自我安慰，并自行消解了由这些现实中难解决的问题产生的怨恨和反抗冲动吗？ 与此相关还有一个有趣的现象，就是面对诸多从未见过的现代剧，特别是大部分拥有积极向上宣传号召面貌的民教剧，定县农民特别是妇女反而对熊佛西本不是作为民教戏剧来创作的悲剧《兰芝与仲卿》表示出特别的喜爱，而这种喜爱的表达方式与他们看大秧歌一样，即将眼泪无私地流给那些苦命媳妇们。⑤ 相反，熊佛西专意为民教创作的《卧薪尝胆》《锄头健儿》等鼓动意味强烈的剧目在定县只公演了一次便草草收场。定县戏剧实验中"着重于婆媳之争，尤着重于母与子及妇与夫的爱的冲突"⑥的家庭悲剧的受欢迎也许亦可以佐证从个体的"苦情"、怨懑到集体的

---

① 例如《秧歌选》中就有以年轻女性"二人同夫主"为圆满结局的《双锁柜》，褒奖女子守贞从一而终的《双红大上坟》，提倡小辈孝敬尊重老辈的《变驴》等，攀附皇权的表达更是数不胜数。

② 张世文《定县的秧歌》，《民间》1936年第2卷第21期，第13页。

③ 据笔者所知，在董晓萍所补15出之外，未收入《秧歌选》的常演剧目另外还有不少。如《卖妙郎》，此戏在定县的传唱，或是移植北方广为流行的同名剧目（如豫剧）之果，因此它成为定县秧歌保留剧目，很可能是发生在《秧歌选》搜集工作之后的事情，自然无法选入。类似的时间考量在董书中是缺乏的。

④ 董晓萍、[美]欧达伟《乡村戏曲表演与中国现代民众》，第168、153页。

⑤ 熊佛西《戏剧大众化之实验》，《熊佛西戏剧文集》，第710页。

⑥ 同上。

"向上"、斗争的这种知识分子式置换并没有自然而然发生在作为接受方的农民群体中。

知识分子对民众思想（尤其是反抗性）的浪漫想象，自 20 世纪初期延续至今。对此，有学者将"知识分子通过发掘民间文学中对传统及正统理念的反抗冲动并将其绝对化"这一行为视为"现代中国的革命知识分子""攫取对于民众性质之价值判断的发言权以及革命的领导权"和"为动员民众参与、实现他们所设计的现代性目标时或隐蔽或公开的知识手段"，而在此过程中，"民众并未获得自我定义的权力"。[①] 也许，定县大秧歌被抵触或被推崇的不同遭遇正说明了这样一句话：故事只是故事，关键在于阐释。即便同出于"真的民众文化"的弘扬和塑造企图，相同的秧歌，在不同的阐释脉络中也成为了"革命性"（当然也是"现代性"）既在又不在的矛盾体。而知识分子之外，前面提到的本地乡绅和官厅对秧歌戏既排斥、打压又利用、掌控的历史更增添了阐释的维度，提示着我们七八十年前定县民教戏剧与大秧歌共生的历史情境，远比一句"现代"与"传统"的交锋复杂得多。窥一斑可见全豹，那些在各自原有文化网络中同样占据了节点位置的民间文艺，我们亦可想见它们在不同历史视域中也曾经历的起落沉浮。

江棘：中国人民大学　讲师

　　① 吕微《民间文学：现代中国民众的"道德 - 政治"反抗——欧达伟〈中国民众思想史论〉对〈定县秧歌选〉的研究之研究》，《民俗研究》，2001 年第 2 期，第 37 页。

民众教育戏剧运动视域中的乡土戏剧：以定县大秧歌为例

王国维对元杂剧三点批评的当代解读

——一个世纪学案的重新讨论

李昌集

1915 年,商务印书馆出版了时年 38 岁的王国维的一部学术专著《宋元戏曲考》(后改名为《宋元戏曲史》)。王国维对这部著作充满了学术自信,其《序言》有云:"世之为此学者自余始,其所贡于此学者亦以此书为多。"近 100 年来,王国维的学术自信经历史的检验而被学术界认可,学界誉之为中国近代中国戏曲学的奠基之作。其"一代之文学"的观点成为文学史研究中的经典话语之一;其戏曲学的研究框架——从曲调和角色制等戏曲表演元素出发考证中国古代戏曲形态的原始源头和发生过程;以"悲剧""喜剧"等西方概念理解中国戏曲的戏剧精神;以"意境""自然"等中国本土诗学概念阐释元杂剧的文学风格。这一切,构成了王国维"学兼中西"的学术框架,成为至今中国戏曲学研究的基本模式。

当然,在具体的观点上,王国维的见解并非毫无争议,最突出的一点是其对元杂剧的总体评价:"关目之拙劣,所不问也;思想之卑陋,所不讳也;人物之矛盾,所不顾也。"而元杂剧之佳处唯在"有意境"——"古今之大文学,无不以自然胜,而莫善于元曲"。

对此,有学者认为,王国维对元杂剧的批评,是以诗学的眼光看元杂剧,于戏曲之道未免隔膜,故非元杂剧的当行之论①;而更多的学人则对王国维的见解不置一词。然而,既然一代国学大师对元杂剧提出了批评,我们就不能无视这一批评而只顾自说自话;既然有不同观点存在,我们就没有理由使一个世纪的元剧学案继续搁置。对此,涉及的问题很多,本文所要讨论的问题是:王国维关于元杂剧的三点批评,其出发点何在? 具体内容为何?

众所周知:王国维的学术思想——尤其是其早期学术研究,吸收了若干西方的学术观念。《宋元戏曲考》将正统观念不屑一顾的戏曲作为专学研究,本身即是证明;在论悲喜剧等话语中,我们显然可以看到叔本华、康德的影响。有理由认为:王国维对元杂剧的三点批评,是从西方戏剧观念出发、以西方戏剧为参照的论断。因此,《宋元戏曲考》虽然没有对三点批评的具体所指做出解释,但如果以西方戏剧理论和戏剧作品为参照,可以大致理解王国维对元杂剧三点批评的具体指向为何。解读和讨论王国维对元杂剧的批评,根本意义并不在判断其正确与否,更重要的是有助于增进对中西方戏剧差异的理解,有助于进一步认知中国古代戏曲特有的戏剧构成与文化品质,有助于推进我们的古代戏曲研究。

---

① 有论者认为王国维对元杂剧的批评只是针对的戏曲文本,而非场上之戏曲。认为"戏剧戏剧,场上之戏",不言场上,终究只是隔靴搔痒而已。所言并非没有道理。但我们必须注意戏曲有"场上"和"文本"两种生存形态,以及相应的两种既有联系又相对独立的传播和接受方式。而一个不争的事实是:我们所看到的古代戏剧的唯一真实的实体是文本形态的戏剧,对古代戏曲的研究当然要考虑相关的"场上"问题,但根本性质属于文本研究。

一、关于"关目之拙劣"

所谓"关目",大致相当于今日戏剧学所言的"情节结构"。关于戏剧结构,西方论者多多。其基本要义约有以下几点①:

其一,具有充满兴趣的故事性。

其二,故事的情节和人物动作依据故事的"内在逻辑"合乎情理地逐步推进。

其三,"戏剧性"的生成,在戏剧结构上体现为由一系列反复交错的"悬念""发现""意外""冲突"和"激变"等而导向"高潮",从而使观众自始至终有一种新奇感。

此三点,相互生发,相连一体,关键则在故事情节和人物动作既要"合乎逻辑"又要使观众感到"新奇"。以此衡量元杂剧,其"关目"便不免显得有些"拙劣"。

首先,元杂剧违背"故事逻辑"的情节动作比比皆是。如被臧懋循允为"元剧第一"的《汉宫秋》,昭君投水自尽这一具有"高潮"意味的情节动作便不合"故事逻辑":昭君和番之举是"自愿"的,这一行为具有叔本华所谓"主动赴难"的悲剧性:牺牲自己,"以息刀兵"。而昭君的投水自尽,表面看似乎是悲剧的升华,其实却违背了昭君和番的目的,"和番"实际上未能实现,刀兵可能再起,其"自请和番"便失去了意义。比较唐宋诗人们在诗中备写昭君赴番途中的凄凉哀怨,倒是诗人们更能把握昭君和番的"行为逻辑"和悲剧的内蕴。如果参照历史事实,《汉宫秋》的"关目拙劣"就更明显:汉元帝与群臣在昭君和亲问题上的争执、呼韩邪为一个从未见过的女人大动干戈,昭君投水后又与汉朝"以甥舅相称",把毛延寿遣回汉朝砍脑袋,如此等等,皆缺乏"故事逻辑"的支撑,与历史的真实亦相去甚远。

上述《汉宫秋》的"关目拙劣",类似的表现在绝大部分元杂剧中都不同程度存在。如果再以西方剧作法衡量,则元杂剧关目"拙劣"至为明显:元杂剧组织"关目"不重"悬念""发现"和"激变",而更习惯以"说破"消解悬念②。在元杂剧中,很难找到像西方戏剧的那种"促使事件变得不可避免的必然性";很难从故事关目中感受到一种激烈的矛盾冲突和由之导向的"高潮"。即使动作性、情节性较强的剧目,于此也在所难免。关汉卿的剧作是最善于制造"冲突"和"悬念"的,最具代表性的可推《窦娥冤》。其"戏剧性"和矛盾冲突的起点,是蔡婆外出时遭张驴儿胁迫,允其婆媳嫁给张驴儿父子,只是担心媳妇窦娥不从,是为全剧最初的悬念;蔡婆带张驴儿父子回家,果然遭到窦娥的激烈反对,张驴儿坚意要霸占窦娥,蔡婆则想慢慢劝窦娥同意,由此而再生悬念;张驴儿急于得手,想毒死蔡婆以解决问题,从而产生"紧张"和更大的"悬念";结果反而毒死了张父,张驴儿讹赖窦娥下毒,要挟窦娥顺从,窦娥坚拒,相信官府会主持正义,情愿"官休",是为全剧最紧张、冲突最激烈、亦最具悬念的戏剧情节;接之到官府,窦娥被判死刑,悬念解除,窦娥的悲剧结局形成某种"高潮"并由之达成矛盾冲突的"平衡"。此后第三折,窦娥刑场就戮,发下三大誓愿以表其冤,二愿皆验,由此造成新的悬念;第四折,肃政廉访使、窦娥的父亲窦天章巡案滁州,窦娥鬼魂托梦诉冤,乃得昭雪,张驴儿等受到严惩。是为全剧的大结局。

---

① 这里不包括西方现代派戏剧及相关的戏剧论。

② "说破"是当代戏曲研究家洛地先生阐释古代戏曲结构方式使用的一个概念,在戏曲中表现为剧中人在上场时的自我表白、将自己曾经做过的事情、即将要做的事情、行动目的乃至行为结果"提前"告知观众,将西方戏剧让观众自己体会的"戏剧悬念"先予"说破"。目前,"说破"已成戏曲研究界关于戏曲结构方式研究中的一个通识性术语。

以上运用西方戏剧结构理论对《窦娥冤》的粗略分析,表面看来似无不妥,细究之,则问题多多:从情理言,蔡婆认张驴儿父子为"救命恩人"便颇不合情理——张驴儿的确从赛卢医手下救了蔡婆一命,但又以勒死蔡婆为要挟,企图强娶其婆媳,乃是与赛卢医一样的流氓恶棍,何能认其为"救命恩人"而嫁之?张驴儿欲毒死蔡婆也没有道理,蔡婆不是障碍而是支持者,毒死她事情岂非更难办?县官梼杌判案也不合"故事逻辑"——梼杌贪赃枉法,"但告状的便是衣食父母",而张驴儿父子是无业游民穷光蛋,有钱的是蔡婆家,判窦娥死刑得什么钱财?

再从安排戏剧结构的技巧看,则问题更突出:首先是"高潮"显得马虎。所谓戏剧高潮,"即全剧最紧张的一点,最完整地表现了剧作家心目中的现实发展规律。高潮通过一次平衡状态的变化——它创造出力量间新的平衡——而解决了冲突。""高潮必须是一个动作,一个发展完全、并且牵涉到人物和他们的环境之间平衡状态的一定变化的动作。"① 《窦娥冤》的"高潮"在哪里?从"解决冲突"和"平衡状态的变化"看,当在第二折,窦娥被判死刑解决了矛盾而消解了冲突。但是,在戏剧高潮前,应有足够的情节说明"促使事件变得不可避免的必然性",可在《窦娥冤》中却很难发现这种"必然性"。如果把第三折视为戏剧高潮,则显然有违"高潮"的定义,因为冲突已经解除,窦娥就刑发愿只是延伸性的"下落动作",没有激发新的戏剧冲突而造成"紧张"和"危机"的意义。至于第四折,只是一个概念化的"惩恶扬善"大团圆,以西方戏剧观念衡之,几乎谈不上什么"动作性"。

由此可见,以西方戏剧观念和剧作技巧看元杂剧,其"关目"确实有些"拙劣",王国维的批评并非没有道理。其实,明末清初的李渔早就说过元剧"白与关目皆其所短"②,比如《琵琶记》就疏于情理,"针线不密",并操刀动斧加以改编。可见比较重视故事情节的清代传奇家已经觉察到元剧"关目"上的不足,只不过未如静安先生的"拙劣"说得那么重。

但问题是:元杂剧并不因"关目拙劣"而影响其风行一时,当时的观众们看得津津有味。明清传奇虽然加强了故事性和情节性,但"戏剧结构"的大框架较元杂剧并无根本性的改变,如果用西方戏剧理论去衡量,"关目拙劣"亦在所难免。这就不由得令人反思:以西方戏剧结构论衡量元杂剧乃至中国古典戏曲是否合理?中国古代戏曲是否有着自己独特的"戏剧结构"?由此思路出发,进一步的问题是:元杂剧所谓的"关目拙劣",是否恰恰体现了中国戏曲不同于西方戏剧的结构方式及其特有的意蕴?

关于此,需要戏曲学界的同仁们深入探究。笔者曾作了一些初步探讨③,在此仅作一简要陈述:

首先,元杂剧是戏曲,无论是场上形态还是文本形态,与西方戏剧均有极大差异。西方戏剧研究者将中国戏曲视为歌剧,是有道理的。而中国戏曲较西方歌剧更注重曲词的抒情性,"一人主唱"的元杂剧更是如此。从叙述学的角度言,元杂剧的主唱人是一个特定的叙述者,其"叙述"则包含多重内容:一是对故事情节的某种描述;二是抒发剧中人在戏剧故事中的种种情感思绪;三是潜在地表达剧作者对戏剧故事和剧中人的情感态度和评

---

① 〔美〕约翰·霍·劳逊《戏剧与电影的剧作理论与技巧》。

② 李渔《闲情偶记》

③ 参见《情感结节与戏剧高潮——元杂剧结构方式的研究》(《艺术百家》1987 年第 3 期);《戏剧性及其发生机制——元杂剧结构研究之二》(《艺术百家》1988 年第 1 期)。

价。此三项,"剧作者"的叙述最复杂。明代的臧懋循说元杂剧是文人作剧曲、优伶造科白,虽然未见得全然如此,但从元刊杂剧看,应是一个较普遍的现象,至少元杂剧的故事骨架多来自民间。[①] 同时,元杂剧的观众主要是平民百姓,由于元杂剧的演出主要是商业性的[②],因而剧作者需要迎合观众的思想情感和审美倾向。因此,元杂剧的"叙述"势必呈现为一种文人话语和平民话语的复杂交织。

上述元杂剧的历史生态,与其戏剧结构有什么关系? 有,那就是作曲的文人总是尽量选择适于抒情的情节场景发挥他们作曲的才华。例如:第一折窦娥上场,唱一整套"满腹闲愁,数年禁受",有什么"动作"意义? 没有,其唤起的是观众对窦娥凄凉身世的情感同情和类似的情感体验;窦娥刑场发愿的大段曲唱,有什么"动作"意义? 也没有,其抒发的是对现存秩序的情感批判。因此,元杂剧的故事情节乃是剧中人、剧作者和观众们发抒情感的某种背景和引发点,而不是戏剧的根本所在,是为中国戏曲与西方戏剧的根本差异。美国戏剧研究家布罗凯特在《世界戏剧艺术欣赏》中说:"西方的观众有时不易了解中国戏剧,因为它每每集中于高潮,而把故事的发展委之说白。因此,兴趣的焦点是高潮的片刻,而不在全部故事的戏剧化。"这是一个很敏锐的见解,只不过其所说的元杂剧"高潮"并非是严格西方戏剧论"动作"意义上的高潮,而是元杂剧特有的"情感高潮"。布罗凯特云中国戏曲"不在全部故事的戏剧化",的确道出了中国古代戏曲、尤其是元杂剧的基本结构特征:不像西方戏剧那样组织具有紧密因果联系的"动作链",不同于西方戏剧以一系列动作构成"冲突""悬念""说明""发现""激变""高潮"和"平衡",从而形成"全部故事的戏剧化"。

那么,是不是因此就认定元杂剧"关目拙劣"? 不能! 因为如此简单地理解元杂剧,妨碍了对元杂剧结构方式的深层理解。中国古代戏曲有着自己独特的结构方式,元杂剧于此体现得尤其明显。我曾把元杂剧的结构方式概括为"情感结节"结构[③],这种戏剧结构以"情感新奇效应"为戏剧性的发生机制,高潮在于剧中人激烈的情感波澜和心理的矛盾冲突,全剧的最高潮乃是人物情感最终汇集成的总体情感结节。因此,元杂剧的戏剧结构以情感而不是动作情节作为缔造戏剧的基本元素,故事乃是次要的。体现在作法上,其以"说破"将故事的进展提前"预告"观众,而把人物的情感反映作为"悬念",元杂剧"戏剧性"发生机制,根本所在乃是调动接受者"情感期待"的"情感悬念":窦娥刑场就戮之故事情节,是观众"已经知道"的,其期待的不是故事发展如何,而是窦娥对冤屈的情感反映,故第三折在西方戏剧结构的框架中已属于没有推进剧情意义的"下落动作",但在"情感结节结构"中,这一折却是全剧情感的汇聚点和情感境界的升华,是观众最为激愤和感动的全剧最高潮。至如《汉宫秋》第四折,整整一折都是元帝抒发对昭君的思念之情,更是没有任何情节意义的"静止动作",但却是全剧情感抒发的最高潮,观众感受的已不仅是汉元帝的爱情伤感,而更将这种情感升华为更广泛的对失去至爱的悲情体验和心理共鸣。元杂剧乃至古代戏曲的根本指向在哪里? 曰:情感世界。中国戏曲以情感为戏剧结构的基本要素,与西方戏剧以情节动作为基本要素截然相反,张庚先生精辟地称中国戏曲为"剧诗",深层

---

① 今存《元刊杂剧三十种》属于一种"掌记本",作用在使演员记忆曲词。同时也是散发给观众的剧读本,目的在使观众明白唱词的内容。故元刊杂剧本主要是曲词,科白甚少。杂剧演员在场上时,科白可作某些自由发挥和更动,而曲词则不然。此可作文人作剧曲,优伶造科白的一个间接证据。

② 参见杜仁杰散套《庄家不识勾栏》,隋树森编《全元散曲》上册,中华书局 1964 年版。

③ 参见《情感结节与戏剧高潮——元杂剧结构方式的研究》,《艺术百家》1987 年第 3 期。

王国维对元杂剧三点批评的当代解读

底蕴即在此。从"关目"层面上言之,元杂剧的"关目"结构方式就是一种"诗性思维"的体现①,有着与西方戏剧完全不同的结构方式和结构意味,既然如此,我们还能仅以西方戏剧为标准说元杂剧"关目拙劣"么?

二、关于"人物之矛盾"

人物性格在戏剧中的结构意义以及如何塑造戏剧中的形象性格,是西方戏剧论中的重要命题之一,说者多多,其论的基本原则,在戏剧中的人物形象及其性格特征必须符合生活的真实,不管其形象是"写实"的还是"夸张"的、是一贯的还是转变的、是"扁平"的还是"球形"的,都是具有内在一致性和连贯性的"这一个"。这一基本原则,中国古代的史书等传记文学乃至小说中的人物性格塑造,亦大体如是。元杂剧则不然,如果以生活中真实的(或可能为真实的)"这一个"去衡量元杂剧中的人物,则其"矛盾"每每可见。其"矛盾"之体现,大致可从两方面体认:一是史籍文献有载的人物,可与元杂剧相参照,以察二者的性格(而不是具体行为)是否矛盾;二是从元杂剧作品本身看其人物的行为和性格是否前后有矛盾。

还以《汉宫秋》为例,剧中的汉元帝就是一个"人物之矛盾"之典型。查诸史籍,汉元帝是一位颇有作为的君主,性格绝非如剧中汉元帝那样软弱。当然,历史剧中的艺术形象未必要与历史上的实际形象完全一致,剧作家可以根据他的创作意图改变元帝的形象。但有一点:其形象性格应当符合其社会身份。可是,《汉宫秋》的元帝形象根本不像个帝王。且不论汉元帝的"戏剧动作"与帝王身份不符,观其唱词,更能看出元帝的话语与其特定的社会身份相违背,如第一折:

〔旦云〕陛下,妾父母在成都,见隶民籍,望陛下恩典宽免,与些恩荣咱。〔驾云〕这个煞容易。〔唱〕

你便晨挑菜、夜看瓜;春种谷,夏浇麻,情取棘针门粉壁上除了差法。你象正阳门改嫁的倒荣华,俺官职颇高如村社长,这宅院刚大似县官衙。谢天地可怜穷女婿,再谁敢欺负俺丈人家。②

全然一副市民口吻,哪里有一点真实帝王的影子? 是为元杂剧"人物之矛盾"突出的一种表现。更需注意的是:这里的"人物之矛盾"是作家的有意为之。前文曾云:元杂剧的平民观众是剧作家创作中的潜在主导,剧作家必须使他们的剧作为大众理解,因此,元杂剧是以"平民的眼睛"去看帝王、以平民的心理去想象和"塑造"帝王的。从这个角度说,《汉宫秋》的元帝形象其实是表层的"帝王"身份和实质上的平民形象的有趣"叠合"。这种"叠合",缺乏内在的统一,并非是多重性格的交织和有机融合,与通常所云的性格复杂的人物形象(西方文学理论中所谓"球型形象")亦大不相同,我们将元杂剧的这种戏剧形象称之为"叠加型复合形象",是为元杂剧"人物之矛盾"的深层意味之一。

---

① 关于中国文学创作传统中的"诗性思维",是值得进一步研究的大问题,阐释之非本文主题所在。从"叙述"的角度简言之,"诗性叙述"的基本特征在于注重把当下性升华为普泛性,既着意于当下情境,又超越当下情境。而古代戏曲的叙述方式在本质上属于一种"诗性叙述",其直接的形式表征乃是以曲为主,从而导致戏曲在叙述上整体格局与西方戏剧完全不同。

② 引自隋树森《元曲选》,中华书局 1980 年版。

"叠合形象"在元杂剧中有多种表现。如《李逵负荆》,且看第一折李逵下山时唱的一曲【混江龙】:

　　　　可正是清明时候,却言风雨替花愁。和风渐起,暮雨初收。俺则见杨柳半藏沽酒市,桃花深映钓鱼舟。更和这碧粼粼春水波纹皱,有往来舍燕,远近沙鸥。①

　　一派文人风标。单看这曲词,其映现的乃是一个十足的文人形象。但在此后的故事中,从行为到曲词,李逵都是个耿直鲁莽嫉恶如仇的草莽英雄:听王老汉说宋江、鲁智深强行挟走其女满堂娇,未加深究便轻易相信;接之上梁山质问宋、鲁,带二人下山对质,一路上处处觉得二人就像嫌疑犯,把一个憨直鲁莽的英雄形象展示得十分生动。而到了真相大白李逵上山请罪时,则又颇表现出不无可爱的市民式小滑头。

　　此李逵,是论者经常称道的形象,但很少有人注意到其中的"人物之矛盾",注意到剧中的李逵是"优雅文人""草莽英雄"再加一点市井平民的"形象叠合"。

　　当然,李逵的"文人形象"首先是"文人作曲"的产物,第一折李逵的"游山观景",最能激发文人的情怀和诗意,一旦在戏曲中出现这样的场景,作曲的文人便不由得把自己的形象嫁接到剧中人身上了,尽管剧中此人根本不是文人。但是,如果以此"形象"为起点,再注意形象性格的一致性,则"李逵"以后的行为就不应当如此简单鲁莽,剧作者对此是不加考虑的,所以王国维才说元杂剧"人物之矛盾,所不顾也"。

　　《李逵负荆》之李逵形象的"叠合",在元杂剧其他人物身上多有体现,但这种"叠合"是浅层的叠合,缺乏深文大义。《昊天塔》则不同,虽然在总体上《昊天塔》或许不及《李逵负荆》,但却体现了元杂剧"叠加型复合形象"的深层意味。

　　《昊天塔》诉述了这样一个故事:镇守三关的主帅杨六郎杨景得知其父被番兵杀害,骨殖放在昊天寺的塔上,于是与孟良前往盗骨。得手后,番将韩延寿率兵追来。六郎在回边关的途中经过五台山,遇见削发为僧失散已久的哥哥杨五郎。二人已互不相识,经五郎诉说身世,兄弟相认。二人合力杀死追来的韩延寿,报了杀父之仇。

　　《昊天塔》也许是元杂剧中"关目之拙劣"和"人物之矛盾"的典例之一。即从以上简短的剧情梗概,"拙劣"和"矛盾"就已经很明显:作为镇守边关的主帅,怎能只带上一个副将就亲自去盗骨殖?回边关怎会拐到五台山?在五台山,韩延寿居然撇下大队兵马,被杨五郎三言两语诓到庙里,下场自然是死路一条。以"生活真实"衡之,如此等等是绝不可能发生的,只不过在戏剧舞台上,知道并久已习惯于接受这种"做戏"的中国观众,已经消解了追究其人物"矛盾"的意识,只有西方的接受者"有时觉得不易了解"。

　　《昊天塔》直到今天在一些剧种中还有折子戏"五台会兄"在演出,情节与元杂剧差不多。如果从"整个故事"来看,这场戏没有任何"事件发展的必然性",完全是"硬加"的"关目",但却是本剧最重要、最吸引观众的一出戏。富有意味的是:这场戏人物形象的"叠合"也最突出。此折的主唱者是杨五郎,且看其上场后所唱的两支曲子与戏剧场景:

　　　　〔正末扮杨和尚上云〕洒家醉了也〔唱〕
　　　　【双调·新水令】归来余醉未曾醒,但触着我这秃爷爷没些干净。〔做听科云〕哦,恰象似有人哭哩!〔唱〕那哭的莫不是山中老树怪,潭底毒龙精,敢便待显圣通灵?只

---

　　① 引自隋树森《元曲选》,中华书局 1980 年版。

俺个道高的鬼神敬！〔杨景做哭科云〕父亲也，兀的不痛杀我也！〔正末云〕兀的不在那里哭呢！〔唱〕

【驻马听】那里每喧喧哽哽，搅乱俺这无是无非窗下僧。〔杨景云〕父亲也，痛杀我也！〔正末唱〕越哭的故孤零零，莫不是着枪着箭的败残兵？我靠山门倚定壁儿听，耸双肩手抵着牙儿定。似这等沸沸腾腾，可什么绿荫禅房静。[1]

显然，杨六郎的形象到这场戏发生了"转移"：此前是武艺高强而勇敢的将军，在这里则是软弱伤感的孝子，二者的性格差异至为明显，是为元杂剧"叠加型"形象的表现之一。杨五郎呢，也产生一个微妙的"形象转移"：一出场的五郎是个杀气腾腾"但触着我没些干净"的秃爷爷，但听到哭声后却"靠山门倚定壁儿听，耸双肩手抵着牙儿定"，认定哭的人是个孤零零的弱者，猜其是"着枪着箭的败残兵"，"秃爷爷"瞬间就变成了一个富于同情心的温存侠士。

元杂剧的这种"形象转移"有什么意义？在我看来，这里的"形象转移"使戏剧形象产生了双重超越——就戏剧本身言，这里的"戏"已经超越了一个将军与和尚的"兄弟相会"，观众感受的更是一个遭遇不幸的弱者与一个正直、狭义、刚勇之士的"相会"，是危难者与解脱危难者的相会；而对生活经验中的将军与和尚而言，剧中形象已超越了其现实的实体，特定的戏剧形象与故事已转化为一种载体、一种符号，某种平民大众共通的广泛精神情感的传递才是形象性格的意义本体。元杂剧的往往把大众所熟悉、所爱憎、所想象的某种形象性格"叠合"成一个戏中人，这才是元杂剧"人物之矛盾"的真正内涵。

如此理解，我们还能以西方戏剧观念为标准，简单地指其"人物矛盾"么？当然，与纯粹的文人文学和西方戏剧相比，有着若干民间文艺色彩的元杂剧在许多方面不免显得稚朴乃至"矛盾"和"拙劣"，但正是这些稚朴和拙劣，包涵和体现着一种独特的艺术旨趣和文化意蕴，当代戏曲研究的任务是考察之、深究之、阐释之，简单的批评和盲目的赞许皆不可取。

三、关于"思想之卑陋"

读过元杂剧的学人，大概都会在直观上觉得王国维对元杂剧的三点批评不无道理，但如果要切实解读一下王国维对元杂剧的三点批评，"关目之拙劣""人物之矛盾"尚有迹可循，"思想之卑陋"则有些难于捉摸了。因为静安先生对之没有作任何解释，而"思想"包含的内容又太多，各人理解的角度更难求一致，所以很难总结出一个元杂剧的总体"思想"。因此，本文将之作为一个启示性的课题，揣摩学贯中西之静安先生的批评立场，对所云元杂剧"思想之卑陋"作一初步解读。

其实，本文前云元杂剧"关目之拙劣""人物之矛盾"，说到底，根子乃通向"思想"。所以不妨以个案入手，从元杂剧的创作思路谈起。

姑以郑德辉的《王粲登楼》为例。其剧情梗概如下：

楔子：王粲奉母亲之命，应其叔父、当朝丞相蔡邕之召，投奔京城寻个功名。

第一折：王粲到京城后，一月不得蔡邕任用。原来蔡邕并不是其叔父，而是王粲父亲的故交，当初曾与王父指腹为婚。但知王粲满腹经纶然心高气傲，有心挫他的锐

---

[1] 引自隋树森《元曲选》，中华书局1980年版。

气以磨炼其人。故暗托曹子建把自己向荆王刘表推荐王粲的书信,以子建的名义给王粲。适王粲来拜,蔡邕故意羞辱王粲一番,王粲愤而辞去,曹子建把书信交给他去投奔刘表。

第二折:王粲到荆州见刘表,呈上书信。刘表在与王粲交谈中发现其"才过德小"的疏狂之士,乃不予启用。

第三折:王粲盘桓荆州,登楼感慨怀才不遇。

第四折:王粲向圣上献上《万言策》,得封为"天下兵马大元帅"。到京城后,蔡邕与曹子建到辕门拜访王粲。王粲以当年蔡邕羞辱他的同样方式羞辱蔡邕,经曹子建说出真情,王粲方知真正的大恩人是蔡邕,乃与蔡邕女完婚。①

从以上基本故事情节,可以总结其"思想主题":一个倍受困顿的人,只要有才华,经过磨砺总有成功之日。如果再以结合"时代背景"的一般套路去分析,则可进一步说本剧抒发了元文人"沉抑下僚,志不得伸"的抑郁之怀,反映了元后期文人在新的环境下萌发的用世之念,以及长期备受压抑的自我宽慰。

当然不错。但"思想分析"并不如此简单,若干"思想"要从故事情节和人物性格的细节中去体味。而本剧关目和人物的细节,以今天的标尺衡量,可谓乱七八糟,堪称元剧"关目之拙劣"和"人物之矛盾"的典型之一。但就是这些"拙劣"和"矛盾"的细节,却更能反映某种"思想"。

姑且先拈出一些细节:王粲在京城旅店欠下"许多房宿饭钱",店小二讨债,粲云:"我见了我蔡邕叔父呵,稀罕还你这几贯钱?"哪里像个文人,直是一个庸俗的平民形象。而王粲所以被蔡邕搁在旅店里不闻不问,是蔡邕因王粲"胸襟太傲",所以要"涵养他那锐气",如此"涵养"之法,实在显得颇为幼稚;而王粲来见蔡邕,蔡邕与曹子建喝酒,故意不让王粲喝,使其觉得很没面子,用意也在"涵养他那锐气"。对照历史上诸多"涵养人才"的故事,这里"涵养锐气"的"戏剧动作",实在显得肤浅可笑。再看王粲的"傲":不给酒喝,拂袖而去;与荆王刘表交谈,话未说完便呼呼而睡;封了兵马大元帅,立马以当初蔡邕羞辱自己的方式回敬蔡邕;这些表现"傲"的戏剧动作和人物性格,同样令人感到十分浅薄。

既然如此,这些情节动作与人物形象还反映什么"思想"? 曰:不是这些"动作"和性格反映了什么思想,而是选择这些情节动作——即剧作者的创作思路反映了一种思想——平民的眼光、平民的意识、平民的思想。前文曾云:元杂剧的情节动作已不复是现实生活的再现,而是一种符号,一种意象,由于元杂剧主要是演给平民大众看的,所以要以平民大众能够理解的"符号"和"意象"传达剧作家的思想。"不经磨砺不成材",是"沉抑下僚"的文人普遍的自我提示,也是平民大众能够理解和需要理解的人生道理,但如果只用高尚志士的经历和文人方能理解的人生体验去喻示大众,元杂剧就不会在世间风行,大概也不会是现在所见到的这个样子。

我以为,王国维所谓元杂剧"思想之卑陋",主要是针对元杂剧中肤浅的平民思想意识而言。而这一点,是不能单纯从王国维的西学背景中寻求解释的。静安先生首先是一个具有传统文人气质和学养的学者,在他眼光审视下的元杂剧自不免有"思想卑陋"之嫌。

---

① 所据本文见隋树森《元曲选》,中华书局 1980 年版。

所谓"卑陋",指思想浅陋而缺少深刻。作为平民文化性质的元杂剧,以平民大众的生活经验和"思想"去认知与想象历史,以平民大众的生活理想和情感倾向表现与评价现实,在静安先生的眼里自然是不免"卑陋"的。

如元杂剧的"历史剧",有一定历史知识的人就会发现元杂剧对历史的种种无知和幼稚的想象。前举《汉宫秋》就是一例,即使被王国维允为"可入世界悲剧之林"的《赵氏孤儿》也在所不免。《赵氏孤儿》故事的本事见于《左传》,后《史记》加以敷衍,元剧故事主要是根据《史记》改编。但其中时见有违历史常识之处。细说之很费篇幅,这里仅说一点:"养子"之俗始于汉代,最初为宫中阉宦养子传代,后逐渐扩展成一种普遍的民俗。故在春秋时期,屠岸贾是不可能收公孙杵臼之子(实赵氏孤儿)为养子的。元杂剧是以当时的民俗移之于历史。这不过是一个小小的历史细节,但颇有代表性:以平民生活的当下经验、当下"思想"理解历史,"改变"历史,在元杂剧的"历史剧"中几乎比比皆是,其例不胜枚举。

再说元杂剧的生活剧。在元杂剧的世俗生活剧中,我们每每可以发现一种平民意识中的天真想象。姑以《望江亭》为例:这是一部表演平民女性以自己的智慧战胜邪恶的故事。若要概括其"思想主题",曰:正义可胜邪恶。如此,其"思想"何陋之有?云其"卑陋",是其把正义战胜邪恶"思想"得太幼稚、太简单、太天真。《望江亭》中的女主角叫谭记儿,其取胜的方式是:先以姿色糊弄得坏男人神魂颠倒,然后拿住对方的要害,迫使对方就范。如此取胜之道,现实生活中并非没有,但剧中的具体故事,在现实生活中是绝无可能发生的:出身平民的女子谭记儿偷了杨衙内的势剑金牌,最后使杨衙内一败涂地。而杨衙内何许人也?是钦差,是圣上差遣到潭州取白士中人头的;圣上所以要取白士中人头,是杨衙内谎报圣上说白士中"贪花恋酒,不理公事";所以要谎报诬陷,是因为杨衙内听说白士中娶了漂亮女人谭记儿,他要杀了白士中娶谭记儿为小夫人。最后因为没了势剑金牌,所以杀不了白士中,而恰巧"巡抚湖南都御史"李秉忠来到潭州,也不知怎么就知道了事情的真相,结果"将衙内问成杂犯,杖八十削职归田"——整个故事都是"平民的想象",元代之前和元代的各种典章制度,都决定了绝无发生此等事情的可能,与生活真实相差其远。而以为一个女子的些许小智慧就能胜得一个钦差(尽管这个"钦差"也没有一点真实性),也实在是幼稚得很。以文人的眼光看,元杂剧对社会、对生活的认知理解,实在无"深刻"可言,其"思想"自不免"卑陋"。王国维曰元杂剧"思想之卑陋",应当主要指此。而在清代焦循的《花部农谭》中,焦循对"花部"也有类似的评说,可见不止王国维一人对大众文化性质的戏剧有"思想之卑陋"的看法。

然而,如果转换我们解读元杂剧的思路,所谓元杂剧的"思想之卑陋",正是其特有的意味所在。在我看来,元剧作家是故意如此"思想之卑陋"的,而观剧的平民大众,也并非以为戏中的故事就是真的。中国古代"戏剧观"在总体上从不把戏剧与生活真实画等号①,从作者到受众,"做戏"只是一种虚构乃是普遍共识,是为中西方戏剧观最根本的不同。前文曾言:元杂剧的关目、人物、故事,其实都是一种文学意象,元杂剧的文学诉求是一种情感愿望,是一种对历史和现实的情感判断,而不是理性的认知和解释。因此,元杂

---

① 中国古代比较真实反映现实的"时事剧"在明中后方产生。严格意义上的"历史剧"观念到清代方成为曲坛的话题之一。而古代的"时事剧"与"历史剧"与西方戏剧与今日话剧的同类之作相比,其"真实"的框架形态依然有很大不同。

剧只是剧作者和接受大众的得以情感宣泄和慰藉的载体,乌有之"戏"的底层是现实的无奈,只有在戏剧中、在戏台上,平民大众才能够欣赏自我,才能够暂时搁置现实中的烦恼和悲凉。王国维所说的元杂剧的"思想之卑陋",从戏剧学的角度言,实际上是一种中国式的滑稽,一种中国式的喜剧性调侃,是元代平民大众一种集体无意识的艺术方式和艺术享受——"世界疏远了",子虚乌有的"戏"让接受者在情感世界中享受愿望中的生活快感和欣赏自我。

四、结　语

　　一个多世纪以来,对学术界影响最大的莫过于西学东渐。今天,融会贯通中西学已成学术界的一大趋势。本文的根本意图,在于探索如何融汇中西学进行古代戏曲的研究。长期以来,在对古代戏曲文本的阐释上,不少学者立足于戏曲作品本身提出了富有创意、符合中国戏曲实际的见解,但相当一部分研究还沿用着 20 世纪引进的国外模式,或生搬硬套时下流行的西方理论。同时,我们都习惯于对研究对象的赞誉而隔膜于批评,重视对文艺作品外围文化的考察而疏于对内在文化属性和品质的分析。王国维对元杂剧批评的学术价值,也许首先在其表现的批评精神,启示着我们更深入地认知和理解元杂剧,同时也给了我们一个警示:简单地运用西方理论研究中国戏曲是不够的,我们必须立足于本土文化和中国戏曲的实际建构自己的戏曲学;单纯地以传统文人的立场设定评价标准是片面的,我们必须以全历史、全社会人群的生活为学术视野而解读古代戏曲的思想内涵。由此出发,王国维对元杂剧的三点批评今天看来已不能简单认同,因为我们的阐释前提与静安先生大不相同,当代学术要求将所谓"关目拙劣"转变为戏剧结构的命题,"人物矛盾"转变为人物构成的命题,"思想卑陋"转变为思想方式的命题。而进一步的命题则是对元杂剧的文化属性的思考,如果把元杂剧的创作、传播和接受视为一个整体,则元杂剧是文人和大众的共同创造,是文人文化和民间文化的二元复合,是为元杂剧与文人文学本质性的不同所在,元杂剧所以受到王国维的批评,根子即通向这里。而我们的文学研究,对中国古代交叉生存和传播于雅俗两个文化圈的文学(如词、散曲、小说等)内在的二重文化属性,尚缺乏足够的关注和深入的阐释。

李昌集:江苏师范大学　教授

王国维对元杂剧三点批评的当代解读

论"曲祖"《琵琶记》

刘 祯

一、关于"曲祖"

向上尊先是中国文化的基本精神,愈陈愈淳,陈老是一种资格和地位。戏曲从发生发展经历了许多的波折和磨难,而一俟戏曲形成流播,认祖归宗就成为必不可少的履行手续,继而成为人们尤其是艺人们祭奉尊崇的偶像。正统势力正统文化曾几何时对戏曲的发生是遏制的,然而当戏曲成为现实艺术时,人们急转直下,又纷纷以"祖""先"相尚,这同样是一种文化的选择。因而关于"戏祖""曲祖""戏娘""戏神"等的命名就比较得多,也格外的不同。

金代董解元创作了《西厢记诸宫调》,元代钟嗣成认为:

> 董解元,金章宗时人,以其创始,故列诸首云。①

明代叶子奇认为:

> 俳优戏文始于《王魁》,永嘉人作之。②

明代徐渭也说:

> 南戏始于宋光宗朝,永嘉人所作《赵贞女》《王魁》二种实首之。③

明代胡应麟认为:

> 今世俗搬演戏文,盖元人杂剧之变。而元人杂剧之类戏文者,又金人词说之变也。杂剧自唐、宋、金、元迄明皆有之,独戏文《西厢》作祖。④

明代王骥德谈到古本《西厢记》时也说:

> 元剧体必四折,此记作五大折,以事实浩繁,故创体为之,实南戏之祖。⑤

一般认为施惠(君美)是南戏《拜月亭》的作者,清代凌廷堪认为:

> 传奇作祖施君美,散曲嗣音陈大声。待到故明中叶后,吾家词客有初成。⑥

---

① 《录鬼簿》,《中国古典戏曲论著集成》(二),中国戏剧出版社 1959 年版,第 103 页。
② 《草木子》卷四,中华书局 1959 年版,第 83 页。
③ 《南词叙录》,《中国古典戏曲论著集成》(三),第 239 页。
④ 《庄岳委谈》,引自陈多、叶长海选注《中国历代剧论选注》,湖南文艺出版社 1987 年版,第 153 页。
⑤ 《新校注古本西厢记·例》,引自吴毓华编著《中国古代戏曲序跋集》,中国戏剧出版社 1990 年版,第 128 页。
⑥ 赵山林选注《历代咏剧诗歌选注》,书目文献出版社 1988 年版,第 470 页。

嘉靖《瑞安县志》：

> 今所传《琵琶记》，关系风化，实为词曲之祖。（卷八）

明代雪蓑渔者称：

> 《琵琶记》冠绝诸戏文，自胜国已遍传宇内矣。①

这种以作品作家追踪戏曲之"先""祖"，往往是一种文人士夫的行为，重视文本的内容；而民间则与之不同，它所侧重的往往是场上表演和艺人，故其追踪的是人，是人化的神——戏神。比如老郎神、梨园神、田元帅、庄王爷等，在民间看来，他们在戏曲的发展过程中曾发挥过重要作用，故从人的位置上升到神的地位。在民间各地、各声腔剧种中，比较有影响的剧目是《目连救母》，作为戏曲，它最早出现于北宋开封中元节的演出，孟元老的《东京梦华录》对其演出情况有较详细的记载。它在民间有广泛而深刻的影响，许多地方都将其视为"戏祖""戏娘"。

"曲祖""戏祖""戏神"现象所反映的不仅是对有关戏曲历史发生形成溯源的一种理解和认识，更为主要的它折射了人们的一种思想文化观念，在对"曲祖""戏祖"的定义和认知中是融入了主体者的主观意志和精神的，很大程度上反映的是他们对戏剧史观念的观照。这种现象，文化历史的解释比从戏剧发展本身的解释可能更具说服力，也更有价值。这种现象中，文人士夫与民间的差异表现得非常明显，但在对"曲祖"《琵琶记》的推崇认识上却颇多一致，其中所蕴含的思想理念颇有意味，值得我们分析研究。

二、"虽出《拜月》之后，然自为曲祖"

南戏并不始于《琵琶记》，这是戏剧史类乎常识的问题，也正如赵景深阐释的，"凡是一种新的文体的形成和产生，决不是个人的努力所能达到的"。② 这也有先于《琵琶记》的作品为证，事实上高则诚的《琵琶记》本身即是以"宋元旧编"《赵贞女蔡二郎》为底本改编而成的。但是，在中国戏曲发展史上《琵琶记》一直有"曲祖""南戏之祖"的称誉。明代著名的戏曲音乐家魏良辅曾说：

> 《琵琶记》乃高则诚所作，虽出于《拜月亭》之后，然自为曲祖，词意高古，音韵精绝，诸词之纲领，不宜取便苟且，须从头至尾，字字句句，须要透彻唱理，方为国工③。

可见，这种"曲祖"地位，不等于说是戏剧史作品的最早或第一，更不意味戏剧史或南戏是由此而发生的。那么，魏良辅推举《琵琶记》为"曲祖"的理由或标准是什么呢？这就是他在后面所说的一段话"词意高古，音韵精绝，诸词之纲领，不宜取便苟且，须从头至尾，字字句句，须要透彻唱理，方为国工"。魏氏本人是戏曲音乐家，故其评论审视的着眼点主要是音韵格律。由此可见，每一种说法的背后都存在一个与彼不同的标准和基点，而这一个个不同的标准和基点就形成了戏剧史"戏祖""曲祖"纷纭的现象。"曲祖""戏祖"并不意味着戏剧史的第一或最早，但却被倡导者视为圭臬，发挥着示范性的作用，人们在创作演

---

① 《宝剑记序》，侯百朋编《琵琶记资料汇编》，书目文献出版社 1998 年版，第 100 页。
② 《元明南戏考略》，人民文学出版社 1990 年版，第 49 页。
③ 《曲律》，《中国古典戏曲论著集成》（五），第 6 页。

出以及审美评论中会自然不自然地取向趋同,以名作比照,故"戏祖""曲祖"在戏剧史上具有重要的地位。

在"曲祖""戏祖"现象中,高则诚的《琵琶记》最为醒目,也是戏剧史、文化史从明清到当下最有争议的一部作品。作为"曲祖",首先《琵琶记》完成了从民间向文人的过渡。元杂剧先于高则诚的改编创作,是文人与民间结合的典范,在中国戏剧史和中国文化史上都是独一无二的。但一则元代社会特殊,统治者是北方少数民族,政权本身即背离了"大"汉民族,属特例;二是杂剧在元代后期已经式微,对明代以后戏曲的影响也相对比较小。如此说来,《琵琶记》的创作改编具有典范意义,不唯高则诚是"南人",而且南戏又是在宋代汉族的文化土壤中孕育产生的,抑且直接造就了明清传奇的兴盛,《琵琶记》正是处于南戏——传奇过渡的肯綮上。

戏曲——南戏一直不为正统的士夫文人所承认,所谓"士夫罕有留意者"是也。故中国戏剧有那么深厚久远的传统,直到宋代才破壳而生,这个破壳也是悄悄的,拘束于东南一隅的农村乡镇,随时可能被封杀挤压,不能形成显形的流行艺术,在艺术上也必然是粗糙质朴的。经过元代的"思想解放",士夫文人对戏曲的鄙视、不屑一顾发生了变化,尤其是那些志不获展的文人,戏曲成了他们浇自己心中块垒的最佳工具,从而造成了杂剧的辉煌。南戏在元代也出现了复兴的局面,走出农村乡镇,走进了杭州等大城市,涌现出了《荆》《刘》《拜》《杀》四大南戏和高则诚的《琵琶记》。

高则诚是一位深受儒家思想文化教育、濡染的文人,约 1303—1370 年在世,[①]名明,曾字晦叔,自号菜根道人,温州瑞安人。他出生在一个诗人兼隐士的家庭。少以博学称,曾感叹说:"人不明一经取第,虽博悉为?"乃自奋读《春秋》。[②] 他的名字即极富儒家色彩。《中庸》说"自诚明,谓之性。自明诚,谓之教。诚则明矣,明则诚矣。"(第二十一章)显然,高明字则诚的命名源于儒家经典之作《中庸》,其所寄托的含义是显而易见的。他积极入世,"爱飞腾近日边",终于在至正五年(1345 年)登进士第,踏上了他孜孜以求的"兼济天下"的仕途。

高则诚之当时为人所知,不是因为他创作戏曲,那个年代是没有人以创作戏曲来炫耀或被炫耀的,况且《琵琶记》也是他晚年才完成的。他之为人所知,是因为他性格耿直和治事贤能。比起四大南戏作者的不知姓甚名谁或仅知姓名,高则诚的生平资料算是比较丰富的了,不仅生平有记载,还有诗文作品存世。应当说高则诚是一位儒吏,仅凭他的这种身份,他所创作的戏曲作品对戏剧史来说就具有非同一般的意义。

在封建时代,文人士夫与民间的分野十分明显。南戏初期是以"宋人词而益以里巷歌谣,不叶宫调"的形态演出,"士夫罕有留意者",更不要说参加创作了。高则诚及元代其他作家的参与,标志着南戏已走出民间自然状态的演出,开始得到社会正统势力某种程度的认可,出现了与文人结缘的态势,使南戏艺术有些"名正言顺"。高则诚的《琵琶记》不是纯粹的创作,而是改编,其蓝本是南戏"实首之"之一的《赵贞女》。这种改编,不仅确立了文人与民间的交流、融汇关系,而且更有了"曲祖"的意味。

---

① 参刘祯《〈琵琶记〉作者高明生年考略》,《锦州师院学报》1993 年第 1 期;刘祯《高明卒年再考辨》,《阴山学刊》1989 年第 3 期。

② 弘治《温州府志》。

从思想文化发展的角度看,《琵琶记》的出现是对汉族传统礼乐文化、伦理文化的发扬光大。自汉代"独尊儒术"以来,儒家思想就在人们的头脑中占据了绝对的地位,到宋代,理学的形成是这种思想文化发展的一个巅峰。然而颇富戏剧性的是,也就是在这种巅峰状态中,汉族的思想文化遭到了一次前所未有的颠覆、冲击,代表这种思想文化的政权被北方游牧民族所代替,建立了疆域辽阔的元帝国,汉族传统思想文化在旋风般的马蹄下跌落、瓦解,许多异端、非传统的思想文化以一种清新之气弥漫于朝野上下,犹如出现了一场思想的解放。但也正如恩格斯所论述的"在长期的征服中,比较野蛮的征服者,在绝大多数情况下,都不得不适应征服后存在的比较高的经济状况,他们为征服者所同化,而且大部分不得不采用被征服者的语言"。① 征服、统治的过程也是融合、被同化的过程,随着蒙古民族的不断被同化及统治政权的腐败,汉族传统的思想文化出现了复兴的局面,一度为人们所淡漠的汉族礼乐文化、伦理思想重新活跃,汉族人重拾信心,传统伦理传统道德复又昌行,这在文学艺术的创作中体现得非常明显。以杂剧来说,它的产生流行与元代蒙古统治有密不可分的关系,兴盛之时所表现的也颇悖传统,可以说它是标新立异的艺术,然而,到了元代中后期,随着传统思想文化的逐渐复兴,这一题材也侵蚀到杂剧,使其内容发生了重要转变。《琵琶记》之南戏的形式不仅与汉族传统有更密切的关联,而且其题材内容的伦理道德色彩也更为浓烈、系统,所谓"极富极贵牛丞相,施仁施义张广才,有贞有烈赵真女,全忠全孝蔡伯喈",仁、义、贞、烈、忠、孝俱全。更主要的,高则诚的创作明确提出了自己的理论主张"不关风化体,纵好也徒然""只看子孝共妻贤"。他的创作及创作主张,在元代后期是富有号召力和感染力的,朱元璋在推翻元王朝时所明确提出的一个口号就是"驱除鞑虏,恢复中华",以"中华"——汉民族的礼仪、伦理规范人成为顺应人心之举。明朝的建立也确实恢复了汉族思想文化的传统,高则诚的《琵琶记》也就成了富贵家不可无的"山珍海错"。② 明代戏曲、文学创作思潮也深深地打上了这种烙印,邱浚即亦步亦趋,创作了《伍伦全备记》,要"备他时世曲,寓我圣贤言"。③

在艺术上《琵琶记》取得了很高的成就,徐渭评价为"用清丽之词,一洗作者之陋,于是村坊小伎,进与古法部相参,卓乎不可及已"。明代另一位曲论家吕天成评价说:

> 永嘉高则诚,能作为圣,莫知乃神。特创调名,功同仓颉之造字;细编曲拍,技如后夔之典音。意在笔先,片语宛然代舌;情同境转,一段真堪断肠。化工之肖物无心,大冶之铸金有式。关风教特其粗耳,讽友人夫岂信然?勿伦于北剧之《西厢》,且压乎南声《拜月》。④

将《琵琶记》列为"神品"第一。它的艺术成就得到了文人与民间的共同认可。

《琵琶记》完成了戏曲戏剧性的结构体制,对明清传奇创作有深远的影响。之前的戏曲结构主要是单线递进的,也有双线的如《张协状元》《宦门子弟》等,但《琵琶记》已十分完善,结构严谨、鲜明,两条情节线索交错发展,双向互动。不仅增强了戏曲的戏剧性、生动性,而且直接为塑造人物性格服务。蔡伯喈进京赴试后,情节一分为二:蔡伯喈之在京城,

---

① 《马克思恩格斯选集》第3卷,人民出版社1972年版,第222页。
② 《南词叙录》,《中国古典戏曲论著集成》(三),第239页。
③ 《伍伦全备记》"开场词"。
④ 吴书荫校注《曲品校注》,中华书局1990年版,第5页。

赵五娘之留守陈留,两条线索交织进行,不仅是贫富悬殊的对比,更着力于人物思想性格的对照,推动戏剧冲突的深入发展。《琵琶记》的布局和结构,经过作者的刻意经营,极富独创性,"在他以前的戏文的布局和结构,在当时南戏的剧坛上,是独树一帜的。它的布局、结构的方法,被后世的传奇作者视为圭臬"。①

对《琵琶记》的格律后人颇多争议,根据之一是高则诚自己在剧中所说的"也不寻宫数调"。钱南扬认为:"高明自己虽提出了'也不寻宫数调'的口号,但实际《琵琶记》的格律,要比过去的戏文整饬完备得多,可以说集格律之大成。所以后世曲谱征引曲文,在数量上,《琵琶记》总是占第一位,甚至誉之为'词曲之祖'。在《琵琶记》中,对于曲牌节奏的缓急,性质的粗细,声情的哀乐,以及搭配方面的联套、专用和兼用,宜叠用和勿宜叠用等,都结合具体戏情,安排得十分妥帖。"②

总之,《琵琶记》作为"曲祖"主要不是时间意义的,而是创作观念、文化取向、艺术成就、典范作用及对后世产生的影响等多方面的,"曲祖"奠定了《琵琶记》在中国戏剧史和文化史上的地位。

三、《琵琶记》之"矛盾":从民间到文人

《琵琶记》问世不久,人们对其就有"矛盾"的看法,比较典型的是明初皇帝朱元璋,一方面激赏它是"山珍海错",富贵家不可无,另一方面又感叹"惜哉!以宫锦而制鞋也"(《南词叙录》),表现了封建时代统治者对戏曲形式的偏见。20世纪50年代以来,围绕思想内容的讨论、争论一直持续到世纪之交,规模最大的一次自然是1956年在北京举行的《琵琶记》大讨论,历时近一个月。有人说它基本上是一部现实主义作品,有人说它是反现实主义作品;作品既有人民性,又有封建性,糅杂在一起;作者的主观动机与作品的客观效果存在着矛盾,等等。③ 何其芳认为:《琵琶记》是一个内容比较复杂的作品。在它里面,两种矛盾的成分,对于封建道德的宣扬和对于封建社会封建道德的某些方面的暴露,概念化的弱点和现实主义的描写,同时存在,而且它们是那样紧密地交错在一起。"④徐朔方认为"引人注目的是尽管伦理道德在中国文学中受到如此重视,它几乎笼盖一切作品,谁也不能同它绝缘,但却不在一个优秀作品中成为主导。以它为主导的作品差不多只能以它们的失败作为鉴戒才偶而被人提及。无论统治者怎样提倡,充其量奏效于一时,而无能为力于不久之后的公论。《琵琶记》是以伦理道德为主导而获得成功,受到重视而又由于它的深刻矛盾而引起争论的独一无二的作品。"⑤

《琵琶记》的复杂性、矛盾性,它主题原旨理解的歧义纷纭,我们认为是由作者改编创作中民间——文人之发展及文人自身深刻的思想反思、思想矛盾所致。从作者生平思想出发,从元代后期的社会现实出发,发现并理解作品中的这种变化和表现,能够帮助我们解开《琵琶记》思想主旨之谜。

---

① 张庚、郭汉城主编《中国戏曲通史》(上),中国戏剧出版社1980年版,第301页。
② 钱南扬《戏文概论》,上海古籍出版社1981年版,第151页。
③ 参《琵琶记讨论专刊》,人民文学出版社1956年版。
④ 《〈琵琶记〉的评价问题》,《论红楼梦》,人民文学出版社1963年版。
⑤ 《论〈琵琶记〉》,《杭州大学学报》1992年第2期。

《琵琶记》是高则诚改编创作的,其前身是宋代戏文《赵贞女》,该剧剧本已无存,据《南词叙录》可知是讲"即旧伯喈弃亲背妇,为暴雷震死。里俗妄作也"。是一出悲剧,但剧情过于简单。现据皮簧剧《小上坟》一段唱词可以更详细地了解戏文之情节:

> 正走之间泪满腮,想起了古人蔡伯喈。他上京中去赶考,一去赶考不回来。一双爷娘都饿死,五娘子抱土筑坟台。坟台筑起三尺土,从空降下一面琵琶来。身背着琵琶描容相,一心上京找夫回。找到京中不相认,哭坏了贤妻女裙钗。贤慧的五娘遭马踹,到后来五雷轰顶是那蔡伯喈。①

蔡伯喈(邕)是汉代历史人物,不过与戏曲中的塑造不同,他在历史上以孝著称。《后汉书·蔡邕列传》云"邕性笃孝,母尝滞病三年,邕自非寒暑节变,未尝解襟带,不寝寐者七旬。母卒,庐于冢侧,动静以礼,有菟驯扰其室傍,又木生连理,远近奇之,多往观焉。"除戏曲外,讲唱文学中也有类似的作品,陆游《小舟游近村舍舟步归》之四云"斜阳古柳赵家庄,负鼓盲翁正作场。死后是非谁管得,满村听唱蔡中郎。"还不只是蔡伯喈的故事,戏文《王魁》,官本杂剧《李勉负心》《王宗道休妻》等都是婚变负心作品。这种悲剧作品的产生与宋代社会现实、科举制度及门第观念有直接的关系,对于"朝为田舍郎,暮登天子堂"而又另谋别娶的负心男人,老百姓深恶痛绝,对被遗弃的劳动妇女,人们充满了同情。所以对"弃亲背妇"者,报之以"暴雷震死"的结局,反映了民间朴素的道德思想感情,鲜明的爱憎好恶。据研究,"在高明之前,《赵贞女蔡二郎》已经改为《蔡伯喈》,男主角比以前更为吃重,可能意味着它由反面角色到正面人物的转变"②,高则诚完成了这一故事的"翻案",蔡伯喈中举后"三被强",造成了家庭的悲剧,但这不是他的主观所为,故虽遭到指斥、谴责,但仍以一夫两妻、夫妻团圆旌表结束。

高则诚的改编,使这一故事的立场由民间转移为文人。高则诚出仕多年,他任职之处都受到当地各界的欢迎。初任处州录事,去任时,"民立去思碑"③;在江浙省橡史任上,他"从参政樊执敬核实平江圩田,蠲租米尤征者四十万石"④;在庆元路推官任上,"四明狱因多冤,明平反允当,人称神明"⑤。高则诚性格耿直,可以说是一位清官。他对基层百姓的生活与困苦非常熟悉,充满了同情,他的志向就是"欲挽银河水,好与苍生洗汗颜"⑥,他的思想经历,使他在改编《赵贞女》时,能对原作的人民性有比较深刻的理解,故吸收民间创作较多,尤其是对在赵五娘这一人物身上,集中地体现了中国古代劳动妇女勤劳、贤慧、吃苦、敬老等品德。民间对这一人物的创作奠定了很好的基础,高则诚在此基础上以其对民间的了解和关怀,以饱满的热情和生花妙笔塑造了这一不朽的劳动妇女形象。高则诚对赵五娘这一人物颇多创造,最经典的"糠和米本一处飞"就是高则诚的神来之笔。⑦ 在赵五娘这一人物的塑造上,高则诚与民间创作保持了高度的一致。

其实,在对蔡伯喈这一人物的塑造上,高则诚与民间的创作也不存在根本性的矛盾冲

① 引自周贻白《中国戏剧史》,第 317 页。
② 《论〈琵琶记〉》,《杭州大学学报》1992 年第 2 期。
③ 嘉靖《瑞安县志》。
④ 弘治《温州府志》。
⑤ 嘉靖《宁波府志》。
⑥ 嘉靖《宁波府志》。
⑦ 侯百朋编《琵琶记资料汇编》,书目文献出版社 1989 年版,第 2 页。

突。自然,民间创作与高则诚改编本中对蔡之态度和蔡之结局是不同的,但这种不同取决于蔡氏在剧中怎么做和是个什么样的人,如果是民间本之"弃亲背妇",高则诚也会同意"暴雷震死"的;反之,高则诚剧中之"三被强"虽然暴露了文人的优柔寡断和妥协让步,但不是蔡氏恶意为之,想必即使是交给民间,这样的蔡伯喈也不会让其"暴雷震死"的。高则诚对这一故事的改编——尤其是对蔡氏的改编,不等于说他不同意民间的选择,只不过在高则诚时期或对高则诚来讲,"弃亲背妇"、谴责负心可能不似宋代具有那么强烈的时代色彩,或者可以说这一故事在元代后期其典型意义已消解。不少人都认为高则诚的改编是在为历史人物蔡伯喈"翻案",历史上的蔡氏确实是一位孝子,但"翻案"说只局限于还原历史的本来面目,没有看到作品出现的现实动机,也确确实实忽略甚至是抹杀了作家在创作中的主体性。

高则诚的改编,是出于高则诚表达思想的需要、创作的需要,其他都属于其次。宋代与元代文人的地位和处境是很不相同的,这也决定了他们在宋、元文艺作品中形象的差异,高则诚身为文人,他对文人的认识、感受想必与宋代民间的眼光大异其趣。作品中所标榜的蔡伯喈思想特征是"全忠全孝",仔细抽绎,这可能仅仅是戏曲演出时的一种宣传,蔡氏形象的全部意义在于孝,在封建社会讲求的忠孝两全之忠,在作品中是黯淡的,甚至能隐约嗅出作者的排斥和否定。除了"题目"上之"全忠全孝"外,剧中殊少言忠。在标榜高则诚思想主张的第一出中,"只看子孝与妻贤",强调的是"孝"与"贤"。第二出蔡氏一上场就自夸"高才绝学",但"沈吟一和",看重的还是"怎离双亲膝下?且尽心甘旨,功名富贵,付之天也"。之后朝廷黄榜招贤,当地方将其保申上司时,他仍然是一百个不愿意,"人爵不如天爵贵,功名争似孝名高","终不然为着一领蓝袍,却落后了戏彩斑衣"。(第四出)甚至在中举后庆贺的宴会上,他也忧心忡忡,"传杯自觉心先痛,纵有香醪欲饮难下我喉咙。他寂寞高堂菽水谁供奉?俺这里传杯喧哄",(第九出)要辞官辞婚。科举是取得功名富贵的敲门砖,也是尽忠之阶,但剧中不仅没有言忠,即使在和"忠"关系密切的当儿,如科举中举后被赐官,他耿耿于怀的仍是回家。除为议郎后他有一大段内心独白:

> 鳌头可美,须知富贵非吾愿。雁足难凭,没个音书寄此情。田园荒了,不知松菊犹存否?光景无多,争奈椿萱老去何?自家为父亲所强,来此赴选。谁知逗留在此,竟然不归?今又复拜皇恩,除为议郎。虽则任居清要,争奈父母年老,安可久留他乡?天那!知我的父母安否如何?知我的妻室如何看待我的父母?待自家上表辞官,又未知圣意如何? 正是:好似和针吞却线,刺人肠肚系人心。(十二出)

在皇帝身边,亲沐圣恩,却"好似和针吞却线",要"上表辞官",他的所作所为不仅谈不上忠,简直是有些忤逆不道了。忠是作者所回避和排斥的,一些明明该涉及言忠的地方,作者都以功名代替了。

在对待蔡伯喈的态度上,民间与高则诚并不存在不可调和的矛盾,蔡氏的孝有非常具体的内容,他也是以孝的名义回绝、抵消忠的。张大公对蔡氏的态度代表的是民间的立场,开始时他对蔡氏一去不归,致家人不幸不理解,持批判态度,认为他生不能事,死不能葬,葬不能祭,"这三不孝逆天罪大,空打醮枉修斋"。当明白蔡氏"三不从"的无奈和苦衷后,张大公立刻予以谅解"这是三不从把他厮禁害。恁的呵,三不孝亦非其罪。这只是他爹娘福薄运乖,人生里都是命安排"。(三十七出)误会之后,对蔡氏更多同情。

蔡氏的舍忠取孝,是高则诚的选择,也是元代后期社会发展的选择。高则诚从小即受到儒家思想文化的教育,"少小慕曾闵,穷阎兀幽栖"①,孝是他所看重的,他的另一部南戏作品《闵子骞单衣记》(已佚)也是表现伦理内容的,诗文创作中也有不少提倡和宣传孝伦理的内容,如《孝义井记》《华孝子故址记》《王节妇诗》等。在出仕的第一任处州录事位上,他曾为孝女陈妙珍刲股剔肝为祖母治疾,上其事,请旌陈孝女。② 他汲汲于功名,但出仕后就发现仕途的坎坷。至正十一年(1351 年)调任浙东闽幕都事,"既开幕府,乃以论事不合,避不治文书"③,在秩满与朋友告别的宴席上,他的思想已经开始转变,笑谓座中曰:"前辈谓士子抱腹笥,起乡里,达朝廷,取爵位如拾地芥,其荣至矣;殊知为忧患之始乎! 余昔卑其言,于今乃信。"④又经过十多年的奔波,高则诚终于弃官隐居。他的隐居是基于对仕途、对统治政权的绝望,故无可言"忠",而"孝"则愈发意识到是为人之根本。他的仕宦之旅、人生经验,是创作《琵琶记》、塑造蔡伯喈形象的基础和条件。

元代后期,一方面汉族文化、汉族伦理在经过了元初的碰撞、融合后开始复兴,另一方面元代统治政权已岌岌可危,阶级矛盾、民族矛盾日益激化,各地农民起义不断。本来对蒙古统治者人们就心存芥蒂,并不甘心,随着元末社会矛盾的复杂化、尖锐化,人们的离心力更强,自然也就谈不上什么"忠",不愿意谈什么"忠",无有尽忠的对象。对于高则诚这样一位经历过宦海磨难的人来讲,有孝,有功名,却没有忠。所以,蔡伯喈为孝而"三不从",因"三不从"而苦恼,在皇恩沐浴中的过于理智、冷静,却从来没有想到去"尽忠"。不仅在赵五娘这一人物身上,文人与民间是统一的;在蔡伯喈形象上,文人与民间的认识也是统一的,而孝是连接民间——文人的纽带。

四、"一部《琵琶》,止为蔡伯喈一人"

李渔在谈到传奇"立主脑"时曾说:

> 一本戏中,有无数人名,究竟俱属陪宾;原其初心,止为一人而设。即此一人之身,自始至终,离合悲欢,中具无限情由,无穷关目,究竟俱属衍文;原其初心,又止为一事而设。此一人一事,即作传奇之主脑也。然必此一人一事,果然奇特,实在可传,而后传之,则不愧传奇之目,而其人其事与作者姓名皆千古矣。如一部《琵琶》止为蔡伯喈一人,而蔡伯喈一人,又止为重婚牛府一事。⑤

李渔"一部《琵琶》止为蔡伯喈一人"可谓真懂高则诚,《琵琶记》的改编确实也只是为了蔡伯喈一人。写蔡伯喈,也是写高则诚自己,写自己的人生经验,自己的探索、反思,抒发自己感情之块垒。

高则诚之仕宦终结,是蔡伯喈思想行为的起点。元初科举之废,使文人失去了进身之阶,沉抑下僚,满腹牢骚,这在前期的杂剧、散曲作品中多有反映。延祐年间重开科举后,文人可以说欣喜若狂,笼络了不少人。高则诚就是一位热衷者,陈与时在《送高则诚赴举

---

① 刘基《从军诗五首送高则诚南征》。

② 宋濂《丽水陈孝女传碑》,《宋文宪公全集》卷二十三。

③ 赵汸《送高则诚归永嘉序》。

④ 同上。

⑤ 徐寿凯注释《李笠翁曲话注释》,安徽人民出版社 1981 年版,第 18 页。

兼简梅庄兄》诗中说："我怀老退居江左,尔爱飞腾近日边。此去鳌头应早得,翁翁种德已多年。"①中举仕宦多年后,高则诚终于选择了隐居,隐居对高则诚肯定不是最佳选择,而是不得已而为之。对寄托了自己思想、理想的艺术化身蔡伯喈来说,就不必是一位隐者了。因为高则诚不得已从仕途中脱身,但"与苍生洗汗颜"的愿望是不灭的。他的实践行为由于现实的无情而停止了,不过思想、理性的探索却更深入、执着了。《琵琶记》中蔡伯喈形象有许多的彷徨、犹豫,瞻前顾后,不果断,正是高则诚作为一位思想探索者矛盾心理的反映或折射。

高则诚在至正后期结束了自己的仕宦生涯,这个结束同时标志他思想探索进入了一个新的阶段。蔡伯喈是他思想探索的延续和升华,在这一人物身上是寄托了高则诚的理想精神的。所以,蔡伯喈的出场不似一般的士子,对科举跃跃欲试,而是非常冷静,将功名富贵付之天也,不愿离家,要"尽菽水之欢,甘齑盐之分"。这种态度,是对昔日高则诚"爱飞腾近日边"的反讽和背弃。高则诚的悲剧是"爱飞腾近日边"的悲剧,而蔡伯喈的悲剧是心灵探索找不到出路的悲剧,其差异在于蔡伯喈对现实从一开始就不抱任何幻想,作者为他的人物积累和总结了经验。

封建时代,人们的功名事业与对君王的尽忠是分不开的。高则诚艰难的仕宦生涯使他最终放弃、否定了功名,亦即放弃了对君主的尽忠,何况元代的君王是异族,人们本来就心存芥蒂呢! 所以,蔡伯喈对功名不屑一顾,"三不从"中重要的一项就是"辞官",尽管他亲沐圣恩,也不以为然。元代后期儒家思想、汉族伦理文化的回归、复兴中,忠孝是其中核心的内容。《琵琶记》是一部反映时代呼声并代表了一种思想文化走向的作品。高则诚的创作态度是严肃的,他关系"风化"的思想,在传统的回归中有自己新的探索和理解,在赵五娘形象中更多地秉承了传统,贤慧贞烈,吃苦忍耐,多为他人着想。作为女性,也决定了作者在这一人物身上难有更多开拓。蔡伯喈可说是一位新型孝子的典型,他的孝是排除了"忠"的,他真正看重的只有孝,在他看来,"行孝于己,责报于天","人爵不如天爵贵,功名争似孝名高"。这种孝本身没有更多新的内涵,但结合高则诚的经历和元末动荡的社会现实,这种退守是积极的,表现了作者出淤泥而不染的操守,没有对传统伦理作机械的理解、追随。

蔡伯喈标举孝,人们更多关注的也是他的孝。事实上,蔡伯喈形象的意义主要不在于他的思想理念,而在于他的动作行为,在于他"三不从"与"三被强"的冲突斗争,在强大的社会机器、深厚的伦理文化中,他一点点简单基本的自我意识都要被消解、融化掉。孝是一个符号,文化和伦理的符号,它与功名、权势、富贵的对立,以及由对立、冲突而引发的思想的苦闷、彷徨和痛楚,是经历了异族统治、伦理回归后有思想的文人超越传统的矛盾和无措:一方面不能仅仅满足于文化与伦理的回归,回归是远远不够的;一方面在超越传统的时候又看不到新的出路。孝的内容是传统的,为孝而做的努力是朦胧的,但它有区别于传统的因素。在高则诚的时代,在蔡伯喈形象身上,自然看不到明中后期启蒙思想的萌芽,但从蔡伯喈不屈服于传统和权势,不慕功名富贵,寻找"孝",寻找自我和为寻找自我经历的痛苦中,从他执拗的个性中,能够看到经历了蒙古民族旋风般冲击后汉民族思想文化的发展,思想者探索的路径。高则诚是痛苦矛盾的,蔡伯喈是痛苦矛盾的,他们甚至可能不很明白自己痛苦在什么地方,因而也就根本不会有什么结果,蔡伯喈也只能是和合、妥

---

① 《清颖一源集》卷一。

协,求得一个无可奈何的一夫两妻。而到了明代中后期,随着启蒙思想的萌芽发展,李贽、黄宗羲、顾炎武、王夫之等思想家的出现,汤显祖《牡丹亭》等的问世,这种新的思想终于勃发,不再朦胧,不再只是内心的躁动。

从中国戏剧中国文化史来看,我们可以说,蔡伯喈是个痛苦者,是个思想者,这是这一形象独特的贡献和价值所在。他的痛苦从一出场就开始了,并且这种痛苦不是属于个人一己之念的,而是一种文化伦理的,逼他赴试的不只是"高堂严命",也不只是"郡中保申",实际上还有他自我的潜意识,只是这种潜意识被表面的"显"意识掩盖了,不为人所留意。在他的痛苦矛盾中,除个人与社会、权势的冲突外,更主要的就是这种潜意识的作用。这种潜意识来自高则诚对人生对社会对伦理文化的执着与关怀。《琵琶记》所要表现的就是蔡伯喈的痛苦和矛盾,痛苦和矛盾可以概括蔡伯喈、概括《琵琶记》的题旨。当"三不从"变为"三被强"时,蔡伯喈的痛苦和矛盾达到了高潮:

【二犯渔家傲】思量,幼读文章,论事亲为子也须要成模样。真情未讲,怎知道吃尽多磨障?被亲强来赴选场,被君强官为议郎,被婚强效鸳鸯。三被强衷肠说与谁行?埋怨难禁这两厢,这壁厢道咱是个不撑达害羞的乔相识,那壁厢道咱是个不睹是负心的薄幸郎。

【雁渔序】悲伤,鹭序鸳行,怎如乌鸟反哺能终养?谩把金章,缩着紫绶,试问斑衣,今在何方?斑衣罢想,纵然归去,又怕带麻执杖。只为他云梯月殿多劳攘,落得泪雨似珠两鬓霜。

其实,高则诚想要做的,也就是把一个思想者在探索、追求过程中内心的情感情愫、苦闷矛盾宣达出来。落实到剧中,就有蔡伯喈的"三不从"与"三被强",为了突出和强化作者的主旨,表现人物的痛苦和矛盾,作品在结构情节时留下了许多针线不密的地方。李渔就曾指出:"元曲之最疏者,莫过于《琵琶》,无论大关节目背谬甚多:如子中状元三载,而家人不知;身赘相府,享尽荣华,不能自遣一仆,而附家报于路人;赵五娘千里寻夫,只身无伴,未审果能全节与否,其谁证?诸如此类,皆背理妨伦之甚者。"①根据元朝的法律,父母丧亡乃"人伦重事",给假限 30 天,还要除去马程日行 70 里,期间的俸钞照样支给。② 然而为了强化蔡氏的悲剧性,父母去世蔡氏一无所知,成了"生不能事,死不能葬,葬不能祭"逆天罪大的"三不孝"。所有这些针线不密之处,高则诚本人未见得不知晓,只是顾不得,或他认为不重要,如王国维在论述元曲时所说的"关目之拙劣,所不问也;思想之卑陋,所不讳也;人物之矛盾,所不顾也;彼但摹写其胸中之感想,与时代之情状",③他贡献给社会的是一个痛苦、矛盾、心灵倍受煎熬的悲剧人物,这一人物有自己独立的思想和人格,不同于流俗,执着坚定,他的矛盾和痛苦,是思想者、探索者的矛盾和痛苦,因而对中国戏剧史、思想文化史来说,自有其特别的价值和意义。

刘祯:中国艺术研究院　研究员

梅兰芳纪念馆　馆长

---

① 徐寿凯注释《李笠翁曲话注释》,安徽人民出版社 1981 年版,第 23 页。
② 《通制条格》卷 22"奔丧迁葬",浙江古籍出版社 1986 年版,第 267 页。
③ 《宋元戏曲史》,《王国维戏曲论文集》,中国戏剧出版社 1984 年版,第 85 页。

论「曲祖」《琵琶记》

明清曲师戏曲史地位的再认识
——以南北曲曲师考为考察对象

刘水云

在中国古代戏曲发展进程中,曲师作为"戏曲"之"曲"的执掌者和"戏"的教演者身兼授曲和教戏的双重职责,其作用至大且巨。然而,相对于明清戏曲作家、演员所获的重视,学界对于曲师的关注则明显不够。重新审视曲师的历史地位和贡献,是从事明清戏曲史研究必须面对的问题。出于突出重点的考量,本文将研究对象限定于从事明清主流戏曲即传奇、杂剧订谱、教习的南北曲曲师这一具有代表性的群体。

一、曲师定谱正拍是剧本搬演的重要前提

曲师的定谱正拍是剧本的创作和搬演的重要环节。戏曲剧本大致可以划为案头阅读本(案头本)及舞台演出本(台本)两种形态,而这两种形态剧本的定本或订谱多有曲师的参与。明清传奇、杂剧剧本的填词可由熟悉曲律的剧作家单独完成,但其订谱、点板有赖专业曲师。王奕清等编《曲谱·凡例》称:"操觚之士,但填文辞,惟梨园歌师,习传腔板耳。"①这种情况在传奇戏曲初兴的明嘉靖年间即已肇其端。如陆采撰《明珠记》,"集吴门老教师精音律者逐腔改定,然后妙选梨园子弟登场教演,期尽善而后出"②;李开先传奇作品仍被王世贞讥为须"令吴中教师十人唱过,随腔字字改妥,乃可传耳"③。在传奇作家、作品盛极一时的晚明时期,传奇作家也多不谙曲律,导致剧作"按拍者既无绕梁遏云之奇,顾曲者复无辍味忘倦之好"。④(卷五)如汤显祖剧作因无曲师审音正谱,被目为"案头之书"⑤,饱受后人訾议。汤显祖虽"自掐檀痕教小伶",且一再告诫他的专用宜伶戏班"《牡丹亭记》要依我原本,其吕家改的,切不可从"⑥。但其《牡丹亭》等剧作因填词不遵曲律,终难逃被吕胤昌、沈璟、臧懋循、冯梦龙等众多曲家改订、删削的命运。汤显祖剧作的风行舞台,得益于众多像钮少雅、叶堂等众多吴中曲师的订谱格正。⑦北《西厢》在明代的流行,也离不开曲家、曲师们的订谱和正拍。如明张道濬《秘本〈西厢〉略则》称:"词有正拍,合弦索也,其习俗讹烦者,删。"⑧

---

① 王奕清等《钦定曲谱》,民国十三年(1924)扫叶山房石印本。
② 钱谦益《列朝诗集》,续修四库全书影印清顺治九年毛氏汲古阁刻本,丁集卷三。
③ 王世贞《曲藻》卷三,中国古典戏曲论著集成,中国戏剧出版社1959年。
④ 臧懋循《元曲选后集序》,《负苞堂文选》,《续修四库全书》影印明天启元年臧尔炳刻本,卷五。
⑤ 汤显祖《紫钗记题词》:"记初名《紫箫》,实未成,亦不意其行如是。帅惟审云:'此案头之书,非台上之曲也。'姜耀先云:'不若遂成之。'"
⑥ 汤显祖《与宜伶罗章二》,《玉茗堂全集·尺牍》,《续修四库全书》影印明天启刻本,卷六。
⑦ 如钮少雅《按对大元九宫词谱格正全本〈还魂记〉词调》、叶堂《纳书楹玉茗堂四梦谱》。
⑧ 张道濬《秘本〈西厢〉略则》,《张深之正北西厢秘本》明崇祯十二年刊本,卷首。

清代剧作家戏曲音律造诣远逊明代,故剧本的定本须有曲师的协助(案头剧除外),而曲师的作用更是空前凸显。如《长生殿》《桃花扇》这两部产生于康熙年间代表传奇最高成就的巨著,即是作家与曲师完美协作的结果。其中《长生殿》正谱者为苏州曲师徐麟(字灵昭)。①《桃花扇》的谐律,则得益于苏州曲师王寿熙订谱正拍。② 与《长生殿》《桃花扇》二剧产生时间相近的曹寅《太平乐事》《北红拂记》二剧,其订谱及部分宾白由曲师王景文承担。③

　　乾隆之后,传奇、杂剧案头化倾向更趋严重,填词与订谱基本分离。这可以从某些剧作的刊刻题署见其端倪。如乾隆间著名戏曲家蒋士铨剧作大多有剧本正谱、正拍者的署名。其中,红雪楼原刊本《一片石》《桂林霜》《四弦秋》《雪中人》《香祖楼》《临川梦》《第二碑》正谱者分题为"真州吴承绪芬馀正谱""凤翔杨迎鹤松轩正谱""鹤亭居士正拍""泰安李士珠宝岩正谱""新城种木山人定谱""长白明新春正谱""见亭外史正谱";《清容外集》十二种所收刻本《采樵图》《采石矶》《庐山会》均题为"新安江春鹤亭正谱"。诸剧所题正谱或正拍者虽未必属专业曲师,但都谙于戏曲音律且与剧作家交谊甚深。如为蒋士铨戏剧正谱、正拍的盐商江春精通戏曲音律,蓄有"德音""春台"两戏班,他与戏曲家蒋士铨的交往,堪称乾隆年间曲坛佳话。蒋士铨在担任扬州安定书院山长期间,常年出入江春园林康山草堂,诗文唱酬、顾曲品剧,创作了《雪中人》《香祖楼》《临川梦》《四弦秋》等剧作,并请江春为之撰序、题诗或正谱。蒋士铨《四弦秋》杂剧的撰作,乃应江春之邀。江春《四弦秋·序》曰:

　　　　适铅山蒋太史心馀过我秋声馆……偶及《琵琶行》,旧人撰有《青衫记》院本,命意遣词,俱伤雅道。太史工填词,请别撰一剧湔雪之,太史欣然诺从。阅五日即脱稿,题曰《四弦秋》。……亟付家伶,使登场按拍,延客共赏。则观者欷歔太息,悲不自胜,殆人人如司马青衫矣。

　　从江春所撰《序》文交代了《四弦秋》的撰作缘起,以及该剧由其家班搬演过程,而对于他为《四弦秋》的正拍,并无一语及之。其中"使登场按拍"之"按拍"者,应非江春本人,很可能是江春家班"德音"班专职曲师张仲芳④,张仲芳还与清唱鼓板师顾以恭同谱《五香球》传奇。⑤ 至于红雪楼原刊本《四弦秋》署"鹤亭居士正拍",表明该剧刊刻时江春主导了剧本的正拍。必须指出的是,剧本刊刻前的正谱、正拍可以由曲师或曲家承担,但剧本搬演时的订谱、按拍则须由专门曲师担任。剧作家所撰定的"案头之曲",必须经过专业曲师的打谱、按拍、排演才能转化为舞台搬演的"场上之曲"。如金兆燕完成《旗亭记》填词后,卢见曾"爱其词之清隽,而病其头绪之繁,按以宫商,亦有未尽协者。乃期之于西园,与共

　　① 洪升《长生殿·例言》称:"予自惟文采不逮临川,而恪守韵调,罔敢稍有逾越。盖姑苏徐灵昭氏,为今之周郎,尝论撰《九宫新谱》,予与之审音协律,无一字不慎也。"
　　② 孔尚任《桃花扇》传奇本末:"前有《小忽雷》传奇一种,皆顾子天石代予填词。予虽稍谙宫调,恐不谐于歌者之口,及作《桃花扇》时,天石已出都矣。适吴人王寿熙者,丁继之友也,赴红兰主人招,留滞京邸。朝夕过从,示予以曲本套数,时优熟解者,遂依调谱填之。每一曲成,必按节而歌,稍有拗字,即为改制,故通本无聱牙之病。"
　　③ 曹寅《太平乐事》第九出《卖痴呆》立亭批语:"宾白半出曲师王景文。景文侍柳山先生十年,后搁笔能诗古文辞。年末五十以病殒,传宫调者遂无人矣。"
　　④ 酿花使者《花间笑语》卷一:"(江春)家乐德音部,皆吴门老集秀部名伶。……此外往来门下者,则教师张仲芳、老外孙九皋、老生陈应如、小生张维尚。"
　　⑤ 李斗《扬州画舫录》卷十一:"清唱鼓板与戏曲异,戏曲紧,清唱缓,……此技苏州顾以恭为最。先在程端友家,继在马秋玉家,与教师张仲芳同谱《五香球》传奇。"

商略,又引梨园老教师为点板排场,稍变易其机杼,俾兼宜于俗雅"。① 黄振《石榴记》的定本,则是得到了曲师颜毓斋的协助。② 《柴桑乐》从案头到登场,就是剧作家江大键(署名方轮子)与曲家徐观政(署名抱瓮子)、曲师(周亮彩)通力合作的结果。据抱瓮子《柴桑乐序》曰:

> 南邻方轮子,老名士也。诗文之余,更善元人之技。时过小园,相与较讹正舛。戊午晚秋,篱间黄菊灿然。同饮窗下,忽发填词之兴,即陶渊明先生故事。共数晨夕,越一月得剧八出。命名《柴桑乐》,手付家伶演之。③

徐观政所撰《序》,交代《柴桑乐》的撰作过程,未及该剧的正谱、按拍者,但据稿本题署"如皋方轮子填词,南园抱瓮子正谱,吴门周亮彩按拍"。其中,按拍者周亮彩应为徐观政家乐曲师。谢章铤称传奇创作当由"明人正谱、良工按拍、一遇佳词、增色十倍"。④就一般情形言,"正谱"者多为文人曲家,而"按拍"者多为专业曲师。

晚清"文人多哑曲"⑤,剧本的正谱、按拍全凭曲家、曲师主张。如多产戏剧家洪炳文戏剧大多由吴县曲家李遂贤正谱。⑥ 戏作家林纾曾拟剧中人践卓翁说白,称其"昨遇同里谢君,说他一生事实,动起老汉传奇之兴,成此一篇臭腐文字。虽然臭腐,倒也近情,要请我老友后斋先生正谱,不知他肯也不肯"。⑦显示出文人的剧作家依傍曲师的尴尬处境。

二、曲师的授曲教戏是演员培养的核心内容

演员的授曲教戏是曲师或教习的主要职责。若以命名方式相区分,大抵曲师重在制谱、授曲和教白,教习还须兼顾教曲之外的教戏、导剧及演员管理等多方面任务。但实际情况是二者职责从未严格区分,是一而二、二而一的关系,故以曲师统称之,殊为简便。在传奇杂剧盛行的明清两朝,举凡宫廷乐部、官署戏班、家乐、民间戏班曲社都须凭曲师的教演,宫廷、职业戏班须由曲师指导固不待言,而最容易引起误解的家乐教演也主要依赖于曲师。像阮大铖、李渔、冒襄、查继佐、李调元一直被认为是亲执檀板、自教家乐的代表。如阮大铖"其串架斗笋、插科打诨、意色眼目,主人细细与之讲明,知其义味,知其指归,故咬嚼吞吐,寻味不尽"⑧;李渔"家蓄声伎,填词成彻,使习演当场,亲为度曲,凡所指授,引声赴律,铢两不爽。教师善才莫能及"⑨;查继佐"尽出其囊中装买美鬟十二,教之歌舞"⑩;李调元"余家居无事,多雇人家小僮,亲为课曲"⑪。其实,家乐主人参与教演乃一时兴之

---

① 卢见曾《旗亭记序》,《雅雨堂文集》,《续修四库全书》影印清道光二十年卢枢清雅堂刻本,卷二。

② 黄振《石榴记·凡例》第十二则:"南徐颜毓斋最工音律,余甫脱稿,即与手谱工尺,撼笛调之,稍有不协,即行改正。故通部无生涩诘屈之病。"

③ 方轮子《柴桑乐》,南京图书馆藏稿本。

④ 谢章铤《赌棋山庄词话》,《续修四库全书》影印清光绪十年陈宝琛南昌使廨刻赌棋山庄全集本,卷九。

⑤ 谢章铤《赌棋山庄词话》,《续修四库全书》影印清光绪十年陈宝琛南昌使廨刻赌棋山庄全集本,卷九。

⑥ 沈不沉《李遂贤题〈芙蓉孽〉传奇》称:"李遂贤,字仲都,号寄堪,别署香山居士,江苏吴县人。知音律,善画。洪炳文戏曲作品大都由他正谱。"《洪炳文集》,上海社会科学出版社2004年版,第541页。

⑦ 林纾《梁州新郎》,《天妃庙传奇》商务印书馆1917年版,卷末。

⑧ 张岱《阮圆海戏》,《陶庵梦忆》,《续修四库全书》影印清乾隆间王文诰评本,卷八。

⑨ 陶孚尹《送李笠翁归武林序》,《欣然堂集》,清康熙五十一年陶青铨刻本,卷八。

⑩ 张潮《虞初新志》,《续修四库全书》,影印清康熙三十九年刻本,卷十六。

⑪ 李调元《僧道不可学戏志》,《新搜神记》,学生书局1988年版,卷九。

所至的逗才炫技。他们只是协助曲师参与家乐的教演。结合相关史料记载，我们还可以做出以下推断：

一、对于演员和戏班而言，曲师、教习不可或缺，也即学必有师。如李渔自认为"声音之道，幽渺难知。……然究竟于声音之道，未尝尽解。所能解者，不过词学之章句，音理之皮毛"①，从而造成对家乐的教演"大半以优师之耳目为耳目"②；李渔还针对"梨园之中，善唱曲者，十中必有二三；工说白者，百中仅可一二"的弊病，认为曲师必须为读书明理之人，"曲师不可不择"③。显然将演员的唱曲、教白视为曲师的职责。精通顾曲、导剧的阮大铖，虽殚精竭虑于家乐教演，但对于授曲一事，还得仰仗曲师。阮氏家乐唱曲之精，主要得益于曲师陈裕所的倾心教授。

二、演员和戏班的培养是一个漫长的过程，不同阶段需要不同的曲师，因此戏班对于曲师、教习的聘任也是阶段性，也即学无常师。如汪季玄既"招曲师教吴儿十余辈"，又"自为按拍协调，举步发音，一钗横，一带飐，无不曲尽其致"。还为潘之恒"具十日饮，使毕技于前"④；冯梦祯既"延周姬者教小星"，又邀名曲师黄问琴授曲；邹迪光家乐既有专职曲师朱轮，又延请"善新声"的昆山曲师"徐君"充任业余教习。某些优秀的教习往往周旋于众多的家班间，辗转授艺。如苏昆生暮年流落江南，曾任汪汝谦、王时敏家乐教习。与苏昆生、黄问琴有着众多交集的曲师赵淮，也曾为王锡爵、王士骐（字同伯）家乐教习。⑤ 赵淮数十年出入缙绅富室门庭，以教曲为生。王士骐之侄王瑞国《赠曲师苏昆生序》称："赵瞻云，良辅弟子，太原王文肃公之客，吾先君子之老友也。先君子亦精此事，每叹瞻云亡后，广陵散不可复闻。"⑥

三、对于曲师、教习而言，他们艺有专精，有的工生、旦戏，有的偏净、丑戏；有的精于教曲，有的则长于表演。诸艺皆精者，鲜有其人。因此戏班大多需要两名或多名曲师。⑦ 而戏班对曲师、教习的挑选，须考虑其专长，也即学有专师。如吴琨家乐之教授强调师法众长，"先以名士训其义，继以词士合其调，复以通士标其式"⑧。又如钱岱家乐有女教师两人，其中沈娘娘"善度曲，年六十馀，探喉而出，音节嘹亮，衣冠登场，不减优孟"；薛太太"善丝竹"。⑨ 一主度曲表演，一主器乐演奏。

四、大凡优秀的演员，须得名师指授。如晚清名伶王长林"得名师传授之剧几三百出，皆默印于脑，一字不遗"。⑩ 他们还须具备终生学习的品格，师法众长，铸成一家，也即转益多师。如晚、近大量梨园史料中，有对梨园名家师承的清晰记载。如和春部童伶许茂

---

① 李渔《闲情偶寄》，上海古籍出版社2000年版，第110—111页。
② 李渔《闲情偶寄》，上海古籍出版社2000年版，第89页。
③ 李渔《闲情偶寄》，上海古籍出版社2000年版，第120页。
④ 潘之恒《广陵散二则有序》，《鸾啸小品》，明崇祯二年（1629）年刻本，卷三。
⑤ 程嘉燧《松圆浪淘集》卷六《听曲赠赵五老五首》其一："菊花阁里殷勤唱（原注：'王同伯家。'），芍药园中仔细闻（原注：'相公南园。'）。此后但逢歌曲伴，何曾听罢不言君。"
⑥ 王祖畲纂修《杂记》上，《民国太仓州志》，民国八年（1919）刻本，卷二十七。
⑦ 如万历年间常熟钱岱家班有教师两名（《笔梦》）；乾隆间扬州昆腔女戏"双清班"有"掌班教师二人"（《花间笑语》卷三）
⑧ 潘之恒《观演〈牡丹亭还魂记〉书赠二孺》，《鸾啸小品》，明崇祯二年（1629）年刻本，卷三。
⑨ 据梧子《笔梦》，《虞阳说苑甲编》，民国六年（1917）初园丁氏精校铅印本。
⑩ 张次溪《燕都名伶传》，《清代燕都梨园史料续编》，中国戏剧出版社1988年版，第1203页。

林,早年即崭露头角。后师从名师张莲舫,遂得昆曲精髓,"瓣香一缕,直接吴门,宜有是金科玉律也"①。又如像时慧宝、梅兰芳这样的能够演唱多个行当和剧种的名伶,他们的师承必须跨越剧种和行当。

三、曲师的播曲传腔是戏曲传续的关键

戏曲传承、传播是复杂的系统工程,曲师起着关键性的作用。由于以往戏曲史研究多重演员而轻曲师,故有彰显的必要。若以宫廷戏剧言之,明代中期后北曲杂剧的延续传播主要依赖宫廷曲师,如何良俊家乐精于北曲乃得南教坊曲师顿仁真传,顿仁于正德年随武宗入宫,学得金元人数量可观的金元杂剧词曲,此为"南京教坊人所不能知"②;而金元风味的北曲唱法在万历年间的传续,也有赖于南教坊傅瑜、傅寿的传授③;康、乾年间宫廷昆腔的鼎盛则得益于苏州昆曲名师的应召供奉内廷。据称康熙南巡期间,"江苏织造臣以寒香、妙观诸部承应行宫,甚见嘉奖。每部中各选二三人供奉内廷,命其教习上林法部,陈特充首选"④。盛大士《灯市春游词同厚夫枢曹作》云:"咬春燕九集梨园,十棒元宵羯鼓喧。昆调居然小良辅,教师传进景山门。"诗后注曰:"景山内垣西北隅有房百余间,为苏州梨园供奉所居。"⑤即使在昆曲业已衰歇的晚清宫廷,仍有昆腔曲师入宫教戏。如道、咸间杨福源"以昆曲名,清廷招为昇平署教师,历数十年,皆得宠遇"⑥;杨福源之子杨隆寿因父故"见赏于慈禧后,令为供奉,袭父荫,为内外学教师"⑦。

官府戏班、家乐、民间戏班、曲社的盛衰兴替也与曲师群体状况直接关联。万历之后昆曲的兴盛缘于吴中曲师群体强势崛起。据张大复《梅花草堂笔谈》卷十二《昆腔》载:

> 魏良辅别号尚泉,居太仓之南关,能谐声律,转音苦丝。张小泉、季敬坡、戴梅川、包郎郎之属,争师事之惟肖。梁伯龙闻,起而效之,考订元剧,自翻新调,作《江东白苎》《浣纱》诸曲,又与郑思笠精研音理,唐小虞、陈梅泉五七辈杂转之,金石铿然,谱传藩邸戚畹、金紫熠爚之家,而取声必宗伯龙氏,谓之"昆腔"。

引文交代了魏良辅创立水磨昆腔及水磨昆腔的衍变流布过程,显示出昆腔的内在丰富性以及由此产生的曲师流派的多样性。正是昆腔曲师强大的群体力量,推动昆腔和传奇演剧的繁荣。

昆腔的兴盛成就了以魏良辅为代表的吴中曲师的曲坛宗主地位,在万历之后庞大的昆腔曲师群体中,吴中曲师占有绝对优势,苏州昆腔从此成为曲界推崇的标准。明末徐树丕《识小录》卷四《梁姬传》曰:

> 吴姬梁昭,字道昭,故以善歌名一时。……姬吴中曲调起魏氏良辅,隆、万间精妙

---

① 留春阁小史《听春新咏》,《清代燕都梨园史料正编》,中国戏剧出版社1988年版,第175页。
② 何良俊《词曲》,《四友斋丛说》,明万历七年(1575)重刻本,卷三十七。
③ 潘之恒《亘史》外纪卷二十《艳部·金陵》"傅灵修传"载:"旧伶傅瑜,少有珠色,为名优。二十以前旦,三十生,四十外。尤以北曲杂剧擅长。班中推为教师。"
④ 焦循《剧说》,《续修四库全书》影印国家图书馆藏稿本,卷六。
⑤ 盛大士《蕴素阁诗集》,《续修四库全书》影印清道光元年刻本,卷四。
⑥ 张次溪《燕都名伶传》,《清代燕都梨园史料续编》,中国戏剧出版社1988年版,第1188页。
⑦ 张次溪《燕都名伶传》,《清代燕都梨园史料续编》,中国戏剧出版社1988年版,第1189页。

益出,四方歌曲必宗吴门,不惜千里,重赏致之。以教其伶伎,然终不及吴人远甚……

　　徐氏以吴人言昆曲,带有明显的地域优越感。在徐氏看来,昆曲的最高境界乃吴中曲师教吴中演员,而吴中曲师教域外演员,则"终不及吴人远甚"。苏州昆曲正统地位的确立使得吴中曲师成为衡量曲学造诣的标准。如叶奕苞夸其所携曲部由"娄上典型闻乐老"①教授而成;王士禛称宛平米汉雯"善南曲,因与究极音律,虽吴中曲师不能过也"②。随着昆曲影响的日益扩大,吴中曲师活动也超越苏州遍及四方。"自明万历中,邑大姓以梨园之技擅称于时。其人散之四方,各为教师,孳乳既多,流风弥盛。"③在万历年间的扬州,徽商汪犹龙"招曲师,教吴儿十馀辈";在崇祯年间的南京,吴人周如松教授李香君唱"玉茗堂四梦";④在康熙年间如皋冒襄家乐曲筵上"有吴中老教师,为冒先生二三十年旧交"⑤。同时在僻远的西北内陆兰州,李渔聘任了流落于此的曾为肃王府教授妓乐的金闾老优充任家乐教习;在河北白昌平,塾师江生遭遇了待遇不如曲师的屈辱⑥,供职京师的潘耒也称:"优伶产于吴下最多,臣谂知其为蠹,大抵巨室世家喜蓄优伶,不惜厚赏招致伎师,教演度曲。"⑦在乾隆年间的南京"秦淮水,水调出花迟。裙屐少年新狎客,霓裳小部旧歌师,也要索题诗。"⑧在同时的两淮中心扬州,两淮盐商竞蓄家乐,聘任吴中曲师充任教习。如盐商黄晟"女乐最佳,得吴门女教师魏大娘所传"⑨;江阴人顾阿夷"中年来扬州,征女子为昆腔,名'双清班',延师教之"⑩。在嘉庆年间的广东番禺,"粤东蓷商李氏家蓄雏伶一部,延吴中曲师教之,舞态歌喉,皆极一时之选"⑪。吴中优伶也作为重要资源输送全国各地。"吴侬善讴,竞艳新声,竹肉相间,怡人观听。独常熟此风愈趋而下,老优曲引幼童教演一班,攫取重价,卖之远去,四方之梨园,鲜非虞产。"⑫然而,随着道、咸以降昆曲影响的渐衰,吴中曲师的活动已局促于苏州一地,导致京师商人采取将燕童船运至苏州聘师学艺,学成再运回京师的变通做法⑬。曲师的传曲授艺直接关系戏曲传续,是明清戏曲盛衰递嬗的关键因素。

四、曲师身份错位缘于文士曲家的有意贬抑

　　李晓先生认为:"20世纪初以来,昆曲的传承有两条线索,一是昆曲艺人传承的线索,

---

① 葛芝《叶九来携伎过从吾馆奏乐歌》,《卧龙山人集》,四库禁毁书丛刊影印清康熙九年自刻本,卷四。
② 王士禛《谈异》,《池北偶谈》,清康熙四十年文粹堂刊本,卷二十五。
③ 徐永言等修纂《风俗》,《康熙无锡县志》,清康熙二十九年(1690)刻本,卷十。
④ 侯方域《李姬传》:"十三岁,从吴人周如松受歌玉茗堂四传奇,皆能尽其音节。"
⑤ 冒鹤亭《云郎小史》,《清代燕都梨园史料续编》,中国戏剧出版社1988年版。
⑥ 朱彝尊《曝书亭集》卷三十一《寄谭十一兄左羽书》曰:"江生自昌平至,述十一兄比来颇有不豫之色,叩其故,则以贤主人好音乐,延吴下歌板师,所进食单恒倍主客之奉,思辞之归。"
⑦ 潘耒《遵谕陈言疏》,《遂初堂文集》,四库全书存目丛书影印清康熙间刻增修本,卷四。
⑧ 詹应甲《忆江南》,《赐绮堂集》,《续修四库全书》清道光止园刻本。
⑨ 酿花使者《花间笑语》,清咸丰九年白门戴宗发刻本,卷五。
⑩ 酿花使者《花间笑语》,清咸丰九年白门戴宗发刻本,卷三。
⑪ 梁鼎芬修《馀事志》,《宣统番禺县续志》,清宣统三年刻本,卷四十四。
⑫ 高士龥等《风俗》,载《康熙常熟县志》,清康熙二十六年(1687)刻本,卷九。
⑬ 萝摩庵老人《怀芳记》:"余谓曲子师,今苏产既不可致。尝以燕产童子慧黠者,附海舶往苏州,就清音队学度曲。四五年后,不但曲调娴习,并动作声音,亦改观。乃挈归,再教以扮演登场,使与吴娃无异,闻者心善之,而不能从。"

一是曲家曲师传承的线索。在传承的过程中,这两条线索时有交叉,关系密切,共同推进着昆曲的传承事业。"①其说不仅适合昆曲一剧,施之整个明清戏曲声腔剧种也浑然契合。然而需要指出的是,在曲家曲师传承一线中,曲师的作用遭受来自文人曲家的有意贬抑,导致曲师群体社会身份和戏曲史地位的错位。

在明清文人缙绅所主导的话语体系中,文人曲家的作用被有意夸大,他们以顾曲家的身份指点江山,主导曲坛舆论。如沈德符《顾曲杂言》"缙绅余技"载:

> 吴中缙绅则留意声律,如太仓张工部新,吴江沈吏璟,顾学宪大典,无锡吴进士澄时,俱工度曲。每广坐命技,即老优名倡,俱皇遽失措,真不减江东公瑾。

文人曲家的授曲传剧也被有意演染,如梁辰鱼"教人度曲,为设广床大案,西向坐而序列之,两两三三,递传叠和,一韵之乖,觥军如约"②。他们被冠以"顾曲周郎"之雅称,频繁地现身于诗文题咏、小说戏曲中,如潘之恒"主顾氏馆,凡群士女而奏伎者百余场"③,又应汪犹龙之请,为其指导家乐④;阮大铖亲临指导排演《春灯谜》剧⑤;汤显祖"自掐檀痕教小伶"⑥;马凤毛"审歌曲,解声伎,歌儿舞女,一曲入微,手按其分寸。酒阑月落,犹流连其音拍而不自已"⑦;张文成"见有梨园子弟歌喉清隽,必鉴赏精详,盘旋不去。如公谨之按拍审音,而半字差讹,必得周郎之一顾"⑧。他们甚至以"顾曲图"的形式,展现其风流豪举。如高士奇《玉莲花·题周舍人顾曲图》⑨、杨鸾《题周景濂比部顾曲图》⑩《题李昼公给谏顾曲图二首》⑪、宗山《五韵美·自题顾曲图》⑫、沈大成《徐雅宜花间听曲图》⑬。虽然明清庞大顾曲家群体的存在,一定程度上弥补了职业曲师指导的不足,但文人曲家们的自我吹捧客观上造成了对曲师影响的遮蔽。

明清曲师曲坛地位的低微也与文人曲家的恶意贬低大有关联。他们常被文人曲家当作损害、羞辱的对象,冠以"庸工"或"俗伶"之恶名。如明茅元仪《批点玉茗堂〈牡丹亭记〉序》:"玉茗堂乐府,临川汤若士所著也。……臧晋叔以其为案头之书,而非场中之剧,乃删其采,剉其锋,使其合于庸工俗耳。"⑭吴孝绪跋《芙蓉碣》则称:"俗伶度曲,又习于江湖恶派,牢不可破。虽靡靡悦耳,而宫商奸乱,其有改辞就腔,不成文理者。即有老曲师,亦能先定板眼,次填工尺,知其当然,仍不知其所以然。"⑮文士曲家将戏曲声律的不谐曲文的

---

① 李晓《20世纪曲家曲师在昆曲传承事业中的卓著贡献》,《戏曲研究》第86辑,第66页。
② 张大复《梁顾》,《梅花草堂笔谈》,《四库全书存目丛书》影印明崇祯三年刻清顺治十二年修补本,卷八。
③ 潘之恒《广陵散二则有序》,《鸾啸小品》,明崇祯二年(1629)年刻本。
④ 《鸾啸小品》卷三《广陵散二则有序》:"为余具十日饮,使毕技于前。"
⑤ 《咏怀堂新编十错认春灯谜记》卷首附王思任《敍》云:"(阮大铖)为予监优两夕,千人万人俱大欢喜。"
⑥ 潘之恒《广陵散二则有序》,《鸾啸小品》,明崇祯二年(1629)年刻本。
⑦ 俞樾《马羽长》,《荟蕞编》,《笔记小说大观》,江苏广陵古籍刻印社1983年版,卷三。
⑧ 张岱《公祭张曦仍文》,《娜嬛文集》,岳麓书社1985年版,第273页。
⑨ 程千帆等《全清词·顺康卷》,中华书局2002年版,第8441页。
⑩ 杨鸾《邈云楼集三编》,《四库未收书辑刊》影印清乾隆道光间刻本。
⑪ 曹寅《楝亭诗别集》,《续修四库全书》影印清康熙刻本,卷四。
⑫ 凌景埏等《全清散曲》,齐鲁书社1985年版,第1684页。
⑬ 沈大成《学福斋诗集》,《续修四库全书》影印清乾隆三十九年刻本,卷二十六。
⑭ 茅元仪《石民四十集》,《续修四库全书》影印明崇祯刻本,卷十二。
⑮ 蔡毅《中国古典戏曲序跋汇编》,齐鲁书社1989年版,第2387—2388页。梁廷枏《曲话》,《中国古典戏曲论著集成》,中国戏剧出版社1959年版。

窜改,归罪于伶师。如梁廷枏称:"俗伶搬演,率多改节,声韵因以参差。虽有周郎,亦当掩耳。"[1]龚自珍称:"元人百种、临川四种悉遭伶师窜改,昆曲俚鄙极矣。"[2]他们甚至将曲之衰亡,归罪于曲师。如茅恒称:"岂与俗伶为雠?殆曲之所以亡者,忘于若辈耳,不有以砭之,曲岂能存哉?"[3]由于"优师之中,淹通文墨者少""近今曲师,率多不识丁字",没有著书立说的能力,面对来自文士曲家的贬抑,只能选择沉默和屈从。这也客观上造成了曲师身份认同的错位。

以上通过对明清曲师在明清戏曲的创作、传播、传承等诸方面影响的论述,旨在揭示明清曲师群体之于明清戏曲史的重要意义,进而推动对明清演剧史研究的深入进行。

---

① 梁廷枏《曲话》,《中国古典戏曲论著集成》,中国戏剧出版社 1959 年版,第 8 册,第 270 页。
② 龚自珍《定盦文集补·杂诗》之《己亥杂诗三百十五首》组诗之一百三首诗后注。
③ 茅恒《曲曲·自序》,《南京图书馆藏孤本戏曲丛考》,中华书局 2011 年版,第 303 页。

从徐文长到阿 Q 的"精神胜利法"

鹿忆鹿

一

徐文长原是一个才华洋溢的文人,在明代享有盛名,不管是诗文或书画都有卓越成绩,有意思的是,他成了市井小民茶余饭后的谈资,在民间故事中被建构成一个特殊的故事类型。学者认为,徐文长在故事中与阿凡提等人一样,成了"机智人物",他们都有爱憎分明的特点,有超人的智慧,敢于捉弄、嘲笑、挖苦和讽刺权势者,同情弱小是其性格的特点。① 其实徐文长这一类的机智人物还有另一个面相,他有时表现出的行径常是欺凌弱小妇孺,而非同情弱者,因此,我们或许需要考虑徐文长们的双重性格问题。

在台湾口头文学中习见的白贼七、李文古故事,人物形象也与徐文长雷同,几乎都被归类到小混混行列中,他们喜欢捉弄市井百姓,欺骗叔叔、老师等。白贼七或谎张三在称谓上已透露他的人格特质,除了说谎欺骗或恶作剧,一无是处。

徐文长故事虽是将一个文人当成箭垛人物②,却常与真实的徐文长不伦,反倒是与谎张三或白贼七成了孪生兄弟。

祁连休先生说机智人物存在有弱点、缺点,有的故事内容肤浅,如描写主角如何让官吏、僧侣、财主学狗叫、吃粪便,如何到寺院里拉屎撒尿,整富人和奸商,怎样拿屎尿冒充仙药等。有一种故事夹杂着一些淫秽的情节,如描述主角如何采用猥亵手段来勾销债务,或让财主倾家荡产,或让寺院引起混乱等等。祁连休先生为机智人物辩护,认为一些骗子、流氓并不属于机智人物行列。

> 这些坏作品里面的故事主角,不是机智勇敢的劳动者,而是一些社会渣滓,或者为害百姓的骗子、流氓、地痞,或者是剥削阶级的奴才、走卒、帮凶,他们的名字尽管跟那些机智人物相同,实际上两者是分别属于两个互相对立的阶级的。③

祁先生的观点十分精辟,他长久以来一直系统而全面地研究机智人物故事。

汤普森(Stith Thompson)的 Motif-index *of Folk-literature* 一书中 J 的部分是"聪明人、傻瓜",K 的部分则是"机智、欺骗",根据汤普森的说法,其中大都是欺骗的情节,如欺

---

① 张紫晨《民间文学基本知识》,上海文学出版社 1979 年版,第 58—59 页。

② 胡适曾提及:包公从历史人物转成民间文学中的人物是一种箭垛效应。他认为,古来有许多传说中的故事,一般人不知故事的来历,于是把这些故事堆砌在一两个人身上。例如:在这侦探式的清官之中,民间传说树立宋朝的包拯来做一个箭垛,把许多奇案都投射在他个人身上。详见《胡适文存》,远东图书公司 1971 年版,第 3 集,第 5 卷,第 441—472 页。当然,徐文长故事也是一个明显的箭垛类型。不过,故事类型常与真实的徐文长形象有异。

③ 祁连休编《少数民族机智人物选》,上海文艺出版社 1978 年版,第 22—25 页。

骗得逞、骗人的交易、窃盗与欺骗、靠欺骗逃脱、残忍的欺骗、诱奸和通奸、借着恐吓的欺骗、冒名顶替、虚假指控等，讲述者所讲述的流行轶事和笑话大部分都与机巧有关。有时，人们的兴趣还在于后者，最关心的是聪明人作恶的骗术本身。流行故事的讲述者一般不把傻子和聪明人之间的距离明显拉开，不难发现，傻子有时会突然变得聪明起来，进而成功地进行一项欺骗或诈骗的行为。[①] 傻子突然变得聪明起来，明确地说，傻子的劣根性使得他也去捉弄欺骗身边的人，最典型的例子就是中国一系列的傻女婿（呆女婿）故事，傻女婿常一而再再而三地被嘲弄，却也会突然捉弄他人，如捉弄岳父母或小姨子，害他们掉粪坑什么的。被捉弄被欺骗的人也不见得都是有权势者，更常出现一些卑微的市井小民被欺凌、戏弄；其实，我们在徐文长等相关故事中看到，他常欺负一些摊贩，捉弄女人，甚至捉弄自己的父亲、老师、岳母，害他们拉肚子，表现出让人瞠目咋舌的下流行径。

不管是阿凡提、徐文长、谎张三或白贼七，不管他们的行径是机智人物还是欺骗，都让人产生一种疑问，何以有这些损人而不利己的举措？何以他们都在捉弄或欺骗一些卑微的小人物？在阅读的过程中，笔者不禁联想起鲁迅《阿Q正传》中的阿Q，因此本文以鲁迅同乡徐文长作例，探讨徐文长故事中的徐文长与《阿Q正传》中阿Q的行径，他们在精神上似有某些相通之处。

二

有关徐文长的故事，常出现在相关机智人物故事的资料中。[②] 大都是描写徐文长的机智用计。[③] 其实，我们看到的都是20世纪80年代以后所搜录的徐文长故事。20世纪20年代末，林兰所搜录的一系列徐文长故事并非如此，丝毫见不出徐文长机智人物的特质，他表现更多的是一个常耍小聪明小诡计的无赖形象。我们由此看出徐文长故事类型表现了故事主角的双面性格，或者，也理解他的双面性格中负面的形象居多。不过，在流传的过程中，由于徐文长是真实的文人，有些讲述者可能在意他的身份，而将市井中的习见印象隐去，只讲述他的机智一面。

早年所搜录的故事应该是保留较多市井原貌的，因此本文所讨论的就是以最早由林兰所编辑出版的《徐文长故事集》《徐文长故事外集》为主，剖析这一系列人物的劣根性问题。

日本的铃木健之说，所谓机智人物，无非是一些骗子，一个得以流传下来的骗子。机智人物多少有些颠倒症，对屎尿有特殊的兴趣，他们常常拿人或家畜的屎尿当奸计，自己吃或让别人吃粪便，浑身沾上屎尿，这种情景在骗子故事中是常见的，它是骗子故事独具一格的"粪便学"。它既可以看成是骗子的一种幼稚性，也可以看作是价值的颠倒。骗子还有一个不可忽视的重要特征，那就是他的好色性，他的冒险是离不开性欲的。[④]

铃木的看法有其参考价值，所谓机智人物有时的确常表现出一般小混混的使诈、欺骗习性，他们常常以人的屎尿当奸计，害人吃泻药拉肚子或掉粪坑甚至吃屎，或者占女人便宜，摸手或亲嘴，诱骗女人看自己的裸体，自以为聪明，自以为得到胜利，获得阿Q式的精

① ［美］汤普森著，郑海等译《世界民间故事分类学》，上海文艺出版社1991年版，第222—249页。
② 祁连休《智谋与妙趣——中国机智人物故事研究》，河北教育出版社2001年版。
③ 唐麒编《斗智与用计的故事》（中），汉欣文化公司1992年版，第504—515页。
④ ［日］铃木健之《机智人物故事笔记——试论其欺骗性》，《民间文学论坛》1984年第2期，第63—65页。

从徐文长到阿Q的「精神胜利法」

神满足。徐文长故事中的主角似乎不只是一般具有勇敢机智的劳动者形象,不只是长工与佃农斗智,不只是弱势小民对抗强势者,有时候是一种欺骗或戏弄的恶作剧,是骗子流氓一类的角色。

三

1924 年 7 月 9 日、10 日,周作人署名朴念仁,在《晨报副刊》上发表了含有八则徐文长故事的文章,周作人在文章前有小引,谈及用别号或匿名,是不负责任的讲笑话方法。① 周作人所以用别名发表当然是有的遮掩的意思,是认为这些故事大都有猥亵的成分,而且将之归为笑话。

林兰在 1925 年编辑小本《徐文长故事》初集、《徐文长故事》二集,由上海北新书局出版,而 1929 年又重新出版此书,有《正集》一大册,《外集》上中下三大册,材料比先前出版增加了好几倍。现在能见到的较完整的徐文长故事仍是 1929 年、1930 年上海北新书局所出版的,其中所显现的徐文长几乎都是纯粹出于恶意使坏的形象。

林兰编辑此书,很是用心,例如他把第 1 则到第 12 则都归在一起,都是戏弄女人的故事;第 13 则到第 18 则都是戏弄和尚的故事。有的故事是徐文长使别人喝茶上当,有的故事中徐文长作了揖,诱使乡下人还礼,打破一只伞柄上的油瓶;而有的故事中徐文长则是作了揖,害得担粪人的粪担倒了,却溅了徐文长一身。有的故事中讲述徐文长喜欢占人家便宜,做人家的父亲,这一类的故事大概是这样的:一、某甲要徐文长说故事;二、徐文长的故事中暗说某甲是他的儿孙。② 在《徐文长故事集》中,可以见到徐文长戏弄、陷害的常是市井小民,有小混混的劣根性。

在《徐文长故事集》中,周作人署名开明,讲述绍兴的徐文长喜欢戏弄女人,占女人便宜:

> 有一个人去找徐文长,说他的女儿喜欢站在门口,屡戒不听,问他有没有什么好法子。徐文长说只要花三文钱,便可替他矫正女儿的坏癖气。那父亲很高兴,拿出三文钱交给徐文长,他便去买了一文钱的豆腐和两文钱的酱油,拖在两只手上,赤着背,从那女儿的外门走过。正走到她的面前,徐文长把肚皮一瘪,裤子掉下来,他便嚷着说:"呵呀,裤子掉了,我的两只手不得空,大姑娘,请你替我系一系好罢。"那姑娘跑进屋里去,以后不再站门口了。③

徐文长故事中许多情节是占女人便宜的,他甚至诱骗小姨子脱衣,故事中的结尾说徐文长是为了"看小姨子洁白的身体"④。徐文长戏弄女人,最终闹了笑话:

> 徐文长是最喜欢捉弄妇女的。有一天,他和朋友正在谈笑,远远看见一个少妇骑着驴子,慢慢的走来。那个朋友对徐文长说:"你能够裸体的站在驴子面前,我就请你

---

① 朴念仁(周作人)《徐文长的故事》,《晨报副刊》1924 年 7 月 9 日、10 日。

② 赵景深《徐文长故事集·序》,林兰编《徐文长故事集》,北新书局 1929 年版,娄子匡主编《东方故事》第 28 册收录,东方文化书局 1971 年复刊。

③ 林兰编《徐文长故事集》,北新书局 1929 年版,第 1—2 页。

④ 同前注,第 8—9 页。

喝酒。"徐文长说:"这有什么难处?"他等到妇人将近的时候,赤着身子去当(应为挡)住驴子。他见骑驴子的妇人并没有骂他,觉得非常奇怪,抬头看时,却原来是他自己的妻子。①

《徐文长的故事》中有许多内容记录徐文长捉弄不识字的乡下人。有一个绰号叫"蒋大白薯"的乡下人,请徐文长帮他儿子命名。徐文长为了捉弄他,帮乡下人的儿子取名"发根"。因为白薯是根极发达的植物。②

有的故事中徐文长更可恶,他捉弄一个麻子。一个脸上都是麻子的人请徐文长在扇子上写一首诗。徐文长写的是:"零零乱乱一篇文,圈圈点点不成行。劝君勿从花下过,免得蜜蜂来做房。"麻子不知道诗是讥讽他,还十分得意地时时拿着。③

故事中徐文长动辄捉弄一些与自己不相干的可怜人为乐,他捉弄麻子,也取笑矮子。

> 村里有一个矮子,身不满三尺而年逾三十,徐文长常常拿他取笑。有一次邻村唱戏,徐文长看见王矮子戴着礼帽在人丛里挣扎,他滑稽心又大动了,便偷偷走过去把帽抓起,佯作得意道:"好运气,拾个礼帽。"王矮子抬头向他瞪眼,徐文长笑道:"我以为是谁遗在地上的,没想到还是你老先生的。"④

徐文长会无缘无故害可怜的小摊贩砸掉他的维生东西,只是为了骗来一顿酒饭。他欺负的小贩有挑粪的、卖缸的、卖瓦的、卖鸡蛋的或卖碗盘的,他欺负所有能欺负的人,而被欺负的人常是不能或无能抵抗反击的。

> 一日,文长同他一位朋友在一个乘凉的亭里散步,远见一乡人,肩上斜挑着一把雨伞,伞柄向上,柄上挂起一个瓦油瓶,是从小市打油回家的。文长向其友人说:"你信不信? 我要那个人自己把油瓶打破。"友人答曰:"怎么能? 要是你真能作到,喝一壶烧酒算我的。"言未毕,乡人已走近亭来,文长极恭敬地同他行一个作揖礼,那乡人也深深地回他一个作揖礼,因事出仓卒,竟将那挂在伞柄上的油瓶砰的一声落在地上了。⑤

这一系列的所谓徐文长故事中,主角常爱以屎尿捉弄别人,或老师或岳父岳母,甚至自己的父亲。

> 徐文长为学生时,常因背书不熟而受先生的呵叱,他恨先生入骨,百般设法报复。学屋茅厕岸上有株小树,先生每当大便时,惯好双手把着小树以求身体稳固,又不知怎样被文长察觉了,他便乘隙以小刀纵割小树之四周,深可及寸,然后把外皮再加以修理,看不出半点破绽。这几天正值先生破腹,深夜起来大便,还是惯用他那双手把树的法子,于是树砰然断了,先生也随着倒在茅厕里。这正是大雨之后,屎水满厕,先生几乎淹死。及至翌晨还是徐文长把他救出来的。⑥

---

① 同前注,第 154 页。
② 《徐文长的故事》第二集,北新书局 1925 年版,第 6—7 页。
③ 同前注,第 7 页。
④ 《徐文长故事集》,第 148 页。
⑤ 《徐文长的故事》第一集,第 22—23 页。
⑥ 《徐文长故事集》,第 65 页。

从徐文长到阿Q的「精神胜利法」

一天徐文长乘班船下乡,同船有一和尚,同人谈他的历史,言语中颇多非议,不知文长即在其旁。文长闻言,心中很怀恨,但面上一点不露,想乘机报复。天明时船泊村前,和尚尚酣睡未醒。文长探首窗外,见一乡下女子往河边淘米,文长心生一计,窃僧帽戴之,站在船头上向女子小便。女子回去把这事告诉父兄,立刻把和尚从船中捉去痛打一顿。和尚挨了一顿打还不知什么缘故。①

最可怕的是,徐文长欺凌自己的父亲,如第 26 则《弄父出屎》,故事中未明说是何原因,反正徐文长去买了一些泻药,又买了十个包子,暗地里却把泻药下在包子里,回家说是要孝敬父亲。他父亲大喜过望,将十个包子都吃了。徐文长却在这时跑到门口,大喊父亲要杀他,要大家帮忙拉住。

果然不久徐文长父亲很匆忙的提了裤子跑出来,大家一看来势汹汹,以为真是发生了了不得的事,于是一齐向前,把徐文长的父亲拉住了!徐文长的父亲急道:"请放开我,我有屎(死)!"大家齐声说道:"什么事值得这样生气,还要死要活的?他是个小孩子家,饶过他完了。"正当他们挣扎的起劲的时候,徐文长还是一味喊道:"不要放开他呀,他要拿刀杀我!"这样的三拉两拉之后,徐文长的父亲撑不住了,波波拉了一裤子屎!徐文长远远的拍手笑道:"真好玩!真好玩!"②

在这样的故事类型中,完全表现出主角的小混混下流行径,完全以戏弄、恶作剧为乐,与表现机智毫不相干。徐文长的小混混行径甚至成为一种病态,是以伤害人为乐的一种病态。

赵景深在《徐文长故事与西洋传说》一文中提到:

野蛮人以损人利己为英雄,原不知什么叫做道德,今人胜利的笑仍是蛮性的遗留……人家好好的并没有惹他,他故意要捉弄人……徐文长本是明朝的文学家,所以关于他的故事总是"智慧"的多,比起"呆女婿"一类的东西是绝然相反的。不知何故"徐文长故事"竟将那蠢人张五麻子的故事也放进了去,我以为这十余页的叙述是应该属于呆女婿一系的。③

其实,徐文长故事常是损人不利己,钟敬文则从不同角度,提出他的看法:

"智慧"与"愚骏"是人性中的两方面,在我们中国民间的传说里,代表智慧方面的人性的故事,便是徐文长,代表愚骏方面的人性的故事,便是呆女婿。据繁女君所述的张五麻子故事七则,差不多每条都是嘲弄和挖苦人家的,——嘲弄和挖苦人家,虽然不是正当的行为,但此事须有智慧或滑稽之天才者才行,——全没有一点愚蠢的气态,如俗间所传呆女婿干的一般的。④

呆女婿故事正可以一并观察,他是徐文长故事捉弄的对象,呆女婿或种田的挑担的,正是属于被捉弄的无辜市井小民。

———————————

① 《徐文长的故事》第一集,第 18 页。
② 《徐文长故事集》,第 40—41 页。
③ 《徐文长的故事》第二集,第 125—129 页。赵景深此文原发表于《潇湘绿波》1925 年第 2 期。
④ 《徐文长的故事》第四集,第 129—130 页。

铃木所谓的机智人物的好色性在徐文长身上似乎得到证明,不过,这样戏弄女人的方式严格说来与好色无关,倒是显现小混混自以为得意的劣根性。

徐文长在打赌的场合中,戏弄和尚、道士,戏弄进香的老太婆,戏弄卖鸡蛋的,戏弄卖缸的,戏弄卖瓦罐的,也戏弄担粪的,甚至戏弄卖菜的吃粪,戏弄乡下人吃粪蛆,《唤都来看》与《出来瞧》中他还陷害可怜的瞎子。上文所引《弄父出屎》写徐文长将泻药放到包子中,送给父亲食用,害父亲拉肚子。① 而戏弄可怜的盲眼人的情节,也出自清代《笑林广记》一书。②

台湾民间故事中的白贼七时常戏弄叔叔、婶婶,他邀叔叔去钓鱼,再跑回家欺骗婶婶,诬称叔叔在水塘淹死了,再骗叔叔说家里失火了。③ 同样的情节也出现在徐文长故事中,徐文长动不动就戏弄自己的岳父、岳母,《骗哭丈母》中叙述有人与徐文长打赌,只要能骗得他的岳父、岳母哭起来,愿意输他三百块。徐文长邀得岳丈去钓鱼,半路上又骗岳丈说肚子痛,然后跑回家向岳母谎称说岳丈在水塘淹死了,要拿门板去摊起来。岳母听了,一路号啕大哭。徐文长扛着门板向塘边跑去,对岳丈大喊着:"不得了了,家中失火了,赶快回去,我只抢得两块门板来。"岳丈听了,如同晴天霹雳,也哭着回家。不久,岳丈、岳母在半路相遇,才知上了当,不禁双双咒骂徐文长。④ 在《徐文长故事外集》所收录的河南《赵南星的故事》中,情节也是如此。⑤ 云南石屏的《许白糖的故事》则讲述许白糖欺骗岳母说女儿发疯,又骗妻子说岳母生重病,让两个人忙得团团转。⑥

台湾除了白贼七的故事外,流传普遍的还有邱罔舍、鲈鳗舍或李文古故事,也都有类似的情节,动辄欺负摊贩、老师或亲人。⑦ 这些类型的人物以做损人不利己的事为乐,以此获得一种短暂的满足,似表现一种令人难解的边缘人性格,似不获关注的幼稚小孩以使坏来证明自己的能力。

四

学者很少论及相关徐文长的故事类型与《阿Q正传》有何纠葛?陈劲榛的论文曾提到林瑞芳搜录《白贼七趣话》,认为其中内容明显援引鲁迅《阿Q正传》。不过,林瑞芳白贼七故事只在一些零星的词句和笔法上对《正传》进行援用,并未扩大它的模仿面,没有建立"精神胜利法"之类命题的意图。⑧ 其实,要说白贼七援引了阿Q,不如说白贼七与徐文长的形象相似,欺骗、恶作剧的行径如出一辙,施翠峰就认为白贼七故事是将许多中国各省的骗子故事粹集而成的民间故事。流传于福建省的"白贼青仔"的民谭,来到台湾之后即演变成"白贼七仔"的故事,情节的发展,两者大同大异。毫无疑问,白贼七故事与徐文

① 同前注,第12—13页。
② 游戏主人《笑林广记》,中国社会科学出版社1998年版,古艳部。
③ 施翠峰《台湾民谭探源》,汉光文化公司1985版,第148—156页。
④ 《徐文长故事集》,第77—79页。
⑤ 《徐文长故事外集》(中),娄子匡主编《东方故事》第29册收录,东方文化书局,1971年复刊,第5—6页。
⑥ 《徐文长故事外集》(中),第78—79页。
⑦ 鹿忆鹿《台湾民间文学》,里仁书局2009年版,第235—257页。
⑧ 陈劲榛《林瑞芳、王诗琅白贼七故事考论》,《海峡两岸民间文学学术研讨会论文》,桃园元智大学中国语文学系编,1999年7月,第99—130页。

从徐文长到阿Q的「精神胜利法」

长故事有关联。① 庄伯和也说:"小时候就听过长辈讲徐文长的故事,故事里的徐文长诡计多端,玩弄成性,不下于台湾民间家喻户晓的邱罔舍、白贼七。"②

白贼七故事与徐文长故事有关联,而《阿 Q 正传》又与徐文长故事精神相通,白贼七使我们想到徐文长故事,阿 Q 也使我们想到徐文长故事。

既然谈到阿 Q,我们有必要对《阿 Q 正传》加以探讨。

杨泽在《盗火者鲁迅其人其文》中说:

> 鲁迅小说长久以来被视为现代中国"感时忧国"文学的发端,其实是从辛亥革命的废墟里生长出来的一种充满了否定的民族主义文学。……《呐喊》与《彷徨》,鲁迅的前二部小说集,整体而言,可视为一种系列性的"鲁镇小说"。但居住在鲁镇中国的确是一个充满了疯狂与死亡的大家族。……《阿 Q 正传》是鲁迅系列唯一的中篇,也是其中最独特的一部作品。……阿 Q 恰恰是近代中国人的"恐怖谐拟"(rgotesque parody)。阿 Q 又仿佛是"狂人"的弟兄,负荷了"奴隶性"的原罪,与狂人一样,被禁锢于封建礼法之中,代表了中国人"沉默的死灵魂"。依此观之,从赵太爷到假洋鬼子到吴妈到小 D,鲁镇的众人又何尝不是阿 Q 的兄弟至亲,成分或有不足,却皆分得其"一技之长"。③

根据杨泽的剖述,鲁迅小说与《徐文长故事集》的精神的雷同性也很高。如果鲁迅小说是鲁镇小说,徐文长故事就是绍兴故事,是民族性故事。在徐文长身上,似也有阿 Q 的影子,也有一种奴隶性或劣根性,从和尚、道士到徐妻到丈人到小姨子到徐父,也的确都是徐文长的至亲,都分得"一技之长"。甚至《狂人日记》中的狂人,还有《孔乙己》,读者似乎也很容易感觉他们像是徐文长的孪生兄弟。王润华先生说《呐喊》与《彷徨》共收集 25 个短篇小说,其中 13 篇小说描写 24 个人的"狂"与"死",在这 24 人中,七人发狂没有死亡,八人先狂后死,九人死亡但没有发狂。④ 而鲁迅小说中常见的狂与死主题,不也是故事中和现实中的徐文长的写照?

徐文长的妄想症在另一个故事中更是很好的说明:

> 徐文长底妻子,生得非常美貌。当他病榻淹留的时候,忽然想到他死之后,她有如此美貌,难保不去恋爱别人。于是他就对她说要她去买一个活鲫鱼,买来之后,他又叫烧油锅。油沸的时候,他把活鲫鱼往里一放。当然,鲫鱼往外一跳,跳在她底脸上。皮肤当时焦灼,变了一付丑相。她正莫名其妙的时候,他招招手,意思要和她耳语,待她走上前去,他竟把她底耳朵咬了一个下来,顷刻之间,他也断了气。⑤

徐文长故事不但没有忠诚、没有爱,而且冷酷,表现了劣根性。

徐文长故事中的说谎、戏弄、欺凌,其中关键也是缺乏诚与爱。然而,阿 Q 的奴性是否源于"两次奴于异族"? 这解释可能太过简单化。

---

① 施翠峰《台湾民谭探源》,汉光文化公司 1985 年版,第 148—156 页。
　施翠峰《台湾民间故事的发展及其内容》,《汉学研究》,第 8 卷第 1 期,1990 年 6 月,第 677—681 页。
② 庄伯和《徐渭绘画之研究·自序》,中国文化学院艺术研究所硕士论文,1974 年 6 月,第 1 页。
③ 杨泽编《鲁迅小说集·前言》,洪范书店 1994 年版。
④ 王润华《五四小说人物的"狂"和"死"与反传统主题》,《鲁迅小说新论》,学林出版社,1993 年 7 月,第 19 页。
⑤ 同前注,第 153 页。

鲁迅在《伪自由书·从幽默到正经》里把提倡"幽默"的人讽刺为"洋徐文长"。① 在《南腔北调集·论语一年》里也把徐文长当作反面教材。② 鲁迅《日记》中多次记载,他收到朋友送的《徐文长故事》,1924年10月2日记载,新潮社送来《徐文长故事》二册,隔天下午,他以《徐文长故事》一册赠季市(按:即许寿裳)。1925年6月17日又提到,小峰赠《徐文长故事》二集两本,下午以一本转赠季市;同年9月18日也记到李小峰又赠《徐文长故事》二本,12月3日则记李小峰赠《徐文长故事》四集两本。③李小峰即原上海北新书局的老板,编《徐文长故事》的林兰女士即是他的笔名。

我们看看真实世界中的徐文长。袁宏道写的传记很少,却留下一篇《徐文长传》,对徐文长推崇有加,有惺惺相惜的味道:

> 卒以疑杀其继室,下狱论死。……晚年愤益深,佯狂益甚。显者至门,或拒不纳。时携钱至酒肆,呼下隶与饮;或自持斧击破其头,血流满面,头骨皆折,揉之有声;或以利锥锥其两耳,深入寸余,竟不得死。④

其实真实世界中的徐文长多疑、愤世嫉俗或佯狂,甚至后来真的疯狂。徐文长曾自撰墓志铭,九次自杀未死,误杀妻子,坐过六年牢。厌弃人世,厌弃家庭,厌弃自身。我们再看鲁迅笔下的阿Q的形象,"估量了对手,口讷的他便骂,气力小的他便打;然而不知怎么一回事,总还是阿Q吃亏的时候多"。⑤ 徐文长故事中,徐文长喜欢使别人上当,故事中也常见他自己上当;他害了担粪的人,却让粪溅了自己一身;要调戏女人,却发现是自己妻子。

鲁迅写的最成功的当属阿Q的精神胜利法:

> 阿Q在形式上打败了,被人揪住黄辫子,在壁上碰了四五个响头,闲人这才心满意足的得胜走了。阿Q站了一刻,心里想:"我总算被儿子打了,现在的世界真不象样……"于是也心满意足的得胜的走了。阿Q想在心里的,后来每每说出口来,所以凡有和阿Q开玩笑的人们,几乎全知道他有这一种精神上的胜利法,此后每逢揪住他黄辫子的时候,人就先一着对他说:"阿Q,这不是儿子打老子,是人打畜生。自己说:人打畜生。"⑥

徐文长故事类型中,主角也喜欢当人父亲,如《徐文长故事集》第81则中徐文长骂梨园子弟是他儿子。这种类似故事很多,喜欢当人父亲,喜欢当人祖父,自以为占人便宜,自以为心满意足的得胜,鲁迅的《阿Q正传》和徐文长故事类型中的人物都有一种"精神上的胜利法"。然而,阿Q被人说是畜生,无独有偶的,徐文长在占女人便宜中自认是狗儿子。

> 有一家的女儿,年纪大了,可是天天爱在大门前站着;徐文长的朋友便对徐文长说:"你能使那女郎又要笑你,又要骂你,并且以后再也不敢在大门前站,我便请你吃席。"徐文长说:"这个容易。"第二天那女郎又出来大门外边站着了。徐文长便跑了过

---

① 《鲁迅全集》,人民文学出版社1981年版,第5卷,第44页。
② 同前注,第4卷,第567页。
③ 同前注,第14卷,第515、550、574页。
④ 袁宏道《袁中郎全集》,世界书局1964年版,第1页。
⑤ 鲁迅《阿Q正传》,杨泽编《鲁迅小说集》,第80页。
⑥ 同前注。

去,恰巧女郎旁边睡着一条狗,他便对地叫了一声"父亲",女郎听了便"噗嗤"一笑,于是他又转过头来向她恭恭敬敬的叫了一声"母亲",女郎听了,羞红满面,骂他几声"悖时鬼",一溜烟跑进家去,从此便不出来了。①

《阿Q正传》中阿Q最让人印象深刻的是"精神上的胜利",这一点,我们在故事中的徐文长身上明显见到。与其说徐文长是机智人物,内容谈的是所谓劳动人民的故事,不如说他们大都在讨论市井小民的习性。以愚弄权贵为乐,或以打击上位者为职志,然而所谓机智人物运用的机智也不过是"出了一口气"或暂时让强势者灰头土脸,所谓机智人物的行径都未曾对既有情势有所帮助,机智人物的卑微未曾改变,上位者的权势未曾毁损,这些专做损人不利己情事的徐文长们,只在精神上得到胜利的边缘人,与其说他们是机智人物,不如说他们是阿Q的父辈或祖辈,他们是阿Q的前身。

<h2 style="text-align:center">五</h2>

德国艾伯华《中国民间故事类型》一书的"滑稽故事"中,收录了将近百种异文的徐文长故事,分布的区域涵盖浙江、江苏、江西、河南、安徽和山东等省份,故事类型的中心是徐文长的家乡浙江绍兴,流传的情况也以绍兴最普遍。而艾伯华所收录的徐文长故事中,归纳出的情节大部分是"徐文长纯粹出于恶意让他人陷入尴尬、可笑或者不利的处境"。根据艾伯华解释,有关各种徐文长故事类型的异文,约从16世纪起就全都有据可查。②

鲁迅与徐文长都是绍兴人。徐文长故事大多流传江、浙一带,其中以绍兴的分布情况最为普遍,出生绍兴的鲁迅想必自小对徐文长故事耳熟能详。徐文长故事中的小混混角色,没事与人耍耍小聪明,教训当权者,更多的内容是欺压比自己卑微的、势单力孤的小百姓,甚至占占可怜女人的便宜,以此沾沾自喜,这是小人物的劣根性。鲁迅在《阿Q正传》中所塑造的阿Q似乎是代表了民族的劣根性,而这种劣根性在徐文长故事类型中的主角身上也一览无遗。

徐文长喜欢占女人的便宜,《徐文长故事外集》中也屡见不鲜。阿Q也爱占女人便宜,如《阿Q正传》中让人印象深刻的还有一段,阿Q去摸静修庵小尼姑的脸,而小尼姑带哭的声音说:"这断子绝孙的阿Q。"阿Q似也没有断子绝孙,在街头小混混的身上,我们见到许多徐文长的徒子徒孙,也见到许多阿Q的徒子徒孙,这倒合乎他们都喜欢当人老子的个性。徐文长、阿Q的精神胜利,永远不死,不会断子绝孙。

林兰认为,徐文长的故事,在江苏流传很广,他幼年时常听人讲的,大都称他恶讼师而不名,但讲述者的语气,又往往祖护他,听者也称快于他的捉弄人,百姓对被捉弄者表现同情的很少。而周作人也说,"老百姓的思想还有好些和野蛮人相像,他们相信力即是理,无论用了体力智力或魔力,只要能得到胜利,即是英雄,对于愚笨孱弱的失败者没有什么同情"。③

徐文长故事中,徐文长不是斗智,是小混混的行径,全是精神胜利法作祟,是劣根性作祟,徐文长故事中的主人公是阿Q的远祖。我们可以说徐文长、谎张三或白贼七的故事大都不是所谓机智人物,甚至他们有时还专门欺凌、戏弄弱小妇孺,就算是讽刺在位者、当

---

① 《徐文长故事集》,第3页。
② 〔德〕艾伯华《中国民间故事类型》,商务印书馆1999年版,第352页。
③ 《徐文长的故事》第一集,第15页。

权者,也是一种阿 Q 行径,也只是得到一种精神上的胜利。

　　中国人向来不太懂得幽默,特别是农村生活条件的限制,市井小民常常以恶作剧来填充闲暇的时间。所以徐文长、白贼七、呆女婿等等类型的故事应运而生,前二者是捉弄别人的加害者,而后者是被捉弄或被欺凌的痴傻的失败者,捉弄欺凌的行为让人称快,而被捉弄欺凌者得不到同情,这样的故事长久被当成一种笑话广泛流传着。鲁迅对绍兴的生活观察十分透彻,体会殊深,早期的创作里常常吸收民间的故事或神话当素材,阿 Q 这个形象,就是一例。或者可以见出,鲁迅吸收徐文长、呆女婿一类民间故事中的人物形象,加以提炼和深化,借以抨击中国人麻木的精神状态和劣根性。

　　　　　　　　　　　　　　　　鹿忆鹿:台湾东吴大学中文系　教授

从徐文长到阿 Q 的「精神胜利法」

从单向学习到互相影响

——古代扬州、苏州两地昆剧关系浅论

明　光

昆剧源于苏州之昆山,后辐射到全国,而清代乾隆时期扬州的昆剧演出,相当繁盛,艺术水平又高,聚集了一大批演艺人才,故昆剧史专家陆萼庭先生说:"扬州剧坛在这时几乎成了昆剧第二故乡"①。扬州昆剧的传入、发展过程中,深受苏州剧坛多方面的影响,才成就了当时的繁荣;而扬州昆剧的高度发展,也给苏州剧坛带来积极的影响。

一、招邀吴姬传曲来

明嘉靖年间徐渭《南词叙录》云:

> 今唱家称"弋阳腔",则出于江西,两京、湖南、闽、广用之;称"余姚腔"者,出于会稽,常、润、池、太、扬、徐用之;称"海盐腔"者,嘉、湖、温、台用之。惟"昆山腔"止行于吴中,流丽悠远,出乎三腔之上,听之最足荡人,妓女尤妙此,如宋之嘌唱,即旧声而加以泛艳者也。②

可知此时扬州是余姚腔流行地。弋阳腔在扬州也有演出。据《笔梦》记载,扬州钞关税监徐太监蓄有弋阳腔女乐一部。徐太监不会是孤芳自赏,当是趋时随俗。徐太监系嘉靖万历时人,家班唱弋阳腔,表明此时扬州尚未传唱昆曲,或虽有人唱还没有成为时尚。不过,在更大范围内,最新时尚已是昆曲了。1582 年,当徐太监得意而豪爽地将四名演员赠送给路过的官员钱岱时,已经喜欢昆曲的钱岱,心中并不以为然。③

那昆曲何时传入扬州?明代万历年间有位昆曲表演评论家潘之恒,在扬州汪季玄家中作客十余日,天天观赏汪家戏班的演出,留下十三首品评演员的七绝。如称赏演员国璚枝"何处梅花邃里吹,歌余缥缈舞余姿",谓其唱功极好,余音袅袅,而身段表演极佳,观众久久不能忘其动人舞姿。而另一位演员希疏越"年少登场一座惊,众中遗盼为多情",当是扮相俊美,尤善眼神传情。还有一位喜剧演员,"解识吴侬善滑稽,憨情软语态如痴"。潘之恒把这十三首诗标为《广陵散》,恰当引用嵇康的典故,表明扬州戏班演员的演技高超。据诗序介绍,时间是在 1611 年。诗序又提到汪季玄"招曲师,教吴儿十余辈,竭其心力,自为按拍协调,举步发音,一钗横,一带飐,无不曲尽其致"。④ 这是目前扬州演出昆剧的最早记载。我们不能断言这就是扬州最早的昆剧传唱活动,因为 1593 年后,潘之恒在扬州

---

① 陆萼庭《昆剧演出史稿》,上海教育出版社 2006 年版,第 214 页。
② 徐渭《南词叙录》,载《中国古典戏曲论著集成》(三),中国戏剧出版社 1959 年版,第 242 页。
③ 据梧子《笔梦》,载于浩编《明清史料丛书续编》第 17 册,国家图书馆出版社 2009 年版,第 163 页。
④ 潘之恒《鸾啸小品》卷三,转引自扬州市戏曲志编辑室编印《扬州市戏曲资料汇编》第一辑,油印本,1987,第 25 页。

东关附近的陆宅曾有"观剧"活动①,具体时间不详,具体剧种不详,戏班来自何方不详;但既是潘之恒看戏,很有可能是昆剧。考察汪季玄家班,演员来自苏州,曲师估计也当聘自苏州,那演唱艺术无疑也是向苏州剧坛看齐。不过班主汪季玄能"自为按拍协调",其接触学习昆曲自当已有时日,才能有如此修养。推论在 1600 年前后,扬州已有人学习传唱昆曲,应较为可靠。

昆曲演唱向来有伶工(戏剧演唱)和清工(清唱)的两个分支,各自发展又互相交融。潘之恒《广陵散》歌咏的戏班演员,属于扬州伶工。扬州清工歌者,多为歌妓,最早被明确记载的歌者是王卿持,她喜习吴曲,潘之恒与之熟识,后在扬州听其唱曲:"辛亥(1611)之夏,余客广陵僧舍,忽友人吴嗣宗君衡见访,君衡云叔氏携校书来,至则卿持也……嗣宗谓余,卿持近时声调转昔益高,请为兄试之。"②另有一位徐生,见于程嘉燧《闻歌引题画新柳赠歌叟徐四》诗。其序云:"南曲《单题柳》为冠,廿年前遇金坛马曲师曾传其概,又尝闻赵五、黄二辈歌。徐生在广陵秋夜歌此,情事感动,含嚼吐纳。十一月十三,季康适至,集曲中,复请唱此。曩许为图,兼书此引。"③赵五即赵瞻云,黄二即黄问琴,两人都是当时著名的昆曲清唱家,则徐生即诗题中的徐四必也是昆曲清工,所唱必是昆曲。其诗云:"邗江旧侣来月明,重向红楼歌一声。何处老翁能此曲,霜天烛下啼新莺。啭声自觉无横笛,放指还疑有凤笙。"邗江旧侣指序中的季康,此人姓方,扬州人,诗人的好友;徐四在广陵夜歌时,也许就在方季康府中,当时年纪未老,故称徐生,今番相见,已为老翁。从徐叟歌喉还有"新莺"的效果,可以想见,徐生当年广陵夜歌当更有魅力。该诗作于 1617 年末,"徐生在广陵秋夜歌此"的时间,若向前推 5 年,时间在 1612 年,与汪季玄习唱、王卿持习唱昆曲大体同时。

晚明人范景文(1587—1644),万历四十一年进士,官至工部尚书,兼东阁大学士,有《过江抵维扬》诗:

> 广陵涛起涨秋间,一棹乘潮夜抵关。行李累人因载水,邮符借得好看山。江乡欲别仍回首,吴唾重听少破颜。唯有兰苕溪上月,领将一路伴人还。

这当是从江南渡江北上所作。他虽是河北吴桥人,但对东吴文化、风物感兴趣,而当时昆曲已传向全国。他的家乡也已是"一时俗尚喜言苏",且是"齐讴变调和初成,一字吟来一字情;便带虎丘山下去,船回月上试新声"④,流行昆剧了。他为官多年,亦多次流连苏杭,自是喜欢江南景物和昆曲。所以从江南渡江到了扬州,竟回望江南,频仍回首,心情郁闷;所幸扬州还有昆曲可听,令他稍解不快。此时约为 1623 年,这首诗表明扬州渡口等处的昆曲演唱较为普遍。

明末天启、崇祯年间,扬州昆剧已广泛流行。戏剧评论家祁彪佳于崇祯十六年(1643)九月来扬州,二十八日在张永年家观赏了家优演出的好几出戏;第二天,张永年又邀酌,观看了《疗妒羹》传奇。但在南明弘光朝,扬州昆剧演艺因战乱受到打击。清初人严虞惇

---

① 潘之恒《亘史钞》"淮艳",载《四库存目丛书》子部第 193 册,齐鲁书社 1995 年版,第 652 页。
② 潘之恒《广陵立秋前一日别王卿持诗》,《亘史钞》"外纪"卷六,载《四库存目丛书》子部第 193 册,齐鲁书社 1995 年版,第 563 页。
③ 程嘉燧《松圆浪淘集》吴装卷十六,明崇祯刻本。
④ 前所引范诗,均见范景文《文忠集》卷十,四库全书本。

从单向学习到互相影响

135

(1650—1713)的《思庵笔记》说:"弘光立,四镇争抢扬州,都会几为战争。于是隋堤翠馆,蛛网封尘,吴地妖姬,风流云散矣。"[①]"吴地妖姬"似乎暗示明末扬州昆剧演出的演员,多来自苏州。

二、编演尽宗吴门例

步入清代,扬州恢复较快,康熙年间人丁日乾云:"竹西歌吹旧传闻,教坊娴习珠帘下……廿年休息垂杨生,耳边依旧繁华声。画舫红亭更满眼,娇歌艳舞多娉婷。"[②]

太仓人王揆,渡江来扬访王士禛,在扬欣赏昆剧《玉簪记》,作有《广陵赠歌者》:

> 覆额青丝白雪身,樱桃宛转度歌新。倾城不独归红粉,薄醉樽前为玉人。
> 才看何家傅粉郎,忽疑神女下高唐。销魂最是三更后,不作闺妆作道妆。[③]

清初,扬泰地区的昆剧家班也逐渐增多。泰州王孙骖家班,系收留江湖职业戏班而成,名"檕者班",活动在顺治年间泰州、扬州一带。泰兴有季振宜家班,季振宜"回籍后,尤称豪侈,……有女乐三部,悉称音姿妙选。阁宴宾筵,更番佐酒。珠冠象笏,绣袍锦靴,一妓之饰,千金具焉"[④]。该班规模较大,可惜演出的具体情况不详。

当时扬属泰州的俞锦泉家班是影响较大的一部,演员甚多,色艺超群,文士以能观赏其表演为幸,名士冒辟疆、孔尚任、曹溶、宗元鼎、黄云、吴绮等都曾到俞宅观戏并写下诗词。俞锦泉,名瀫,号水文,一号音隐,以廪生膺荐候选中书。本人精通音律,杜首昌《海陵观俞水文女伶同曹秋岳侍郎》诗小注云:"主人拨四弦和曲,精妙入神",故作诗"翻笑周郎惟顾曲,可能亲手教琵琶"[⑤],以周郎来比衬他。时人许之渐称赞俞锦泉"既擅渔阳之鼓,复弄桓伊之笛",还会演奏"十番鼓","诸姬奏大小十番,皆亲为领袖"[⑥]。家班主人有如此才艺,甄选、训练演员自是严格要求。其演唱技术和声口风格,全出自苏州的正宗传授;苏州南曲名家沈恂如,亲向冒辟疆说过,"水文诸姬,独得其传"[⑦]。

康熙年间扬州郡城内的本地戏班,现知有官绅李宗孔、汪懋麟两个家班。李宗孔(1618—1701),字书云,邑人,顺治四年(1647)进士,官给事中,康熙中解职归里。汪懋麟(1640—1688),字季角,号蛟门。康熙六年(1667年)进士,官至刑部主事。康熙二十三年(1684)遭人诬陷,罢官还乡。两人还乡,皆办戏班自娱。缪肇甲《同李书云黄门汪舟次太史蛟门主政观女剧》有云:"座上黄门蓄伎精,两家珠传无边好";黄门指李宗孔家,汪家演员即为两家珠传之一。董文骥《微泉阁诗集》卷八《李书云招饮斋中和李韵即席口占》诗小注:"同马侍郎、王侍郎听李家伎。"[⑧]吴绮《桂枝香·饮李书云黄门斋中观剧》词,"酒酣歌作,山香初试花奴舞。更催齐念奴弦索,玉箫吹凤,瑶筝排雁,串珠摇落"[⑨]。李念慈《题汪

---

① 转引自胡忌、刘致中《昆剧发展史》,中国戏剧出版社1989年版,第269页。
② 丁日乾《红桥舟中观女郎演剧歌》,李坦主编《扬州历代诗词》(二),人民文学出版社1998年版,第126页。
③ 孟棨等编《本事诗 续本事诗 本事词》,上海古籍出版社1991年版,第359页。
④ 钮琇《觚賸》续编卷三,载《笔记小说大观》第十七册,江苏广陵古籍刻印社1983年版,第73页。
⑤ 杜首昌《绾秀园诗选》,清乾隆刻本。
⑥ 转引自胡忌《昆剧发展史》,中国戏剧出版社1989年版,第334页。
⑦ 冒襄辑《同人集》卷九,《四库全书存目丛书》集部第385册,齐鲁书社1997年版,第400页。
⑧ 以上两则均转引自刘水云《清代家乐考略》,《戏曲研究》第62期,第122页。
⑨ 吴绮《林蕙堂全集》卷二十五,四库全书本。

蛟门舍人少壮三女子小像》云:"妖姬三五人,秀色可餐掬。顿喉转春莺,度出清妙曲。校书及徙倚,调丝兼弄竹。新声竞盈耳,花艳并惊目。"①

这两位戏班主人,与苏州派戏剧家朱素臣合作改编过《西厢记》,这是苏、扬两地昆剧交流的重要事件。上海图书馆善本书室,存有《西厢记演剧》,清初刊本,上下两卷。卷端题署为"大都王实甫元本 广陵李书楼参酌 吴门朱素臣校订"。剧本卷前有广陵李书云的序,每折后附有简单的释音和注释,并有一条或数条批语。批语共60条,中有扬州汪蛟门批语19条。据序的内容,疑李书楼即李书云,序中还提到"汪子蛟门每折批评,相与鼓掌"。应当是朱素臣来到扬州,与两个家班主人,共同商讨合作完成《西厢记演剧》。冒辟疆有首题为《癸亥扬州中秋歌为书云先生仁安堂张灯开谶赋》的诗说:"梁溪既远教坊绝,北曲《西厢》失纲纽;君家全部得真传,清浊抗坠咸入扣!"②这说明李宗孔家上演过这部北曲昆唱《西厢记演剧》,时间在康熙二十二年(1683)。朱素臣与李宗孔、汪懋麟的合作交往,表明扬州剧坛不仅学习苏州昆曲,输入苏州演员人才,还向苏州剧作者请教。这位朱素臣与扬州较有渊源,还与扬州文学家、湖州知府吴绮交好,将他写进《秦楼月》一剧,而《秦楼月》又是敷演扬州女子陈素素的爱情故事。至此,苏州、扬州两地昆剧的紧密联系已近百年,可以看出扬州剧坛学习苏州剧坛的努力过程。

不仅演剧艺术学习苏州,扬州诸多戏剧习俗也是遥遵苏州。顾禄《清嘉录》卷七《青龙戏》记载苏州云:

> 老郎庙,梨园总局也。凡隶乐籍者,必先署名于老郎庙。庙属织造府所辖,以南府供奉需人,必由织造府选取故也。每岁竹醉日后,炎署逼人,宴会渐稀,园馆暂停烹炙,不复歌演,谓之"散班"。散而复聚,曰"团班"。团班之人,俗称"戏蚂蚁"。③

李斗《扬州画舫录》记载:

> 城内苏唱街老郎堂,梨园总局也。每一班入城,先于老郎堂祷祀,谓之挂牌;次于司徒庙演唱,谓之挂衣。每团班在中元节,散班在竹醉日。团班之人,苏州称戏蚂蚁,吾乡呼为班揽头。④

扬州城内有条"苏唱街",顾名思义就是来自苏州的昆曲艺人多住于此,整天唱曲、唱戏不断。为什么苏州演员多居住于此,原因是这条街上设有梨园总局,这是半官方的管理戏曲艺人的行业组织。

尽管李斗所记在前,但既称苏唱街,又明言与苏州相较,所记演出习俗应当来自苏州。它如演员的戏钱,"苏州脚色优劣,以戏钱多寡为差。有七两三钱,六两四钱、四两八钱、三两六钱之分。内班脚色皆七两三钱,且人数之多,至百数十人,此一时之胜也"。扬州也遵循苏州的规矩,最高档不超过苏州。

————————————

① 转引自刘水云《清代家乐考略》,《戏曲研究》第62期,第134页。
② 冒襄辑《同人集》卷九,《四库全书存目丛书》集部第385册,齐鲁书社1997年版,第408页。
③ 顾禄《清嘉录》卷七,清道光刻本。
④ 李斗《扬州画舫录》卷五,山东友谊出版社2011年版,第145—146页。以下所引出自该书者,不再注明。

三、千金一唱在扬州

经历百余年的学习仿效,扬州的昆剧演出趋向繁盛,但本土演员似乎成长不快,缺少具有市场号召力的演员,也许就是因为苏州离扬州较近,苏州名优来扬方便,本土演员较难胜出。康雍之际,扬州昆曲演唱的声名逐渐飙高,至乾隆时达到高潮,遂为全国演剧中心。康雍时人金植题扬州梨园会馆诗云:

> 从来名彦赏名优,欲访梨园第一流。拾翠几群从茂苑,千金一唱在扬州。
> 定携侯白为声党,还倩秦青作教头。歌吹竹西能不美,更知谁占十三楼。①

这首诗透露几点历史信息:

其一"千金一唱在扬州",说明扬州昆曲的繁盛及其演唱水平已是一流,很受欢迎,已非明末潘之恒说的离苏州演技尚差一筹的情况。其二苏州演员群趋扬州,加强了苏州、扬州剧坛的联系。茂苑指苏州,竹西代扬州。"从茂苑",是说演员来自苏州,还是效仿苏州演员?仅从字面分析,似乎应当是后者,否则为何不用"来茂苑"呢?若是,第二联的意思当为,扬州剧坛本地演员效仿苏州唱昆剧,演唱水平已是一流水平,甚或青甚于蓝了。但若联系时代稍后的扬州徐班,看不上本土演员,从苏州引进名优的事实,结论就当相反,"从茂苑"可能还是解释为"来自苏州"更为贴近史实。据此,其三扬州演出成为苏州演员走向成熟的高端平台。演员来自苏州,却在扬州唱红,艺术上趋向成熟。遗憾的是尚无此时具体的班社、演员的记载。不过稍后乾隆时期扬州七大内班的演员来源与演出水平可以证明这一点。

七大内班指的是乾隆时期扬州剧坛著名的老徐班、洪班、张班、程班、汪班、黄班、江班(德音班)这七部由盐商出资组建的家庭戏班,经常服务于两淮盐务衙门,故称内班。不少演员来自苏州。李斗明确提及来自苏州的演员,徐班有余维琛、吴大有、朱文元,后场唐九州;老张班有汪颖士;洪班有陈应如、朱文元、费坤元、恶软、金德辉、王炳文等。李斗又云:"徐班散后,脚色归苏州。"这令人猜想徐班多数演员来自苏州,而"洪班半徐班旧人","江班亦洪班旧人"。徐班演员返回苏州,织造府强迫他们进入府中戏班,说明他们确实是苏州的名角,否则织造府不会如此。但他们还是千方百计要到扬州来发展。现代学者陆萼庭根据相关资料,具体指出马务观、钱云从、王丹山、陈云九、周德敷、任瑞珍、马继美、董美臣、王九皋、法揆、倪仲贤、蔡茂根、陆正华等本是苏州戏班演员。根据苏州相关碑记,扬州昆班中的刘亮彩、周维柏、戴秋朗、张明祖兄弟等人也可能原先是苏州昆班演员。他们为什么都喜欢来扬州呢?因为盐商办戏班,舍得花钱,以"皆七两三钱"的最高报酬,吸引各行当的优秀人才趋附而来,形成人才高地。

正是扬州演出市场的吸引力和一流表演水平,苏州人顾阿夷自办戏班,来扬演出,"征女子为昆腔,名双清班,延师教之。初居小秦淮客寓,后迁芍药巷"。李斗记叙该班演员,多用"鬼斧神工、神理亲切、满座叹其痴绝、情状态度最得神"诸语来形容,彰显着扬州昆曲的精彩。

乾隆时扬州昆剧舞台,演出繁盛,加上盐商资金保证,演员一心琢磨表演,演技精益求

---

① 金植《不下带编》卷七,中华书局 1982 年版,第 125 页。

精,表演上有许多创造。《游园惊梦》中增加了花王和十二月花神的舞蹈,小张班花万金办置十二月花神衣。老旦许天福听从余维琛的劝告,改扮小旦,演"三刺""三杀"世无其比。在这背景下,来自苏州的演员,更有发挥、创造的余地。大面(正净)周德敷,"以红、黑面笑叫跳擅场";马务功"合大面二面为一气"、擅白面,兼工副净;任瑞珍的演出遂臻化境。老外孙九皋声音气局输于同行王丹山,遂在身段舞蹈上求突破,首创《荆钗记·上路》的舞蹈动作,被奉为经典。故嘉庆年间的扬州人林苏门感叹道:"老昆小旦尽东吴""苏班名戏维扬聚"[①]。

扬州昆曲清唱,在雍乾时期,也很热闹,盐商"二马"就延养过风月生李二郎汉宗、旦色项生;社会大众喜唱曲,"好度曲而不佳","每一市会,争相斗曲"。苏州清唱名家张九思、邹抡元等也长期在扬州演唱或教习,影响深远。

四、扬州对苏州剧坛的贡献

以上是扬州剧坛学习苏州昆曲走向辉煌的简略过程。苏州昆曲剧坛尤其是艺人对扬州昆曲的发展作用,今人已有清楚认识和高度评价,"苏州昆曲艺人在扬州的流布,丰富了扬州剧坛,提升了扬州昆曲的艺术表现力,也为雅部的争胜集聚了力量"[②]。笔者认为,任何事物的传播和影响不是单向的,而是在相互接触、交流中获得新的发展;"苏班名戏维扬聚"造就扬州剧坛的繁荣,必然也会给苏州剧坛带来积极的影响。

首先,扬州剧坛成就一批苏伶名角。来扬州的演员,并非都是苏州剧坛的名角,正是扬州剧坛的演出平台,使他们成为名角。小旦金德辉是在扬州成长起来的演员代表。他入洪班时约在15岁左右,后又在德音班演唱,逐渐形成自己独特的演唱风格,人称"金德辉唱口",为他人所模仿、流行。老生朱文元则是在扬州舞台上艺术走向成熟、扬名的典型:朱文元"先在徐班,以年未五十,故无所表见;至洪班则声名鹊起,班中人称为戏忠臣"。这明确表示,朱文元入老徐班,虽为优秀演员,但名气还不大;后入洪班表演,才名声大震。可以说,正是扬州昆剧舞台,成就了朱文元。副末余维琛,本是苏州串班演员,非以名角入老徐班,很快在老徐班担纲副末正席,后又成为德音班总管,成为是在扬州剧坛上成熟起来的名角和昆曲管理人员。当七大内班的苏州演员返回苏州,即成为苏州最有号召力的演员,也成为苏州昆剧史上的著名演员,如金德辉、朱文元等,这肯定也得力于扬州舞台的丰富实践和赢得的名声。若无扬州这个演出平台,这些演员的发展不会这么出色。

其次,扬州剧坛传承苏伶演唱流派,发扬光大。《扬州画舫录》记载,扬州剧坛上"小生陈云九,年九十演《彩毫记》吟诗脱靴一出,风流横溢,化工之技。董美臣亚于云九,授其徒张维尚,谓之'董派'"。"二面钱云从,江湖十八本无出不习。今之二面,皆宗'钱派'。"董美臣、钱云从、陈云九等人,都来自苏州,年纪偏大,其流派的形成与扬州恐无关系;但这些流派都有传人活跃在扬州舞台,延续其脉:正生石涌塘学风月一派,入江班;董美臣弟子张维尚,以《西厢记》擅场,入洪班,张维尚又传沈明远,也在江班登台;二面钱配林入徐班、洪班,发扬钱派。

其三,助启吴人沈起凤戏剧创作历程,扬州李斗提供吴人演出底本。两淮盐务为迎銮

① 林苏门《续扬州竹枝词》,载李坦主编《扬州历代诗词》(三),人民文学出版社1998年版,第412页。
② 杨飞《清代苏州昆曲艺人在扬州的流布与影响》,《苏州大学学报》(哲学社科版),2005年第5期,第106页。

从单向学习到互相影响

备办戏班,需要剧目,乾隆时期的多任盐政、盐运使自己也爱好戏剧,都延揽人才编剧。卢见曾揽金兆燕入幕,助其修订刻印《旗亭记》传奇。苏州剧作家沈起凤在 1779 年之前,忙于科举应试,并无戏剧创作;1779 年决意不复应试,入扬州盐政幕,编写迎銮供御大戏,1781 年回苏州客织造府幕中,继续从事戏剧创作多年,所著不下三四十种,今存五种,评价甚高。沈起凤的戏剧创作,始于扬州,而扬州剧作家李斗,熟悉苏州、扬州、北京剧坛活动,所编剧本卖给苏州戏班,其《东园观剧·序》说:"自苍梧归,吴人恒市予词曲为院本,盖有年矣。寒家烟火所资,用是出焉"①,那李斗的戏剧创作在苏州较受欢迎。联想当年扬州作家请教朱素臣的情景,近百年间,苏州、扬州戏剧交流的发展及其双方关系的变化,于此可见一斑。

其四,苏人传承扬州清工流派。昆曲清唱按戏剧脚色分为三大分支,即以外、净、老生为大喉咙,生、旦词曲为小喉咙,丑、末词曲为小大喉咙。唱者各有专攻;所唱内容,不局限于戏剧的现成唱段,也可以是新创作的词曲,皆遵苏州叶广平唱口,即奉苏州清工为正宗。

据载,雍乾时期扬州清工演唱流行五大流派:除了小喉咙之苏州张九思,大喉咙之苏州邹在科之外,其余三个则为扬州清工所创。大喉咙有蒋铁琴、沈苔湄,亦各成派,流而传之,"蒋本镇江人,居扬州,以北曲胜,小海吕海驴师之;沈以南曲胜,姚秀山师之"。扬州小喉咙的佼佼者为刘鲁瞻,李斗称为刘派。其成名较早,乾隆五年董伟业的《竹枝词》已评价说:"刘鲁瞻吹笛著名,精神闲雅气和平"②。李斗记载了这样一件事:刘鲁瞻"尝游虎丘买笛,搜索殆尽,笛人云:'有一竹须待刘鲁瞻来。'鲁瞻以实告,遂出竹。吹之曰:'此雌笛也。'复出一竹,鲁瞻以指捩之,相易而吹,声入空际,指笛相谓曰:'此竹不换吹,则不待曲终而笛裂矣。'笛人举一竹以赠。"刘鲁瞻唱昆曲擅笛的名声,远播苏州,为苏州行家所折服。与伶工苏州名优独大不同,清唱五大流派,扬州占三家,说明扬州曲家与苏州曲家的艺术水准并驾齐驱,在某些方面还略胜一筹。

不仅如此,扬州清工流派传入苏州,苏人传之。请看这则材料:"今大喉咙之效蒋、沈二派者,戴翔翎、孙务恭二人,皆苏州人,而扬州绝响矣。"这则材料很有价值,扬州清唱流派传人在苏州,表明苏州昆曲也在向扬州学习。

要之,在"千金一唱在扬州"时,扬州已具备为苏州昆剧艺人提供演出平台、成就苏州艺人的功能,扬州、苏州两地艺人的交往也呈现出艺术反哺苏州的现象。

综上所述,扬州昆曲与苏州剧坛关系非常密切,因地利之便,于作家、演员、戏俗等多方面的紧密联系,从 1600—1800 年这两百年之间,保持不断。这种紧密联系的持续性、丰富性,给扬州剧坛带来深刻的影响,成为造就扬州戏剧史巅峰时代的重要因素。同时也当充分注意,这种密切关系不是单向的影响,不同时段,苏、扬两地昆曲互动关系的性质有些变化。明末清初,扬州处于学习昆剧、逐渐流行的阶段,故朱素臣莅扬指教、吴姬频来。待到康熙末年至乾隆一代,扬州昆剧走向繁盛,决定了苏州昆剧已不再是简单的学习对象和正宗代表,扬州剧坛学习引进的同时显然已掺入为我所用、为我服务的自信和自得,实为借苏州之力成扬州之功。当然,这之间是你中有我,我中有你的共同发展。换个角度看,苏州演员涌入扬州,正说明扬州是苏州昆剧演员的最大市场,是苏州演员成长、发展、成

---

① 李斗《永报堂诗集》卷七,《清代诗文集汇编》第 427 册,上海古籍出版社 2010 年版,第 562 页。
② 董伟业《扬州竹枝词》,李坦主编《扬州历代诗词》(二),人民文学出版社 1998 年版,第 739 页。

熟、扬名的重要舞台。也许也可以说,此时的扬州舞台成就了一代苏州演员,扬州清工大喉咙的蒋派、沈派,由苏人学习传承,可知对苏州剧坛颇多影响。

扬州昆剧与苏州昆剧的密切联系,治戏曲史者皆知,但阐述其前后不同性质者少见,故撰此文,阐明扬州与苏州昆剧关系,从单向学习、引进,发展为互相影响,以就教同仁。

明光：扬州大学文学院　副教授

从单向学习到互相影响

江苏常熟的龙神传说

丘慧莹

前　言

在中国，对于龙的观念，从动物、氏族图腾，到具有神格的水神，掌管着兴云布雨的工作，并被人们崇信与敬拜，是经过很长期的变化而来。① 典籍中，论及龙与水的关系，起源很早，《易经·干卦文言》"云从龙，风从虎"，孔颖达对此的解释为："龙是水畜，云是水气，故龙吟则景云出，是云从龙也"②。《管子·水地》："龙生于水"③，强调龙为水畜。《山海经·大荒东经》确立了龙兴云布雨的神通，④《春秋繁露·求雨》记载了四时行雨与不同的龙神的关系。⑤

不过中国祈雨的对象，并非仅止龙神而已，雨师、风伯是最早掌管行云布雨的神灵，举凡山川百源、五湖四海，甚至城隍、土地，亦可成为祈雨的对象。唐代普遍建龙坛、龙堂，并将龙神提高到与雨师同等地位，成为官祀之一。⑥ 受佛教影响，"龙王"一词几乎成为水神的代称，加上祀龙求雨的灵验，使得龙神传说广泛流传，龙王也成为中国重要的水神之一。龙王信仰的兴盛，与佛教关系密切，已为学界定论，前行的相关研究此处不再赘述。⑦ 唐传奇、元杂剧中出现许多龙王、龙女故事，而一般人最熟悉的莫过于通俗小说中敖家班的"四海龙王"。⑧ 然而本文所要探讨的江苏常熟地区的龙神传说，却不是以上的系统，而是属于具有孝思的"龙子祭母"型龙神传说。本文即从方志及宝卷探讨常熟的龙王传说。

---

① 阎云翔《试论龙的研究》，载苑利主编《二十世纪中国民俗学经典·信仰民俗卷》，社会科学文献出版社 2002 年版，第 196—211 页。

② 王弼正义、孔颖达疏《周义正义》，载《十三经注疏》，艺文印书馆 1985 版，第 15 页。

③ 管子《管子》，燕山出版社 1995 年版，第 299 页。

④ 袁珂注："大荒东北隅中，有山名曰凶犁土丘。应龙处南极，杀蚩尤与夸父，不得复上。故下数旱，旱而为应龙之状，乃得大雨"，《山海经校注》，里仁书局 1982 年版，第 359 页。

⑤ 董仲舒《春秋繁露》，载《四库丛刊初编》，中华书局 1991 年版，第三册，第 251—256 页。

⑥ 相关研究甚多，此处略举笔者参考的文章。樊恭炬《祀龙祈雨考》，原《新中华》复刊号第 6 卷第 4 期 1946 年 12 月，载苑利主编《二十世纪中国民俗学经典·信仰民俗卷》，社会科学文献出版社 2002 年版，第 114—121 页。王孝廉《黄河之水——河神的原像及信仰传承》，载《汉学研究》第 8 卷第 1 期，第 347—362 页。王永平《论唐代的水神崇拜》，《首都师范大学学报》总第 171 期 2006 第 4 期，第 12—17 页。

⑦ 有关龙王信仰的相关研究，可参阅台静农《佛书中龙的故实对唐人传奇的影响》，载《静农论文集》，联经出版社 1991 版。杜文玉、王颜《中印文明与龙王信仰》，《文史哲》第 315 期 2009 年第 6 期，第 124—133 页。张培锋《中国龙王信仰与佛教关系研究》，《文学与文化》，2012 年第 3 期，第 4—11 页。贾二强《唐宋民间信仰》，福建人民出社 2002 年版。苑利《龙王信仰探秘》，东大图书 2003 年版。

⑧ 王三庆《四海龙王在民间通俗文学上之地位》，载《汉学研究》第 8 卷第 1 期 1990 年 6 月，第 327—346 页。闵祥鹏《五方龙王与四海龙王的源流》，载《民俗研究》2008 第三期，第 200—205 页。

一、常熟方志中的龙神身世传说

常熟又名海虞、南沙、琴川，今属苏州市，历来分属于吴郡、信义郡、苏州、江南道、平江府等，汉时曾分为南沙与海虞二县，后合一，雍正时又分为常熟、昭文二县。①

(一)龙神身世

唐皮日休(约 834/840—883)所作《破山龙堂记》，是目前所知，最早记录常熟祀龙祈雨的事迹。由于祀龙祈雨灵验，县令周思辑②兴建龙堂，以供祭祀，常熟也因此风调雨顺，庄稼丰熟。③宋范成大(1126—1193)撰《吴郡志》"焕灵庙"条，则对唐代的破山龙堂有所补述：

> 焕灵庙，在常熟县破山。唐咸通中所建龙堂也。本朝政和二年(1112)，赐今额。五年，加赐宣惠侯。④

由此可知唐代的破山龙堂，因祈祷感应确实，到宋代成为御赐庙名的"焕灵庙"。宋鲁詹(1082—1133)：《新建焕灵宣惠侯庙记》则载立像修庙的过程。⑤《(宝佑)重修琴川志·卷一〇》"白龙祠"，对龙神的身世有较详细的记录：

> 白龙祠，在县西北顶山之上。世传梁天监元年(502)，有村姥姓蒋，氏居山之东，因有异感，孕而生白龙。失所往，三日龙归，若就乳，姥怖而死。即所居葬之，既而大雷雨，冢迁于山腹。岁之五月，龙率来省，或见形山间。始至，必甚风雨，既留，则一境为之寒，邑人于此候之。唐贞观十年，龙尝斗黑龙于海虞山之东，邑人因像，事龙母子于破山寺西涧旁，水旱祷焉。⑥

北宋大观三年(1109)陆韶之(1080—1125)《顶山白龙祠记》亦有相同记录。⑦由上述记录，得知顶山龙神传说，可上溯至梁大监年间的蒋姓龙母，感生产子，因龙就乳、母惊死，大雨龙母冢迁，龙神每年五月省母。因龙神雨旸得时，深受当地居民爱戴，因此顶山上供奉龙神的地方，从唐代的"龙堂"，到宋初"白龙祠"，宋政和二年得赐庙号，称"焕灵庙"。顶山上最初仅有龙母冢，其后有龙神母子的塑像，唐代才建祠立庙。这一系列的相关记载，勾勒出极为清晰的常熟龙神的传说及信仰的灵验。

但常熟的龙神身世，却还有不同的说法。《吴郡志》另载"阳山灵济庙"条：

---

① 荣必达修、陈祖范等纂《雍正昭文县志》雍正九年(1731)刻本，载《中国地方志集成》江苏府县志辑 19 册，江苏古籍出版社 1991 年版，第 190—191 页。

② 此处"周君"为县令周思辑。朱长文"常熟县龙堂"："唐咸通中，县令周思辑以旱故，禜龙于破山之潭上，果雨以应，于是为堂以祀。刻记今存。破山，即虞山也。父老又谓每岁有龙往来于阳山虞山之间，其云雨可识。"朱长文撰，金菊林校点《吴郡图经续记》，江苏古籍出版社 1999 年版，第 26 页。本文各书再次引用时，简标页数，不另出注。

③ 皮日休，萧涤非、郑庆笃整理《皮子文薮》，上海古籍出版社 1981 年版，第 240 页。

④ 范成大撰、陆振岳校点《吴郡志》，江苏古籍出版社 1999 年版，第 178 页。为叙述方便，后续引用只标示页码，不单独出注。

⑤ 鲁詹《新建焕灵宣惠侯庙记》，载范成大撰、陆振岳校点《吴郡志》，第 179—180 页。

⑥ 孙应时撰、卢镇补修《(宝佑)重修琴川志》，载《续修四库全书》史部·地理类第 698 册，上海古籍出版社 1995 年版，第 341 页。为叙述方便，后续引用只标示页码，不单独出注。

⑦ 陆韶之《顶山白龙祠记》，载《(宝佑)重修琴川志》卷十三，第 370 页下—371 页上。

阳山灵济庙,在澄照寺傍,白龙母庙也。无碑碣可考。有僧祖照者,以父老相传,述事于壁云:"东晋隆安中(397—401),山下居民缪氏,家有女,及笄,出行。风雨暴至,天地陡暗,避于今所谓龙塘之侧。俄有一白衣老人,语女曰:"氏族为何,居何所?"女答姓缪。指山之西曰:"我家舍于阳山三峰之下,家有父母。"老人曰:"天色如此,吾无所归,欲假馆,可乎?"女曰:"当告父母。"老人强之再三,遂首肯。语竟,遽失老人所在。女归有娠,父母恶之。逐出,丐食邻里。明年三月十八日,至今所谓龙塚之上,产一肉块。居民怪之,惊弃水中。俄焉,块破化而为龙。天矫母前,若有所告,其母惊绝于地。即有风雨雷电,飞沙折木,咫尺不辨人物之异。既开霁,但见白龙升腾而去。众乃厚葬其母,自后累降巫语,始祠之于山巅。而雨旸失候,祈祷必应。(页180—182)

阳山,在浒墅西北数里,亦属常熟地界。此处记录东晋年间的缪氏女,于隆安某年三月十八日生一肉块,肉块遇水化为龙;龙告母、母惊死。其后风雨交加、白龙飞升,居民葬龙母,立庙山巅,颇有灵验。

阳山龙神与顶山龙神身世二者略有异同,但由人类母亲感生而孕,龙母产子后因龙告母、母惊死,龙省母皆有大风雨等情节皆相同。二者极有可能是同一个传说,因二地各有龙王庙,而产生的细微变异。因为在宋朱长文(1041—1100)撰《吴郡图经续记》中,"祠庙"部分有两条记录:

龙母庙,在吴县阳山。郡中尝于是祈雨而应,民所钦奉。

常熟县龙堂。唐咸通中,县令周思辑以旱故,禜龙于破山之潭上,果雨以应,于是为堂以祀之。记刻今存。破山,即虞山也。父老以谓每岁有龙往来于阳山虞山之间,其云雨可识。(页26)

朱长文将阳山、虞山二处的龙神视为同一龙神,不只游走于阳山虞山二处,平日还往来长沙与江苏之间。《吴郡志·卷十三》"阳山灵济庙"载:

建炎间(1127—1130),主僧觉明复一新之。相传龙子分职潇湘,每岁是日,必归山间。风雨凄冷,人以为龙子诞日云。过是,山中方有春意。其去也,或变怪之状,见于云间。绍兴十九年(1149)六月某日,奔云礔礰,起于是山。俄顷,盲风骤雨大作,龙自郡城过,卷去女墙数百丈。居人余氏家小亭,吸入云中。及有负贩者,被吸复堕,而无伤焉。又云:昔有白须老人,至镇江江步买船,自云后(从)长沙来,与船人钱十千,先付五千,余钱约至苏州阳山看亲处还。登舟,即令篙工悉睡,日暮抵许市(浒墅)上岸去,盖已三百六十里矣。舟人至山下寻觅,值风雨大作,避于庙中。于像前得钱五千,方悟神龙之归,乃以钱设供僧,辞谢而去。比岁,祈龙母屡应。(页181—182)

这里的龙神被形容为腾云驾雾,倏忽往来于阳山、虞山及潇湘间,正是"神灵见首不见尾"的具体写照。

在《(宝佑)重修琴川志》"破山兴福寺",另有一说:"朱长文志云:正观[1](627—649)中,山中妪生白龙,与一龙斗于此,而成此涧。"(页343上)。此"朱长文志"正是前引朱长

---

[1] 此避宋仁宗"祯"字讳。

文《吴郡图经续记》，其中"兴福寺"的记录有：

> 兴福寺，在常熟县破山，为海虞之胜处。齐郴州刺史倪德光舍宅为寺。唐常建诗云："竹径通幽处，禅房花木深山光悦鸟性，潭影空人心。"即此地也。山中有龙斗涧，唐正观中，山中姬生白龙，与一龙斗于此，而成此涧。（页40）

此处记录虽略嫌简略，龙母产子的时间也迟至唐贞观，但同样指出龙神为人类母亲感生而来。

（二）故事类型分析

常熟龙神的身世传说，虽各有细节的不同，但其共通的母题皆是：凡人母亲、感生、怖死、祭母。这一类型的记录，即德艾伯华（1901—1989）《中国民间故事类型》中"龙的母亲"[①]、祁连休（1937—）《中国古代民间故事类型》研究中的"龙子祭母型故事"[②]、顾希佳（1941—）称为"龙子望娘型故事"[③]。

"龙子"类型的故事，最早可追溯到晋时的记录，晋干宝（？—336）《搜神记》卷十四的"窦氏蛇"：

> 后汉定襄太守窦奉妻生子武，并生一蛇。奉送蛇野中，及武长大，有海内俊名。母死，将葬未窆，宾客聚集，有大蛇从林草中出，径来棺下，委地俯仰，以头击棺，血涕并流，状若哀恸，有顷而去。时人知为窦氏之祥。[④]

南朝宋刘义庆（403—444）《幽明录》"谢妇生蛇"中亦有类似于"窦氏蛇"的记载。[⑤]《搜神后记》的"蛟子"与前述二者亦有共同的母题：

> 长沙有人，忘其姓名，家住江边。有女子，渚次浣衣，觉身中有异，后不以为患，遂妊身。生三物，皆如鳜鱼。女以己所生，甚怜异之，乃着澡盘水中养之。经三月，此物遂大，乃是蛟子。各有字，大者为"当洪"，次者为"破阻"，小者为"扑岸"。天暴雨水，三蛟一时俱去，遂失所在。后天欲雨，此物辄来，女亦知其当来，便出望之。蛟子亦举头望母，良久方去。经年后女亡，三蛟子一时俱至墓所哭之，经日乃去。闻其哭声，状如狗嗥。[⑥]

---

① 艾伯华《中国民间故事类型》，商务印书馆 1999 年版，第 113—114 页。刘守华称之为"龙母型故事"，见氏着《中国民间故事史》，湖北教育出版社 1999 年版，第 162—170 页。

② 祈连休《中国古代民间故事类型》，河北教育出版社 2007 年版，第 269—283 页。此类型故事又演变成"望娘滩型故事"，第 1086—1087 页。有关龙母研究，最著名的应是广东的"悦城龙母"，可参见叶春生、蒋明智主编《悦城龙母文化》，黑龙江人民出版社 2003 年版。

③ 顾希佳《龙子望娘型事研究》，《民间文学论坛》1988 第 3 期，第 53—59 页。

④ 干宝撰、汪绍楹校注《搜神记》，里仁书局 1982 年版，第 171 页。

⑤ 鲁迅《古小说钩沉》（不详），第 294 页。刘叶秋主编、郑晚晴注《幽明录》，称此则为"蛇悼母"，无"长二尺许"句；载《历代笔记小说丛书》，文化艺术出版社 1988 年版，第 63 页。

⑥ 陶潜撰、汪绍楹校注《搜神后记》卷 10，中华书局 1981 年版，第 65 页。此条见《太平广记》卷 425，作"长沙女"："长沙有人忘姓名。家江边。有女下渚澣衣，觉身中有异，后不以为患。遂妊身。生三物。皆如鳜鱼。女以己所生，其怜之，着澡盘水中养。经三月，此物遂大，乃是蛟子。各有字，大者为当洪，次者名破阻，小者曰扑岸。天暴雨，三蛟一时俱去，遂失所在。后天欲雨。此物辄来。女亦知其当来，便出望之。蛟子亦出，头望母，良久复去。经年，此女亡后，三蛟一时俱至墓所哭泣，经日乃去。闻其哭声。状如狗嗥。"李昉《太平广记》第九册，中华书局 1961 年版，第 3462 页。

《搜神后记》旧题为东晋陶潜(约356—427)所撰,此书虽非靖节先生所作,但成书年代当在唐前。无论是"窦氏蛇""谢妇生蛇"或是"蛟子",都与范成大《吴郡志》中所载"东晋隆安中"的时间段相当接近。足见这个故事类型,在晋代已广泛流传。其共通的特色都是女子生下龙子;龙腾飞,回头望娘,母死祭母。

而这一类的龙子祭母故事的异文,在唐宋时期大量出现,《集异志》"产龙子"、《岭表录异》"温媪"、《稽神录》"史氏女"、《太平广记》"张鲁女"等,都是此类的记载。但其中随着地域的不同,增加了"断尾龙"情节,进而演变为大江南北皆流行的"秃尾巴老李"故事。不过"产龙子""温媪"无祭母的母题;"史氏女"有断尾情节,但却是断鲤鱼之尾,方能化龙,与后世龙子断尾的原因不类,也与人生龙子或蛟、蛇的情况不同。"张鲁女"中的感生,与常熟方志所载的龙神故事相同:

> 张鲁之女,曾浣衣于山下,有白雾蒙身,因而孕焉。耻之自裁,将死,谓其婢曰:"我死后,可破腹视之。"婢如其言,得龙子一双,遂送于汉水。既而女殡于山,后数有龙至,其墓前成蹊。①

龙行成蹊情节,与常熟《龙王宝卷》中的"瞟娘湾"相似。龙子祭母故事的异文,唐宋时期在中国各地大量出现,但其中却存在不少的差异;相形之下,常熟文献中有关龙神身世的三种传说,虽有时代及龙母姓氏上的差异,但其母题却是趋于一致。

常熟方志中记录的龙神传说,除了凡人母亲感生产龙、龙子祭母之外,还有"大雨塚迁""省母风雨"两个细节,构成了具有神异色彩,但又兼具孝思的龙神传说。晚唐刘恂《岭表录异》"温媪"虽有大雨迁塚的情节,但龙神却非感生,而是被人类母亲捡来孵化的,也无龙子祭母部分。这一类型的龙子故事,据顾希佳研究,认为时间要比感生的龙子故事晚出。由此可见唐宋时期,常熟方志中记录的龙神传说,不只传奇色彩浓厚,且情节完整,叙事成熟,在"龙神故事群"②中,具代表性与研究价值。

二、常熟龙神的灵验传说

常熟的龙神传说,除前述富含孝思的龙子祭母、望娘相关的身世传说外,当然还有其本身职掌的水旱得时。随着龙神祈雨灵验,龙神的形象也日渐人格化、多样性,其能力神通也日渐扩大,不只是祈雨的对象,更有治病的能力,甚而演变成具有国族意识的正义龙神助战,可谓集龙神传说之大成者。

(一)龙神与地方风物:破山、白龙涧

中国常会有各种地方风物传说,常熟的虞山之所以名为"破山",及山上"白龙涧",正是此类龙神传说的重点。《(宝佑)重修琴川志·卷四》"顶山":"破山亦虞山之别山,因白龙斗,冲山而去,故曰破山"(页315上)。但同书却又有不同的说法,卷一〇"破山兴福寺"条载:

> 旧传正观中,有老宿在寺说法,常有白髯老人,每旦必先至。一日,师问为谁?曰:某山中白龙也。师愿见其形。老人云:我见形时,当念《摩诃经》号,助我之威。师

---

① 李昉《太平广记》第九册,第3401—3402页。此条出处为《道家杂记》。
② 由于"龙子望娘型故事"因历史推进,又不断加入新的内容,使之经久不衰,愈演愈烈,终于成为一个强大的故事群。顾希佳《龙子望娘型事研究》,第53页。

怖,误诵《揭谛神咒》,神以杵击龙,龙冲山而去,遂成破洞。又略《高僧传》云:白龙与黑龙交勇,冲迸成蹊。朱长文志云:正观中,山中妪生白龙,与一龙斗于此,而成洞。则文与白龙祠事相涉,三说未知孰是。(页343上)

朱氏原文,即前引"山中有龙斗洞,唐正观中,山中妪生白龙,与一龙斗于此,而成此洞"。《(宝佑)重修琴川志·卷一〇》"白龙祠"有:

> 唐贞观十年,龙尝斗黑龙于海虞山之东,邑人因像,事龙母子于破山寺西洞旁,水旱祷焉。(页341上)

北宋大观三年(1109)陆韶之(1080—1125)《顶山白龙祠记》:

> 唐贞观十年,龙尝斗异龙于海虞山之东,山破水泉出其下,有破山寺,今兴福寺是也。邑人因像,事龙母子于寺西洞旁,水旱祷焉。本朝太平兴国四年,蒋文怿为县令苦雨,祈龙而霁。令为之增碑冢封,浚治故池。既又卜迁其像,归诸顶山寺。是日,有白气离故地而龙见。既至,舍其像佛殿西偏,而大治其祠宇结构之。三日,龙复见,尾冢而首祠。继日,云气光色错杂,远近见之。(《(宝佑)重修琴川志·卷十三》,页370下—371上)

以上所引,可知常熟的龙神是白龙神。但虞山之破,则有两说,一则是因常熟龙神与黑龙相斗;一则与佛教相关。此处所说的《摩诃经》,应为《摩诃摩耶经》一名《佛升忉利天为母说法》[1],此经的内容即世尊向其母说法,依此指涉龙神与龙母的情况,用来替龙神现身助威,颇为恰当。而误诵的《揭谛神咒》,现在一般指的都是《般若波罗蜜多心经》中的"揭帝 揭帝 般罗揭帝 般罗僧揭帝 菩提 僧莎诃"[2]。"揭谛"为佛教护法神,一诵神咒,揭谛现身,故有"神以杵击龙"事。虽说龙王传说的兴盛与佛教关系密切,但此处所用的经咒,恐怕不是口颂"阿弥陀佛"的普及常识。此种因现形,而被神慑,故破山成洞的说法,因涉及佛教经典的层次,对普通民众而言,较难解其中旨趣;不如"二龙相斗"的说法平易有趣,而广泛流传。考察后来的方志,如明管一德(1065前后)编《万历皇明常熟文献志》[3]及清修的《常熟县志》,皆采"龙斗"的说法,可见此说较易流传于民间。

(二)龙神现形

《吴郡志·卷十三》:"灵济庙":

> 灵济庙,在府东南,旧五龙堂也。淳熙十年(1183)秋,大旱,郡守耿秉,即设厅作祈雨道场,设行雨龙王位于东西序。有蜥蜴见于香案果饤之上,蜿蜒不去,终日云合。秉以杯珓祈之,若有灵异,已而大雨三日。具以事闻,诏赐灵济庙为额。(页182)

这条记录一如皮日休《破山龙堂记》中祈雨得雨的灵验,特异处是龙神以蜥蜴的样子出现在香案上。

---

① 沙门释昙景译《摩诃摩耶经》,载《电子佛典集成·大正藏》第十二册,http://tripitaka.cbeta.org/T12n0383_001。

② 三藏法师玄奘译《般若波罗蜜多心经》,载《电子佛典集成·大正藏》第八册,http://tripitaka.cbeta.org/T08n0251_001。

③ 管一德编《万历皇明常熟文献志》卷一"破山",载《北京师范大学图书馆藏稀见方志丛刊》第六册,北京图书馆出版2007年版,第2页。

《康熙常熟县志》卷十三"焕灵庙"载：

> 绍熙甲寅(1194)春无雨,至夏五,侍御冷世光率缙绅祷龙于慧日寺。梦白衣老人曰："我即龙也,水涸甚,将于何取?"见旁有古涧,涧水一泓,指曰："可矣!"及寤,徐觉窗纸皆鸣,甘雨骤澍。
>
> 邑令孙应时下车,未几苦旱,亦迎祷于寺。五月九日龙见尚湖之滨。其上片云正黑,爪角时露,尾属地可数十丈,色如霜。后二日,大雨沾足。[①]

这两则虽出现在清修的方志中,但所载皆宋代龙神因祈雨而现形的事迹。前一则龙神是以白衣老人出现;后一则龙神则是现出真身,颜色依旧是白色;二者都延续有关常熟龙神为白龙的一致性。

这一类的传说,是祀龙祈雨灵验下的产物,主要虽是记录龙神祈雨的灵验,但又结合了民众丰富的想象,因此龙神时而以兽形,时而以人形出现,突显其变化莫测的特性。龙神以人的姿态出现,唐传奇《柳毅传》《李卫公靖》皆有生动的描述,其情感与生活,皆被凡人化。只不过常熟龙神的人形,仅是呼应白龙身份,成为白衣老人,对于人形化后的龙神性格,欠缺具体的描写。

(三)龙神职能的扩大

1. 龙神助战

常熟龙神不只能布雨行云,亦颇有家国意识,能在危急中阻止敌军的行动。《(宝佑)重修琴川志·卷一〇》"白龙祠"载：

> (绍兴)辛巳(31年,1161)逆亮犯顺,御降祝文以祷。时李宝奏海道之捷,既而获神将倪新、殷简二贼。昌言于众,曰:当战之时,有大龙舟,旗帜皆白,上植一认,旗书海虞山龚皓。俄风涛大起,虏舟皆不能自制,遂为所胜。众因悟龚乃龙字,皓者白色,盖龙助顺云。(页341上)

在金人南侵时的常熟龙神,接受了宋高宗的请托(祝文),变化为龙舟,并兴起风浪,使金人船橹无法顺利前行。而这种以操控风浪的"神力"助战,充分发挥龙神呼风唤雨的执掌。

2. 龙神治眼

《雍正昭文县志》卷二祠祀"白龙神庙"条：

> 邑人陈璹,父母没,庐墓六年,目失明。梦白衣老人治之,觉而目已复明。有僧见龙盘其墓木。[②]

这一则也是记录宋代的龙神事迹,因陈璹孝亲感天,故龙神主动帮忙治愈其因哀伤过度而哭瞎的眼睛。

龙神职能的扩大,则是龙神祈雨灵验随之而来的龙神信仰,从"雨旸失候,祈祷必应"的风调雨顺,到"累降巫语"的警示指引,再到吸人入云,却无损伤,龙神的能力扩大,不止

[①] 高士鸃、杨振藻修、钱陆灿等纂《康熙常熟县志》康熙二十六年(1687)刻本,载《中国地方志集成》江苏府县志辑 21 册,江苏古籍出版社 1991 年版,第 288 页。

[②] 荣必达修、陈祖范等纂《雍正昭文县志》,第 222 页。

具备呼风唤雨的能力，还有治病、护佑、示警的功能。但这些扩大的龙神能力，是由龙神行云布雨的本职基础上推展出来，彰显龙神灵验、护佑邑人的神赆。特别是医治孝子双眼的神能，更符合常熟龙神身世传说中的"望娘""省母"孝思特质，具有鲜明的常熟特色。

有关种种龙神灵验的传说，在宋代到达巅峰，常熟龙神在宋代屡受封赠，"五赐封号、进侯而公"，龙神被封为"灵泽宣惠通济孚应广利公"、龙母为"灵顺慈穆显佑普应夫人"。

三、宝卷中的龙神传说

《吴郡志》中的"阳山灵济庙"、《(宝佑)重修琴川志》"焕灵庙"，由于二者的内容相当接近，皆已具备凡人母亲、感生、怖死、祭母等母题，所以被视为是同一位龙神，且供职于潇湘。但中国龙神之多，实在难以数计，《法华经》中的记载了八位龙王、《华严经》中出现了十位龙王；《西游记》中提到"四海五湖、八河四渎、三江九派"皆有龙王，可见龙王数量之多。唐代各地普设龙堂，五龙祠与司中、司命、风师、雨师、众星、山林、川泽及州县社稷释奠皆为小祀。① 唐传奇《柳毅》中的钱塘龙君、洞庭龙君、泾川龙王等亦是脍炙人口。唐玄宗曾封东、西、南、北四海龙王为广德王、广润王、广利王、广泽王。② 宋徽宗则封青、赤、黄、白、黑龙为广仁王、嘉泽王、孚应王、义泽王、灵泽王。如果有水之处便有龙王，那么阳山龙神和虞山龙神是否是同一位龙神，或是供职潇湘原本是不必深究的问题。不过，唐宋之后常熟地区的龙神传说似乎已然固定，其后的方志对于龙王的相关记载，皆沿续着唐宋旧有的说法；但流行在民间的《龙王宝卷》，却对龙王传说有进一步的铺叙与开展，使得此一民间传说广泛的为常熟地区民众熟悉，进一步形成较固定的龙神出生传说。

目前可知的《龙王宝卷》有六种，分别是：常州《白龙宝卷》③、靖江的《龙王宝卷》④、河阳的《龙王卷》⑤、白茆的《龙王宝卷》两种⑥、常熟余鼎君新编的《龙王宝卷》⑦。隋文帝开皇九年(589年)于常熟县置常州，这是"常州"这一名称的由来，即"常熟州"而来，治所因常熟被划归苏州而搬迁到当时的晋陵(现常州市区)。宋、元、明、清分别为常州州、路、府治，所辖范围基本包括现在的武进、江阴、无锡、宜兴。靖江位于长江北岸，隔江与江阴、张家港对望；张家港原分属常熟、江阴两县，1962年设沙洲县，1986年才改为张家港市，旧名河阳的地区原属常熟。这六种在江南一带流行的宝卷，有相当紧密的地缘关系。不过也许是受到长江的阻隔，六种宝卷大致可分为三类：常州《白龙宝卷》说的是龙女下凡投胎故事；靖江《龙王宝卷》说的是四海龙王与蔡状元造洛阳桥故事，二者皆自成一格；而相邻的河阳与常熟的《龙王宝卷》，则是与常熟方志一致的"龙子望娘"型龙神故事，且说的都是顶山龙神的故事。本文主要以此为分析对象。

河阳的《龙王卷》，说的是南宋高宗年间常熟县北门外的穆康员外，有女妙贞，因吃了一颗从河里漂来的白蒲枣而有孕，怀胎十月后还不出生，直到甲辰年的五月十三日从母亲

① 李振华《大唐六典》"尚书礼部、祠部郎中员外郎"卷418，文海出版社1974年版。
② 杜佑《通典》"礼典山川"，载《文渊阁四库全书》卷46，台湾商务印书馆1983年版，第562—563页。
③ 民国戊辰年(1928)手抄本。
④ 王国良整理《龙王宝卷》，载尤红主编《靖江宝卷》，江苏文艺出版社2007年版，第533—559页。
⑤ 胡正兴抄本《龙王卷》，载梁一波编《河阳宝卷》，上海文化出版社2007年版，第158—160页。
⑥ 朱彩英手抄本、丁素英手抄本。
⑦ 余鼎君编著《龙王宝卷》，载《余庆堂藏本选》，内蒙古人民出版社2010年版，第87—101页。

胳肢咬洞钻出,外形像蛇头上有角。遇水变为小白龙飞出房门外。往东飞去,拖成一条白龙港,回头望娘,成了七十二瞟娘湾。然后小白龙向北过了长江进入东海,往水晶宫中拜见东海龙王鳌光,并拜其为师,东海龙王上奏天廷,封小白龙为"顶山太白龙王",平日救灾,每年五月十三日生日可回老家。而穆妙贞因生了下小白龙而死,县官将此事上奏,皇帝下旨建造"白龙王庙",并将穆氏坟于正山门下,立石碑刻有"龙母基",并供奉"顶山圣母娘娘"长生牌位。

两本白茆的《龙王宝卷》故事,主角与河阳的《龙王卷》相同,都是叙述南宋高宗年间,常熟县北门外的穆员外,有女名妙贞,因吃了一颗从河里漂来的白蒲枣而有孕。妙贞怀胎十四月后,在三月初三日,生下一头上有二支玉角的蛇。小龙向娘亲点了三个头后,就往外游去,弄塌了房屋几百间;由于白龙难忘母亲,频频回头望娘,便望成了七十二湾。小白龙从福山塘往北游,到了长江,被东海的虾兵蟹将迎至水晶宫,东海龙王要他到中央水晶龙宫去登位,并允其每年五月二十二日动身回家探望,二十三日到家门口。妙贞生下小龙后就死了,白龙将母亲为生己而死事上启玉皇,玉皇敕旨建造龙殿、立仙像,并允白龙每年五月二十一日回家一次。县官得知此事,亦上奏当今万岁,与此同时,天上玉帝差太白金星至凡间皇宫,托梦告知皇帝此事。皇帝便敕旨于常熟顶山上造龙殿,塑穆家三代圣像、太白金龙金身,造龙母殿一座。其后穆员外勤于修道,白日飞升。

余鼎君新编的《龙王宝卷》则是将前三本"龙子望娘"的故事,依《光绪重修常昭合志》中的记载,把龙母改为莫家庄蒋姓女子,调合原流行于常熟的《龙王宝卷》与《(宝佑)重修琴川志》所载的差异。时代改为唐贞观年间,用了《(宝佑)重修琴川志·卷一〇》"白龙祠"中的龙斗情节,更加入《西游记》斩龙王故事,用来说明龙王三太子被魏征斩首前,将灵气封在白珠中,而此物正是妙贞所吃的"白蒲枣",故能生下龙子。

撇开余鼎君新增或特地改写的地方不谈,三本《龙王宝卷》所说的故事大同小异,时代都定在南宋高宗时期(1131—1162),龙母的姓名都是穆妙贞,都是吃了白蒲枣而怀孕,且都是十四月后才生下一只蛟,妙贞生子后便死了。而后龙子对娘点了三点头后离去,离去时风狂雨暴,因望娘而望出了河道。虽说宝卷中的龙母姓氏与《吴郡志》所载近似[①],但宝卷故事里这些具体的时间、姓名与情节,并非直接引自常熟唐宋时期方志的记载,应有其他更具故事性的民间传说影响《龙王宝卷》的编写。

上述三本宝卷其写成年代皆不详,但妙贞怀孕十四月的情况,却与袁枚(1716—1797)《子不语》卷十七"龙母"相同:

> 常熟李氏妇,孕十四月,产一肉团,盘曲九折,莹若水晶。惧,弃之河,化为小龙,擘空而去。逾年,李妇卒,方殓,雷雨晦冥,龙来哀号,声若牛吼。里人奇之,为立庙虞山,号"龙母庙"。乾隆壬午(27年,1762)夏大旱,牲玉斯罄,卒无灵。桂林中丞以为大戚,其门下士薛一瓢曰:"何不登堂拜母乎?"中丞遣官,以牲牢祷龙母庙,翌日雨降。[②]

只是袁枚的"龙母"记录,把整个常熟龙神故事的时间下拉到了乾隆年间,比起范成大

---

① 《吴郡志》中的龙母姓缪、宝卷中的龙母姓穆,"缪"又可念"木",与"穆"同音。且口传的民间传说被记录下来,常可取同音字替代。

② 袁枚《子不语》卷十七,上海古籍出版社 1986 年版,第 411 页。

《吴郡志》提及的阳山龙母,晚了一千三百多年(东晋隆安中,397—401);比《(宝佑)重修琴川志》所载的顶山龙母,晚了一千二百多年(梁天监元年,502)。何况顶山上的龙母庙,最迟在唐贞观十年,也已立祠祀龙母了,就连宝卷中的南宋高宗年间,也比《子不语》"龙母"早了六百多年。袁枚"龙母"故事在说明虞山龙母庙的立庙由来,但常熟地区的龙神传说,一直兴盛且灵验,故从宋代开始屡受封典,到了明代亦春秋致祭,除可从方志中查到相关的"龙子望娘"型故事的记载,更有《顶山白龙祠记》《焕灵宣惠侯庙记》《修白龙祠记》《龙湫亭记》等文献可供参考,若说袁枚是以"录奇"的角度记录"龙母"故事,当然可以理解;但龙母故事、龙母峰、龙母墓存在已久,用"龙母"来说明常熟龙神传说及龙母祠等坛庙的由来,似乎并不妥当。白龙祠"自天监始,代着灵异,春秋水旱雩畛,礼有加焉"[1],直到明代后期,龙神为民御灾捍患的灵验,依旧为人称颂;同样的,白龙每岁省母亦流传久远[2],不曾断绝。只能说,龙神故事在常熟流传的过程中,产生了变异,《子不语》"龙母"应是常熟龙神传说兴盛下的一个异文。

宝卷中提及的龙王生日与龙子省母日,与方志所载也有些不同。《吴郡志》记录的龙王生日是三月十八,《(宝佑)重修琴川志》未注明。《常熟文献志》写的是五月十三日:

> 顶山在县西北一十八里,本虞山之别峰,旧传白龙托产于此,而奕世庙祀焉。上有顶山庙……庙有古松三株,其一株拳曲颇怪。嘉靖二年(1523)五月十三日,白龙蟠绕此树,山人共见。盖俗称是日为龙生辰,每有是验云。[3]

这个日期在《康熙常熟县志》中再次出现,有趣的是编者将《(宝佑)重修琴川志》《顶山白龙祠记》未注明日期的龙王传说故事,加上"五月十三"这个确切的日期,明白的指出:"蒋姥于五月十三日生白龙"(页288),《雍正昭文县志》依《康熙常熟县志》照录、《光绪重修常昭合志》[4]同。《常熟文献志》是目前所知最早提及五月十三为白龙生日的记录;可见最迟在明万历三十三年,直到清末,方志对于龙王生日是有共识的。

但宝卷对龙王的生日却有多种不同的说法:白茆《龙王宝卷》一本未论及,一说为三月三(朱彩英);河阳《龙王卷》与《常熟文献志》一致,龙王生日为五月十三;余鼎君新编《龙王宝卷》则是七月十五。清袁景澜(嘉庆年间—同治年间尚在世,约1796后—1874前)《吴郡岁华丽纪》[5]、顾禄(约嘉庆初1796)《清嘉录》[6]都提及"三月十八是白龙生日",似乎清嘉道年间,遵循由《吴郡志》已记录的白龙生日为三月十八的说法较为普及,不似明代开始方志中记录五月十三日的说法。不过笔者2009年在白茆进行调查时,当地耆老提及三月三日为龙王生日,以往当地人会到龙王庙,请宣卷先生宣《龙王宝卷》,但后来龙王庙中的神像被迫搬迁到聚福堂后,[7]也就没这习俗了。但当地人还是会在原来的龙王庙门口空

① 王同祖《重建龙湫亭记》,管一德编《万历皇明常熟文献志》卷十二,第25页。

② 丁奉《尚湖赋》:"顶山之白龙归省,甘雨时涨",后有小注:"白龙每岁五月十三日省母祠"。载管一德编《万历皇明常熟文献志》卷十七,第13页。

③ 管一德编《万历常熟文献志》卷一"顶山",第2页。

④ 郑钟祥等修《光绪重修常昭合志》,载《中国地方志丛书》华中地方第153号,成文出版社1974年版,第255页。

⑤ 袁景澜撰、甘兰经、吴琴校点《吴郡岁华丽纪》,江苏古籍出版社1998年版,第131页。

⑥ 顾禄《清嘉录》上海古籍出版社1986年版,第64页。

⑦ 有关白茆聚福堂相关情况,参见丘慧莹《江苏常熟白茆地区宣卷活动调查报告》,《民俗曲艺》169期2010年9月,第200—201页。

地插上几柱清香,并在一旁烧化纸钱,相关的宣卷活动时,也会宣《龙王宝卷》。

虽说宝卷中龙神生日与方志、文人笔记所载并不一致,但提及龙王省母的日期倒是相近。《(宝佑)重修琴川志》说:"岁之五月,龙率来省";河阳《龙王卷》说的是"每年五月十三日,龙王回山娘相见"(页159);白茆二本《龙王宝卷》,则都是五月二十二动身,五月二十三日抵达。且三本宝卷中都提到龙王归家省母时,是蟠绕在古松之上:"银杏树生老苍松,四面五枝蓬蓬松。龙王回家盘树顶,就叫长生不老松"(白茆)、"树枝生来像龙爪,树皮生得像龙鳞。五月十三正生日,白龙盘在上边存"(河阳,页159);正是前述《常熟文献志》所载嘉靖二年事。

有关龙神省母日的相近,应与吴地风俗中的"分龙雨"有关。所谓"分龙雨"为夏季所降对流雨,有时一辙之隔,晴雨各异。古人以为由于龙分管不同区域的降雨使然,故谓之"分龙雨"。宋罗愿(1136—1184)《尔雅翼》云:

> 自夏四月之后,龙乃分方,各有区域。故两亩之间,而雨旸异焉。又多暴雨,说者云:"细润者为天雨,猛暴者为龙雨也"。[1]

吴越地方以五月二十日为分龙,如果次日即雨,就谓之分龙雨,主雨旸时若,年谷有秋。宋叶梦得(1077—1148)《避暑录话》:

> 吴越之俗,以五月二十日为分龙日,不知其何据。前此夏雨时行,雨之所及必广,自分龙后,则有及有不及,若有命而分之者也。故五六月之间,每雷起云族,忽然而作,类不过移时,谓之过云雨,虽三二里间亦不同。[2]

由于稻米是江南一带重要的农作物,夏雨的及时,是秋收丰稔的保证,故当地有俗谚:"二十分龙廿一雨,水车不用欢田父,田里秋收米似土"[3]"二十分龙廿一雨,水车搁拉衔堂里""二十分龙廿一雨,石头缝里都是米"[4],足见分龙雨的重要。但有关"分龙"的确切日期,各地却并不相同,如池州以五月二十九日、三十日为分龙节[5],北京以五月二十三日为分龙日[6]。虽说池州、北京与吴越之地相差较远,但各本宝卷中白龙省母日的差异,很有可能是常熟"过云雨""二三里亦有不同"的真实反映;白茆二本《龙王宝卷》,提及龙神省母是"五月二十二动身,五月二十三日抵达",也恰好说明了分龙次日即雨的情况。

常熟宝卷中的龙神传说,还论及瞟娘湾及天界、东海龙王与凡间帝王,以及虞山龙王庙的香火鼎盛等事,这些部分受限于篇幅,将留待以后继续深入研究。

---

[1] 罗愿撰、洪焱祖释《尔雅翼》卷28"龙",载《丛书集成初编》1148册(四),中华书局1985年版,第297页。

[2] 叶梦得《避暑录话》,载《丛书集成初编》2787册(二),第94页。袁景澜《吴郡岁华纪丽》引文有若干出入;《清嘉禄》亦有此记录,但作者误书为陆游,第96—97页。

[3] 袁景澜《吴郡岁华纪丽》,第191页。

[4] 此二谚语见顾禄《清嘉禄》,上海古籍出版社1986年版,第96页。

[5] 袁景澜《吴郡岁华纪丽》,第191页。

[6] 富察敦崇《燕京岁时记》"分龙兵":"京师谓五月二十三日为分龙兵",分龙兵即分龙日,北京古籍出版社1981年版,第69页。

结　语

　　唐皮日休所作《破山龙堂记》,记录常熟祀龙祈雨灵验的事迹,当然也见证了唐代广立龙堂、龙坛,并将龙神视为水神之一,纳入官祀的行列。宋代的方志则记录了常熟的龙神传说,各本相同之处在于:人类母亲感生、龙告母、母惊死、龙省母等情节;时间可上推至东晋时期。除龙神本生故事,唐宋方志记载的常熟龙神传说,不只是祈雨灵验,还扩及龙神助战、示警、治病等事迹,可知当地龙神信仰的灵验。北宋顶山龙祠重建,终宋一朝,五次加封,在在证明龙神的应感有期。

　　明清时期的常熟龙神传说,在方志中的记录未见新变,多为沿续唐宋流传的说法,但在龙王生日的部分,则无中生有,以移花接木的方式,抄录进《(宝佑)重修琴川志》《顶山白龙祠记》,具体落实龙王生日为五月十三日的事实。然而龙神生日为五月十三的说法,在民间似乎未见统一,各种不同的说法,主要来自唐宋方志记录的差异。不过龙神省母的日期都在五月中下旬,则与吴地"分龙日"习俗有关,雨水的多寡与稻作的收成关系密切,而掌雨水的龙神,当然要在民众的期望下,如期省母。流行于常熟一带的《龙王宝卷》,与唐宋方志中的龙神传说有相同母题,更增加了望娘情节。整体而言,宝卷中的龙神传说,从故事的年代、龙母的身份姓氏、感生的过程、逾月生蛟、遇水化龙、瞟娘成湾、每年省母等种种细节,皆趋近一致,形成完整且叙事详细的龙神传说。并且因信仰灵验,成为常熟当地重要的地方神灵。

　　中国各地的龙子祭母故事,虽在晋代已广泛流传,并在唐宋时期大量出现。但常熟的龙神传说,传奇色彩浓厚,且情节完整,叙事成熟,兼有唐宋方志著录在前,民间宝卷流传在后,在"龙神故事群"中,应具相当的研究价值。

丘慧莹:彰化师范大学国文系 教授

江苏常熟的龙神传说

不一样的孟姜女故事

——《销释孟姜忠烈贞节贤良宝卷》解读

尚丽新

　　1924 年 11 月 23 日,顾颉刚先生在《歌谣周刊》上发表了《孟姜女故事的转变》一文,由此开辟了孟姜女故事研究的新纪元。学者们在广泛发掘历史文献(史志、诗文、碑刻等)、戏曲(古代和近现代各地方戏曲)、说唱(宝卷、弹词、鼓词、小曲等)唱本、通俗小说和民歌等资料的基础上,构建了孟姜女故事发展跨越两千五百年的"历史的系统"和遍及山东、陕西等十五个省区的"地域的系统"。顾颉刚等人的"孟姜女故事研究"至今仍为中国民间文学和民俗文化学研究的一个典范。此后,作为中国古代四大民间传说之一,孟姜女故事的研究一直是文学界、民俗学界的热点问题,吸引着中外大批优秀学者,也诞生了一批不俗的研究成果。

　　"孟姜女宝卷"是孟姜女故事的重要组成部分。它种类繁多、形式多样,流传时间久、流布地域广,影响深远,是宝卷研究中不可多得的典型个案。而且,宝卷信仰、教化、娱乐合一的特殊性质决定了它绝不仅仅是一种"民间文学",它能更深更广地反映民间社会和民间文化。因此,"孟姜女宝卷"研究必将使成熟的孟姜女故事研究更为丰富而深刻。

　　《销释孟姜忠烈贞节贤良宝卷》(以下简称《销释》)是"孟姜女宝卷"中最为特殊的一种。它是明末黄天教或弘阳教的教派宝卷,将孟姜女送寒衣、哭长城的故事赋予教派修行的意义,内容上最为"特殊"。同时《销释》也是孟姜女故事宝卷中最为重要的一部,它是北方诸本之源,后来河北的《长城宝卷》、山西永济的《孟姜女宝卷》和河西的各种"孟姜女宝卷"均出于《销释》。

一、《销释》的故事情节和故事来源

　　《销释》并不是要讲述一个暴政背景下的爱情故事,它致力讲述的是一个修行故事。其故事情节为:转轮古佛下凡的秦始皇梦见众人扯衣求救,阴阳官为之解梦,认为是民众"祭赛鬼神,不信正法""天意不顺,贼兵反乱""大地男女,无处超生"。为求安宁,秦始皇决定召集天下民夫修万里长城。华州华阴县十六岁的秀才范喜郎尽忠尽孝,替父服役。母舅蒙恬感其忠孝,奏明始皇,始皇封范喜郎为给事中,总管修长城。蒙恬心生妒嫉,骗范喜郎回乡探亲,又以"背主还乡"之罪捉拿范喜郎。弘州弘水县许员外十五岁的女儿许孟姜,胎中吃素、自幼信佛。为了孝养双亲,发愿招婿。太白金星奉玉帝之旨撮合范孟二人的婚事。范喜郎在还乡途中被太白金星的大风刮到孟姜女家的双林树上,二人结为夫妻。街坊传闻孟姜招了逃夫,二人成亲时范喜郎被抓。范喜郎要求孟姜为他送寒衣。范喜郎押解途中在铁桥关遇到算卦先生严子平,严子平算他有去无还,范喜郎写下血书托人捎给孟姜。范喜郎被打入九宫而亡,十王因他"闪君王抛父母撇妻子"将其收在枉死城中,只等将来孟姜送寒衣来,方可解救。孟姜收到范郎血书,决定去送寒衣。孟姜女为范郎织了四件寒衣,同时也为秦始皇织了一件赭黄袍。父母、街坊苦劝孟姜不要去,孟姜不听,由田四郎陪同去送寒衣。一路经过青龙关、白虎关、潼关、黄草关、凉山庙、九江口。潼关守吏要求献宝,孟姜女拿出赭黄龙袍,得以过关。过黄草关时被关入南牢,太白金星将二人救出。孟姜女夜宿凉山庙时,范喜郎托梦给她,说明被害真相并嘱托孟姜为他洗冤后可同登极乐。到了长江边的九江口,田四郎还乡报信,无生老母驾法船将孟姜女送到长城六罗山。到了六罗山,见到蒙恬,孟姜女假意答应给蒙恬做小,让蒙恬将黄袍献给秦始皇。蒙恬不知孟姜女已将黄袍换作黑袍,进袍而获罪。秦始皇召见孟姜女,被其忠孝感动,要封她为昭阳统领后宫。孟姜假意应允。孟姜在长城上大哭,虚空诸神,齐来助力,推倒长城。孟姜滴血认骨。秦始皇领四十万人马为范喜郎送葬。孟姜抱夫主骨衬跳入东海。孟姜、范郎东海团圆,龙王圣母等人与他二人做了圆满大会。他二人本是寒暑菩萨下界,玉皇招二人升天,掌定寒暑。上方又送下石马、赶山鞭与始皇,始皇赶七十二座宝山入东洋大海,与孟姜、喜郎一起升天,同赴蟠桃会。

显然,《销释》的孟姜女故事是民间宗教家根据民间流传的孟姜女故事改编的。明正德年间,罗梦鸿在其《五部六册》之《正信除疑无修证自在宝卷》"化贤人劝众生品第六"中无极祖托化的第一位贤人就是孟姜女:"无极祖来托化孟姜女,哭长城十万里劝化众生。"①可见早在明初,孟姜女故事已受到民间宗教家的高度重视。后来孟姜女故事被改编为《销释孟姜忠烈贞节贤良宝卷》就不足为怪了。不过,《销释》的故事来源是相当复杂的。它的远源是宋元南戏中的孟戏,近源是河北一带的孟姜女故事。

《销释》与宋元南戏以及宋元南戏系统的地方戏在情节安排、人物设置、特殊细节上高度相似,有一定的渊源关系。《风月锦囊》所收《孟姜女寒衣记》应承宋元旧本而来②,《销释》与之基本情节相似,且同样对帝王朝廷多加美化。③ 此外,《销释》与作为宋元南戏遗存的孟姜女地方戏有着直接或间接的承继关系。徐宏图《南戏遗存考论》一书共列出六种孟姜女地方戏:浙江永康的醒感戏、浙江绍兴的调腔、福建泉州的梨园戏、福建莆田仙游的莆仙戏、安徽贵池傩戏、江西广昌孟戏。④ 其中广昌孟戏中特有的田四郎也出现在《销释》之中。贵池傩戏和《销释》都有孟姜女泗州堂发愿的情节,且都有六罗山这一地名。《销释》中有范喜郎被抓后在铁桥关算卦的情节,贵池傩戏中有"铁桥搜检"的关目,广昌曾家孟戏中说田四郎本是天上的守炉童子,因打破香炉被贬去西川路口铁板桥;铁桥关、铁桥、铁板桥不会是简单的巧合。除了上述所列几例,还有诸多相似之处,此不赘述。总之,可以肯定《销释》与南戏系统的孟姜女故事的关系极为密切。

《销释》是明末黄天教或弘阳教的教派宝卷,黄天教或弘阳教的活动中心在北直隶(今天的华北地区)。《销释》应与华北地区的孟姜女故事有一定的关系。在顾颉刚先生关于直隶孟姜女故事研究的基础上⑤,车锡伦先生推测《销释》产生在静海(今属天津市)地区,且与静海流传的小卷《孟姜卷》非常相似。具体推论概述如下:河北是孟姜女故事的重要流传地,唐代已有杞良为燕人的传说,唐以后又出现了孟姜女传说的遗迹,《销释》称孟姜

① 王见川、林万传《明清民间宗教经卷文献》第一册影印光绪十二年刻本,新文丰出版公司 1999 年版,第 706 页。
② 孙崇涛、黄仕忠《风月锦囊笺校》,中华书局 2000 年版,第 634 页。
③ 孙崇涛、黄仕忠《风月锦囊笺校》,中华书局 2000 年版,第 633—647 页。
④ 徐宏图《南戏遗存考论》,光明日报出版社 2009 年版,第 91—106 页。
⑤ 顾颉刚《孟姜女故事研究》,载《孟姜女故事研究集》第一册,上海古籍出版社 1984 年版,第 30 页。

不一样的孟姜女故事

女是弘州弘水县(今河北衡水)人似标明《销释》可能产生于河北。① 再者,《销释》与顾颉刚先生亲见的衡水县东北静海县(今属天津市)流传的小卷《孟姜卷》在故事上有联系②,特别是作为故事特征的"织赭黄袍",如果顾颉刚关于的静海织工发达的推测成立,则《销释》很可能就产生在静海地区。

总之,《销释》的来源十分复杂,很难推测它是据某一种孟姜女故事改编的,还是参考多种孟姜女故事综合改编的。《销释》是一部北方的教派宝卷,而其间却多有南方孟姜女故事的因素,尤其是与南戏系统的孟姜女故事的关系极为密切。明代的孟姜女故事远比我们今天从史料中勾稽出来的复杂得多。南北方的孟姜女故事、或者说不同地域的孟姜女故事之间的传播影响状况也比我们想象得要复杂。

二、《销释》的主题、性质

从《销释》的内容来看,它要讲述的是一个全忠全孝的故事。孟姜女、范喜郎、秦始皇、蒙恬这四个主要人物最能表现忠孝这一主题。先来分析这四个人物中最为独特的蒙恬。

蒙恬出现在孟姜女故事中由来已久。虽然蒙恬进入孟姜女故事的具体时间不详,但据南宋周辉《北辕录》的记载在金代已经出现了范郎、孟姜、蒙恬同处一庙的情况。③ 明代曲选《风月锦囊》所收《孟姜女寒衣记》中有蒙恬,作为宋元南戏遗存的江西广昌孟戏、安徽贵池傩戏、福建梨园戏、福建莆仙戏中都有蒙恬,可见在宋元南戏中蒙恬这一角色就存在了。在不同的作品中,蒙恬的形象是不一样的,大多作反面形象,也有作正面形象,也有亦正亦反者。《销释》中设置蒙恬这一角色是对宋元南戏的沿袭。不过,《销释》把蒙恬设计成一个十足的恶人。蒙恬是范喜郎的母舅,起初将范喜郎引荐给秦始皇,但当秦始皇封范喜郎为给事中、代替蒙恬监管修造长城时,蒙恬心生嫉妒,设计骗范喜郎回乡探亲,同时又以"背主还乡"之罪名奏报始皇。直接造成了范喜郎的悲剧结局。蒙恬又是个好色之徒,他见到孟姜后又要孟姜作小。他的嫉妒杀死了范郎,他又贪恋孟姜的美色,中了孟姜的换袍之计,显得十分愚蠢。这样一个蒙恬,是为映衬秦始皇的英明和范、孟(尤其是孟)的全忠全孝。

《销释》之中,秦始皇是个明君,他被范郎的忠孝打动,封他为给事中,当蒙恬上奏说范郎私自逃跑时,秦始皇也未轻信,只是下令将范郎带回问明后再说。范郎之死与秦始皇是没有一丝干系的。而秦始皇欲纳孟姜不是出于好色,而是因为孟姜的贤德:"好个女钗裙,上下何理,大小安心,又不杀害,又不贪嗔,古今少有,这等孝贤人。"④这样一个转轮古佛转世的"有道君王"自然有资格与范孟二人同升天宫、共赴蟠桃盛会了。美化秦始皇的孟姜女故事都产生在明代,这是因为明代政府的高压政策。明成祖在永乐九年(1411)颁布

---

① 车锡伦《中国宝卷研究》,广西师范大学出版社2009年版,第584页。
② "小卷说许孟姜七岁即念佛行善,十五岁,由父母命嫁范杞郎。刚三日,范郎被点赴役。他不耐苦,逃归,给官兵追回,在长城堤打杀,筑在城内。他托梦给她,她就织了一领赭黄袍,又织寒衣(卷中描写织的花纹极详)。织就后亲自送去,把黄袍献与始皇。始皇要娶她,她请在葬夫后。她到长城堤下痛哭,土地与城隍把城墙推倒了。她滴血认骨,要求始皇用黄金棺殡殓,一下子撩了罗裙跳入水中。始皇敬重她,造了一座姜女庙。"顾颉刚《孟姜女故事研究》,载《孟姜女故事研究集》第一册,上海古籍出版社1984年版,第43页。
③ 周辉《北辕录》,载陶宗仪《说郛》第八册第五十四卷,中国书店1986年据涵芬楼本影印,第12页。
④ 明刻清递修本《销释孟姜忠烈贞节贤良宝卷》。本文所用均为此种版本,下不出注。

《永乐禁令》："今后人民倡优装扮杂剧，除依律神仙道扮，义夫节妇，孝子顺孙，劝人为善，及欢乐太平者不禁外，但有亵渎帝王圣贤之词曲、驾头、杂剧，非律所该载者，敢有收藏传诵、印卖，一时拿送法司究治。奉旨：'但这等词曲，出榜后，限他五日，都要干净将赴官烧毁了，敢有收藏的，全家杀了。'"①不过，《销释》对秦始皇的美化与其他明代孟姜女故事还是稍有不同的。如果说在其他明代的孟姜女故事中对秦始皇的美化迫于"永乐禁令"等官方高压政策，那么《销释》则是以一种积极的态度主动去美化秦始皇的。

范、孟二人是忠孝的化身。范郎以替父当夫、尽忠报孝出场，忠孝是他的最高的价值追求。但因听信蒙恬之言成了"闪君王，抛父母，撇妻子"的不忠不孝之人，"打为头替亲爷尽忠报孝，把君王丢闪下说你无情。第二件信别人回家见母，半路里不见母两处无功。第三件与孟姜招为夫主，你把他年纪小闪在途中。你着他送寒衣投奔那个，闪别人无归落你也无功"。这样一来范郎死于非命是必然的惩罚，只能等待全忠全孝的孟姜的救赎。孟姜生来具有善根："胎中吃素，心慈好善，看经念佛。"她拒绝媒人上门提亲，希望孝敬父母而决定招女婿。孟姜在忠孝上的见识也远远高过范郎，当她决定为范郎送寒衣时先为秦始皇织黄袍，希望"君王见了黄袍，说我二人全忠全孝，留名在世"。孟姜的忠还体现在"恕"上，她不仅请求不要株连蒙恬家人，甚至宽恕了蒙恬。孟姜是当得上"忠烈贞节贤良"之名的，所以《销释》总结道："一来正是王有道，也是姜女有孝心，感动君王慈悲主，一人修下众人功。"

在《销释》里，到处都是对以皇权为核心、以忠孝为标准的正统社会秩序、正统价值观念、伦理道德的极力维护。但这只是最表层的东西，并不是《销释》的真义所在。孟姜招夫是为了孝养双亲，但要去寻找生死未卜的丈夫就意味抛下双亲，即使是夫权大于父权，这多多少少也是"不孝"的行为。面对父母的极力阻拦，孟姜抛出这样的理由："十个女，当不得，一个儿郎""你今就死，我也难替，大限来临，不管老少。子母恩情，重于泰山，也要离别。"前一条可以说是搬出正统的封建伦理、以夫纲凌驾于父纲之上；后一条则最为厉害，不讲伦理、也不讲道理，而是直接用死亡来威胁，不异于当头棒喝。"你今就死，我也难替"，话说得极其无情，但并不是孟姜的真义所在。孟姜去送寒衣，是要去救丈夫，是一种修行，是通过这种修行来超越生死。孟姜只有通过送寒衣的一系列考验才能修行圆满，不仅救赎夫主，且能超度范喜郎乃至秦始皇"证无生""上天宫""同开九叶莲"，同赴蟠桃会。那么，客观上是将修行置于"忠孝"之上的。这才是隐藏在"忠孝"背后的真实意图。这个精心构思的故事显然不是一个荒诞的故事。《销释》是借"忠烈贞节贤良"的外衣来传教，实际上它已经偏离了正统的价值观念和伦理道德。"寻着我未生前娘的本面，送在我东洋海得见龙王。进龙宫编了号坠上天榜，自然的天书诏享赛十方，到那里得证果还源本位，赴王母蟠桃会才是一场。"民间教派把一个虚构的天堂视为终极归宿。为了这个虚构的天堂，既可以全忠全孝，也可以不忠不孝，这正是民间教派的两面性所在。《销释》用忠孝来掩饰那个虚构的天堂，典型地体现了尚未"越轨"走向反政府的明代教派宝卷的特性。《销释》在改编孟姜女故事上用心极深、下了极大的力气，这与后世教派宝卷改编民间故事有明显的区别。

《销释》也将黄天教的修行方法融入其中。在修行方法上黄天教采用的是道教内丹派的修炼方法。各种内丹术语使整部宝卷充满了神秘气氛。孟姜女寻夫一路经过青龙关、

---

① 顾起元撰，谭棣华、陈稼禾点校《客座赘语》，卷十一"国初榜文"，中华书局1987年版，第347—348页。

白虎关、龙虎山方寸寺、潼关、汴国河南黄草关、凉山庙、芦花寨万里长江、九江口、齐州丹阳县九河。这些地名中只有一个潼关是真实地名。汴国河南黄草关、凉山庙、芦花寨万里长江、九江口、齐州丹阳县九河,这些地名都是虚实合成的地名,"汴国河南""齐州丹阳县"这类不伦不类的地名在历史记载上是找不到的。"黄草关""凉山庙""芦花寨""九江口"这类地名又太泛。中国叫凉山的地方多得是,只要是一座清凉之山就有可能被叫成凉山;同样,只要是多条河流交汇的地方就有可能叫九江口,不一定就真是江西的九江。青龙关、白虎关显然是从古代神秘文化六神中的青龙、白虎衍化出来的,不是实际的地名。龙虎山方寸寺是道教内丹术语,龙虎指性命元神,方寸指心。因为孟姜寻夫的过程实际上是修行的过程,这些地名根本就不需要落实,它们是修行的暗喻。例如孟姜走到九江边,遇到化身老公公的无生老母指点她过江去长城一段:"老公公叫贤人听言端的,九江口从头数说在心中。九江口有八水串通一处,有五湖通四海上下周行。有三百大孤河上接下稍,有六十小黄河节节双行。有二百四十座龙宫海藏,有一百二十间水阁凉亭。有一座七宝池三明四暗,有一座八功殿体透玲珑。当阳处有一座古刹寺院,那寺里有古佛无字真经。寺中间有一座玲珑宝塔,塔周围有四至八面威风。往东至甲乙王干河一道,往北至壬癸庙苦水龙宫。往西至费安府金城一座,往南至新火县对塔当中。塔前边十字街鼓楼一座,塔后边渠江殿钟鼓齐鸣。殿前首峨嵋山双林寺院,寺下边重楼殿华盖山中。从重楼往上去长城大路,重楼下华盖寺那是中城。到齐州丹阳县九河下稍,过胎州芦花寨就是黄庭。那里有火焰山华藏寺院,吕公桥甲儿岭也到长城。起早脚走连城二十四座,你可打玉枕关径到孤峰。"很明显,这段话是以道教内丹修炼为主干,又融合了中国古代的神秘文化和佛教文化,由此我们可以看出三教合一的民间神秘文化是怎样合成的。

总之,从性质上说,《销释》是一部正宗的教派宝卷,它改编了民间极为流行的孟姜女故事,在全忠全孝的表象之下将黄天教的教理、教义和修行方法巧妙地掩藏其中。

三、《销释》的流传和影响

北方的"孟姜女宝卷"几乎都是源出于《销释》,这足以证明宝卷的流传与民间宗教的传播有着至为密切的关系。大约康熙、乾隆年间流行于河北、山东的《长城宝卷》,直到今天仍在山西永济流传的《孟姜女宝卷》、甘肃河西地区流行的《绣龙袍宝卷》和《孟姜女哭长城宝卷》都是据《销释》改编。

虽然这几种宝卷都有一定的变化,诸如地名的变化、人名的变化、情节的变化、形式的变化①。但它们都保留了《销释》的主干情节和重要内容,判断其源出《销释》是毫无疑问的。《销释》能在北方大范围传播,应该是得益于民间教派的传教活动。《长城宝卷》和河西的"孟姜女宝卷"都流露出民间教派影响的痕迹。《长城宝卷》"开卷'诗云':'《长城宝卷》奥无穷,奉劝大众苦用功。为人修的长城好,无有死来光有生。'说明改编者仍然暗示这部宝卷包含了宗教修功的奥义。卷末[耍孩儿]曲:'劝善人,听我明,听着我,说长城,这部宝卷无有影。本是佛法传大道,编成热闹敬明公,一编编了一年整。众明公要问此卷,这部宝卷出在北宫。''北宫'是民间教团组织。卷中仍保留了九江口无生老母庙,无生老

---

① 《长城宝卷》的形式最为特殊,通篇说唱道情[耍孩儿]。山西永济、甘肃河西的几种孟姜女宝卷的形式用的是民间宝卷的形式。

母接待孟姜女、田四郎,送孟姜女躲过'贼船'等情节。孟姜女过潼关,又遇到了一位'先天老母'。以上说明这部宝卷是有民间教团背景的宣卷人改编的。"①河西"孟姜女宝卷"中最早的《绣龙袍宝卷》的开卷偈云:"始皇坐定人王主,无极点化打长城。佛祖感应孟姜女,哭倒长城十万里。却说这两句题词出于罗祖的真言经中。"②"无极""罗祖"都明确表明《绣龙袍宝卷》与民间教派有着极为密切的关系。这也就不难理解为什么北方宝卷系统的孟姜女故事未被当地的孟姜女故事同化掉。《绣龙袍宝卷》的整理者在"校记"中说:"《绣龙袍宝卷》在酒泉农村广为流传,但我们搜集到的只此一本,酒泉上坝乡农民田光有收藏。在酒泉流传的故事传说、小曲民歌中,'孟姜女哭长城'种类较多,内容大同小异。唯此卷在故事情节、人物形象等方面都与其他传说故事大不一样。具有独特之处。"③正是民间教派的特有的传播渠道使得北方的"孟姜女宝卷"打上独特的烙印。

但是这些源出《销释》的北方"孟姜女宝卷"与《销释》有着本质的不同,《销释》是教派宝卷,而源出《销释》的这几种北方"孟姜女宝卷"都是民间宝卷。《销释》的宗教性质最多只留下一个浅浅的影子。孟姜女故事又还原了它的民间性:秦始皇又成了遭受报应、不得好死的暴君,孟姜女送衣寻夫不是为了修行,而是出于一片赤诚。故事的风格也变得活泼起来了,不再是《销释》的神秘和庄重。如《长城宝卷》中孟姜女泗州堂烧香还愿一段关于泗州堂的描写很有趣:"就在本庄村东边,好大一片破寺院""进了山门往里看,哼哈二将都栽倒,四大天王像不全,走过正殿合陪殿,转过了玲珑宝塔,泗州堂就在眼前。"④无生老母给孟姜女和田四郎做饭吃,吃的是米饭和咸菜。这是极有民间气息的。在河西的"孟姜女宝卷"中因为没有泗州大圣信仰,泗州堂就变成了家堂神庙。《销释》中的范郎被风刮到双林树上,到了河西宝卷里双林树变成了双权树。在《绣龙袍宝卷》有一段写老和尚因害了相思而[哭五更]:"一更里来冷清清,和尚得了个相思病,眼珠子想得跌出来,鼻疙瘩想得歪过来。我的佛爷,鼻疙瘩想得歪过来!"⑤这也是极有民间情趣的文字。亦可见这几种北方民间的"孟姜女宝卷"的功能由《销释》的信仰转向了娱乐。

那么,为什么源出《销释》的北方"孟姜女宝卷"会重归民间性,《销释》的宗教性质是如何被淡化乃至消亡了的呢?清政府对教派的打压应该是最主要的原因。当一个教派走向衰亡,信徒减少时,普通民众是不会劳心费神地索解那些精致而神秘的教义的。《销释》要想继续存在,只能回归民间。从教派人士将民间的孟姜女故事改编成《销释》到《销释》再被重归民间,这一循环往复的过程体现了孟姜女故事虽千变万化却永不消亡的顽强的生命力和永恒的魅力。

在探讨《销释》的影响时,我们专注它对北方宝卷中孟姜女故事的影响。我们还发现《销释》与北方宝卷系统之外的孟姜女故事没有深刻的联系,二者之间没有相互的影响。而且,南北"孟姜女宝卷"之间也没有相互影响。虽然南戏及南戏遗存是《销释》的重要来源,但《销释》对南方的"孟姜女宝卷"没有任何影响。离开了民间教派传教的强大力量,《销释》的影响也就仅能局限于北方民间宝卷之中。

---

① 车锡伦《中国宝卷研究》,广西师范大学出版社 2009 年版,第 585—586 页。
② 酒泉市文化馆《酒泉宝卷》中编,酒泉市文化馆 2001 年编印,第 173 页。
③ 酒泉市文化馆《酒泉宝卷》中编,酒泉市文化馆 2001 年编印,第 194 页。
④ 路工《孟姜女万里寻夫集》,古典文学出版社 1957 年版,第 251 页。
⑤ 酒泉市文化馆《酒泉宝卷》中编,酒泉市文化馆 2001 年编印,第 188 页。

《销释》是北方"孟姜女宝卷"中最为重要的一部,不管是从宝卷研究的角度来看、还是从孟姜女故事研究的角度来看,《销释》都扮演着非常重要的角色。从宝卷研究来说,它是教派宝卷改编民间传说的典范之作,展现了改编民间故事的那类教派宝卷取之民间、还之民间的变迁过程;同时它也是我们研究教派宝卷传播、影响的典型个案。对孟姜女故事的研究来说,它的存在也是意义非凡。在对它的来源的考证过程中我们已经发现明代的孟姜女故事远比我们今天从史料中勾稽出来的复杂得多,南北方的孟姜女故事、或者说不同地域的孟姜女故事之间的传播影响状况也比我们想象得要复杂。总之,《销释》之中尚有诸多未解之谜,学界对《销释》的研究仍有很大的开掘的余地。

尚丽新:山西大学国学研究中心 副教授

梁山伯与祝英台的故事结局

施爱东

梁祝故事经由故事、戏曲,以及各种说唱文学,传遍大江南北,甚至在韩国、越南等地也广为流传。进入 21 世纪以来,浙江宁波、杭州、上虞,江苏宜兴,山东济宁,河南汝南等地曾经为了谁是"梁祝之乡"打得硝烟弥漫。2005 年梁祝故事被列入第一批国家级非物质文化遗产名录之后,各地的源地争夺战就更趋激烈,也更加引人瞩目了。

其实,民间口头叙事从来就没有定本,它在每一个地方、每一个环节都有滋生新奇情节的可能,总体上表现为无限的丰富多样和生命树般的枝繁叶乱。要是你有兴趣和我一起来分析一下梁祝故事的演化和生长就会相信,民间文学本来就是多元发生、无序生长的,它与所谓"历史""故乡"之类的概念八竿子打不到一块。

一、梁祝故事起于何时?

目前学界一般认为梁祝故事起于东晋。但此说是从钱南扬《祝英台故事集》一书中搬出来的。钱氏本人反倒并不肯定此说,只是姑且做个假设。学界拿着鸡毛当令箭,你说我说大家说,慢慢地似乎成了定论。

"东晋说"的主要依据是,清代翟灏在《通俗编》中引了一则唐人张读《宣室志》的记载,说梁祝死后,东晋丞相谢安曾为祝英台请封。翟灏显然是在造假,因为他不了解《宣室志》只记唐人的"现当代"故事,根本不可能记载"东晋丞相"的故事,所以卖了个大破绽。这条材料显然是靠不住的。

据说另一个有力证据是明末徐树丕的《识小录》,该书说《金楼子》和《会稽异闻》都载录了梁祝故事。《金楼子》是梁元帝所作,成书较早,可以支持"东晋说",但此书在明代初年就已湮没,而徐树丕卒于清代康熙年间,徐氏怎么可能看得到《金楼子》? 而从《永乐大典》等各种现存的《金楼子》存目来看,并没有关于梁祝故事的记载。至于《会稽异闻》,连书名都不见信录,更不用说书本身了。

南宋张津《四明图经·鄞县》说唐代的《十道四蕃志》中记载了梁祝故事,但《十道四蕃志》早已不存,更不可考。也许有人还可以找出别的证据来,但是,目前所有指认为宋代以前的证据,无一足信。我们确切知道的,最早记载梁祝故事的,就是张津本人。

同是宋代的《舆地纪胜》《四明志》等相关著述也有片言记载,但所提供的信息没有超出张津的《四明图经》。可见有宋一代,梁祝故事尚在十分简陋的阶段。到了元代,袁桷延祐《四明志》还是持张津的说法,在后面加了一句"然此事恍惚,以旧志有姑存"。可见到了元代,此事仍然"恍惚",说明故事在元代还并不很盛行。

二、梁祝为什么会葬在一起？

我们就从南宋张津《四明图经》中的梁祝故事说起，并且只以梁祝故事的结尾作为讨论对象，看看故事的生命树是怎样生长的。

早期的梁祝故事非常简单，在张津的《四明图经》中只是说："义妇冢"是梁山伯祝英台同葬之地，两人小时曾经同学三年，而梁山伯不知祝英台是女子，可见这是两个非常朴质的年青人。这说明在南宋的时候，故事的结尾还仅止于记载祝英台有"义妇"之名，以及梁祝二人"同冢"——这是梁祝故事最原始的结尾，没有多少传奇色彩。

那么，祝英台为什么会得到义妇的封号？她与梁山伯是什么关系？他们为何同冢？张津以及其他载录者均未作具体说明。也许当时民间已有相关传说，也许成熟的情节尚未产生，但有一点是可以肯定的：张津简单的记载留下了许多尚待回答的问题。

在民间故事的流传过程中，只要故事中存在问题，就一定会有人试图用相应的情节来回答这些问题。

到了明清以后，见于文字记载的梁祝故事骤然增多，故事情节也丰富起来。这里我们只讨论故事结尾中的一个问题，即：这一对青年男女为什么会同葬在一起？

我们发现，不同地区的故事讲述人在解释梁祝"同冢"的原因时，会有不同的说法。根据现有资料，主要的说法有三种。

合葬说：山东济宁的说法是，梁山伯葬后，祝英台哭死在梁山伯墓前，"世人感念祝英台的情义，经多方商议，决定把她和山伯合葬。"浙江宁波的说法是，"人们为了纪念梁祝保境安民的功德，就把他俩的墓迁拢，合葬在一起。"而河南汝南一带则称祝英台即将殉情时，"嘱家人葬于梁山伯墓东边，……隔路相望。"

阴配说：浙江鄞县、慈溪等地的说法是，梁山伯为官清廉、一心为民，最后死于任上，当地百姓苦其生前尚未婚配，就为他觅得一才貌相当的早逝女子祝英台，将他们阴配同冢。另有一种说法是，后人在为梁山伯掘地造墓的时候，从墓地挖出署名祝英台的墓碑，于是顺水推舟将他们阴配为夫妻。

投墓说：此说流传最广，一般是说祝英台哭坟的时候，梁山伯的坟墓突然裂开，祝英台跳入墓中，所以他们同葬在一起。

现在，我们抛开合葬说与阴配说，就从祝英台投墓开始讨论。投墓之后，可能产生两类问题。

一是逻辑问题。如果现有的故事情节还存在不能自圆其说的环节，需要进一步解释和说明，我们就认为这个故事有逻辑问题。比如在祝英台投墓之后，还会有许多疑问：祝英台的投墓行为是否合乎伦理规范？为什么一个私定终身的女子在当时的社会环境下还能被旌表为义妇？祝英台投墓之后，她的未婚夫马某将做出什么反应？

二是情感问题。如果故事不能在感情上满足民众的心理需求，我们就说这个故事有情感问题。"投墓"是一出爱情悲剧，美的事物遭到毁灭，老百姓自然不甘心，于是就有了情感问题。

无论逻辑或情感的问题，都会形成紧张，需要增补新的情节来消解这种紧张。而不同的故事讲述人会选择增补不同的情节。

于是，形形色色的人，各有各的口味，会增补形形色色的新情节。如果我们把一个故事看作一棵生命树,把每一个新情节当作一根新生长的树枝,就会发现,生命树的每一个关节点上,都会生出新的树枝,树枝的生长方向,也是杂乱无章的,几乎朝向了所有可能的方向。

三、祝英台投墓的后果是什么?

祝英台投墓之后,还会产生许多问题,这里我们只选择一个问题来讨论:作为祝英台未婚夫的马某,他在未婚妻跳进别人坟墓之后,会有什么反应?

我们统计了 102 个梁祝故事,发现马某可以有这样 6 种反应:

1. 不作为;

2. 挖开梁山伯的坟墓(掘墓);

3. 追入阴曹地府,继续展开夺妻斗争;

4. 变成了苍蝇之类的小昆虫;

5. 吓成了红脸;

6. 殉情自杀。

以上 6 种情节基本上穷尽了我们可以想象的马某的所有可能反应。每一种反应,都要增补相应的情节。我们选择第 2 种反应,即"掘墓"来讨论。

我们知道,掘墓之后,又会产生新的问题。比如:掘开坟墓发现了什么? 或者,掘墓的后果是什么? 在我们所讨论的故事中,掘墓之后,又增补了这样一些情节:

1. 蛇护墓穴,吓退掘墓者。比如,掘墓发现"两条大蛇"或"数不清的大蟒蛇",马某被吓退或者吓死。

2. 马某找到尸骨,进行报复。"他掘开坟墓,找到许多尸骨,便四下抛散,不料那些尸骨重新聚拢在一起。"

3. 梁祝发生尸解。如"只见两块青石板,其他一无所有""不见尸体,只见两个白色的鹅卵石""墓掘开了,里面只有两块粘在一起的石头"。

4. 梁祝化为双飞物,在另一世界得到永生。比如说梁祝化成一条白蛇和一条青蛇,"双双腾空驾雾飞去",或者说,"两只鸳鸯鸟从里面飞出""只见得一双白蝴蝶飞出"等。

限于篇幅,我们只选择第 3 种即关于"尸解"的故事来讨论。采用这种讲法的故事有 4 则:

其中一则故事认为,主人公的灵魂已经飞升了,石头只是坟墓中的遗留物。故事把尸解与化蝶的情节拧在一起,并且说明"这时才知道那一双白蝴蝶,就是它俩的化身"。梁祝化成蝴蝶跑了,两块青石板就变成了没有任何意义的东西,无须进一步交代,故事就此结束。

另有三个故事认为石头本身就是梁祝的化身,那么,作为梁祝化身的石头,它的命运就必须有所交代。

首先,马某一定会想办法分开,或砸开这两块石头。石头(代表梁祝)被"分开",这又产生了新的紧张,因此一定要增补一个有关"结合"的情节才能消解这一紧张。因此,有两则故事说,那两块石头最后变成了两棵树(或竹子),根连根,桠对桠(或缠在一起)。流传于福建漳平的一则故事则说:两块石头分别变成了杉和竹,人们把杉做成木板、把竹做成箴,用箴来箍板制桶,这样,它们又紧紧地结合在一起了。

至此我们可以看到,故事是可以不断生长的,只要存在问题,就一定会催生不同的情节来解决这些问题,不同的故事讲述人所选择的解决方案千差万别,所以,祝英台投墓之后,故事在后续的每一个环节上都会表现出多种可能的走向。

为了更直观地理解故事的无序生长,我们还可以通过列表来说明。

我们选择一个样本较少的类别:祝英台投墓之后,有一类故事说,马某跟着跳进了坟墓,或通过自杀追至阴曹地府,向阎罗王告状,跟梁山伯"打阴司"。这类样本只有6篇,但已经表现出了明显不同的情节走向:

表 1 梁祝故事"打阴司"异文

篇名	结尾方式	流传地区
梁祝情深上天庭	马某追入阴间、阎罗断案、梁祝回归天庭、马某还魂另娶	浙江、上海
尼山姻缘来世成	马某追入阴间、阎罗断案、梁祝魂归天界、被黎山老母收为徒弟、还魂报国、荣华富贵	浙江、河南
结发夫妻	马某追入阴间、阎罗断案、神判、以飘发为依据进行断案、祝英台判归梁山伯、马某另娶	浙江宁波
马俊告状	马某气死、阎罗断案、查簿、三人俱还魂、马某另娶、梁祝白头到老	广东海丰、陆丰
英台化蚕	马某追入阴间、阎罗很难断案、阎罗选择不作为、祝英台和马某变身斗法、英台最终化蚕、山伯变为蚕的栖息物、马某变麻苍蝇	不详
马文才变公猪	马某病死、阎罗断案、把梁祝判为夫妻、阎罗设计将马某变成公猪	浙江景宁

由表1可见,在每一则故事的最后,梁祝总是"白头偕老""荣华富贵""回归天界",得以"大团圆";而马某或者是"化身另物(多为丑陋事物)"、或者是"还魂另娶"(多强调娶丑女)。最终有情人终成眷属,反面人物得到恶报。所有问题得到解决之后,故事才会停止生长。

四、哪种答案更吸引人?

那么,在各种各样的说法中,是否存在一些占主导地位的说法呢?

我们知道,每一个讲述者的每一次讲述,都是一次创造性的发挥,都生产了一个独立的文本(异文)。但是,并不是每一种异文都具有传播的价值。与自然界的生存竞争一样,在故事的传播过程中,适合于大众传播的情节被选择性地保留了,不适合大众传播的情节则被淘汰或被改造了。自然选择不仅适用于生物学与自然科学,同样适用于许多社会、文化领域,包括我们的故事学。

一方面,我们强调情节的生长是随机的、无序的;另一方面,在对梁祝故事的考察中,我们发现几乎所有异文的结局都出现了"大团圆"倾向。通过对样本的统计分析就可以看出,无论最终梁祝是化生、还魂、尸解、转世,还是魂归天国,总是以"团圆"这一理念作为旨归。

假定我们讨论的起点是"英台投墓",而终点必须指向"团圆",这样,问题就突然变得有趣起来。我们可以把问题抽象为:由一个共同的起点,经由不同的路径,要到达一个共同的终点,在这些路径中,谁会是最优选择?

这显然是一个"最优化问题"。根据最优化原理,我们可以把多阶段决策问题的求解当作一次连续的逆推过程。在我们的讨论中,即由"团圆"这一终点,一步步向前逆推到"英台投墓"这一起点。

第一步,以梁祝的存在状态而论,他们"团圆"的途径只可能有3种。

1. 灵魂团圆。

2. 肉身团圆。

3. 化身团圆。

除了这3种状态,我们找不出第4种状态。我们的目的,就是要穷尽所有的可能来进行讨论。

第二步,在上述3种状态中,还可以各自配套出最优的情节。

1. 灵魂团圆在民众的想象世界中,只能存在于两种空间:或者在天国,或者在阴间。

阴间常与地狱产生联想,就民众的感情意愿来说,让梁祝留在阴间显然是难以接受的,不能成为最优选择。所以,几乎所有讲灵魂团圆的故事,都把团圆地点选在天界。

2. 肉身团圆从逻辑上说只有两种可能:或者死后还魂于肉身,或者本来就是"假死"。

关于假死,只有浙江宁波的一则故事,讲述祝英台的三阿哥为梁祝二人策划假装投墓,继而掩护他们私奔。策划假死需要众人进行许多前期准备工作,还得打雷闪电等天气状况相配合,而且从逻辑上说,既然决定私奔,早就可以走人,无须把事情弄得这么复杂,所以,假死说不会成为最优选择。从文本统计来看,肉身团圆明显以还魂说为主。

3. 在化身团圆中,关于梁祝化为什么,各地讲法非常多,计有蝴蝶、彩虹、鸳鸯、并蒂莲、蝙蝠、两条蛇、两块石头、两棵树、竹子和树、映山红、蚕、蛾等等。从形象上来说,化身为蝴蝶、彩虹、鸳鸯、并蒂莲显然比化身为其他东西等更具有美好的象征意义,因而出现的概率理应大些。但是,鸳鸯和并蒂莲并不是各地的常见物,许多人从来就没见过这东西,不够直观形象,因而在传播过程中,很容易被更换为人们更熟悉的事物。从统计数据来看,蝴蝶说与彩虹说的出现频率是最高的。其中化蝶说出现在成熟的韩凭妻故事之后,极富传奇色彩,广得文人传播,占得了天时地利人和,因而成了诸多化身物中的最优选择。

综上分析,关于梁祝团圆的3种状态可以进一步具体为:

1. 主人公魂归天界。

2. 主人公还魂。

3. 主人公化蝶。

第三步,在上述3种优化策略的基础上,还可以再进一步分析。

1. 梁祝魂归天界之后,所有问题均得到解决,两人幸福美满,无须增补新的情节。也有说他们魂归天界后,又下凡创业的,但这已经是另一个故事了。

2. 还魂说在叙事策略上与魂归天界说基本相同,故事欲短,可以就此打住,以一句"后来他们过上了幸福生活"而结束;故事欲长,也可以从此开始一个全新的叙事,比如接上一段梁山伯赶考夺魁,祝英台寻夫得团圆之类的情节。因为还魂之后,原有的矛盾都已经消解,生活进入了另一种状态,只能重新展开叙事,这与魂归天界再下凡一样,不能成为最优选择。

3. 在化蝶说中,我们很难想象,两只蝴蝶间的爱情故事将如何得以展开,故事至此就该结束了。

故事情节若要进一步生长,就一定要有问题(矛盾)存在。因此,我们只能从矛盾的对立面,也就是马某身上着手,因为马某可以在祝英台投墓之后有所作为。

又因为马某作为恶人不可能升天,所以,马某与梁祝的冲突只能在地面(人间),以及地府(阴间)两个场所展开。

如果要在阴间滋生新的情节,就必须预先设置问题和冲突,这样的设置似乎只有一种方案:让主人公的对立面——马某也追入阴间,继续展开夺妻斗争。

斗争形式可以是强行争夺,也可以通过打阴司来解决。又因为主人公必须圆满地升天或还魂,能满足主人公这一要求的只有阎罗,所以,矛盾最终一定要由阎罗王出面解决。也就是说,打阴司是不可缺少的一环。

马某在地面上行为,只能是掘墓。掘墓制造了新的紧张,但从结果来看,反面角色的任何行为,在民间叙事中都只能以失败而告终。

综上分析,梁祝故事的最优结尾方式可以进一步具体到如下4种:

1.主人公直接魂归天界,结束。

2.主人公直接化为蝴蝶,结束。

3.梁山伯在阴间与马某展开夺妻斗争,并在阎罗王跟前打赢官司,胜利后与祝英台魂归天界。

4.主人公直接化为蝴蝶,马某掘墓失败。

推算进行到这里,其实很大程度上已经与本文第三部分对接了。从现有的102个故事文本来看,正是这4种结尾方式最为流行。可见我们的推论与民间流传的真实状况几乎完全相符。

以上4种情节都有可能成为候选的最优选择。具体哪一种会成为No.1的流行情节,还有赖于各种偶然因素的作用,比如地理、历史、文化、体裁、偶然事件等等。正如自然界的物竞天择也受到地理、气候等外在因素的巨大影响一样。

五、民间故事最本质的特征是什么?

从故事的生长过程中,我们看到了混乱和无序。原始的故事情节总是会有很多没能回答的问题,每一个问题都会增补不同的新情节,这种增补可能出于逻辑的要求,也可能出于情感的目的,它们可以朝向所有的可能方向。

不同方向的、互不相融的新情节之间产生了生存竞争,更受欢迎情节能够得到更为广泛的传播,更容易成为流行的叙事。有趣的是,如果我们直接考察每一个故事的最终结局,就会发现它们都指向了同一个目标——"大团圆"。

另外,通过对梁祝故事的统计分析,我们发现,无论异文间如何千差万别,但几乎所有异文都有一些共同的"节点"。这些节点是保证该故事被认定为"梁祝故事"的基本要素,如"曾经同学""死后同冢""大团圆"等。

我们知道,从一个固定的起点,指向一个固定的终点,无论中间的路径有多少,总会有一些最优、最合理的捷径,而且,这些捷径几乎可说是固定的、先验的。于是,在相邻两个节点之间,也一定存在最优的情节,这些情节也是相对固定、近乎先验的。

如果节点是固定的,相邻节点间的最优情节也是相对固定的,那么,整个故事的情节结构也必然是相对固定的、近乎先验的。这就是民间故事"最本质的属性"——"趋于模式化"。

民间文学不是历史,没有固定居所,它是民众生活逻辑与情感艺术的口头表现,是一种模式化的艺术形式,因而不是某集团或某地区独享的文化形式。对于民间文学的任何形式的垄断都是可笑的。

施爱东:中国社会科学院文学研究所　研究员

从歌乐到器乐：论弦索调沿革与表演形式

施德玉

前　言

"弦索调"是以弦索乐器伴奏的歌乐，或是以弦索乐器演奏的器乐曲种。我国有许多以弦索乐器为主而演奏民间音乐的器乐合奏类型，如：弦索调、河南大调曲子板头曲、广东客家清乐、潮州细乐等。这些乐种与目前国乐的发展有极为密切的关系，并且其音乐体制结构与风格特色，对于未来国乐之发展也有深远的影响。而"弦索调"目前保留之曲谱有歌乐和器乐谱二种，其中歌乐曲谱有《太古传宗琵琶调西厢记曲谱》和《沈远北西厢弦索谱》，二者都是以弦索乐器伴奏讲述"西厢记"的故事；器乐曲谱有明谊（荣斋）汇编的《弦索备考》收录了十三首器乐曲，有《十六板》《琴音板》《清音串》《平韵串》《月儿高》《琴音月儿高》《普庵咒》《海青》《阳关三叠》《松青夜游》《舞名马》《将军令》《合欢令》。至于此二种不同的弦索调音乐内容为何？二者的先后关系？以及对于当代国乐的发展有何重要意义？这些都是非常重要而值得研究的课题。

一、歌乐弦索调之沿革

在国乐界我们所熟知的弦索调大都是器乐曲，也就是明谊（荣斋）汇编的《弦索备考》收录的十三首器乐曲，曲谱均为工尺谱。1955年音乐出版社出版此谱，是由曹安和、简其华译谱，定名《弦索十三套》，并且经中央音乐院的教师进行演奏，让好几百年前的音乐重新展现其面貌。这就是国乐界所熟识的弦索音乐。但是就从文献资料我们可以知道还有另外一种弦索乐，是属于歌乐的弦索音乐，是由许多曲牌组合而演唱一个较长的故事，并且以弦索乐器伴奏的表演艺术，也称为弦索调。本文首先分析歌乐弦索调之沿革与内容，其次疏理器乐弦索调，继而进行比较，从音乐曲体形式探讨此二种弦索调之关系，期望能提供给未来国乐创作者一些传统音乐内涵特色之资料。

（一）弦索音乐是源于唱大段套曲，以及小曲等说唱音乐

歌乐"弦索调"是以弦索乐器伴奏而歌唱小说故事的曲调，是以"弦索"为伴奏乐器而得名。关于此种音乐的记载有几条资料，叙述如下，第一条资料是明刘侗等著《帝京景物略》卷二"城东内外"中"灯市"记载：

> 张灯之始也，汉祀太乙，自昏至明。……市楼南北相向，朱扉，绣栋，素壁，绿绮疏，其设氍毹帘幄者，勋家、戚家、宦家、豪右家眷属也。向夕而灯张（灯则烧珠，料丝

则夹画、堆墨等,纱则五色,明角及纸及麦秸,通草则百花、鸟兽、虫鱼及走马等),乐作(乐则鼓吹、杂耍、弦索,鼓吹则橘律阳、撼东山、海青、十番,杂耍则队舞、细舞、筒子、觔斗、蹬坛、蹬梯,弦索则套数、小曲、数落、打碟子,其器则胡拨四、土儿密失、义儿机等),烟火施放(烟火则以架以盒,架高且丈,盒层至五,其所藏械:寿带、葡萄架、珍珠帘、长明塔等)。于斯时也,丝竹肉声,不辨拍然,光影五色,照人无妍媸,烟胃尘笼,月不得明,露不得下。①

刘侗(1593—1636),字同人,号格庵,麻城人。于奕正(1597—1636),原名继鲁,字司直,宛平人。周损,字远害,号迁收。刘侗的同乡同学。② 他们三人皆是明神宗万历年间人士。文章记录当时京城年节时夜晚热闹的情景,其中提及乐作有鼓吹、杂耍、弦索等表演。并且弦索表演有:套数、小曲、数落、打碟子,可见明万历年间他们所见的弦索音乐是包含唱大段套曲,以及小曲等说唱音乐,是歌乐的弦索乐。

(二)弦索调是由北方流传至南方

第二条资料是明沈德符《顾曲杂言》:

嘉、隆间度曲知音者,有松江何元朗,蓄家僮习唱,一时优人俱避舍,以所唱俱北词,尚得金、元遗风。予幼时犹见老乐工二、三人,其歌童也,俱善弦索,今绝响矣。何又教女鬟数人,俱善北曲,为南教坊顿仁所赏。顿曾随武宗入京,尽传北曲遗音,独步东南;暮年流落,无复知其技者,正如李龟年晚景。③

沈德符(1578—1642),字景倩,一字景伯,又字虎臣,浙江嘉兴人。是明万历年间之举人,精音律,熟谙掌故。从这条资料说明三件事情:其一,沈德符幼年时曾见到老乐工以弦索伴奏,童子演唱北曲,而在他撰写《顾曲杂言》时,已经不见这种表演艺术了。其二,资料中所述何元朗即何良俊(1506—1573),字符朗,号柘湖,江苏华亭(今上海松江)人,是明代戏曲理论家。文中说明他于明世宗嘉靖(1522—1567)到明穆宗隆庆(1567—1573)间,家僮还演唱具有金元遗风之北曲。其三,顿仁是正德年间(1506—1521)南教坊乐工,曾随明武宗(在位期间1506—1522)入京学习北方的"弦索调",而传到南方。

沈德符、何元朗和顿仁均是南方人,而他们在南方所听过或会演唱演奏的"弦索调",均说明是唱北曲或北词,或是北方音乐,并且是以弦索伴奏的歌乐。可以知道明中叶以后,万历以前,以北曲为主的歌乐弦索调已流传至南方,并在当时之前广为流传,而在明末南方却已少见这种歌乐弦索调了。

(三)弦索调在南方盛行

第三条资料是清叶梦珠《阅世编》卷十:

崇祯三年庚午,袁崇焕以失事论磔,祖帅大寿闻之惧,遁归宁远。……陈卧子曰:"声音,惠逆之先见者也"昔兵未起时,中州诸王府,乐府造弦索,渐流江南,其音繁促

---

① 刘侗、于奕正、周损合著,孙小力注解《帝京景物略》,上海古籍出版社2001版,第88页。

② 维基文库,网址:http://zh. wikisource. orgwiki%E5%8B%9D%E4%BA%AC%E6%99%AF%E7%89%A9%E7%95%A5 上网日期:2015.3.5。

③ 沈德符著《顾曲杂言·弦索入曲》,中国戏曲研究院编《中国古典戏曲论著集成》第四集,中国戏剧出版社1982年版,第204页。

凄紧,听之哀荡,士大夫雅尚之。因大河以北有所谓夸调者,其言绝鄙,大抵男女相怨离别之音,靡细难辨,又近边声。自此以后,政事日瘼,兵满天下,夫妇仳离者,不可胜数。因考弦索之入江南,由戍卒张野塘始。野塘,河北人,以罪谪发苏州太仓卫,素工弦索,既至吴,时为吴人歌北曲,人皆笑之。昆山魏良辅者善南曲,为吴中国工。一日至太仓闻野塘歌,心异之,留听三日夜,大称善,遂与野塘定交。时良辅年五十余,有一女,亦善歌,诸贵争求之,良辅不与,至是遂以妻野塘。吴中诸少年闻之,稍稍称弦索矣。

……自野塘死后,善弦索者皆吴人,范昆白、陆君赐、郑廷琦、胡章甫、王桂卿、陆美成尤其著者也。昆白先死,君赐等分派有三,曰:太仓、苏州、嘉定。太仓近北,最不入耳。苏州清音可听,然近南曲,稍失本调。惟嘉定得中,主之者陆君赐也,其人多诡辞大言,能作鸟声,数年前犹到松,顾见山金宪常客之。[①]

从这段资料分析可知,在明末兵荒马乱之前,政治安定之时,中州藩王府内的乐工们创发弦索调,并进行演出。其音乐快速而繁琐,带凄厉哀怨之声,当时的音乐内容可能受到北方民歌和边区音乐的影响。文中呈现弦索调是由张野塘[②]嘉靖年间(1522—1567)罪谪发配到苏州太仓时传入南方。时间上和沈德符《顾曲杂言》中所述何元朗家僮所唱之北曲相吻合。但是如果南教坊乐工顿仁于正德年间(1506—1521),曾随明武宗入京学习北方的"弦索调",而将其传到南方,那么时间上是比张野塘要早一些。

文中还提及张野塘成为魏良辅[③]的女婿,他死之后有许多吴人善弦索,并且有太仓、苏州、嘉定三派。不论何派风格如何,总之在明嘉靖之后隆庆和万历年间,弦索调不仅广为流传,还有许多不同的唱法。

第四条资料是杨荫浏著《中国古代音乐稿》论及"弦索调":

嘉靖年间(1522—1567),又有一位因罪谪发太仓的北方士兵,名张野塘,专精《弦索调》,他把《弦索调》带到了太仓,在那里受到当时名重一时的昆曲家魏良辅的推重,从此以后,《弦索调》就在江南一带流行开来。张野塘在南方学了南曲之后,专精《弦索调》者,都是苏州一带的人,分为太仓、嘉定、苏州三派。[④]

杨荫浏先生这段资料基本上和清叶梦珠《阅世编》的内容是相同的。

由以上文献资料中得知,"弦索调"虽然在南方普遍流行,但其发展之初,仍从北方音乐而来,并分别由几位知名的音乐家自北方将"弦索调"带至南方,这原属于北曲的"弦索

① 叶梦珠著、来新夏点校《阅世编》卷十,上海古籍出版1981年版,第220—222页。
② 张野塘明朝著名戏曲音乐家,昆曲音乐创始人之一。善弹三弦,又善唱北曲。嘉靖年间,获罪谪发江苏太仓,后寓居太仓南码头,娶太仓音乐家魏良辅之女为妻,张野塘和魏良辅从南曲清唱入手,探讨如何把北曲唱法中的长处融入昆山腔内。他不仅善弹,而且精心改制北方的三弦,更定弦琴,使琴腹稍小而圆,后在南方广为流传。张野塘还积极协助魏良辅对流行于太仓昆山一带的戏曲唱腔进行整理加工,使之成为"水磨腔"即"昆腔"。经他改制后的弦子(即三弦)也成了主要伴奏乐器。资料见台湾Wiki,网址:http://www.twwiki.comwiki%E5%BC%B5%E9%87%8E%E5%A1%98 上网日期:2015.3.15。
③ 魏良辅(1489—1566),字师召,号此斋,晚年号尚泉、上泉,又号玉峰,新建(今江西南昌)人,嘉靖五年(1526)进士,被后人奉为"立昆之宗",有"曲圣"的美誉,著作《南词引正》。资料见维基百科,网址 http://zh.wikipedia.orgzhhk%E9%AD%8F%E8%89%AF%E8%BE%85 上网日期:2015.3.15。
④ 杨荫浏《中国古代音乐史稿》,人民音乐出版社1981年版,第799页。

从歌乐到器乐:论弦索调沿革与表演形式

调"在苏州、太仓一带融合了南方音乐逐渐发展而成我们所知道的"弦索调"。

对于歌乐弦索调之演唱技巧方面,明沈宠绥①著《弦索辨讹》,是一部专门为弦索歌唱者指明应用的字音和口法的。今仅存有明崇祯间原刻本,于1649年(清顺治六年)与《度曲须知》②合印本。其中著者在序中提及:"南曲向多坊谱,已略发覆,其北词之被弦索者,无谱可稽,惟师牙后余慧。且北无入声,叶归平、上、去三声,尤难悬解。"③北方弦索调原是口传心授,并无曲谱记录,并且北方语言无入声,不论音乐形式,语言内容都与南方相去甚远,如此流传到南方,若不经过一些专家、学者、音乐家等修改、调整,是无法盛行于南方的。而沈宠绥正是扮演着修饰、辨讹的工作,使"弦索音乐"能真正融合南方语言格律,而具有亲切感、亲和力,因此沈宠绥对于"弦索音乐"在南方得到很好的发展也是功不可没。

二、器乐弦索调之沿革

关于器乐弦索调如前文所述,仅有清代蒙古族人明谊(荣斋)汇编的一套弦索乐合奏谱《弦索备考》,目前能见到的是清嘉庆甲亥年(1814)的手抄本,④收录的十三首器乐曲,曲谱均为工尺谱,乐曲有:《十六板》《琴音板》《清音串》《平韵串》《月儿高》《琴音月儿高》《普庵咒》《海青》《阳关三叠》《松青夜游》《舞名马》《将军令》《合欢令》。早在20世纪50年代起就有许多民族音乐学者对于《弦索备考》进行探究,杨荫浏先生也在《中国古代音乐史稿》对于弦索调有一些论述。

在1955年人民音乐出版社出版的此谱,是由曹安和、简其华将《弦索备考》中的十三首器乐合奏曲译成五线谱,定名《弦索十三套》⑤,目前我们手上就是这三册出版的曲谱。而后20世纪80年代起就有更多学者对于《弦索十三套》中的十三首器乐弦索调进行研究,分别探究其音乐历史、音乐体式和使用乐器等,并发表了多篇论文,例如:金建民《弦索备考曲源考释》、袁静芳《清故恭王府音乐爱新觉罗·毓峘三弦传谱序》、杨永《对弦索曲十六板的初步分析》和高佳佳《弦索曲十六板中的复调与变奏思维》等。而后袁静芳教授又指导中央音乐学院音乐学系硕士研究生吴晓萍于1997年撰写《弦索备考研究》作为毕业论文,因此弦索调器乐曲就有更多面向和深入的探究。

(一)弦索十三套之历史沿革

五线谱版本的《弦索十三套》中除了曲谱之外,还有一些文字说明,提供了对于这十三首乐曲的历史沿革、乐器和演奏方面的相关资料。在《弦索十三套》五线谱曲谱之前,有分别属名杨荫浏和曹安和的论述,包含"关于弦索十三套的说明""关于十六板的说明""关于乐器的说明"和"补充说明"等。而"关于弦索十三套的说明"内容包含历史推测、十三套的配器、《弦索备考》的版本和译本的编辑等四个部分。其中提及弦索十三套沿革的是"历史推测"部分:

---

① 沈宠绥为明万历时江苏吴江人。字钧征,号适轩主人,约卒于1645年(清顺治二年),是一位对于声韵极有研究的度曲家。
② 《度曲须知》是为了进一步解释《弦索辨讹》中的各种问题而作。
③ 沈宠绥《弦索辨讹》,中国戏曲研究院编《中国古典戏曲论著集成》第五集,中国戏剧出版社1982年版,第19页。
④ 吴晓萍著《弦索备考研究》,中央音乐学院音乐学系硕士研究生毕业论文(1997),第1页。
⑤ 荣斋等编,曹安和、简其华译谱《弦索十三套》,人民音乐出版社1985年版。

相传有十三套以弦乐器为主的著名的合奏曲调,叫做《弦索十三套》。十九世纪初期清代蒙族文人荣斋曾将这十三套编进了他的《弦索备考》(一八一四年抄本)。他在他的原序中曾称之为当时的古曲("今之古曲");他说,在他编这书之前,学习者只靠老师当面传授指法,并没有乐谱的("所授皆指法,并无谱册"),是他和隆公、祥公向赫公学习了琵琶、三弦与胡琴上的奏法,又从福公学得了筝的奏法之后,才编成《弦索备考》的。据他序中所提及的这些话看来,可知道两点:

　　第一,《弦索十三套》在《弦索备考》之前,是没有写成的乐谱的;《弦索备考》是十三套最早流传的版本;至今还只有抄本,没有刻本。

　　第二,一八一四年编写《弦索十三套》乐谱的荣斋,他自己还是从别人学来的;在那时,他已相信是相当古远的乐曲了。

　　这十三曲,究竟产生于什么时代? 确实的年代虽不可考,但我们可以确定地说,它至少是十八世纪以前的东西了——究竟前于十八世纪多少时期,我们目前只能暂时存疑。[①]

　　《弦索备考》是荣斋汇整当时的古曲,于 1814 年的手抄本,在他的原序中称他编书之前,学习者只靠老师当面传授指法,并没有乐谱,是他和隆公、祥公分别向赫公学习了琵琶、三弦与胡琴上的奏法,又从福公学得了筝的奏法之后,才编成《弦索备考》。也就是荣斋以其专业能力纪录当时所谓"古曲",至于这些古曲是何时创发的,在没有更多资料之前,我们只能说器乐弦索调在 1814 年(清宣宗道光年间)之前已经普遍流行,并且在 1814年以前并没有器乐弦索调的曲谱。

　　(二)器乐弦索调之古老性

　　另外吴钊、刘东升编著《中国音乐史略》提及"弦索"与"弦索十三套":

　　　弦索是对以弦乐器为主的管弦乐合奏的通称。

　　　明代北方曾经流行一种"弦索",其乐器有提琴、火不思、兔儿味瑟、扒儿机等等。提琴与元代的胡琴相似,有二根弦,用雏鬃做的弓拉奏。火不思与三弦相近。兔儿味瑟是一种与筝相似的弹弦乐器。扒儿机,在元代的"达达"乐器里译为"蓁",它是一种近似于轧筝的拉弦乐器,可能即清代所谓的"萨朗济"。扒儿机与火不思在明代民间相当盛行,明·笑笑生的《金瓶梅词话》就说,"街坊这几个光棍,要便弹胡博词(火不思)、扒儿机,坐在门前胡歌野调"。

　　　这种器乐合奏看来原是元代"达达"(蒙古族)的合奏音乐。明代时,它也流行于北方汉族人民中间,演奏的曲调有《梁州古调》等。明李日华的《紫桃轩杂缀》认为这种音乐的特色是"呀唔凄紧,殆欲坠泪",尤其是从琴的声音更是"纤眇婉折,如蝇语蚊吟,具有低昂节度"。看来与乾隆八年(1743)《丽江府志略》谈到的丽江纳西族所保存的《白沙细乐》是同出一源的东西。[②]

　　文中强调"弦索是对以弦乐器为主的管弦乐合奏的通称",并提出明代北方弦索调之乐器,有可能是源自于元代之蒙古族乐器,同时弦索调音乐也可能是元代蒙古族的合奏音

---

　　① 荣斋等编,曹安和、简其华译谱《弦索十三套》,人民音乐出版社 1985 年版,第 1 页。
　　② 吴钊、刘东升编著《中国音乐史略》,人民音乐出版社 1983 年版,第 264 页。

乐。如果弦索调是与云南丽江纳西族所保存的《白沙细乐》同出一源，那么更增加了弦索调之古老性。

明沈德符《顾曲杂言》中所述南教坊乐工顿仁于16世纪初正德年间(1506—1521)，曾随明武宗入京学习北方的"弦索调"而将其传到南方，是最早记录歌乐弦索调的资料，而目前所见器乐曲弦索调曲谱的资料是19世纪初清宣宗道光年间(1814)的手抄本，这之间相差了300年。也就是文献记录比较早的弦索调都有演唱；而以器乐演奏的弦索调虽然在民间流行，但是以口传心授传承，并无文献记录，也无曲谱流传。

三、弦索调表演形式及使用乐器

前文已提及弦索调包含二种表演形式，其一为纯器乐的合奏表演；其二是以弦索乐器伴奏歌唱故事，而所唱奏的曲调称为"弦索调"。虽然弦索调是以演奏乐器而得名，但是第二种表演形式之音乐，仍然以唱腔为主，由演唱者发挥极高的歌唱艺术，用多变化之声调，配以生动的表情，来描述曲折离奇、荡气回肠、感人肺腑的故事；再加上唱者情感融入，使用声韵兼备的高超技巧和声情变化，充分表现不同情调、气氛与戏剧效果，而再以弦索乐器伴奏，加强音乐性及表现张力，让唱腔与弦索乐器配合得丝丝入扣，达到引人入胜的功效，来呈现故事内容。

杨荫浏著《中国古代音乐史稿》提及：

> 明人常将"北曲"联系了"弦索"(琵琶、三弦)而言。魏良辅《曲律》说，"至于北曲之弦索，南曲之鼓板，犹方圆之必资于规矩，其归重一也。"王世贞《曲藻》说，"北力在弦，南力在板。"沈德符《顾曲杂言》说，"箫管可入北调，而弦索不入南词。"后人往往根据这些说法，断言三弦或琵琶为元《杂剧》主要的伴奏乐器。其实这是不对的。所以有此误会，原因是由于不知道明人所说的"北曲"，有着更广的涵义。它不是仅指《杂剧》而言；它既包含《杂剧》，也包含《诸宫调》和《弦索调》。上面一些说法，都是指《弦索调》而言。《弦索调》创始于明初，产生于北方，后来流传到南方。[①]

文中所指魏良辅《曲律》、沈德符《顾曲杂言》、王世贞《曲藻》所述的南北曲以弦索为伴奏乐器，实际上是指的"诸宫调"和"弦索调"的伴奏乐器。杨荫浏先生此文所论重点，虽然是强调元杂剧并非弦索为主要伴奏乐器，但是也提到歌乐的"弦索调"，以及是创始于明初，产生在北方，而后流传到南方。

(一)弦索调应用于说唱和戏曲

弦索音乐可分成两个方面来研究：一为歌乐上的"弦索调"；另一为以弦索乐器为主的"管弦乐合奏"的通称，二者皆流行于明清。前者是以弦索伴奏而歌唱故事，表演形式承袭着宋元"诸宫调"和各种"曲艺"[②]等说唱艺术。这种以伴奏乐器为弦索而命名的"弦索调"运用于戏曲音乐中，则又有其另外的名称及形式，如河北省的"丝弦"，相传是元明时代的"弦索调"遗音，属于"弦索声腔"系统，因以"弦索"(一种形似柳叶琴的弹拨乐器)为伴奏而

---

① 杨荫浏《中国古代音乐史稿》，人民音乐出版社1981年版，第629页。

② "曲艺"指说唱艺术，表现方式有说有唱或只唱不说，少则一人演唱，多则三五人演唱，自兼乐器，或他人伴奏，略带表演动作来演述故事。

得名,简称"弦腔",俗称"弦子腔",清李调元《雨村剧话》中又名"女儿腔"。清康熙十年(1671年)《保定府祁州束鹿县志》卷八记载,当地每年正月高搭戏场,演唱"弦腔"。①

另外在山东省及苏北一带流行的"柳琴戏"也是以鲁南民间小调、苏北秧歌、号子中的曲调(拉魂腔)为音乐内涵,用"柳叶琴"②为伴奏乐器,最初由单人或双人清唱的"曲艺"形式,③也是承袭着"弦索音乐"的表演形式,只是后来发展成戏曲表演。

又《太古传宗琵琶调西厢记》汤斯质、顾峻德序中提及:

> 夫琵琶亦只弦索中之一器耳,然其创制为最古,《乐志》谓出于弦鼗;杜挚以为兴于秦末。而其以指播擅长者亦不一其人,若阮咸、若王维、若曹刚,若李龟年、贺怀智辈,班班可纪。兹姑弗具论其调之所由,名俾见授受者之非无所自矣。琵琶有拨法、有品法,拨法伊何?厥目有七:曰勾、曰挑、曰轮、曰扫、曰擘,曰拍、曰打。更一板八点中板倍之,则用一十有六点,慢板再倍之则用三十有二点,疾徐高下纯乎自然也。品法伊何?字音未出,先冠以工尺一句,勿作腔论,俗所谓亮调是也。按斯谱先止传工尺板眼,有声而无辞,如《毛诗》之《南陔》、《白华》章句咸阙,迨后知音者寻其宫调,绎其牌名,以元明人之南北曲配合成篇,方始情文备至,弦次昭然,功不在束皙补亡诗下也。

> 间考北西厢弦索刊本,虽载工尺而旁无小眼,恒多舛讹。兹则限以格式,一板八眼,殆取一时八刻之义。其工尺每行定以三十二字,乃合琵琶三十二点之数。有音者则注工尺,无工尺则以点识之,是即随上音弹者。如"奇逢"折内[点绛唇]"游艺中原",游字前先注工尺一句;及[混江龙]末句断简残篇,每一字皆冠工尺一句者即品法也,窍之弦索北调则无此式。弦索北西厢容或有之亦称为品,然亦不过一二工尺而已,终不若斯之繁且多也,其余如"假寓"折内[醉春风引]"惹得心忙"之"忙"字用两底板,一在腔上,一作收煞,不察者将谓板式点于无工尺曲文上,不亦误耶!庸讵知此正跌宕轮音之处,抑套曲首句及赚煞尾,用连点以记之,名为摇腔,即轮扫拍打之谓也,是皆拨法也,盖此谱为内廷供奉之乐,世之度曲家罕有津逮者,或谓自唐季李龟年之遗绪,虽世远年湮,莫之或考,而缓调平弦,温雅冲泰,亦几几乎此曲只应天上有矣!若夫京房之律准,梁武帝之律通,彼时律管未定,借丝音以为模范者,岂可同日而语哉。④

从《太古传宗琵琶调西厢记》的序言中得知该谱是以"琵琶"为伴奏乐器。而表演的形式是自弹自唱,或一人唱旁人伴奏的情形。

由上文说唱音乐伴奏乐器得知,虽同属"弦索调"但所使用伴奏乐器亦不完全相同,《沈远北西厢弦索谱》使用三弦伴奏,《太古传宗琵琶调西厢记》用琵琶伴奏;而关于《董西厢诸宫调》著者在《董西厢曲乐之研究》⑤一书中曾深入探究其伴奏乐器及表演形式,在此

---

① 谷剑东撰"丝弦",收入李汉飞编《中国戏曲剧种手册》,中国戏剧出版社 1987 年版,第 36 页。

② 柳叶琴为中国传统拨弦乐器,形似琵琶而略小,早期有二根弦、七品,用竹裂拨子弹奏,声音响亮而粗犷,后期发展成三根弦再增为四根弦、二十四品,使用弹片弹奏。

③ 胡乔木主编《中国大百科全书·戏曲曲艺》,中国大百科全书出版社 1985 版,第 222 页。

④ 汤斯质、顾峻德合撰《太古传宗琵琶调西厢记》曲谱二册,清乾隆十四年庄清王刊本。

⑤ 施德玉《董西厢曲乐之研究》,台湾学艺出版社 1993 年版。

从歌乐到器乐: 论弦索调沿革与表演形式

不作重复,其主要仍以"琵琶"和鼓、笛、板、界方、锣等打击乐器伴奏。以上三本说唱音乐,虽然都以"弦索乐器"伴奏,表演形式皆为一人手执乐器自说、自奏、自唱,或另加数人伴奏等,但主要"弦索"却是指不同的拨弹乐器。

(二)器乐合奏弦索调

另一种以弦乐为主的管弦乐合奏形式也是流行于明清北方的"弦索"。吴钊、刘东升编著《中国音乐史略》中提及:

> 至于仍在蒙族人民中间流传的"弦索",在清初又有新的发展。当时它使用的乐器除提琴、火不思、筝(可能即兔儿味瑟)、轧筝(可能即扠儿机)以外,还用了琵琶、三弦、月琴、二弦等弹弦乐器和番部胡琴等拉弦乐器,还有笙、管、笛、箫等吹乐器,云锣、拍板等打击乐器。其中火不思和番部胡琴原是蒙族乐器,其他都是汉族的传统乐器。
>
> 这种器乐合奏在清代官廷中演奏时,称为"番部合奏",整个乐队共十五人。演奏的曲目是由三十首蒙族乐曲联成的一个大型套曲。这些乐曲有的可能来自民歌,有的可能来自民间舞曲或器乐曲。它们用一个相同的"尾句"统一起来,组成与汉族民间乐曲常用的"合尾"完全相同的一种套曲。
>
> 这些乐曲中,以《大番曲》《白驼歌》《流鸢曲》等较有特色。《大番曲》原是一首短小的民间舞曲。全曲由一个乐句不断反复构成。曲调流畅、明快,反映了蒙族人民乐观、向上的情绪。[1]

文中提及弦索调所使用的乐器有"提琴""火不思""兔儿味瑟""扠儿机"等。并说明"提琴"与元代的胡琴相似,有二根弦,用貜鬉做的弓拉奏,音色低柔、暗哑,极似南管中的二弦,我们可以见到现今昆剧团仍有使用提琴伴奏。

"火不思"为蒙古族,纳西族的弹拨乐器,又名"浑不似",宋代俞琰《席上腐谈》载:"王昭君琵琶坏,使胡重造,而其形小,昭君笑曰:'浑不似。'"宋代陶宗仪《辍耕录》载:"达达乐器有浑不似。"元代《元史·礼乐志》载:"火不思,制如琵琶,直颈无品,有小槽,圆腹如半瓶榼,以皮为面,四弦,皮绗同一孤柱。"清代《大清会典图》载:"火不思,四弦,似琵琶而瘦,桐柄梨槽,半冒蟒皮,柄下腹上背有棱,如芦节,通长二尺七寸三分一厘一毫。"足见宋代之前,火不思已在蒙古族中流行了,而元代火不思已列入中国音乐中。其型制也不断地在改良。[2]

"兔儿味瑟",是一种与筝相似的弹弦乐器,现今蒙古族仍留有"雅托噶"是筝的意思,形制与筝同,有十二弦和十四弦二种。《元史·礼乐志》载:"宴乐之器,筝,如瑟,两头微垂,有柱,十三弦。"南宋孟珙《蒙达备录》云:"国王出师,亦以女乐随行……多以十四弦筝弹'大官乐'等曲。"明、清以来内蒙古民间、王府、寺庙中普遍流行弦数不一的"雅托噶"[3],著者认为"兔儿味瑟"是极似"雅托噶"的弹弦乐器。

"扠儿机"在元代达达乐器(蒙古族乐器)中译为"蓁",是一种近似"轧筝"的拉弦乐器,可能即清代所谓"萨朗济"。轧筝最早见于《旧唐书·音乐志》:"轧筝,以竹片润其端而轧

---

① 吴钊、刘东升编著《中国音乐史略》,人民音乐出版社1983版,第265页。
② 中央民族学院少数民族文学艺术研究所编《中国少数民族乐器志》,新世界出版社1986年版,第243页。
③ 中央民族学院少数民族文学艺术研究所编《中国少数民族乐器志》,新世界出版社1986年版,第254页。

之。"公元八世纪皎然在《观李中丞洪二美人唱轧筝歌》记有："轧用蜀竹弦楚丝。"宋代陈旸《乐书》有记载。《元史·礼乐志》："轧，制如筝而七弦，有柱，用竹轧之。"按筝之图形见王圻《三才图会》，轧之名当由秦筝之"秦"而来。明代传入朝鲜族的牙筝，不用竹片，而是用檀木制成的长杆弓拉奏。《乐学规范》云："按造牙筝之制，与大筝（十五弦）同，但体积小，弦七耳。第一弦稍大，至第七弦渐次而细，用黝檀花木（刮青皮），涂松脂轧之。"《大清会典》："轧筝，似筝而小，十弦……通长二尺二寸二分四厘七毫五丝……以木杆轧之。"演奏大者，右端置于桌上，左端着地；小者，由奏者左手托琴或托握背板音窗，琴身斜横于左臂或左胸，右手持涂有松脂的细圆木棍或马尾木杆弓拉奏。①

现今广西壮族仍有"玎尼"意为"七弦"，故称"七弦琴"。琴身似筝以小竹或竹片拴马尾为弓，擦弦演奏，亦可拨弹，极似传统乐器中之"轧筝"，也许与"扠儿机"相似。在历史的演进过程中乐器的流播是多流的，这些乐器名称虽不同，但型制、奏法都极近似，即使因年代久远而不断改变，但应是一脉相承的。明代笑笑生《金瓶梅词话》第一回："街坊这几个光棍，要便弹胡博词（火不思）、扠儿难，坐在门前胡歌野调。"其中"扠儿难"指的可能是与"轧筝"相似的"扠儿机"②，足见火不思、扠儿机在明代民间相当盛行。

另外在明嘉靖、万历年间有一种以琵琶、三弦、筝等弦乐器为主，再加入箫、管等管乐器的器乐合奏称"弦索"。明代李开先（1501—1568）《词谑》：

> 弦索不唯有助歌唱，正所以约之，使轻重疾徐不致差错耳。……琵琶有河南张雄、凤阳高朝玉、曹州安廷振，赵州何七；三弦则曹县伍凤喈、亳州韩七、凤阳钟秀之；长于筝者，则有兖州府周卿、汴梁常礼，归德府林经。③

明代顾起元（1565—1628）《客座曲话》：

> 南都万历（1573—1620）以前，公侯与缙绅及富家，凡有宴会小集，多用散乐，或三四人，或多人唱大套北曲，乐器用筝、秦、琵琶、三弦子、拍板。……后乃变而尽用南唱。歌者只用一小拍板，或以扇子代之，间有鼓板者。今则吴人益以洞箫及月琴。④

顾启元（1565—1628）约活动于明穆宗隆庆、神宗万历和熹宗天启年间，其中所述万历以前，宴会时多人唱大套北曲，歌唱形式为一至四人，是歌乐弦索调，使用的伴奏乐器有：筝、秦、琵琶、三弦子、拍板。其中除了拍板之外，皆为弦索乐器。直至演唱南曲时，歌者只有手执拍板或扇子演唱，而万历年间演唱时则加入箫和月琴，也就是除了打击乐，也已经有管乐器加入弦索调。

明代沈宠绥《度曲须知》："惟是弦徽位置，其近鼓者，亦犹上半截箫孔，音皆渐揭而高；近轸者，亦犹下半截箫孔，音并转低而下。"⑤指弹拨乐器左手按音往下把位，近鼓者音高，

---

① 中央民族学院少数民族文学艺术研究所编《中国少数民族乐器志》，新世界出版社1986年版，第194页。
② 民间的乐器名称文字记录常有"音转讹变"之情形，"难"与"机"也可能是记录上之讹误，尚待考证。
③ 李开先著《词谑》，余为民、孙蓉蓉编《历代曲话汇编·新编中国古典戏曲论著集成》明代编第一集，黄山书社2009版，第392页。
④ 顾起元《客座赘语》卷九"戏剧"，《丛书集成初编》本，中华书局1991年据金陵丛刻本排印，第243页。
⑤ 沈宠绥《度曲须知》，中国戏曲研究院编《中国古典戏曲论著集成》第五集，中国戏剧出版社1982年版，第240页.

按上把位近干者音低,杨荫浏先生认为"鼓"乃三弦之"鼓头"(音箱)因此"弦索"指的是三弦。①

而清代李渔著《闲情偶寄》六卷至七卷"声容部""习技第四"中之"丝竹":

> 丝音自蕉桐而外,女子宜学者,又有琵琶、弦索、提琴之三种。琵琶极妙,惜今时不尚,善弹者少。然弦索之音,实足以代之。弦索之形,较琵琶为瘦小,与女郎之纤体最宜。……提琴较之弦索,形愈小而声愈清,度清曲者必不可少。②

李渔(1611—1679),出生于明神宗万历年间,卒于清圣祖康熙年间,明末清初的戏曲理论家、戏剧作家。文中提及当时能演奏琵琶者少,对于弦索之形,提及类似琵琶而略小的一种乐器,笔者认为应是现在"柳叶琴"的前身,所以文中的"弦索"并非指统称的弹弦乐器,而是指单一的弹弦乐器。

(三)弦索调的乐器

杨荫浏在《中国古代音乐史稿》下册第三十二章汇整了许多文献中对于"弦索"是何乐器,梳理出六种说法:其一琵琶、三弦、筝;其二筝、秦、琵琶、三弦;其三琵琶;其四三弦;其五某一特定乐器的专称;其六琵琶、三弦、筝、胡琴。而他在著作中作一结论:"众说纷纭的弦索类乐器中,经过长期的集体试用与选择,最后得到公认的,只有三弦一个乐器。"③按近代鼓书说唱,所用之三弦,其鼓较大,一般称"说书弦子"。所以杨荫浏先生所论之弦索,也认为是歌乐弦索调所代表的乐器吧。

至于本文前所提及的提琴、火不思、兔儿味瑟、扒儿机原为元代"达达"(蒙古族)的合奏乐器,到了明代,流行于汉族民间。"弦索"在明代除了器乐合奏的形态以外,还作为北京的小曲、数落等艺术歌曲的伴奏乐队(明刘侗等《帝京景物略》),从明代流传至清代时"弦索"的编制变大了,除了提琴、火不思、兔儿味瑟、扒儿机之外,还加入了琵琶、三弦、月琴、二弦等弹弦乐器和番部胡琴等拉弦乐器;还有笙、管、笛、箫等吹管乐器;云锣、拍板等打击乐器。"这种器乐合奏在清代宫廷中演奏时称为'番部合奏',整个乐队共十五人,演奏的曲目是由三十首蒙族乐曲联成的一个大型套曲。这些乐曲有的可能来自民歌,有的可能来自民间舞曲或器乐曲。"④

从上文中可以理解民间弦索调的小型演奏形态,发展到清代也逐渐扩充,增加了管乐器和打击乐器,而成为大型的器乐合奏表演形式。

而清代蒙古族人明谊(荣斋)汇编的弦索乐合奏谱《弦索备考》手抄本,收录的十三首器乐曲,总共使用的乐器是琵琶、弦子、筝、胡琴。并且十三套曲中,各曲所使用的乐器也不一样,以表示之:

---

① 杨荫浏《中国古代音乐史稿》,人民音乐出版社1981年版,第904页。
② 李渔《闲情偶寄》卷三,浙江古籍出版社2010年版《李渔全集》本,第148页。
③ 杨荫浏《中国古代音乐史稿》,人民音乐出版社1981年版,第949页。
④ 吴钊、刘东升编著《中国音乐史略》,人民音乐出版社1983年版,第265页。

表 1　《弦索十三套》各曲使用乐器表

分谱\曲名	琵琶	弦子	筝	胡琴	工尺谱❶	八板❷	竹子❸
合欢令			＊❶		＊		
将军令			＊		＊		
十六板	＊	＊	＊	＊	＊	＊	
琴音板	＊	＊	＊	＊	＊		
清音串	＊	＊	＊	＊			＊
平韵串	＊	＊	＊	＊	＊		
月儿高	＊	＊	＊	＊			
琴音月儿高	＊	＊	＊	＊			
普庵咒	＊	＊	＊	＊			
海青	＊	＊	＊	＊			
阳关三叠	＊	＊	＊	＊			
松青夜游	＊	＊	＊	＊			
舞名马	＊	＊	＊	＊			

资料出处：清荣斋等编，曹安和、简其华译谱，《弦索十三套》。第 3 页。

表 1 中以"＊"表示各曲所使用的乐器，因此十三首乐曲只有《合欢令》和《将军令》是以筝演奏；其余十一首弦索调都是使用琵琶、弦子、筝和胡琴合奏。而表格中"工尺谱"是指除了主旋律之外，还加入许多装饰音等较细致的花腔音形，其中《合欢令》《将军令》《十六板》《琴音板》《清音串》和《平韵串》都有比较细致的音形。而《清音串》还有使用竹子增加音乐的效果。所有乐曲中就是《十六板》中有使用"八板"，意即《八板》音乐与《十六板》同时进行，因而与之产生对位形式的另一曲调。① 所以《十六板》又有对位音形，又有装饰音等较细致的花腔音形，因此显得特别美听。

所以《弦索十三套》各曲也都是使用不同的乐器演奏的，因此就《弦索十三套》而言，其中的弦索调也是指以弦索乐器合奏器乐曲。

结　语

本文以文献资料之探析与研究，认为历代专书中之"弦索调"有着不同的含意，其所指的乐种和乐器亦不尽相同。如果要深入探究弦索调，必须了解不同时期，不同研究领域者所论之"弦索调"具体代表的实质意义，才能对"弦索调"的体制内涵有正确的解读。歌乐弦索调是以弦索乐器伴奏而歌唱小说故事的曲调，以"弦索"为伴奏乐器而得名，而后发展应用于说唱和戏曲中。器乐弦索调有更多形态，不仅指使用乐器，连乐器的编制和演奏形式都有多样的变化。

① 荣斋等编，曹安和、简其华译谱《弦索十三套》，人民音乐出版社 1985 年版，第 5 页。

关于弦索调之演奏乐器,从元代、明代、清代都有对"弦索"表演形式及所指乐器的记载,不论提琴、火不思、兔儿咮瑟、扠儿机或琵琶、三弦、筝、柳叶琴、胡琴等都是属于弦乐器(没有管乐器在内),因此笔者认为弦索调的乐器在许多文献中有不同的意义,可以分成狭义与广义两种。狭义的"弦索乐器"是指经过长时间的演变,随乐曲表现力的需求或唱腔上搭配得宜的"拨弹乐器",有时是单指某一种乐器,有时是指多种"弹弦乐器"。广义的"弦索乐器"应为"拨弦乐器"和"擦弦乐器"的总称。然而弦索调已经从以弦索乐器为南北曲伴奏,而发展形成器乐曲,而后又发展形成加入管乐器的器乐合奏。

从弦索调之发展脉络而言,虽然早期是以歌乐弦索调为主,但是经过长时间的发展,弦索调已经成为器乐合奏曲,而器乐曲在发展期间,又有一些弦索乐器为歌乐伴奏小曲或说唱,所以歌乐弦索调与器乐弦索调是互相影响、交互发展、相辅相成的,使得弦索调音乐趋于复杂而具艺术性。此论文之研究可以知道弦索调对于当今的琵琶音乐、古筝音乐、丝竹乐和交响化的国乐都有脉络的发展关系,因此弦索调不仅对于当代国乐具有深远的影响,同时具有传统音乐根基脉络之重要意义。

施德玉:成功大学艺术研究所　特聘教授

"市语"与宋元戏剧研究

王　宁

　　"市语"即"行业语言"，又有"切口""隐语""春点""黑话""江湖方语""行话""秘密语"等不同名称。它的出现至晚可上溯至唐代，《类说》卷四引《秦京杂记》："长安市人语各不同，有葫芦语、锁子语、纽语、练语、三折语，通名市语。"①金元时期又称为"鹘伶声嗽"，祝允明《猥谈》在解释生、净、丑等角色名称来历时说："本金元阛阓谈吐，所谓鹘伶声嗽，今所谓市语也。"②今天我们仍可在日常生活中看到市语的痕迹，如称警察为"条子"，称妓女作"鸡"，都属于市语的范围。市语具有明显的行业性质，主要在某些特定行业中使用流行，不同行业又有不同的市语。如"茶室"是清末民初北京八大胡同中的市语，指的是"中等妓院"。"并手"则是戏曲行业的市语，意谓"梆子"。"花市"在宋代蹴鞠行指的是"早"的含义。有的市语则逐渐脱离原来的生存环境，演变为大众语言。如"丹青"一词本出市语，具体有两种含义。《绮谈市语·文房门》云："画：无声诗，丹青。"又《新刻江湖切要·医药类》载："时医：丹青；竹彩。"后来由于逐渐流行，于是就脱离原本的生存环境，成为大众化的语言和词汇。市语具有隐蔽性和延承性。所谓隐蔽性，指的是它的字面含义与其本真的含义往往具有很大差异，必须借助一定的语言环境才能准确理解。所谓延承性指的是市语往往在某一行业长期流传，较少发生变异和更新。③

　　对古典戏曲而言，本来与之密切相关的主要是优伶行业的市语。但由于宋金杂剧特殊的生态背景，使得它和妓女、行院、乞丐、俳优等行业均联系密切，故许多行业的市语都曾与之密切相关。钱南扬先生曾收集"金陵六院"的市语，就涉及妓女和酒楼等多种行业。④就具体内容而言，这些市语或者关系到戏剧角色和准角色的名称，或者涉及剧目类别的具体释义，有的则与行业生活联系在一起，对于我们了解古典戏曲的许多信息均具有独特意义。由于市语本身具有较强的隐蔽性，所以，在离开古代生活已经十分遥远的今天，倘若不具备"从市语角度切入"的研究意识，我们是很难还原这些语词原始的、同时也是更为准确的含义的。笔者数年来一直留意于此，通过一定积累，对于前贤的失误已经做出了一些纠正。分别撰写了几篇考辨的文章。但一来由于写作这些文章时，笔者尚未形成一致的"从市语入手"的视角；二来由于零散不集中，所以这些文章发表后并没有得到应有的重视。即使近年出版的一些关于戏曲语词的工具书，对于拙作的研究成果，均未能及时采用。如2005年2月出版的《诗词曲语辞例释》（第二次增订版），对下文涉及的几个语词

---

　　①　曾慥《类说》，文渊阁四库全书本，第4卷第14页，"市语"条。
　　②　《中国古典戏曲论著集成》第4册，中国戏剧出版社1959年版，第11页。
　　③　关于市语特点，另可参考曲彦斌先生《中国民间秘密语》一书，上海三联书店1990年版。
　　④　见钱南扬《汉上宦文存》上海文艺出版社1981年版，第129页"市语汇钞"。

也均没有收录。这样就使得原本错误的见解未能及时纠正,所以有必要对此问题从方法学和研究角度的层面重新予以说明。截至目前,已经纠正前贤的错误以及补充前贤研究的缺失见下表:

项　　目	错误解释及其来源	正确含义及有关文章	备　注
幺　末	剧本,冯沅君《古剧说汇》。	做场,《幺末与古弄》,《戏曲研究》第63辑。	书目文献出版社《中国秘语行话词典》释为"佐惕",云其意不详。
古　弄		副净或副末,《幺末与古弄》,《戏曲研究》63辑。	原未解。
诸　杂　砌	武术类的表演,胡忌《宋金杂剧考》	笑话,《院本名目之"和曲院本"与"诸杂砌"试解》,《中华文史论丛》第74期。	
白　相		曲师,《弟子与白相》,《南京师范大学文学院学报》2004年第1期。	《昆剧发展史》言未知其意。

从以上几个具体词语的考释,加上关于"旦"这一角色的名称来历的研究,①我意识到可以将这个问题上升到方法论的角度。所以,就市语对于古代戏剧研究的作用可以做一番形而上的思考。就目前看,市语对于戏剧研究起码有以下几方面作用:

一、可以了解关于戏曲曲文的具体含义以明了剧情。最典型的是《汉上宦文存》所引的一段曲文:

【末云】且住,再听他说个什么。

【净云】大嫂,你收了银子? 将前日落了人的一个旗儿,两搭儿荒资,把那青资截一张荒资,荷叶了,压重处潜踩着,休着那老婆子见。

【贴净云】你的嗽,我鼻涕了,便去潜踩也。

【末云】小鬼,他说的是什么言语? 我不省的。

【小鬼云】他说"旗儿"是绢子,荒资是纸。"青资"是刀儿。"荷叶了"是包裹了,"压重"是柜子,"潜踩"是藏了。他说:教他老婆将那落的人的绢子纸,用刀儿截一张纸包裹了,柜子里藏了,不要他娘见。那妇人说"鼻涕了",是省得了,便去藏也。

【末云】他的市语声嗽,我也不省得,你如何省得?

【小鬼云】小鬼自生时,也是个表背匠。

当然这里援引的是一段很典型的市语的例子。其实在其他场合,戏剧之中也会出现市语之中的词语,准确理解其含义也十分重要,如《汉上宦文存》曾引曰:

《张协状元》第二出【望江南】:"使拍超烘非乐事。"超烘,犹云打哄。以超为打,是宋人语。又如《董解元西厢记》卷一【香风合缠令】:"那鹘鸰渌老儿难道不清雅?"渌老即瞳老,以眼为渌老,是金人语。宜其田汝成称之为"宋时梨园市语之遗"。此外,在

---

① 参拙文《"旦"源七说平议》,载《戏曲研究》第61辑。

许多关于戏曲和小说词语辞典之中,也收录了一些属于市语的词汇。只是有的学者并没有明确指出其为市语而已,有的则统统称之为"俗语"。而在许多古典戏曲剧本的注释之中,有相当多的词语其实属于市语的范围。我曾经就宋元乐妓的称呼做过梳理和考述,共得到八十余种称谓,其中有一些就属于市语的范围,如小扒头、水晶、油木梳、窠子、猱儿、弟子、表子、中人、油 di 髻、粉脸脑、粉头等等。① 准确理解这些词语的含义,显然是了解剧情之必须。

二、可以考察戏曲角色的名称来历以及一些"准角色"的具体含义。

关于戏曲角色名称的来历,历来是学者比较注重的问题,对此也曾有多种解释。如仅就"旦"而言,就至少有七种不同说法:(一)"妓女说",为明初朱权和"酿花使者"提出。(二)"颠倒说",为胡应麟提出。(三)"司乐说",为明代大学者沈德符在《顾曲杂言》中提出。(四)"动物说",源出《名义考》。(五)"花担说",见于《南词叙录》。(六)"时间说",见于清黄幡绰等《梨园原》。(七)"市语说",见《猥谈》。其中仅有"市语说"最具说服力。② 换言之,旦本来是市语,是被移植到戏剧之中的。近来有学者指出,旦可能是接受梵语的影响而来的。即使如此,它也是通过市语这一环节"中转"的。市语可以说是其最直接的渊源。而我们所举的旦的例子,还仅仅是一个例证而已。其实当时许多角色或者准角色的名称,都来源于市语。如《宋金杂剧考》罗列的许多和戏剧有关的名称,几乎无一例外地出自市语。这些称谓有:旦、孤、酸、木大、厥、厥丁、厥徕、卜儿、鸨、和、禾、爷老、曳剌、偌、哮、郑、邦老、列良、都子、良头、防送、徕、哨、(唸,音 dian,念叨的意思)、生等等。根据发现的市语集子,可以补充说明如下:

旦,"官本杂剧段数"和"院本名目"有"老孤遣旦""双卖旦""缠三旦""贫富旦"等名目,据此可以佐证"旦"是女人的说法。这个角色的名称是从市语之中借用过来的。详《旦源七说平议》一文。

孤,《宋金杂剧考》在谈到"孤"的名称时,说"孤老"可能与"孤"有关,而且说孤老的含义很广。多半是指"豢养"妓女的一般人。其实检索有关市语的集子可以发现:孤老本来是"老官人"的含义。见于《圆社锦语》。有时则指"官人",见《绮谈市语》之"君臣门",其解释为"官人:孤老"。可见,"老"在这里是"词缀",属于后缀。老作为后缀的例子很多,可以专门列举证明。

酸,指的是秀才和书生一类的人物,也是市语。见于《行院声嗽》之"人物"门。把"酸丁"解释为秀才。

厥,是妓女家的男子,也是市语,可参明张梦征编《青楼韵语》。

卜儿、鸨,是妓女之假母的意思。见于"行院声嗽"之"人物"门。具体而言,妓女的假母在南方称为卜儿,在北方称为鸨儿。后来在元杂剧之中成为老妇人的准角色。

和、禾,指示的是庄稼人、村里人。也就是所谓的"庄家"。杜仁杰有《庄家不识勾栏》散曲,描写农民进城看戏的种种可笑情状。"和"见于"绮谈市语"之"人物门"。将"村人"称为"和老",也叫作"牛子"。

爷老,也叫作曳剌,是走卒之意。原本是契丹语,但后来曾经是市语,就类似今天的

① 王宁《宋元乐妓考》考名第一:"古代乐妓称谓考录",韩国新星出版社 2003 年版。
② 详《"旦"源七说平议》一文。

pk，是从异域输入而形成的行业语言。

邦老，是强盗的称呼，也属于市语。见于《行院声嗽》之"人物"门，为贼的意思。（附带说明：《宋金杂剧考》页145：引王国维《古剧角色考》说："金元之际，鲍老之名分化为三：其扮盗贼者谓之邦老；扮老人者，谓之孛老；扮演老妇者，谓之卜儿。皆鲍老一音之转，故为异名以相别耳。"之后批评说："卜儿"为"鸨儿"之省文，已详前述，与"鲍老"无涉；……其实，查《金陵六院市语》之中，就有称"保儿"为"抱老"。可见，保儿也有抱老的称呼。王国维的说法是对的。胡忌先生可能因为没有看到这条资料，所以有对王国维的批评。另外有曲牌【鲍老催】，我怀疑这个曲牌与妓院生活有关。）

都子，是乞丐的意思，见于《行院声嗽》之"人物"门，写作"都徕"。

徕也是市语，有两个含义：一是后缀，一是"孩子"的含义。

此外，尚有一些也属于市语，但暂时无法确定其准确含义者（有些已有学者研究但仍待确定）。如木大，这里的"大"发"tuo"的音，是痴呆的意思。偌、哮、郑，肯定也是市语。列良也是市语，良头、防送、哨等也很可能是市语，具体含义不详。

以上所列市语案例，有一些在当时和后世戏曲中是作为角色或者类角色的名称出现的。如卜儿曾经是元杂剧中类似角色一种称谓，古弄也是元代戏剧很重要的类角色之一。而酸、邦老、都子、禾等也均在戏曲中频频出现。由此可见，在宋金时期戏剧形成和成熟之际，许多当时在行业之中流行的市语（行业语言），有很多是被戏剧直接吸收采用的。这种吸收和采用可能有着一个渐进和删汰的过程：即早期戏剧可能大量直接采用行业语言之中的许多称谓以称呼戏剧之中的人物，也就是生活语言的戏剧化。今天我们所能看到的剧本之中的帮老、酸、厥、都子乃至卜儿，都是这种"移植"的证据。这种称呼的出现，也显示出中国戏剧在成型时期戏剧人物"分类化"的趋势和状态。这也是从生活中人到戏剧角色的发展历程之中一个必须经过的中间环节，即由生活之中的纷纭众生，首先作出大致的分化，形成比较初步的"类色"，以便继续向着角色的方向进化。在金院本之中的"某某家门"，正是这种"类色"人物在戏剧舞台出现时，其开场表演逐渐固定化、程式化的产物。这种表演有着浓重的"行业"痕迹，在演出时可以起到提示人物身份的重要作用。同时，它也为角色和行当的形成奠定了基础。

其次，随着分化的细致和表演的定型，戏剧之中的有些人物类色逐渐被固定的角色类型所代替，类色进一步进化为角色。这样，原来许多属于市语的称谓除了已经进化为角色名称者，其余的就逐渐消失，被更为概括、分工更为明确也更为科学的角色所代替（如都子、邦老等次要角色都可以统一在"杂"的角色下）。这种选择可能更多地是出于做场和演出的需要，出于舞台演出的便宜和实用，同时和班社构成、演出调度、类色演出风格和演出程式的成熟等问题也密切联系。但无论如何，这种进化是戏剧成熟之必然。而正是在这样的进化之中，市语之中的词汇有的由于进化为角色，因而得以保留；有的则由于被新的角色所概括，所以也就被淘汰。

祝允明《猥谈》所解释的关于旦、生等角色名称的来历，正是这样一种背景下的产物。遗憾的是，由于缺乏市语研究的视角，他的观点多年以来并没有得到足够的重视。而有的学者在面对着前贤如此贴切和精辟的论说时，不仅昏昏不解，甚或淡漠待之，视而不见，实令人为允明抱屈！

三、市语对于研究宋金时期乃至后世的演艺术语等有关问题，也有着重要作用。

首先，我们可以考察当时一些演艺术语的准确含义，并对一些文献做出准确的理解。如对于"幺么"的理解就是显然的证据。"幺么"又作"幺末"，在一些涉及戏曲的文献中时有出现。一见于金杜仁杰《庄家不识勾栏》散套，中有："前截儿院本《调风月》，背后幺么敷衍《刘耍和》。"另见《录鬼簿》"高文秀"条，有贾氏吊词曰："除汉卿一个，将前贤疏驳。比诸公幺么极多。"关于它的具体含义，历来不乏揣测之说，比较有代表性的是冯沅君的说法，认为是"剧本"的意思。但根据市语的记载，此词的含义为"作场"，也就是演出的意思，详见拙文论述。按照"作场"的意思理解"幺末"，可以很好地与上引的上下文联系起来，在语义方面也配合得严丝合缝。杜仁杰《庄家不识勾栏》："前截儿院本《调风月》，背后幺么敷衍《刘耍和》"，这里意思是说，前截演出《调风月》，后面作场演出《刘耍和》。《录鬼簿》高文秀条下贾氏吊词："除汉卿一个，将前贤疏驳。比诸公幺么极多。"本意是说，高文秀也经常参加演出，除关汉卿之外，比其他杂剧作家演出多许多了。这样，我们还可以看出，在元杂剧作家中，原来高文秀也和关汉卿一样，是经常粉墨登场、参加杂剧演出的，也难怪其杂剧既多又颇为"本色"。而时人称之为"小汉卿"，除了二人剧本均具有"本色"的特征外，在很大程度上，可能还因为高文秀在生活方式上与关汉卿的类似和趋同。这显然就纠正了前贤研究的错误。再如关于"务头"，历来曲家也多有论述，但从市语的角度，其含义仅为"喝彩"，指示的是戏剧之中的精彩的部分。再如孔尚任《平阳竹枝词》之中的"申衙白相不分明"的"白相"，我怀疑也是市语，即白赏一词的音转，意为"曲师"。而且该词可能是具有地方色彩的市语，今天上海苏州一带仍然将"玩"叫作"白相"，古代曲师靠"玩艺"吃饭，又有"清客"的称呼，很可能缘此得名。

其次，借助市语的研究我们可以对宋金杂剧的"名目"问题有新的理解，并进而可能改变宋金杂剧的分类问题。具体举几个例子：一是诸杂砌。"院本名目"有"诸杂砌"一类，凡一百多个细目，占据其总量的约六分之一。正确理解这一类名目的具体形式，对了解金院本的本来面目至关重要。关于诸杂砌的含义，诸家也解释不一，而以《宋金杂剧考》近是。理解这一词的关键是"砌"一词的含义，院本名目之中另外有"诸杂大小院本"，所以，我们首先可以将"诸杂"作为修饰词语剥离，专门研究"砌"的含义。《宋金杂剧考》谓"砌是戏谑表演的名称"，这种说法并无错讹，关键是它到底是什么类型的戏谑形式？且何以得"砌"之名？这点却耐人寻味。其实砌就是砌话，是笑话的一种。参《宋金杂剧考》所引叶德均先生《说"砌"》一文："日本内阁文库藏有日本抄本《笑苑千金》四卷，第四卷题《新编古今砌话笑苑千金卷之四》，收'大王顺情'等二十八则。其以'砌话'为题，则非杜撰，必知'砌'之意义者。然则'砌话'为笑话，已得大白矣。"[1]"砌"与"诨"既有相通之处，又不尽相同。由于砌和诨都属于笑话，所以，二者常常连用。如《张协状元》之"谐诨砌，酢酢仗歌谣"。砌的独特性在于它需要一个铺排的过程，正如其名所示，需要一个堆砌的过程。它的体制是：前面进行铺排和堆砌，即所谓的造势，在抡圆之后再突然说破，以取得独到的滑稽效果，类乎今天相声的抖包袱。砌的最后部分，即"点破"的地方称为"底句"，往往是出人意料、匪夷所思的。似因其体制上类乎孩童堆砌杂物至高、再打倒以求娱乐的做法，故名。张可久《小山散曲》之【一半儿】曲云："寄虚情把彩笺缄，排砌偷将底句掺"，[2]因为底句是

<hr />

① 本载《俗文学》第十六期，参胡忌《宋金杂剧考》，中华书局 1959 年版，第 262 页。
② 隋书森编《全元散曲》，中华书局 1964 年版，第 815 页，散曲题《寄情》，共二首，所引为第一曲首两句。

点破的地方,所以妓女将不同砌话的底句混淆起来,与情郎游戏。其实在民间后来仍存在类似"砌话"的东西。如晋南一带在二十世纪六七十年代有的地方仍有所谓"三句半"的表演,一般由四人表演,前三人各说一句话,第四人则说半句,依次轮回重复,故名。一般前三人的说白具有"砌"的性质,最后的半句则必须出人意料,取得滑稽的效果。在以上理解的基础上,我们可以理解"打砌""使砌""点砌"等词的含义并进而验证以上结论。简言之,打砌就类同打诨,也就是通过砌话来逗乐。使砌则与打砌同义而异名。点砌则专指点破,也就是抖包袱,有时也可用以称打砌的全过程。综合以上可见,砌也就是砌话之简称,换言之就是"讲笑话"。它早期可能是一种体制和形式都很特殊的笑话。这就决定了其表演必然更多地借助说白,绝类今天的相声。所以,金院本名目中的诸杂砌,也就是"不同内容的砌话",可以作为古代相声史的研究资料。从"砌"一词出现的不同文本分析,显然也应属于当时的市语。而在了解了砌的具体含义后,显然就需要重新考虑宋金杂剧的分类问题了,窃以为可以增加一个新的分类,即说唱一类。类似的例子还有"冲撞引首","冲撞引首"也是院本名目的一个小类,有"打三十"等一百多个名目。"冲撞"市语之中是"骂人"的意思,"冲撞引首"则应该是以说白和念诵为主,通过嬉笑怒骂来使观众笑乐的简短的滑稽性演出。另外,对"和曲院本"的解释,如果从市语的角度,不妨作出"农村题材院本"的推测,"和"在这里通"禾",在市语中是"农村"或"村里人"的意思。

四、市语研究还给了我们一个有益的启发,即将宋金杂剧放置在"原生态"之中进行研究无疑是解决宋金杂剧许多悬置问题的有效途径。还原宋金杂剧的语言环境,既然宋金杂剧处在这样一个语言环境之中,那么从当时的语言环境出发研究无疑是最佳途径。尤其是涉及语言的研究更是如此。在对一些涉及重要问题的市语词汇进行解读时,即使如冯沅君、李啸仓、胡忌等一些大家也难免低级的错误。关键是没有注意到宋金戏剧的原生态以及戏剧语言的原生态问题,没有从市语的角度进行考察,而仅仅是从现在的语言意义上望文生义。

宋金时期正是中国戏剧的成型阶段,具体到伎艺的方面就表现为不同伎艺类型的融合和并存。所以,在"金院本名目"和"官本杂剧段数"之中就存在着大量的不同类型的伎艺形式。这构成了当时戏剧生态的一个重要方面。与之相联系,由于存在多种的伎艺类型,当时杂剧和院本的演出者也有不同的来源,如乞丐、妓女、乐户、俳优等。而这些不同身份的演员当时可能还簇居在一个地域,即行院,院本则正是他们的演出底本。以上两种情况恰是宋金杂剧生存的一个重要背景,也可以说是宋金杂剧的原生形态。宋金杂剧正是在这样的背景之中逐渐成熟、发展起来的。这样,优伶、妓女、乞丐、乐户等行业的语言也就与戏剧有了十分密切的联系,与之联系的妓院、茶楼等行业语言也存在进入戏剧的可能。所以,也才会有"金陵六院"市语之类的集子。从这个意义上,研究宋金杂剧的原始形态也就构成了研究相关问题的基础和前提。

所以,对于与宋金杂剧相关的词语的解释,就必须首先回到当时的语言氛围中去,回到当时的"行院声嗽"中去,注意到当时的市语背景和市语氛围。这首先是一种研究角度和研究方法的选择问题,具有"认清路头"的重要意义。否则,可能会"路头一差,愈骛愈远"的。需要说明的是,就某些具体的词汇来源而言,除了市语比较直接的渊源,有的可能还具有更深远的渊源。从这个意义上,市语可能仅仅起到中间站的作用。如市语之中的有些语言就可能是从少数民族语言中来的。而最近有的学者也已注意到了"旦"这一称呼可能还与异域文化有关。但可以肯定的是，即使如此，市语也仍然是其直接渊源。从这个意义上讲，市语是"近水"，而异域文化是"远源"。

同时，我们也应注意到，对研究资料十分缺乏的宋金杂剧而言，市语研究显然是必然的研究途经和研究手段。仅通过以上考察已不难发现，这种研究对于以往研究的纠正和补充，应该是建设性质的，甚至存在着修正宋金杂剧基本格局（如分类）的可能。

石成金《天基道情》的劝善思想

王定勇

明清时代,劝善思想风行,善书不断涌现,石成金是清初著名的善书撰著者。石成金(1660—1747?),字天基,号惺斋、觉道人、良觉居士,出身于扬州望族。其毕生以教书著述为业,著述甚富,辑为《传家宝六集》,其中道情创作颇引人注目,是清初文人道情中的重要一支。他的道情作品寄寓了移风易俗的劝善意图,体现出与善书一致的劝世精神。

一

(一)善书的通俗化演绎

"劝善"是中国文化史上十分突出的思想观念。《春秋》大义即耸善抑恶,《左传·襄公二十三年》云:"祸福无门,惟人自招"。这一观念被《太上感应篇》原文引用,并成为后世劝善思想的一个重要纲领。从历史上看,劝善是儒学思想的一贯传统,也是中国传统伦理思想的一个重要特质。宋代以来,儒、释、道三教合流的迹象日益明显。三教之所以能打通壁垒,走向融合,其中一个重要的思想前提是劝善。宋真宗对宰相王旦说:"三教之设,其旨一也,大抵劝人为善。"①他还御制《崇释论》指出:"释氏戒律之书,与周、孔、荀、孟迹异而道同,大指劝人之善,禁人之恶。"②明末清初的劝善运动,可溯源至宋代出现的《太上感应篇》。宋理宗为《太上感应篇》刊本题写了"诸恶莫作,众善奉行",为该书作序的皆其时宗工钜儒。明代嘉靖帝、清代顺治帝也曾为该书作序。明末清初,由深刻的社会变动促使社会各界思考保持社会稳定的问题。以扶世教、救颓俗为己任的善书迅猛发展,以至"街衢里巷,无不传布"。不但乡绅士人、地方官员热衷于撰著善书,而且帝王亦积极利用编纂、推广善书等方式来实施对黎民百姓的教化,以求稳定社会秩序。善书从而进入其发展史上一个兴盛的时期。清代以后,善书大量出现,在社会上形成了一股道德劝善的思潮,其影响非常普遍,波及整个清代而经久不衰。

封建帝王不仅大力鼓吹善书的劝世作用,还亲自制作劝善书籍,为善书的流传推波助澜。明太祖在洪武二十年(1387)颁布《修身大诰》三篇,洪武三十年(1397)颁布《教民榜文》,其中第一条就是"六谕":孝顺父母、尊敬长上、和睦乡里、教训子弟、各安生理、毋作非为。"六谕"把儒家的礼教规范和道德观念通俗化、大众化,随《教民榜文》发至各地,由乡约里甲集合乡里民众进行宣讲。有清一代,善书进入其发展史上一个兴盛的时期。顺治九年(1652)颁布"圣谕六训",分行八旗直隶各省,后于每月朔望两次讲解六谕。康熙皇帝

---

① 李焘《续资治通鉴长编》卷八一。
② 曾枣庄编《全宋文》第13册,上海辞书出版社2006年版,第144页。

有感于"法令禁于一时,而教化维于可久",于康熙九年(1670)将顺治皇帝的六谕扩充为"圣谕十六条":敦孝弟以重人伦、笃宗族以昭雍睦、和乡党以息争讼、重农桑以足衣食、尚节俭以惜财用、隆学校以端士习、黜异端以崇正学、讲法律以儆愚顽、明礼让以厚风俗、务本业以定民志、训子弟以禁非为、息诬告以全良善、诚窝逃以免株连、完钱粮以省催科、联保甲以弭盗贼、解仇忿以重身命。[①] 每条虽然只有简短的七个字,内容却自纲常名教、忠孝节义,到耕桑作息无不具备,且贯穿程朱理学的社会政治观点,是一套清晰的教化人民的纲领。地方官及绅士为推广庶民教化,注解和演绎"圣谕",并辑前人嘉言来辅助宣讲"圣谕",使"圣谕十六条"成为此后二百多年士民必读之教化条目。雍正皇帝即位后作《圣谕广训》颁布全国。雍正皇帝不仅再三重申"敦孝弟""尚节俭""明礼让"等传统说教,而且还在保甲、宗族、赋税等方面提出了具体要求。雍正七年(1729)又下令扩大乡约的人员编制,规定每月初一和十五,要由乡约负责召集众人宣讲此文。由于宣讲圣谕在地方上普遍推行,《圣谕广训》已是家喻户晓,成为士民的基本行为准则。

(二)劝善的多样化发展

首先,在声势浩大的劝善运动中,善书一步步走向通俗浅显以贴近世俗民众。明代袁黄推行《功过格》,倡导逐日记录言行善恶,使得修身活动具有更强的实践意义。清代善书《劝世归真序》云:"然善书虽多,而天下之人不见变化者何也? 皆由善书过于文理,庸俗之人难于索解,难解则不欲看,亦不欲听,有善书亦如无善书耳。"[②]可见善书在当时亦出现过于文理的情形,影响了善书的流传。历史上第一部善书《太上感应篇》即衍生出浅俗版本《太上感应篇直讲》,印光法师(1861—1940)《太上感应篇直讲序》(作于民国十七年,1928年)云:"此书注解甚多,唯清元和惠栋之《笺注》,最为精深宏畅,惜非博学之士不能阅。次则《汇编》,实为雅俗同观之最上善本,而不甚通文之妇孺,犹难领会。唯《直讲》一书,为能普益;然文虽浅显,词甚优美,浅而不俗,最易感人。"[③]由这类的情形可知,为了顾及文化水平低下的底层民众,善书也在不断改变。

其次,善书的通俗化宣讲拓宽了善书的传播渠道。在朝廷的大力推行下,明清皇帝的"圣谕"变得家喻户晓,成为士民的基本行为准则。通过宣讲圣谕,庶民在潜移默化中接受着来自上层的教化伦理。官方推行的宣讲圣谕,在民间与传统说书相结合,逐渐演化为一种新的说唱伎艺——讲圣谕。所讲的内容也不限于皇帝的"圣谕",而是扩大到宣讲善书。从清初直至民国年间,讲圣谕作为一种民间劝善活动在各地都很流行。郭沫若(1892—1978)在其《自传》中写到民间善书的表演及其影响,名为宣讲"圣谕",实为忠孝节义的善书,表演者称为"先生":"说法是照本宣科,十分单纯的;凡是唱口的地方总要拖长声音唱,特别是哀的时候要带着哭声。有的参加些金钟和鱼筒、简板之类,以助腔调。"[④]讲圣谕的先生拿起鱼筒、简板作为伴奏乐器,实际上是对道情说唱的借鉴,反映了与道情说唱的联姻。善书与道情,不仅使用了共同的乐器,而且在内容上也多有相通之处。忠孝节义的封建伦理不仅是善书的核心主张,也是道情的重要内容。直至20世纪40年代,宣讲善书的

① 章梫《康熙政要》卷二,《中华文史丛书》第87册,华文书局1968年版,第76页。
② 张信修等《劝世归真序》,《藏外道书》第28册,巴蜀书社1992年版,第4页。
③ 华藏净宗弘化基金会《印光法师文钞续编》,和裕出版社2010年版,第430页。
④ 郭沫若《郭沫若全集》第11卷,人民文学出版社1992年版,第35页。

传统仍然得以延续。当代湖南作家谢璞(1932—)回忆童年时代家乡的渔鼓、板凳戏,"也有初一十五插烛点香在'善恶台'上的宣讲,这是带表演性质坐下来叙述的善恶故事"①。善书的流通不限于一时一地,也不以一个王朝的教化政策为转移。

此外,明清以来的劝善运动逐步扩大到民间说唱与戏曲表演的领域,使得劝善的形式大大丰富,更加贴近普通民众。晚明以来士大夫逐渐注意说唱伎艺的劝诫功能,万历年间吕坤(1536—1618)在山西巡抚任上提出"加意穷民,帝王首政;留心风化,有司先图",并进一步主张借"弹唱说书"以"移俗化民"。《实政录》卷二云:"时调新曲,百姓喜听,但邪语淫声,甚坏民俗。如有老师宿儒、词人诗客,能将近日时兴腔调翻成劝世良言,每一曲赏谷一斗。能将古人好事,如杀狗劝夫、埋儿孝母、管鲍分金、宋郊渡蚁,一切有关风化者,作为鼓板平话,弹唱说书,半说半唱,极浅极俗,不用一字文言,妇人童子都省,又亲切痛快,感动民心,使人点头赞叹,流泪悲伤者,每书三十段以上一本,有司抄录送院,选中赏谷五石。肯亲自教习二十人以上成熟者,赏谷十石,仍另行优奖。"②吕坤看中"时调新曲,百姓喜听"的特点,主张将封建伦理通俗化,灌输给百姓,达到教化百姓,净化风俗的目的。清初施闰章的《溺女歌》,便是运用歌谣形式来劝诫当时溺死女婴的父母:

> 劝君莫溺女,溺女伤天性,男女皆吾儿,贫富有定分。若云养女致家贫,生儿岂必皆怡亲。……贫者杀女终不富,家无担石身无裤,杀女求儿儿不来,暮年孤独始悲哀。不如有女送终去,犹免白骨委蒿莱。劝君莫杀女,杀女还杀妻。生殄婴儿死索命,牵衣地下生悲悽。劝君莫杀女,杀女还自杀。孽冤相报几时休,转世投胎定天札。孺子入井犹堪怜,如何嫡女委黄泉。及笄往嫁尚垂泪,何忍怀中辄相弃。③

通俗化宣讲使善书不断向庶民阶层扩散,对庶民道德价值观确立具有不可或缺的作用。传统中国的社会底层,多数民众的教育水准低,如无传播性活动转述,明清间数目庞大的善书将难以获得社会意义,劝善的功能更无从发挥。

清代对劝善戏曲倾力最多的莫过于无锡人余治。余治(1809—1874)好戏曲创作,作品甚多,内容多为劝人行善,宣扬忠孝节义,曾组织童伶戏班。余治认为一般愚夫愚妇既不能读书明理,又不能看善书。即宣讲乡约以晓愚蒙,而近世人情又皆厌听,故特借戏以感动之,便撰写"教忠教孝,劝人为善"的剧本,现存二十八种,收录在《庶几堂今乐》中。俞樾《余莲村劝善杂剧序》云:"天下之物,最易动人耳目者,最易入人之心。是故老师巨儒坐皋比而讲学,不如里巷歌谣之感人深也;官府教令张布于通衢,不如院本评话之移人之速也。君子观于此,可以得化民成俗之道矣。管子曰:'论卑易行。'此莲村余君所以有劝善杂剧之作也。"④余治还将劝善内容编成道情各处说唱。《得一录》卷二《保婴会规条》云:"溺女之风,久成习惯,虽有煌煌告示以禁之,种种篇章以劝之,而蚩蚩之氓,既不识字复不明理,即诫之深而言之切,何能家喻户晓,执途人而告之,惟有将古今溺女、救溺彰彰报应,编成俚语,明白晓畅,或说因果,或唱道情,于乡村市镇,各处宣扬,善可以感发,恶可以惩创,则愚夫愚妇听之,无不相悦以解,而相沿之积习,即可渐移而默化,能教江湖朦叟,习成

---

① 谢璞《这里有芬芳的"奶汁"》,《楚风》1982年第1期。
② 吕坤《实政录》卷二,《续修四库全书》第753册,上海古籍出版社1997年版,第263页。
③ 施闰章《溺女歌》,载《全人矩矱》,《藏外道书》第28册,巴蜀书社1992年版,第401页。
④ 俞樾《春在堂全书》第4册,凤凰出版社2010年版,第93页。

此等歌词,既可糊口,又堪醒世,一举两得,功莫大焉。"说因果、唱道情俱为民间说唱艺术,说因果多演绎因果报应故事,唱道情则有良言劝世的传统。以说唱形式演说善书的传统一直延续到近现代。明清以来的劝善运动不单是文字上的传播,对穷乡僻壤识字不多的民众来说,口头说唱有更大的教化功能和娱乐作用。

二

在明清劝善运动影响下,《天基道情》以劝善为旨归。出于劝化世人的目的,石成金撰有多种道情:《有福人歌》二十二首、《好男儿歌》十二首、《好女娘歌》十一首、《坏婆娘歌》十一首(下文总称为《天基道情》)。《有福人歌》《好男儿歌》写男子之事。《有福人歌》以【西江月】引首:"浩浩乾坤似海,昭昭日月如梭。偷闲听我唱山歌,各要存心改过。贵贱前生已定,有无空自奔波。从今安分乐天和,福人长享福果。"①后列【耍孩儿】曲二十支,题为:《总概》《听从》《凶恶》《奸淫》《争斗》《词讼》《嫖荡》《赌博》《贪刻》《酗乱》《烹宰》《奢华》《觊望》《怨尤》《虚妄》《昏昧》《谋虑》《忧愁》《痴迷》《因循》。自第三支起,皆以"劝世人,莫××"为起句,劝诫说教的意图非常明显。最后以【清江引】作结:"世人须急回头早,莫等无常到。恶除心自良,永受人天报。切不可恋尘情,将本身昧了。"《好男儿歌》以【西江月】引首:"若论乾坤大事,首重纲纪人伦。我编俚唱劝今人,各要留心细听。俗语淡中有味,粗言浅内含深。男儿要好莫因循,急早改邪归正。"后列【耍孩儿】十支,题为:《纲领》《心志》《至上》《本源》《昆玉》《唱随》《后嗣》《金兰》《邻里》《奴婢》,【清江引】作结:"敦伦重理真个好,不负圣贤教。消除薄恶情,依顺中和道,方才是男儿无愧了。"《好女娘歌》《坏婆娘歌》写女子之事。《好女娘歌》意在树立贤良妇女的正面典范,前有序,后列【耍孩儿】曲十支,题为《孝公姑》《敬丈夫》《和妯娌》《教子孙》《守闺门》《慎言语》《勤女红》《理中馈》《待亲友》《恤婢妾》,最后以【清江引】作结。《坏婆娘歌》意在贬斥不良妇女的反面形象,前有序,后列【耍孩儿】曲十支,题为《不孝公姑》《不敬丈夫》《不和妯娌》《不教子孙》《不守闺门》《不慎言语》《不勤女红》《不理中馈》《不待亲友》《不恤婢妾》。在序言中,石成金严厉地告诫世间女子,若有不贤不肖的行为,小则惹人唾骂,大则身亡家破。《好女娘歌》与《坏婆娘歌》在内容上一正一反,前后对照,训诫意味十分强烈。统观石氏的劝善道情,大致包含了家庭伦理、社会伦理、宗教伦理等三方面的内容。

(一)孝悌和睦的家庭伦理

百善孝为先,孝顺父母是家庭伦理的核心要素。我国古代以家族为本位的宗法制社会体制形成了独具特色的孝道,其基本内涵是"亲亲",就是子辈对父辈的敬爱侍奉。《好男儿歌·本源》写道:

> 好男儿,孝双亲,念劬劳,养育恩,此生报答真难尽!怀胎生产耽惊险,就湿推干受辛苦。饥寒举动勤相问,切须要、竭力尽孝,莫忘了、天地高深。

孝道实践和任何行为一样,光凭借晓之以理尚是不够的,重要的是动之以情。《天基道情》通过讲父母养育子女之恩,激发子女爱亲返报之情;通过讲人老之难,以激发了女体

---

① 石成金《传家宝全集》第一册,线装书局 2008 年版,第 48 页。本文引石成金道情皆出此书,页码不另注。

恤忠恕之情。对父母要养、要顺、要敬，"就是那、公婆恶薄，能孝敬、才乡里传名"（《好女娘歌·孝公姑》），鼓吹儿媳对公姑无条件的孝敬和顺。

出则孝，入则悌，兄友弟恭也是家庭伦理的重要内容。一个家庭的兴盛与否，与兄弟之间是否团结有着很大的关系。《天基道情》对于手足之间的问题，也有所讨论，希望借由报应来劝诫或警告兄弟手足必须团结的道理。《好男儿歌·昆玉》写道：

> 好男儿，爱弟兄，念同胞，一母生，不宜争竞伤天性。哥哥爱弟年轻小，弟弟尊哥手足情。一家和睦乡邦敬，休听那、枕边言语，为钱财、赌气相争。

兄弟之间的和睦是基于血缘关系，出于夫唱妇随的基本准则，妯娌之间也须和睦团结。"妯娌们，总要和，上恭下敬随时过，相亲相爱家中宝，无是无非福自多"（《好女娘歌·和妯娌》）。

夫义妇顺，亦即父义母慈，是对父母应尽义务的规定。夫妇是每一个家庭的支柱，他们直接与上辈父母、子女及兄弟相关联。所以，夫妇间的关系直接影响着整个家庭的融洽，"妻能内助家门盛，夫善刑于礼让先"（《好男儿歌·唱随》）。家庭伦理尤其重视夫妻之间的忠心与爱敬，要求作丈夫的对妻子不得凌辱和欺负，坚决反对"男不忠良"，做妻子的要敬爱丈夫，绝不可"女不柔顺"。《好女娘歌·敬丈夫》写道：

> 好女娘，依好言，敬丈夫，如敬天，家庭事事相和劝。安贫守分方为美，共力同心就是贤。何曾爱富嫌贫贱，你看那、孟光淑女，敬梁鸿、举案眉前。

夫妇二人以家庭和睦为共同目标，妻子以听从辅助丈夫持家为主，只要妻贤夫义，夫唱妇随，全家自然就会幸福。子孙后辈的教育培养关乎整个家族的声誉和兴旺，是夫妇共同担负的重要责任。"好男儿，教子孙，训义方，不可轻，贤愚成败关家运"（《好男儿歌·后嗣》），"好女娘，看得长，教儿孙，学善良，明师好友相亲傍"（《好女娘歌·教子孙》），且不可纵容后嗣做成玷污宗祖、败坏家门的丑行。

(二)诚信仁爱的社会伦理

社会是众人一起生活的空间，因此必须制定规范来维持稳定的秩序。要使人际关系保持和谐友善，就有必要对个人行为予以调控，一是靠法律规范的约束，二是靠社会伦理道德教育。明清善书旨在扬善去恶，所谓的"善"，其含义不但包括孝顺父母、重视亲情，还注重谦虚诚实、勤俭节约等；所谓"恶"，既指不孝父母、忽略亲情等，还包括犯上作乱、鱼肉乡里、荒淫贪婪等内容。《有福人歌》有多篇提倡道德修养，分别以"劝世人，莫行凶""劝世人，莫邪淫""劝世人，莫斗争""劝世人，莫兴词""劝世人，莫要嫖""劝世人，莫赌钱""劝世人，莫乱贪""劝世人，莫醉沉"开篇，教人积德行善。

> 劝世人，莫醉沉，饮半酣，可称情，贪杯误事还成病。言颠语倒相争斗，胆大心粗不认人。愚夫此际常拼命，惹起来、奸偷坏事，从这里、败德亡身。（《有福人歌·酗乱》）

"修身、齐家、治国、平天下"是中国人自古以来的信条，而"修身"列在第一位置，是最重要的，也是最基本的。

社会救助是缓解社会危机、挽救民生疾苦的必要手段。在中国古代社会中有着优秀的社会救助思想，也有典范的实践例证。它们以中国历史上悠久的传统文化为基石，深深扎根于浓郁的封建小农经济之上，以一种独特的方式展现在世人面前。《好男儿歌·邻里》写道：

好男儿，要睦邻，邻里人，义转亲，左邻右舍须和敬。莫因些小生嫌隙，患难常施救济恩。相逢喜寿先欢庆，试看那、水火盗贼，急难中、难望远亲。

民谚有云：远亲不如近邻。道情强调的是邻里之间互助相帮的密切联系。在面临"水火盗贼"的危急关头，只有邻里才能迅速有效施救，即所谓"患难常施救济恩"。对于家中奴婢，也要怀有宽厚仁慈之心，不能横暴苛求。因为"奴婢们，最苦辛，孤单冻饿谁来问"（《好男儿歌·奴婢》），主人理应怜悯他们的辛苦。主妇也要"知甘识苦奴心喜，体恤饥寒婢不忧"（《好女娘歌·恤婢妾》），给他们以生活上的关怀。体恤身处社会最底层的劳苦之人，是社会救助的一种体现。而悭吝的主妇则"监茶料饭家僮苦，肚饿身寒婢妾忧"（《坏婆娘歌·不恤婢妾》），是遭到严厉指责的。

作为一个男权社会，中国古代对于女子有着近乎苛刻的道德约束，传统社会中的妇女长久以来必须遵守"三从四德"。所谓"三从"，《仪礼·丧服》云："妇人有三从之义，无专用之道。故未嫁从父，既嫁从夫，夫死从子。"所谓"四德"。据《周礼》记载："九嫔掌妇学之法，以教九御妇德、妇言、妇容、妇功也。"这些规范，就一层层地紧箍在妇女身上。《好女娘歌·守闺门》写道：

好女娘，性淑贞，守闺房，不妄行，闲游戏耍从无问。烧香入寺休提起，看会迎春不出门。繁华不喜耽幽静，惟遵守、三从四德，这才是、兰蕙为心。

此外，《天基道情》对三从四德提出具体要求："好女娘，谨语言，是和非，总不传"（《好女娘歌·慎言语》），"好女娘，俭又勤，做生活，手不停"（《好女娘歌·勤女红》），"好女娘，不惮劳，入厨房，自煮烧"（《好女娘歌·理中馈》）。

（三）神道设教的宗教伦理

《天基道情》表露出很浓的宿命论色彩。《有福人歌·忧愁》云：

劝世人，莫忧愁，将烦恼，一笔勾，谁人管得前和后。荣华富贵天生定，岂是常人智力求？心机费尽终无就，到不如、随缘快乐，享许多、自在悠游。

石氏一边宣扬"荣华富贵天生定"，一边劝人"随缘快乐""自在悠游"，实际上是恬淡避世、无欲无争的道教思想的反映。"劝世人，莫巴高，富与贵，天数招，荣枯得失谁能拗"（《有福人歌·觊望》）。

《天基道情》劝人敬畏神明。中国古代社会有神道设教的传统，利用鬼神迷信作为教育手段。善恶报应、因果轮回，是佛、道二教共同的教义，千百年来早已化为广大民众朴素的宗教信仰。《有福人歌·怨尤》写道：

劝世人，莫怨天，好和歹，宿世缘，痴人何苦多埋怨。前生修积今生受，数定时辰有先后。怎能世事如心愿，不退想、自寻烦恼，能知福、快活神仙。

因果循环，报应不爽，"凭何阴骘能消罪，有其修持种善因"（《有福人歌·昏昧》）。举头三尺有神明，"好贪乖巧休称兴，到头来、善恶果报，怎逃得、天地神明"（《好男儿歌·心志》），传统社会的底层民众对此坚信不疑，敬畏神明是教人向善的强大内驱力。

残杀生命，是多数宗教教条所不允许的。而在中国社会所盛行的佛、道二教，对于残杀生命，亦抱持着反对的立场。《天基道情》也持相同立场，力劝世人勿造杀孽。《有福人歌·烹宰》写道：

> 劝世人,莫杀生,悲痛声,不忍闻,怎忍口腹伤残命。盘中香美脂膏味,都是生烹活剥成。可怜冤报何时尽,你只想、针芒刺肉,百般样、痛楚难禁。

滥杀获恶报,救命得善报。道情的伦理思想很大程度是建筑在宗教信仰的基础之上的,其宗教信仰的成分主要来自道、佛二教,持斋戒杀属于佛教伦理的条规。

<h2 style="text-align:center">三</h2>

《天基道情》寄寓了移风易俗的意图,植根于深厚的社会文化背景,也与石成金的思想信仰密切相关。成金宗学王阳明良知心法,通解三教,以融贯为己任,而归之笃履实践。《新七笔勾》《改正七笔勾》,从内容到风格都与道情之作一脉相承。在《新七笔勾》中,他要人们把美色淫邪、妄想贪求、赌气争能、嫉妒憎嫌、恶语谗言、美味珍馐、闲是闲非等"一笔勾"。在《改正七笔勾》中,则进一步要求人们把五色封章、鱼水夫妻、桂子兰孙、家舍田园、富贵功名、盖世文章、风月襟怀等人生不舍之情"一笔勾"。石成金的小说同样有着明显的教化倾向,如《雨花香》一名即由"遍撒救济之雨花,淋醒世人之迷误"而来。明末清初以来,以传统道德挽救世道人心的意识始终存在,直接影响小说的教化倾向。石成金小说"所记皆实事"[1],具有社会性、新闻性与地方色彩,因而获得一种独特史料价值。

明清以来日渐兴盛的劝善运动,以通俗文学为载体,也逐渐采用民间说唱作为传播媒介。晚明以来士大夫逐渐注意说唱伎艺的劝诫功能,吕坤《实政录》卷二云:"劝化题目,要择民间易犯者,如做贼、告状、打人、吃酒、宿倡、教唆、抢夺、奸拐、赖地、骗财、说谎、撒泼、诡隐地土、不纳差粮、游手好闲、骄奢放肆、白莲无为等事;民间当行者,如孝弟忠信、礼义廉耻、谦默忍让、阴骘慈悲、平等方便等事。以上善恶不止一端,任作套词小曲,多作善作者,除赏谷外,仍纪大善一次。其瞽目教导淫词者,重责逐出,习学者永不救济。"[2]吕坤提倡套词小曲,形式上不拘一格,而宗旨不离劝化,严禁淫词。其重视说唱伎艺在民间教化中的地位,强调把劝善惩恶作为说唱伎艺的核心,坚决抵制邪语淫声,代表了官方的基本立场,也确实制约了民间说唱的内容。

清代政府严令禁止淫词艳曲唱,《定例成案合钞》载:"凡有狂妄之徒,因事造言,捏成歌曲,鄙俚喋亵,刊刻流传,沿街唱和者,内外各地方官□□查拿,照不应重律治罪,若有妖言惑众等词,仍照律治罪。"[3]不少正统文人以"文以载道"为己任,加之朝廷的法令导向,早已将禁止淫词艳曲内化为道德自律。在各种善书中,反对淫词艳曲的立场成为共同的坚守。石成金《学堂条约》云:"凡无益之事,俱不许习学,如斗牌掷骰、踢毽踢球,打马吊,下象棋,放风筝,养禽兽鱼虫,与夫笙箫、弦索、弹唱之类,皆为无益。若或学习,不但有妨正业,抑且淫荡心志,当深戒之。"又云:"淫词艳曲,小说俚唱,最分心害事,总不许入目。"[4]《人事通》云:"俚俗杂书、淫艳词曲,其中不独并无学问,而且伤风败俗,摇惑人心,

---

① 孙楷第《戏剧小说书录解题》,人民文学出版社 1990 年版,第 152 页。
② 吕坤《实政录》,《续修四库全书》第 753 册,上海古籍出版社 1997 年版,第 263 页。
③ 王利器《元明清三代禁毁小说戏曲史料》,上海古籍出版社 1981 年版,第 29 页。
④ 石成金《传家宝全集》第一册,线装书局 2008 年版,第 33 页。

凡遇此等书,见之即付水火,不必入目。如此分别,才有见识,不然藜藿先已饱满,后来虽有佳肴美味,反吃不下矣,岂不可惜!"①《天基清戒》云:"凡填词谱曲,以及笙箫管之类,戒义同此。人若专心词曲,坚志管弦,虽在人前,可以压村,究竟正业俱废,纵至引商刻羽奚益乎?以此辛勤读书,可以成名;以此辛勤经营,可以致富。舍此务彼,争胜于清歌妙舞之场,即或技精绝伦,亦不过与梨园子弟齐名,供人侑觞献媚而已。"②《金言》云:"造作歌谣及戏文小说之类,讥讽时事,此大关阴骘,鬼神所不容。凡有所传闻,当缄口勿言。"③《家训抄》云:"至于弹唱、说书,摇惑耳目,污乱心志,一概不容入门。"④淫词艳曲蛊惑人心、败坏风气,石氏对之深恶痛绝,其至将"不编造歌谣淫词"⑤作为"士人不费钱功德"之一种。但作者并不完全排斥俚曲民歌,《真福谱》写道:"凡田野歌曲,平时熟记若干,每日兴至即饮,一饮即信口狂歌,并无腔调,亦无宫商,高低起止,随意所适。"⑥石氏喜好"随口唱无腔曲",并将"拈小曲不求其工"⑦视为乐事。石成金对待民间小曲的态度貌似抵牾,实则有其区分标准。凡是有伤风化的小曲,石氏坚决反对;凡是有补世教的小曲,则欣然接受。正所谓"凡有淫词艳曲诱引邪僻之言,切莫开口;凡有淫词艳曲诱引邪僻之字,切莫下笔"⑧。他的若干劝善道情,正是贯彻了"黜淫艳,行教化"的俗曲观。

石成金道情将"良善妇女"与"国之良相"相提并论,其说法颇为醒目而精警。其序言称:

> 家之有贤妻,犹国之有良相也。相良则国治,妻贤则家兴矣!然而聪明男子尚赖教训以成人,何况妇女乎?但妇女处闺阁之中,通文识字者甚少,若以深奥之言向说,奈彼茫然不解,虽说与不说同。予先将劝戒男子者,已编成《有福人》《好男儿》等书觉世,至于辅助成家之妇女,岂可不论乎?因又将妇女事所宜者,另编【耍孩儿】十调,或配渔鼓,或合弦索,令彼闻音知义,各各成良善好妇女,何愧于国之良相哉!(《好女娘歌·序》)

"或配渔鼓,或合弦索",渔鼓是道情的专用乐器,弦索则是弹词所用。石氏所创道情曲,全用【耍孩儿】调,句式为"三三三三七七七七七七"。此格调不见于南北曲,仅见于明代以来的民间说唱文学(如宝卷)。因此,《天基道情》体现了石氏善于向"田野歌曲"学习的精神。

石成金善书在社会上广泛流行,积极地推行封建伦理纲常教育,迎合了统治阶级的意志。相较于当时善书大肆渲染因果循环、报应不爽,石成金的劝善道情更具有实践价值与现实意义。时人评石氏善书"未尝不足为持身涉世之助,尤有裨于幼学,视坊本善书侈陈报应、半出臆造无可考证者,固当胜之"⑨。可谓知言。大约与石成金同时,清初桐乡人颜

① 石成金《传家宝全集》第二册,线装书局 2008 年版,第 8 页。
② 石成金《传家宝全集》第一册,线装书局 2008 年版,第 208 页。
③ 石成金《传家宝全集》第二册,线装书局 2008 年版,第 95 页。
④ 石成金《传家宝全集》第二册,线装书局 2008 年版,第 113 页。
⑤ 石成金《传家宝全集》第三册,线装书局 2008 年版,第 9 页。
⑥ 石成金《传家宝全集》第三册,线装书局 2008 年版,第 130 页。
⑦ 石成金《传家宝全集》第四册,线装书局 2008 年版,第 80 页。
⑧ 石成金《口笔志》,《元明清三代禁毁小说戏曲史料》,第 244 页。
⑨ 平步青《霞外攟屑》卷六,上海古籍出版社 1982 年版,第 387 页。

石成金《天基道情》的劝善思想

鼎受的《初阳山人渔鼓曲》中也劝善类的道情,以孝悌忠信规劝世人。可以说,原本抒发"乐道徜徉之情"的道情,经历避世——玩世的思想历程,到清初时呈现出劝世的新趋向。

王定勇:扬州大学文学院　副教授

全真教与元代的神仙道化戏

王汉民

元杂剧是中国古典戏曲发展的黄金时期,剧作内容丰富,表现形式多样,广泛而又深刻地反映了元代的社会现实。以道教神仙故事为题材的剧作数量多,内容广泛,是元杂剧的重要组成部分之一。元夏庭芝的《青楼集志》①把杂剧分为驾头、闺怨、鸨儿、花旦、披秉、破衫儿、绿林、公吏、神仙道化、家长里短十类,"神仙道化"是其中一类。明初朱权在《太和正音谱》②中把元与明初杂剧分为十二科:"一曰神仙道化,二曰隐居乐道,三曰披袍秉笏,四曰忠臣烈士,五曰孝义廉节,六曰叱奸骂谗,七曰逐臣孤子,八曰铋刀赶棒,九曰风花雪月,十曰悲欢离合,十一曰烟花粉黛,十二曰神头鬼面。"十二科中神仙道化、隐居乐道、神头鬼面三科与道教神仙内容有关,而且"神仙道化"被列在首位,"隐居乐道"被列在第二位,可见道教神仙戏曲在元杂剧中地位的重要性。

一

神仙道化戏在元代大量出现,与金元时期动荡黑暗的社会现实、新道教的盛行、知识分子隐逸思想的普遍存在等都有着直接或间接的关系。

金末元初,社会动乱,人民颠沛流离、朝不保夕,传统的价值观、道德观被蒙古人的铁蹄无情地摧垮。元朝统治者不重视文化,长期不举行科举,文人地位低下,以至有"八娼九儒十丐"之说。当时的文人再也没有唐宋文人那种"致君尧舜上,再使风俗淳"的雄心壮志,而是深深地陷入一种精神失落之中。他们无法以传统的观念来解释这一切,更无法排遣由此而产生的种种抑郁与愤懑。他们重新调整自己的心态,有的玩世不恭,放下自己高贵的架子,与他们原所不齿的娼优为伍,为他们写作剧本,求得生存所需;有的归隐山林,洁身自好;有的则皈依宗教,用宗教的清规戒律来平静自己躁动不安的心灵。萧抱珍创立的太一教、刘德仁创立的大道教、王重阳创立的全真教成为当时文人的心理寄托,而尤以全真教对文人的影响最大。

全真教融和三教,主张三教平等,他们的教义将儒家的忠孝观、佛教的心性说、道教的清静无为论有机地结合在一起,提倡"外修阴德,内炼真功",在社会各阶层中影响很大。在金贞祐南迁之际至金彻底倾覆的岁月里,社会苦难把一大批人推进了全真教团。王恽在《胙城县灵虚观碑》里说当时"全真教大行,所在翕然从风。虽虎苛狼戾,性于嗜杀之徒,率受法号"③。特别在丘处机雪山面见成吉思汗后,全真教的影响更大。成吉思汗对全真教

---

① 《青楼集提要》,《中国古典戏曲论著集成》第二册,中国戏剧出版社1959年版,第7页。
② 《中国古典戏曲论著集成》第三册,中国戏剧出版社1959年版,第24页。
③ 转引自卿希泰《中国道教史》第三卷,四川人民出版社1988年版,第50页。

大加称赏,称丘处机为老神仙。在丘处机东归时,成吉思汗下旨赐其门下蠲免赋税差发。成吉思汗十八年九月,在丘处机返燕途中,成吉思汗又下旨让丘处机管理天下所有的"出家善人",一切由丘处机"就便理会"。成吉思汗二十二年五月,又下旨改北宫仙岛(琼华岛)为万安宫,天长观为长春宫,赐"金虎牌",让"天下出家善人皆隶焉","道家事一仰神仙处置"①。

由于元统治者蠲免全真教徒的赋税,让全真教掌管天下道教、管理天下出家人,提升了全真教在社会中的地位。无数的平民百姓,他们为了生存,皈依全真教。对知识分子来说,全真教教义与儒家的"独善其身"有着某种相似,容易被他们接受;再则,全真教在发展中,十分重视招引文人士大夫入道,"丘处机所收弟子多是儒士或出于儒士之家"。陈垣先生说:"全真王重阳本士流,其弟子谭、马、丘、刘、王、郝,又皆读书种子,故能结纳士类,而士类亦乐就之。况其创教在靖康之后,河北之士正欲避金。不数十年,又遭贞祐之变,燕都亡覆,河北之士又欲避元。"②文人士大夫纷纷入道,这使得全真教的整体素质有所提高。这些文人利用他们的文学才能进行宗教宣传,使得全真教影响更为广泛。

杂剧在元初发展成熟,成为元代最流行的文艺形式。王重阳与全真七子都十分重视教义宣传,他们都有比较高的文学修养,善于用诗词歌曲宣传教义,引导信众。丘处机还曾经向金世宗剖析全真道教理,进《瑶台第一曲》宣扬仙道,称颂世宗,世宗大悦③。杂剧这一流行的文艺形式很自然得到全真教的重视,从全真教著名道士潘德冲的墓室里有戏曲雕刻来看,这一点是无可置疑的。④ 在全真教的影响下,许多作家以道教神仙故事为题材,宣扬全真教义,反映当时社会的动荡黑暗以及世俗百姓、文人士大夫皈依全真教的现实。神仙道化戏因之而兴盛,成为元杂剧的重要组成部分。

二

元代的神仙道化戏,根据钟嗣成的《录鬼簿》、贾仲明的《录鬼簿续编》等书的记载,大致有以下二十余种:

1. 马致远《吕洞宾三醉岳阳楼》(《录鬼簿》著录,存);
2. 马致远《王祖师三度马丹阳》(《录鬼簿》著录,佚);
3. 马致远《马丹阳三度任风子》(《录鬼簿》著录,存);
4. 马致远《开坛阐教黄粱梦》(《录鬼簿》著录,存);
5. 马致远《太华山陈抟高卧》(《录鬼簿》著录,存);
6. 郑廷玉《风月七真堂》(《录鬼簿》著录,佚);
7. 赵文殷《张果老度脱哑观音》(《录鬼簿》著录,佚);
8. 纪君祥《韩湘子三度韩退之》(《录鬼簿》著录,佚);
9. 赵明道《韩湘子三赴牡丹亭》(《录鬼簿》著录,佚);
10. 岳伯川《吕洞宾度铁拐李岳》(《录鬼簿》著录,存);
11. 范康《陈季卿误上竹叶舟》(《录鬼簿》著录,存);

---

① 《长春真人西游记》卷下,《道藏》第十八册,第496页。
② 转引自任继愈主编《中国道教史》,中国社会科学出版社2001年版,第715页。
③ 参见卿希泰《中国道教史》第三卷,四川人民出版社1988年版,第44页。
④ 徐苹芳《关于宋德方和潘德冲墓的几个问题》,《考古》1960年第8期,第44页。

12. 李寿卿《鼓盆歌庄子叹骷髅》(《录鬼簿》著录,佚);

13. 史九散人《花间四友庄周梦》(《录鬼簿》著录,存);

14. 张国宾《严子陵垂钓七里滩》(《录鬼簿》著录,佚);

15. 宫天挺《严子陵钓鱼台》(《录鬼簿》著录,存);

16. 吴昌龄《张天师夜祭辰钩月》(《录鬼簿》著录,存);

17. 石君宝《张天师断岁寒三友》,(《录鬼簿》著录,佚);

18. 谷子敬《吕洞宾三度城南柳》(《录鬼簿续编》著录,存);

19. 谷子敬《邯郸道卢生枕中记》(《录鬼簿续编》著录,佚);

20. 杨景贤《王祖师三化刘行首》,(《录鬼簿续编》著录,存);

21. 贾仲明《丘长春三度碧桃花》(《录鬼簿续编》著录,佚);

22. 贾仲明《铁拐李度金童玉女》(《录鬼簿续编》著录,存);

23. 贾仲明《吕洞宾桃柳升仙梦》(《录鬼簿续编》著录,存);

24. 无名氏《汉钟离度脱蓝采和》(《今乐考证》著录,存);

25. 无名氏《瘸李岳诗酒玩江亭》(《录鬼簿续编》著录,存)。

在这二十余种神仙道化戏中,除了少数几种演天师驱邪除妖故事外,几乎都与全真教有关。

首先,在这些剧目中,马致远的《王祖师三度马丹阳》《马丹阳三度任风子》,郑廷玉的《风月七真堂》,杨景贤的《王祖师三化刘行首》,贾仲明的《丘长春三度碧桃花》五种剧目直接以王重阳与全真七子作为度世主角。此外,宋元戏文中的《七真堂》戏文,一般也认为演全真七子故事。

《王祖师三度马丹阳》《王祖师三化刘行首》演王重阳度世故事。《王祖师三度马丹阳》,剧本佚,但从剧名来看,此剧演王重阳度脱马钰的故事。马钰是王重阳的大弟子,《金莲正宗记》"丹阳马真人"条、《金莲正宗仙缘像传》"丹阳子"条都记载了王重阳食瓜自蒂、十度分梨点化马钰悟道之事。在《马丹阳三度任风子》杂剧中,马丹阳云自己"初蒙祖师点化,不得正道,把我魂魄摄归阴府,受鞭笞之苦,忽见祖师来救,化作天尊,令贫道似梦非梦,方觉死生之可惧也",因而"弃其金珠,抛其眷属",出家学道。① 马致远此剧估计敷衍以上内容。《王祖师三化刘行首》,今存《元曲选》本,演王重阳夜遇鬼仙,让鬼仙人间托生还宿债,后命马丹阳前去度之成仙的故事。《风月七真堂》杂剧与《七真堂》戏文,剧本均佚,一般认为演全真七子故事。《马丹阳三度任风子》《丘长春三度碧桃花》二剧演马丹阳、丘处机度世故事。全真七子只有马丹阳、丘处机有度世故事剧,这与二人在全真教的地位影响有关。王重阳死后,马丹阳、丘处机相继执掌全直教,在当时影响很大。《丘长春三度碧桃花》,剧本佚,本事不详。《马丹阳三度任风子》,今存《元曲选》本,剧演马丹阳度脱终南山任屠成仙故事。剧本故事当源于马丹阳度脱屠者刘清之事,《金莲正宗记》有记载:"(马丹阳)既还乡里,复见屠者刘清,教之曰:曩日壁间之颂,不觉流年二十换矣。以日计之,日宰三猪,十万之数,亦已足矣。况公寿八十有三,族广家豪,理当止杀。公方省悟,遂择日设斋持砧器于郭门外焚之。"②

---

① 《元曲选》,中华书局 1989 年版,第 1670 页。

② 《金莲正宗记》之《丹阳马真人》条,载《道藏》第三册,文物出版社 1988 年版。

　　王重阳与全真七子度世剧数量不多,被度脱的人物除全真七子外,也只有妓女与屠夫,反映的生活面比较狭窄。如果单凭这几个剧目,还不能说全真教对元代神仙道化戏有多大影响,但如果把眼光放开一点,我们就可以发现除以上几种度世剧目外,元代的神仙度世剧几乎都是八仙度世故事剧。而八仙之首钟离权、吕洞宾是王重阳甘河镇所遇之仙。在《金莲正宗记》《金莲正宗仙缘像传》等全真教典籍中,钟离权、吕洞宾、刘海蟾都成为王重阳之师。钟离权师自东华帝君,度吕洞宾、刘海蟾,三人又共度王重阳成仙。全真教北宗以东华帝君为第一祖、钟离权为第二祖、吕洞宾为第三祖、刘海蟾为第四祖、王重阳为第五祖。八仙之首的钟离权、吕洞宾都成了全真教祖,成名已久的何仙姑、蓝采和、铁拐李等仙人则都成为全真教祖师钟离权、吕洞宾的徒弟或道友。八仙中钟离权、吕洞宾等仙度世,实际也是全真教度世思想的反映。

　　在上面所列的二十五种剧目中,八仙度世故事剧十三种,其中钟离权度世剧二种、吕洞宾度世剧六种、韩湘子度世剧二种、铁拐李度世剧二种、张果老度世剧一种。

　　《开坛阐教黄粱梦》《汉钟离度脱蓝采和》二剧演钟离权度脱吕洞宾、蓝采和成仙故事。"黄粱梦"故事,最早见于唐传奇《枕中记》,写吕翁点化卢生事;到金元时期,全真教典籍《纯阳帝君神化妙通记》《历世真仙体道通鉴》等书则以之为钟离权度脱吕洞宾故事。此剧故事即直接源自《纯阳帝君神化妙通记》中的"黄粱梦觉第二化"。

　　《吕洞宾三醉岳阳楼》《吕洞宾度铁拐李岳》《陈季卿误上竹叶舟》《城南柳》《枕中记》《吕洞宾桃柳升仙梦》六剧演吕洞宾度世故事。《吕洞宾三醉岳阳楼》《城南柳》《吕洞宾桃柳升仙梦》三剧剧情大致相同,演吕洞宾度脱柳树精得道成仙故事。吕洞宾度柳精故事,从宋人《画墁集》《蒙斋笔谈》等笔记中所记的吕洞宾岳阳楼遇松精的传说及岳州石刻、《江州望江亭自记》中所记的"第一度郭上灶"等事演化而来。元苗善时的《纯阳帝君神化妙通记》中有《度老松精第十二化》《再度郭仙第十三化》[①],把二事联系在一起。吕洞宾度柳精故事即是苗善时的《纯阳帝君神化妙通记》中吕洞宾度松精故事的变化发展。《陈季卿误上竹叶舟》杂剧,演吕洞宾度脱陈季卿成仙故事。此剧本事出唐人薛昭蕴的《幻影传》,亦见《纂异记》及《异闻实录》等书,范康据之加以改写,把"终南山翁"改为吕洞宾,把陈季卿乘竹叶舟事改为梦境中事。《枕中记》取材于唐传奇《枕中记》,但把"吕翁"改为"吕洞宾",写吕洞宾度脱卢生成仙故事。《吕洞宾度铁拐李岳》,演吕洞宾度铁拐李成仙故事,剧本本事无考,估计是作者据民间传说创作而成。

　　钟离权、吕洞宾度世剧外,《张果老度脱哑观音》演张果老度世故事,剧本佚。《瘸李岳诗酒玩江亭》《铁拐李度金童玉女》二剧,演铁拐李度金童玉女省悟出家,复归仙班的故事。《韩湘子三度韩退之》《韩湘子三赴牡丹亭》杂剧以及宋元戏文中的《韩文公风雪阻蓝关记》《韩湘子三度韩文公》戏文,剧本均佚,但从剧名来看,四剧应该都演韩湘子度脱韩愈故事。

　　在王重阳全真七子、八仙度世剧外,《太华山陈抟高卧》《鼓盆歌庄子叹骷髅》《花间四友庄周梦》《严子陵垂钓七里滩》《严子陵钓鱼台》五剧利用隐士、道祖的修行故事,宣扬道教神仙思想。《鼓盆歌庄子叹骷髅》《花间四友庄周梦》二剧演庄子悟道故事,本事源出庄子《齐物论》及《至乐篇》中庄子鼓盆、梦蝶等故事。《太华山陈抟高卧》演陈抟故事。陈抟是钟离权、吕洞宾内丹派的重要人物,与全真教也有着很深的渊源。剧中陈抟不慕功名利

---

① 《道藏》第五册,文物出版社 1988 年版,第 712 页。

禄,不恋酒色财气,是全真教的理想人物。《严子陵垂钓七里滩》《严子陵钓鱼台》二剧演严子陵不愿功名,隐居富春故事,今存宫天挺的《严子陵垂钓七里滩》。剧中严子陵自称"贫道",他把富贵看作"蜗牛角半痕涎沫",把功名看成"飞萤尾一点光芒"①,这种清静无为、意在山野的思想,与全真教教义在一定程度上也是切合的。可见,这些隐居乐道剧主要宣扬的也是全真教"葆性全真"思想。

通过对元代神仙道化戏度世主角、剧本内容的简要分析,全真教对元代神仙道化戏的影响之深已显而易见。

<h2 style="text-align:center">三</h2>

不仅如此,元代神仙道化戏中,神仙度世方法以及道教徒修行内容等也大都与全真教教义相同。元代神仙道化戏中神仙度世大都采用梦中点化、自身顿悟的方式。《黄粱梦》剧中,吕洞宾梦中经历了酒色财气,"升沉万态,荣悴千端",恍然醒来时,身犹卧肆中,黄粱犹未煮熟,因而醒悟人生,出家学道。《蓝采和》剧中,钟离权、吕洞宾二人在度脱蓝采和时,让蓝采和经历人世恶境,让他感悟到现实人生的极端不自由,自悟而出家。《铁拐李》剧中,吕洞宾度铁拐李时,让岳孔目魂入地狱,灵魂受苦,后又让之附体还魂,使之在灵魂与肉体、生存与死亡的痛苦煎熬中醒悟出家。《岳阳楼》剧中,吕洞宾显神通先点化了贺腊梅,后又以死亡恐惧来警醒郭马儿,让他醒悟出家。这些剧作虽然有些故事本来就有梦醒悟道的原型,但这些剧本被选则在一定程度上与全真教的影响有关。而《陈季卿误上竹叶舟》剧对《纂异记》中情节的改编,更显出了这一点。在《纂异记》中陈季卿乘竹叶舟回家并非梦,而在元剧中,则作为梦境处理,陈季卿因梦而省悟。

这种梦中点化、自身顿悟的度脱方法,与全真教度世关系最为密切。全真教教祖王重阳点化马丹阳、谭长真、郝大通等人采用的大都是点悟式的方法,让他们自悟出家。如王重阳度郝大通:"(郝大通)大定丁亥秋货卜于市,士大夫环列而坐,重阳最后至,背面而坐。先生曰:何不回头。重阳曰:只恐先生不肯回头。先生颇惊,遽起作礼。"②王重阳利用郝大通话语乘机点化,使之醒悟。王重阳度孙不二时,"出神入梦,种种变现。惧之以地狱,诱之以天堂,十度分梨,六番赐芋",使孙不二醒悟。③ 他度脱马丹阳时,也是这样。马丹阳说:"初蒙祖师点化,不得正道,把我魂魄摄归阴府,受鞭笞之苦,忽见祖师来救,化作天尊,令贫道似梦非梦,方觉死生之可惧也。因此遂弃其金珠,抛其眷属。(下略)"④

王重阳既重视教徒自身"内向"性心理体验,同时又注意他们"外向"的意会直觉。他在《重阳立教十五论》⑤的第二条"云游"中说:"凡游历之道有二:一者看山水明秀花木之红翠,或玩州府之繁华,或赏寺观之楼阁,或寻朋友以纵意,或为衣食而留心。如此之人虽行万里之途,劳形费力,遍览天下之景,心乱气衰,此乃虚云游之人。二者参寻性命,求问妙玄,登巇险之高山,访明师之不倦,渡喧轰之远水,问道无厌。若一句相投,便有圆光内

---

① 《元曲选外编》,中华书局1959年版,第448页。
② 《金莲正宗记》,《道藏》第三册,文物出版社1988年版,第343页。
③ 同前注。
④ 《元曲选》,中华书局1989年版,第1670页。
⑤ 《道藏》第三十二册,文物出版社1988年版,第153页。

发,了生死之大事,作全真之丈夫,如此之人乃真云游也。"王重阳提倡云游,其目的是通过云游触动心机,圆光内发,了悟生死。《铁拐李度金童玉女》中金安寿因瞬间见四季景物变化、《花间四友庄周梦》中庄周因顷刻间见鲜花开谢而省悟生死,就是外向观照"道"和内向体验"道"的过程,便是主体顿悟本性,"明心见性"的过程。

全真教强调"顿悟而渐修","明心见性"只是证仙的第一步,而要成仙,则还要经过艰苦的修命过程。王重阳创造了内外结合的成仙方法,称"外修阴德,内炼真功"。自身真功的修炼,须得一个清静的修行环境,出家修行成为其中重要的一步。"凡出家者,先须投庵,庵者,舍也,一身依倚。身有依倚,心渐得安,气神和畅,入真道矣。"①全真教初期传教都是以庵为据点,这种庵本指圆顶草屋。元神仙道化戏《任风子》中的"草团瓢"、《黄粱梦》中的"草团标"、《刘行首》中的"草庵"、《玩江亭》中的"茅庵"等就反映了全真教初期草庵修行的实况。修行的首要条件是绝对禁欲。绝对禁欲是全真教识心的首要条件。王重阳"以妻女为枷锁,称儿孙欢笑为虎狼咆哮,视夫妇如仇敌,称养儿育女是还前世孽债",奉劝世人"休妻别子断恩爱","跳出樊笼寻性命"。七情六欲中尤重绝酒色财气,王重阳称"凡人修道,先须依此十二字:断酒色财气攀缘爱念忧愁思虑"②。《全真清规》中有"酒色财气食荤但犯罚出"的责罚条例。③《纯阳真人浑成集》中吕纯阳有戒酒、戒色、戒财、戒气的劝世歌。④《开坛阐教黄粱梦》中,作者利用吕洞宾被钟离权度脱的过程,展现了酒色财气对人性的伤害。吕洞宾喝酒吐血,伤身;妻子不贞,伤情;贪财,差点让他丧命;争气恋子女,而子女被摔死,最后自己也被杀死。吕洞宾通过梦中的恶境,断酒色财气,攀缘爱念忧愁思虑,修成正果。此外,《岳阳楼》中吕洞宾赠剑要郭马儿杀妻,《任风子》中任屠休妻摔子,铁拐李弃父母妻儿,《竹叶舟》中陈季卿抛功名利禄妻儿子女,《陈抟高卧》中陈抟不近酒色财气,《庄周梦》中庄周去酒色财气等,都或多或少地反映了全真教禁欲主义的修行思想。

全真教摒弃传统的外丹烧炼,重视内丹修炼,即炼自己的精气神,从而"了达性命"。《陈抟高卧》剧中,陈抟"全不管人间甲子,单则守洞里庚申,降伏尽婴儿姹女,将炼成丹汞黄银"。《竹叶舟》中吕洞宾云:"俺不用九转丹成千岁寿,俺不用一斤铅结万年珠。也不采甚么奇苗异草,也不佩甚么宝篆灵符。只要养的这精神似水,炼的这骨髓如酥。常日把心猿意马牢拴住,一任教陵移谷变,石烂的这松枯。"诸如此类唱词中,透露出全真教内丹修炼的思想。

通过对元代神仙道化戏出现的社会背景、宗教环境以及剧作内容、度世主角、度世方式等方面的考察,我们对全真教与元代神仙道化戏的关系有一个较为清楚的了解:全真教兴盛,世俗百姓纷纷皈依的现实为戏曲提供了丰富的创作素材和众多的观众,而神仙道化戏在反映现实的同时,又生动形象地宣扬了全真教思想。

王汉民:福建师范大学文学院　教授

---

① 转引自任继愈主编《中国道教史》下卷,中国社会科学出版社 2001 年版,第 692 页。
② 转引自任继愈主编《中国道教史》下卷,中国社会科学出版社 2001 年版,第 687、689 页。
③ 陆道和《全真清规·教主重阳帝君责罚榜》,《道藏》第三十二册,文物出版社 1988 年版,第 156 页。
④ 《道藏》第二十三册,文物出版社 1988 年版,第 685 页。

红楼梦说唱文学的"雅""俗"探析

王友兰

　　《红楼梦》成书于清代乾隆年间,问世之初即以抄本形式广为流传,当时传唱的《竹枝词》有句:"开谈不说红楼梦,纵读诗书也枉然"①。虽然"红学研究"在乾隆、光绪时期已现曙光,但是民间百姓关心的大多仍是书中人物与故事结局,因此,《红楼梦》一书既出,除了文人的续作、补遗之外,艺人也陆续争相传唱,举凡俗曲、说唱、戏曲……纷纷以《红楼梦》故事为蓝本,二度创作,改编演出,尤其是"说唱",数量极为可观。1948年仲涵发表的《梅花大鼓概说》云:"近日歌场所流行之曲,虽近二十种,然以衍述《红楼梦》故事者,竟占全部三分之一强。"②文中所谓"曲",指的是梅花大鼓等说唱鼓曲。事实上,"红楼梦说唱"的创作一直在持续,1963年中国曲协为了纪念曹雪芹逝世二百周年,邀请津京两地著名说唱艺人演唱了改编自子弟书《露泪缘》的大量新编红楼鼓曲。1983年曹雪芹逝世二百二十周年,天津市曲艺团再度举办"红楼梦曲艺专场",不乏学者的新作,红学家周汝昌、耿瑛等人,也都投入创作行列。

　　不仅北方如此,各地说唱皆然,笔者在《红楼梦说唱研究》博士论文中,曾汇整所搜录的红楼梦说唱作品500余篇,曲种类型囊括早期刊本的平话、鼓词、弹词、杂曲、子弟书、南音、摊簧,以及近代说唱"说书类"的北京评书,四川评书、粤语评书,"鼓曲类"的木板大鼓、京韵大鼓、梅化大鼓、东北大鼓、梨花大鼓、京东大鼓、西河大鼓、乐亭大鼓,"联曲类"的单弦牌子曲、吉林八角鼓,"渔鼓类"的河南坠子、四川竹琴,"杂曲类"的河南鼓子曲、扬州清曲、陕西曲子、新疆曲子、湖南丝弦、淮海锣鼓、兰州鼓子,"琴书类"的山东琴书、贵州扬琴、徐州琴书、湖北恩施洋琴、四川扬琴,"歌舞类"的莲花落、东北二人转,"韵诵类"的天津快板,"谐趣类"的相声。③ 可见,取材《红楼梦》的说唱作品,数量之"多"、类型之"全"、普及之"广",几乎冠于其他说唱故事题材。

　　红楼梦说唱作品是小说的再生文学,它既能将一部经典散文名著,成功的改编为或唱、或说、或散文、或韵文的口头艺术,必定有其吸引人之处。笔者比对《红楼梦》小说原文与说唱作品词句,发现红楼梦说唱文学不仅出现"内容增删"现象,更以"说唱本质"来诠释小说原文,包括夹议夹叙、韵文语法与雅俗并呈。

　　说唱文学的编词者通常是不知名的民间百姓或艺人本身,但观其辞藻,有雅有俗,可

---

① 见耿瑛为胡文彬编《红楼梦子弟书》作序,引清嘉庆二十二年得硕亭《草珠一串》竹枝词两句。春风文艺出版社1985年版。

② 仲涵《梅花大鼓概说》刊载1948年5月7日华北日报俗文学第四十五期,见一粟编《红楼梦书录》343页"黛玉思亲"条,引仲涵《梅花大鼓概说》所云。古典文学出版社1958年版。

③ 王友兰《说唱文学与说唱音乐》书中,将近代说唱依"表演特性"为分类基准,归纳为十大类,分别为"说书类""弹词类""鼓曲类""渔鼓类""琴书类""杂曲类""联曲类""韵诵类""歌舞类"与"谐趣类",兰之馨文化音乐坊2009年。

见说唱文学的创作,包括了"文人之笔"与"艺人之口"。不过,艺人口中的说唱,一定是"曲文通俗"而无典雅词句吗？文人笔下的说唱作品,即使典雅细致,一定都是佳作而毫无缺失吗？对于《红楼梦》这部文学经典名著,说唱作品二度创作的是非成败,值得研究。限于篇幅,本文仅针对艺人之口的"俗"与"雅",以及文人之笔的"优"与"劣",举例探析。

一、艺人之口的"俗"与"雅"

文学的"雅"与"俗"并非"绝对的"名词,而是"相对的"形容词。说唱文学是口语文学,虽然近年被归纳在"俗文学"的领域中,但由于《红楼梦》小说文情并茂,不论人物塑造、性格语言、情节铺排、景物描述、思想旨意,都具有高度的文学价值,而"说唱"是口语艺术,说唱文学的对象不是读者,而是听书人,为了吸引听者的兴趣,以《红楼梦》为题材的说唱作品,势必出现"雅"与"俗"两种风格,甚至在同一作品中,呈现"俗中有雅"或"雅中带俗"。

（一）艺人之口的"俗趣"

《红楼梦》书中人物众多、事件线索繁杂,于是,说唱艺人为了能尽量贴近民众、让听者易懂,多以一两个人物为中心,环绕着一个事件进行,所创作或改编的词藻,也大多通俗而生活化,表现说唱文学的俗趣。

兹举"说书类"作品为例。"说书"源于唐宋说话,不论南北各地,一直是通俗口语的佼佼者。例如福州平话保存了说唱文学韵散相间的本质,其中散说部分,极为口语,兹抄录福州平话《红楼梦》中"宝钗扑蝶"一小段为例：

> 话表薛宝钗要往潇湘馆再讨（找）黛玉,只因见宝玉里进（走进）黛玉房中,自己不便进去,堪堪（看看）抽身回步,忽见面前一双玉色蝴蝶,大如团扇,一上一下,迎风飞舞,十分有趣,宝钗意欲将此蝴蝶,扑来玩耍,遂向袖中取出折扇,向草地上来扑,只见那一双蝴蝶,忽起忽落,来来往往,将欲飞过沁芳阁去,引得宝钗蹑手蹑脚,一直跟到池边,只觉得身中香汗淋漓,忍不住娇喘细细（嘘嘘）,便在池边滴翠亭上,歇了一歇,然后又寻他们而去。①

福州平话是福州方言语音,上文括号内的字是笔者询问福州籍家母所作的译文,文句均通俗易懂。

说唱文学具有"短话长说"的特性,②有的为补充说明以求达意、有的为加强语气以求生动、有的为穿插心声以求共鸣、有的为增添描述以求细腻,这些添加的辞藻,必须以通俗口语来呈现,才能让听者如入其境。兹举北方评书为例,《红楼梦》第六回"贾宝玉初试云雨情、刘姥姥一进荣国府",叙述刘姥姥带着外孙板儿到荣国府寻求接济,原书文字为：

> 于是,刘姥姥带他进城,至宁荣街来。到了荣府大门石狮子前,只见簇簇的轿马,刘姥姥便不敢过去,且掸了掸衣服,又教了板儿几句话,然后蹭到角门前,只见几个挺胸

---

① 见台湾"中研院"史语所傅斯年图书馆藏《福州平话红楼梦》上集《黛玉葬花》,福州市益新书局印行。

② 笔者曾于 1988 年 7 月 2 日在联合报副刊发表《让民间讲唱传诵不绝》一文,首次提出"短话长说"一词,1992年在《讲故事的艺术》文中重申此义："真正讲故事的能手,必须'短话长说',还得句句没废话,字字扣人心弦,……说书人对故事中人物、情节、景色,都要铺叙一番,以他丰富的历史知识、社会经验及生活体认,发挥想象力,添枝加叶。"该文收录于王友兰《谈戏论曲》,学海出版社 1992 年版,第 119 页。

迭肚指手画脚的人,坐在大凳上,说东谈西呢。刘姥姥只得蹭上来问:"太爷们纳福!"①

这一段文字叙述,到了说书人口中,必然"短话长说"一番。刘兰芳的北京评书《红楼梦》中"刘姥姥一进荣国府"②,同样的情节,说书人刘兰芳是这么说的,她先针对刘姥姥"不敢过去"补充说明:

> 祖孙二人从德胜门进了城,找到了宁荣街,等到了荣国府门外石头狮子跟前,抬头一看,"嗳哟!"刘姥姥还真有点胆怯,不敢过去。她没见过呀!——一看门前有上下马石……

然后,来个景物画面的细腻描述:

> 一看门前有上下马石,栓马桩橛,倒栽的龙爪槐。车水马龙,络绎不绝。门口的懒凳上,坐几个家人,个个挺胸迭肚,指手画脚的谈天说地。

通过说书人对环境的描述,听书人仿佛看到荣国府前的景象,既奢华、又有些许低俗。尤其是对石狮子的形容与敬畏,对应那几个"挺胸迭肚、指手画脚"的人,显然"人"不如"石狮",紧接着插入故事人物的心里话:

> 刘姥姥看了半天,心里有点后悔了,"这哪是我待的地方呀!"有心回去吧!"唉!回家又怎么办? 日子过不上溜儿,没钱呀! 行了,豁出去我这张老脸,我就去碰一碰吧。"她拢了拢鬓边的头发,刘姥姥还是有点胆怯,不敢上前,……

此处插入刘姥姥的心声,犹疑着该不该进去? 终于鼓起勇气开口,形象十分鲜明。终于,说书人以"加强语气"的重复词句,来增添人物举止的生动:

> 一会儿又壮了壮胆子,揗了揗衣服,一点儿一点儿蹭到角门前。上前,先请了个安,满脸带笑:太爷们你们纳福呀。

为了帮助一般民众对书中特定名词的理解,刘兰芳在北京评书《红楼梦》中,又对"通房大丫头"作了口语化的说解:

> (周瑞媳妇)她自己进了院门,知道凤姐儿还没回来,就先找到了凤姐的心腹通房大丫头平儿,什么叫通房大丫头呢? 就是男主人收为姬妾的丫头。说来呀,就是贾琏的小妾。

有了说书人这番说解,能让听众听得明白,故事进行得更流畅。这是"补充说明"的短话长说,对于说唱文学的创作,很有特色。从《红楼梦》小说那段约110字的原文,到了说书人口中约290字,将近增为三倍,其间运用了"补充说明""加强语气""插入心声""增添描述"这四类"短话长说"的口语艺术。

除了散说的评书之外,说唱韵文纵然受了"七字"或"十字"的限制,但仍可通过增字、减字、垛字等方式来"短话长说"。兹举刘姥姥的一句话为例,《红楼梦》第四十回"史太君两宴大观园",刘姥姥一句"老刘! 老刘! 食量大如牛,吃个老母猪不抬头",笑得每个人状

---

① 见曹雪芹《红楼梦》第六回"贾宝玉初试云雨情、刘姥姥一进荣国府",世一文化公司1980年版,第58页。
② 摘自庞立仁、刘兰芳、王印权、庞立胜《评书红楼梦》第八回,北京图书馆出版社2005年版,第65—66页。

态百出。由朱学颖创作的京韵大鼓《二进荣国府》，就将这句话衍伸为：

> 但见她一本正经一副冷面，双手叉腰侃侃而谈，
> 老刘！老刘！食量大、肚里宽、牙口好、不一般，
> 什么煎的、炒的、烹的、炸的、蒸的、煮的、炖的、烩的、
> 烧的、烤的、鳎的、爆的、熏的、涮的、腌的、拌的，全都不论，
> 也不管，冷热荤素、咸辣酸甜，我是一概不嫌。①

这段唱词里"什么煎的、炒的、烹的、炸的、蒸的、煮的、炖的、烩的、烧的、烤的、鳎的、爆的、熏的、涮的、腌的、拌的，全都不论"，这一连串的"垛字"，一看便知是化用了鼓王刘宝全著名的京韵大鼓《大西厢》曲文"你要讲究什么吃的、喝的、穿的、戴的、桶的、摸的、引的、逗的、瞧的、看的、玩的、乐的，姑娘我噶儿全都不爱"。不仅让引起京韵大鼓迷的共鸣，还借机展现说唱文学"短话长说"的特性，让刘姥姥的形象，栩栩如生。

（二）艺人之口的"雅趣"

不过，说唱艺人中也有文学造诣精深者，如：清代弹词艺术家马如飞著有《南词小引》、扬州清曲的秀才艺人钟培贤著有《红楼梦曲词》，他们都是兼具文学造诣又通晓音乐的说唱艺人，因此，能写出一篇篇辞藻优美的红楼梦说唱作品。各举一例如下，首先是马如飞的弹词开篇《薛宝钗》，宝钗虽然与宝玉成就了金玉良缘，但仍免不了空闺之怨：

> 适逢元春妃子省亲归，金玉良缘秦晋谐。
> 红袖添香勤伴读，常将绣阁做书斋，
> 路途中迷失吹箫客，一赴秋闱竟不归。
> 全不想红颜少妇闺中泣，全不想白发双亲堂上哀，
> 鸾镜朝朝怨粉影，鸳衾夜夜泣成灰。②

马如飞这篇弹词，曲文虽然没有太多的堆砌文字，但"秦晋谐"③"吹箫客"④都是有典故的，"鸾镜朝朝怨粉影"与"鸳衾夜夜泣成灰"则是极有意境的对句，该作品可谓"俗中有雅"。

再看看钟培贤的扬州清曲《黛玉悲秋》，该曲目为扬州清曲的大套曲，曲牌有【满江红】、【梳妆台】、【迭断桥】、【银纽丝】、【哭小郎】、【剪靛花】、【跌板】、【落板】等八支。首句"月朦胧碧纱窗外人初静，一阵阵风入回廊铁马响咚叮"，就已展现文人笔调。【银纽丝】曲牌，则巧妙地从"一"到"十"嵌入每句中，特以粗体标示：

> 【银纽丝】一片痴心对我宝哥哥守到如今，两次三番欲想说、我未敢说明。
> 怕的是，被人来看轻，可怜我，想你四更到五更。
> 六曲栏杆谁共倚？七律诗章我自吟。
> 这岂是，命中八字来注定？就到那，九泉下也难忘哥哥的恩情。
> 我把这十分的苦衷，诉与阎君听，

---

① 天津市曲艺团编《红楼梦曲艺集》，春风文艺出版社 1985 年版，第 48 页。
② 马如飞撰、卧读生校《南词小引初集》卷下（光绪十二年木刻本，现藏台湾"中研院"史语所傅斯年图书馆），第 5—6 页。
③ 春秋时，秦晋两国世为婚姻，后因称两姓联姻为"秦晋之好"。
④ 指萧史。传说为春秋时人，善吹箫，秦穆公以女弄玉妻之，后升天仙去。参阅刘向《列仙传·萧史》。

我的天老爷！想必是前世冤家，今生难亲近。①

这段曲文一方面卖弄了文人喜爱的文字游戏，一方面还表现了说唱文学通俗易懂的特质，其中"六曲栏杆谁共倚？七律诗章我自吟"可谓"雅中带俗"，更流露了作者的才华。

说唱的对象曾经是"君王"（如：先秦宫廷瞽蒙说书），说唱表演者曾经是"僧人"（如：唐代俗讲变文），但自明清以后，说唱对象大多为一般民众，说唱者大多为艺人，因为他们了解如何与观众互动，所以，不论说唱艺人是自行创作词曲或是改编文人的作品，艺人口中的说唱曲文，在千锤百炼的实践后，永远是最适合观众欣赏的说唱文学。

二、文人之笔的"优"与"劣"

说唱作品以叙事、写人为主要任务，但少不了写景与抒情，尤其是改编自《红楼梦》的再生文学，书中对于人、事、情、景，都有细腻描述。虽然前述说唱文学的编词者原多为艺人自身，但红楼梦说唱题材为文人所青睐，常有介入，如清代文人喜爱的子弟书、八角鼓，近代文人或红学家对于京韵大鼓、梅花大鼓、单弦、苏州弹词等也有大量创作。

（一）文人之笔的"优点"

"文人之笔"的说唱文学有两大特色，一是注重作者思想，一是讲究辞藻典雅。例如红学家周汝昌的岔曲《红楼唱真情》，通篇流露对原书作者曹雪芹思想的肯定，一开头就点出主题"真情"："自从天地辟鸿蒙，那人间万众谁人曾是多情种，有何人真个是多情，都自把风流艳史充作真情重。"紧接着是曹雪芹在书中流露出尊重女性、反对"重男轻女"的观念："他道是：众女流钟灵毓秀秀质兰心皆奇品，全胜我浊男鄙俗昏庸庸庸碌碌少才能。"并以书中"万艳同杯（悲）"与"千红一窟（哭）"②，为女性抱屈，表达了曹雪芹写《红楼梦》的创作思想之一。

"文人之笔"的另一大特色是辞藻典雅。由于文学家们大多对诗词歌赋有所涉猎，因此，所撰写的说唱也多偏向韵文。其中，对于《红楼梦》书中抒情写景的描写，如：由清代贵族子弟写成的说唱文学"子弟书"，受了唐诗、宋词、元曲等韵文影响，子弟书的作者喜欢用"攒十字"③韵文文体来创作，具有雅俗并蓄的特质。因此，他们将《红楼梦》书中文字改编为"通篇韵文""辞藻典雅"的说唱文学。例如：子弟书《露泪缘》第五回《焚稿》内容源自《红楼梦》第九十七回"林黛玉焚稿断痴情"，原书文字为：

那黛玉却又把身子欠起，紫鹃只得两只手来扶着他。黛玉这才将方才的绢子拿在手中，瞅着那火，点点头儿，往上一摞。紫鹃吓了一跳，欲要抢时，两只手却不敢动。雪雁又出去拿火盆桌子，此时那绢子已经烧着了。紫鹃道："姑娘！这是怎么说呢！"黛玉只作不闻，回手又把那诗稿拿起来，瞧了瞧，又摞下了。紫鹃怕他也要烧，连忙将身倚住黛玉，腾出手来拿时，黛玉又早拾起，摞在火上。……雪雁也顾不得烧手，就从

① 见韦人、韦明华编《扬州清曲》，上海文艺出版社1985年版，第58—59页。

② 天津市曲艺团编《红楼曲艺集》，春风文艺出版社1985年版，第1页。

③ 杨慎拟作的长篇《历代史略十段锦词话》第一段自称："今将历代史书大略，编成一段'攒十字'诗词。"元明词话产生了十字句韵文体制，最初是以"三、三、四"十字句组成的唱词，称为"攒十字"，即"三、七"句式，包括'三、三、四'与'三、四、三'。见王友兰《说唱文学与说唱音乐》第一编第二章"说唱文学的体制"。兰之馨文化音乐坊2009年版，第75页。

红楼梦说唱文学的『雅』『俗』探析

火里抓起来,撂在地下乱跺,却已烧得所余无几了。①

原书在黛玉的几个动作下,刹那间诗稿付之一炬,很有震撼力。不过,黛玉在焚稿之前并无太多言语,而文人笔下的韵文说唱,却写出林黛玉焚稿之前,面对诗稿的心声,也写出黛玉的"痴"与"怨",请看韩小窗的子弟书《露泪缘》第五回《焚稿》:

> 这是我一生心血结成字,对了这墨点乌丝怎不断魂!
> 曾记得柳絮填词夸俊逸,曾记得海棠起社斗清新,
> 曾记得凹晶馆内题明月,曾记得拢翠庵中谱素琴,
> 曾记得怡红院里行新令,曾记得秋爽斋头论旧文,
> 曾记得持樽把酒把重阳赋,曾记得吊古攀今《五美吟》。②

这段唱词,用了"攒十字"韵文文体,字句典雅而感人,不仅哀怨缠绵,字字句句都教人心酸,其中还有八句开头是"曾记得……"的排比句,增强了感染力。

"嵌字"与"顶真"句法,对于文人可谓"雕虫小技",所谓"嵌字",是指同一个字连续反复出现在每一句中。例如:下面这段由程玉兰演唱的河南坠子《宝玉探病》唱词中,共嵌入了14个"半"字:

> 咱们记得林大姑娘且多不表,咱再说宝二爷探病已到馆中。
> 宝二爷来在到天井院,又把举目抬头观分明;
> 半轮明月空中照,半天阴来半天晴。
> 半阵寒风催人爽,石子路半陡合半平;
> 更馆的人儿就半谈半笑,众姊妹用罢晚饭回到馆中。
> 宝二爷半步半步往里走,紫鹃出来半带接应。
> 二爷曰:你的姑娘病体怎么样? 紫鹃说:半天重来半天轻。
> 咱姑娘为什么她哭了大半天睡着了,宝二爷进去莫要高声。③

这段唱词从第三句起,连续六组上下句中,"半"字共出现了14次,各有妙趣,如"半轮明月"自然只能照出"半天阴、半天晴",还有"半陡半平""半谈半笑""半重半轻",以及"大半天"这句俗语,都能让曲文产生发人深省的效果。"嵌字"句法在说唱文学中亦常见,弹词开篇《黛玉悲秋》全篇各句都嵌入"秋"字:

> 潇湘妃子病秋风,欲卷珠窗秋露浓。
> 竹映琅玕秋草碧,一天秋雨滴梧桐。
> ……
> 但见那人比东篱秋菊瘦,秋波微倦睡蒙眬。
> 这时节寒光夜入秋帏冷,禁不住秋病缠绵口吐红。
> 忙煞紫鹃秋女婢,幸亏他秋心一点甚玲珑。

---

① 见曹雪芹《红楼梦》第九十七回"林黛玉焚稿断痴情、薛宝钗出阁成大礼",世一文化公司1980年版,第1087—1088页。

② 首都图书馆编《清车王府钞藏曲本》,学苑出版社2001年版,第55册第26页。

③ 一粟编《红楼梦书录》"坠子"条,古典文学出版社1958年版,第352页:"载'胜利剧词''中国唱片戏曲选'。程玉兰唱(胜利、中国唱片)。"

故而药炉茶灶秋灯伴，秋夕愁思一梦中。

但不过好事已成秋蝶梦。宫纨团扇弃秋风。

从今后吟秋不敢提诗句，早把那秋字文章一炬空。

一曲悲秋空自叹，莫非在千秋地下九原逢，欲将心事叩苍穹。①

这篇弹词，全篇共22个上下句，除了尾声之外，每句都嵌入2至3个个"秋"字，共计45个"秋"字，写景色有"秋景""秋日""秋色""秋月""秋光""秋水""秋波""秋风""秋雨""秋露"等，写植物有"秋草""秋菊"，写动物有"秋雁""秋虫""秋蝉"等，充分表现浓郁的"秋"意。

至于"顶真"句法，原为前句的最后一字，与下句的第一个字相同或音同。说唱文学化用了此技巧，将一句曲词拆成"三、四"两个段落，让前三字的迭字，成为在下一段落的第一个字，如：弹词开篇《黛玉葬花》中，"静悄悄、悄坐象牙床"的"悄"字不仅是迭字，也是"悄坐象牙床"的顶真字，此后，一连八句共十六个上下句，都运用此语法：

林黛玉，愁恨长，静悄悄、悄坐象牙床。

病绵绵、绵病增瘦骨；泪垂垂、垂泪满腮旁。

但听得雨淋淋、淋雨纱窗湿；风袭袭、袭入绣罗帐。

……

残花瓣、瓣瓣埋乡土，情黯黯、黯然独悲伤；想他年何人把奴葬？……②

这段曲文中的"顶真字"，还出现了更妙的"回文"游戏，如"病绵绵、绵病增瘦骨"不但"绵"字顶真，前两字"病绵"二字，还倒装成为第二段落"绵病增瘦骨"的前两字。其他如"泪垂垂、垂泪满腮旁""雨淋淋、淋雨纱窗湿""花护护、护花免残伤""落纷纷、纷落在花岗""夜深深、深夜难安睡""露微微、微露染衣裳"等句皆如此，表现了说唱作者的功力，也加强了词句之美。而该曲目同时运用了迭字、顶针字、对比句、排比句的特色，演唱起来，铿锵掷地。

上述句法，原为明清俗曲所常见，看得出有文人参与的痕迹，说唱文学大量沿用，应为文人与艺人的共同创作。

（二）文人之笔的"缺失"

从作品结构来看，文人之笔确实比较严谨与周全，因此，经常为艺人所借用。不过，从辞藻来看，文人之笔虽然典雅，但太过典雅也未尝不是缺点，对于俗文学来说，恐有堆砌之嫌。陈锦钊《子弟书之题材来源及其综合研究》第四章论子弟书的演变，提及："如《全悲秋》首回，连用二十句排句叙述林黛玉在潇湘馆外，目见当时景物凄凉之状，……描摹细致，刻画入微，情文并茂，深受时人及后人重视，艺术评价极高，故均流传久远。但说书艺术对象是一般大众，故必须以通俗为主，如过分典雅，反而妨碍其发展"③。

《全悲秋》因流传久远，甚至被改编为大鼓书，金万昌梅花大鼓代表作《黛玉悲秋》（又名《大观园》），唱词与现藏台湾"中研院"北平学古堂刊印《黛玉悲秋》铅印本相同，都删去

① 收录于《开篇大王》，见刘操南编《红楼梦弹词开篇集》，学苑出版社2003年版，第101页。

② 刘操南《红楼梦弹词开篇集》，学苑出版社2003年版，第83页。

③ 陈锦钊《子弟书之题材来源及其综合研究》博士论文第四章"子弟书之演变"，台湾政治大学1977年，第230—231页。

红楼梦说唱文学的「雅」「俗」探析

子弟书《全悲秋》前五首诗篇,并将诗篇首句"大观园万木起秋声"改为"哎哪大观园滴溜溜溜起了一阵秋风",而子弟书第一回第二句"黛玉丰姿迥不同"则被改为"那位林黛玉娇姿与众不同"①,唱词较为通俗,加入虚字"哎哪"则是金万昌梅花大鼓的特色,让优美的文字更音乐化、立体化。

红楼梦说唱的"子弟书"作品中,最为大鼓艺人采用的是《露泪缘》,不过大鼓书《露泪缘》②在这十三回开唱之前,都加上引言,如:头回"大鼓一打响连天"、第二回"大鼓一打真正得",有声音、有动作、有道具,勾勒出大鼓书的表演画面,极为传神。子弟书被大鼓艺人采用时通常会去芜存菁、重新改编,一方面保留动人肺腑的词句,一方面让太过典雅的词汇通俗化,改编为适合地方特色的语言风格来演唱。例如:韩小窗的子弟书《露泪缘》第八回《婚诧》的原文是:

> 行礼已毕扶入绣户,少不得是坐帐交杯把熟套学,
> 宝玉说妹妹身子可曾见好? 只怕今朝行礼又烦劳,
> 待我把盖头与你轻揭去,也省得气闷热难熬。③

由民间艺人口传的鼓曲唱词,则改为通俗易懂的语句,如:奉调大鼓《宝玉娶亲》唱词,除了开头几句景物描写之外,全篇唱词则极为口语,前段子弟书《露泪缘》的曲文,在奉调大鼓《宝玉娶亲》中,则改为下列唱词:

> 他们二人拜罢了天地把洞房给入,少不得坐帐交杯把旧套学,
> 宝玉说我的妹妹近来呀你的身体可见好了?
> 我真怕的是今天行礼又把你给累着。
> 哎! 来来来! 待我把盖头与你拿掉,也省的这天气太热闷难熬。

词句虽然变动不大,但从"行礼已毕扶入绣户"改为"他们二人拜罢了天地把洞房给入","只怕今朝行礼又烦劳"改为"我真怕的是今天行礼又把你给累着",显得口语多了,配合地方语言特质,听者也觉得更亲切。子弟书在清末即已逐渐失传,它最大的贡献在于高雅的文辞,成为其他说唱艺人的演唱蓝本,但仍须经过艺人改编为适合口语、符合音乐抑扬起伏的曲文。

不过,在文人撰写的说唱作品中,也有误用"攒十字"韵文文体的例子。笔者搜得两部民国初年的长篇《红楼梦鼓词》资料,虽然都是上海校经山房印行,且皆分为120回,韵散相间,但作者不同,一为民国六年傅蓝波所撰,一为民国十三年由署名情误我生所撰。遗憾的是,同为文人之笔,呈现的作品却有天壤之别,后者除了回目抄自《红楼梦》原书之外,所编之鼓词内文,了无新意,尤其是韵脚紊乱,兹抄录情误我生的《绣像红楼梦十二金钗鼓词》卷之一第一回"甄士隐梦幻识通灵、贾雨村风尘怀闺秀"开头如下:括号内为笔者勘误。

> 红楼梦又称石头记,什么缘故呢? 说来虽近荒唐,细味深有趣。却说女娲氏炼石补天之时,于大荒山无稽崖炼成高十二丈、方二十四丈大的顽石三万六千五百另(宜作"零")一块,那娲皇只用了三万六千五百块,单单剩下一块未用,弃在青硬峰下,谁知这石自经

---

① 声音资料收录于《中国传统音乐全集》录音带,远流出版公司 1981 年,编号 7011。
② 见大鼓书《露泪缘》抄本,现藏台湾"中研院"史语所傅斯年图书馆。
③ 见首都图书馆编《清车王府钞藏曲本》,学苑出版社 2001 年版,第 55 册第 34 页。

锻炼之后，灵性已通，却能自去自来、可大可小，不过这石每每因之自怨自艾起来了。

只因为见了众石能补天，却未何弃我不用不入选，

那一天正当嗟悼的时候，忽然的一僧一道笑语喧。

他们俩席地而坐来谈说，说道是这石莹洁甚鲜明，

把那石托于掌上来抚弄，知道他形体已成也通灵。

只奈何没有实在的好处，还需当镌上几字方称奇，

携他到昌明隆盛繁华地，使这石富贵之乡把身栖。

那石头听了不由便大喜，因问道携到何方乞示明，

一僧道你且莫问后日事，到那时你到何处是（宜作"自"）然清。

说毕了便同道人飘然去，到后来过了几世几时光，

有一天空空道人正经过，见了那石上字迹甚分明。

空空道从头仔细来一观，却原来无才补天自悲伤，

又写明坠落下界投胎地，更有那家庭琐事叙清爽。

空空道看了一回心明白，便说道石兄故事甚分明，

意欲是将你趣事来传世，只奈何并何朝代没考证。

那石头果然点头来答道，想我师何必太痴太天真，

只要是事体情理新鲜别，最可压之乎也者不近情。

空空道从头至尾来抄录，到后来东鲁梅溪来题名，

曹雪芹悼红轩中阅十载，他用心增纂五次目录成。

石头记的缘起，既经叙明，但石头记上所记何人何事，就在下面书明。……①

　　这段文字看似"韵散相间"，散文之后紧接着用了"三、七"整齐句式，"三、七"句式原应属于"攒十字"，双句必须押韵。然而，这篇情误我生所撰的《绣像红楼梦十二金钗鼓词》第一回的第一段韵文词句即出现韵脚紊乱的情形，先是"选"与"喧"用"言前辙"，接着"明"与"灵"换成"人辰辙"，然后是"奇"与"栖"换成"一七辙"，紧接连续十二句的下句分别为"明""清""光""明""伤""爽""明""证""真""情""名""成"，乍看以"中东辙"为主，却又不规则地插入"江阳辙"的"光""伤""爽"与"人辰辙"的"真"。虽然，民间说唱顺口即可，受方言影响后也有可能"ㄣ""ㄥ"互通，但身为《红楼梦鼓词》编撰者的情误我生，对于北方鼓词的韵文体制不可不知。该书全篇曲文皆如此，夹在散文段落之间的韵文部分，虽然掌握"攒十字"整齐的字句，尚能在朗读时节奏分明，但韵脚紊乱，却无法让歌者入曲演唱。总之，编撰者情误我生并未用正确的方式来呈现说唱文学"攒十字"韵文文体，实为"败笔"。

　　清代以后，说唱曲艺在各地蓬勃发展，结合不同地区的民情与音乐，呈现出或"雅"或"俗"，不同风格的说唱文学。尽管艺人口中的说唱，有俗有雅，文人笔下的说唱，有优有劣，但都是为听者而创作的。说唱文学属于"俗文学"，必会依情节需要、故事人物身份、不同曲种性质，以及"观众对象"与"作者偏好"等因素，而展现雅俗并蓄的旨趣。

王友兰：台湾世新大学 教授

　　① 见情误我生《绣像红楼梦十二金钗鼓词》卷一，上海校经山房印行 1924 年版。

红楼梦说唱文学的「雅」「俗」探析

宋元以渐宫调之嬗变

——兼论后来"仙吕""中吕""南吕"之讹①

伍三土

元明人宫调称谓有时省略字面上的"宫"或"调"字,郑祖襄先生在《两部金代诸宫调作品的宫调分析——兼述与元杂剧宫调相关的问题》一文中指出元人字面上的"仙吕宫""中吕宫"实为"仙吕调""中吕调"。本文横向比较了元明以来诸典籍所用宫调和"仙吕""中吕""南吕"宫调下的曲目,进一步论证了郑先生的判断,并指出除"仙吕""中吕"误"调"为"宫"以外,蒋孝《十三调南曲音节谱》和沈璟《南九宫十三调曲谱》之"南吕"误"宫"为"调"。这种宫调称谓上的含糊和错乱在南宋陈元龙注本《片玉词》中已现端倪,和《乐府杂录》所说的"商角同用,宫逐羽音"以及工尺谱记谱系统从固定到可动的演变当存在联系。

唐宋俗乐二十八调按调性归类,分七宫、七商、七羽、七角。据张炎《词源》记载,至南宋七角调与高大石调、高般涉调皆不用,"雅俗只行七宫十二调,而角不预焉"②。入元以后,常用的宫调又进一步减少,具体演变情况如下:

《词源》:7宫、6商、6羽,总19调。

《宋史·乐十七》:6宫、6商、6羽,总18调。较《词源》去"高宫"一调。

《刘知远诸宫调》:4宫、5商、4羽、1角,总14调。其中"商角"一调,在《词源》所载"七宫十二调"之外。

《西厢记诸宫调》:4宫、5商、5羽,总14调。

《天宝遗事诸宫调》:2宫、4商、4羽,总10调。

《唱论》:4宫、6商、4羽、1角,另"宫调""角调"性质不明③,计17调。

《中原音韵》《太和正音谱》④:3宫、5商、3羽、1角,计12调。

《南村辍耕录》《元曲选》:《南村辍耕录》:3宫、3商、2羽,总8调;《元曲选·天台陶九成论乐》多"歇指调"一调,2宫、4商、3羽,计9调。

蒋孝《十三调南曲音节谱》:4宫、5商、5羽,不计"商黄调",实为14调;又"双调"目下有"夹钟宫俗歌",不计"商黄调",加此则5宫、5商、5羽,共15调。⑤

---

① 本文为国家社科基金青年项目《宋词音乐结构及声辞关系研究》(15CZW033)的前期成果。

② 《宋史·乐十七》载大曲、曲破仅用十八宫调,较张炎所论十九调又去高宫一调。

③ 个人怀疑这两个称谓源于古琴弦序,应在南宋通行19调范围内。今提供一种猜测性意见,将"宫调"定为古琴正调"中吕宫"(原文"中吕宫"为"中吕调"之误,说见后文),"角调"则参照同时代典籍所用宫调范围定在"黄钟羽"。廖奔怀疑"宫调""角调"有漏字,参考《由〈唱论〉时代、宫调递减节律到明人九宫十三调》,廖奔撰,中华戏曲,2003年02期。

④ 二书又抄录《唱论》,此处为曲目部分的统计。

⑤ 此宋代律吕名,俗名"中吕宫",因历代黄钟律高的变化,唐宋两代律吕名有两律的错位,唐代律吕名"中吕宫"成了宋代的俗名。

沈璟《南九宫十三调曲谱》:《九宫谱》3 宫、4 商、2 羽,计 9 调①;《十三调谱》2 宫、5 商、4 羽,计 11 调。另有"仙吕入双调""不知宫调及犯各调曲"。

钮少雅《南曲九宫正始》:4 宫、5 商、5 羽,总 14 调。② 另有"仙吕入双调""不知宫调"诸曲。③

《刘知远诸宫调》《西厢记诸宫调》《天宝遗事诸宫调》《唱论》《中原音韵》《太和正音谱》《南村辍耕录》《元曲选》《十三调南曲音节谱》《南九宫十三调曲谱》所载宫调虽各有出入,大致不出《词源》所论"雅俗只行七宫十二调"的范围内,只有"商角"一调例外。④《刘知远诸宫调》《中原音韵》《太和正音谱》中有"商角"一调,但曲目不多,入明之后此调不再流行。

《九宫大成》《碎金词谱》所用宫调计 6 宫、6 商、5 羽、6 角,总 23 调。《九宫大成》以 23 调配十二月,其以律配月的文化思维虽然沿宋人之旧,但具体的对应方式全然不是宋人旧法。"黄钟调"本即"羽调"之别名,注明"调阙其一,故两用之",以凑足 24 之数,每月之两调,又强冠以南、北字样。⑤ 这 23 调较《唱论》等典籍所载多出了"高宫""高般涉调""平调",以及"商角"之外的另外 5 个角调,据《宋史·乐志》和《词源》,这些多出来的宫调中不少在南宋就不流行了,在《九宫大成》中,这些宫调下的曲目也相对少。

考虑到《九宫大成》的官修性质和曲调来源的多样性,其保留了世俗流行宫调以外的宫调完全是可能的。以《明礼集》和《魏氏乐谱》所用宫调为参照,《明礼集》所用,除"高宫""中吕""黄钟""大石"四调在二十八调的范围内以外,还有"中管大石调""黄钟正徵""中管双调""中吕角""中管商角""中管仙吕""中吕正徵""仙吕角",皆在二十八调以外,属雅乐六十调系统,总 4 宫、3 商、2 徵、1 羽、3 角,计 13 调。《魏氏乐谱》(本曲部分)所用宫调为"道宫""双调""小石调""越调""正平调""仙吕调""黄钟羽""双角调",计 1 宫、3 商、3 羽、1 角,即所谓"明乐八调",其中"正平调""双角调"都越出了元代以来《唱论》等典籍记载的宫调范围。故宫廷中可能保留有宫调越出世俗流行宫调范围的乐曲,并最终收入《九宫大成》中。

今以宫调名为线索,将元明以来宫调嬗变情况列表如下:

---

① 宋代只有宫调性的调可称"宫","双调""商调""越调"是不能称"宫"的,所谓"元九宫"的称谓是不严谨的,严格地说应该叫"九调"。又"元九宫"字面上是 5 宫、4 商、5 羽,实际上是 3 宫、4 商、2 羽,"仙吕""中吕"误"调"为"宫",说见后文。

② "仙吕""中吕"误"调"为"宫",说见后文。

③ "仙吕""中吕""南吕"各有"宫""调"两名,又别有"高平调"(曲目较少),表面上是七个调,实际上只是"仙吕调""中吕调""南吕宫"三调而已,说见后文。

④ 《唱论》中的"宫调""角调"性质不明,暂不论。

⑤ 参考《〈九宫大成〉宫调与燕乐二十八调之关系》,吴志武撰,《音乐研究》,2008 年 02 期,第 53—64 页。

	唐宋二十八调（常用之十九调加底色）	诸宫调			唱论	中原音韵\太和正音谱	南村辍耕录	天台陶九成论曲	曲律			九宫大成/碎金词谱	
		刘知远诸宫调	西厢记诸宫调	天宝遗事诸宫调					十三调南曲音节谱（蒋孝）	南九宫十三调曲谱（沈璟）			
										九宫谱	十三调谱	北	南
宫	正宫	○	○	○	○	○	○	○	○	○	○		○
	高宫											○	
	中吕宫				?				○①				●
	道宫	○	○		○				○				
	南吕宫	○	○	○	○	○	○	○	●	○	●		●
	仙吕宫												●
	黄钟宫	○	○	○	○	○				○			○
商	大食调	○	○	○	○	○	○	○	○	○	○		○
	高大食调												○
	双调	○	○	○	○	○							○
	小食调	○			○								
	歇指调	○			○								
	商调	○	○	○	○	○	○	○	○	○	○		○
	越调	○	○	○	○	○	○	○	○	○	○		○
羽	般涉调	○	○	○	○				○		○		
	高般涉调												
	中吕调	○	○	●	●	○	○	○	●	○	●	○	
	正平调												○
	南吕调	○	○		○				○				○
	仙吕调	○	○	●	●	○	○	○	●	○	●	○	
	黄钟调		○	?					○	○	○	○	○
角	大食角												○
	高大食角												○
	双角												○
	小食角												○
	歇指角												
	商角	○			○								○
	越角												○

表中"仙吕调""中吕调""南吕宫"三行有 14 处加了实心圈,表示用唐宋二十八调宫调理论的本意考察,这些典籍的宫调记载有误,宫调之名实不符。在《天宝遗事诸宫调》《唱论》《元曲选·天台陶九成论曲》和沈璟的《南九宫十三调曲谱》中,"中吕宫"实为"中吕调"

<hr>

① "双调"目下的"夹钟宫俗歌"实为真正的"中吕宫"。"夹钟宫"为律吕名式称谓,而"中吕宫"为其别名、俗称。两种称谓体系并存的原因是唐宋以来律高标准的变化。

在元明典籍中,常出现"仙吕""中吕""南吕""黄钟"这样的省称。在唐宋两代的俗乐二十八调中,既有"仙吕宫"又有"仙吕调"、既有"中吕宫"又有"中吕调"、既有"南吕宫"又有"南吕调"、既有"黄钟宫"又有"黄钟调",这四组宫调分别是同均的两个不同的宫调,其中称"宫"者以宫音毕曲,为宫调式,称"调"者以羽音毕曲,为羽调式。唐宋间各典籍除南宋陈元龙注《片玉集》以外都是不采用这种简称的,金代的两部诸宫调也未采用这种简称,因为这样一简称,所指究竟为何调就含糊了。而元明的各典籍,有时采用了这种简称略去"调"或"宫"字,后来者或在这简称的基础上把"宫"字或"调"字补上,这一补有时就补错了。

今罗列元明诸典籍"中吕""仙吕""南吕"三调的称谓情况如下:

诸宫调			唱论	中原音韵\太和正音谱	南村辍耕录	元曲选·天台陶九成论曲	曲律		
							十三调南曲音节谱(蒋孝)	南九宫十三调曲谱(沈璟)	
刘知远诸宫调	西厢记诸宫调	天宝遗事诸宫调						九宫谱	十三调谱
南吕宫	南吕宫	南吕宫	南吕宫	南吕宫	南吕	南吕宫	南吕调	南吕宫	南吕调
中吕调	中吕调	中吕宫	中吕宫	中吕	中吕	中吕宫	中吕	中吕宫	中吕调
仙吕调	仙吕调	仙吕宫	仙吕宫	仙吕	仙吕	仙吕宫	仙吕	仙吕宫	仙吕调

除后来的钮少雅《南曲九宫正始》和《九宫大成》《碎金词谱》外,上表中各典籍凡有"中吕宫"和"仙吕宫"者必无"中吕调"和"仙吕调";反之,凡有"中吕调"和"仙吕调"者必无"中吕宫"和"仙吕宫"。②横向对照各典籍"仙吕""中吕"下的曲目,可知元明人的"中吕"皆"中吕调""仙吕"皆"仙吕调",凡称"中吕宫""仙吕宫"者皆误。有误的典籍有《唱论》《天宝遗事诸宫调》《元曲选》《南九宫十三调曲谱》,今加底色。

此外,蒋孝《十三调南曲音节谱》中有"南吕调"之目,但同书又有"高平调",《曲律》转录时云:"与诸调皆可出入。其调曲名,皆就引各调曲名合入,不再录出③。在唐宋两代"高平调"和"南吕调"是同一宫调之两名,横向对照各典籍"南吕"下的曲目,可知元明人的"南吕"皆"南吕宫",蒋孝《十三调南曲音节谱》和沈璟《南九宫十三调曲谱》误称"南吕调",今加底色。元明人所用宫调中有"羽调",在唐宋两代"羽调"是"黄钟之羽"的省称,故又称"黄钟调",所以元明人的"黄钟"指"黄钟宫"而不是"黄钟调",诸典籍或省"宫"字,但没有

① 参考郑祖襄《两部金代诸宫调作品的宫调分析——兼述与元杂剧宫调相关的问题》,《南京艺术学院学报》,2007年04期,第4页。

② 蒋孝《十三调南曲音节谱》中的"中吕调"不误,而双调目下的"夹钟宫俗歌"之"夹钟宫"(此宋代律吕名,俗名"中吕调",因历代黄钟律高的变化,唐宋两代律吕名有两律的错位,唐代律吕名"中吕宫"成了宋代的俗名)才是真正的"中吕宫"。

③ "双调"目下又有"夹钟宫俗歌",这个"夹钟宫"在宋代是俗名"中吕宫"的律吕名(因历代黄钟律高的变化,唐宋两代律吕名有两律的错位,唐代律吕名"中吕宫"成了宋代的俗名),和"双调"是同均关系,它才是真正的"中吕宫"。

误"宫"为"调"者。

郑祖襄先生在《两部金代诸宫调作品的宫调分析——兼述与元杂剧宫调相关的问题》一文中已经指出:"从金代诸宫调所用宫调到元曲所用宫调,有两个调是'调'被'宫'所取代。一个是仙吕调,另一个是中吕调。金代诸宫调里只有仙吕调和中吕调,没有仙吕宫和中吕宫……元代周德清《中原音韵》所列 12 宫调 335 个曲牌,这两个调写的是'仙吕'和'中吕',是'调'还是'宫'?从它们所附录的曲牌名来看,应该是'仙吕调'和'中吕调'"①,随后郑先生对比两部金代诸宫调和《中原音韵》中互见的曲调说明了这个问题。

作出上述判断的主要依据是不同典籍"中吕""仙吕""南吕"曲目的横向对比,今顺着郑先生的思路,扩展比较范围,将《刘知远诸宫调》《西厢记诸宫调》《天宝遗事诸宫调》《中原音韵》《太和正音谱》《南村辍耕录》《元曲选》《十三调南曲音节谱》《南九宫十三调曲谱》中"仙吕""中吕""南吕"宫调下互见的曲目列表。篇幅所限,仅列出词调名乐曲:

	刘知远诸宫调	西厢记诸宫调	天宝遗事诸宫调	中原音韵\太和正音谱	南村辍耕录	曲律		
						十三调南曲音节谱(蒋孝)	南九宫十三调曲谱(沈璟)	
							九宫谱	十三调谱
中吕(调)	拂霓裳	粉蝶儿、满庭霜、千秋节、墙头花、迎仙客	粉蝶儿、墙头花、满庭芳、哨遍、迎仙客、醉春风	粉蝶儿、红芍药、满庭芳、齐天乐、剔银灯、迎仙客、醉春风	般涉哨遍、粉蝶儿、满庭芳、墙头花、剔银灯、迎仙客、醉春风	粉蝶儿、满庭芳、醉春风(以上慢词)\粉蝶儿近、红芍药、千秋岁、剔银灯、舞霓裳、迎仙客(以上近词)	粉蝶儿、满庭芳、剔银灯引(以上引子)\红芍药、千秋岁、剔银灯、舞霓裳(以上过曲)	醉春风(慢词)\迎仙客(近词)
仙吕(调)	六幺令、醉落托	点绛唇、河传令、六幺遍、六幺令、六幺实催、剔银灯、天下乐、醉落魄	八声甘州、点绛唇、河传、六幺遍、六幺序、六幺令、鹊踏枝、天下乐、	八声甘州、点绛唇、六幺令、六幺序、鹊踏枝、天下乐	八声甘州、点绛唇、鹊踏枝、六幺序、六幺遍、摊破天下乐、天下乐	八声甘州、点绛唇、河传、疏帘淡月(即桂枝香)、天下乐(以上慢词)\八声甘州、六幺序(一作六幺令)、天下乐(以上近词)	天下乐、醉落魄(以上引子)\八声甘州、二犯桂枝香、甘州八犯、甘州歌、桂枝香、河传序(以上过曲)	八声甘州、桂枝香、河传(以上慢词)\天下乐(以上近词)

————————————

① 参考郑祖襄《两部金代诸宫调作品的宫调分析——兼述与元杂剧宫调相关的问题》,《南京艺术学院学报》,2007 年 04 期,第 4 页。

南吕(宫)	瑶台月、一枝花	瑶台月、一枝花	梁州、一枝花	感皇恩、贺新郎、红芍药、梁州第七、乌夜啼、一枝花	感皇恩、贺新郎、红芍药、梁州第七、乌夜啼、一枝花	薄媚令、大胜乐慢、贺新郎慢、临江仙、满江红、瑶台月、一剪梅、一枝花(以上慢词)\大胜乐近、感皇恩、贺新郎近、红芍药、梁州第七(即梁州小序)、婆罗门赚(又名薄媚赚)、醉太平(以上近词)	薄媚、大胜乐、临江仙、满江红、一剪梅、一枝花(以上引子)\薄媚衮、大胜乐、红芍药、贺新郎、贺新郎衮、梁州序、梁州赚、醉太平(以上过曲)	贺新郎、乌夜啼(以上慢词)

　　例如《粉蝶儿》《满庭芳》《墙头花》《迎仙客》的宫调,始终都是"中吕调",称"中吕宫"者误;《六幺令》《八声甘州》《点绛唇》《天下乐》的宫调,始终都是"仙吕调",称"仙吕宫"者误;《一枝花》《贺新郎》《红芍药》《梁州第七》始终都是"南吕宫",称"南吕调"者误。部分曲调有时分入数种不同宫调,这不同宫调的同名曲调未必毫不相干,有可能存在联系。如《哨遍》在宋代是般涉调,此曲又出现在"中吕调"中,因为"中吕调"和"般涉调"同为羽调式,可以通过变换指法或更换不同筒音的箫笛,在保持旋律型不变的前提下"过腔""移调",这也从一个侧面说明《天宝遗事诸宫调》的"中吕宫"是"中吕调"之误。

　　钮少雅《南曲九宫正始》中既有"中吕宫"又有"中吕调"、既有"仙吕宫"又有"仙吕调"、既有"南吕宫"亦有"南吕调"和"高平调"。经比较,其"中吕宫""仙吕宫""南吕调"下曲调多与沈璟《南九宫十三调曲谱》同名宫调下曲调同,当是沿袭了沈璟《南九宫十三调曲谱》之误。将来源不同宫调名对错参半的材料混于一书之中,表面上看是七调,实际上只是"中吕调""仙吕调""南吕调"三调而已,这直接影响了后来的《九宫大成》和《碎金词谱》。

　　宫调名称谓上的含糊在南宋陈元龙注《片玉词》中已现端倪,陈元龙注《片玉词》中,部分宫调的称谓使用的是简称,如"仙吕"从字面上看不知是"仙吕宫"还是"仙吕调","大石"从字面上看不知是"大石调"还是"大石角"①。这种含糊的简称方式不但在两宋诸家词籍里绝无仅有,在《乐府杂录》《唐会要》《梦溪笔谈》《碧鸡漫志》《宋史·乐志》《词源》《事林广记》等唐宋典籍中也是找不到的。个人怀疑这些简称并非出自周邦彦之手,而是陈元龙在笺注翻刻过程中按当时的习惯带入的。这种简称习惯并不算错误,但简称带来的含糊诱导元明人在"仙吕""中吕""南吕"宫调称谓上臆补"宫""调"字样,最终成为错误。

　　本文所谓元明人之"错误",是从唐宋两代宫调名本意的立场审视得出的判断,换一个视角,这种"错误"正反映出元明两代宫调理论较前代宫调理论发生了名实上的变化。洛地据《乐府杂录》"商角同用,宫逐羽音"的记载认为在元代同宫均的"仙吕宫"和"仙吕调"

---

　　①　笔者另有未刊稿《〈片玉词〉宫调简称考》论此。

宋元以渐宫调之嬗变

"中吕宫"和"中吕调"合二为一了,这些称谓上的讹误和含混或是因此造成的。宋代工尺谱为固定调高体系,元明流行的工尺谱渐变为可动调高体系;唐宋宫调为"以宫定均,均下定调"的双层次体系,而元明工尺七调为单层次体系,后者一"调"相当于前者的一"均";唐宋宫调明确限定乐曲结束音,谓之"毕曲",而元明工尺七调不再重视乐曲结束音。宫调称谓的名实变乱亦当与上述现象相关。[①]

至于《九宫大成》和《碎金词谱》中,既有"仙吕调"又有"仙吕宫"、既有"中吕调"又有"中吕宫"、既有"南吕调"又有"南吕宫",承袭了钮少雅《南曲九宫正始》之误,"仙吕""中吕""南吕"的六调可能只是"仙吕调""中吕调""南吕宫"三调而已。但考虑到《九宫大成》和《碎金词谱》所用高宫、高般涉调、平调以及商角之外的另外 5 个角调皆越出了前代典籍所载范围,其所录诸曲当有载于《南曲九宫正始》之外者,"中吕宫""仙吕宫""南吕调"诸曲之宫调名又未必全误,可能对错掺杂,不宜一概而论,需结合曲谱具体分析。

伍三土:温州大学人文学院　讲师

---

① 参考《工尺谱记谱系统从固定到可动的演变》,李玫撰,《中国音乐学》,2012 年 01 期,第 101—112 页。

傅惜华与清宫戏研究

谢雍君

  傅惜华学识深厚、涉猎广泛,在戏曲古典文献和俗文学的研究、著述和收藏方面卓有成就,出版了《中国古典戏曲总录》《北京传统曲艺总录》《子弟书总目》《宋元话本集》《汉代画像全集》等。关于清宫戏,傅先生并没有专著面世,但在民国初年,清宫演剧史料刚刚流传到民间时,他就给予了极大的关注。从 20 世纪 20 年代开始,傅惜华陆续发表了系列文章,内容涉及清宫承应戏剧目、脚色扮像、戏衣、戏台等。这些文章主要从演剧体制、演剧空间、演剧舞美等角度去介绍和分析清宫戏的形式和内容,凸显出他对戏曲艺术本体的注重和张扬。他编撰出版的《清代杂剧全目》里,特设专门章节对承应戏作了著录,以目录的形式集中展现了清宫承应戏的总体风貌,为后人研究清宫剧目提供了便利。本文主要以傅惜华撰写、发表的清宫戏文章和提要目录为研究对象,描述傅氏清宫戏研究的内容和特色,揭示他的清宫戏研究的史学价值。

一

  1928 年 8 月至 11 月,傅惜华在《北京画报·戏剧号》发表《昇平署扮像谱》及其"题记",这是他首次撰文介绍清昇平署演剧史料。由此开始,傅氏对清宫内廷演剧史料投入了极大的研究热情,这种热情一直持续到 40 年代。在近 20 年的时光里,他留意厂肆中所售之昇平署曲本、曲谱、扮像谱、脸谱等,不吝高价,倾囊购之,为之,他的碧葉馆藏书除了文人珍本、民间俗本外,又添加了大量清宫文献史料,成为戏曲界藏书大家。不仅如此,他还撰写文章,竭力向读者介绍清宫演出形式、演出戏台和演出戏服,成为最早涉足清宫戏研究的学者之一。
  关于傅惜华公开发表的清宫戏文章,据不完全统计,主要有:《昇平署扮像谱》[①]《谈〈天香庆节〉》[②]《两张道光年间承应戏单之研究》[③]《内廷承应戏〈封神天榜〉书影》[④]《内廷承应戏之开场》[⑤]《内廷承应传奇之开场》[⑥]《清代宫苑舞台考略》(1—2)[⑦]《德和园戏台考

---

  ① 傅惜华《昇平署扮像谱》,《北京画报·戏剧号》第 1—4 期,1928 年 8 月 18 日、9 月 15 日、10 月 20 日、11 月 17 日。后又载《民言·戏剧周刊》第 3 期、第 7 期,1929 年 10 月 28 日、11 月 25 日。
  ② 傅惜华《谈〈天香庆节〉》,《北京画报》第 15 期,1928 年 9 月 28 日。
  ③ 傅惜华《两张道光年间承应戏单之研究》(1—2),《民言·戏剧周刊》第 2—3 期,1929 年 10 月 21 日、10 月 28 日。
  ④ 傅惜华《内廷承应戏〈封神天榜〉书影》,《民言·戏剧周刊》第 8 期,1929 年 12 月 2 日。
  ⑤ 傅惜华《内廷承应戏之开场》,《民言·戏剧周刊》第 8 期,1929 年 12 月 2 日。
  ⑥ 傅惜华《内廷承应传奇之开场》,《北京画报·戏剧特号》第 45 期,1931 年 6 月 6 日。
  ⑦ 傅惜华《清代宫苑舞台考略》(1—2),《民言·戏剧周刊》第 10—11 期,1929 年 12 月 16 日、12 月 23 日。

略》①《关于故宫戏衣之研究》(1—4)②《〈升平宝筏〉——清代伟大之神话剧》(1—6)③《关于〈清代杂剧扮装图〉》④《〈清代杂剧扮装图〉之二》⑤《扮像旧话》(1—4)⑥《寿安宫戏台建筑考》⑦《内廷普通之承应开场剧》⑧《记〈封神天榜〉——清廷承应传奇之一种(附书影)》⑨《内廷除夕之承应戏——〈如愿迎新〉》⑩《南府轶闻》⑪《宁寿宫畅音阁小记》⑫《碧蒪亭藏曲识略》(1—2)⑬《清廷元旦之承应戏》(1—2)⑭《净台》⑮《记缀玉轩藏内府钞本》(1—2)⑯《清代内廷之开场、团场戏》(上)⑰《记乾隆钞本〈太平祥瑞〉杂剧》⑱《清宫之月令承应戏》(1—3)⑲《清宫内廷戏台考略》(1—4)⑳等二十多篇。此外,傅先生在撰述提要目录如《缀玉轩藏戏曲草目》(1—8)㉑《缀玉轩藏曲志》㉒《北平国剧学会图书馆书目》㉓《续修四库全书总目提要》"戏曲类"提要稿本㉔、《清代杂剧全目》㉕时,也将清宫承应戏纳入了著录范畴。

在这些文章和提要目录里,傅先生分别从演出形式、演出戏台、服装扮像以及演出剧目等角度详细地向读者介绍了清宫承应戏的方方面面。

从演出形式来看,清宫演剧分为开团场承应、月令承应及庆典承应等。在傅先生的研究著述里,此三种演剧形式,他都给予关注。《内廷承应戏之开场》《内廷普通之承应开场

---

① 傅惜华《德和园戏台考略》,《北京画报·戏剧特号》第17期,1930年8月17日。后又发表在《国剧画报》第1卷第28期,1932年7月29日。

② 傅惜华《关于故宫戏衣之研究》(1—4),《民言·戏剧周刊》第44—46期、第48期,1930年8月18日、8月25日、9月1日、9月15日。

③ 傅惜华《〈升平宝筏〉——清代伟大之神话剧》(1—6),《北平晨报·艺圃》1930年12月16日、17日、18日、19日、20日、21日。

④ 傅惜华《关于〈清代杂剧扮装图〉》,《北京画报·戏剧特号》第32期,1931年1月1日。

⑤ 傅惜华《〈清代杂剧扮装图〉之二》,《北京画报·戏剧特号》第34期,1931年2月3日。

⑥ 傅惜华《扮像旧话》(1—4),《北平晨报·艺圃》1931年6月5日、7日、10日、12日。

⑦ 傅惜华《寿安宫戏台建筑考》,《北京画报·戏剧特号》第35期,1931年2月12日。

⑧ 傅惜华《内廷普通之承应开场剧》,《北京画报·戏剧特号》第43期,1931年5月18日。

⑨ 傅惜华《记〈封神天榜〉——清廷承应传奇之一种(附书影)》,《北京画报·戏剧特号》第44期,1931年5月27日。

⑩ 傅惜华《内廷除夕之承应戏——〈如愿迎新〉》,《国剧画报》第1卷第4期,1932年2月5日。后又登在天津《大公报·剧坛》1935年2月2日、3日。

⑪ 傅惜华《南府轶闻》(1—3),《国剧画报》第1卷第8—10期,1932年3月11日、18日、25日。

⑫ 傅惜华《宁寿宫畅音阁小记》,《国剧画报》第1卷第23期,1932年6月24日。

⑬ 傅惜华《碧蒪亭藏曲识略》(1—2),《国剧画报》第2卷第4—5期,1932年11月17日、24日。

⑭ 傅惜华《清廷元旦之承应戏》(1—2),天津《大公报·剧坛》1935年1月1日、3日。

⑮ 傅惜华《净台》,天津《大公报·剧坛》1935年1月13日。

⑯ 傅惜华《记缀玉轩藏内府钞本》(1—2),天津《大公报·剧坛》1935年1月22日、23日。

⑰ 傅惜华《清代内廷之开场、团场戏》(上),天津《大公报·剧坛》1935年7月4日、5日、9日、12日、14—18日。再登在《晨报·剧学》1938年11月18日。

⑱ 傅惜华《记乾隆钞本〈太平祥瑞〉杂剧》,天津《大公报·剧坛》1935年7月7日。

⑲ 傅惜华《清宫之月令承应戏》(1—3),天津《大公报·剧坛》1935年8月21日—23日。

⑳ 傅惜华《清宫内廷戏台考略》(1—4),《北平晨报·国剧周刊》1936年7月30日、8月6日、20日、9月17日。

㉑ 傅惜华《缀玉轩藏戏曲草目》(1—8),《国剧画报》第2卷第23—30期,1933年6月22日、29日、7月6日、13日、20日、27日、8月3日、10日。

㉒ 傅惜华《缀玉轩藏曲志》,排印本,1935年。

㉓ 傅惜华《北平国剧学会图书馆书目》,北平国剧学会1935年4月。

㉔ 《续修四库全书总目提要》,完稿于1942年至1945年,后齐鲁书社于1996年影印出版。本文提到的《续修四库全书总目提要》,以齐鲁书社1996年版为据。

㉕ 傅惜华《清代杂剧全目》,人民文学出版社1981年版。

剧《清代内廷之开场、团场戏》等描写了开团场承应戏情况,《谈〈天香庆节〉》《内廷除夕之承应戏——〈如愿迎新〉》《清廷元旦之承应戏》《清宫之月令承应戏》等推介了月令承应戏的演剧情况,而《内廷承应戏〈封神天榜〉书影》《〈升平宝筏〉——清代伟大之神话剧》《碧蕖亭藏曲识略》等着重介绍了《封神天榜》《升平宝筏》等清宫大戏概貌,这些文章让我们了解到清宫开团场戏、月令戏、庆典戏各不相同的演出特点及常演剧目。他还提到清宫演剧开场前有"净台"形式:"灵官凡八人,由杂色扮,各戴扎巾额,扎靠,穿战靴,挂'赤心忠良'牌,持鞭跳舞上场,且鸣鞭炮,将下场时,走势舞蹈,同念'净台咒',跳舞而下"(《净台》),这种"跳加官"形式,他以为是传统戏曲演剧体制在内廷中的遗存。在阐述清宫演剧形式的同时,傅先生还将自己收藏或目睹的罕见的昇平署承应戏剧本介绍给读者,记述月令承应戏"皆为单出,至多四出或八出之杂剧,戏中情节,多述各节令之故实,杂采子部稗说,敷衍而成者;余则即为群仙神道,祝嘏迎禧,吉羊之神话"(《清宫之月令承应戏》),指出月令承应戏的出数特点和剧情内容,并据其见闻所及,列出开场戏剧本名目《天官赐福》《一门五福》《三元百福》等 38 出,开团场戏《万寿长春》《福寿双喜》《五代登荣》等 45 种,归纳年中各节日所应演的承应戏为元旦承应、立春承应、上元承应、燕九承应、花朝承应、寒食承应、浴佛承应、端阳承应、七夕承应、中元承应、中秋承应、重阳承应、冬至承应、腊日承应、祀龟承应、除夕承应等,且附录每个节令例演的戏目,在凸显清宫演剧繁盛之同时,展现了清宫戏之总体风貌。

在清宫演剧史上,戏台是承应戏表演的空间载体,没有戏台,就没有承应戏演出,戏台是保证戏剧演出最终完成的重要介质。在清代,宫内曾建有戏台十余座,这些戏台规模大小不一,有宏伟的寿安宫戏台,也有小巧的倦勤斋戏台。到了民国,一部分戏台年久失修,受损严重,无法再用,保存完好的仅有五座:重华宫的漱芳斋戏台、分雅存戏台,宁寿宫的畅音阁戏台、倦勤斋戏台和长寿宫戏台。傅氏《清代宫苑舞台考略》《清宫内廷戏台考略》《寿安宫戏台建筑考》和《宁寿宫畅音阁小记》等文,考察了现存前四座戏台的位置、规制、类型和演出状况。其中,寿安宫戏台虽已不保存,但傅氏据资料记录了它的基本情况和修茸详情,为后人研究提供依据。除了宫内,宫外的皇家园林尚存有几座闻名的戏台,颐和园内的德和园戏台就属于此类戏台,其在规模上甚于宫内的诸多戏台,傅氏称它为"吾国第一之大戏台",《德和园戏台考略》考述了此台的规制、楹联、演剧情况。

关于清宫戏衣和扮像,傅惜华撰有《昇平署扮相谱》《关于故宫戏衣之研究》《关于〈清代杂剧扮装图〉》《〈清代杂剧扮装图〉之二》《扮像旧话》诸文。从《昇平署扮相谱》题记里可以获知,傅氏所描述的扮像谱原为梅兰芳所藏,属于昇平署旧物,是民国早年流传到民间后,被梅氏于"民国十年左右的时候在琉璃厂德友堂买的"[①]。傅文介绍的扮像谱图片配有题记,以说明图中脚色的扮像特点。《关于〈清代杂剧扮装图〉》《〈清代杂剧扮装图〉之二》中所述的扮装图,则为日本佐佐木信纲博士原藏,发表时,是据原图翻拍的照片,照片是傅先生的日本朋友长泽规矩也惠赠他的。这个清代杂剧扮装图,每幅一位脚色,分别为生色、旦色、净色、丑色和神鬼者。从图中,傅先生考证脚色衣冠近似明代制度,但更类似近代戏衣,脸谱很古朴,具有原始的意味。他指出净色头上的帽子,介于今之相貌文阳帽之间,所穿的服装,类似今天的蟒,手中所持的,是牙笏,所勾的脸谱似三块瓦,并挂髯口,

---

① 朱家溍《梅兰芳藏戏曲人物史料》,《梅兰芳藏戏曲史料图画集》,河北教育出版社 2002 年版。

傅惜华与清宫戏研究

认为此种扮装是清初杂剧的脚色扮像。《关于故宫戏衣之研究》则记述了两类昇平署戏衣共 57 件，一类为时任美国纽约艺术博物馆东方部部长溥爱伦搜集的 35 件，一类为故宫寿安宫、遂初堂、九龙壁、后库房等处藏的 22 件戏衣，记录了 57 件戏衣的名目、颜色和戳记，鉴定了戏衣的时代，在鉴定过程中，描述了乾隆时期、嘉道时期、光绪时期戏衣的不同特点，为后世如何鉴定昇平署旧物提供了样本。

对清宫昇平署曲谱、曲本的关注和研究，是傅惜华研究清宫戏的内容之一。《碧蕖亭藏曲识略》著录了其家藏珍本《碧云霄霞》和《封神天榜》。《碧云霄霞》为内廷承应戏之曲谱专集，收录《诸仙祝嘏》《四海升平》《万国来朝》《大佛升殿》《山灵朝扈》《千秋海晏》六种，皆为独折杂剧，作者为澹园老人。此曲谱未见于诸家著录，亦未见刊本传流。《封神天榜》为宫廷承应大戏，在傅氏著录之前，民间所传之承应大戏有《劝善金科》《升平宝筏》《鼎峙春秋》《忠义璇图》《昭代箫韶》及月令承应戏之《九九大庆》《法宫雅奏》7 种。此曲本为傅氏 1929 年在厂肆购得，此后，他极为关注从清宫里流传出来的内府文献，到 1941 年，"购入档案史料，及剧本曲谱甚夥"[①]。傅惜华在 40 年代撰写的《续修四库全书总目提要》"戏曲类"提要所涉及的承应戏剧本《迎銮新曲》（旧钞本）、《劝善金科》（清乾隆间内府刻本）、《昭代箫韶》（清嘉庆十八年内府刻本）和曲谱珍本《新定九宫大成南北词宫谱》（清乾隆十一年内府刻本）、《太古传宗》（清乾隆十四年内府刻本）等，以及 80 年代出版的《清代杂剧全目》所著录的清承应戏目录，均以私藏的内府档案史料为基础。

此外，梅兰芳、齐如山等为民国时期著名的藏曲大家，但当时的读者是无缘亲睹他们私藏的珍籍的。因傅惜华与梅氏、齐氏有着深厚交谊，他有幸目睹了梅氏缀玉轩和齐如山的藏书，并将藏书中的内府曲本著录成文，付诸报刊，如《记缀玉轩藏内府钞本》《记乾隆钞本〈太平祥瑞〉杂剧》《缀玉轩藏曲志》《北平国剧学会图书馆书目》等文，向世人透露了清宫演剧的稀见史料。前三种文章实录了梅兰芳家藏的内府演出本《狮吼记》《太平祥瑞》和《福寿荣》，其中，《太平祥瑞》和《福寿荣》，民间未见氍演，唯内廷专演之剧。《狮吼记》，在民间也有演出，但演出本与内府本不同，梅氏所藏本为清乾隆间开化纸四色精钞本，仅四出（《柳氏摔镜》《陈慥游春》《东坡明义》《季常梦怕》），每出标目下，俱注"昆腔"，与民间流传的汲古阁刻本明显不同，呈露出内府演出本的鲜明特征。最后一种书目乃 1931 年始傅氏任北平国剧学会编纂部主任时，对国剧学会所藏之书籍所做的书目。这些书籍皆他本人、梅兰芳、齐如山所藏的私书寄存于国剧学会者。其中齐如山所藏之目录如《故宫昆弋剧本目录》（故宫博物院文献馆编）、《清昇平署存档事例漫钞》（周明泰编）、《故宫乱弹剧本目录》（故宫博物院文献馆编）、《古物陈列所戏衣册》（古物陈列所编）等，系列地披露了故宫所藏的昆腔、弋腔、昆弋腔、乱弹剧本及戏衣、演剧制度档案等系列史料，为读者显现了故宫演出剧本的概貌。

---

① 傅惜华《近五年来所获知戏曲珍籍》，《艺文杂志》第 1 卷第 1 期（1943 年 7 月）。

二

　　傅惜华是最先涉足清宫戏研究的学者之一。关于清宫戏研究,目前研究者能寻获的最早的一篇文献,是 1923 年 1 月《戏杂志》第六期署名"铁鹦客"发表的《清宫传戏始末记》。此文记录了溥仪大婚时内廷依照昇平署旧制召传艺人入宫承值的演出情节,它虽然仅涉及内府演剧之皮毛,但此文的面世,为时人撩开了清宫内演剧的神秘面纱。第一次将清宫戏的真实面目展现到世人面前的,是朱希祖,他于 1924 年在北京宣武门外大街汇记书局购入了《昇平署档案》及其戏曲剧本一千多册。此后,他花了五六年时间整理和研究这批故宫珍品,写成《整理昇平署档案记》,于 1931 年由燕京大学出版,引起了戏曲界的极大关注。该记分昇平署档案之来源、昇平署之制度、昇平署之沿革及地址、昇平署档案之种类数目、档案提要等 10 部分,叙述了"近百年戏曲之流变,名伶之递代,以及宫廷起居之大略,朝贺封册婚丧之大典"[①],开启了 20 世纪清宫戏研究之序幕。后来,朱氏将所购之清宫书籍全部赠予北平图书馆,泽灌了当时之学人及后学,周明泰之《清昇平署存档事例漫钞》、王芷章之《清昇平署志略》等均受其泽惠。《清昇平署存档事例漫钞》对清宫承应戏及制度等档案史料作了辑录、汇编,《清昇平署志略》对清宫演剧之历史、制度及承值伶人作了详细的实录和研究,二书凭借翔实的史料,细致的记叙,奠定了清宫戏研究的基石。傅惜华没有出版过诸如周明泰和王芷章的鸿篇巨作,梳理他的清宫戏研究著述,规模较大的成果,当数《清代杂剧全目》里的承应戏目录。但他在报刊、杂志上发表有关昇平署演剧文章之早,涉猎范围之广,堪比周明泰、王芷章等研究清宫戏之先驱者。傅氏于 1928 年 8月第一次发表扮像谱文章,之后陆续撰写承应戏单、承应戏开场、演出戏台、演出剧目等二十多篇文章,时间均在 30 年代前期,而《清昇平署存档事例漫钞》初版于 1933 年,《清昇平署志略》则于 1934 年完稿、1937 年由商务印书馆出版,傅氏文章的刊发时间与此二书的面世时间几乎同步。另外,周氏、王氏之二书,侧重于清宫演剧历史、制度及其承应戏目的介绍,而傅氏文章除了述略承应戏的形式和剧目外,还涉及扮像谱、戏台、戏衣等有关清宫戏舞美方面的内容,是当时其他清宫戏研究者尚未深入研究的范畴,他对清宫戏演艺形态的重视,表现出他在清宫戏研究方面的开阔视野。

　　注重对清宫戏演艺状况的叙述与阐发,是傅惜华清宫戏研究的一大特色。傅先生之介入清宫戏研究,是从扮像谱开始的。他在《昇平署扮相谱》对脚色的扮像作了说明,如《南阳关》中的宇文成都扮像,他叙录道:"净扮,戴紫金冠,插翎子,挂黑扎,戴黑耳毛,挂剑,持锏。"脚色的穿戴扮像,是戏曲演艺的重要组成部分。傅惜华从穿戴扮像切入清宫戏研究,相当于直接切入了昇平署演剧研究之核心。他曾将曲谱、剧本(未注宫谱者)、扮像谱(包括脸谱)、戏衣四类视作昇平署故物之大宗(《关于故宫戏衣之研究》),这既是他对昇平署故物价值的认识,也是他对戏曲艺术演剧本质的重视。其所发表的扮像谱、戏台、戏衣文章,都是他对清宫演艺形态的认识和研究,体现出他以研究演艺为核心的戏剧观。

　　傅惜华还将这种戏剧观贯彻在昇平署剧本的著录和研究中,在考察剧本流传的版本时,同时探究其演剧状况,将剧目的不同演剧形态纳入著录和研究范畴,使之成为剧目研

---

　　① 朱希祖《清昇平署志略序》,载王芷章《清昇平署志略》,商务印书馆 2006 年版。

究中不可或缺的内容。如他在记载《清代杂剧全目》里的承应戏目录时,会著录每个剧目的总本、曲谱、题纲和排场。如记录《福寿征祥》时,著录"此剧现存版本,计有:(一)昇平署钞本。标名云:《福寿征祥》。总本。四部。故宫博物院藏。(二)昇平署钞本。标名云:《福寿征祥》。曲谱。故宫博物院藏。(三)昇平署钞本。标名云:《福寿征祥》。题纲。二部。故宫博物院藏。(四)昇平署钞本。标名云:《福寿征祥》。排场。故宫博物院藏。(五)昇平署分用单本。标名云:《福寿征祥》。傅惜华藏"①。总本、曲谱、题纲是清宫戏不同演剧形态的文本呈现,它们所承载的内容和形式各不相同,体现出清宫演剧不同于民间梨园演剧的特点。

为了更好地突出清宫演剧的独特方式,傅惜华在撰写和著录承应戏时,采用了与民间梨园演剧对比的研究方法。如在记述内廷的开场戏时,论其"演于此日之首场,而与民间梨园演剧,开场时所演《百寿图》《蟠桃会》《天官赐福》一类吉祥戏,性质完全无异"(《清代内廷之开场、团场戏》),但内廷所演剧目的内容和形式,与一般流行于民间之开场剧,又"绝不相同"(《内廷普通之承应开场剧》)。团场戏,"系演于一日之尾,虽同于民间梨园之'大轴子',然其所演者,全为颂德征祥之剧,非连台本戏与单出杂戏"(《清代内廷之开场、团场戏》)。在记录脚色扮像时,也将清宫脚色扮像与民间梨园扮像相比较,认为这些清宫戏扮像"着色鲜明,工细绝伦。在研究剧艺上,极关重要,可以考见今昔及内廷与民间扮像之异同"。(《昇平署扮相谱》)从文中我们看到,为了将清宫戏的开场、团场情况和脚色扮像阐述得清楚、明白,傅先生将它与一般读者比较熟悉的民间梨园演剧方式、扮像方式相比较,在比较中,突出了清宫戏的演艺特点。

三

因家藏曲本之丰富,及其与梅兰芳、齐如山等著名藏书家的密切联系,傅惜华目睹和掌握了大量清宫戏曲史料,所谓"近水楼台先得月",这使他在研究清宫戏时可以独占先机,先于其他研究者发文披露民间可见的关于昇平署演剧史料方面的最新信息。如《碧蕖亭藏曲识略》所著录的《封神天榜》,为清乾隆、嘉庆间钞本,版本极为珍贵,此乃傅氏 1929 年在厂肆购得,他发文说明,此本"凡十本,共二百四十出,体制为昆弋合套之剧,与《劝善金科》《昭代箫韶》诸本,正复相同。词藻排场,亦均富丽伟大",《封神天榜》钞本的发现,为清宫大戏新增了一种剧目。《碧云宵霞》以及后来他私家购藏的《新定九宫大成南北词宫谱》《太古传宗》,也都是新发掘的昇平署曲谱,傅氏皆做了文字记录。他帮梅兰芳整理缀玉轩藏书时所发现的内府钞本《太平祥瑞》《福寿荣》和《狮吼记》,属于清宫演出本里的珍本,他及时撰写《记缀玉轩藏内府钞本》,在第一时间里向时人揭橥了此三本的文献价值和研究价值。这些文章的刊发,有效推动了 30 年代清宫戏史料的挖掘和研究。

傅先生在报刊杂志上所发表的扮像谱,至今还发挥着其重要作用。《昇平署扮相谱》里之戏画,原源于梅氏藏品。但梅氏的藏品经历兵燹和时代变换后,到了 20 世纪末,有些扮像真迹已失。2002 年梅兰芳纪念馆出版《梅兰芳藏戏曲史料图画集》时,据刘曾复论证,原藏的《南阳关》中的宇文成都,《借赵云》中的张飞、典韦,《锁五龙》中的全戏人物均

---

① 傅惜华《清代杂剧全目》,人民文学出版社 1981 年版,第 416—417 页。

佚。①《北京画报》上所登的宇文成都扮像成为目前研究《南阳关》宇文成都人物脚色穿戴遗存的可供参考的宝贵资料。

除了新史料的发现，傅惜华还吸收当时清宫戏研究的最新成果，并在这些成果的基础上丰富和完善自己的清宫戏研究，将承应戏目录研究推进到一个更为成熟的阶段。有关清宫承应戏目，周明泰《清昇平署存档事例漫钞》和王芷章《清昇平署志略》皆有著录。《清昇平署存档事例漫钞》分六卷，卷一为月令承应戏目，卷二为庆典和丧礼承应戏目，卷三关于制度方面，卷四关于演出仪式和形式，卷五关于乐队和音乐，卷六介绍了宫内大戏《劝善金科》《升平宝筏》《鼎峙春秋》《征西异传》《铁旗阵》《昭代箫韶》《下河东》《兴唐外史》《普天同乐》《忠义传》《锋剑春秋》等十一种。《清昇平署志略》分六章，包括引论、沿革、昇平署之成立、分制、职官太监年表和署址等内容。其中第四章将承应戏目分为月令承应、庆典承应、临时承应、丧礼承应四种，在每种戏类下，又作了极为详细而具体的著录和记述，如月令承应戏，记录了元旦、立春、上元、燕九、寒食、端午、七夕、中元、中秋、重九、冬至、腊日、除夕等节日时所演的剧目及其演出特点。傅惜华在记录《清代杂剧全目》承应戏目录时，吸收了周氏和王氏对承应戏的分类法，将清宫承应戏目分为月令承应和庆典承应。但在此两类外，他还分出与月令承应和庆典承应并列的开团场戏和日常承应戏，列出开团场戏目《一门五福》《天官祝福》《长生祝寿》等 146 种，日常承应戏目《群仙祝寿》《百灵效瑞》《三农得澍》等 167 种。这种增加开团场戏和日常承应戏的分法，是傅氏对前人承应戏分法的补充。不仅如此，在著录目录时，有关每个剧目的作者、著录情况、版本面貌、存佚情况、收藏地点及版本之间的关系都做了详细的记载，每个剧目的版本还包括总本、曲谱、题纲、排场等，较为系统而完整地凸显清宫承应戏的总体面貌。

值得一提的是，在清宫戏研究文章里，傅惜华特别重视清宫戏演艺方面的著录，对剧目演出状况的强调，体现出他对戏剧本体观念的张扬。"戏剧本体"一语，是傅氏 40 年代在为《续修四库全书总目提要》"集部·词曲类·南北曲"提要所拟的体例书里正式提出的："诸家著录之元明清三代之南北曲，'率无简择，萧兰并撷，珉玉杂陈'，公私所藏，亦浩如烟海，今仍从《四库全书总目》之例，特创新规，'——辨厥妍媸，严为去取，其上者悉登编录'（见《四库总目》'凡例'第三则），惟其标准能具左列一项者，均可采入。（1）凡在戏剧本体上占有重要地位者。（2）凡在文学方面而具有特殊价值者。"②这种将是否在戏剧本体上占有重要地位作为著录戏曲提要的首要标准，在 20 世纪前半叶可谓"新规"。因为清代及其民国时期的戏曲提要著录，多采用文学的标准，而不是戏曲艺术的标准。傅氏在 40 年代正式提出"戏剧本体"的标准，并不是一时心血来潮，而是他十几年来对戏曲艺术本质思考的结晶，这种本体戏剧观贯穿于他的整个戏曲文献研究过程中，发端于《昇平署扮像谱》，终结于《续修四库全书总目提要》"戏曲类"提要，成熟于《中国古典戏曲总录》。傅惜华不拘泥于清宫戏剧目之文本形式，而将研究角度拓宽到文本形式之外，着重于对清宫戏本体的研究和开拓，不仅是对同时代清宫戏研究的补充，而且切中清宫戏演剧之本质，在使清宫戏研究不脱离戏曲本体范畴的同时，为当时的戏曲文学领域注入新的研究思维。

---

① 参见刘曾复《梅兰芳藏戏曲史料图画集》，《梅兰芳藏戏曲史料图画集》，河北教育出版社 2002 年版。
② 傅惜华《拟〈续修四库全书总目〉集部词曲类南北曲提要体例书》，铅印稿，东北师范大学图书馆藏，复旦大学博士生王亮据之整理，载王亮《〈续修四库全书总目提要〉研究》，复旦大学 2004 年博士论文。

傅惜华与清宫戏研究

在 20 世纪戏曲史上,戏曲的舞美研究一直滞后于戏曲文学、戏曲音乐乃至戏曲伶人的研究,个中缘由,值得探究。在戏曲舞美研究领域,1933 年、1934 年徐凌霄在《剧学月刊》发表的《论肖真的戏装》《北平的戏衣业述概》《说盔头》《说行头》等文,1935 年齐如山出版的《行头盔头》《脸谱》《国剧脸谱图解》等专著,都是重要的研究论著,是研究戏曲舞台美术史时无法避开的话题。但如果从发文的时间来说,傅惜华有关舞美的文章如《昇平署扮相谱》《关于故宫戏衣之研究》《关于〈清代杂剧扮装图〉》《〈清代杂剧扮装图〉之二》等,均发表在 1931 年前,其介入戏曲舞美研究的时间早于或同时于徐凌霄、齐如山等人。傅氏的清宫戏舞美研究涉及扮像、戏衣、戏台等多个领域,视角触及戏曲舞美研究的各个方面,开辟了 20 世纪清宫戏舞美研究领域之先河。

在研究清宫戏舞美的同时,傅惜华还著文《再志山西后土庙之戏台》[①],对民间戏台给予关注。从清宫戏舞美研究,到民间戏曲舞美研究,20 世纪戏曲舞美研究的发展轨迹在傅惜华的戏曲文献研究里得到了清晰地呈现。这种将宫廷戏曲和民间戏曲相结合的研究思维,超出了清宫戏研究范畴而具有了戏曲史的意义。

傅惜华开始着手清宫戏史料的整理和研究,仅晚于朱希祖。他将清宫文献资料的购藏和研究纳入个人的文献整理和研究范围,得益于朱氏购藏之举,朱氏对清宫戏的研究也影响了他的戏曲文献研究的思路和方向。1941 年当他大量购入昇平署剧本,在《清代杂剧总目》里对清宫承应戏剧目进行较为系统而完整的整理和研究时,这些文献资料和研究结果又成为后人深入研究清宫戏的重要文献资源。傅惜华清宫戏研究,不仅开启了清宫戏曲文献整理和研究之大门,而且在朱希祖、周明泰、王芷章等人的研究与后学研究之间搭起了一座桥梁,他将戏曲文学、戏曲音乐和戏曲舞美勾连在一起的研究方法,有力地推动了 20 世纪戏曲文献研究从传统向现代的转换。

谢雍君:中国艺术研究院　研究员

---

① 傅惜华《再志山西后土庙之戏台》,《国剧画报》第 1 卷第 20 期,1932 年 6 月 3 日。

财神宝卷的形式及其社会意义：
以清末民初宝卷为中心①

许允贞

绪 论

中国的财神信仰约始于南宋，形成一个庞大的"财神群"，财神的分类多种多样。② 清末民初江南宝卷中的财神形象更加丰富新颖，一些与财神相距甚远的传统故事中的主人公被财神化了，还有一些与财神有所关联的角色被财神化，总之，宝卷的财神叙事显示出中国的财神形象泛滥到无法用"财神群"一词来概括。但是，这种"泛滥"中存在一定的生成机制——在根深蒂固的封建意识的基础上，通过"对于财富的欲望"与"对于财富的警惕及分配伦理"这两大价值观相互调节而产生。当然这只是普遍层面上的财神形成机制，置于明清特定的历史背景之中就会发现其鲜明的时代特色：从明代开始，社会生产力得到进一步提高，商人阶层的地位也有了显著提高，特别是 19 世纪末被公认的"绅商"这一新阶层的出现。由此看来，宝卷中的财神信仰就是一个有趣而深刻的问题。本文以清末民初江南区域的财神宝卷为研究对象，旨在阐明江南民间财神的形象、叙事及其社会意义。

本文将主人公名为财神的宝卷作为研究对象。除了以赵公明为财神的《财神宝卷》以外，所有作品中的主人公，都有一个共同点，就是在正式成为财神之前都会积累金银财宝等财富，在宝卷中积累财富成了作为财神的一般条件。虽然财神宝卷中也有罕见的如比干、范蠡、赵公明、关羽等财神节制人类的无穷欲望、进而改善不良道德风气，但绝大多数的财神宝卷是以积累财富为主要情节，至少在表面上是倚重于追求利益的。此现象在中国财神历史上，是相当有意义的。吕微主张：财神并非单纯追求财富，而是基于缓和利与义这两大冲突价值观之间距离的伦理机制产生的。③ 不同的财神群里存在着吕微所说的代表利与义这两个相反价值观的神格。例如宝卷里的财神形象主要代表着"利益"这一价值观，而正统意义上的财神群如比干、范蠡、赵公明、关羽等则象征着"义"的价值观。这种对立实则反映的是享用宝卷的民间阶层与拥护比干、范蠡、赵公明、关羽等历史人物的文人阶层之间的在财富问题上的认识分歧。清朝官僚荡斌（1627—1687）在苏州将五通（财

---

① 韩语论文《财神宝卷的形式及其社会意义：以清末民初宝卷为中心》发表于《中语中文学》2015 年第 61 集上，本文为中文译本，有删节，尚丽新教授帮助修订。
② 财神的历史与分类法参考吕微《隐喻世界的来访者——中国民间财神信仰》（下文简称《隐喻世界的来访者》），学苑出版社 2000 年版，绪论与第 11 页。
③ 吕微《隐喻世界的来访者》，第 3—11 页。

神宝卷中出现比例最多的五路财神之先祖)的祠堂撤掉,在那里建了关羽祠堂。① 这一事件表明文人官僚与民间所喜好的财神是不同的。但是,民间的财神宝卷看似与官方喜好的关羽不同,追求个人私欲,但实质上财神宝卷中仍然存在利与义的对立,只不过是以另一种方式诠释出来,那就是上面提及的"对于财富的欲望"与"对于财富的警惕及分配伦理"。

学术界有关财神的研究大致可分为两种,一种是整体概括财神的历史,另一种是研究个别财神。② 除了对财神的研究以外,有关财神宝卷的研究也在持续进行,研究重心集中于商人形象的分析上。历史学界关于明清时期是否形成西方式资本主义的争论也影响到对财神的研究。吕微认为:宝卷中的商人行善后即可积累财富作为善行的回报,这是中国式"财富与伦理之间的机制",它与马克斯·韦伯(Max Weber)主张的财富的积累乃是履行神赋予的召命这一新教教徒伦理相悖。在民间积累财富的商业行为依然被认为是负面的。③与吕微的观点不同,理查德·冯·格兰(Richard Von Glahn)通过分析从五通到五路财神的演化指出明清社会对商业行为与商人的认识由负转正。五通本是向人类施以财物的同时诱惑女性的阴险恣意之神,在宝卷中却演变成为勤勉老实的商人形象。这种变化反映出当时社会经济条件以及与之相应的人类认识的转变。④由此可见,吕微与理查德·冯·格兰对于宝卷中的财神的商业行为有着不同看法与见解。由于二人的研究的重心都限于财神宝卷中的商人形象及商业行为,那么对于宝卷在当时江南社会所产生的意义未免失于偏颇,本文希望他们二人研究基础之上进行更深层次的挖掘。

一、财神宝卷概况

清末民初中国江南地区宝卷中出现的财神形象除了五路财神以外,还有十位财神。下面就对涉及这十一位财神的宝卷做一个比较详细的介绍,包括版本情况、发行时间以及流传地点等内容,并对各版本的意义进行分析。宝卷是根植民间的讲唱文化,是承载着当时享有此文化的民众的集体潜意识的文艺样式。因而宝卷与作家文学不同,其版本形态、发行地、年代等都透露出某些特殊意义的信息。再者,宝卷主要以手抄本为主,其题名不稳定,⑤为了方便读者,笔者为每一种财神宝卷选择了一个代表性的题目。详情参表 1。

---

① 理查德·冯·格兰(Richard Von Glahn)《财富的法术:江南社会上的五通神》,载[美]韦思谛编《中国大众宗教》,江苏人民出版社 2006 年版,第 167 页。

② 前者如吕微《隐喻世界的来访者》,后者如洪淑苓《关公民间造型之研究:以关公传说为重心的考察》(台湾大学出版社 1995 年版)。此外,王欢《中国民间财神信仰与财神宝卷研究》(扬州大学硕士 2010 年学位论文)是对财神宝卷的专题研究。

③ 吕微《隐喻世界的来访者》,第 341—353 页。

④ 理查德·冯·格兰(Richard Von Glahn)《财富的法术:江南社会上的五通神》,载[美]韦思谛编《中国大众宗教》,第 172—177 页。

⑤ 宝卷的题名非常不稳定。同卷异名和异卷同名现象很普遍;而且,即使是同一宝卷在不同的位置上它的题名也不一定相同(不少宝卷的题名出现在封面、卷首、开经偈、结经偈、卷末题记等位置上)。因此,本文根据内容对各种财神宝卷的题目进行整理,选定或拟定每一种财神宝卷的代表题目,正文中不再列出或使用其异名。例如因"五路财神"的普遍使用而本论文把这些类型的宝卷均命名为《五路宝卷》。

表 1　清末民初财神宝卷的版本状况

序号	题目	版本性质	发行时间	流传地点	现存数量	参考数量
①	五路宝卷	手抄本(73 种) 刊本(1 种)	1872—1941 2001	常熟、无锡、苏州等	74 种	10 种
②	女财神宝卷	手抄本	1919—1940	不明	7 种	4 种
③	一本万利宝卷	手抄本	1867—1946	苏州、常州等	5 种	3 种
④	飘洋聚宝卷	手抄本	1882	常州等	5 种	2 种
⑤	赵公明宝卷	手抄本/不明	1901	靖江、无锡	2 种	2 种
⑥	夏良惠	手抄本	1925—1944	无锡等	2 种	2 种
⑦	汉招财	手抄本	1885	不明	1 种	1 种
⑧	富贵宝卷	手抄本	1910	不明	1 种	1 种
⑨	大富宝卷	手抄本	1926	不明	1 种	1 种
⑩	孝子财神	手抄本	1928	不明	1 种	1 种
⑪	农业财神	手抄本	不明	常熟	1 种	1 种

　　由表 1 可知,《五路宝卷》在数量上压倒多数,据《中国宝卷总目》所载现存宝卷数量共74 种。[①]　其中 73 种作品为抄本,只有一个是光绪七年(1877)上洋(上海)三元堂的刊本。《中国宝卷总目》所载《五路宝卷》的最早版本是道光四年(1824)抄本,最晚的是民国三十年(1941)抄本。值得关注的是江苏省常熟发现了 2001 年手抄的《五路宝卷》,这说明《五路宝卷》至今仍在常熟宣演,五路财神的影响和人气依旧。

　　74 种《五路宝卷》中除了一种刊本之外,其他都是手抄本,未见石印本。其他财神宝卷均无刊本或石印本。能够出版刊本或石印本的阶层或团体都具有一定的物质能力,他们有一定的出版标准,比如善书的出版机构总是跟特定宗教团体有关,而出版石印本的惜阴书局等比较重视作品的启蒙性。[②]　抄本财神宝卷的大量存在说明:虽然《五路宝卷》等财神宝卷在民间社会得到了不少的青睐,但是宗教团体或文人阶层因道德因素并不将之纳入出版范围。尽管不被出版,在民间社会《五路宝卷》是极受自称为奉佛弟子的手抄者

---

　　① 参车锡伦《中国宝卷总目》,北京燕山出版社 2000 年版,第 19—21、77、113、181、240、278、280 页。本文参考了11 本财神宝卷,笔者将之分为三个类型,现介绍如下。第一类型 5 种:①卷首题为《财神宝卷》,中国社会科学院文学研究所(下文简称为文学所)藏光绪二年(1876)抄本。②封面题为《金龙扇》,文学所藏 1899 年抄本。③卷首题为《路头卷》,文学所藏抄本。④封面题为《合义通财》,中国首都图书馆藏抄本。此本的特点是没有"与红毛国做贸易"的母题。⑤卷首题《要货财神宝卷》,2001 年常熟抄本,车锡伦教授惠赐。第二类型 5 种:①卷首题《财神宝卷》,早稻田大学藏道光四年(1824)抄本。②封面题《五福宝卷》,文学所藏 1931 年抄本。③封面题《五福财神宝卷》,民国无锡抄本,车锡伦主编《中国民间宝卷文献集成·江苏无锡卷》(下文简称为《江苏无锡卷》,商务印书馆 2014 年版)有影印本。④卷首题《财神宝卷》,文学所藏同治八年(1869)苏州徐均基抄本。⑤卷首题《路头卷》,张希舜等编《宝卷初集》本(山西人民出版社 1994 年版)。第二类型的④与⑤是第一类型和第二类型的结合,因接近于第二类型划归第二类型。第三类型一种:题为《六神卷》,辛丑年(1901)无锡抄本,《江苏无锡卷》有影印本。
　　② 参车锡伦《中国宝卷研究》第二章"宝卷文献的几个问题"(广西师范大学出版社 2010 年版)。另文学所藏民国惜阴书局本《绘图双玉燕宝卷》封面题:"本局⋯引人以正,戒之以邪,略警人心,以补世风耳。"

財神宝卷的形式及其社会意义：以清末民初宝卷为中心

欢迎的。① 例如同治八年(1869)徐钧基抄本《财神宝卷》卷末题记写道:"同治八年(1869)己巳正月财神诞生日子时完成初写。"②五名五路财神均在正月初五子时,即同日同时出声,继而结拜为兄弟。可见徐钧基是刻意按照他们出生的时间来完成宝卷的抄写。总之,虽然财神宝卷在民间社会里的人气颇高,但是出版社却因道德或其他原因拒绝出版,财神宝卷有明显的阶层偏向性。

《五路宝卷》以外的作品,如《女财神宝卷》③《一本万利宝卷》④《飘洋聚宝卷》⑤传下来5—7种抄本,而《夏良惠》⑥与《赵公明宝卷》⑦则传下来2种抄本。除此之外,其他《汉招财》⑧《富贵宝卷》⑨《大富宝卷》⑩《孝子财神》⑪《农业财神》⑫等都只留有1种抄本。从时间上来看,江南地区的民众从道光四年(1824)《五路宝卷》开始,至1949年中华人民共和国成立为止,抄写或宣唱财神宝卷从未停止,而且从改革开放至今又有所复兴。卷本上明确确定的抄卷地有江苏省苏州、无锡、常熟、常州、靖江等地,但是从版本形态及语言使用等因素来,这些财神宝卷全部都出自吴方言区。

最后简单介绍一下《治国兴家增福财神宝卷》《金开宝卷》《掘藏宝卷》这三种宝卷与财神宝卷相关的宝卷。这三种宝卷脱离了本文设定的"财神"概念的范围,故本文不作为研究对象,但与本题相关,所以在此稍作说明。《治国兴家增福财神宝卷》今存清朝康熙十四年(1675)经折本,共二十四品。⑬ 该卷对不同财神的起源、主要事迹做了介绍,宣扬善恶有报。《金开宝卷》的主人公虽未能成为财神,但其主人公原为天界的财童,后来下到凡间

---

① 《五路宝卷》的抄本有73种,这一数量超过了大多数的抄本宝卷。例如《妙英宝卷》的刊本、石印本与手抄本加起来只有53种。参许允贞《刘香女故事的女性意识研究》,韩国中国语文学会编《中国文学》第75辑,2013年5月。

② 此卷是上文注释所提的第二类型第④《五路宝卷》。

③ 车锡伦《中国宝卷总目》收入7种版本的《女财神宝卷》,卷名为《双富宝卷》《十富宝卷》《岁朝逼嫁》《美玉宝卷》等,最早版本为民国己未年(1919)抄本。(参车锡伦《中国宝卷总目》,第59—60、232、248页。)本文参考了文学所收藏的4种版本:①民国癸酉(1933)抄本《富贵宝卷》,②民国甲戌(1934)抄本《双富宝卷》,③民国庚辰(1940)抄本《岁朝逼嫁》,④民国庚辰(1940)抄本《美玉宝卷》。

④ 《一本万利宝卷》共有5种抄本,今存最早的是同治六年(1867)抄本。参车锡伦《中国宝卷总目》,第334页。本文参考了3种版本:①文学所藏民国35年(1946)苏州抄本,据卷末题记可知照抄同治六年(1867)抄本而来。②民国丙辰年(1916)常州抄本,封面题《一本万利宝卷》,包立本编《常州宝卷(第1辑)》有影印本,珠海出版社2010年版。③民国抄本,中国宗教历史文献集成编纂委员会编《中国宗教历史文献集成:民间宝卷·第12册》(下文简称为《民间宝卷》)影印本,黄山书社2005年版。

⑤ 《飘洋聚宝卷》共有5种手抄本,现存最早版本为光绪八年(1882)抄本。参车锡伦《中国宝卷总目》,第104、283页。本文参考的宝卷有2种:①民国丁巳年(1917)常州抄本《聚宝财神宝卷》,车锡伦教授惠赐。②文学所藏无锡抄本《飘洋聚宝卷》。

⑥ 《夏良惠》共有2种:①文学所藏民国无锡抄本《夏良惠》。②车锡伦教授惠赐《财神宝卷》。

⑦ 《赵公明宝卷》有2种:①无锡辛丑岁(1901年)抄本《六神宝卷》,在车锡伦主编《中国民间宝卷文献集成·江苏无锡卷(下文简称为江苏无锡卷)》,商务印书馆2014年版,第1101—1130页。六神指的是门神、奥神、宅神、财神、灶神、井神,六神之中有2名财神形象,其中有赵公明。但是此卷只对赵公明形象进行简单说明。②靖江《财神宝卷》,参尤红主编《中国靖江宝卷》,江苏文艺出版社2007年版。

⑧ 文学所藏光绪十一年(1885)抄本《汉招财》,卷首题为《招财宝卷》。

⑨ 宣统二年(1910)抄本《富贵宝卷》,车锡伦教授惠赐。

⑩ 民国十五年(1926)抄本《大富宝卷》,车锡伦教授惠赐。

⑪ 民国十七年(1928)抄本《孝子财神》,改编丁兰孝行故事,车锡伦教授惠赐。

⑫ 常熟抄本《农业财神》,卷首封面均题《农业财神》,车锡伦教授惠赐。

⑬ 《民间宝卷·第12册》,第383—481页。

获取金银财宝。① 《掘藏宝卷》大致与《五路宝卷》的题材相同,但主人公未能成为财神。②

以上从版本情况、抄写时间与流传地域等方面介绍了财神宝卷的概貌,揭示出财神宝卷的阶层偏向性,以下笔者将按照叙事类型将之进行分类,同时探究其社会意义。

二、叙事类型及其意义

《治国兴家增福财神宝卷》是清初产生的财神宝卷,是 17 世纪后期的作品。其中的财神不止一位,有解救贫民的"治世福神"(太上老君所化),也有传授赚钱方法的"财神老爷",还有辅佐财神的"利市仙官"等。③ 虽然称呼不同,但他们的共同性质就是远离凡间,解救人类。这样看来,17 世纪财神宝卷主要叙述人类被伟大的存在施以恩惠的过程。200 年后,19 世纪后期江南地区再次出现了多种多样的财神宝卷。但这时财神宝卷中的主人公不再是遥不可及的神,而是极为平凡的人,而且每个叙事都以主人公"成为富人"作为基本结构。④

19 世纪宝卷中成为财神的基本要求,就是持有成为富人的能力或机会。再来看一下这些主人公对待财富的态度与致富的方法,11 名主人公可分为主导型、偶然型、因果报应型以及命运型四种类型。主导型是《五路宝卷》,五个兄弟主导做贸易致富。偶然型是通过偶然的机会获取财富,其中包括《夏良惠》《飘洋聚宝卷》与《一本万利宝卷》。因果报应型是主人公通过行善积德,获取财富,成为富人,《孝子财神》《汉招财》《富贵宝卷》《农业财神》等属于该类型。最后是命运型,命运型财神宝卷中主人公均为女性,她们在困境当中,欣然接受命运,最后自然而然成为富人。《大富宝卷》和《女财神宝卷》就是这类。以下我们来做详细的考察。

(一)绅商的出现及其职责

《五路宝卷》是清末民初江南民间社会财神宝卷的代表之作。⑤ 与其他财神宝卷中的主人公相比,《五路宝卷》中的五个兄弟是唯一尚未经历窘迫境遇的,他们兄弟代表着明清乡村社会的核心领导层——绅士。19 世纪末除了绅士以外,绅商一词也出现并普遍使用开来。⑥ 本文认为 19 世纪后期普遍使用的绅商一词与同样 19 世纪后期流行开来的《五路宝卷》必定存在某种关联。笔者首先以表格的形式按类型考察《五路宝卷》的叙事,请参表 2。

---

① 其手抄本有 11 种,参车锡伦《中国宝卷总目》,第 112 页。笔者所参考的为文学所藏本《金开宝卷》。

② 《掘藏宝卷》现存 6 种抄本,参车锡伦《中国宝卷总目》,第 122 页。本文参考的为文学所收藏的 2 种:①封面题为《掘藏宝卷》,结经偈题为《藏神宝卷》。②封面题为《富君荣》,开经偈目为《摇纱宝卷》。

③ 上面故事各在《治国兴家增福财神宝卷》第二品生化根源、第五品财神云集、第十九品孝妇刘芳里。

④ 但是《赵公明宝卷》不一样,赵公明经过各种困难克服就成为英雄。

⑤ 五路这一用语来源于明朝地方志,"正月五日祀五路神"(姚宗仪《常熟私志》,转引于吕宗力《中国民间诸神》,河北教育出版社 2001 年版,第 557 页)。不少学者主张五路起源于宋代江南地区的财神五通或五显,但是尚未得到彻底的证明。

⑥ "但是太平天国运动(1850—1864)结束之后,从 19 世纪后开始使用这一绅商的用例,……到清末,原来最下层的"商人"与绅士并肩提出了,这一说明商人阶层的社会地位的提高。"吴金成《明清时代社会经济史》,ISan2007 年版,第 356—357 页。

表2 《五路宝卷》

题目	主人公身份	成为财神（富人）的过程	获取财物	地位及恩泽	寺庙与否
五路宝卷1—①	五名结拜兄弟（杜平、李四（泗）、任安、孙立、耿彦）	国内销售玩偶(A)—红毛国贸易(B)—扇子国内销售(C)—向皇帝献上扇子(D)	银两及从红毛国获取的宝物	皇帝赐财神及将军称号	皇帝批准建立财神祠堂
1—②		同上			
1—③		国内销售药材、食物、玩具(A′)—B—销售火炉与扇子(C′)—D			
1—④		国内销售药材、米、绸缎、各种珍贵器物(A″)—C′—D			
1—⑤		B—C′—D(意图海外贸易)			
2—①	亲兄弟（杜兴的子嗣）	收获青苗(e)—销售火炉(c)—销售青苗与捐献(f)—销售扇子(c′)—鱼类放生(g)	银两及从龙王那里获取的宝物	玉皇大帝赐财神称号	以皇帝的敕令或姜丞相向皇帝上奏建立财神祠堂
2—②		c—c′—g			
2—③		e—c—f—c′—g			
2—④	结拜兄弟	同上		玉皇上帝封其为五路大将军	
2—⑤		e—c—c′—f′(捐献省略)—g			

《五路宝卷》的时代背景都为商末周初。大致分为两个类型,两种不同类型的叙事反映了不同性质的绅士阶层形态及社会赋予他们的社会职责。

第二类型对传统的农耕比对商业更持肯定态度。比如作品2—①、2—③的父亲杜兴给想要做官、经商或作将军的儿子们,说"阵上将军拼性命,朝内为官伴虎眠,生意费心劳碌事,不及农家学种田"①。除了2—②以外,他们接受父亲的建议,先开始农事,偶尔的机会获得了不少的金钱,然后销售火炉与扇子,再获得了不少的金钱。但是他们却也将金钱捐赠到贫民,②或将鱼类放生回归自然。③ 第二类型所含的世界观主要是警惕钱财或物质等能量(energy)偏重的现象。他们的行为是循环性的,能够收回自然界("收获青苗"母题)与人间界("通过经商可以发财"的母题)的能量,同时将这些能量还给社会或自然,这种意义上来讲,他们也参加了自然循环的过程。

相对来说,第一类型更对经商持肯定的态度。1—③中父亲杜兴劝结拜五位兄弟"你弟兄五位都是聪敏之人,为人在世顶好做生意","坐吃山空海要干,该要做生意赚黄金"。④《五路宝卷》中他们因同日同时出生、意气相投而结缘于兄弟关系,不难看出,结拜兄弟象征着经商过程中的合作关系,在此不难联想到明清商人行会或会馆的发达。五位

---

① 《五路宝卷》2—①,第4a页;《五路宝卷》②—3,第925页。

② 上表所看,2—②作品没有捐款。

③ 玉皇不仅控制人间界,还支配自然界,五名兄弟因放生鱼类得到玉皇认可,成为财神。

④ 《五路宝卷》1—③,第30a页。

兄弟不仅在国内(1—④),而且还到国外去经商。或在去上海的途中偶然地去了红毛国(1—①②③),或因国内政治不稳定而选择去红毛国(1—⑤);与红毛国做交易时,拿到的珍贵物品与西方自鸣钟等都表现出明清时期的海外贸易情况。国内经商(1—④)反映出当时中国各地区的特产与经济状况,从山东采购食材或药材卖到苏州山塘街,从川广地区买米卖到临平①,再从临平采购绸缎、绫罗等卖到苏州,从杭州买草鞋、雨伞与帽子再卖到苏州,从苏州采购珍贵物品卖到镇江丹徒县。这种环环相扣经商状况恰恰反映出明清江南商人经商的面貌。此外,在1—①②③里,兄弟面对狂风大作,不得不到红毛国做贸易,这表现出当时商人随时可能面临危机;1—⑤里,兄弟还对政治进行分析,积极决定去往红毛国,体现出政局与财利的密切关系。从这几点可以看出,第一类型《五路宝卷》里五路财神恰恰代表了商人阶层。

第一类型的所有作品中结拜兄弟最后销售的都是扇子,不仅是销售,还偶然将上帝赐予的金龙扇或扇子献给周武王,周国兵士则用该扇击退商国(1—⑤)。由于献上了金龙扇,所以除了财神称号以外,他们还获得了护驾将军等名誉称号。虽然第一类型没有第二类型那样捐献或放生的母题,但最终是为国家捐献自己的物品,从而得到皇帝的认可,成为"公认"的正统财神,在祠堂中受到供奉与祭祀。在功能上,第一类型五路财神的形象更满足于人类追求钱财的欲望,所谓"各家要把路头请,铜钿银子用不完"②。此类财神宝卷摆脱了伦理色彩,摆脱了做善事才能赚到钱的伦理命题。

综上所述,第一类型正面描写并肯定了商人阶层的商业行为,但他们将自己的财富献给国家,最终获得合法性,得到财神及将军的封号;第二类型对商业行为并不友好,商人要把赚到的钱不断地还原给社会及自然,才能获得自身的地位,由此才能被比君王或玉帝认可其财神或福神的地位。从功能上来看,第一类型的财神主要在于致富,而第二类型的财神不仅是致富,反而更积极参与财富的分配。

此两种类型中出现的五位兄弟各自代表着不同性质的绅商。根据历史学界的研究,19世纪末的绅商分为两种,一种是由绅士变为商人的"由绅为商",另外一种就是由商人变为绅士的"由商为绅"。明清时期商人阶层犹如第一类型的五位兄弟,通过向国家捐献来谋取地位的上升,国家财政困难时,也需要他们的帮助;这样看来,第一类型的兄弟就是由商为绅的绅商。由绅士变成商人的阶层对经商并不情愿、也不积极,但是随着清政府的重商主义政策,政府劝诱官人"由绅为商"③,也就是说"由绅为商"的绅商们如同第二类型的五名兄弟,对经商并不积极,他们仍然保持着传统绅士阶层"平素节制,广施恩泽,得人望,尽量表现出作为高层的生活姿态"④。这种形象与生活态度也体现在第二类型的父亲杜兴及其儿子即五名兄弟的形象中。

代表绅商(由商为绅)的第一类型《五路宝卷》在民间流行开来也能证明绅商的社会地位巩固了。但上流社会对绅商是瞧不起的。第一类型的主人公结拜兄弟的名字分别为杜

---

① 该地区属于杭州,如今绸缎、绫罗等物品仍然是杭州的特产。
② 《五路宝卷》1—③,第46b页。
③ 吴金成《明清时代社会经济史》,第356—357页。
④ 吴金成《明清时代社会经济史》,第349页。

平、李四(泗)、任安、孙立、耿彦。此名与《三教源流搜神大全》中五盗将军的名字相似。[1]五盗将军本来是引起混乱、沦为小偷的人物。[2]在政治立场保守的绅士眼里,第一类型中结拜兄弟也只是只知道赚钱的盗贼,将五盗将军的名字起得与五路财神相同,来讽刺变为绅商的商人。笔者在前一章曾指出《五路宝卷》的版本中只有一种刊本,抄本却有73本,从这一点可以看出,《五路宝卷》的阶层的偏向性。而且绅商(由商为绅)本身是从最底层的商人上升到最高层的绅士,所以他们也不会欢迎揭露自身过去的《五路宝卷》那样五位兄弟的身份。

但不论支配阶层愿不愿意,清末民初江南地区的《五路宝卷》之第一类型既反映了清末绅商(由商为绅)的兴起与地位上升,而且还蕴含了通过他们的帮助、所有人都能够富起来的朴素梦想。而第二类型则很好地反映出商人或商业行为所导致的"财富不均"这一社会矛盾与伦理争论,并督促他们财神(绅士)回归担任公益使命的伦理传统。

(二)财神宝卷的增长与向往致富的憧憬和警惕

韩国学者朴志炫曾经提出在民间成为神仙的三大条件:其形式条件为祠堂;其资格条件为英雄性;其内容条件为灵验性(功能性)。[3]《五路财神》之后的财神宝卷中,再没有出现过具备形式条件的财神。《大富宝卷》的主人公杜千金的祠堂并非财神祠堂,而是名为"仙人庙"的祠堂。

不管有没有祠堂,农业财神、孝子财神、女财神等丰富新颖的财神叙事与财神形象不断涌现。能够出现如此丰富的财神叙事,就是因为财神概念的外延扩大。财神不再是五路财神那样对人施以福泽或财物的神,而是更近乎称呼一个拥有很多财富的人。特别是《夏良惠》[4]中的夏良惠生前已被称为活财神,这种称呼传达的是对获取大量财富之人的一种敬畏感。

财神叙事的增加与18世纪矿产开发及国家的稳定货币政策有关,人们认识到除了土地以外,货币也是一种稳定的财富手段。[5]《大富宝卷》的杜千金获得了刻有自身名字的银子,《夏良惠》的主人公夏良惠只要挖地就会出来银子,这都体现出当时社会银币的丰富。甚至给传统故事或民间故事加上与银子或金银等财宝相关的母题,就变成财神宝卷。例如《孝子财神》改编了二十四孝中的丁兰刻木故事,加上了玉帝为了回报丁兰的孝行,让五福财神下凡送给他"万两黄金"的情节。[6]上文提到的《金开宝卷》讲述的是一个孝妇得善报故事,与传统"孝媳得善报"类型故事不同的是善报中多了钱财一项。如此,不但财神的概念外延扩大,而且银子被看作新型致富的手段,同时财神叙事与财神宝卷的数量增加了。

随着如此社会环境的变化,明清时期出现了赚大钱的人物,他们被称为"财神",人们

---

① 在《三教源流搜神大全》里五名兄弟的名字是杜平、李思、任安、孙立、耿彦正。转引于吕宗力《中国民间诸神》,第559页。

② "五盗将军者,即宋废帝永光年间五盗寇也。于一方之地作乱为盗",转引于吕宗力《中国民间诸神》,第559页。

③ [韩]朴志炫《中国民间信仰的成为神格:对〈太平广记〉神部故事的人物神的分析》,《中国文学》2007年第51辑。

④ 《夏良惠》的故事情节如下:夏良惠倒卖白米途中被吹到了镇江金山寺,误会之中答应施舍千两白银。到了约定日期,无计可施的夏良惠偶尔从地下挖出一把钥匙(或簪),这是上帝赐给他的可以掘出银钱的神奇钥匙。此后,夏良惠用钥匙挖钱建房子、买断江南一带的所有港口、整个村落、江西所有的瓷器。玉帝命太白金星惩治夏良惠,太白金星化身为船夫,向夏良惠索要船费,夏良惠没带船费,他想用钥匙掘开船底拿钱,结果船沉人亡。

⑤ 理查德·冯·格兰参照于上文注释;吴金成《明清时代社会经济史》,第621—625页。

⑥ "刻木为父母,供奉胜生亲,弃妻后复和,天赐万两金。"《孝子财神》,第16a页。

对其抱有憧憬,也希望自身能够像他们一样赚大钱,财神宝卷中反映这种情况的代表作就是《夏良惠》。

表3 《夏良惠》

题目	身份	致富消费的过程	财物	地位	祠堂
夏良惠①	白米倒卖商人(父母崇拜财神)	倒卖白米(A)—镇江金山寺约定施舍(B)—金山寺僧侣要求施舍金(C)—万能簪的发现施舍(D)—从木材商那里购买木材(E)—木材商学夏良惠,结果受伤(F)—烧香(G)—购买码头(H)—购买村落(I)—购买器皿(J)—太平金星向他要求船费,却因为他没有一枚铜钱导致死亡。	发现只要挖土便会出钱的钥匙或簪	玉皇大帝赐予财神地位	无提及
夏良惠②	三代祖宗积德	A—B—C—D'(钥匙)—E—F—G—H—I—J—K			

如表3所示,夏良惠的"致富与消费的过程"是中心内容。夏良惠与《五路宝卷》或《掘藏宝卷》的主人公不同,其到死为止,从未做过任何捐献、公益活动、保卫国家等事。《夏良惠》的叙事也与其他财神宝卷不同,叙事焦点集中在大胆消费之上。如上11个题材中E、H、I、J等4个母题是重点描写夏良惠购买何物、如何购买、多大规模:购买江南107个码头或购买土地几万亩,来为子孙们建造自己的村落等,[①]这些描写都让读者敬而远之。也就是说,《夏良惠》的叙事反映的是一般人对致富之人的憧憬。赚了这么多钱,却只将钱财用在为了自身好好休息而买码头、为了子孙购买田地、为了炫耀自己的财富而将江西地区所有的器皿买回来。这与前面提到的《五路宝卷》中的五名兄弟及《掘藏宝卷》的富氏不同,丝毫没有回馈社会,就此可以看出《夏良惠》所反映的世界观。夏良惠最终因为在船上无法交出一枚铜钱而导致死亡,这一结局又很好地体现出财富或物质带来的虚无感。在所有财神叙事中,夏良惠消费最多,也拥有最多钱财,却为区区一枚铜钱而死,其间的落差给人强有力的冲击,夏良惠的角色很好地展现出财富的虚无感,因此他才能够被玉帝认可为财神。

以上我们通过几个例子,可知明清社会变化的背景下,出现了大量以致富为题材的财神宝卷。但这一时期财神形象与叙事之所以大量增加,并不是因为明清时期的人们尤其贪财并梦想"致富",而是整体社会生产力提高,加之用货币推进人们生活能力的情况越来越普及,体现出追求幸福与利益的人之本性。同时又从《夏良惠》的主体意识中可以看出欲警惕财富带来的虚无。

(三)封建潜意识与生存型致富

财神宝卷叙事中的致富过程存在一定的规律,尤其是偶然型、因果报应型、命运型财神都未能很大程度上脱离封建的秩序。[②] 这些财神叙事的主人公都没有单独的祠堂,处于窘迫的处境或社会地位低下。对于这些主人公来说,致富意味着脱离窘迫的处境。这类财神宝卷

---

① "码头买到一百零七个",《夏良惠①》,第14b页;"共计二万有余亩"《夏良惠①》,第13b页。

② 但是以主导型财神为主人公的《五路宝卷》主要展示清末民初的社会变化。

并非只是单纯地表现社会底层对物质的欲望,而是展现出人们讴歌人生的平凡朴素的梦想。

1.偶然型财神:祖先赐予的礼物

下表罗列了属于偶然型的《飘洋聚宝卷》①《一本万利宝卷》②中成为财神的过程的母题。

表 4　偶然型《财神宝卷》

题目	身份	主要母题	财物	地位	祠堂
飘洋聚宝卷①	贫穷年轻书生	贫穷与母亲的病(A)—将母亲的手镯典当(B)—在古董店买画(C)—在家里找到与之匹配的画,并敬拜(D)—发现画中珍珠(E)—将珍珠典当后尝试海外贸易(F)—船上得了病(G)—被孤立在岛上,并与野人婆联姻(H)—与儿子一起偷窃野人婆的宝物回家(I)—祭祀野人婆(J)—儿子考取状元(K)—公益捐献(L)	1)从画中得到的珍珠 2)夜明珠等各种宝物及人参	聚宝财神	无提及
②		A—B—C—D—E—F—G—H—I—J'(救活野人婆,按照周礼法度联姻)—K—L		无	
一本万利宝卷①	无父无母的年轻人(战国时期神仙的后裔)	极具穷困与试图自杀(A)—通过观相师得知祖辈留下来的铜钱的用处(B)—摇晃铜钱,念咒语,折磨龙宫(C)—通过龙王的帮助得到婚姻与宝物(D)—番王之乱(E)—用铜钱评定乱局(F)	婚姻/龙宫的宝物	君王任其为镇国定番二齐王	
②		描写祖先的事迹—A—B—C—D—E—F'(上界的帮助)		玉皇大帝任其为聚宝大财神	
③		A—B—C—D—E—不明		不明	

表4的《飘洋聚宝卷》《一本万利宝卷》及上文的《夏良惠》都属于偶然型财神。他们并没有为致富做任何努力,却突然遇到致富的机会。诸如《夏良惠》中后院的钥匙或簪,《飘洋聚宝卷》里画中得到的珍珠和生活在孤岛上的野人婆的宝物,《一本万利宝卷》中祖先传下来的铜钱等。除了宝物,偶然型《财神宝卷》的共同点都是拥有可炫耀的伟大祖先。夏良惠的祖先三代积德或虔诚敬拜财神,《飘洋聚宝卷》中的王氏出生官宦之家,虽然贫穷,却不弃读书,卖了母亲的手镯买来的并非白米,而是神仙画卷,由此来间接地暗示王氏拥有符合其阶层身份的极高眼光。他的母亲周氏持有手镯与神仙画卷,这体现出他们过去的荣华。最后《一本万利宝卷②》中仔细描述了他的祖先万仙祖得道后,用高明的法术与王禅老祖争夺铜钱的故事。万仙祖将上界神仙们的人脉及高明的法术如实传给了孙耀宗,使他得到上界神仙的帮助,平定了国家乱局。这些叙事的安排都暗示了他们看似偶然得到的致富机会,其实是由于其祖先的阴德而获得的。他们处于社会的低级阶层,其中还

---

① 《飘洋聚宝卷》的故事情节如下:穷困书生典当母亲的手镯以度日,却在无意间买下一幅神仙画卷。母子二人向画中神仙祭拜,画上掉下珍珠。书生把珍珠卖掉,漂洋过海外出经商。后身患疾病被留在孤岛上,与岛上的野人婆成婚,生有二子。趁野人婆外出之际,书生偷了野人婆洞中的各种宝物,回到了家。

② 《一本万里宝卷》的故事情节如下:宋朝孙耀宗是战国孙兆年的后裔。十八岁时父母双亡,贫困交加,只剩下祖上留下来的一枚铜钱。孙耀宗的祖先(万仙祖或孙兆年)化作观相家告诉他铜钱有神奇功能。孙耀宗在海边摇晃铜钱念咒语,迫使龙王给他各种宝物并将鲤鱼丞相之义女嫁他。后西番国叛乱,朝廷招贤纳士,孙耀宗应招击退了西番国。

包括没有什么发言权的女性。

2.因果报应型及命运型财神：弱者的伦理

①贫困人群守住伦理

表5介绍了本文分类为因果报应型财神的《孝子财神》《汉招财》①《富贵宝卷》②《农业财神》③。与上面介绍的主导型、偶然型宝卷不同的是，因果报应型宝卷添加了"助力者"这一项。

表5 因果报应型《财神宝卷》

题目	主人公身份	获取财物的理由	助力者	获取的财物或恩泽	其他恩泽	职位/功能	祠堂
孝子财神	樵夫	孝心	太白金星	在山上获得皮箱，从里面获取五言诗及银子	子孙及他们的状元考举	孝子财神，升天后拜见世尊	无提及
汉招财	渔夫	a 孝心 b 助于龙王女儿	龙王	a 与龙王之女联姻 b 龙宫华丽的生活 c 龙宫的宝物		财神/向众人施舍财物	
富贵宝卷	商人	助处于困境的人们	关羽手下的财神	a 江下藏有金银财宝的七色布袋 b 夫人 c 家下面七个银子缸		在上界得到神格的地位，子孙成为财神。	
农业财神	农民	虔诚拜祭财神	路头菩萨（五路财神）	不识之人代替他农事，白米堆积如山。	子孙作为乡绅	农业财神，成为蟠桃会的一员。	

如表5《孝子财神》与《汉招财》的主人公都忠实于儒教的传统孝道，继而得到财物被封为财神作为相应的回报。《汉招财》的主人公邱金能娶龙女为妻，就是因为尽孝的缘故："你父母享寿归天了，汝人间大孝之子，又有阴德感动天庭，将龙女为妻。"④他将通过龙女获得的财物，都埋在地下，自己却选择自尽，这一举动又感动了上天，进而得到了财神之位。这类因果报应型财神宝卷的主人公都是传统伦理的守护者。此外，《富贵宝卷》的主人公自父母离世后，靠卖东西勉强过日，《农业财神》的主人公在财神的祭祀上只能摆放几个蔬菜，这些宝卷中的主人公都是平凡贫穷的低层身份。他们一直坚守供养父母、助人为

---

① 《汉招财》的故事情节如下：贫困潦倒、外貌丑陋的年轻人丘金靠打鱼来供养父母、维持生计。一个偶然的机会搭救了龙王的三公主，龙王遂将公主嫁他。三个月后丘金回到人间，但百年已过，父母已逝。丘金向公主求助，海里冒出很多宝物，丘金将宝物埋在地下，自己却跳海自杀。龙王上奏东岳泰山神，丘金被封为招财进宝神。

② 《富贵宝卷》的故事情节如下：一个年轻商人听观相家说他有由穷变富的命运。后来因为慷慨解囊救了被逼卖女的一对夫妇积了阴德，意外地获得了一个装满金银财宝七色布袋。那对被搭救的夫妇报恩，将女儿嫁给他。丈人与女婿一同改造新家时，又发现七个银坛子。随后家中所有人都开始修行，死后得到天界的神职。这个商人的儿子与女儿各被封为招财童子与利市仙官。

③ 《农业财神》的故事情节如下：一个穷困的农夫过年时只能用蔬菜来供奉财神。财神路头菩萨深受感动，化作帮工帮他做农活。农夫家米粒堆成山，迅速致富。农夫发家之后处处行善，城隍神将他的善举上报玉帝，玉帝赐他子孙承恩，世世代代都为乡绅。

④ 《汉招财》，第31b页。

乐、敬拜神仙的人生伦理,必须在助力者的帮助下才能实现发财致富的梦想。也就是说,偶然型宝卷的主人公是受到祖先暗中的帮助,因果报应型的主人公则是通过神的帮助实现致富的。如此看来,当时抄写此类因果报应型财神宝卷的低级阶层的人们,并非期盼如《夏良惠》般荒诞无稽地一获千金,而是只希望拥有一个脱离贫困、供养父母、助人为乐、敬拜神仙的平凡人生。

　　② 女性对命运力量的肯定

　　《财神宝卷》中主人公为女性的只有《大富宝卷》①与《女财神宝卷》②。这两种宝卷中的主人公都经历了被直系亲属逼迫离开家门的命运。《大富宝卷》中的杜千金在毫无过错的情况下,被丈夫赶出家门。《女财神宝卷》中的陶美玉就因为跟父亲意见不合,被赶出家门。表 6 是两种宝卷的相关内容。

表 6　命运型《财神宝卷》

题目	主人公身份	成为财神(富人)的理由	财物	地位/恩泽	祠堂
大富宝卷	渔夫之女杜千金	命运(丈夫的压迫)	从破窑里发现的钱财。钱上写着杜千金的名字	女财神/子孙的成功	仙女庙
女财神宝卷	富家女陶美玉	命运(父亲的压迫)	在凶宅一获千金	女财神/子孙的成功	无提及

　　有趣的是他们在被赶出家门的窘境中,竟然丝毫没有抱怨,《女财神宝卷》中的主人公陶美玉公然向父亲提出"各人各福,各人各财,各人头上有方天"③这样的见解。陶美玉对命运的立场是贯穿整个作品的主题。"天运循环,勿要搭人争,只要搭命争"④,她们从丈夫或父母的家中出来,发了大财,在社会上也取得了巨大的成功。展现在陶美玉与杜千金面前的致富机会,就如对她们遭受过的窘境的补偿。这看似暗示着女性只要乖乖顺从天命,就会得到幸福。

　　如此,偶然型财神宝卷的主人公都是靠着祖上积德来致富,而以社会地位低下的阶层为主人公的因果报应型或命运型宝卷的主人公,都是靠坚守社会伦理、顺从命运来得到致富机会。由此可看出江南地区的财神宝卷,并没有脱离当时封建社会要求的社会伦理机制。在明清社会生产力整体提高的过程中,财神宝卷承载着低级阶层对于生存与生活福祉的朴素梦想,而这种梦想无法脱离封建社会的伦理体制。

---

　　① 《大富宝卷》的故事情节如下:女财神下凡的杜千金嫁给了破败星下凡的熊子贵。熊子贵嫉恨杜千金,将她赶出家门。杜千金听凭命运的安排,落脚在贫而能孝的陈身厚家。很快,杜千金在破窑里发现了写着自己名字的金银,陈家大富。与此同时,熊子贵已将家产败光,并卖掉了儿女。杜千金将落魄的熊子贵带回家,让他看管猪圈。熊子贵穷贱之命无法改变,不久被跌死在猪圈之中。杜千金找到儿女后共同修行,三人成为神仙,白日升天。人们在她住过的地方建起了杜仙庙来纪念她。

　　② 《女财神宝卷》的故事情节如下:明代扬州富人陶百万有三儿一女。陶百万自认为是他给家中的创造了富足的生活,小女儿陶美玉(《岁朝逼嫁》中是陶美月)却说各人靠各人的福气。陶百万一气之下将女儿配了一个乞丐,赶出家门。陶美玉夫妇得到五路财神的帮助,在一所闹鬼的凶宅中得到许多宝物(这些宝物本就是陶美玉命中所有),由此发家致富。后来陶美玉生了三个儿子,三子还考中了状元。

　　③ 《女财神宝卷④》,第 5a 页。

　　④ 《女财神宝卷②》,第 18b 页。

三、结语：致富与财富分配

本文以江南地区清末民初的 11 篇财神宝卷为研究对象，分析其叙事类型，并发掘其所蕴含的社会意义。财神宝卷的基本叙事为"致富"，笔者根据主人公致富的理由及态度将财神宝卷叙事分为主导型、偶然型、因果报应型和命运型四种类型。《五路宝卷》属于主导型宝卷，偶然型则是《夏良惠》《飘洋聚宝卷》《一本万利宝卷》，因果报应型是《孝子财神》《汉招财》《富贵宝卷》《农业财神》，命运型是《大富宝卷》与《女财神宝卷》。这些财神宝卷展现了清末民初江南社会新颖的一面：已拥有资本的商人阶层得到绅商的地位，蒙受祖上阴德的人们则通过偶然的机会实现致富，而社会弱者则坚守封建传统伦理，顺从命运；《夏良惠》还表现出当时的人们既对财富充满憧憬，又对其持有警惕之心。

17 世纪的《治国兴家增幅财神宝卷》告诉人们，只有坚守道德才能够致富。而在经历了太平天国这一大型历史事件的清末民初江南社会，已有不少人实现了致富，也有些人差一点实现却以失败告终，而对于某些人，致富也许就是无法实现的梦境。明清时期的致富叙事已不是魏晋南北朝时期石崇般仅仅是为了展现个人飞黄腾达的个别事件，这个时代多种多样的财神宝卷致富叙事，恰好能够反映出当时整体社会生产力的提高，尤其是《五路宝卷》的五名兄弟为代表的新型社会权力阶层的兴起。

在这里，我们有必要总结一下财神的功能。财神宝卷的主人公不仅实现了致富，还要想方设法将自身的财富广施大众才算得上尽职尽责。财神宝卷的主题不只是"致富"，它暗示着分配财富的正当性。《五路宝卷》类型一的主人公以五路将军的形象，《一本万利宝卷》的孙耀宗以番王为对象守护了国家。此外很多作品的结尾都讲述了主人公如何向公众做了有益的活动，以该活动为前提条件，他们才能够成为财神。当然也有如夏良惠般挥金如土、大肆消费的致富者，但是夏良惠的存在实质上是从反面提醒人门对财富要警惕。

除了主导型以外，偶然型、因果报应型、命运型财神宝卷的主人公的致富都受益于财神们的恩惠。大多数财神宝卷讲述的其实是财神的施恩行为。尤其是《五路宝卷》代表了绅商这一新兴阶层，同时展现了他们所应承担的社会职责，从而间接呼吁他们这一阶层要分配财富，捐给社会。也就是说，贯穿所有财神宝卷最中心的主题意识就是财富的分配。

本文不再将清末民初的江南财神宝卷看作讨论因果应报的古板的伦理教科书，认为这不仅仅反映出当时社会的"财富积累"现象，更多地反映了"对财富的分配与其方法""对财富的观点"等当时最热烈的社会争论。清末民初江南地区的财神宝卷并没有极度依赖神带给人类的不可解性或偶然性，而是在民众的思考和实践中自然生成的，这一点反映出"神格"近代化的一面。

许允贞：韩国首尔大学　讲师

财神宝卷的形式及其社会意义：以清末民初宝卷为中心

王维《送元二使安西》歌乐传唱研究①

游素凰

前　言

《送元二使安西》一诗创作年代,因无确切文献资料,推估可能是在王维青年时期为官以后,中年信佛之前的诗作。送元二地点在渭城,而渭城距长安仅三十里,故此诗可能是王维任职长安时期的作品。安西都护府,治所在龟兹城(今新疆库车)。渭城,故咸阳城,汉高祖时更名新城,武帝时更名为渭城,在今西安西北,渭水之南;唐朝时,从长安往西行者,多在此送别。阳关,旧址在今甘肃敦煌西南,因位居玉门关南面,故称阳关,为汉地通西域的关口。

唐朝为拓展疆域,勤于边功,用兵频仍,士兵或官员一旦被派遣西域等边疆区域,即生死难料。当代诗人在封建思想之压迫下,不敢正面地对征戍提出抗议,但目睹此种哀情却又让人愤恨不平,只好把此种哀怨、不满心思发抒于诗文。而王维面对好友外调远方安西都护府,更是无法抑制情绪。从此一别,不知何年何日才能再相逢,生死亦未能卜,这样的送别既沉重又哀怨。王维为表达此种依依不舍之情,在饯别时将这首离别氛围浓厚的《送元二使安西》作为赠别。全诗如下:

> 渭城朝雨浥轻尘,
> 客舍青青柳色新。
> 劝君更尽一杯酒,
> 西出阳关无故人。

此诗,因从容自在、情真意挚,且风味别具,而被后人誉为唐人七绝的压卷之作。② 其用字简单、平淡、自然,而且口语化。油然流露的对好友衷心祝福之情,动人心弦,因而传唱不绝。明胡应麟《诗薮》云:

> 初唐绝葡萄美酒为冠,盛唐绝渭城朝雨为冠,中唐绝回乐峰前为冠,晚唐绝清江一曲为冠。③

在唐朝时,此诗已广为流传,是经常被歌唱的送行之曲。由于平易、自然,所以流传千

---

①　本文发表在 2013 年 8 月 23—24 日"乐府学会成立大会暨第四届乐府歌诗国际学术研讨会"。曾刊载于吴相洲主编《乐府学》第 9 辑,社会科学文献出版社,2014 年 4 月,页 157—176。

②　王士祯《带经堂诗话》,收于《续修四库全书·集部·诗文评类》,卷四,第 17 页,上海古籍出版社,据清道光十三年吴江沈氏世楷堂刻昭代丛书甲级本影印原书版。

③　胡应麟《诗薮》(二),广文书局影印台湾图书馆珍藏善本书稿,第 338 页。

载仍受喜爱,且是爱不忍释的。李东阳《麓堂诗话》中,对于王维此诗如此说道:

> 作诗不可以意徇辞,而须以辞达意。辞能达意,可歌可咏,则可以传。王摩诘"阳
> 关无故人"之句,盛唐以前所未道。此辞一出,一时传诵不足,至为三迭歌之。后之咏
> 别者,千言万语,殆不能出其意之外。必如是,方可谓之达耳。[①]

此诗表达诗人对其友人的殷勤劝酒,及离别当下依依不舍的深情,温婉含蓄。故后人采用"一迭""二迭""三迭"的唱法,一再反复吟唱。纵使至今,仍脍炙人口。

《送元二使安西》以《渭城曲》之名开始入乐歌唱,又名《阳关曲》《阳关三叠》《阳关操》等,其由诗入歌,再由歌入曲,传唱迄今。王维的《送元二使安西》这一首诗,能够由诗转为歌曲,传唱不辍,究竟在其流传期间,产生了哪些现象?以下将其历代流传概况,简要叙述之。

一、《送元二使安西》乐曲之流传与演变

(一)曲名之演变

《送元二使安西》诗中送别地点为渭城,故又称《渭城曲》。刘禹锡《与歌者何堪》诗云:"旧人唯在何堪在,更与殷勤唱渭城。"由此诗可知,《送元二使安西》曾称作《渭城曲》。

宋秦观云:"渭城曲绝句,近世又歌入小秦王,更名阳关曲,属双调,又属大石调。"可知,渭城曲因原诗中之名阳关,又称为《阳关曲》,且已合宫调而歌唱了。又如晚唐诗人李商隐的诗:"红绽樱桃含白雪,断肠声里唱'阳关'。"从以上可知,唐朝时期,已称作《阳关曲》。

王维此诗,因一时传诵不足,以致为三迭歌之。因此《阳关曲》之歌唱方法,将全曲分三大段,以一个曲调为基础进行变化反复,迭唱三次,故称"三迭"。然,传唱至宋代,宋人已不知三迭的唱法,《东坡志林》谓:"旧传《阳关》三迭,然今世歌者,每句再迭而已。若通一首言之,又是四迭,皆非是。"[②]从苏轼这段文字,可见《阳关曲》在宋朝其唱法已有所争议。

后人又将《阳关三叠》当作乐曲名称,显然是以歌唱法为歌名。元燕南芝庵《唱论》:"凡唱曲有地所:东平唱木兰花慢,大名唱摸鱼子,南京唱查子,彰德唱木斛沙,陕西唱阳关三叠、黑漆弩。"[③]此外在《阳春白雪集》中,也提及大石调《阳关三叠》。由以上可知,元朝已经有以"阳关三叠"为歌曲名称的《阳关曲》。

除前述《渭城曲》《阳关曲》《阳关三叠》等名称之外,明朝谢琳、杨抢所著《太古遗音》,称作《阳关操》[④];清《希韶阁琴瑟合谱》[⑤]称为《小阳关三叠》;《重修真传》则称《秋江送别》等。再,今人黄永熙[⑥]之歌乐作品,曲名称作《阳关三叠》;林声翕所编合唱曲,称之为

---

① 李东阳《麓堂诗话》;李东阳著、李庆立校释《怀麓堂诗话校释》,人民文学出版社 2009 年版,第 45 页。
② 苏轼撰、王松龄点校《东坡志林》,卷七,中华书局 1981 年。
③ 燕南芝庵《唱论》,《中国古典戏曲论著集成》第一集,中国戏剧出版社 1959 版,第 161 页。
④ 杨抢编《太古遗音·阳关操》,台湾图书馆影印(明)金陵杨氏刊本,盘式缩影卷片资料。
⑤ 黄晓珊辑《希韶阁琴瑟合谱》,清光绪年间刊本。
⑥ 黄永熙(1917—2003),作品《阳光三迭》《怀念曲》《斯人何在》等艺术歌曲,脍炙人口,传唱至今。参杨兆祯编《中国艺术名歌选》第一集,文化图书公司 1987 年版,第 143—145 页。

《渭城曲》①；河洛汉诗吟唱专家张薪传老先生，②亦称《渭城曲》；当代知名作曲家周文中则有钢琴作品，名之为《柳色新》。③ 类此几种名称，今人大多数仍沿用之，并不因出现新曲名称而废弃原名，形成"同曲异名"现象。

（二）历代流传概况

《阳关三叠》流传甚广，特别是常用于送别的离情场合。其送别对象，也由唐代王维对元二男子送男子之别情，增加为运用在女子送女子，或男女互道离情。如宋苏东坡："但遣诗人歌《枨社》，不妨侍女唱《阳关》。"④即为女子歌唱阳关，相互道别之例。明汤显祖《紫钗记》中，霍小玉与李益别离时，霍小玉唱"怕奏阳关曲，生寒渭水都。"⑤，则又代表男女间别离之情。

由于吟唱对象的扩增，该曲因而广泛传唱，历久不衰。所影响的层面，也因时间、空间与传播媒体的不同而不断复杂化，范围则愈传愈广。现就历代流传与变化情形，简要叙述如下：

五代诗人陈陶的《西川座上听金五云唱歌》⑥："愿持卮酒更唱歌，歌是伊州第三遍，唱着右丞征戍诗……"，可见《渭城曲》在五代时期，仍未被人遗忘。宋朝诗人李清照于《凤凰台上忆吹箫》也提到"千万遍阳关也则难留"；而苏东坡不但以前述之诗，表达当时侍女演唱该曲情况，且以"乐府"形式写了以《阳关词》为题之七绝三首。⑦ 另，在无名氏小令《古阳关》中开始加字，更以"词"的面貌出现。寇准的《阳关引》⑧："塞草烟光阔，渭水波声咽。春朝雨霁，轻尘歇、征鞍发。指青青杨柳，又是轻攀折。动黯然、知有后会甚时节。更尽一杯酒，歌一阕。叹人生，最难欢聚易离别。且莫辞沈醉，听唱阳关彻。念故人、千里自此共明月。"这首离别词，运用王维《渭城曲》诗句，其情景与场景，表达作者深深的惜别之情，仿佛唐人王维神魂之再现。

至元朝，由前芝庵《唱论》可知，元朝虽为异族统治，但《阳关三叠》一曲仍流行不衰。及至明朝，《渭城曲》除了大量以古琴演奏外，在歌词、歌曲上亦多有加工；如前所述，被汤显祖引用为戏曲《紫钗记》之出名。至清朝，除历代各种曲谱仍流行外，也开始有合奏方式演奏阳关三叠，如：黄晓珊之《希韶阁琴瑟合谱》、李芳园所编《弦索十三套》中均有合奏方式之《阳关三叠》⑨，《九宫大成谱》《碎金词谱》中亦收录有《阳关曲》。

民国以后，《琴学入门》⑩中之《阳关三叠》，改编为各种国乐器演奏，亦有改编为合唱及西洋乐器演奏，如：小提琴、钢琴等，经常在音乐会上被演奏。如：前述黄永熙创作的

---

① 林声翕(1914—1991)，跟从萧友梅习和声，随黄自习作曲。《渭城曲》参见《林声翕作品全集·歌乐篇》，乐韵出版社 1993 年版。

② 张薪传老先生，精研河洛汉诗，前台北文山吟社社长，热心于河洛汉诗之薪传工作，现居台北市。

③ 周文中之钢琴曲作品《柳色新》，创作于 1957 年，标题取自王维原作之诗句。

④ 苏轼七言律诗《次韵王雄州还朝留别》。

⑤ 《紫钗记》第二十五出，《折柳阳关》。

⑥ 陈陶《西川座上听金五云唱歌》，《全唐诗》，卷七百四十五；参见曹寅编《全唐诗》电子资源，黄山书社 2008 年。

⑦ 苏东坡阳关词三首《阳关词·赠张继愿》《阳关词·答李公择》《阳关词·中秋月》。

⑧ 刘石主编，清华大学中文系《宋词鉴赏大辞典》编写组编《宋词鉴赏大辞典》，中华书局 2011 年版，第 5—6 页。

⑨ 《弦索十三套》即《弦索备考》，荣斋等编，为器乐合奏谱。全书六卷，以工尺谱记写，共十三套乐曲，故称《弦索十三套》。《阳关三叠》为其中乐曲之一。今人译为五线谱，学艺出版社 1982 年版。

⑩ 张鹤编、陆琮校刊《琴学入门》，民国间影印本，时地不详。

《阳关三叠》歌曲,由杨兆祯先生编辑为中国艺术名歌之中,因此传唱于台湾各级学校;王震亚编配的《阳关三叠》[①],根据夏一峰之古琴曲传谱,亦传唱海峡两岸;戴金泉又将之改编为合唱曲,名作《阳关曲》,分三段,各段渐次发展,情绪转折细腻,曲意绵长悠远。[②] 旅美中国作曲家周文中的《柳色新》一曲,受到王维诗作《送元二使安西》之启发而作,他将原始素材的种种变化,编织进钢琴的全部音域,融合书法笔触般的运动,经扩大后所反映出的声响,一并绣入此钢琴作品中。[③]

《送元二使安西》以《渭城曲》之名开始入乐歌唱,又名《阳关曲》《阳关三叠》《阳关操》等。其由诗入歌,再由歌入曲,自唐朝迄今一千余年仍传唱不已。究竟什么因素,使得王维的《送元二使安西》这一首诗传唱不朽?以下将针对几项元素进行探讨。

二、《阳关三叠》之迭法

阳关三叠原诗《渭城曲》本为四句,演变为三叠。为何要叠,以及如何叠法?均关乎《送元二使安西》转换为歌乐传唱缘故。

(一)"迭"唱之缘由

1. 诗词意境的呈现

明朝田艺衡说:"迭者,重也、堕也、明也、积也。"[④]所谓"迭"也就是重复之意。重复的方式,可分部分重复、全部重复两种。一般而言,重复之目的乃在强调其重要性,突出效果,进而加深印象。若其气氛原为喜悦,重复后,会更加喜悦;若原为哀伤,重复后,则更加哀怨痛绝。

"曲奏三终""箫韶九成"[⑤]皆言古乐重迭成曲。《诗经》以三章为一首,亦然。此亦南北曲之"么篇"与"前腔"也。

近人,黄永武《中国诗学·设计篇》[⑥]谓:

> 重复的节奏能表达繁琐忙碌、心烦虑乱、铺张夸大、历久不懈,咏叹无穷等情态。……可见复迭的节奏,能使咏别者的千言万语,临岐者的缠绵深情,宛转凄戚,唱叹无穷。

田艺衡在《阳关三叠图谱》书中也提到:

> 三迭者,一歌不足以尽其情,故必至再而至三,犹瑟之有三调,笛之有三弄,鼓之

---

① 王震亚编配、夏一峰传谱《阳关三叠》一曲,收录于成明主编《中国声乐作品选集》,乐韵出版社 1994 年版,第 84—88 页。又见于张畴主编《中国艺术歌曲选集》,上海教育出版社 2007 年版,第 64—69 页。

② 戴金泉《阳关曲》合唱演出,请参见网址:http://www.youtube.com/watch? v=lldyehaFnFI。

③ 《柳色新》一曲演出,恰逢作曲家周文中先生 90 岁庆生音乐会,在台湾由"台北市立国乐团"办理,于 2013 年 10 月 20 日台北市中山堂中正厅,由诸大明先生担任钢琴演奏。

④ 田艺蘅《阳关三迭图谱》,收入周维德集校《全明诗话》,齐鲁书社,第二集第 1520 页,台湾大学藏书,出版时间未载。

⑤ 音乐之三终,即三度奏乐。《仪礼·燕礼》:"笙入三成,遂合乡乐。"郑玄注:"三成,三终也。"《礼记·乐记》:"且夫《武》,始而北出,再成而灭商,三成而南。"郑玄注:"成,犹奏也。每奏《武》曲一终为一成。"

⑥ 黄永武《中国诗学·设计篇》,巨流图书公司 1976 年版,第 191 页。

有《渔阳三迭》也。①

该书《絮沾泥》中更把迭唱之情境表达得淋漓尽致：

> 一迭兮酒行频，再迭兮泪沾巾，三迭兮肠欲断，四迭兮摧征轮。客邸谁相亲，柳枝孤负春。要知巫峡猿啼苦，只听阳关无故人。②

上述黄永武与田艺蘅，亦纷纷解释重复唱节奏、旋律之"迭"的意义，其效果用于别情，更能表达依依不尽的情意。复迭的节奏，能使咏别者的千言万语，临岐者的缱绻深情，宛转凄戚，唱叹无穷。《阳关三迭》之"三迭"，因歌不足以尽其情，故必至再而至三，犹瑟之有三调，笛之有三弄，鼓之有渔阳三挝也。因《渭城曲》诗已具有浓郁别离气氛，经过一再迭唱之后，更加强其离别的氛围，而让人感受到泪欲滴、肠欲断，回环不散，依依不舍之离别情愁。

2. 音乐表达之需求

元、白之前，唐太宗、高宗、中宗、玄宗等人，都提倡音乐和喜爱诗歌。然，初盛唐时期的乐府诗作品，具独立的文学价值，它们完全摆脱音乐而均未入乐。③《全唐诗附录》中也说：

> 唐人乐府原用律绝等诗，杂和声而歌之。

因乐府律诗绝句，格律有定，难以直接入乐，因而经常添加衬字及重迭绝句以合乐。王圻《续文献通考》论歌曲，谓：

> 王维渭城曲绝句亦有散声，谓之阳关迭。④

此处的散声，即是曲中增加余字，或每句迭唱其绝句，以成回环复沓之妙。

又，方成培《香研居词尘》曰：

> 唐人所歌多五、七言绝句，必杂以散声，然后可比之管弦，如阳关诗，必至三迭而后成音，此自然之理。后来遂谱其散声，以字句实之，而长短句兴焉。⑤

由以上叙述可知，迭唱是为音乐发展所需。因为绝句或律诗的字句太过整齐，有时须杂以和声、散声才能成为音乐，以表达完美的情境。

(二)各种迭法

自唐以来，阳关曲迭唱方式随文人或歌者而异，各具特色，故产生多种不同迭唱方式。以下，依金信庸整理分四类概述之。⑥

1. 第一类：每句全部或部分反复两次，共吟唱三次而称三迭者。

例一、每句三唱：

> 渭城朝雨浥轻尘，渭城朝雨浥轻尘，渭城朝雨浥轻尘，(迭)

① 田艺蘅《阳关三迭图谱》，收入周维德集校《全明诗话》，齐鲁书社，第二集第 1520 页。
② 田艺蘅《阳关三迭图谱》，收入周维德集校《全明诗话》，齐鲁书社，第二集第 1526 页。
③ 李祥春主编《乐府诗鉴赏辞典》，中州古籍出版社 1990 年版，第 8—9 页。
④ 王圻《续文献通考》，元明史料丛编，第 1 辑，第 11 册，影印明万历刊本，文海出版社 1984 年版。
⑤ 歙西方成培仰松述《香研居词尘》，《百部丛书集成·读画斋丛书·4》，第一卷，据嘉庆顾修辑刊读画斋丛书本影印，艺文印书馆 1968 年版，第 1 页。
⑥ 金信庸《"阳关三迭"古曲之研析》，台湾师范大学音乐研究所硕士论文，1987 年，第 28 页。

客舍青青柳色新,客舍青青柳色新,客舍青青柳色新。（迭）

劝君更尽一杯酒,劝君更尽一杯酒,劝君更尽一杯酒,（迭）

西出阳关无故人,西出阳关无故人,西出阳关无故人。（迭）

以上,每句重复两次,以每句唱三次而称为三迭。

例二、阳关飞花滚三迭:

渭城朝雨,渭城朝雨浥轻尘,浥轻尘,（迭）

客舍青青,客舍青青柳色新,柳色新;（迭）

劝君更尽,劝君更尽一杯酒,一杯酒,（迭）

西出阳关,西出阳关无故人,无故人。（迭）

以上,每句分作两部分,前四字、后三字分别重复于各句前后,形成一句唱三次而称作三迭。

例三、一串珠三迭:

渭城朝雨浥轻尘,朝雨浥轻尘,浥轻尘,（迭）

客舍青青柳色新,青青柳色新,柳色新;（迭）

劝君更尽一杯酒,更尽一杯酒,一杯酒,（迭）

西出阳关无故人,阳关无故人,无故人。（迭）

以上,因各句分作两次减字重复迭唱,每句亦唱三次而称作三迭。

2.第二类:其中三句因各反复成迭,共迭三次而称作三迭。

例一、古本阳关三迭:

渭城朝雨浥轻尘,

客舍青青柳色新,客舍青青柳色新。（迭）

劝君更尽一杯酒,劝君更尽一杯酒,（迭）

西出阳关无故人,西出阳关无故人 。（迭）

以上,第一句不迭,其余各句每句各自重复一次,共迭三次而称为三迭。

例二:正三迭①:

第一迭重复第一句,第二迭重复第二句,第三迭重复第三句,共迭三次而称作三迭。三迭,亦指全诗共三段。

3.第三类:整首反复两次,共三段而称作三迭。

例一、同前述第二类之例二"正三迭"。

例二:连环三迭:前述田艺蘅在《阳关三迭图谱》中又云:"连环者,取其始终,循环宛转,不断之义也。"②即三迭之第一迭为原唱,第二迭则以第四句为首,第三迭以第二迭尾句为首,如此首尾相御,辘轳相续,故称作连环。

4.第四类:以歌唱法为歌名或其他。

例一、每句再迭:

---

① 杨仲揆又称其为"唐人三迭"。

② 田艺蘅《阳关三迭图谱》,收入周维德集校《全明诗话》,齐鲁书社,第二集第 1521 页。

每句皆重复一次，类似早期之领唱与和腔方式。因共迭四次，故苏东坡称之为四迭。①

例二、阳关四迭：

即前三句仅唱一次，第四句重复而为四迭。

综合上述各种不同迭法，自然产生诸多不同吟唱方式。因此，《渭城曲》入歌乐后，相关问题应运而生，下文将继续探讨。

三、《渭城曲》入歌乐相关问题探讨

音乐有其旋律，语言本身也有旋律。中国语言，含有很丰富的旋律感，韵文学的体制规律更予以美化，这种美化了的语言旋律和音乐旋律结合得越密切、融合得越无间，其声情词情就越达到相得益彰的境地。② 因此，首先针对语言旋律探讨。

（一）语言旋律

曾师永义先生就中国韵文学"曲牌"构成"语言旋律"的因素，归纳为正字律、正句律、长短律、音节单双律、平仄声调律、协韵律、对偶律，乃至语法律等八个律则。③ 王维《渭城曲》的音律标示如下：

> 渭城朝雨浥轻尘，
> 去平平上入平平
> 客舍青青柳色新。
> 入去平平上入平
> 劝君更尽一杯酒，
> 去平去去入平上
> 西出阳关无故人。
> 平入平平平去平

此诗，就体制而言，它是一首失黏的"七言绝句"。全诗二十八字、四句、每句七字，每句音节采上四下三的顿法，平仄律为七言仄起式，协韵律为首句起韵协十一真韵。前三句"四声递换"，能够灵活运用平上去入四声。于声调组合方面，一、二、四句押"平"声真韵，表现平和舒徐之声情。前二句的"轻尘""青青""新"等词语，声韵轻柔明快。后二句则写内心蕴藏的哀哀离情、浓浓别愁。第三句以连续三个仄声字，包含着对远行者处境、心情的深情体贴，包含着前行路程珍重的殷勤祝祷。末句，间或连续用几个"平"声字，描绘临别依依之丰富复杂情感。

又，明李攀龙选、日本森大来评释、花县江侠庵译述的《唐诗选评释》卷八《渭城曲》，有这样的评述：

---

① 苏轼撰、王松龄点校《东坡志林》，中华书局1981年版。"旧传阳关三迭，然今歌者每句再迭而已。通一首言又是四迭。"

② 曾永义《诗歌与戏曲》，联经出版事业公司1988年版，第1页。

③ 见曾永义《论说"建构曲牌格律之要素"》，《中华戏曲》，2011年12月第44期，第98—137页。按，曾师永义先生前揭书，第3页，原提及"七律"，后于台湾大学"戏曲研究"课程中讲授再加入"语法律"，共计为八律。

此诗平仄尤关音律之处:第一句"渭城朝雨"四字,必用"仄平平仄"。若如一般之诗律,将其第一字及第三字,拗转其平仄,作"平平仄仄"或作"仄平仄仄"时,则断不谐阳关之调。第二句之"柳色新"三字,"柳"字必用上声,若用他之仄声,则失律矣。第三句"劝君更尽一杯酒",当为"仄平仄仄仄平仄",一字不容出入,而"一杯"之"一"字必用"入声","酒"字必用上声。至第四句之平仄为"平仄平平平仄平",亦决一字不可淆乱。若不如此,则不得谓之《阳关曲》。①

综上所述,可见王维《渭城曲》之格律严密;换言之,此诗的语言旋律自然流畅,且合规律。

(二)用韵设计

王维诉说别离之情怀,不仅着意于用字意象及色彩,其层层离愁、忧伤之情的传达,更由于其音韵之表现而更为传神。此诗押的是平声韵,唐《元和韵谱》曰:

平声者哀而安,上声者厉而举,去声者清而远,入声者直而促。②

此诗平声韵表达的正是一种悲怨哀凄之情感。诗歌所押"十一真"韵,韵脚有"尘""新""人"等字,其声情平舒,发声部位最后结束在舌尖鼻音"n",此部位近似抽噎、啜泣的发音音源之处,极易于表现哀怨悲凄情绪。

《渭城曲》一诗充分凝聚了哀哀离情与浓浓之别愁,读之,令人感到凄清、唏嘘不已,酝酿着浓得化不开之离愁,唯有寄托歌唱载走离愁、化解别愁。

(三)歌乐的呈现

关于歌乐呈现的关系,曾师永义先生则归纳作五种类型:

1. 诵读。
2. 吟咏。
3. 依腔传字。
4. 依声行腔。
5. 依字定腔。③

又说道,前三种的诵读、吟咏、依腔传字而歌唱三者,可以说只在讲求语言旋律的准确呈现,并未及歌乐的配搭关系。所以"水磨调",事实上是在"以字音定腔",如此一来,方能将音乐旋律与语言旋律完全融合,不只成就了最精致优美的歌唱艺术,而且充分发挥了我中华民族语言的优美质性。④

这时的"声情"即语言所传达的旋律,"词情"即语言所蕴含的意义思想情感。它们之间自然要相得益彰。歌乐关系的终极,实在于语言情趣与所承载的旋律之融合。从而使词情与声情互为生发,而终于施以音乐旋律的衬托、渲染、描述、强化而更趋于完美。这其间实亦有赖于语言旋律与音乐旋律的相激相荡而相得益彰。

准此,举张薪传《渭城曲》传谱为例(曲谱如下),并试析之。

① 李攀龙编选、[日]森大来评释《唐诗选评释》,河洛图书出版社1974年版。
② 杨家骆主编《音韵学通论》,国学名著珍本汇刊,语言文字学汇刊之一,鼎文书局1972年版,第291页。
③ 曾永义《论说"歌乐之关系"》,第2页,2013年4月11日完稿,尚未发表。
④ 同前揭文,第16页。

渭城曲
ūi sêng khiok

作者：唐朝 王維　譜：張新傳
tsokchía tông tiâu ông ûi

渭（2） 城（23 535 3） 朝（53） 雨（53） 浥（3） 輕 塵（35 656），
ūi　sêng　tiau　ú　ip　kheng　tîn

客（32） 舍（1） 青（2） 青（5 3.535 2） 柳（216） 色　新（1）。
khek　sìa　chheng　chheng　líu　sek　sin

勸（53） 君（5 3.53 53） 更（3） 盡（3） 一（2.323 216） 杯 酒，
khùan　kun　kèng　chīn　it　pai　chíu

西（3） 出（1） 陽（2） 關（5 3.535 6——） 無（21） 故（6 1——.0） 人。
se　chhut　iông　kuan　bû　kò͘　jîn

十一真韻　韻脚：塵　新 人。

解釋：1、渭城—在中國大陸的陝西省。2、陽關—在甘肅省。

3、浥—濕潤。4、客舍—休息的客棧。5、全詩描寫王維

的朋友元二被派到新疆出差，王維一路送到渭城的心情。

台灣俗諺：在家日日好，出外朝朝難。
tsāi ka ji̍t ji̍t hó͘ chhut gōa tiau tiau lân

此曲歌词,以古河洛语吟唱。首句三个仄声字:渭、雨、浥,其音乐旋律配合字声由上往下的声调,如:雨字唱53;浥字唱53;渭字,为句首第一字,谱以2音,紧接阳平声的"城"字,其旋律亦自2音开始向上行进,那么渭字的2音,自然形成"仄声"字了。同理,第二、三、四句仄声字之音乐旋律均类此。而平声字,其音乐旋律则是由下往上行进。较为特殊的旋律安排是轻尘的"尘"字,唱35 656,其曲调仿佛清尘随风轻飘而过。第三句的"劝君更尽"四个字,以较高的5音开始,每字环绕在５３两音之中,给人有浓烈的殷勤劝酒之情。第四句末三字"无故人"的"无"字,则唱以低沉而拖长的6——音,暂息片刻,再以21 ^{6}1——唱"故人"二字,似唱出无限不舍之情,道出了无限的哀怨之意。

可见,张薪传所传之《渭城曲》,使词情与声情互为生发,其语言旋律与音乐旋律,能够相激相荡而相得益彰。

另举一首近人所谱歌曲,其音乐旋律和语言旋律之搭配,似就不是这般巧妙了。以下试析黄永熙所谱之《阳关三迭》曲谱,并以孙少茹之演唱为例①。此曲歌词共三迭,其迭法

---

①　此曲保存台湾留学意大利的著名声乐家孙少茹演唱录音。孙氏毕业于台湾省立师范学院(今台湾师范大学)音乐系,其演唱录音,详如以下网址：http://www.youtube.com/watch? v＝MrZx1fY53Xo

属前述第二类,接近于正三迭。系敦煌写本阳关三迭。[1] 其迭法,第一迭重复第一句末三字,第二迭重复第二句末三字,第三迭则重复第三句末三字,共迭三次。因此,全曲据以分作三段。

歌曲旋律主要采一字一音(少数采一字数音);以商调式、七声音阶谱曲(此曲歌唱旋律用 La—Si—Do—Re—Mi—Sol 六声,但伴奏加入了 Fa 音,而为七声音阶);起、毕音均为"La"音。

全曲共三段,以钢琴为伴奏。乐曲结构采三段式曲体:A—A¹—A²,各段唱一迭歌词,三段的曲调大致相同,不同之处在于各"迭"不同的文字上谱以特殊旋律。第一段迭字"浥轻尘",其第一字的"浥"乃从原句的"浥"字所落之"La"音开始行腔,至第三字的"尘",亦落于与原句"尘"字相同的"Mi"音;紧接,唱二、三、四句。第二段迭字"柳色新",其旋律亦相同旋法。至第三迭"一"字,仍以相同手法开始行腔,渐往高音区唱至"酒"字时,停留于全曲最高音"Re",且时间长达四拍半,快速换一口气,以富于感情的音色唱最后一句歌词,至末三字"无故人",则每字唱两拍的长音,"故"字特别安一"上倚音"强调其仄声,再缓缓自"Si"音滑至"Re"的商音结束。综观全曲,音乐曲调之设计,颇为流畅,亦见匠心。唯诗与乐之融合,仍有一些值得商榷的问题。尤其关乎诗与乐间的密切融合,以及歌者如何巧妙地呈现诗乐两方面的专业领域。此乃音乐的作曲家与歌唱表演艺术家必须正视的问题,值得再探讨。

(四)意境的表达

王维以春雨、路途、客舍、杨柳,铺陈即将远行的友人之别离氛围。渭城之绵绵春雨,好似涤净四周的染尘,本应是明朗清新的景象,在诗中刻意营造愁闷抑郁,衬托出心中复杂的情绪。最后,干脆凭借劝酒的话语,表达内心本来欲诉说之不舍的离情与辞别的祝福。其情之真,其意之切,遂成千古绝唱。

此诗,郭茂倩《乐府诗集》列入《近代曲辞》,题作《渭城曲》。他书亦作《送元二使安西》《赠别》《阳关曲》《阳关三迭》。在当时即腾播众口,交相吟唱,是一篇流传千古、家喻户晓的杰作。其主要的特点是情真意切,足以动人心弦,感人肺腑。前述李东阳《怀麓堂诗话》所言,此辞一出,一时传诵不足,至为三迭歌之。

综观王维的诗风在澹远中偏于静美,其澹远风格的代表作,首推《辋川集》二十首,例如:《鹿柴》《竹里馆》。《辋川集》以外,如:《送别》《相思》,最著名者即此《送元二使安西》。[2]

结 论

笔者以为,王维的《送元二使安西》以《渭城曲》之名开始入乐歌唱,又名《阳关曲》《阳关三叠》《阳关操》,乃至当代《柳色新》等。其由诗入歌,再由歌入曲或入乐,自唐朝迄今千余年,无论唱奏,历久不衰。王维在饯别好友时,借酒以浇无尽别恨离愁,暂时沉醉,不话明朝事,奈何"举刀断水水更流,以酒浇愁愁更愁",殷殷劝酒的结果更是愁上加愁,离

---

① 据虞井文 1946 发表于上海《申报·春秋》之有关古阳关曲一文。文中说:"一位留英专攻文史的朋友最近来信说在伦敦博物馆里发现唐人写本的《古阳关曲》。……原书于甘肃的敦煌石窟,为史坦因西域考古时所得。"

② 杨成鉴《中国诗词风格研究》,洪叶文化 1995 年版,第 168—169 页。

别之情又更胜一筹。其诗作《送元二使安西》,颂之、吟之尚且不足,自然而然就歌唱之。

中国语言本身,含有很丰富的旋律感,韵文学的体制规律更予以美化,这种美化了的语言旋律和音乐旋律结合得越密切、融合得越无间,其声情词情就越达到相得益彰的境地。《礼记·乐记》中提到:

> 乐者,心之动也,声者,乐之象也。文采节奏,声之饰也。

以上告诉我们,语言文字所形成的高低、起伏、强弱等律动,与歌唱者所表达出来的音乐,节节相关。音乐中交替出现有规律的强弱、长短现象,无论是快速流动抑或缓缓而行,必然需要和语言旋律融合无间,不扞格而相得益彰,方为上上之作。王维的诗作《送元二使安西》,已合前述要件。

但是,合乎音乐性的语言旋律作品,仅只完成歌乐传唱之前端作业;后半部的完成,必须靠谱写音符的作曲家,与懂得前端文学家之语言旋律和音乐旋律间之体制规律的歌唱艺术家,以其高超的唱腔口法,准确而优美地将声情表达出来,如此才是完整而精致之歌乐的呈现。

至于《阳关三叠》"送"的方面,文献数据可以考证者,仍以文字之各式排列最为丰富可信。而真正古老传统的迭唱方式,却只能依少数传谱揣测,颇为遗憾。但前述研究过程中,所思虑的几项歌唱问题,恐是当前音乐研究与创作者最须关切之处。而《渭城曲》琴歌的歌唱,及其后戏曲离别歌之演唱,亦发觉其中有蛛丝马迹可再钻研,将留待将来继续探讨。

游素凰:台湾戏曲学院戏曲音乐学系　专任副教授

试述《明心鉴》《梨园原》《明心宝鉴》的文献性质

詹怡萍

序　言

"明心鉴""梨园原""明心宝鉴"三者作为文献题名,最早进入当代学术视野的是"梨园原"——1959 年 12 月,中国戏曲研究院编纂整理、中国戏剧出版社出版的《中国古典戏曲论著集成》第九集收录了《梨园原》(为方便叙述,下文简称此本及其所收《明心鉴》为"《集成》本"),根据书中递修诸序所言,将作者署为"清黄旛绰等著"。此本虽有"明心鉴",并没有被作为文献题名来处理,而是与"论戏统""老郎神""艺病十种""曲白六要"等为篇目,下含首句为"词曰"和"夫除恙者"的两段文字约 300 字。

1960 年,周贻白先生从家藏另一种抄本《梨园原》中抽出"明心鉴"单独加以注释,在《戏剧报》第 23、24 期合刊上发表,后又收入周先生纂辑整理的《戏曲演唱论著辑释》,由中国戏剧出版社于 1962 年 12 月出版(为方便叙述,下文称此本为"周注本《明心鉴》")。周先生在文中对《集成》本的作者题署提出质疑,认为"黄旛绰是唐代的有名俳优,……清代昆曲艺人是否也有以'黄旛绰'为名字的,除此以外,并无旁证。恐怕是一种假托",并根据书中序言,将作者署为"清俞维琛①、龚瑞丰②述,叶元清录"。周注本将"明心鉴"作为独立的文献题名,"词曰"和"夫除恙者"两段文字作为小序,正文包括"艺病十种""曲白六要""身段八要""《宝山集》六则"四个篇目。

以上两种当代整理本相比较,《集成》本虽然在《梨园原提要》中突出强调"艺病十种"

---

① 俞维琛:江苏苏州人,清乾隆、嘉庆年间昆剧名伶,擅演副末,历扬州老徐班、老江班。《扬州画舫录》卷五:"徐班副末余维琛,本苏州石塔头串客,落魄入班中。面黑多须,善饮,能读经史,解《九宫谱》,性情慷慨,任侠自喜。尝于小东门羊肉肆见吴下乞儿,脱狐裘赠之。其时王九皋为副末副席","江班亦洪班旧人,名曰德音班。江鹤亭爱余维琛风度,令之总管老班,常与之饮及叶格戏,谓人曰:'老班有三通人,吴大有、董抡标、余维琛也。'"卷十一有"串客本于苏州海府串班,如费坤元、陈应如出其中,次之石塔头串班,余蔚村出其中"。见中华书局 1960 年版,第 122、127 页。余维琛、余蔚村,胡忌先生认为都是"俞维琛"的同音异写,指的是同一人。此说待考。乾隆四十五年后名列苏州老郎庙碑《维扬老江班院宪内班捐银清单》《花名碑》等名单之首。《明心宝鉴·明心鉴》卷四"宜勉力":"维琛俞先生,串末教生,岂非大名人耶。瑞丰龚先生,老、正、小三旦,皆高名。此二公世之罕有也,乾隆皇上南巡七次,梨园高名者,皆赐玉帛金貂,恩荣之极也。"见杜步云清同治元年抄本。

② 龚瑞丰:江苏苏州人,清乾隆、嘉庆年间名伶。兼通老旦、正旦、小旦,三旦皆享盛名。《明心宝鉴·明心鉴》卷四"宜勉力":"维琛俞先生,串末教生,岂非大名人耶。瑞丰龚先生,老、正、小三旦,皆高名。此二公世之罕有也,乾隆皇上南巡七次,梨园高名者,皆赐玉帛金貂,恩荣之极也。"见杜步云清同治元年抄本。乾隆元年苏州老郎庙碑《感恩碑记》碑文有"海大老爷奕世感恩碑　汤鸣卿、陆子云、龚在丰、徐子仲……王九如……乾隆元年七月　日立",碑文拓片现藏于中国艺术研究院图书馆藏。胡忌先生认为"龚在丰"或许竟是龚瑞丰的别写",此说待考。

"曲白六要""身段八要""《宝山集》八则①"在书中的重要性,"都是非常精炼而扼要的实际经验之论",但并没有显示是隶属于"明心鉴"题名之下,而是作为与"明心鉴"同属于"梨园原"题名之下的不同篇目(详见后文表格)。相反,"艺病十种""曲白六要""身段八要""《宝山集》六则"在周注本《明心鉴》中,都是从属于《明心鉴》的核心内容。可以说,两种整理本不约而同地强调了"明心鉴"的主要内容在《梨园原》中的重要地位和相对独立性,使戏曲界和学术界广泛认识到这是迄今公开面世的最早的一部古代戏曲演员总结舞台表演经验的艺术理论著作,也是迄今所见的唯一一部古代戏曲表演艺术理论专著。但是两本对"明心鉴"面貌的不同呈现,不免令人莫衷一是。

20 世纪 60 年代初,吴新雷先生在来京访书期间,在北京大学图书馆古籍部查阅到一种"原本"《明心鉴》,其作者题署为"吴下吴永嘉古亭②原本",抄订者署"同治壬戌年桂月中秋日步云志③"。经过一番考证研究,吴新雷先生于 1962 年 6 月 30 日《戏剧报》上撰文披露了这部《明心鉴》存世的重要发现。④

其后 30 年间,吴新雷先生发现的《明心鉴》一直秘藏高阁,学界常用的"古代唯一的一部专谈表演艺术的理论文献"⑤一般就是《集成》本以及其中的"明心鉴"。如《陕西戏剧》1982 年第 1 期卫友文《黄幡绰谈艺》,《戏曲艺术》1986 年第 2 期孙崇涛《〈梨园原〉表演理论述评》,《戏剧文学》1987 年第 12 期洪欣《表演艺术的专著〈梨园原〉》,《戏剧》1992 年第 4 期傅晓航《古代戏曲表演理论》,《贵州师范大学学报(社会科学版)》2010 年第 5 期赵晓红、石芳《论〈梨园原〉之用心》,浙江教育出版社 1997 年版齐森华主编《中国曲学大辞典》,北京师范大学出版社 2006 年版李希凡主编《中华艺术通史》,等等。

1994 年,吴新雷先生基于多年不懈的查考研究,修正了最初认为四卷本《明心鉴》"是吴永嘉在俞(维琛)、龚(瑞丰)所传《梨园原》本的基础上扩充增补而成的'重编本'"⑥的观点,断定"吴永嘉的《明心鉴》确是原本"⑦——也就是说"原本"《明心鉴》的确是流传至今的古代唯一一部戏曲表演理论著作的原作。于是,吴新雷先生再次撰文《一部总结表演艺

---

① 《宝山集》八则:《集成》本有此篇目,周注本题为"《宝山集》六则",正文内容相同。"《宝山集》":据上下文意断为书名,但源流及内容均不详,亦未见其他文献记载。

② 吴永嘉:清乾隆年间苏州籍著名昆曲艺人,字永嘉,《明心宝鉴·明心鉴序》称"古亭老宗台、老宗师先生",著《明心鉴》以"为后学之子弟指示迷津"。乾隆后期苏州老郎庙《花名碑》碑文有"张钦思 六三钱五钱……余维深 六三钱五两……吴永加 六三钱五两……曹文焕 六三钱二两……",吴新雷先生认为"吴永加"乃"吴永嘉"的俗笔,实为同一人,待考。碑文拓片现藏于中国艺术研究院图书馆。

③ 同治壬戌年为清同治元年(1862)。步云,杜双寿的字。杜双寿(1836—?),原名世荣,小名阿五,字步云,书斋号瑞鹤山房,苏州籍昆曲艺人,专工小旦,隶三庆班。据王芷章《清升平署志略》记载推算其生于清道光十六年(1836)。咸丰十年(1860)入升平署供奉,同治二年(1863)裁革出宫,仍回三庆班。同治十一年(1872)改入四喜班。同治十二年(1873),得恭亲王奕䜣资助组建全福昆班,次年逢国丧,将班务移交他人管理,携家人南归。光绪中期曾到上海搭班演戏,后景不详。

④ 文称"全书分四卷,内容比《集成》本和周贻白注本丰富得多",字数多达五千余字。详见吴新雷《一部总结表演艺术经验的理论杰作——清代吴永嘉原本〈明心鉴〉推介》,载《南京大学学报(哲学·人文·社会科学)》,1994 年第 3 期,第 103—104 页。

⑤ 吴新雷《一部总结表演艺术经验的理论杰作——清代吴永嘉原本〈明心鉴〉评介附〈明心鉴〉校点》,吴新雷《中国戏曲史论》,江苏教育出版社 1996 年版,第 286 页。

⑥ 吴新雷《一部总结表演艺术经验的理论杰作——清代吴永嘉原本〈明心鉴〉推介》,载《南京大学学报(哲学·人文·社会科学)》,1994 年第 3 期,第 104 页。

⑦ 同上。

术经验的理论杰作——清代吴永嘉原本《明心鉴》推介》,发表于《南京大学学报(哲学·人文·社会科学)》1994 年第 3 期。1996 年吴新雷先生将此文修订后收入《中国戏曲史论》一书,并将吴永嘉《明心鉴》全文校点附于文后。吴新雷先生同时注意到这个抄本除了有吴永嘉《明心鉴》以外,还"附抄了《梨园原序》、《梨园辨讹》和《见闻杂记》三种,与《明心鉴》合订一册,乃总题为《明心宝鉴》"①。由此,"明心宝鉴"书名进入了学术界的视野。

1996 年,胡忌先生读到吴新雷先生文章后,未能苟同,撰文《如何认识梨园传本的理论著作》,提出几点质疑,发表在 1997 年韩国中国戏曲学会《中国戏曲》第 5 辑。该文后收入中华书局 2008 年版《菊花新曲破:胡忌学术论文集》。胡忌先生认为,署为"吴下吴永嘉古亭原本"的《明心鉴》"倒是乾隆末期的一种增补本"②,因为推断吴永嘉是俞维琛、龚瑞丰二人的前辈和恩师的证据不充分,更有可能俞维琛、龚瑞丰二人早于吴永嘉而名扬梨园。经过多方查考研究,胡忌先生"并未把《明心鉴》的原作者这'一笔糊涂账'弄清楚"③,原因无外乎证据不足,只能推断为:《集成》本《梨园原》与吴永嘉本《明心鉴》"应为源于'梨园先圣黄旛绰',世代由艺人传艺的形成不一系统的记录本。它们的历史可以推溯到乾隆以前"④。

随着新世纪以后戏曲学研究的不断发展和深入,越来越多的学者通过吴新雷先生的文章了解到在《集成》本之外,另有一种原本《明心鉴》传世,内容更为全面、丰富而准确。在 2005 年 9 月《戏曲研究》第 68 辑,郑志良《杜步云与瑞鹤山房抄本〈戏曲四十六种〉》一文指明,吴新雷先生发现的"吴永嘉原本《明心鉴》"就收在北京大学图书馆藏清代中晚期昆曲艺人杜步云瑞鹤山房抄本《戏曲四十六种》(共 41 册)中题名为"明心宝鉴"的那一册中,并详细考证了抄录者杜步云的身世和《戏曲四十六种》的内容。黄山书社 2009 年版俞为民主编《历代曲话汇编》收录了杜步云瑞鹤山房抄本吴永嘉《明心鉴》全文。凤凰出版社 2011 年版傅谨主编《京剧历史文献汇编》"清代卷·专书"同时收录了《集成》本《梨园原》和杜步云抄本《明心宝鉴》⑤。

无论《明心鉴》还是《梨园原》,抑或是《明心宝鉴》,从内容和结构有很多相似这一点分析,明显是互相关联极其密切的三种文献,各自存在着不止一个版本,主要内容都是清代前期昆曲艺人在自身长期从事舞台表演艺术实践的基础上,对演艺经验和心得的总结和提炼,都是难得的古代昆曲表演理论典籍范畴的重要文献。数年前,《昆曲艺术大典》拟将《梨园原》收入"表演分典",在反复审稿的过程中,笔者搜集到上述研究文章以求就里,但因编纂紧张不及细考,越看越感到一头雾水,诸如如何认识《明心鉴》与《梨园原》、《梨园原·明心鉴》与《明心宝鉴·明心鉴》、《梨园原》与《明心宝鉴·梨园原序》之间关系等问题,难以速寻定论,诸般疑惑渐成胸中块垒,编务之余一直努力抽丝剥茧,试图明晰各自的

①　见吴新雷《一部总结表演艺术经验的理论杰作——清代吴永嘉原本〈明心鉴〉评介附〈明心鉴〉校点》,吴新雷《中国戏曲史论》,江苏教育出版社 1996 年版,第 284 页。

②　胡忌《菊花新曲破》,中华书局 2008 年版,第 164 页。

③　胡忌《菊花新曲破》,中华书局 2008 年版,第 167 页。

④　胡忌《菊花新曲破》,中华书局 2008 年版,第 168 页。

⑤　案:《京剧历史文献汇编》所收并非全本《明心宝鉴》,而是略去了陈吾省《梨园辨讹》,《见闻杂记》也只录了"梨园登场三字诀"和"登场十字诀"。编者云"北京大学图书馆藏有清同治年间抄本《明心宝鉴》(后附'梨园原序''梨园辨讹''见闻杂记'),与通行流传本《梨园原》不同,南京大学吴新雷教授曾撰文介绍之",此说将《明心宝鉴》等同于《明心鉴》,而将"梨园原序""梨园辨讹""见闻杂记"视为附抄内容。

文献性质。在这个过程中,笔者感觉到,由于多种版本间存在或显著或细微的差别,若想通过语言描述来概括厘清其脉络恐非易事,兹藉表格形式通过横向和纵向的对比,或可偷得巧工。

一、《明心鉴》版本、目录对照表①

	明心鉴		
	《梨园原》所收本②	周注本	《明心宝鉴》所收本
版本、底本或收藏处	《梨园原》所收本,版本情况参见下表。	1960年《戏剧报》第23、24期合刊,以周贻白原藏清光绪三十三年(1907)十月"山水堂李记"传抄本为底本。后收入中国戏剧出版社1962年版周贻白《戏曲演唱论著辑释》。	清同治元年(1862)壬戌杜步云瑞鹤山房抄本,收入瑞鹤山房抄本《戏曲四十六种》,北京大学图书馆藏。以陈金雀③抄奚松年④传抄本为底本。当代有吴新雷校点本,收入江苏教育出版社1996年版吴新雷《中国戏曲史论》。
作者题署及相关说明	无作者题署。《梨园原·修正增补〈梨园原〉序》(秋泉居士,⑤道光九年1829)称原作者为黄旛绰。	署"清俞维琛、龚瑞丰述,清叶元清录",据《梨园原·修正增补〈梨园原〉序》(秋泉居士,道光九年1829)。	各卷首署"吴下吴永嘉古亭原本,茂苑杜双寿步云抄订"。
目录	明心鉴 词曰 艺病十种 曲踵 白火错字 讹音 口齿浮	《明心鉴》注释 前言(周贻白) 明心鉴 艺病十种 曲踵 白火 错字 讹音	明心鉴 明心鉴目次 明心鉴序 第一卷 释症集 [西江月]序二首 除恙言 药引诀 毛病十六症

---

① 因版本较多,一个表格难以清晰展示,故按《明心鉴》《梨园原》《明心宝鉴》分列。周注《明心鉴》的底本——周贻白藏清代"山水堂李记"抄本《梨园原》,以及梦菊居士印本的底本——两种抄本残本均未曾寓目,未谙详情,故不列入。以下表格中所列文献目录,均据正文顺序辑出。

② 所见题名为《梨园原》的版本主要有:齐如山旧藏清抄本、梦菊居士辑印本(1918年)、吴櫺禅百舍斋红格抄本(1929年,据梦菊居士辑印本过录)、《中国古典戏曲论著集成》第九辑所收本(1959年),诸本细目详见下表。本表所列之《梨园原》目录据齐如山旧藏清抄本辑成。

③ 陈金雀:生卒年为1800—1877年,祖籍江苏镇江,祖上流寓苏城,乃称苏州人,本姓姚,后随母姓改陈姓,名荫,原名双贵,本名大荣,号煦堂、金觉,又号"学古篆伶人"。自署斋名"余庆堂""观心室",其女是梅兰芳祖母。幼年师承老教习徐懋德,入南府后师从孙茂林、张绍廷,为清嘉庆至咸丰年间昆曲名伶,工小生。王芷章《清代伶官传》中卷记陈金雀"由苏来京,始冒其母氏之姓,而改姓为陈。入南府拜孙茂林门下,习小生,首演《乔醋》蒙仁宗赏识,敕赐名曰'金雀'",道光七年南府裁撤为昇平署时出宫,入京中四喜班。咸丰十年(1860)再次入宫供奉于昇平署,后又擢为昇平署教习,至同治二年(1863)退出,侨居京师,"光绪三年十二月初三日卒,年七十八岁"。见王芷章《清代伶官传》,中华印书局1936年版,中卷第23—27页。

④ 奚松年:清乾隆年间扬州老江班、大洪班昆剧名伶,师从范松年,工大面。与刘亮采几乎同时在洪班,为著名大面。《扬州画舫录》卷五"江班":"大面范松年为周德敷之徒,……其徒奚松年,为大洪班大面,声音甚宏,而体段不及。"又"洪班":"老生二人:刘亮彩、王明山;……大面二人:王炳文、奚松年;"见中华书局1960版,第128页。

⑤ 秋泉居士:梦菊居士在《梨园原·明心鉴》文末加注:"秋泉居士,姓叶,名元清,字莹之,保定府人。"见梦菊居士印本《梨园原》,1918年版,第25页。

强颈	口齿浮	勤服诀
扛肩	强颈	第二卷 秘诀集
腰硬	扛肩	音韵　反切　音韵反切合解诀
大步	腰硬	句读　对句　古典　诗意　字义
面目板	大步	五则合解诀
诗如下	面目板	平仄　绝句　合解诀
曲白六要	曲白六要	律句
音韵	音韵	中眼　黑板　合解诀
句读	句读	曲音声　解诀
文义	文义	白音声　解诀
典故	典故	第三卷 方法集
五声	五声	八形象
尖团	尖团	四色分
身段八要	身段八要	八形辩合解诀
辨八形	辨八形	四色分合解诀
分四状	分四状	解声诀
眼先引	眼先引	心触发
头微愰	头微愰	解诀
步宜稳	步宜稳	口齿清
手为势	手为势	面做状,眼先引
镜中影	镜中影	解诀
无虚日	无虚日	头摇点,肩落兴
宝山集八则	宝山集六则	三则合解诀
声	声	手为势
曲	曲	脚宜蹲
白	白	知凸腰
势	势	识躬臀
观相	观相	合解诀
难易	难易	第四卷 勤学集
宝山集	宝山集	声
宜勉力	宜勉力	曲　曲情诀
宝山集载六宫十三调	宝山集载六宫十三调	白　白趣诀
六宫	六宫	势雅
十三调	十三调	解诗二首
涵虚子论杂剧十二科	涵虚子论杂剧十二科	气色诀
		观像
		别见一论
		解诀
		难易
		合解诀
		宝山集
		宜勉力
		余文

二、《梨园原》《梨园原序》版本、目录对照表

	梨园原			梨园原序
	齐如山旧藏清抄本	梦菊居士印本	《集成》本	《明心宝鉴》所收本
版本、底本或收藏处	序署清道光九年，抄本，封面署"如山藏"，现由中国艺术研究院图书馆收藏。抄录工整，页面清洁，保存完好。	版权者署梦菊居士，1918 年 1 月版，商务印书馆代售，中国艺术研究院图书馆藏。以两种清抄本残本（一为郑蕙舫①所传，一为书肆购得）为底本合参校订。1929 年，京剧老旦演员吴梾禅据印本过录一本，中国艺术研究院图书馆藏。	中国戏剧出版社，1959 年 12 月版，以梦菊居士印本为底本。此本为当代通行本。	清同治元年（1862）壬戌杜步云瑞鹤山房抄本，收入瑞鹤山房抄本《戏曲四十六种》，北京大学图书馆藏。以陈金雀过录王启元藏刘亮采②辑刻本涵虚子③《梨园原序》为底本；
作者题署及相关说明	无作者题署，《梨园原·修正增补〈梨园原〉序》（秋泉居士，道光九年 1829）称原作者为黄旛绰。	无作者题署，《梨园原·修正增补〈梨园原〉序》（秋泉居士，道光九年 1829）称原作者为黄旛绰。	署"清黄旛绰等著"，据《梨园原·修正增补〈梨园原〉序》（秋泉居士，道光九年 1829）。	《梨园原序·董解元赠黄旛绰先圣梨园序》署"刘亮采纂辑，杜步云抄录"；《梨园原序·论戏统》署"丹丘先生涵虚子编"。
目录	梨园原 胥园居士④赠黄旛绰先生《梨园原》序	梨园原（《〈梨园原〉序》阙） 重修《梨园原》序（梦菊居士）	梨园原 《梨园原》序（惕葊居士） 胥园居士赠黄旛绰先生《梨园原》序	梨园原序 序（惕葊居士） 董解元赠黄旛绰先圣梨园序⑤

---

① 郑蕙舫：生卒年不详，约历同治至民初，清末京剧艺人，卢胜奎弟子，工老生。梦菊居士《重修〈梨园原〉序》："适有梨园老伶郑蕙舫者，持抄本《梨园原》求售，盖是书为梨园前辈所撰述，后学视为珍宝，秘不示人者。前清咸、同时代，三庆班名伶卢胜奎（俗呼"卢台子"）独藏此本。郑为卢之弟子，故得抄录一册。"见中国戏曲研究院《中国古典戏曲论著集成》第九集，中国戏剧出版社 1959 年版，第 27 页。

② 刘亮采：又作"刘亮彩"，小名三和尚，清乾隆年间扬州老徐班大面刘君美之子，工老生。初为江班老生，后受聘入洪班，有吃字之弊。《扬州画舫录》卷五"洪班"："及江班起，更聘刘亮彩入班。亮彩为君美子，以《醉菩提》全本得名，而江鹤亭嫌其吃字，终以不得元元为憾。"同卷"江班"："老生刘亮彩，小名三和尚，吃字如家渴笔，自成机轴，工《烂柯山》朱买臣。"见中华书局 1960 版，第 125、127 页。名列苏州老郎庙碑《维扬老江班院宪内班捐银清单》《钦奉谕旨给示碑》。碑文拓片现藏于中国艺术研究图书馆。

③ 涵虚子：明太祖朱元璋第十七子朱权（1378 年 5 月 27 日—1448 年）的号。朱权，封宁王，号臞仙，又号涵虚子、丹丘先生、南极遐龄老人。谥号宁献王。古代重要的戏曲理论家和剧作家，家有藏书楼曰"云斋"。《梨园原》中多个篇目摘录自朱权戏曲论著《太和正音谱》。

④ 胥园居士：梦园居士印本《梨园原》在该序后注："胥园居士，姓庄，名肇奎，顺天宛平人，乾隆癸酉科举人。"见梦园居士印本，1918 年版。

⑤ 此序文字同《梨园原·胥园居士赠黄旛绰先生〈梨园原〉序》。

| | 《梨园原》序（惕莽居士①）
修正增补《梨园原》序（秋泉居士）
论戏统
老郎神
谢阿蛮论戏始末
王大梁详论角色
论鼓板乐式
论曲原
明心鉴
词曰
艺病十种
曲踵
白火
错字
讹音
口齿浮
强颈
扛肩
腰硬
大步
面目板
诗如下
曲白六要
音韵
句读
文义
典故
五声
尖团
身段八要
辨八形
分四状
眼先引
头微愰
步宜稳
手为势
镜中影
无虚日
宝山集八则
声
曲
白 | 修正增补《梨园原》序（秋泉居士）
胥园居士赠黄旛绰先生《梨园原》序
梨园原
论戏统
老郎神
谢阿蛮论戏始末
王大梁详论角色
论鼓板乐式
论曲原
明心鉴
艺病十种
曲踵
白火
错字
讹音
口齿浮
强颈
扛肩
腰硬
大步
面目板
曲白六要
音韵
句读
文义
典故
五声
尖团
身段八要
辨八形
分四状
眼先引
头微愰
步宜稳
手为势
镜中影
无虚日
宝山集六则
声
曲
白
势 | 修正增补《梨园原》序（秋泉居士）
梨园原
论戏统
老郎神
谢阿蛮论戏始末
王大梁详论角色
论鼓板乐式
论曲原
明心鉴
艺病十种
曲踵
白火
错字
讹音
口齿浮
强颈
扛肩
腰硬
大步
面目板
曲白六要
音韵
句读
文义
典故
五声
尖团
身段八要
辨八形
分四状
眼先引
头微愰
步宜稳
手为势
镜中影
无虚日
宝山集八则
声
曲
白
势
观相
难易 | 论戏统②
谢阿蛮串始论戏始末
王大梁始派详论脚色
论四方音
论鼓板乐式
论曲源
华林十要 |

---

① 惕莽居士：吴梅禅过录本《梨园原》在《〈梨园原〉序》后注："惕菴居士，姓郑，名锡瀛，顺天大兴县人，己亥科举人，乙巳科进士。"见吴梅禅1929年据印本过录本《梨园原》第3页。

② 此篇包含《梨园原·老郎神》。

续　表

观相 难易 宝山集 宜勉力 宝山集载六宫十三调 六宫 十三调 涵虚子论杂剧十二科	势 观相 难易 宝山集 宜勉力 宝山集载六宫十三调 六宫 十三调 涵虚子论杂剧十二科 梨园闲评小言（梦菊居士友人）	宝山集 宜勉力 宝山集载六宫十三调 六宫 十三调 涵虚子论杂剧十二科 重修《梨园原》序（梦菊居士） 《梨园原》校勘记	

三、《明心宝鉴》版本、目录表

版本、底本或收藏处	清同治元年(1862)壬戌杜步云瑞鹤山房抄本,收入瑞鹤山房抄本《戏曲四十六种》,北京大学图书馆藏。《明心鉴》以陈金雀抄奚松年传抄本为底本;《梨园原序》以陈金雀过录王启元藏刘亮采辑刻本涵虚子《梨园原序》为底本;《梨园辨讹》以王启元藏抄本为底本;《见闻杂记》无题署,源流不明。
作者题署及相关说明	封面署"同治壬戌年桂月中秋日步云志",《明心鉴》署"吴下吴永嘉古亭原本,茂苑杜双寿步云抄订";《梨园原序》署"刘亮采纂辑,杜步云抄录""丹丘先生涵虚子编";《梨园辨讹》署"陈吾省�⻊匽塈,杜双寿步云";《见闻杂记》无题署,作者不明。
目录	陈金雀序 明心鉴 明心鉴目次 明心鉴序 第一卷　释症集 [西江月]序二首 除恙言 药引诀 毛病十六症 勤服诀 第二卷　秘诀集 音韵　反切　音韵反切合解诀 句读　对句　古典　诗意　字义　五则合解诀 平仄　绝句　合解诀 律句 中眼　黑板　合解诀 曲音声　解诀 白音声　解诀 第三卷　方法集 八形象 四色分 八形辩合解诀 四色分合解诀

解声诀 心触发　　解诀 口齿清 面做状,眼先引　　解诀 头摇点,肩落兴　　三则合解诀 手为势　脚宜蹲　知凸腰　识躬臀　　合解诀 第四卷　勤学集 声 曲　曲情诀 白　白趣诀 势雅　　解诗二首 气色诀 观像　别见一论　　解诀 难易　　合解诀 宝山集 宜勉力 余文 梨园原序 序 董解元赠黄旛绰先圣梨园序 论戏统 谢阿蛮串始论戏始末 王大梁始派详论脚色 论四方音 论鼓板乐式 论曲源 华林十要 梨园辩讹 见闻杂记 梨园登场三字诀 登场十字诀 柯丹丘先生论曲 传奇十色 论开场、参堂 考加官、团圆

　　根据上表所列,以及诸本各篇序跋题识、正文内容,在此试述《明心鉴》《梨园原》《明心宝鉴》的文献性质。

　　1.《明心鉴》

　　关于《明心鉴》的成书及流传情况,《梨园原·修正增补〈梨园原〉序》(秋泉居士)、《明心宝鉴》扉页附抄的陈金雀序、《明心宝鉴·明心鉴序》都有所记述。《梨园原·修正增补〈梨园原〉序》①称《明心鉴》成书于乾隆年间梨园界名老艺人黄旛绰之手。《明心宝鉴》扉

---

① 该序为秋泉居士叶元清作于道光九年(1829),序中记梨园名家龚瑞丰言:"吾师黄旛绰先生,本江南书香,以家寒弃儒习乐,竟享大名。尝汇其生平所得,笔之于书,名曰《明心鉴》。"

页附抄的陈金雀序①称其本人曾从扬州老江班著名大面艺人奚松年手中过录一部《明心鉴》②,《明心宝鉴·明心鉴》各卷皆署"吴下吴永嘉古亭原本",其序则称书成于乾隆年间梨园界名老艺人吴永嘉字古亭者。所称作者之名虽不同,但书都为记载作者平生演艺心得而成,以指点梨园后学,如秋泉居士《修正增补〈梨园原〉序》曰:"尝汇其生平所得,笔之于书,名曰《明心鉴》。……每欲修补以供后人。"据此可知,《明心鉴》确有其书,成书之后在乾隆年间曾经以抄本形式的单行本流传于梨园界。虽然,迄今尚未见到清代的单行本,所见或为《梨园原》的一个组成部分,或为《明心宝鉴》的一个组成部分,两种面貌在篇幅上有明显差异,而其所论往往可以互相印证,如《梨园原·明心鉴》"艺病十种"与《明心宝鉴·明心鉴》卷之一释症集"毛病十六症",《梨园原·明心鉴》"曲白六要"与《明心宝鉴·明心鉴》卷之二秘诀集,《梨园原·明心鉴》"身段八要"与《明心宝鉴·明心鉴》卷之三方法集,《梨园原·明心鉴》"宝山集八则"③与《明心宝鉴·明心鉴》卷之四勤学集,其主要内容多可以互证相参。因此可以认为,现存《明心鉴》的传本实际存在两个系统,即"《梨园原》所收本"和"《明心宝鉴》所收本";由此亦可以断定,《梨园原·明心鉴》与《明心宝鉴·明心鉴》拥有一个共同的源头——《明心鉴》。这个源头在梨园界流传过程中,由于出现散佚、缺漏,又经后学不断地传抄、增补、修订,从而逐渐形成了由俞维琛、龚瑞丰增补并经秋泉居士修订的《梨园原》所收本,以及吴永嘉增补、杜步云抄录的《明心宝鉴》所收本这样的两种面貌、两个传本系统。

至于《明心鉴》的原作者是黄旛绰还是吴永嘉,笔者认为周贻白先生对于"黄旛绰"之说的推断较为妥帖,即"黄旛绰是唐代的有名俳优,……清代昆曲艺人是否也有以'黄旛绰'为名字的,除此以外,并无旁证。恐怕是一种假托",因为迄今没有见到过明文记载清代前期梨园界有名叫黄旛绰的艺人,倒是在观剧咏诗中可以见到以"开元弟子黄幡绰"④比称尊崇的影子;也没有充分的证据可以说明吴永嘉是俞维琛、龚瑞丰两位乾隆中后期著名艺人的前辈。本文意在辨析文献性质,限于篇幅就不在作者问题上展开探讨了。

综上所述,《明心鉴》是清代前期梨园界名老艺人在自身长期从事舞台表演艺术实践的基础上,对演艺经验和心得加以总结和提炼而成的一部戏曲表演艺术理论专著,它至晚在乾隆中期即已成书,现存有《梨园原》所收本和《明心宝鉴》所收本两个传本系统。"《明心鉴》版本、目录对照表"虽然将"周注本"单独列项,但因其是从清光绪三十三年(1907)十月"山水堂李记"抄本《梨园原》中摘录出来的,所以仍应归于"《梨园原》所收本"系统。梦菊居士印本、《集成》本都属于"《梨园原》所收本"传本系统中的不同版本,《集成》本依据梦菊居士印本整理,但未依底本面貌将"明心鉴"视为囊括"艺病十种""曲白六要""身段八要""《宝山集》八则"的文献题名,而仅仅作为一个小篇目,是不妥当的。

---

① 该序为陈金雀作于道光二十年(1840),序中有"予向在奚松年先生处所抄之《明心鉴》"之言。

② 此即杜步云所抄录的吴永嘉古亭原本《明心鉴》。该本无名氏《〈明心鉴〉序》云:"古亭老宗台、老宗师先生以《明心鉴》见示,观览之下,恍然领会,而知先生为后学之子弟指示迷津,苦心良可见也。"

③ 一作"宝山集六则"。

④ 清陈维崧《杨枝曲》:"……风流前辈马扶风,后堂丝管留髭住。婆娑门舞白翎雀,开元弟子黄幡绰……"又如清陈维崧《秦箫曲》:"……吴依度曲谁最雄,秃矜老子称国工。骎骎不让黄幡绰,要眇直压商玲珑。此曹精致有如此,吾辈攻苦将无同……"

2.《梨园原》与《梨园原序》

《梨园原·修正增补〈梨园原〉序》交代了由《明心鉴》至《梨园原》的增订过程，^①读之似乎后者是在前者基础上扩充增订而成，二者实为一体，不可分割。但当《明心宝鉴·梨园原序》被发现后，这样的认识就需要重新考究了。

从"《梨园原》《梨园原序》版本、目录对照表"中可以看到，《明心宝鉴·梨园原序》正文包括以下几个篇目：

论戏统

谢阿蛮串始论戏始末

王大梁始派详论脚色

论四方音

论鼓板乐式

论曲源

华林十要

与齐如山旧藏清抄本《梨园原》中《明心鉴》之前的正文内容相比较，前者多出"论四方音""华林十要"两个条目，后者"老郎神"条目实为前者"论戏统"中的一段文字；此外的内容基本相同，仅存少量异文。因此，从这部分内容的相似度来分析，《梨园原》中除《明心鉴》以外的部分，应当与《梨园原序》看作是同一种文献的不同版本。这种文献或名"梨园原"，或名"梨园原序"。从清抄本《梨园原》的结构来看，"明心鉴"是在"论曲源"条目后另起一页、顶格书写于首行的，这显然是一部独立文献起首的书写格式，显示了《梨园原》与《明心鉴》两种文献的各自独立性。秋泉居士《修正增补〈梨园原〉序》称黄旛绰先生著成《明心鉴》后，"胥园居士佳其志，助其考古证今，凡有关于梨园一业，虽片纸只字，皆续载于是书。经数年之久，乃臻完美"，这句话交代了胥园居士《梨园原》的编撰目的和性质，与《明心鉴》旨在向后学传授舞台表演技法、心得不同，而是为梨园业的重要元素寻踪辑佚、考辨源流，耗时数年之久，可见其广辑博采之艰辛；传世仅两千余字，当不是原著的全貌，可见戏曲文献在历史上散佚状况历来都十分严重。在《明心宝鉴》中，《梨园原序》是与《明心鉴》《梨园辨讹》《见闻杂记》分别抄录、独立存在的一种文献；同时"陈金雀序"交代《梨园原序》在乾隆年间被扬州名伶刘亮采刊行并流传，^②而陈金雀先从奚松年手中过录吴永嘉原本《明心鉴》，后于道光二十年(1840)从王启元手中过录刘亮采刊本《梨园原序》，这说明《明心鉴》和《梨园原序》在乾隆至道光年间曾经单独流传于梨园界。"梨园原序"之题名，笔者认为当是抄录中发生的误写，即将书名"梨园原"与惕葊居士所撰序文之标题"序"字连缀成文所致，也可能是流传过程中保存不当，残破的首页仅存"梨园原序"四个字，后见者即误以为书名。当然此议只是推测，谨供学界参考。

书名之议虽只能揣测，并不妨碍我们认识"梨园原"的文献性质。综上所论，"梨园原"作为文献题名，实际具有两重涵义：其一，古代戏曲艺术考论专著，胥园居士编撰，包含论戏统、老郎神、谢阿蛮(串始)论戏始末、王大梁(始派)详论脚色、论四方音、论鼓板乐式、论

---

① 该序记龚瑞丰言："吾师黄旛绰先生，……笔之于书，名曰《明心鉴》。有胥园居士佳其志，助其考古证今，凡有关于梨园一业，虽片纸只字，皆续载于是书。经数年之久，乃臻完美，复更其名曰《梨园原》。"

② 陈金雀序有"一日，借剧本于好友王启元处，见有前辈刘亮采先生所刊之涵虚子《梨园原序》刻本"之语。

曲源(原)、华林十要等篇目,现存《梨园原》所收本和《明心宝鉴》所收本两个版本系统,前者又有多个版本存世(详见涵义二),诸本间存在题名、篇目以及文辞等方面的差异,可能皆非全本,但源于一个共同的祖本——胥园居士原著本。其二,古代戏曲艺术论集,包含《梨园原》和《明心鉴》两部不同的戏曲理论专著,现存主要有齐如山旧藏清抄本、梦菊居士印本。

3.《明心宝鉴》

北京大学图书馆古籍部收藏了一套抄本戏曲丛书,题名为"戏曲四十六种",是清代咸丰、同治年间瑞鹤山房主人杜步云纂辑抄订的,共41册,分装4函。其中40册所抄内容为45种昆剧演出本,有全本,亦有串折和散齣,曲、白俱全,多附工尺谱和表演提示。每册封面都题写了本册剧名和抄录时间。第一函包括《浣纱记》《狮吼记》《双冠诰》《双珠记》《满床笏》《金印记》《白兔记》《红楼记》《千金记》;第二函包括《三元报》《儿孙福》《翠屏山》《艳云亭》《幽闺记》《蝴蝶梦》《鸣凤记》《金盆捞月》《红梨记》《寿亭侯(嘉兴乐)》《庆元宵》《双红记》《钗钏记》《金雀记》《疗妒羹》《惊鸿记》;第三函包括《风筝误》《十五贯》《西楼记》《翡翠记》《八义记》《义侠记》《邯郸梦》《衣珠记》《一捧雪》《金锁记》;第四函包括《寻亲记》2卷、《后亲记》《千忠戮》《雷峰塔》2卷、《三笑姻缘》2卷、《一种情》《南柯梦》《紫钗记》《吟风阁》《绣襦记》。抄录时间在咸丰十一年(1861)至同治十年(1871)之间。

《明心宝鉴》收在第一函,单成1册,封面题名《明心宝鉴》,署"同治壬戌年桂月中秋日步云志"。同治壬戌年是同治元年(1862)。步云是杜双寿的字。内含《明心鉴》《梨园原序》《梨园辨讹》《见闻杂记》四个部分,皆为清代昆剧艺人所著有关戏曲的理论性著作。《明心鉴》和《梨园原序》的概况在前文已有交代。《梨园辨讹》全文约3600字,内容是作者基于多年戏曲演艺心得,纠正传奇戏文民间改本的诸多舛错。作者认为有"好利之徒,平日不知五音,罔晓平仄,往往将古人原本,妄加改窜,误人子弟,致失作者之意。其间舛错,不可悉数",以致"讹传讹习,相沿日久","故不揣固陋,稍为订正,非敢自矜有识,寔欲为古人一洗沉冤耳"。[①] 文中列举了《琵琶记》《绣襦记》《西楼记》《西厢记》《荆钗记》《祝发记》《连环记》《双珠记》《玉簪记》《牡丹亭》《牧羊记》《水浒记》《元人百种·诈疯、七国摆阵、逼休、五台》《寻亲记》《一捧雪》《浣纱记》《红梨记》等剧中曲白失当之处及其相应的正解。《梨园辨讹》的作者,文中署为"陈吾省厔娄,杜双寿步云"。这样的署名方式与同本之《明心鉴》和《梨园原序》不同。《明心鉴》署"吴下吴永嘉古亭原本,茂苑杜双寿步云抄订";《梨园原序·董解元赠黄旛绰先圣梨园序》署"刘亮采纂辑,杜步云抄录",《梨园原序·论戏统》署"丹丘先生涵虚子编"。在《明心鉴》和《梨园原序》中,杜步云明确标写自己所做的工作是"抄订"或"抄录",或不具名,谓以抄录为主,适当订正文字,其以如此的严谨文风而在《梨园辨讹》与前辈陈吾省联署,既未说是陈吾省原本,亦不言自己仅抄订。陈吾省是清代雍正、乾隆年间的昆剧名老艺人,名见雍正十二年(1734)甲寅六月二十二日苏州老郎庙所立《奉宪永禁差役梨园扮演迎春碑文》[②],列于56名具呈人之第三位,可见其资望隆重,但是否曾经进入皇宫内苑承应,因缺乏雍正、乾隆时期的宫廷演剧史料而无法获知。杜步云是清代咸丰、同治年间的著名昆剧艺人,咸丰十年(1860)被苏州织造府选送升平署承应。

---

① 引文见《明心宝鉴·梨园辨讹》,清同治元年(1862)杜步云瑞鹤山房抄本,北京大学图书馆藏。

② 碑文有"具呈人:张玉成、詹子望、陈吾省、许奕侯、李舜华……曹茂兰、顾九桓……王九皋……杨九如、曹六吉……小甲赵汉臣、曹子茂、马士林"等56人名。碑文拓片现藏于中国艺术研究院图书馆。

两人所处的时代相距百余年,陈吾省的原本以及文中提及的诸多戏文演出本传至后辈手中之时,或残损,或流变,恐原貌不存,杜步云在抄录的同时很可能颇费了一番考订功夫,甚至补写,才使我们见到一篇由古代戏曲艺人撰写的文从字顺的戏文考辨文章。文末有一段朱笔摘抄《元曲选》《元人百种》的文字,内容与上文无甚关联,即可能是杜氏所录。基于此,《梨园辨讹》应视为陈吾省原著、杜步云校补。《明心宝鉴》所收的第四种《见闻杂记》,正文包含"梨园登场三字诀""登场十字诀""柯丹丘先生论曲""传奇十色""论开场参堂""考加官团圆"六篇,内容多是艺人从艺经历中随手抄录的梨园常识。《见闻杂记》未署作者,亦无序跋题识,对作者归属问题不便轻断。

综上所述,《明心宝鉴》是由清代咸丰、同治年间著名昆剧艺人杜步云纂辑抄订、包含清代前期昆剧艺人编著的《明心鉴》《梨园原序》《梨园辨讹》《见闻杂记》四部戏曲理论性专著的丛集,仅存孤本。这部戏曲论集保存了清代昆剧艺人舞台表演实践的宝贵经验,是研究古代戏曲表演体系的重要理论文献。

詹怡萍:中国艺术研究院戏曲研究所　研究员

试述《明心鉴》《梨园原》《明心宝鉴》的文献性质

清代画家何维熊的昆戏画[①]

张　静

昆戏画,或谓昆曲画、昆曲(剧)戏画、昆曲戏象、昆曲(剧)人物画,属戏画、戏曲画之一种,主要以昆曲(剧)折子戏为刻画对象,简而言之就是画昆曲(剧)之画。本文暂从陆萼庭先生的说法,概称为"昆戏画"。戏画,不属于中国绘画中山水、花卉、翎毛等主流,即或笼统归入人物,亦非正宗,一般多被目为游戏笔墨之作。昆戏画作为戏画之一种,传世较少且杂散各处、不易得见。2006 年,承蒙中国国家博物馆研究员宋兆麟先生抬爱,见赐其藏清代画家何维熊所作昆戏画二十四帧[②],一帧乃绘昆曲折子戏一出,以凝练、简率的笔法勾勒戏中场景,图上角色二三人,多为净丑,题款似为箴铭体,字数不拘,少则三十余字,多则八十余字,意在由剧情、人物推及人情、世味,抒发感悟,有所警谕。以笔者有限的阅历,考虑其未见诸别处[③],故不揣才识浅短,略作考述。

清代画家何维熊之昆戏画,首页除折子戏《十五贯·访鼠》图像及识语外,另有题款曰:"连日阴雨,一步不能出行,山窗闷坐,无以消遣,偶写杂剧二十四页,其中正直好义、欺骗贪诈、奸盗邪淫、炎凉世态,无一不备,转眼善恶立分,可见果报不爽,处世皆可作如是观。时道光丙午四月望日雅山外史何维熊。"[④]

关于何维熊,《光绪嘉善县志》卷二十五"侨寓"载:

何维熊,字文舟,号雅山外史,当湖人。幼时丰裕,家中聘有画师,维熊偶于雪中手画一钟馗,画师见而奇之,遂授以六法。后家中落,寓嘉善之南庵,卖画自给,既而

①　本文原题《清代画家何维熊的昆戏画》,宣读于 2009 年 11 月台湾嘉义大学举办的"第四届中国小说与戏曲国际研讨会"。会议论文集因故未能出版,笔者随后将论文做了较大删选,改题《清代画家何维熊昆戏画研究》,发表于《中华戏曲》第 43 辑(文化艺术出版社 2011 年 7 月出版)。蒙朱恒夫教授推荐,论文曾以《纸上氍毹:清代画家何维熊的昆戏画研究》为题,被《中国昆曲年鉴 2012 年》收录,作为 2011 年度推荐理论研究文章,此版论文相对完整,唯戏画仅附一帧,并删去原文附录。今为贺车先生寿,特选取旧文中比较重要的戏画部分,删节成文,其中对已发表部分有所修订、补充。论文在撰写过程中,蒙吴新雷先生、车锡伦先生提供线索,得中国艺术研究院戏曲研究所刘祯、戴云、詹怡萍、郑雷、王馗、江捷诸师友指教以及中国艺术研究院图书馆曹娟老师相助,台湾大学李惠绵教授在资料查找和论文撰写方面关怀良多,东华大学丘慧莹副教授惠赐大作,在此并致谢意。

②　本文所依照之何维熊昆戏画,实为何氏原作摹本影印件,据宋先生介绍,原件即摹本,中国国家博物馆藏,册页,纸本设色,共二十四帧,影印于 1984 年。原顺位第二帧为空白页,乃影印时未曾发现致缺,目前所见实为二十三帧。中国国家博物馆自 2007 年 1 月开始进入全面改造期,原以为有关资料一时无法查证,拾遗补缺可待来日。无奈人事倥偬,时至今日,此缺仍无从补。

③　综合相关资料、专文的记载,目前昆戏画主要收藏于故宫博物院、中国国家博物馆、南京博物院、苏州博物馆、中国昆曲博物馆、扬州市博物馆、中国艺术研究院图书馆、"台中大"戏曲研究室等诸多公家机构以及部分个人收藏者手中。车锡伦先生说江浙一带较多,苏州即有不少,丁修询先生指散见于苏州、上海、常熟、南京、扬州数地。

④　摹本在原题款末增记"乙亥冬树蘐临,六十九翁迂泉为录原题。钤:树、蘐",注明临画者树蘐、照录原题者迂泉,"树蘐"即李树萱,"迂泉"乃清代知名学者李濬之,也即李树萱之父。李濬之著作以《清画家诗史》(1930 年出版)最负盛名。

卜居于日晖。绘画工人物山水,宗文待诏。中年游淮扬间二十载,晚岁归里,与黄太守安涛、查司马奕照、张刺史心渊交最契,暇辄酌酒赋诗。尝写《溪亭雅集图》并为作记,其人物尤能逼肖,今图藏斜塘王氏。年六十九卒。①

道光丙午,即道光二十六年(1846)。所以何维熊作此戏画,当在晚年。他自称:"连日阴雨,一步不能出行,山窗闷坐,无以消遣,偶写杂剧二十四页。"中国古代文人,晴空多暇,作画读书是一种消遣,而阴雨连日,作画读书亦是一种消遣。所不同的是,何维熊虽作案头之画,笔下却为氍毹伎俩。这大约也与其"胸有成戏"不无关系。他居住过的平湖当湖、嘉善魏塘南庵、上海日晖、杭州袁浦,加之中年二十载游历的淮扬间,无一不在昆曲传演的版图上。

何维熊创作昆戏画具有良好的生态环境,他既得地利,故能看到诸多昆曲剧目,观之可喜,反复赏析,遂能熟稔于心,继而借丹青妙手,呈现于纸上。笔下又显然经历了一番取舍,不是面面俱到,画中人物也并非出场全部角色,于是看似简单的绘画,其实亦包涵诸多层次和巧思,富于表现力。

以下按原序逐图解析,侧重点放在画中各戏出角色的穿戴上,略及扮相和身段②,这也是何维熊昆戏画于今而言意义最大之处,虽然何氏原意可能更期望观者在道德伦理上有所得:"其中正直好义、欺骗贪诈、奸盗邪淫、炎凉世态,无一不备,转眼善恶立分,可见果报不爽,处世皆可作如是观。"参考文献包括清宫《穿戴题纲》③《昆剧穿戴》④以及《审音鉴古录》⑤《昆剧三十九种》⑥《昆剧表演一得》等。

第一帧:

> 况太守,清如水。军门午夜突地来,谓有冤狱亟须理。当时不怕都堂嗔,实是为民请命耳。再三前致词,得请公乃喜。僬然微服学君平,庙中实时获贼子。一朝洗出冤中冤,四人赖公得不死,公之捕盗乃捕鼠。

《十五贯·访鼠》

① 江峰青等修,顾福仁等纂《嘉善县志》,载《中国方志丛书·华中地方·浙江省》第59号,台北成文出版社有限公司1970年影印光绪二十年(1894)刊本。

② 因本文依据为何维熊画作摹本之复印件,故不涉及关于色彩的具体描述。

③ 原件藏故宫博物院,本文据中国艺术研究院图书馆藏抄本。

④ 曾长生口述,徐渊记录整理,徐凌云、贝晋眉校订《昆剧穿戴》,苏州市戏曲研究室1963年印制。

⑤ 《审音鉴古录》,载王秋桂主编《善本戏曲丛刊》第五辑,台湾学生书局1987年影印道光十四年(1834)王继善补刻本。

⑥ 中国艺术研究院图书馆藏本,1952年据怀宁曹氏抄本重抄。

清代画家何维熊的昆戏画

263

案：画上三人，自右到左分别为娄阿鼠、况钟、陶复朱。画面似为况、陶二人在听娄阿鼠讲游二被杀之事。剧中穿戴、扮相及砌末，《穿戴题纲》《昆剧穿戴》记录见下表：

角色	《穿戴题纲》	《昆剧穿戴》
况钟[1]	外 蓝缎道袍、长方巾、丝绦、黑满胡、扇子	老外 头戴高方巾、口戴黑满、身穿蓝褶子、腰束黄丝绦、红彩裤、高底靴、拿白折扇、背衣包、左手拿"观貌测字"招牌
陶复朱	末 茧绸道袍、鸾带、罗帽、苍三、念珠	末 头戴白尾子巾、口戴花三、身穿白棉绸褶子、腰束黄宫绦、黑彩裤、镶鞋、手拿念佛珠
娄阿鼠	丑 蓝布箭袖、布绦带、破罗帽、草鞋、狗嘴	小面 头戴破罗帽、口戴黑八字、身穿富贵衣、腰束草绳、黑彩裤、黑布鞋

第二帧（印缺）

第三帧：

哀王孙，太落寞。短歌未终长歌起，而后龙门万丈何时登，阜田[2]院里且行乐。且行乐，意气何局促，相从师友尽江南，江南丐者君其独。听罢歌词我欲哭，至今人唱莲落。

《绣襦记·教歌》

案：画上三人，自右到左分别为郑元和、苏州阿大、扬州阿二。画面似为扬州阿二学张生跳粉墙，苏州阿大举铃教训郑元和。剧中穿戴、扮相及砌末，《穿戴题纲》《昆剧穿戴》记录见下表：

角色	《穿戴题纲》	《昆剧穿戴》
郑元和	长方巾、穷衣、打腰、书	鞋皮生 头戴高方巾、身穿富贵衣、腰束黑布带、黑彩裤、拖镶鞋、手执涟湘竹杖和书上

---

① 《穿戴题纲》此齣记作《测字》，仅注四脚色名：末、门子、外、丑。《缀白裘》此齣记作《访鼠测字》，《昆剧穿戴》之《访鼠》齣记四人，《测字》齣三人，无陶复朱，故《穿戴题纲》之《测字》应为一般之《访鼠》或即《访鼠测字》。

② 原省略，依文意作"田"。

苏州阿大①	小凉帽、蓝布箭衣、草鸾带、白一撮、草鞋、竹、头	小面 头戴红须头凉帽、加白小辫子、口戴白吊搭、身穿旧竹布长衫、腰束草绳、黑彩裤、蒲鞋、手拿短讨饭棒（注：演至中场加戴红毡帽圈）
扬州阿二	草堂帽、富贵衣、打腰、黑一字、草鞋、竹、袋	邋遢白面 头戴黄草圈、身穿短跳、腰束白裙、黑彩裤、蒲鞋、手拿短讨饭棒

第四帧：

  乡先生，不可及，惯向衙门进复出。酸秀才，不可攀，公忿特为蔡生来，骂之不已挥以拳。延宾馆外人阒然，至今科白犹争传，贾老贾老何以安。

《永团圆·闹宾馆（宾馆）》

  案：画上三人，自右到左分别为贾金及二秀才，画面似为一秀才与贾金见礼，一秀才已抢拳叫骂，贾金则假作镇定指责众人。剧中穿戴、扮相及砌末《穿戴题纲》《昆剧穿戴》俱无记录②。画中贾金头戴尖翅纱帽，口戴花夹嘴，身穿官衣，腰束角带，穿薄底靴；二秀才头戴硬壳巾③，一人无须，一人口戴黑八字，穿蓝衫，镶鞋。

第五帧：

  你通文，我礼貌。莫说绿林人草草，大哥儿子中举人，你我一般有荣耀。街上摇摆谁敢哎，也算缙绅名号。登堂且（看）④尽弟兄情，演习仪文恐颠倒。恐颠倒，藉此今朝图醉饱。

---

  ①　《穿戴题纲》记作"阿大""阿二"。

  ②　2001年苏州昆剧院访台演出宣传册《吴歈雅韵》之《保护昆剧传统》指出，传统昆剧演出服饰中有儒巾、襕衫，是明代生员的公服，《闹宾馆》蔡文英及四个生员即作此穿戴，现今舞台往往以高方巾、黑褶子含混过去。

  ③　此处参考《穿戴题纲》之《堂配》（《永团圆》）蔡文英穿戴：硬壳巾、秀才穿的蓝衫、蒜头绦。

  ④　衍字。

《白罗衫·贺喜》

案：画上二人，左为马大，右为李二。画面为马、李二人到徐家祝贺之前习练作揖唱喏等礼仪。剧中穿戴、扮相及砌末，《穿戴题纲》《昆剧穿戴》记录见下表：

角色	《穿戴题纲》	《昆剧穿戴》
马大①	长方巾、四喜胡、穷衣、大蒜头②、扎肩	邋遢大面 头戴布高方巾、口戴短黑满、身穿富贵衣、黄宫绦缚在左肩、黑彩裤、旧布鞋、手拿白纸扇
李二	凿子巾、大红袄、大蒜头、一撮	小面头戴三郎巾、口戴黑八字、身穿大红素女褶子、钮扣开在背部、黑彩裤、蒲鞋

第六帧：

行行重离别，伤心不可说。少小两弟兄，含泪把门出。阿兄为谋生，老母谁衣食。弱弟又孤单，何以立家室。年少去从军，生还更难测。至今五里桥，水流尚哽咽。

《儿孙福·别弟》

案：画上二人，左为徐亨，右为徐贞。画面定格于兄弟相别。剧中穿戴、扮相及砌末，《穿戴题纲》未见著录，《昆剧穿戴》记作：

徐亨（丑）：头戴白骚子帽、口戴黑八字、身穿青布箭衣、红小甲、腰束黄肚带、黑彩裤、薄底靴、身藏银包（注：中间出门搠铺盖腰刀）

---

① 《穿戴题纲》"马大"作"马腾桥"，《缀白裘》作"马大"。

② 李斗《扬州画舫录》卷五列有"大蒜头"，归于砌末之杂项，与花鼓、花锣、花棒槌及敕印等一类，应非"蒜头绦"，待考。参见中华书局1960年版，第135页。

徐贞（六旦）：头戴孩儿帽、身穿旧黑褶子、黑彩裤、镶鞋

第七帧：

门前听剥啄，悄起秉银烛。虚堂寂寞人，形影不可索。忽闻娇语呼相见，一缕惊魂绝如线，请君省识当时面。

《水浒记·活捉》[①]

案：画上二人，左为张文远，右为阎婆惜。画面为张文远以烛火照看佳人。剧中穿戴、扮相及砌末，《穿戴题纲》《昆剧穿戴》记录见下表：

角色	《穿戴题纲》	《昆剧穿戴》
张文远	绿绸道袍、凿子巾、拿刀[②]上	二面 头戴三郎巾、身穿素白领头绿褶子、黑彩裤、镶鞋、拿蜡烛台上
阎婆惜	红衫子、黑背褡、汗巾	刺旦 包头、戴花、黑水纱魂魄、身穿红褶子黑色花长马甲、腰束白裙、白汗巾、白彩裤、彩鞋（注：最后用汗巾牵张文远下）

第八帧：

山花红映英雄面，不解经文只解醉。五台僧人饮兴豪，耐巨酒者不肯欠。聊与语，挥以拳。真脱俗，真逃禅。酩酊不知天地空，至今武水留仙踪。

《虎囊弹·山门》

---

① 《穿戴题纲》此齣题《冥感》，与传奇齣目同。

② 钞本即如此，疑为"灯"的一种简笔。

案:图上二人,左为酒保,右为鲁智深。画面为鲁智深要酒保卖酒与他。剧中穿戴、扮相及砌末,《穿戴题纲》《昆剧穿戴》记录见下表:

角色	《穿戴题纲》	《昆剧穿戴》
鲁智深①	夸②衣裤、布僧衣、头陀发、大木头素珠、一字	帮开大白面 头戴大蓬头加金箍、口戴黑卷绺二字、身穿黑快衣、断俗、黄宫绦、腰束黄肚带、黑彩裤、蔴筋草鞋、手执云帚
卖酒人③	彩裤、喜鹊衣、草帽、水田衣	小面 头戴蓝毡帽、身穿短跳、腰束白裙、黑彩裤、蒲鞋、腰插油纸折扇、挑酒担

第九帧:

洞房忽地罗巾卸,烛影摇红两相见。一般才子与佳人,惊看不是前时面。我问月下翁,匹配何其工,红丝一相系,如胶投漆中。新郎新娘勿复顾,如此良缘岂反误,君不见三星在天月在户。

《风筝误·前亲》

案:图上二人,左为詹爱娟,右为戚友先。画面似为丑小姐洞房诉相思,戚友先听罢自气恼。剧中穿戴、扮相及砌末,《穿戴题纲》《昆剧穿戴》记录见下表:

角色	《穿戴题纲》	《昆剧穿戴》
戚友先④	红圆领、大蒜头、纱帽短翅	二面 头戴元翅纱帽、身穿红官衣、衬红褶、红帔、腰束角带、红彩裤、高底靴(注:后换知了巾、脱去红官衣)
詹爱娟⑤	红袄、花背褡、汗巾	小面 头戴凤冠、兜面红、身穿女官衣加云肩、腰束白裙、角带、白彩裤、彩鞋、袖内带折扇

---

① 《穿戴题纲》记作"智深"。

② 《穿戴题纲》为钞本,有大量俗体字和错字,所谓"夸衣",还有作侉衣、袴衣者。

③ 《穿戴题纲》记作"酒保"。

④ 《穿戴题纲》记作"戚有先"。

⑤ 《穿戴题纲》记作"丑小姐"。

第十帧：

　　前起解，令人（难）①叹。后起解，令人快。快者叹者本无心，乃知天理固常在。员外且近前，听我一分派。当时逞凶豪，此时休抵赖，也算是二十年前放出的债。

《后寻亲记·后金山》

　　案：图上三人，从右至左为张禁、张千、张敏。画面似为张禁催促张敏、张千二人快行。剧中穿戴、扮相及砌末，《穿戴题纲》《昆剧穿戴》记录见下表：

角色	《穿戴题纲》	《昆剧穿戴》
张禁②	长棕帽、花帽、搭领布箭袖、素鸾带、背包、绑索、鸭嘴棍	二面头戴高棕帽、加蓝布英雄结、口戴花夹嘴、身穿黑箭衣、腰束黄肚带、黑彩裤、薄底靴、肩背包裹文书
张敏	囚搭、坐③衣、打腰、花满、手杻	白面 头戴花髪帚加网巾、青布囚搭、口戴短花满弄乱、身穿短跳、腰束白裙、黑彩裤、蒲鞋、颈挂链条、戴手铐
张千	番④转罗帽、破蔴丝海青、草鸾带、短花满	末 头戴翻转破罗帽、口戴花满、身穿破黑褶子、腰围草绳、黑彩裤、蒲鞋

第十一帧：

　　为双靴，费心力，珍重一声当什袭。为他口腹借难辞，谁料归来抛路侧。梦中呓语莫生嗔，休笑此公性鄙啬，君不见箪食豆羹见于色。

《借靴》（《张三借靴》）

---

① 衍字。

② 《穿戴题纲》记作"解子"。

③ 或为"作衣"之误。

④ 疑为"翻"之误。

案:图上三人,从右至左为刘二、小伙、张三。画面为小伙告知刘二张三枕靴睡卧于地。剧中穿戴、扮相及砌末,《穿戴题纲》《昆剧穿戴》《昆剧表演一得》记录见下表:

角色	《穿戴题纲》	《昆剧穿戴》	《昆剧表演一得》
张三①	青绸道袍、凿子巾、狗嘴	丑 头戴高方巾、口戴黑短满、身穿黑褶子、黑彩裤、蒲鞋、手拿油纸折扇(注:下场拿高底靴,二场以高底靴做枕头)	丑 戴黑八字(或黑吊搭)、黑方巾、黑褶子、黑彩裤、长袜、草鞋、手持油纸扇
刘二	杂色花道袍、小生巾、小黑三、眼镜	二面 头戴小生巾挂须头、戴眼睛圈、口戴丑三、身穿花绿褶子、衬女大红素褶子、红彩裤、镶鞋、手执白纸折扇(注:起打时除褶子、鞋子,脚套靴爬下)	副 画眼睛圈、戴丑三、文生巾、花褶子、内衬红女褶、红彩裤、鞋子、手持白纸扇
小伙	作衣、打腰裙、帽兜	小白面 头戴青毡帽、身穿青布短跳、腰束白裙、黑彩裤、黑布鞋、头顶盘、内放靴(注:第二场拿灯笼,上、下场时去青毡帽,戴刘二的小生巾)	白面 蓝毡帽、茶衣、作裙、黑彩裤、长筒袜、鞋子

第十二帧:

陈仲子,号廉士。处于陵,空一世。齐人之言尚未止,挥拳奋击应可耻。何不甘心真饿死,乃食井上蜡余李。

《仲子》(《陈仲子》)②

---

① 《穿戴题纲》三人分别记作"张旦""刘二公""小孩"。
② 此齣为时剧,也有归入《东郭记》或《太和记》。

案:图上二人,左为陈仲子,右为齐人。画面为陈仲子掩鼻,齐人斜睨其状。剧中穿戴、扮相及砌末,《昆剧穿戴》未著录,《穿戴题纲》记作:

    陈仲子 儒巾、蓝衫、儒绦、内作衣、打腰

    齐 人 棕帽、绌衣、打腰

第十三帧:

    跳出空门,逃入红尘。相逢一笑,都是伤春。山下桃花红白,是仙是碧同根。订三生,话知心。暂分手,又回身。偏作态,把人寻。

《孽海记·下山》①

案:图上二人,左为色空,右为本无。画面为二人言道相逢不下马,各自奔前程却又同时回身顾盼。剧中穿戴、扮相及砌末,《穿戴题纲》《昆剧穿戴》《昆剧三十九种》记录见下表:

角色	《穿戴题纲》	《昆剧穿戴》	《昆剧三十九种》
本无	和尚帽、绫道袍、背心、绦子、数珠	小面 头戴鹅搭头、身穿夏布断俗衬红女褶子女黑马甲、腰束黄宫绦、内衬蓝宫绦、红彩裤、赤足穿朝方、手拿念佛珠	付 鹅得头、内褶、外僧衣、双手拿念珠
色空②	妙常巾、衫子斗背心、数珠、绦子	五旦 头戴道姑巾、身穿月白素褶子、道姑马甲、腰束湖色丝绦、白彩裤、彩鞋、手执云帚	

关于《下山》,王传淞曾谈及小和尚的穿戴、扮相:头戴高顶漆黑僧帽(俗称"鹅答头"),外穿袈裟,内穿大红褶子,上套黑马甲;化妆过去为丑扮——腮帮上画了密密麻麻的胡须根(俗称"络腮胡子"),脸上两个欢喜团,鼻梁上一道俏痧,吊死眉,后改为俊扮——有的画

---

① 此齣列入《穿戴题纲》下的穿戴记录乃参照目连大戏《僧尼相调》。

② 《穿戴题纲》记作"尼姑"。

清代画家何维熊的昆戏画

得像小生,有的在两眼之间用白粉勾一个小木鱼(王世瑶)[1]。华传浩也指出小和尚过去丑扮为画连髫胡子桩[2]。何维熊画中小和尚脸上确有欢喜团、连腮胡子茬,穿褶子,套马甲,系丝绦,着薄底靴;而小尼姑梳道姑头,头戴之道姑巾比之今日舞台上常见的道姑巾,形制更精巧,有双带,穿褶子,系白裙,套马甲,束丝绦。

第十四帧:

黄者金,白者银,为尔刀笔能死生,称之为师何其文。前正颜,后色喜,交情从[3]此算相识,一转念间真莫测。

《鲛绡记·写状》

案:图上二人,左为贾主文,右为刘君玉。画面为刘君玉贿赂贾主文替其写状诬告沈必贵。剧中穿戴、扮相及砌末,《穿戴题纲》《昆剧穿戴》记录见下表:

角色	《穿戴题纲》	《昆剧穿戴》
贾主文	堂巾、沉香茧褶、绦子、白夹嘴、念珠	二面 头戴青布道巾、白发帚、口戴短白夹嘴、身穿白棉绸褶子、腰束黄宫绦、黑彩裤、镶鞋、手拿念佛珠
刘君玉[4]	长方巾、蓝缎褶子、黑满、扇子、银一锭	白面 头戴高方巾、口戴黑满、身穿蓝硬褶子、黄彩裤、高底靴、手拿折扇、袖内藏银锭

画中贾主文、刘君玉穿戴接近于二书记录,唯贾主文佛珠戴在颈项之上,右手执状纸;刘君玉似口戴黑扎髯,非黑满,银锭拿在手里。

第十五帧:

世事何尝难,难于不识人之好。交情何尝险,险于不(识)[5]知言之話。道旁遇尔切莫猜,知君尽从假得来。掉头各自向(来)[6]前走,多少空空皆妙手。

---

① 王传淞口述,沈祖安、王德良整理《丑中美——王传淞谈艺录·谈〈下山〉的表演》,上海文艺出版社1987年版,第66页。

② 华传浩演述,陆兼之记录整理《我演昆丑·谈〈下山〉》,上海文艺出版社1961年版,第129页。

③ 脱字。

④ 《穿戴题纲》记作"刘文玉",《古本戏曲丛刊》作"刘均玉"。

⑤ 衍字。

⑥ 衍字。

《琵琶记·拐儿》(《大小骗》)①

案:图上二人,左为小骗,右为大骗。画面为小骗诓得大骗的"行头"二人寻蔡伯喈而去。剧中穿戴、扮相及砌末,《穿戴题纲》《昆剧穿戴》记录见下表:

角色	《穿戴题纲》	《昆剧穿戴》
大骗	圆帽、青素、大蒜头、黑满胡、内穿富贵衣、打腰、扇	白面 头戴黑小元帽、口戴黑满、身穿青素(左袖藏剪刀、五张皮纸包木头一块)、黄宫绦束后面、黑彩裤、高底靴、手拿折扇(注:内衬青衣短跳、白裙,中间脱去青素,除小圆帽,戴棕帽,黑满换黑剪绺,脱靴改穿蒲鞋)
小骗	小棕帽、作衣、打腰、狗嘴	小面 头戴棕帽、口戴黑八字、身穿青布短跳、腰束白裙、黑彩裤、蒲鞋、拿长柄雨伞(注:中间去棕帽戴小圆帽,穿青素,蒲鞋换靴,雨伞交给大骗)

画中二拐儿已经交换衣装,扇子和伞亦交换,但戴圆帽的小骗似口戴黑一撮,并非黑八字,而戴棕帽的大骗似口戴扎髯,并非黑满髯。

第十六帧:

尔相士,具神(通)②识。处草莽,救豪杰。鼾声如狮世罕逢,能将一语化顽凶,古来风鉴无其雄。

《鲛绡记·草相》

---

① 俗演又称《大小骗》。
② 衍字。

　　案：图上三人，从右至左为魏必简、相士、单庆。画面显示魏必简睡卧道旁，相士以其鼻息如雷，必非凡品，欲唤醒其一问究竟，魏庆从旁打量。剧中穿戴、扮相及砌末，《穿戴题纲》《昆剧穿戴》均无记录。但单庆（末）穿戴可参考《后金山》张禁穿戴：头戴高棕帽，加蓝布英雄结，身穿黑箭衣，腰束黄肚带，黑彩裤，薄底靴，口戴黑八字；相士（丑）穿戴为：头戴道巾，口戴黑一撮，穿道袍、镶鞋，手执折扇；魏必简（小生）头戴草帽圈、黑发帚，穿富贵衣、浅色彩裤、蒲鞋，腰束带，手上似带手杻。

第十七帧：

　　优孟衣冠，直扮得淋漓尽致。伦父面目，又演出趋蹡仪注。岂曰伤时，并非骂世。知他假作咲啼形，官①场即是当场戏。问古来名宦儒林，有几个经天纬地。

《人兽关·演官》

　　案：图上二人，左为桂薪，右为尤滑稽。画面为尤滑稽帮助桂薪模拟、练习为官之样态。剧中穿戴及砌末，《穿戴题纲》《昆剧穿戴》记录见下表：

角色	《穿戴题纲》	《昆剧穿戴》
桂薪②	宝蓝缎道袍、长方巾、黑胡	白面 头戴高方巾、口戴黑满、身穿宝蓝硬褶子、黑彩裤、镶鞋
尤滑稽③	蓝绸道袍、凿子巾（场上放红圆领、金花带、元（圆）翅纱帽）狗嘴胡	小面 头戴矮方巾、口戴黑八字、身穿黑褶子、黑彩裤、镶鞋、手拿折扇

　　画中桂薪已然开始"演官"，头戴圆翅纱帽，口戴黑夹嘴，穿官衣，束带，着皂靴（"演官"之前为镶鞋）；尤滑稽头戴方巾，口戴黑一撮④。

第十八帧：

　　荥阳生，去应试，画船暂泊人未至。穷措大，逞威势，大呼驿子不知事，说出姓名恐欲死。乐道德，真名士，太守邀我陪公子。莫道相公不识丁，郎君与我无彼此。

---

① 脱字。

② 《穿戴题纲》记作"桂元之"，《缀白裘》作"桂负之"。

③ 《昆剧穿戴》（1963年版）记作"尤国纪"。

④ 一撮或即为狗嘴，《访鼠》之娄阿鼠，《拐儿》之小骗，《打虎》之酒保等，《穿戴题纲》都记作口戴"狗嘴"，唯《借靴》张三《穿戴题纲》记作口戴"狗嘴"，画中显示无须。

《绣襦记·乐驿》①

案:图上二人,左为乐道德,右为驿子。画面为乐道德问驿子可认得自己,却遭到驿子嘲笑。剧中穿戴、扮相及砌末,《穿戴题纲》《昆剧穿戴》《昆剧表演一得》记录见下表:

角色	《穿戴题纲》	《昆剧穿戴》	《昆剧表演一得》
乐道德	儒巾、蓝衫、大蒜头、黑夹嘴	二面 头戴儒巾、口戴黑满、身穿褴衫、腰束蓝丝绦、湖色彩裤、朝方、手拿折扇	副 黑抓,头戴搦角(类于硬方巾,前高后底),身穿摆踱②,宫绦,黑裤,朝方,手持书画折扇
驿子③	长棕帽、蓝布箭衣、草鸾带、四喜、红纸包	邋遢白面 头戴高棕帽、口戴黑六喜、身穿青布箭衣、腰束黑布带、黑彩裤、黑布鞋、手拿油纸扇、身藏银锭三个	副净 黑四喜,黑高棕帽,青布箭衣,青衣搭膊(有时系鸾带,但以搭膊为宜)黑裤,长筒袜,鞋,手持赭色油纸折伞,怀中纳红纸手本(作为人夫名单)、小纸包两个(作为银两小包)

画中二人穿戴较接近《穿戴题纲》,乐道德口戴黑八字,非黑夹嘴(黑抓)或黑满,手拿白折扇,未写书画;驿子口戴似非四喜或六喜,穿富贵衣,非箭衣,打腰,着浅色彩裤、蒲鞋,未拿油纸伞。

第十九帧:

这莽汉,醉糊涂。贪口腹,性豪粗。酒家忙摇手,酩酊如何走。昂然一笑行,出门不回首。朦胧烟柳绕羊肠,野寺荒庵那壁厢。

---

① 《穿戴题纲》记作"落驲"。
② 原注:蓝色或月白色圆领,没有补子,四周及领圈滚黑边,后身两个摆亦用黑色;这种打扮,是秀才的礼服,俗称蓝衫。在《永团圆》传奇《赚契》一齣戏中,蔡文英要去府衙门鸣冤,请娘亲拿大衣服出来,所谓"大衣服",就是这件服色。
③ 《穿戴题纲》记作"驲子"。

《水浒记·刘唐》

案:图上二人,左为刘唐,右为酒保。画面刘唐将行,酒保与其算酒肉账。剧中穿戴、扮相及砌末,《穿戴题纲》《昆剧穿戴》记录见下表:

角色	《穿戴题纲》	《昆剧穿戴》
刘唐	长棕帽、扎头、刘唐衣、裤、银包、挂刀	帮开大面 头戴高棕帽、加耳毛子、口戴刘唐须(黑扎加红口二条)、身穿黑快衣、腰束白大带、黑彩裤、薄底靴、背插朴刀
酒保	棕帽、做衣、搭腰	小面 头戴蓝毡帽、口戴黑八字、身穿短跳、腰束白裙、黑彩裤、黑布鞋、肩搭揩台布

第二十帧:

公差威,毋乃大。孤儿苦,见官怕。赦前事,岂能假,有钱无钱只索罢。冷灰复燃,凌孤逼寡。幸有豪拳,从旁一打。

《万里圆·打差》①

案:图上三人,从右至左为地方、南京公差、二海。画面为公差怒斥地方害其到处瞎跑而找不到黄孔昭家人。剧中穿戴、扮相及砌末,《穿戴题纲》《昆剧穿戴》记录见下表:

---

① 《万里圆》又作《万里缘》,见《缀白裘》《昆剧穿戴》等。

角色	《穿戴题纲》	《昆剧穿戴》
南京公差①	净 时扮	白面 头戴红顶凉帽、口戴黑满、身穿黑箭衣团头黑马褂、腰束白汗巾、红彩裤、高底靴、拿扇子
		黑马褂、腰束白汗巾、红彩裤、高底靴、拿扇子
二海	丑 有缨帽、蓝箭袖	小面 头戴旧黑罗帽加红须头、身穿青布箭衣、腰束黑布带（后塞文书）黑彩裤、黑布鞋、手执长柄油纸伞
地方	付（副） 时扮、雨伞、护封②	二面 头戴须头小凉帽、口戴黑吊搭、身穿蓝竹布长衫、腰束黑布带、黑彩裤、手拿油纸扇

第二十一帧：

　　状元公，羞颜涩缩登时红。纵然丁字不尽识，奈何捉刀相府中。马蹄前日万目送，兔毫今日千觔重。门者咄（咄）③语逼人，回首登龙如一梦，请从此游有狗洞。

《燕子笺·狗洞》④

　　案：图上二人，左为门官，右为鲜于佶。画面为门官拿茶汤给鲜于佶，称吃则肚中有料。剧中穿戴、扮相及砌末，《穿戴题纲》《昆剧穿戴》《昆剧表演一得》记录见下表：

角色	《穿戴题纲》	《昆剧穿戴》	《昆剧表演一得》
鲜于佶	圆翅纱帽、月白青花⑤、金花带	二面 头戴圆翅纱帽，口戴黑夹嘴，身穿月白素褶子，罩蓝官衣，腰束角带，红彩裤，高底靴（注：钻狗洞时脱去纱帽官衣，脱左靴一只拿在手）	副 圆翅矮围，黑抓（即夹嘴，以前有两撮耳毛，现在不用了），或用短黑满，月白官衣，或用蓝官衣，内衬红素褶（绿褶亦可），角带，红彩裤，朝方

　　① 《穿戴题纲》中众人仅记作"净""丑""付"。

　　② "护封"，未知其详，待考。

　　③ 此处似脱"咄"字。

　　④ 《穿戴题纲》此齣题《奸遁》，与传奇齣目同。

　　⑤ "月白青花"未知其详，原书如此，《穿戴题纲》之《见娘》"王十朋"穿戴亦记作："月白青花金花带纱帽"。

续　表

| 门官 | 圆翅纱帽,青素,金带 | 白面
头戴尖翅纱帽,口戴黑满,身穿黑青素,腰束角带,红彩裤,高底靴,拿折扇,袖藏红帖子、笔一只 | 白面
尖翅纱帽,黑满,青素,角带,乌靴,手持白纸扇,袖中纳一红全简贴 |

第二十二帧:

　　老处士,六十余。遭家难,借僧居。心如(虎)[1]死灰与槁木,忽听繁华暗桄触。谁家姓名与我同,夫妻儿女锦一簇。大师稽首称公喜,倏而摇头疑[2]不已。大师大师且弗疑,请看五里桥边水。

《白罗衫·势僧》[3]

　　案:图上二人,左为徐小楼,右为势力僧。画面似为徐小楼恳求势力僧再为其细说布施主家情况。剧中穿戴、扮相及砌末,《穿戴题纲》《昆剧穿戴》《审音鉴古录》记录见下表:

角色	《穿戴题纲》	《昆剧穿戴》	《审音鉴古录》
徐小楼	茧绸道袍、丝绦、蓝布道士巾、白三须	老生[4] 头戴青布道巾、口戴花三、身穿白棉绸素褶子、腰束黄宫绦、黑彩裤、镶鞋(注:中间下山除道巾、换高方巾、背包裹、拿银包)	老生 戴唐巾、穿紫花布褶、系宫绦、戴白三髯、捏珠
势力僧[5]	宝蓝素道袍、和尚帽、丝绦	二面 头戴黑和尚帽、口戴黑二字、身穿绿夏布断俗、腰束黄宫绦、黑彩裤、僧鞋、手执念佛珠	净 穿缎褶、系宫绦、戴缎和尚帽、穿绫袜、僧鞋、本髯、左臂搭袈裟、右手捏素珠

---

① 衍字。

② 似为"疑"字。

③ 《穿戴题纲》齣目记作《势力僧》。

④ 《缀白裘》徐小楼脚色记作"生"。

⑤ 《穿戴题纲》记作"和尚"。

第二十三帧：

　　三字狱，千古冤，东窗拨尽炉灰寒。撼山易，撼军难，金牌一到将士残。佛说忏悔尚可度，芒鞋特下终南路。灵隐寺小莫出家，千言万语总不悟。君不见白堤外庙森森，当时铸铁何时错。

《东窗事犯·扫秦》①

　　案：图上二人，左为疯僧，右为秦桧。画面似为疯僧以吹火筒讽喻秦桧弄权生事毁国家社稷。剧中穿戴、扮相及砌末，《穿戴题纲》《中国昆剧大辞典》附录一《昆剧穿戴检索》②、《昆剧穿戴》(2005 年重印本)③记录见下表：

角色	《穿戴题纲》	《昆剧穿戴检索》	《昆剧穿戴》
秦桧	相帽、红圆领、苍满胡	白面 穿红官衣、束角带、黄彩裤、着厚底靴、戴黑相貂、口戴花满	白面 头戴黑相貂、口戴花满、身穿红官衣、腰束角带、黄彩裤、高底靴
疯僧	披发、作衣、打腰、氅衣、条帚、火筒	丑 穿黑快衣、加僧坎、束黄宫绦、黑彩裤、着蒲鞋、戴大篷头	小面 头戴大篷头、身穿黑快衣、加断俗、腰束黄丝绦、黑彩裤、蒲鞋、左手拿吹火筒、右手拿扫帚、丝绦须头塞起

第二十四帧：

　　踉跄去，渺难驻，欲觅郎君竟何处。竟何处，去复来，支撑脚腰徒徘徊。橐驼橐驼尔莫哀，姓名已上（莫）④黄金台。

---

① 《昆剧穿戴》2005 年重印本将《扫秦》归入《如是观》。
② 据 1963 年苏州市戏曲研究室所印《昆剧穿戴》集体改编，载吴新雷主编《中国昆剧大辞典》，第 940 页、第 941 页。
③ 曾长生口述、徐渊、张竹宾记录《昆剧穿戴》(第二集)，苏州市文化广播电视管理局 2005 年重印本，第 107 页。
④ 衍字。

《牡丹亭·问路》①

案:图上二人,左为郭秃驼②,右为癞头鼋③。画面似为郭秃驼邀癞头鼋陪伴找寻柳梦梅,后者却促狭要用松板替前者医治驼背。剧中穿戴及砌末,《穿戴题纲》《昆剧穿戴》《昆剧表演一得》记录见下表:

角色	《穿戴题纲》	《昆剧穿戴》	《昆剧表演一得》
癞头鼋	帽兜、元色褶	小面 头梳勒边小辫子、身穿黑富贵衣、黑彩裤、黑布鞋	丑 小蓬头(旧的),小辫(竖起),齐眉扎网巾边,黑褶,长筒袜,黑鞋,蓬头布上画红白色斑点
郭秃驼	毡帽、花帕打头、紫花布海青、扎驼子、白夹嘴、挂拐	白面 头戴白毡帽、口戴白满、身穿白棉绸褶子、腰束白布裙、打腰、黑彩裤、镶鞋、手拿拐杖(注:装驼背)	白面 戴白满,白鸭尾巾,茧绸褶,宫绦,黑裤,草鞋(黑鞋亦可),执拐杖,装驼背

张静:中国艺术研究院戏曲研究所　副研究员

---

① 《穿戴题纲》此齣作《仆侦》,与传奇齣目同。
② 《缀白裘》记作"老驼";《穿戴题纲》记作"它公",似为"驼公"之误;《昆剧表演一得》记作"郭驼"。
③ 《穿戴题纲》记作"鼋疯";《昆剧表演一得》记作"癞头"。

明崇祯朝敕封"碧霞元君"考辨
——兼论泰山娘娘与妈祖信仰之关系

周　郢

　　海神妈祖是否曾被明廷敕封为"碧霞元君"？这一封号与泰山娘娘是否有所关联？向为民间信仰研究中令人困扰的难题。今通过新发现的清代《颜神镇志》史料，试揭这一历史悬疑。

一、妈祖被敕封"碧霞元君"说之源出

　　妈祖被敕封为"碧霞元君"说，最早出于清人汪楫《使琉球杂录》卷五《神异》条中，云：

　　　　康熙二十年九月十四日黎明，梦与同官臣乔莱同登一山，入小庙，仰视悬幡，见幡末为"碧霞元君"四字，疑为泰山之神，爰下拜。有女官搴帷出，延入后宫。宫甚隘，神趺坐炕上，衣饰如妃后。命臣坐，辞不敢。神曰："公操爵人之柄，坐宜也。"因就坐案侧，神语甚多，不能悉记。已复赐食一器，略似薏米，玉色天香，不同人间味。觉以告莱，不解何故也。闻中顶有泰山庙，斋戒以往，入庙，殊不似梦中所见。……二十一年元旦，入朝见高丽、土鲁番诸国朝贺，中有黄首帕者数人，为前此所未睹，问而知为琉球贡使。三月，始奉有选择出使之命。与中书林麟焻同被选。麟焻字石来，梦中与偕之乔莱，则字石林，昔官中书。始悟与偕者，故中书林石来也。固知梦语签诗莫非预定，而梦尤巧幻。独未明此何与泰山神事，而先期示告如此。后行经杭州，登吴山，致祭越国公祖庙，庙之左有天妃宫，天妃为海道正神。臣方疏请谕祭，因肃谒，见殿额为前使臣夏子阳所立，而悬幡累累，皆大书"碧霞元君"。惊呼道士问之，曰："天妃也，胡为元君哉？"对曰："然不独泰山有是称也，天妃封号亦如之。"问其详，不能对。越日，过孩儿巷天妃宫，无意中得《天妃经》一函于案上，其后详书历朝封号，则"碧霞元君"者，崇祯十三年加封天妃之号也，神之灵显如是。①

　　　　天妃，莆田林氏女也。……明太祖封"昭孝纯正孚济感应圣妃"，成祖封"护国庇民妙灵昭应弘仁普济天妃"，庄烈帝封"天仙圣母青灵普化碧霞元君"，已又加"青贤普化慈应碧霞元君"。②

　　记录妈祖敕封事之汪楫，系清康熙二十一年(1682)出使琉球之使臣。如其所述，楫于奉使途中经杭州天妃宫，获《天妃经》一函，书中详载天妃(妈祖)历代封号，其中便有崇祯十三年(1640)加封天妃"碧霞元君"神号之事。且记其神号全称为"天仙圣母青灵普化碧霞元君"。

---

　　① 故宫博物院编《故宫珍本丛刊·使琉球杂录》，海南出版社2001年版，第29—30页。
　　② 故宫博物院编《故宫珍本丛刊·使琉球杂录》，海南出版社2001年版，第34页。

自汪楫之记出，后世竞相引述。如康熙朝徐葆光所撰《中山传信录》卷一《天妃灵应记》①、乾隆朝周煌《琉球国志略》卷七《祠庙·天后封号》②、嘉庆朝李鼎元《使琉球录》③皆信从汪楫之说。其至清廷所修官书中也予以采录。如雍正朝修《古今图书集成·神异典·海神部》称："按《名山藏·典谟记》……愍帝崇祯□年封天妃'碧霞元君'。"又乾隆朝修《钦定日下旧闻考》卷八十八云："原出朝阳关，沿河往南有天妃宫。……庄烈帝封'天仙圣母青灵普化碧霞元君'，已又加'静（当为青）贤普化慈应碧霞元君'（原注：《使琉球杂录》）。"④清姚福均《铸鼎余闻》卷一："《黟县志》云：泰山碧霞元君祠，宋真宗时敕建。又天后，明亦曾封为碧霞元君。"其至小说稗官，亦多传述此说。如兰皋居士《绮楼重梦》（《红楼梦》续书）第七回中言："泰山娘娘封碧霞元君，天后娘娘也称碧霞元君。"⑤当代研究中也不乏信从此说者⑥。后来这一封号又进一步附会为临水夫人的神号⑦。宗力等《中国民间诸神》中论称："临水陈夫人，亦福建奉祀之女神。以诸书称其亦受封为崇福夫人、天仙圣母青灵普化碧霞元君，二号与天妃相同，……该神实未受朝廷封赏，人们遂移天妃之号冠戴之。"⑧

然而，崇祯敕封说所据的原始材料，只来自一册道经《天妃经》。此经今已失传，推测应出于清初道士之笔。明清时民间经卷往往虚称灵应、杜撰封典，故而此说的真实性实堪置疑。清康熙时揆叙《隙光亭杂识》卷一辩云："明崇祯朝封天妃为天仙圣母青灵普化碧霞元君。……元君与天妃非一神，明矣。崇祯时合而一之，果何据乎？"⑨雍正时《古今图书集成·职方典·淮安府部·纪事》所引资料中，已指称此号为"谬加"："崇奉显圣，第止宜称'天妃'，而不察者谬加以'碧霞元君'字号，此则泰山之神，非漕运之灵济者矣。"乾隆时程穆衡《燕程日记》中亦云："汪楫《使琉球杂录》则谬以元君为天妃矣。"⑩民国容庚《碧霞元君庙考》认为："殆误会天妃为天仙，故有碧霞元君封号耳？"⑪徐晓望《妈祖信仰史研究》于此指出："分析汪楫叙述碧霞元君的史料，使人啼笑皆非，因为，他并没有掌握明末的官方文献，只是从杭州孩儿巷天妃宫得到了道士的记载，这类'史料'究竟是否可靠，实在要打个问号。"⑫郑丽航文中更作了细致辨析："'崇祯之封'的说法几乎皆出汪文，经过康熙、雍正朝的讹传，到乾隆后的一些记载不仅无法注明来源，且年代也更为模糊，对襃封年代仅以'前明''明末''明'等一笔带过。鉴于这次襃封的不可信，清初的一些妈祖志书已持否定态度，如僧照乘于康熙二至二十二年（1663—1683）刊印的《天妃显圣录》、林清标于乾隆四十三年（1778）刊印的《敕封天后志》均无记载明崇祯年间的这两次襃封。"而最有力的论断则是："'元君'是道教对女子成仙者的美称，而在宋明两朝均没有以'元君'来封任何

① 徐葆光《中山传信录》，台湾文献史料丛刊本，台湾大通书局 1984 年版，第 23 页。
② 周煌《琉球国志略》，台湾文献史料丛刊本，台湾大通书局 1984 年版，第 168 页。
③ 李鼎元著，韦建培校点《使琉球记》卷一，陕西师范大学出版社 1992 年版，第 23 页。
④ 于敏中等《钦定日下旧闻考》，北京古籍出版社 1981 年版，第 1483 页。
⑤ 兰皋居士《绮楼重梦》，北京大学出版社 1990 年版，第 41 页。
⑥ 如徐蔚一《天妃及其封号》《中国道教》1994 年第 2 期；（马来西亚）安焕然《海洋与母性——关于妈祖文化的思考》《妈祖研究学报》2004 年第 2 辑。
⑦ 乾隆《重修台湾县志》卷六《祠宇志·寺宇》。
⑧ 宗力、刘群《中国民间诸神》，河北人民出版社 1986 年版，第 406 页。
⑨ 揆叙《隙光亭杂识》，《续修四库全书》，第 1146 册，第 3 页。
⑩ 程穆衡《燕程日记》，上海古籍出版社 1983 年版，第 19 页。
⑪ 容庚《碧霞元君庙考》，《京报副刊》1925 年第 6 期。
⑫ 徐晓望《妈祖信仰史研究》，海风出版社 2007 年版，第 277 页。

女神的先例,更不要说把'碧霞元君'这个在北方已是'法定'的东岳大帝女的专称,再封给另一个人。"①

最确凿的史证,当属张富春先生新近从明人文集中发现的史料——明管绍宁《赐诚堂文集》卷五《加封水神疏》记崇祯十七年(1644)八月南明加封妈祖神号事,称其神"原敕封护国庇民妙灵昭应宏仁普济天妃,今加封护国庇民妙灵昭应宏仁普济安定慈惠天妃"。"护国庇民妙灵昭应宏仁普济天妃"系永乐七年(1409)所封妈祖神号②,崇祯朝臣管绍宁奏疏中称此号为"原敕封",足以说明崇祯十三年绝无加封妈祖为"碧霞元君"之事。③

二、明崇祯敕封泰山女神"元君"神号证

然而,证明崇祯帝未曾敕封妈祖,却并不能表明其赐号"碧霞"事属虚妄。事实是,明崇祯帝确曾加封过"碧霞元君",但所封的不是海神妈祖,而是泰山娘娘。笔者新发现的史料可作证凭。

康熙《颜神镇志》卷三《饗祀》云:

> 碧霞元君庙:在凤凰山顶。各郡县人民有香愿不能至岱者,于此焚祝而去。四月十八日镇民酿钱为会。通判叶先登有《碧霞元君辨》一篇,载《遗文》。明季崇祯十三年九月二十三日,敕谕道经掌坛官梁之洪虔贡香帛,前往东省泰山设醮,恭告行礼,加封群神:天仙圣母青灵普化慈应碧霞元君,眼光圣母慧焆明目元君,子孙圣母育德广胤元君。(原注:附志备考。)④

按颜神镇即今山东淄博市之博山区,清雍正朝设县前为镇。康熙《颜神镇志》五卷,清颜神镇通判赵良璧、叶先登修。成书于康熙三年(1664),九年刊行。

《颜神镇志》在记述镇境凤凰山碧霞元君庙时,附带提及了明崇祯十三年敕封泰山三位元君神号之事。其中《天妃经》所载妈祖之号"天仙圣母青灵普化(慈应)碧霞元君"正见于此次敕封泰山之神号中。那么,这条仅载于清初方志而不见于明廷官书记录的封神敕典,是否可信呢?

笔者的答案是肯定的。众所周知,由于甲申易代,崇祯一朝未修《实录》,史档散亡严重,在其当世已有文献难征之叹。现存明代史乘不录,并不表明当时无敕封之事。而《颜神镇志》成书于清初,与敕封时间相隔不足 30 年。其据本土资料(如颜神镇与泰山毗邻,崇祯敕封之后,凤凰山元君庙或亦刻立碑石纪述此典⑤)加以记录,是完全可能的。何况这条"附志"涉及了加封日期与派遣官员等具体内容,后人实难向壁虚构。最为关键一点,是笔者在泰山碑记中发现了相关"铜证",可以充分印证《镇志》所载史实。《镇志》中称敕封所遣之官为"道经掌坛官梁之洪",而在岱顶碧霞祠明天启五年(1625)所立《敕建泰山灵佑宫记碑》铜碑碑阴题名中,恰恰出现了此公:"副掌坛太监梁之洪、副掌坛太监潘进朝、副

---

① 郑丽航《天妃附会碧霞元君封号考》,《莆田学院学报》2005 年第 6 期。

② 蒋维锬《历代妈祖封号综考》,《妈祖研究学报》第 3 辑,雪隆海南会馆(天后宫)妈祖文化研究中心 2008 年版,第 131 页。

③ 张富春《新发现之南明妈祖封号史料》,《莆田学院学报》2009 年第 6 期。

④ 康熙《颜神镇志》卷三,中国国家图书馆藏原刻本,第 17—18 页。

⑤ 博山凤凰山碧霞元君庙有崇祯十七年《修醮碑》,或与此事相关。但碑石今为建筑物遮挡,无法目验原文。

283

掌坛太监王进忠、大高玄殿掌坛太监钱喜。"道经厂为明代内廷中从事宗教活动的机构,与番经厂、汉经厂并列,明刘若愚《酌中志》卷十六《内府衙门识掌》称其厂"习演玄教诸品经忏,建醮做好事,亦于隆德殿、钦安殿悬旛挂榜,如外之羽流服色"。其主官由太监充任,有掌坛、副掌坛之名号。明廷封祀泰山,多遣道经厂宦官充任敕使,如万历二十七年(1599)四月,神宗颁赐《道藏》于岱庙,特差道经厂掌坛尚膳监太监李昇为使。以铜碑题名为证,梁之洪确有其人,天启时尚为该厂"副掌坛",曾参预岱顶碧霞宫"钦工";而至崇祯朝受命敕封泰山时,已升任"掌坛"。通过这一细节的印证,便可推断《镇志》所记崇祯敕封泰山之事确属信史。

另外,从"天仙圣母青灵普化碧霞元君"之封号中,便可明其确为泰山神而发。盖泰山为五岳之东岳,于色属青,世认为青帝主此山,如道籍金长筌子《洞渊集》云:"太昊为青帝,治东岳,主万物发生。"[1]故古人多以青字代指泰山。如明王锡爵《东岳碧霞宫碑》云:"(东)岳据东土之中,载青阳之气。"[2]又明刘敕《岱史自序》中称泰山为"赫赫青灵",清唐仲冕《岱览》则称为"青岳"。[3]此称亦见于朝廷正式文告中。如康熙二十七年(1688)遣内阁学士李振裕致祭泰山告文:"惟神灵昭青帝,秀启天孙,庶品资生,群方仰盛。"[4]乾隆帝御题岱庙楹联:"青社开封峙者宗山称岳长,苍精降德圣惟产物与天齐。"[5]由于泰山女神碧霞元君居于东岳,其神位亦缘此而被尊为"青"。如乾隆帝御题碧霞祠楹联云:"三素云英扶绛节,九光霞缬丽青坛。"[6]而妈祖信仰与"青"字无涉,故"青灵"一名所指称者只能为泰山娘娘而非他神。

崇祯朝遣使泰山敕封元君神号之举,约有三点堪予注意:

其一,崇祯帝所敕封的泰山女神,最初被称为玉女或玉仙,约在元明之际,被道士冠以"天仙玉女碧霞元君"的道号,并伪称出自北宋真宗的敕封。这一神号在明代受到官方认可,在所发布之正式文告均采用"碧霞元君"之称。如天顺朝翰林学士许彬《重修玉女祠记》:"天顺辛巳(1461),又得陪巡按山东监察御史康骥德良、按察使王钺世昌同一登览,瞻泰山天仙玉女碧霞元君之神。"成化朝学士刘定之《重修玉女祠记》:"泰山绝顶旧有祠,祀碧霞元君,相传谓天仙玉女之神。"成化朝侍讲尹龙《重修泰山顶庙记》:"昭真祠在泰山之绝顶,世传谓天仙玉女碧霞元君之祠也。"[7]万历朝由于神宗生母慈圣太后的推动,碧霞元君信仰大盛于宫闱,明廷不仅认同神号,且在敕立碑记中明确承认了宋帝敕封之传说,岱顶碧霞宫万历四十三年(1615)首辅方从哲奉敕撰《敕建泰山天仙金阙碑记》云:"碧霞元君名号所从来远,……宋真宗东封,清泉示异,玉像是崇,以迄于今。自京畿至方国,莫不祗事。"[8]而崇祯帝在此基础上又作了推进,将传说中的宋封神号由八字增为十字,而"碧霞元君"之号至此终于化虚(虚构)为实(实封),变成了明廷正式的封号(依《镇志》文意,天仙圣

① 长筌子《洞渊集》卷二,《道藏》第23册,文物出版社1988年版,第839页。
② 王锡爵《东岳碧霞宫碑》,《重修泰安县志》卷十四《金石》。
③ 唐仲冕撰、严承飞点校《岱览点校》,泰山学院2004年版,下册,第676页、650页。
④ 唐仲冕撰、严承飞点校《岱览点校》,泰山学院2004年版,上册,第39页。
⑤ 唐仲冕撰、严承飞点校《岱览点校》,泰山学院2004年版,上册,第171页。
⑥ 唐仲冕撰、严承飞点校《岱览点校》,泰山学院2004年版,上册,第254页。
⑦ 以上均见弘治《泰安州志》卷六,中国国家图书藏原刊本。
⑧ 《明神宗实录》卷五二六,《明实录》第63册,台湾"中研院"史语所1967年影印本,第9890页。

母、眼光圣母与子孙圣母均为泰山女神之名,而"青灵普化慈应碧霞元君"等方为崇祯封号)。

其二,由于信众祈祷的需要,明代泰山元君开始出现两个"分身",明初许彬《重修玉女祠记》称祠"东西为廊各三间,东居配享元君,西居监池圣母。"[①]这在弘治《泰安州志》中又被称为"谢元君庙"与"监池元君庙"。约在明中叶之后,这两尊配享女神职司名称皆被人改变,分别被改作眼光娘娘与子孙娘娘[②]。万历朝《岱史》卷九《灵宇纪》云:"碧霞灵应宫:……宫之前,左翼曰子孙殿三间,右翼曰眼光殿三间。"[③]崇祯时张岱《岱志》云:"元君三座,左司子嗣,求子得子者,以银范一小儿酬之,大小随其家计,则以银小儿进。右司眼光,以眼疾祈得光明者,以银范一眼酬之,则以银眼光进。"[④]崇祯帝在本年敕封神号时,兼及世俗所崇信的元君分身,分别将之加封为"慧炤明目元君"与"育德广胤元君",这两尊后起的分身女神从此正式获得朝廷认可。而这种三身并奉的祠庙格局,也一直延续至今。

其三,崇祯帝此次敕封元君,与尊奉"智上菩萨"事件有关。据清初顾炎武《圣慈天庆宫记》称:"崇祯中,尊孝纯皇太后为智上菩萨。"[⑤]孝纯皇后为崇祯帝生母刘氏,早卒。崇祯嗣位后,听信西大乘教等信众的说辞,仿明神宗加封生母慈圣太后为"九莲菩萨"的故智,将之封为"智上菩萨"。敕封年代,顾炎武未记,但据清人韩是升《长椿寺明孝纯刘太后像》诗注云:"按像凡四轴,崇祯太后母瀛国太夫人徐氏指授画工,仿照后姪新乐侯刘文炳季弟右都督文照面目,颇得形似,此其一也。"又云:"帧首泥金小楷有'崇祯庚辰恭绘智上菩萨'十字。"[⑥]庚辰乃崇祯十三年(1640)。又清初谈迁《枣林杂俎》和集《丛赘》"追封母后菩萨"云:"崇祯十三年,追封孝元贞皇后曰'智上菩萨',孝纯皇太后刘氏曰'显仁九莲菩萨'。"[⑦]谈迁此记将孝纯与慈圣两太后封号混为一谈,记孝元封智上亦不确,但其明确记录封智上之号事在崇祯十三年,则可信从[⑧]。崇祯帝敕封母氏后,命奉祀于泰山,先祀于岱顶万寿宫,继之又建专殿奉祀于天书观,并更观名为圣慈天庆宫。《泰山道里记》云:"又其后为智上殿,崇祯间敕建。副使左佩玹碑云:皇上追崇孝纯皇太后为西天净土极乐世界菩萨,上号曰智上,建宝刹于岱。辛巳(1641)启土鸠工,三载告成。"敕建智上菩萨殿与敕封碧霞元君几在同时,这便使人有理由认为,本次敕封元君神号,是为将智上奉祀泰山而预作的铺垫。当万历时,明神宗为将其母慈圣太后(九莲菩萨)崇祀泰山,"位并碧霞"[⑨],特不惜民力,在碧霞宫铸铜制金殿以媚神。崇祯帝此番敕封碧霞,实也是乃祖媚神扬亲的故伎重演。

另河北唐山景忠山有康熙三年(1664)《景忠山修建始末垂诚后禩碑》,亦述及崇祯发

① 弘治《泰安州志》卷六,中国国家图书馆藏原刊本。
② 子孙娘娘原型最早见于《元始天尊说东岳化身济生度死拔罪解冤保命玄范浩咒妙经》(《道藏》第34册,文物出版社1988年版,第729至733页)所言"多男多女,九天卫房圣母元君",眼光娘娘较为后出。
③ 查志隆撰、马铭初等校注《岱史校注》,青岛海洋大学出版社1992年版,第148页。
④ 张岱著、夏咸淳校点《张岱诗文集》,上海古籍出版社1991年版,第155页。
⑤ 顾炎武《顾亭林诗文集》,中华书局1983年版,第100页。
⑥ 徐世昌编、闻石点校《晚晴簃诗汇》卷一一〇,中华书局1990年版,第4711页。
⑦ 谈迁撰、罗仲辉、胡明校点校《枣林杂俎》,中华书局2006年版,第622页。
⑧ 参见车锡伦《泰山"九莲菩萨"和"智上菩萨"考》,《信仰·教化·娱乐中国宝卷研究及其他》,台湾学生书局2002年版,第324页。
⑨ 佚名《佛说大慈至圣九莲菩萨化身度世尊经》,明万历四十四年(1616)刊经折本。收入王见川等编《明清民间宗教经卷文献》第十二册,台湾新文丰出版公司1999年版。

祃庙祀碧霞元君事:"毅宗梦游神宫,晨发帑金,差监官王应聘、孙进礼,增置配殿、上下牌坊。"[1]可与泰山祀事比勘。

综上所考:明崇祯十三年,崇祯帝曾加封泰山女神"青灵普化慈应碧霞元君"等神号,史证班班,确无疑意。

三、泰山娘娘与妈祖封号混淆的原因

明崇祯所敕封者为泰山女神,何以到了清初道士所造《天妃经》中,"碧霞元君"却变成了南海女神的封号。神号混淆的背后,实有多重历史原因。

直接原因是,泰山女神与南海女神同有"天妃"之称。妈祖称"天妃",始于元世祖所封"护国明著天妃"号。但若查证典籍却会发现,泰山女神也早被尊之为"天妃"。泰山女神初称"玉女",金元时又称作"玉仙",至明代开始有"天妃"之称,成化时人吕常《游泰山次侍郎郑东园韵》诗云:"地主只谈三岛事,天妃端拱五铢衣。"[2]万历时王俸《陪谭侍御登顶步前韵》诗云:"翻身世界看应小,翘首天妃始幸逢。"[3]万历末期编刊的《灵应泰山娘娘宝卷》中,也将"泰山娘娘""圣娘娘""顶上娘娘"与"天妃娘娘"混用。而"大明万历己酉年(1609)慈圣皇太后绘造"之碧霞元君像,与妈祖神像并列,题榜合称"天妃圣母碧霞元君众像"[4]。

清初此称更为常见,如顺治朝余缙登岱时有《天妃殿》诗[5],康熙朝尤侗《碧霞元君祠》诗云:"遥想灵旗游幸处,天妃咫尺有行宫。"[6]熊赐履《嘲泰山进香者口号二首》诗:"天妃太多情,到处陪欢笑。"[7]南北圣母名称相同,容易产生混淆,遂之误将泰山娘娘的神号,当成了南海妈祖的敕封。此一神号经过道士编刊《天妃经》的传播,成为颠扑不破的成说。

更为深层的原因则是,晚明以后南北两大圣母神格的逐渐融合。在世人最初的信仰中,泰山娘娘司掌人间生育,保佑妇女儿童健康平安;南海妈祖主管海运,庇护海上行旅安康。各司其职,迥不相谋。但至明清之际此状况有所变化。明代运河运输繁盛,河道藉泰山之泉,督漕诸官每借祭告泰山以求水运畅通,碧霞元君也因之被祈望能护漕保运。明代小说《梼杌闲评》第一回中元君自述:"吾乃泰山顶天仙玉女碧霞元君,奉玉帝敕旨来淮南收伏水怪,保护漕堤,永镇黄河下流,为民生造福。"于是"众人奔告,知县申文抚按,题请立庙,至今香火日夜不绝。祈祷立应,远近之人络绎不绝。……钟鼓半天开玉道,香烟万结拥金光。万方朝礼碧霞君,永护漕河福德主"[8]。此为泰山娘娘护漕之例。至于护海,李世瑜先生举出明刊《灵应泰山娘娘宝卷》之文:"娘娘慧目遥观,[见]天津卫径冲海口,与倭蛮一水之地。倘有外国侵犯中华,我显灵降圣,修盖宫殿,镇守海口,国泰民安,也是实么。"[9]清顺治朝开通自京至闽之九省驿道,官史赴福州扬帆出海,多先行经此道。泰山也由

① 孟庆海主编《唐山碑刻选介》第1辑,河北唐山市政协文史委2003年版,第165页。
② 曹学佺编《石仓历代诗选》卷四二四。
③ 查志隆撰、马铭初等校注《岱史校注》,青岛海洋大学出版社1992年版,第294页。
④ 《北京文物鉴赏》编委会编《明清水陆画》,北京美术摄影出版社2005年版,第40页。
⑤ 余缙《大观堂文集》卷八,《四库未收书辑刊》,第九辑16册,北京出版社1997年版,第241页。
⑥ 尤侗《西堂诗集》,收入《续修四库全书》,第1407册,第2页。
⑦ 熊赐履《澡修堂集》卷十六,收入《四库全书存目丛书·集部》,第230册,第581页。
⑧ 佚名撰、刘文忠校点《梼杌闲评》,人民文学出版社1983年版,第13页。
⑨ 车锡伦《明代西大乘教的"灵应泰山娘娘宝卷"》,《扬州师范学院学报》1993年第4期;李世瑜《天后宫何来泰山娘娘》,《东岳文化与大众生活第四届"东岳论坛"国际学术研讨会论文集》,广西师范大学出版社2009年版,第311页。

此成为驰驿必经之山。奉使官员登山叩祀时，往往先祷海路平安，使得碧霞元君的神职渐及广海。这时人们心目中的泰山碧霞，实际上已成为北方妈祖，充当起护漕保海的重任。

而与此同时，妈祖的神职也大为扩充，此犹如郑丽航先生所论："她的神职从最初的保护海运到抗倭除疫、御灾捍患，到兼司孕育、保护儿童等，到明代时已成为一位多功能的神，享有众多信徒的朝拜。朱淛在《天妃辩》中就有这样描述：'至于居常疾疫，孕育男女，行旅出门，必以纸币牲物求媚而行祷焉。'……（但妈祖）在北方的影响主要还是因保护漕运、海运而得到传播，在北方民众的号召力显然不如碧霞元君，道士们让天妃宫既有天妃的宫号，又有碧霞元君的幡旗，于是无论冲着哪一位神灵而来的信徒都能满意而归。"[①]而元代之后妈祖信仰的北传，又使其与泰山女神作进一步交融。宝卷研究专家车锡伦先生提出：元代漕运改由海路，南方的女神天妃娘娘受到重视，沿运河多建"天妃宫"，明嘉靖后，漕运工人多信仰无为教，泰山娘娘纳入民间宗教的女神信仰体系，并随漕运工人南传，"天妃宫"亦缘此多改成"碧霞行宫"与"泰山庙"[②]。所奉祀主神益加模糊混同[③]。

由于上述之双重因素，促使南北两大女神渐呈融合之势。而清初道士在编刊《天妃经》中移花接木，将明崇祯帝所封泰山娘娘神号，直接冠之于海神妈祖，导致"碧霞元君"成为这两大女神的共享封号，从而加剧了海神与山神信仰的进一步合流。如时人称："吾境（山东德州）多泰山元君祠，谒天妃庙者恒以元君视之，而漫无识别。"[④]

这一状况，不仅体现在妈祖信仰中每标举"碧霞元君"神号，而在泰山娘娘信仰中也多援引妈祖神迹。如康熙帝御制《重修西顶广仁宫碑》称："西顶旧建碧霞元君宫，……元君初号天妃，宋宣和间始著灵异（按此指宋封妈祖事），厥后御灾捍患，奇迹屡彰，下迄元明，代加封号，成弘而后，祠观尤盛。"[⑤]将妈祖称号褒封统统加之泰山元君。康熙四十八年（1783）文华殿大学士兼户部尚书张玉书在《丫髻山天仙庙碑记》也认同此俗说："元君者，乃湄洲林都检之女，渡海方游，于宋宣和间，以护佑路人功，始有庙祀。历元明，累功封天仙圣母碧霞元君徽号，六百余年至今不废。"[⑥]诗人登岱咏颂碧霞元君而每牵及妈祖，如嘉庆间陈文述《碧霞元君祠》诗云："南海有天后，灵迹湄洲湄。或云二而一，玉册同致辞。"[⑦]清代多次册封琉球，使臣途经泰山时，例行诣碧霞宫奉祀，以祈海路平安，如康熙时奉使琉球之徐葆光诗云："何代山巅祀碧霞，万里应同护客槎（原注：海神天妃，亦有元君封号）。"[⑧]乾隆间李鼎元《使琉球记》云："十一日癸亥，微雨，决意登岱，恭谒碧霞元君祠，以天后于明末时曾封'碧霞元君'故。……于遥参亭元君像前礼拜。"[⑨]显然已将元君视同妈

① 郑丽航《天妃附会碧霞元君封号考》，《莆田学院学报》2005 年第 6 期。

② 车锡伦《中国宝卷研究》第四编第一章《东岳泰山女神——泰山老奶奶》，广西师范大学出版社 2009 年版，第436 页。

③ 元君与妈祖庙祀混淆状况，可参考李俊领《近代泰山信仰礼俗的变迁》（中国社会科学院近代史研究所博士后研究工作报告）所举惠济祠之例，2012 年 6 月版第 22—23 页。

④ 王权《天妃庙记》，载乾隆《德州志》卷十二《艺文》。参王云《明清山东运河区域社会变迁》，人民出版社 2006年版，第 294 页。

⑤ 于敏中等《钦定日下旧闻考》，北京古籍出版社 1981 年版，第 1640 页。

⑥ 北京市平谷区文化委员会编著《平谷石刻》，北京燕山出版社 2010 年版，第 41 页。

⑦ 陈文述《岱游集》，收入《丛书集成续编》第 177 册，台北新文丰出版公司 1989 年版，第 543 页。

⑧ 徐葆光《中山传信录》附《游泰山诗》，清康熙六十年二友斋刻本，第 2 页。

⑨ 李鼎元著、韦建培校点《使琉球记》，卷一，陕西师范大学出版社 1992 年版，第 23 页。

明崇祯朝敕封『碧霞元君』考辨

祖。其至后来还出现了观音、妈祖、元君三神合体之论,如清乾隆间韩锡胙《元君记》引述时人传说云:"近世佞佛者云,观世音千百亿化身,在南为海神天后,封碧霞元君;在北为泰山玉女,亦封碧霞元君,皆一人也。……顾艳玉女、天后二神之灵,而胥实以观世音。"[①]凡此,足可见"碧霞元君"神号转嫁妈祖一案对后世女神信仰产生的深远影响。

附记:本文写成后,承中国社科院宗教研究所研究员叶涛先生赐告,台湾民俗学者王见川先生近亦写有同题论文,并随后发来了王见川在"2012·妈祖与民间信仰国际研讨会"上发表的《妈祖封号"碧霞元君"的由来:读〈妈祖文献史料汇编〉札记之一》原文。王文根据新发现的《道缘汇录·说麻姑化天妃记》等史料,作出如下结论:《道缘汇录》可能为明嘉靖时陆西星所作,其书称天妃"位证碧霞元君",应是指妈祖宗教修炼的境地,因此妈祖碧霞元君之号是"道封"(也即民间私封),而非帝王敕封。也就是说妈祖崇祯十三年受封碧霞元君的说法,可能是明嘉靖—万历年间道士创造妈祖位证碧霞元君影响下的产物[②]。王文前一结论,认定妈祖封碧霞元君说系民间信徒所为,自然完全正确;但后一论断却可商榷,因为从新发现《颜神镇志》的记载证实,崇祯十三年确有敕加碧霞元君封号之事,清初《天妃经》始将此神号与妈祖相联系,而《道缘汇录》所谓妈祖"位证碧霞"说,应是《天妃经》之说流行后衍生的产物。故《道缘汇录·说麻姑化天妃记》作者不可能为嘉靖时之陆西星,其产生时代只能在入清之后。

周郢:泰山学院泰山研究院　研究员

---

①　唐仲冕撰、严承飞点校《岱览点校》,泰山学院 2004 年版,上册,第 263 页。

②　王见川《妈祖封号"碧霞元君"的由来读〈妈祖文献史料汇编〉札记之一》,《2012 华人宗教变迁与创新妈祖与民间信仰国际研讨会会议论文·手册》,台湾嘉义新港奉天宫,2012 年,第 19 页。

吴方言区宝卷的再崛起

郑土有

　　作者题记：记得与车锡伦先生相识是在先师罗永麟先生家中。1986 年至 1989 年间，时任上海民间文艺家协会主席的姜彬先生策划主编《中国民间文学大辞典》，车先生是最早提议者和积极推动者，每次编委会开会他都要从扬州颠簸数小时来上海。车先生和罗先生都是副主编，两人性格耿直、志趣相投，又都喜喝酒，于是每次开完编委会会议后，车先生都会到罗先生家中喝上几盅，边品尝师母做的菜肴，边喝酒，天南地北地聊，有时候我也在旁边听他们聊学术、聊各种逸闻趣事。之后我在《民间文艺季刊》编辑部工作期间，发过几篇车先生的大作，更多的是拜读车先生有关宝卷研究的论文和著作，深深地被他的学识和对学术的追求精神所折服。近些年来，车先生疾病缠身，但对宝卷的痴情始终未变，多次劝我从事吴语地区宝卷的研究，但总感觉已经难以超越他而心有戚戚。前不久，车先生来复旦参加赵景深先生诞辰 115 周年纪念活动，斗胆邀请他为复旦大学中文系的研究生做了两次有关宝卷的讲座，使同学们领略了宝卷研究大家的风采和他对宝卷研究的深邃思考。值此，车先生八十寿辰之际，祝车先生身体健康，为中国的宝卷研究再做贡献。

　　近十年来一直在分湖流域调查刘猛将信仰与赞神歌。在调查的过程中，经常会遇到在同一场所演唱的宣卷班子，而且他们的演出常常能吸引更多的听众，有时甚至会出现神歌班与宣卷班成员发生摩擦的情况，于是逐渐开始关注这一现象。通过调查了解，发现宣卷这一古老的民间艺术形式，目前在江浙沪三省市交界区域处于高度活跃的状态，大凡庙会、新房乔迁、企业开业、小孩满月、青年订婚、老人做寿等许多人家都会邀请宣卷艺人到场宣唱宝卷。其中尤以苏州市所属吴江区最为突出，大约有 30 多个宣卷班子，他们终年奔波于三省市交界的各个乡村，大多数宣卷班子每年演出都在 200 场以上，几乎是终年无休。为什么在经济相当发达的地区，仍然能够保存这一古老的民间文艺形式，并且受到民众的喜爱，这是一个非常值得研究的文化现象。而从农村的文化建设角度而言，该活动能够丰富民众的业余文化生活，反映民众的精神诉求，也是具有积极的现实意义的。

　　宝卷是中国最具民族特色的民间说唱艺术之一，它集音乐、说唱、表演、文学叙事于一体，同时又与民间信仰活动紧密结合，是一种综合展现民间娱乐、审美、教化、信仰和生活的艺术门类。一般认为，宝卷的源头可追溯到唐代的俗讲，经历了宋元时期的佛教宝卷、明清时期民间教派宝卷、清及近代的民间宝卷诸阶段。宣讲宝卷活动在我国民间流传了近千年，积淀丰厚，尽管在清代、民国时期以及中华人民共和国成立后宝卷屡遭焚禁，但据车锡伦先生《中国宝卷总目》[①]统计，现在已知的收藏于国内外各图书馆、档案馆及个人手

---

　　① 　车锡伦《中国宝卷总目》，北京燕山出版社 2000 年版。

中的宝卷文本仍在 1500 部以上,而不为世人所知的留存于个人手中的宝卷文本可能还有不少,最近几年宝卷文本不断发现公布于众即是证明。这些宝贵的资料无疑是研究中国民间社会史、民众生活史、民间信仰史、说唱艺术发展史的重要的、不可或缺的史料,具有文献学、宗教学、民俗学、文艺学、艺术学、社会学等多学科的价值,是一座尚待开掘的富矿。

尽管宝卷研究由于长期以来受到各种观念的局限(如研究文学的认为是下里巴人的乱编,研究宗教的认为是歪门邪道之物,研究社会学的认为是封建迷信等)在我国一直未能受到应有的重视。但自 20 世纪 20 年代以来,仍然有不少有识之士艰难地从事着这方面的研究,著名的如顾颉刚、郑振铎、刘复、李家瑞、孙楷第、赵景深、胡士莹、关德栋、车锡伦等;国外的一些学者如日本的泽田瑞穗、美国的维梅尔、加拿大的欧大年、苏联的斯图洛娃等也对我国的宝卷研究做出了重要的贡献。经过国内外几代学者的不懈努力,已经积累了一批有价值的研究成果。如宝卷的渊源、分类和发展问题,宝卷与佛教、民间宗教、民间信仰的关系问题,宝卷的文学性研究等等,尤其是在宝卷文献的搜集、编目、整理方面成果最为显著。如胡士莹的《弹词宝卷目》,李世瑜的《宝卷综录》,车锡伦的《中国宝卷总目》,王见川、林万传的《明清民间宗教经卷文献》,张希舜、濮文起等人主编的《宝卷》等,都是花费数十年之功,对散藏于国内外各处的宝卷文献进行了广泛的搜集和科学的编目、整理,为宝卷的进一步研究奠定了坚实的基础。

但是毋庸置疑,传统的宝卷研究主要局限于对各大图书馆、档案馆以及私人收藏文本的发现与编目、汇集出版,以及对这些文本的研究,还是走文献考据的路径,缺乏对宝卷作为口传文学样式的在场调查研究。在这方面的拓展,主要得力于车锡伦先生的大力提倡。他在《信仰·教化·娱乐——中国宝卷研究及其他·自序》中强调:"田野调查是从事宝卷研究必须做的工作,因为这些仍在民间存活的宝卷演唱活动,不仅向研究者展现了宝卷演唱的形态,同时,田野调查所得的材料也可以'以今证史',补文献记载的不足,以便勾画出不同时期宝卷发展的历程。自然,更需要探讨是:这种古老的民间说唱形式,历尽沧桑巨变,何以不绝如缕,至今仍在民间流传、激动民众?"① 车锡伦先生自 20 世纪 80 年代以来,就克服经费短缺等种种困难对江苏靖江、无锡、苏州以及浙江嘉兴等地的宣卷活动进行了深入的田野调查,撰写调查报告。从而推动了宝卷研究进入了一个新阶段。

据学者们研究,清代以来民间宣卷活动在我国的分布基本上可分为南北两大区:在北方主要流行于河北、山东、山西、陕西,直至甘肃的河西走廊地区;在南方主要流行于江浙沪吴方言区。演唱宝卷在北方各地多称作"念卷",在南方则称"宣卷"或"讲经"。南北各地流行的宝卷文本,既有地方特色,也互相交流。流播的主要原因是明代的民间宗教,其教徒利用宝卷传教,后来逐渐发展成为以讲唱世俗故事为主的民间宝卷。据车锡伦先生估计,吴方言区发现的宝卷手抄本数量占其所著《中国宝卷总目》篇目的 2/3 以上,是中国民间宝卷主要的流传地之一。

关于吴方言区宣卷活动出现的年代,目前尚无法确定。据明代徐献忠(1469—1545)在《吴兴掌故集》卷十二记载:"近来村庄流俗以佛经插入劝世文、俗语,什伍群聚,相为唱和,名曰'宣卷',盖白莲教之遗习也,湖人大习之,村姬更相为之。"可见在明代中叶的嘉靖

---

① 车锡伦《信仰·教化·娱乐——中国宝卷研究及其他》,台湾学生书局 2002 年版。

年间,宣卷已在吴方言区民间流行,深受当地民众喜爱,而且从"以佛经插入劝世文、俗语""盖白莲教之遗习"的表述来看,当时可能已经开始脱离民间教派宝卷,向民间世俗宝卷的转变。但因为至今未发现明代吴方言区的宝卷文本,故尚难作出明确的判断。目前已发现的吴方言区最早的宝卷是康熙年间的抄本,清代中叶以后至民国时期的吴方言区宝卷则大量留存于世。① 20 世纪 90 年代以来,随着改革开放和思想解放,吴方言区的民间宣卷活动逐渐恢复,呈现方兴未艾的局面,成为农村小城镇民众文娱精神活动的重要内容。从初步调查的情况来看,该地区宣卷的蕴藏量极为丰富,目前活跃在乡镇的宣卷班子,能够演唱的作品少则十几部,多的达七八十部,有些宣卷艺人手中或是祖传、或是收集、或是转抄的宣卷本子就有 100 多部。这种现象的存在与发生,既与该地区的生存环境有关,也与长期以来形成的民间传统有密切的关系。我在研究吴方言区的长篇叙事山歌时发现,位于江浙沪三省市交界的浙江省嘉善县、上海市青浦县(区)、江苏省吴江县(市)虽然距离繁华的都市如上海、苏州、嘉兴都很近,但却保留着极为丰富的传统民间文化。究其原因主要是与该地区的生存环境有关。其特点一是地理条件较为优越,物产丰富,在旧时与其他地区相比,是相对比较富庶的,即使一般的人家,也能过上维持温饱的生活;二是水网密布,纵横交错的河网和星罗棋布的湖荡把人们局限在极小的范围内活动。在没有汽车、火车以及机械动力的情况下,以手摇船为主要交通工具,出行极为不便,很少与近在咫尺的城镇有沟通。闭塞造成与外界交流极为贫乏,大多数农村几乎生活在与世隔绝的状态之中。这就形成了一对矛盾:自然条件优越,物产丰阜,人们过着较为悠闲的生活,对精神生活的要求相对就比较高;然而,闭塞的环境和出行的困难,使他们的精神需求基本上只能在传统的领域"发挥",他们只能"就地取材",这个"材"就是千百年来形成的民间传统:唱山歌、讲故事、听说书⋯⋯,就成了民间主要的精神娱乐活动;而且也正因为环境闭塞,所以传统一旦形成后便更有生命力,更能持久保持,使我们在 20 世纪八九十年代仍能找到许多著名的山歌歌手,发掘和记录了 30 多首长篇叙事山歌。虽然中华人民共和国成立以后,该地区的交通状况得到了很大的改善,人们出行方便了,与城市的交流日渐增多,各种现代娱乐方式也逐渐影响到了乡村,但扎根于人们心灵深处的传统却是一时难以改变的,至今诸如打莲湘、挑花篮、舞龙舞狮、山歌俗曲等传统文艺仍是乡民们的至爱。宣卷的情况大致也相似,从史料记载来看,该区域民国时期宣卷活动极为盛行。虽然自中华人民共和国成立后至改革开放前这段时间被当作封建迷信加以批判,各种宝卷被收缴,宣卷活动也逐渐消歇了,但在民间仍保留了部分宣卷本子,更重要的是传统的力量仍然存在,民众对宣卷的情感始终未变,所以进入 20 世纪 90 年代后,民间的宣卷活动又迅速地得到了恢复和发展,深受民众的喜爱,许多有文艺才能的年轻人或拜师学艺、或自学成才加入到了宣卷艺人的行列。

　　进入 21 世纪以来,我国非物质文化遗产保护工作全面展开。在车锡伦等学者的大力倡导下,各地文化部门开始重视宣卷资料的搜集整理和研究工作,在该区域不断发现以往文献中没有记载的珍贵宝卷(包括石印本、手抄本)。这些宣卷文本,近些年来各地已陆续整理出版,如《中国·靖江宝卷》②(上下两册,收录在靖江流传的各类宝卷近 60 种,270 多

---

① 参见车锡伦《江浙吴方言区的宣卷和宝卷》,载《信仰·教化·娱乐——中国宝卷研究及其他》。
② 江苏文艺出版社 2007 年版。

万字)、《中国·河阳宝卷集》①(上下两册,收集选编了流传于张家港境内的宝卷 163 卷,220 多万字)、《中国常熟宝卷》②(分 4 册,收录有素卷、荤卷、冥卷、闲卷、科仪卷五个门类计 260 种,200 多万字,精选了 13 种具有较高研究价值和常熟地域特色的宝卷影印,附录有常熟宝卷曲调、常熟宝卷存目、常熟讲经先生小传、中外学者研究常熟宝卷著述概览、常熟方言字词释义表等)、《中国民间宝卷文献集成·江苏无锡卷》(影印,共 15 册)③等。其中江苏凤凰出版公司 2010 年 7 月出版的《中国·同里宣卷集》(200 多万字)上卷收录 25 部口头演唱记录本,下卷是 25 部宣卷艺人手抄本的校点本。上卷 25 部宣卷艺人演唱记录本,由张舫澜等地方文化人士到演唱现场录音,本着忠实记录的原则,原汁原味地记录了演唱的文本,花费一年多时间才完成。这些文本均是目前仍在民间经常演唱、非常受民众喜欢的作品。有的是对传统作品的再创作,有的是其他文学种类作品内容的移用;有的是传统篇目,有的是创新作品。它不仅丰富了宝卷作品的数量,也为宝卷作品的比较研究和演变研究提供了宝贵的第一手资料,其重要意义不言而喻。

宣卷是一种口头表演艺术,演唱的语境(演唱目的、受众对象、演唱环境等等)与文本是一个有机的整体,在某种程度上说语境可能会左右文本的形成,因此宣卷文本(宝卷)的研究固然重要,但仅限于文本还是不够的。据车锡伦先生研究,目前在中国民间仍然延续宝卷演唱的只有河西走廊地区和吴方言区。而在吴方言区,据目前掌握的情况来看,最为盛行的是江苏省的吴江市、张家港市、镇江市等。上述作品集中大多整理了宣卷艺人的传承谱系、分布情况、表演特点等,不仅可以让读者和研究者比较全面地了解吴方言区宣卷"活态"的场景,展示宣卷活动的真实情况,为中国的宝卷研究提供了宝贵的第一手资料,而且必将会在一定程度上推动中国宝卷研究的深入。

(注:本文据《中国·同里宣卷集序》修改而成)

郑土有:复旦大学中文系　教授

---

① 上海文化出版社 2007 年版。
② 古吴轩出版社 2015 年版。
③ 商务印书馆 2014 年版。

俗文学的另外一种：花鼓灯灯歌

朱万曙

　　流传于安徽淮河两岸的花鼓灯是非常典型的农耕型广场艺术,曾经被周恩来总理誉为"东方的芭蕾"。它的产生和流传的土壤是农耕文明,它的各种艺术元素无不传载着农耕文明的丰富的文化信息,体现了农耕社会的鲜明的文化特征。由于它是农民演、农民看的艺术,无疑是通俗文艺。花鼓灯艺术的直接呈现,是锣鼓伴奏下的舞蹈。但是,其中又穿插着单人演唱或二人对唱的灯歌,甚至还有后场小戏。故而灯歌既是歌唱,其歌词也是俗文学。目前,对于花鼓灯的研究还远未展开,诸多论及花鼓灯的书籍和文章大多还停留在介绍阶段。至于从俗文学的层面,更未有人关注。本文拟对花鼓灯灯歌作一讨论,以期对花鼓灯艺术有更深入和更全面的认识,也借以扩展俗文学的研究视域。

一、灯歌的艺术功能

（一）灯歌是花鼓灯艺术的重要组成部分

　　花鼓灯显性层面的艺术表现无疑是舞蹈。当铿锵的锣鼓敲响,在"伞把子"引领下,一群身着黄、红色彩衣服的"鼓架子"和"兰花"走起大场,那种强烈的节奏和舞姿,给人以强烈的感染和视觉冲击。也因此,花鼓灯很容易被看成是一种舞蹈艺术。另外一方面,在花鼓灯艺术的发展以及有限的介绍、研究中,也形成了花鼓灯是舞蹈艺术的片面认识。在各种舞台表演中,被选择的花鼓灯表演只是其舞蹈成分;在各种有关花鼓灯的著作和文章中,被侧重介绍的也是其舞蹈部分。这种倾向最典型的例证就是中国权威工具书《辞海》的"花鼓灯"条目:"汉族民间舞蹈形式之一,流行于安徽淮北地区。男角称'鼓架子',动作粗犷有力,多筋斗武技;女角称'兰花',手执手帕、扇子作舞。表演形式有大场和小场两种。大场开始为'伞头'引鼓架子扛兰花出场,接着舞岔伞,最后是变换各种队形的大型集体舞;小场多是两三人表演的抢手帕、抢板凳等具有简单情节的舞蹈和歌舞小戏。"[①]这段介绍显然只是将花鼓灯当成舞蹈艺术,对花鼓灯的定性是"汉族民间舞蹈形式之一",对其内容的介绍也只是舞蹈形式,而对灯歌只字未提。

　　从有关花鼓灯的介绍资料和我们实地调查所见,灯歌实在是花鼓灯艺术的重要组成部分。

　　高倩的《安徽花鼓灯》和谢克林的《中国花鼓灯艺术》[②]对完整的花鼓灯的演出程序都有介绍:1.开场锣;2."文伞把子"或"丑鼓"出场,唱灯歌表示谦恭或对观众的祝福;3."武

---

　　① 《辞海》,上海辞书出版社1990年版,第636页。
　　② 高倩《安徽花鼓灯》,人民音乐出版社1985年版;谢克林《中国花鼓灯艺术》,安徽人民出版社1990年版。

伞把子"出场,表扬各种伞花、舞蹈动作和跟斗技巧等;4.大花场;5.转场歌,"小鼓架子"或"丑鼓"上场,先唱一段,引出众"兰花"唱灯歌;6.坐楼歌,一个"兰花"坐在板凳上,一个"鼓架子"请她"下楼",两人对唱;7.小花场,一个兰花和一个鼓架子表演有简单情节的舞蹈,也有歌唱,如《抢手绢》等;8.盘鼓;9.后场小戏。因此,在整个花鼓灯表演中,唱灯歌是不可或缺的成分。

2006年2月11日,笔者与韩国木浦大学组成合作研究小组,前往怀远县常坟镇调查,镇里请来了几位花鼓灯老艺人,其中一位就是擅长唱灯歌的常谦德,据葛士静的《怀远花鼓灯》介绍,常谦德的师傅孙为章就是一位善唱灯歌的艺人。常谦德"才思敏捷,出口成章,身边万物,随手拈来,皆成灯歌。他的灯歌既流畅,又诙谐,往往一两处俏句能逗得观众哄堂大笑,这就是花鼓灯灯歌的'脆劲',也是花鼓灯演唱艺术的绝妙之处"①。果然,他在锣鼓的伴奏下,即兴唱起了灯歌,从农村的猪马牛羊一直唱到"神五"上天,流畅诙谐,充分显示了即兴编唱灯歌的才能。

(二)灯歌与舞蹈的"动""静"结合

《诗大序》说:"情动于中而形于言。言之不足,故嗟叹之;嗟叹之不足,故永歌之;永歌之不足,不知手之舞之,足之蹈之也。"灯歌既是花鼓灯艺术的重要组成部分,也起着重要的艺术功能。就情感表达而言,"手之舞之,足之蹈之"的舞蹈无疑更充分和浓烈,但是,花鼓灯的舞蹈表演并不具有特定的情感表达目的,更多的是一种程式化的表演,所以灯歌就更多地承担了这一表达功能。就审美感受而言,舞蹈可谓是"动"的艺术、看的艺术,它的效果在于给人以强烈的节奏感染和视觉冲击,它调动的是观众的情绪力量。灯歌则是"静"的艺术、听的艺术,它的效果在于歌唱的美听,更在于歌词所表达的思想、情感引起在场观众的内心共鸣。

就花鼓灯整体的演出效果看,灯歌和舞蹈正好构成了"动""静"结合、张弛有致的关系。从前面所述花鼓灯演出程序可见,在大花场的热闹之后,进入转场,由小鼓架子或丑鼓引出兰花唱灯歌,以及一个兰花和一个鼓架子唱坐楼歌,这正是由"动"到"静"的转换,也是由情绪感染到内心共鸣的转换。唯有这样的动、静结合,花鼓灯才具有了更加迷人的艺术魅力,才更加多姿多彩。试想,如果整场的花鼓灯表演全是锣鼓节奏和舞蹈,形式单一,观众的审美疲劳也是在所难免的了。

(三)灯歌的内涵深度与观众的情感交流

花鼓灯的舞蹈很美,语汇也极其丰富。但无论如何,在表达思想和情感上,都难以和语言的直接性相比。作为农民的自发的艺术样式,花鼓灯也很难通过舞蹈语汇表达丰富复杂的思想和情感。灯歌作为语言艺术,则能够直接地表达丰富复杂的情感。因为有了灯歌,使得花鼓灯不再停留在程式化的舞蹈表演层次上,而具有了深刻丰富的内涵,因而灯歌甚至是花鼓灯艺术的精神之所在,这一点在下文中将有更详细的论述。

灯歌在花鼓灯表演中还承载了密切与观众情感交流的任务。最为典型的功能表现是开场时"文伞把子"或"丑鼓"唱灯歌表示谦恭或对观众的祝福,如表示谦虚的灯歌:"上了场子用眼张,不知师傅在哪方。要知师傅在那里,拜过师傅拜师娘,然后再拜我的同行。"

---

① 葛士静《怀远花鼓灯》,新华出版社1998年版,第86页。

"上了场子不敢走,四边都是亲朋友。亲友见我微微笑,我见朋友难抬头,初学乍练拿不出手。"又如表示祝福的灯歌:"从来不到你宝庄,宝庄是个好地方。狸猫个个赛似虎,金鸡展翅像凤凰。牛羊成群六畜旺,五谷丰登粮满仓。"这些开场灯歌,无疑密切了表演者与观众之间的感情,营造了良好的交流氛围。

要之,灯歌实在是花鼓灯艺术重要的组成部分,仅仅将花鼓灯定性为舞蹈艺术是对花鼓灯的片面的认识。不仅如此,灯歌在花鼓灯表演中承担了重要的艺术功能,与舞蹈相辅相成,使得花鼓灯的内涵更加丰富,艺术质地更加凝重。

二、灯歌的文化价值

从介绍花鼓灯的资料以及我们的调查所知,民间艺人的灯歌有两个来源,一是历代积累,二是即兴编唱。因此,到底有多少灯歌,恐怕无法统计。谢克林在《中国花鼓灯艺术》中说有 3000 多首花鼓灯灯歌[1]。这个数字是夸大了还是保守了,也无法知晓。2006 年 4 月 12 日,我们中韩调查小组在怀远县涂山庙会,听到退休工人罗道君和李家荣唱的《八荣八耻要明瞭》的灯歌,是就胡锦涛总书记提出的"八荣八耻"而编唱的新灯歌。像著名艺人常谦德的即兴编唱恐怕更多。在各种有关花鼓灯的著作中,大多都有灯歌的歌词选录[2],却又不是全部灯歌的汇集,因此,到底有多少灯歌,恐怕是永远不能完成的统计工作。不过,就这些已经搜集记录下来的灯歌看,它们的内容极为丰富,充分反映了农耕社会的下层社会民众所思所想、价值取向和审美趣味。

关于灯歌的分类,各种论著都有所不同,如高倩《安徽花鼓灯》在"花鼓灯的歌"部分分为 3 类:1. 反映了旧中国劳动人民的苦难;2. 反映了压在封建社会最底层的妇女姐妹——童养媳的苦难生活;3. 反映妇女们在封建婚姻桎梏下的苦楚。《州来古今——凤台花鼓灯》中"凤台花鼓灯歌词选"分为 5 个方面:1. 歌唱新生活;2. 怒斥封建礼教;3. 劝戒歌;4. 对花名、古人名;5. 综合类歌词。葛士静《怀远花鼓灯》分为转场歌、思情歌、送郎歌、苦情歌、文伞歌、对花歌等 6 种。各种分类都有其合理性。这里,我不按花鼓灯表演程序、而完全按照内容,对灯歌作一分类介绍和评述。

(一)褒贬善恶

花鼓灯是农民的艺术,灯歌出自农民之口,反映了他们的爱和憎、褒和贬。他们有着质朴的感情,对善和恶有着直接的敏感。在灯歌里,他们褒扬善,控诉和嘲笑恶,表现了鲜明的爱憎之情。

> 我将干哥送出门,知心话儿对哥云。不义之财莫去取,脾气要好人要稳,做人应该守本人。[3]

这首灯歌唱的是一个送别的情景,女子对即将出门的"干哥"叮嘱,要他不取不义之

---

① 谢克林《中国花鼓灯艺术》说:"在目前所能收集到的 3000 多首花鼓灯灯歌中,从内容上看有情歌、叙事歌、历史歌、赞歌、时政歌等。"安徽人民出版社 1990 年版,第 80 页。

② 例如,高倩《安徽花鼓灯》"花鼓灯的歌"部分引录了 11 首,在其他部分也有用作例子的引录;《州来古今——凤台花鼓灯》有"凤台花鼓灯歌词选"有 46 首,加上书中其他章节引录的 35 首,共有 81 首;葛士静《怀远花鼓灯》搜集了花鼓灯灯歌 300 首,其中转场歌 40 首,思情歌 100 首,送郎歌 40 首,苦情歌 20 首,文伞歌 40 首,对花歌 40 首。

③ 高久安、徐国音编著《淮南灵光》选录,京华出版社 1995 年出版,第 87 页。

财,脾气要好,应该守本分。叮嘱的话语是善的观念,送别的场景也令人感动。

> 干哥犁田汗水流,侬家送饭到地头。大米干饭溜腊肉,小葱豆腐浇香油,干哥吃饱好使牛!

这是一幅劳动的生活场景,干哥在田里辛勤劳动,干妹送去好吃的饭菜,那份情感让人感到异常温馨。

> 提起地主实在坏,专门放些高利贷。我借他一斗还二斗,借他一块还两块。午季的麦子刚下来,地主就到我家来。口里衔着旱烟袋,手里拿个大口袋。我说今年还不起,他连嘬带骂蹦起来。搂腰给我一烟袋,他把我打的顺地歪,硬逼着我把孩子卖。我买小孩还他高利贷![1]

这首灯歌唱一个放高利贷的地主,"口里衔着旱烟袋,手里拿个大口袋",形象很可憎,为了收取高利贷,他竟然逼人卖小孩,毫无怜悯同情之心。对这样的恶人,灯歌表达了强烈的憎恶之情。

对于赌博、抽大烟等恶习,灯歌中也有嘲讽。在凤台流传的《戒赌歌》是鼓架子和兰花的对唱,鼓架子洋洋自得地吹嘘自己赌博的本领高,兰花嘲讽地唱道:

> 张口合口你赌的好,俺的家产哪去了?二亩水田全赔尽,小驴驹子全偷卖掉。大桌子抬去还了账,小板凳劈掉当柴烧。寒冬腊月睡芦席,没有被子盖夹袄。你可知正派人家不赌钱,赌徒怀里揣把刀?你偷张摸牌会耍赖,赌鬼们的坏点子比你还孬。要想做人先戒赌,要想过好日子靠勤劳。[2]

(二)咏叹苦难

淮河两岸不比江南鱼米之乡,这里资源相对贫乏,加上淮河水灾,中华人民共和国成立以前,生活在这里的农民要忍受很多的艰难困苦。他们的苦难也成为花鼓灯灯歌的咏叹内容,例如一首《民国二十四年干得宽》:

> 民国二十四年干得宽,长淮两岸无人烟。朝东干到东洋海,朝西干到昆仑山。朝北干到饮马泉,朝南干到落嘉山。干的奴家无生计,丈夫就把笆斗担。夜间破庙挤不下,宿到民家破猪圈。下铺地,上盖天,头下枕着半截砖。睡到三更半夜时,西北风飕飕变了天。大人冻的受不了,小孩冻的直叫喊。都因为干旱逃荒吗,诸位亲友们受多少熬煎。[3]

在封建社会,不合理的婚姻制度为许多妇女带来了痛苦。尤其是童养媳,从小离开亲生父母,缺少关爱,备受磨难,灯歌中也有她们的咏叹:

> 白天挑水几十担,晚上推磨到五更天。刚在灶门打个盹,狠心的婆婆就叫去烧锅。忽啦推开门两扇,天上星星还没落。急忙拿过一根绳,去到垛头背柴火。锅又大,水又多,柴火湿了对不着。两眼呛的泪潸潸,大伯子来到要吃饭,小叔子来到就掀

---

[1] 高倩《安徽花鼓灯》"花鼓灯的歌"引录,第21页。
[2] 《州来古今·凤台花鼓灯》,第228页。
[3] 高久安、徐国音编著《淮南灵光》选录,第125页。

锅。老公公要吃摊煎饼,婆婆要吃烙油馍。还要叫俺喂猪、喂鸡又喂鹅,哪一点不到就打我![1]

生活的折磨还在其次,更重要的是精神上的苦闷和忧愁,如下面的两首灯歌:

> 十八岁大姐三岁郎,晚上睡觉抱上床。睡到半夜要吃奶,搂头给你几巴掌,是你的妻子谁是你娘!
>
> 井里开花不露头,妻大郎小夜夜愁。等到日后郎长大,小侬家已经白了头。[2]

封建社会的婚姻制度只讲"门当户对""父母之命",却毫不考虑当事人的意愿。灯歌中对父母包办婚姻的不合理也有怨责:

> 太阳一落往下游,小侬家房中泪交流。想起二老心生气,不该去喝东庄酒,把我卖到山后头。隔山听见老虎吼,隔窗看见山水流。有心跟着山水走,又怕山水不到头。
>
> 花鼓一打咯嚓嚓,恨一声糊涂的老妈妈。小侬家刚满十八岁,硬要逼着给婆家。他不认得我来我不认得他,也不问疤来也不问麻,也不问瘸来也不问瞎,也不问聋子共哑巴,只图财礼送到家,还不如拿刀把侬杀![3]

(三)歌唱生活

尽管现实生活中有许多的磨难和艰辛,但花鼓灯艺术本来就有着苦中作乐的功能,生活在磨难和艰辛中的农民并没有被压垮,借着灯歌,他们表达了对生活的乐观态度。

演出花鼓灯,当地农民也叫"玩灯",这个时候,无论是"玩灯"的还是看灯的,无不享受着这短暂的狂欢,灯歌中充分表达了对花鼓灯艺术的喜爱之情:

> 花鼓一打头对头,玩灯的都是光蛋猴。一来没钱买灯草,二来没钱去打油,玩灯乘着月亮头。
>
> 花鼓一打咯咯噔噔,四面八方来看灯。远的不过三五里,近的都是南北村。不抹胭脂不擦粉,逢年过节开开心。[4]

对于生活于斯的这片土地,玩灯人也充满了热爱,灯歌里就有淮河风情的吟唱和赞美:

> A. 淮河弯弯淮水长,淮河两岸柳成行。三弯六咀十八岗,七十二道归正阳。
>
> B. 花鼓一打连又连,怀远城就在眼面前。东山有个禹王庙,西山有个白乳泉,卞和洞里出神仙。[5]

"对花歌"是鼓架子和兰花的对唱,歌词往往以大自然或日常生活的知识为内容,一问一答,充满了生活情趣,包含着劳动的经验,也显示了演唱者的智慧,例如下面两段:

---

① 高倩《安徽花鼓灯》"花鼓灯的歌"引录,第 20 页
② 葛士静《怀远花鼓灯》选录,第 152、154 页。
③ 同上书第 152、156 页。
④ 高久安、徐国音编著《淮南灵光》选录,第 118 页。
⑤ 葛士静《怀远花鼓灯》选录,第 157、167 页。

A.什么无腿过山来？什么抱树哭哀哀？什么一岁娘怀抱？什么一岁又怀胎？

浮云无腿过山来，秋娘抱树哭哀哀。婴儿一岁娘怀抱，山羊一岁又怀胎。

B.什么上山吱扭扭？什么下山乱点头？什么有腿桌上坐？什么无腿闯九州？

小车上山吱扭扭，扁担下山乱点头。香炉有腿桌上坐，舟船无腿闯九州。[1]

（四）宣说情爱

花鼓灯灯歌中，情歌占的比例最大。这些情歌细腻生动，展示了青年男女在各个阶段、各种情景的中的爱的情感。

清早起来把门开，一对蜜蜂飞进来。我看见蜜蜂想起人，羞羞答答头难抬，为什么干哥还不来？

——这是爱情萌生之后的思念，还带着少女的羞涩感。

小侬家房中闷沉沉，听到墙外有人声。忽拉拉打开门两扇，只见清风不见人，一夜相思到天明。

——这样的思念已经非常浓烈，是情到深处的相思。

清早起来站门旁，眼泪丝丝对郎讲。昨天为你挨顿打，今天为你挨顿夯。好好的皮子打成伤，白褂子染成红衣裳。掀起褂子你望望，我舍得皮肉舍不得郎。

——这是为爱而向父母作的抗争，为爱而忍受的苦楚。

送郎送到五里岗，我送小郎一挂炮仗。你走一里放一个，你走二里放一双。一直放到你家乡，看不到情郎听到炮响。

——这是送别情郎时的吟唱，无限的牵挂不舍，却用听炮仗声响的方式来自我慰藉。

以上所列举均为女子唱给情郎的情歌。也有男子唱给女子的灯歌，如：

远望小妹坐河坡，青石板上把衣搓。有心上前叫声妹，又怕人多不理我，我提提嗓子唱山歌。

以上列举了花鼓灯灯歌四个方面的内容，实际上还远不止这四个方面。尽管如此，我们已经能够从中看出灯歌的文化价值：它们褒贬着生活中善和恶，咏叹着生活中的磨难和艰辛，也歌唱着生活中的欢乐和情趣，宣泄着对爱情的渴望向往和对爱情甜蜜的体验。值得指出的是，这些内容完全不属于文人士大夫阶层，而完全属于农民，属于淮河两岸的农民。它们浸润着淮河的水分，散发着泥土的气息，在震天的锣鼓声中，在欢快的舞蹈间隙，这些灯歌为花鼓灯艺术增添了厚重的文化分量。

三、灯歌的审美价值[2]

花鼓灯灯歌不仅具有丰富的文化价值，也具有不可忽视的审美价值。它们是灯歌，也是诗，有着诗意的美。

---

[1] 同上书第 175、178 页。

[2] 本部分所引录的灯歌，除文中说明外，均出自葛士静《怀远花鼓灯》"花鼓灯灯歌三百首"。

（一）畅达人情

明代中叶，文人士大夫们因为不满于诗歌创作的复古风气，提出"真诗在民间"的观点，李开先《市井艳词序》说："故风出谣口，真诗只在民间。"冯梦龙《山歌序》："且今虽季世，而但有假诗文，无假山歌，则以山歌不与诗文争名，故不屑假。"明代文人们之所以推崇民歌，就在于它们的"真"，它们是真性情的流展，毫无矫揉造作之态，不带雕琢斧凿的痕迹，与复古文人们的"假"形成鲜明对比。

花鼓灯灯歌与明代中叶兴起的民歌一脉相传，它们的显著特点就是畅达人情。就创作过程而言，它们都是玩灯艺人脱口而出的歌咏，未经雕琢，不事修饰，有着天然质朴的品质。在花鼓灯演出特定的狂欢环境下，它们更具有表达真性情的属性，悲则真悲，喜则真喜，乐则真乐。艺人们唱灯歌，也不是为了藏之名山，传之后世，只要博得当场的喝彩，好的歌词则得以流传，不好的则随风淘汰。也因此，它们是活泼泼的生活的吟歌，是活泼泼的人性的流展。

看这样一支灯歌：

> 睡到半夜想干哥，翻来覆去睡不着。妈妈问我怎么的？二八月里跳蚤多，叮的奴家睡不着，怎么好说是想干哥！

它唱的是一个女子因为思念情郎，在半夜里辗转反侧。接着，富有戏剧性的场面出现了：她的翻来覆去被妈妈发觉，问她为什么，她的回答是"二八月里跳蚤多，叮的奴家睡不着"，以这样一个理由掩饰了内心的所思所想。它有点像《诗经·关雎》，却没有"关关雎鸠，在河之洲"的兴，而是直接唱对"干哥"的思念；它表现了一个少女的爱情，却是那么生活化；歌里的少女是聪慧的，却是农村中的少女，没有锦堂风月，有的却是二八月里床上的跳蚤。这样直白的感情表达，这样充满农村生活气息的场面，这样内心起着波澜而口头又敏于应答的少女，在文人的诗歌里是找不到的！它的真，它的对人情的表现，都是活泼而有生气的！

（二）叙事与抒情

花鼓灯灯歌有一个很明显的特点，那就是叙事和抒情很好地结合在一起。这个特点，当是由鼓架子和兰花对唱的"准角色"性质所决定的，也由它是当场歌唱的环境所决定的，因而有别于案头写作的诗歌。

花鼓灯表演中的坐楼歌，是一个"兰花"坐在板凳上，一个"鼓架子"请她"下楼"，两人对唱，鼓架子要想办法将兰花请下楼，而兰花则轻易不下楼，于是形成戏剧性的"冲突"。在这样"准角色"性质的表演中，他们所唱的灯歌就不可避免地带有人物表演的色彩，例如《安徽花鼓灯》一书中附录的一段"坐楼歌"，鼓架子先是请兰花，后用黄金诱惑兰花，再以死威胁兰花，都没能将兰花请下楼，最后，他以情感动兰花：

> 你哥哥也是男子汉，我家有人也有财。我也走南也闯北，为了干妹我才来。
>
> 干妹推辞不下楼，丢掉花鼓跪倒求。

直到这时兰花被感动了，唱道：

> 一见干哥跪楼门，奴家心疼抬起头。梳梳油头挽个髻，换双花鞋动身走。扭扭捏，捏扭扭，干哥扶我下花楼。

显然,坐楼歌因为有着"请"与"拒"的一段冲突,所以灯歌就有很明显的叙事性,但最后打动兰花下楼的还是"情",因此它很好地体现着叙事和抒情的结合。花鼓灯的小花场是由一个兰花和一个鼓架子表演,有简单情节、有舞蹈、也有歌唱,其中的灯歌同样体现着叙事和抒情的结合。

不仅在坐楼歌和小花场中如此,在其他灯歌里,无论是鼓架子所唱,还是兰花所唱,"我"的角色意识都很强,因为"我"的存在,灯歌便有了"述说"的味道,即便是说爱情,也是"我"在特点场景中的情感活动和动作。例如,灯歌中有很多的"送郎歌",都是"我"在送,所唱的是"我"在送情郎时的心理和感情:

> 送郎送到五里坡,再送五里也不多。有心再送三五里,后面爹妈吆唤我,越思越想越难过。

这支灯歌有很强的抒情性,表现了女子送别情郎时依依不舍和难过的情感,但它又是一个送别的场景,叙述的是一个女子想多送情郎一程却因为父母的吆唤而不能多送的生活片段。

(三)粗犷与柔美

作为广场艺术,花鼓灯以锣鼓和大花场的阵势,体现了淮河两岸平原的粗犷的风格,再加上舞蹈表演中多有武技动作的成分,其粗犷风格更为突出。但另外一方面,兰花的表演,又使花鼓灯带有柔美乃至柔媚的风格特点。花鼓灯中兰花的舞蹈,无论是"风摆柳"还是"颠簸箕",都给人以无限柔美的艺术感受。

花鼓灯的灯歌,加强了花鼓灯的柔美的特点。除了开场时的文伞或丑鼓所唱的谦恭或祝福的歌词,大部分灯歌都和男女情爱有关,表达的是男女内心的情感,因而灯歌可以说是以"柔性"内容为主的,它们与铿锵锣鼓正好构成了刚、柔相济的关系,也使花鼓灯艺术呈现出刚、柔平衡的风格特征。

一首首灯歌,唱出了一个个多情的青年男女形象,唱出了一个个多情人内心的柔情以及因情而生的悲苦和欢乐。有在房中刺绣的姑娘,有三月游春的少女,有割草摘菜洗衣服的女子,她们爱情细腻而浓烈,有的赠给情郎手巾、丝帕作为信物,有的甚至攒下私房钱给心上人,或者为了爱情而被父母责打,忍受皮肉之苦而不改心意。她们的外表美丽,她们的内心更美丽!

(四)"比"与"兴"

灯歌虽然是由花鼓灯艺人即兴演唱,但它们依然遵照"美的规律",继承着中国的诗歌传统,有兴有比,从而带着艺术的质感,给人以美的感染。

以他物引起对此物的歌咏,是为兴。例如:

> 栀子花,靠墙栽,顺着墙根长上来。雨不淋墙墙不倒,花不逢春花不开,妹不许郎郎不来。

这支灯歌从栀子花唱到了墙,再唱到"妹不许郎郎不来",自然的植物与所要吟唱的中心意思没有必然关联,但从自然植物起兴,增强了灯歌的艺术性。

比,在灯歌中更为普遍。例如:"我看干妹子远远来,身动手摇好人才。前面好象张四姐,后面好象祝英台,好似仙女下凡来。"这是直接比喻。有的灯歌是间接比喻,如:"侬家今年一十九,心想留郎又嫌丑。虫吃沙梨心里唷,风吹杨柳乱点头,满心愿意等郎求。"这里用"虫吃沙梨心里唷,风吹杨柳乱点头"比喻她内心思恋、情乱意迷的情形,很是生动形象。

阅读和听花鼓灯灯歌,总是使我们想起明代中叶的民歌。当时的文人卓珂月曾经把《吴歌》《挂枝儿》《罗江怨》《打枣杆》《银绞丝》等民歌称为"我明一绝耳!"公安派的代表人物袁宏道在《小修诗序》中则这样说道:"吴谓今之诗文不传矣! 其万一传者,或今闾阎妇人孺子所唱《劈破玉》《打枣杆》之类,犹是无闻无识真人所作,故多真声;不效颦于汉魏,不学步于盛唐,任性而发,尚能通于人之喜怒哀乐、嗜好情欲,是可喜也!"花鼓灯的灯歌正是如此! 它的畅达人情的品质,它的生活气息,以及原生态的质朴的艺术手法,都让人耳目一新、品味不尽!

附记:2005 年,韩国木浦大学闵惠兰研究员主动联系我,要和我联合调查安徽淮河两岸的花鼓灯艺术,此乃她在韩国申请的课题"农耕文化中的广场艺术"之调查计划之一,另一计划为陕西和山西的秧歌调查(后经我联系,由陕西师范大学李西建教授和山西师范大学车文明教授分别与她合作)。我与闵惠兰研究员在 2005 和 2006 年两年春节期间,分别赴安徽蚌埠市、怀远县、凤台县、颍上县进行了调研,实地观看乡村的花鼓灯演出,采访花鼓灯老艺人。花鼓灯作为汉民族代表性的舞蹈,早已被资华筠等专家关注,但花鼓灯灯歌,却一直没有得到关注。听着那些民间艺人们演唱的灯歌,我想,这不正是 20 世纪顾颉刚等先生们所关注的民歌和歌谣吗? 只是灯歌被花鼓灯的舞蹈成分所遮掩,没有引起文学研究者的关注。因此,在调查结束、韩国木浦大学召开的研讨会上,我宣读了《花鼓灯灯歌的艺术功能和文化、审美价值》的论文,并发表于《淮北师范大学学报》2008 年第 6 期。车锡伦先生乃俗文学之大家,20 世纪 90 年代即蒙教诲,今先生欣开九秩,谨将旧作略为修改,以符"俗文学"之命题。诚祝先生生命之树长青!

朱万曙:中国人民大学　教授

附　录

车锡伦先生的俗文学研究之路

王定勇

车锡伦(1937—　)，山东泰安人，现任扬州大学中国俗文学研究中心名誉主任，多年致力于中国戏曲史、俗文学史的研究，著有《中国宝卷总目》《中国宝卷研究》，主编《昆曲艺术大典·文学剧目典》《中国民间宝卷文献集成》等。获得教育部第六届高校科学研究优秀成果一等奖。曾任中国俗文学学会副会长、中国戏曲学会理事、江苏省民间文艺家协会副主席等。

人弃我取独寂寞

2014 年 10 月，曾永义先生来访扬州，为车锡伦先生作过一首诗："廿五年来金石交，因缘学术与节操。俗文宝卷称冠冕，人弃我取独寂寞。一介书生真本色，千秋傲骨实雄豪。我今跨海相存问，老泪相看忍不抛。"可谓知言。本着"人弃我取"的精神，车锡伦先生选择了一条不同寻常的研究之路。

俗文学是边缘学科，宝卷是寂寞的学问，车先生却坚守了三十多年。20 世纪 30 年代，以郑振铎、赵景深为代表的"俗文学学派"确立，40 年代达到鼎盛，在中国文学艺术史的学科建设上贡献殊大。他们的研究对象，包括狭义的民间文学(如故事、歌谣、谚语等)，以及口传的讲唱文学(变文、弹词、鼓词、宝卷等)和戏曲。车先生 1955 年考入复旦大学中文系，从本科到研究班历时九载，师从赵景深先生学习中国民间文学史和中国戏曲史，1964 年获得副博士(硕士)学位。从此他传承赵景深先生衣钵，主张从中国文学艺术发展过程的实际出发，摆脱从国外引进的概念的束缚，建立中国民间文学研究体系，充实中国文学艺术史的内容。

20 世纪 80 年代初，十年动乱刚刚平息，人们对革命口号和价值观念进行反思，一度出现了信仰危机。不论在城市还是农村，作为"四旧"被破除的各式迷信活动，都重新活跃起来。为了对民间信仰正本清源，车锡伦选择了与之密切相关的民间演唱文艺进行研究。开始涉猎的方面很多：民间宣卷、说唱道情、苏北的"香火神书"和"香火戏"、太湖流域的"赞神歌"等，后来才集中在宣卷和宝卷方面。由于宝卷在历史上与明清民间宗教("会道门")密不可分，这个课题相当敏感，常常遇到人为设置的障碍和各种干预，他形象地称自己的研究是"在雷区跳舞"。当年由于时代的局限，宝卷研究受到诸多偏见，车先生被认为是"不务正业"，往往遭受误解和非议，承受难以言说的艰辛。车先生回顾学术生涯，曾这样总结：宝卷也好，民俗也罢，他研究的大多是文学史教材上很少讲或者根本不讲的文学现象，一直没有进入学术研究的"主流"体系。

多年驻守在少人问津的学术边缘,车先生的学术成果很少为行外人所知。在长年的田野调查中,他同各地的佛头(讲经先生)们结下了深厚的情谊。在佛头眼中,车先生是值得信赖的"大专家",而车先生则在宝卷的世界里找到志业与安宁。本属两个世界的人成为知交好友,却又那么地自然和默契。2015年深秋,车锡伦专程来到江苏靖江农村,拄着拐杖走到佛头陆爱华的坟前,手捧着《中国宝卷研究》,对着地下的老友喃喃细语,在瑟瑟秋风中久久伫立……

独骑瘦马取长途

"老去功名意转疏,独骑瘦马取长途。孤村到晓犹灯火,知有人家夜读书。"这是宋人晁冲之的诗句,朱东润先生手书此诗赠予弟子车锡伦。正如这首诗所描绘的,车先生在俗文学研究之路上的跋涉与攀登,布满寂寞和辛酸。

车先生从事宝卷研究30多年,其间遇到的困难,外人可能难以想象。为了探明民间"宣卷"的某个问题,或寓目一本稀见的宝卷文献,往往要经历数年的时间。在农村田野调查中,步行十里、二十里是经常的事。为了获取第一手资料,同时减少开支,他吃住在"佛头"或者"斋主"家中。有一次在江苏苏州调查,搭乘农民的三轮摩托,被甩出车外。1997年,车先生去山西介休调查"念卷",为了省出回程的路费,在火车站候车室里"住"了两个晚上,当时的他已过花甲之年。

车先生一生甘守清贫,年过八旬的他仍与儿孙三代蜗居在70平米的斗室中。车先生的卧室兼做书房,也兼做会客室。逼仄的屋内靠墙放置两排书架,剩下的空间仅容转身。书架顶上、床下,都堆放着书籍资料。每有客人来访,便在书桌前临时放置一个方凳,客人一走就得撤走。先生有一次闲谈中说道:有时候拒绝访客,尤其是境外的学者,并非是"耍大牌",而是出于无奈;陋室如此寒酸,岂不是丢人丢到外国去! 言者无意,听者不禁黯然。先生晚年自号"虹桥退士",因其居所距离王渔洋修禊之地——虹桥仅半里之遥,可焉知此雅号的主人只有虹桥外的寂寞之地,与"衣香人影太匆匆"的繁华相去何其远哉! 就是在这样的陋室中,先生完成了一部部令人瞩目、足以传世的著作。2011年以来先生两次罹患重症,视力也急剧下降,但他仍怀着乐观的态度,对宝卷文献的研究一天也没有中断。车先生以研究为生活,以学术为生命,即便在患病住院期间也是满床书稿,埋首工作。观者无不感叹先生生命力之顽强与旺盛,其实质即在于他对学术的热爱与执着。

如今,车先生进入耄耋之年,仍然如同"独骑瘦马取长途"的赶路人,倔强地行进在俗文学研究之路上。他说,每当静夜读书,面对朱东润先生的法书,便精神为之一振。

宝卷研究第一人

车锡伦先生潜心钻研中国俗文学,用力最多的是宝卷研究。对宝卷的历史发展、田野调查和文献整理,自成一家,尤精于宝卷文献版本的真伪、年代和地区的鉴定。代表著作有《中国宝卷总目》(台湾"中研院"文哲所1998年初版,北京燕山出版社2000年出版重编本)、《中国宝卷研究论集》(台湾学海出版社1997年)、《信仰·教化·娱乐——中国宝卷研究及其他》(台湾学生书局2002年)、《中国宝卷研究》(广西师范大学出版社2009年)、《民间信仰与民间文学——车锡伦自选集》(台湾博扬文化2009年)。他对中国宝卷发展过程的研究,既注重宗教(佛教和明清各民间教派)和民间信仰活动背景上宝卷的信仰文化特征,同时又注重宝卷文本形式和演唱形态的演变及其与各个时期民间演唱文艺(戏曲、曲艺)的互相影响,开拓了宝卷研究的新领域。《中国宝卷研究》是中国学者第一部系统研究中国宝卷的专著,也是车先生几十年研究宝卷的学术总结。该书先后获中国民间文艺"山花奖"(民间文艺理论)、中国大学出版社优秀学术著作一等奖、中国俗文学"郑振铎学术奖"著作类一等奖,教育部第六届高等学校科学研究优秀成果一等奖。

经过三十多年默默耕耘,车先生的学术成就赢得同行专家的尊重。尽管先生不以宝卷研究自矜,他最为人所知的还是宝卷研究。中国社会科学院施爱东先生称车锡伦为"中国宝卷研究第一人"(施爱东《学术行业生态志:以中国现代民俗学为例》,载《清华大学学报》2010年第2期),此后这一说法被广泛引用,几成公论。中国社会科学院吕微先生赞叹车先生,"几乎以一人之力,将中国学界的宝卷研究保持在了世界领先的地位"。在2014年中国宝卷国际研讨会上,吕微先生这样概括车先生的学术贡献:三十年致力于中国宝卷资料的公开化(打破宝卷收藏单位对资料的垄断)、宝卷出版的科学化(出版影印本)、宝卷著录的规范化,以及宝卷研究的国际化(指导和接待众多研究宝卷的海外学者);车锡伦先生使中国宝卷研究于泽田瑞穗、李世瑜之后,继续在一个高水平上运行。

2014年10月,车先生总主编的《中国民间宝卷文献集成》第一个分卷——15册的《江苏无锡卷》由商务印书馆出版。他在《集成》总序中对宗教宝卷和民间宝卷的历史分期说,为宝卷研究朝向民众当下的信仰实践,提供了重要的学理依据。这部书经过20年的筹划,才有第一个分卷问世,中间经历了无数的挫折和漫长的等待。车先生的设想是"中国民间宝卷文献资料库",计划中还有江苏苏州卷、江苏靖江卷、浙江绍兴卷、山西卷、甘肃河西卷等分卷,这些工作都亟待展开。他不顾年迈体弱,出任扬州大学中国俗文学研究中心名誉主任,一边不遗余力地提携后学,一边十分忘情地勾画着宏阔的学术蓝图。

车先生在俗文学方面的研究成果,已经整理结集为《中国俗文学研究》,该书正在最后润色中。车先生研究宝卷的经典著作《中国宝卷总目》也在修订之中,成书后将比原书增加一倍篇幅。车先生的写作计划当中还有一部《五马拉车集》,涉及宗教、民俗、语言、音乐、历史、地理等民间文化多方面的问题……衷心期待着车先生的学术规划一步步变成现实,衷心祝愿车先生学术之树常青,衷心祝福车先生身体健康!

车锡伦：自述学习、教书和研究活动编年

车锡伦，曾用笔名乐陵、唐碧，山东省泰安县（今泰安市）人，生于 1937 年 1 月（农历丙子年十一月），行五，按"族谱"预留得名"伦"。父，讳贵轩（1901—1961），1925 年因参加"五卅"反帝爱国学生运动，在齐鲁大学医科肄业，一生在故乡泰安行医。母唐氏讳翠琴（1904—1995），1924 年毕业于泰安女子师范学堂，在泰安州前女子国民学校任教师，生二子后辞职，相夫行医，操持家务，养育子女。

1942 年　5 岁

◎9 月，入泰安育德小学读书，后又转学于泰安各小学。1946 至 1948 年因战乱学校停办失学，玩耍至极，也拣煤核、挖野菜，阅读到手的各种书籍。1948 年下半年复读于泰安县通天街完全小学，1950 年 1 月小学毕业。

1950 年　13 岁

◎1 月（春节后），考入泰安中学（后为山东省泰安第一中学）初中，1952 年考入泰安第一中学高中。中学期间最喜爱的课程是数学，订阅《数学通讯》杂志；业余爱好民族音乐，品箫吹笛。1955 年 7 月高中毕业时，经学校领导一再"动员"，报考中文系。

1955 年　18 岁

◎9 月 1 日，入复旦大学中文系本科（五年制）学习，三年级时选修"中国文学专门化"。五年本科学习期间共必修、选修文学、语言专业课 29 种（据本人《复旦大学学生记分册》）。初入校时对赵景深先生的"中国人民口头创作"（民间文学）课特感兴趣，因得到先生的关照。

1958 年　21 岁

◎参加赵景深先生主编华东民间故事集《龙灯》，负责编选山东地区的故事。本书上海文艺出版社 1960 年 2 月初版，多次再印。

◎参加作家协会上海分会青年民间文学研究小组。

◎参加编著《中国现代文学史》（复旦大学中文系现代文学组学生集体编著），执笔《苏区文艺运动》等章节，本书由上海文艺出版社 1959 年出版"上册"。

1959 年　22 岁

◎1 月（寒假中），为搜集 20 世纪 30 年代初期中央苏区文艺运动材料，到江西省南昌市等地调查和查阅有关历史文献。

◎8 月 14—16 日，参加作家协会上海分会组团考察江苏常熟白茅山歌会。姜彬（作协上海分会秘书长）带队，同行有任钧（上海师院中文系教授）、徐景贤（上海市委宣传部干部）、皮作玖（《萌芽》编辑部编辑）。

1960 年　23 岁

◎7 月,复旦大学中文系本科毕业,留校。11 月,进复旦大学中文系首届正式招生的中国文学史专业"副博士"(硕士)研究班。除从导师朱东润、蒋天枢、王运熙、包正鹄等先生学习古代文学系列专题、从蒋孔阳先生学"美学"等课外,主要从赵景深先生学习中国俗文学(民间文学)史、中国戏曲史,并习昆曲拍曲(因方音难改,主要习曲笛、洞箫伴奏)。

◎发表论文:《谈诗歌的长短句形式》,载《山东文学》(济南),1960 年第 1 期。本文是正式发表的首篇论文。

1961 年　24 岁

◎按照导师赵景深先生安排和指导,结合学习中国俗文学史,编纂《古代儿歌资料》《古代民间故事资料》两书;跟班听先生为本科学生讲授的《民间文学研究》课,做助教工作,并登台试讲一个专题(四节课)。

1962 年　25 岁

◎5 月 8 日至 15 日,参加上海市文联第二次代表大会(民间文学代表)。

◎11 月,研究班学习成绩及格,进入毕业论文写作。原拟以《中国古代儿歌研究》作毕业论文(已写出第一部分),奉中文系古代文学教研室令,改写中国戏曲史方面的论文。

1963 年　26 岁

◎11 月,完成研究班毕业论文《南戏"拜月亭"研究》,古代文学教研室通过,研究班毕业。毕业论文打印出全文 40 份,送全国有关研究机构和各高校有关专家评审,留校等待毕业论文答辩,并从赵景深先生继续学习中国俗文学史,完成编纂《古代民间故事资料》稿,交上海少年儿童出版社。(书稿在"文革"中丢失)

◎《古代儿歌资料》,编著,与赵景深先生联名,上海少年儿童出版社 1963 年 12 月出版。

1964 年　27 岁

◎4 月 24 日,毕业论文《南戏"拜月亭"研究》由朱东润教授主持,蒋天枢、王运熙、王欣夫、赵景深教授组成答辩委员会公开答辩通过。副博士(硕士)学位已被"革命"掉了。

◎5 月 10 日,到达被分配工作单位——内蒙古大学汉语言文学系报到,分在古代文学教研室任教。主要承担蒙语言文学系"中国古代文学"(含"作品选")课教学,并兼本系教学秘书。

1965 年　28 岁

◎10 月开始,参加"四清"工作队,到内蒙古土默特左旗,与贫下中农"三同"(同吃、同住、同劳动),查农村干部的"四不清"。参加过挖渠、筑坝、堵坝、平整土地等重体力劳动。

1966 年　29 岁

◎8 月,"四清工作队"解散,回校参加"文化大革命"。参加过烧暖气锅炉、"深挖洞"、砌"洞"、制砖坯、烧砖窑、木工等重体力劳动,直到 1971 年底。

1972 年　35 岁

◎本年度内蒙古大学开始招收工农兵学员。为取得上课"资格",从"挖洞"工地派到工厂、农村劳动,接受"再教育"。此后几年间,跟随形势,为学员编印供"大批判"用的资料(如《水浒传》研究资料"、京剧《四郎探母》剧本等),讲解古代文学有关常识。为给学员传授点知识,自编教材,陆续讲授"合辙押韵常识"课,受到学员欢迎。

1975 年　38 岁

◎《诗韵常识》(附"合辙押韵常识"),编著,呼和浩特:内蒙古人民出版社 1975 年 9 月出版,印刷 21 万余册(没有稿费),在当时产生很大影响。本书是出版社约稿,原书名《韵辙新编》,出版社编辑改名。

1977 年　40 岁

◎"文革"结束,高校恢复高考招生,担任汉语系"元明清文学"和"古代戏曲作品选"教学。

◎发表论文:《新诗韵的韵辙划分问题》,载《内蒙古大学学报》(呼和浩特),1977 年第 5 期。

1978 年　41 岁

◎1 月,因"文革"前出版"古代文学作品选"教材均没有唐代以后部分,因发起编写高等学校《中国古代文学作品选》教材。1 月 22—24 日在故乡山东省泰安县召开首次会议。到会主要是边远地区的 22 所高校及研究机构同仁 50 余位。本人介绍筹备情况,即按诗歌、散文、戏曲、小说分组讨论编纂原则、体例等,并组成"编委会"。这是一次"空前绝后"的高等学校教材编写会议:没有"仪式"性活动,没有会议经费(参会者差旅费各回本单位报销,议定每人"会务费"1 元,应付会务杂支)。本人主要参加戏曲组讨论。本年 3 月,开封师院(河南大学)负责召开"编委会",确定入编作品和各校分工编写的篇目;7 月,广西大学组织召开参编人员带初稿交流、审稿;10 月,陕西师范大学、西北大学组织召开定稿会,并争取陕西人民出版社同意出版此书。原"编委会"自动解散,参编者议定本书不署任何人姓名。最后统稿和校对、出版工作,由陕西师范大学高海夫教授(1928—1997)、河南大学李春祥教授(1930—1993)完成。

◎1978 年 12 月,内蒙古大学人事处文件,定本人职称为"讲师"。

◎《韵辙新编》,编著,内蒙古人民出版社 1978 年 7 月修订再版,恢复原名,印刷 10 万余册。

◎发表论文:《南戏"拜月亭"的作者和版本》(研究班毕业论文《南戏拜月亭研究》第一部分摘编),载《内蒙古大学学报》(呼和浩特),1978 年第 2 期。

1979 年　42 岁

◎5 月,调山东大学中文系民间文学教研室。教研室主任关德栋教授布置研究任务:研究蒲松龄《聊斋志异》在戏曲中的传播,搜集、编校《聊斋志异戏曲集》,本书后列入国务院《古籍整理出版规划(1982—1990)》。

◎《古代笑话选》,编著,与陈企孟合编,呼和浩特:内蒙古人民出版社 1979 年 3 月出版。

◎《中国古代文学作品选》,参编,项目发起人、"编委",自 1979 年起至 1983 年分六册由陕西人民出版社出版。全书收散文 105 篇,诗歌 342 篇,小说 36 篇,戏曲 22 篇,共计 505 篇,约 145 万字。本人执笔杂剧《窦娥冤》、南戏《月亭记·瑞兰拜月》、传奇《十五贯·

廉访》等篇作品注解。

◎发表论文:《再谈新诗韵的韵辙划分和编撰问题》,载《山东大学文科论文集刊》,1979年第二集。

1980年　43岁

◎按山东大学中文系领导指示,代表民间文学教研室与古代文学教研室联合筹备、组织纪念蒲松龄诞生三百四十周年"蒲松龄学术研讨会"。研讨会于9月16—20日在山东淄川召开。因"会议人员名额限制",本人未能与会,拟提交会议的论文《清人改编聊斋志异戏曲叙录》后另发表。

◎9月,应齐鲁书社要求,为赵师景深先生《中国小说丛考》校订出版样稿(10月出版),除校对文字外,删去一篇应时批判胡适白话小说研究的文章,得到先生赞同。

1981年　44岁

◎5月,奉高教部令(山东大学党委书记孙汉卿通知)调扬州师院中文系为任中敏教授建立的"词曲研究室",担任任中敏先生"助理";扬州师院中文系总支书记通知担任研究室"业务负责人",同时承担中文系本科"元明清文学"课教学。自此,直到1997年退休,同时先后为本科、专科和函授班开过选修课"古代戏曲""俗文学概述""民俗学概论""合辙押韵常识"等课程。

◎5月11—18日,参加中国民间文艺研究会首届学术年会(北京),提交论文《被作为神学附庸的中国古代儿歌》。

◎10月,参加江苏省民间文学工作者协会第一届学术讨论会,提交论文《明清儿歌的搜集和研究概述》。会后负责编辑、出版(内部)会议论文集《初犁集》(上、下二册)。

◎筹编以"词曲研究室"名义出版的中国戏曲、说唱艺术史不定期论丛《曲苑》和《词曲研究资料》(内部交流)。后者自1981年12月起至1984年,共编印16种,如任中敏《词曲通议》(徐沁君校点)、卢冀野《明清戏曲史》(陈企孟校点)和《论曲绝句》(季国平校点)、《四十五种论文集古代戏曲研究论文索引》(陈企孟编著)和外稿《历代曲家年里字号室名综表》(周妙中编著)等。由中文系资料室负责与国内各单位交流。

◎《古代笑话选》(蒙文版,译者不详),呼和浩特:内蒙古教育出版社1981年出版。

1982年　45岁

◎5月,应邀参加甘肃社科院、敦煌研究院等主办的"敦煌学学术研讨会"(甘肃兰州),提交会议论文《敦煌歌辞"冀国夫人"考》(?,未留底稿,原稿被会议主办者丢失)。会后到敦煌莫高窟考察。

◎8月,关德栋教授来访,提出合作编纂《中国讲唱文学丛钞》,请本人编出"丛钞"第一辑10种"目录"和"编纂体例",并承担《宝卷丛钞》《道情丛钞》的编纂。后原约稿出版社放弃"丛钞"出版计划,但本人由此开始对中国宝卷的研究,编辑现存宝卷目录,并就用到各地参加会议顺便调查吴方言区的民间宣卷活动和宝卷。

◎发表论文:

(1)《关于编纂"中国民间文艺词典"的问题》,附录"《中国民间文艺词典》词目分类",载《江苏省民间文学工作通讯》(南京),第17期。

(2)《清代剧作家陆继辂及其"洞庭缘"传奇》,载《扬州师院学报》,1982年第2—3期合刊。

（3）《明清儿歌的搜集和研究概述》，载《民间文艺集刊》（上海），第二集，上海文艺出版社 1982 年出版。

1983 年　46 岁

◎5 月 30 日—6 月 4 日，应邀参加"第二次吴歌学术研讨会"，江苏苏州。

◎12 月，自上而下"反精神污染"运动要求各地文联及所属协会自查所办刊物的"精神污染"问题。本人代江苏省民间文学工作者协会执笔"关于《乡土》报精神污染问题"报告，提出：《乡土》报发表乡土风俗知识和民间文学作品，除个别文章格调不高外，没有精神污染问题。

◎发表论文：

（1）《也谈董永故事的起源和演变》，载《民间文学论坛》（北京），1983 年第 2 期。

（2）《被作为神学附庸的中国古代儿歌》，载《扬州师院学报》，1983 年第 3 期；又，收入《中国儿童文学年鉴（1983）》（蒋兵主编），杭州：浙江少年儿童出版社 1985 年出版。

（3）《姚鼐"登泰山记"所述泰山南麓三谷订正》（与肖宝万合作），载《山东师范大学学报》（济南），1983 年第 3 期。

（4）《浅谈女真族剧作家李直夫的"虎头牌"杂剧》（与袁爱国合作），载《内蒙古师范大学学报》（呼和浩特），1983 年第 4 期。

（5）《舅姑·丈人·泰山·岳父——对妻子父母的称谓》，载《文史知识》（北京），1983 年第 12 期；又，收入《古代礼制风俗漫谈》第二集，中华书局 1986 年出版。

1984 年　47 岁

◎4 月，被任命为中文系词曲研究室副主任。

◎6 月 23 日，中国俗文学学会在北京成立，为学会会员。

◎8 月 25 日，江苏省民俗学会在扬州成立，被选为学会理事。

◎9 月，协助徐沁君副教授指导中国戏曲史硕士研究生黄强、季国平、刘祯，制定"培养计划"，力争将昆曲"拍曲"（邀请扬州清曲家谢真莆先生教授）纳入教学计划。1987 年 5 月三位通过毕业论文答辩，获得硕士学位。

◎在复旦大学进修的日本学者矶部璋（现为日本东北大学教授），由江巨荣等陪同来访，此后建立学术联系。

◎《聊斋志异戏曲集》，编著，与关德栋联名，上、下二册，上海古籍出版社 1984 年出版。

◎《曲苑》，第一集，主编，署名"曲苑编辑部（扬州师院中文系词曲研究室）"，南京：江苏古籍出版社 1984 年 7 月出版。

◎发表论文：

（1）《东台地区董永传说考》，载《扬州师院学报》，1984 年第 3 期。

（2）《唐代的巧匠传说》，载《民间文学论坛》（北京），1984 年第 3 期。

（3）《"长生殿"主题思想讨论综述》，署笔名唐碧，载《文史知识》（北京），1984 年第 5 期；又，收入《古典文学研究动态》，北京：中华书局 1993 年出版。

（4）《清人改编"聊斋志异"戏曲叙录》，载《曲苑》，第一集，南京：江苏古籍出版社 1984 年出版。

(5)《蚁穿九曲明珠——一个古老的民间传说故事》,载《民间文艺集刊》(上海),第六集,上海文艺出版社 1984 出版。

1985 年　48 岁

◎6 月,参加江苏省民间文学协会(民间文艺家协会)第三次代表大会,被选举为协会副主席,分工协会的理论研究工作,同时参与组织、协调"两省一市"(江苏、浙江省、上海市)民间文学"协作区"的民间文学研究活动。

◎9 月,为本科和专科函授学生开"民俗学概论"选修课(以后多次讲授此课),指导学生利用寒、暑假回家乡作民俗调查,"调查报告"作为本课程考察成绩。

◎10 月,组织省民间文学工作者协会第一次优秀论文评奖活动。

◎10 月 11—15 日,参加主持江浙沪民间文学协作区主办"第三次吴歌学术讨论会",江苏无锡市。

◎本年,日本早稻田大学博士院生冈崎由美来访问学,主要谈南戏《拜月亭》研究有关问题。冈崎女士现为早稻田大学教授,她任职早稻田大学中国古籍文化研究所所长时,该所"说唱文学研究班"成员多次来访问学。

◎《中国民间文学大辞典》在上海社会科学院文学所立项,由姜彬任主编,本人担任第一副主编兼歌谣分类主编,参与确定"词典"的框架体系,提出在总结前人和时贤研究基础上,应对民间文学理论有所突破。本词典至 1989 年完成,负责全书统稿。

◎发表论文:

(1)《八仙故事的传播和上中下八仙》,《民间文学论坛》(北京),1985 年第 4 期;又,收入《八仙文化与八仙文学的现代阐释:二十世纪国际八仙论丛》(吴光正主编),黑龙江人民出版社 2006 年 12 月出版。本文获江苏省民间文学工作者协会"优秀论文奖"(1985 年 10 月)、《民间文学论坛》首届"银河奖"二等奖(1986 年 3 月 15 日)等(见下)。

(2)《也谈中国民间文学的概念和范围》,署笔名乐陵,载《民间文学论坛》(北京),1985 年第 5 期。

(3)《小说"胭脂"和"胭脂鸟"传奇》,载《中国古典小说戏曲论文集》(赵景深主编),上海古籍出版社 1985 年出版。

(4)《宝卷叙录(一)》,载《东南文化》(南京),第一辑,南京:江苏古籍出版社,1985。

(5)《张五典的"泰山道里记"》,载《泰安师专学报》(山东泰安),1985 年第 1—2 期合刊。

1986 年　49 岁

◎11 月,扬州师院发布通知,本人具备副教授任职资格。

◎《曲苑》,第二辑,主编,署名"曲苑编辑部(扬州师院中文系词曲研究室)",南京:江苏古籍出版社,1986 年 5 月出版。

◎发表论文:

(1)《清代扬州刻印的唱本》(与陈企孟合作),载《扬州师院学报》,1986 年第 1 期。

(2)《"金山宝卷"和白蛇传研究中的几个问题》,载《民间文艺集刊》(上海),1986 年第 1 集。

(3)《浙江嘉善地区的宣卷和赞神歌》,与金天麟合作,署笔名唐碧(第二作者),载《曲苑》,第二集,南京:江苏古籍出版社 1986 年出版。

（4）《京剧和地方戏中的聊斋故事戏》,载《曲苑》,第二集,南京:江苏古籍出版社1986年出版。

1987年　50岁

◎3月,江苏省民俗学会常务理事会成立《江苏省志·民俗志》编纂委员会,任编委会委员。提出"宁缺勿错"的编辑原则。本志作为《江苏省通志》之一,由江苏人民出版社2002年出版。

◎4月,中国戏曲学会(挂靠中国艺术研究院)成立,被江苏省推举为中国戏曲学会理事。

◎8月,听取北大中文系实习学生关于江苏靖江地区"做会讲经"调查情况后,发现与明清民间教派活动有关,因决定亲自去调查。在该地学生协助下做了初步调查后,向当地有关部门了解,明确"做会讲经"同现代民间教派(道会门)的活动没有组织关系。因继续调查并写出简单的综合报告《江苏靖江的做会讲经》发表(见下)。此后,延续跟踪调查近二十年,同讲经艺人"佛头"建立了密切关系,可以避开人为设置的许多障碍。因无法立项纳入社科规划,得到经费支持,除完成"醮殿""破血湖"两个仪式的专题报告外,全面的调查报告没有完成。

◎组织选修《民俗学》课的学生利用暑期做"江苏农村民间信仰活动调查",写成调查报告30余篇,提供编纂《江苏省志·民俗志》参考。

◎江苏省教育厅批准为中国文学史硕士研究生导师,9月招收首届中国古代戏曲史硕士研究生三位到校。1991年6月王汉民、方梅获硕士学位毕业。

◎10月18日,中国社科院访问学者、日本京都大学人文科学研究所小南一郎来访,交流中国俗文学研究问题,此后建立了学术交流关系。

◎12月2日—5日,参加江浙沪民间文学协作区召开的"梁祝文化研讨会"(浙江宁波)。会议期间,向上海社科院姜彬教授(中国民间文艺研究会上海分会会长)提出:欧美现代民俗学的建立,没有吸收中国的内容;建议为中国民民俗学的发展,在两省一市协作区开展广泛的民俗调查。

◎发表论文:

（1）《宝卷叙录(二)》,载《扬州师院学报》,1987年第3期。

（2）《庄逵吉和抄本"秣陵秋"传奇》,载《中国古典小说戏曲论文集》(续集,赵景深主编),上海古籍出版社1987年出版。

1988年　51岁

◎9月,扬州师范学院聘请为"博士研究生指导小组"成员(导师任半塘教授),负责制定1988级季国平、1989级李昌集两届博士研究生的培养和学习计划。

◎11月24—26日,参加江苏省民俗学会学术年会及第三届代表会议(江苏连云港市),提交调查报告《江苏南通童子戏和太平会》(与殷仪、金鑫合作);被选举为学会副会长,连任至2008年。

◎"吴语地区民间信仰与民间文艺关系的考察研究"在上海社科院立项,主持人姜彬,应邀作项目"牵头人"之一,获批准为1988年国家社科辅助项目。所作田野调查报告《江苏靖江的"做会讲经"》被主持人加按语、作为该课题"样板"发表。

◎论文《八仙故事的传播和上中下八仙》获江苏省人民政府1988年3月15日颁发"江苏省第二次哲学社会科学优秀成果"三等奖(苏社科奖字第020166号)。

◎发表论文:

(1)《宝卷叙录(三)》,载《扬州师院学报》,1988年第1期。

(2)《江苏靖江的"做会讲经"(调查报告)》,载《民间文艺季刊》(上海),1988年第3期。本文获《民间文艺季刊》第一届"飞鹰奖"(1989年3月15日)。

1989年　52岁

◎3月1日,扬州师院中国古代文化研究所成立,词曲研究室划归研究所,任词曲研究室副主任。

◎4月25—27日,参加中国俗文学学会第二次会员代表大会(北京),被选举为学会常务理事。

◎7月24—26日,参加主持江浙沪民间文艺协会区联合召开第二次白蛇传学术讨论会。(江苏镇江)

◎9月14—17日,应邀参加第一届国际泰山学术研讨会(山东泰安),提交论文《泰山女神与宗教》,被聘请为泰山研究会特邀顾问。

◎10月,参与主持江浙沪民间文艺协会区召开第四次吴歌学术讨论会(无锡)。

◎11月13—15日,苏联科学院东方研究所研究高级研究员司徒罗娃(Э·С·Стулова)副博士来访。此前,她已经将明刊黄天教《佛说普明宝卷》翻译为俄语,此次为翻译《佛说崇祯爷宾天十忠臣尽节宝卷》来北京大学中文系进修。笔谈两个晚上,回答她翻译遇到的疑难问题。此前她已邮赠论文《苏联科学院东方研究所列宁格勒分所收藏宝卷述评》(俄语),本人据以编入《中国宝卷总目》。

◎11月17—19日,应邀参加"伊斯兰教在扬州"研讨会(扬州),提交论文《试论中国回族的禁猪习俗》,收入会议论文集《伊斯兰教在扬州》(韦培春主编),南京大学出版社1991年3月出版。

◎《民俗论丛》,编著,与王栋合作主编,南京大学出版社1989年5月出版。按,本书为江苏民俗学会第二、三届年会论文选集。

◎发表论文:

(1)《清代以"珊瑚鞭"为名的剧本》,载《戏曲论丛》,第二集,兰州大学出版社1989年11月出版。

(2)《"正末""正旦"考》(译文),[日]日下翠著,与佟金铭合译,载《扬州师院学报》,1990年第4期。按,作者日下翠在复旦大学中文系进修时曾来问学,后邮来多篇研究论文,本人获得此文翻译授权。

1990年　53岁

◎2月1—5日,参加"海峡两岸明清小说金陵研讨会",提交论文《"金瓶梅词话"中的明代宣卷》。会议期间,南京大学吴新雷教授组织两岸昆曲家30余人于南京师范大学举行同期曲会。与参加会议的台湾学者洪惟助(台湾清华大学教授)等有较多学术交流,建立了长期的学术交流关系。

◎1990年11月2—4日,参加"首届全国宝卷子弟书研讨会"(中国俗文学学会、天津社会科学院等联合主办,天津),提交论文《吴语区宣卷概说》。

◎发表论文:

(1)《江苏南通的"童子戏"和"太平会"(调查报告)》(与金鑫、殷仪合作),载《东南文化》(南京),1990 年第 1 期。

(2)《吴语区宣卷概说》,载《扬州师院学报》,1990 年第 4 期。

(3)《"金瓶梅词话"中的明代宣卷》,载《明清小说研究》(江苏南京),1990 年第 3—4期合刊。

1991 年　54 岁

◎9 月,参与筹划扬州师范学院中国古代文化研究所、中文系主办"首届海峡两岸散曲学术讨论会"。同参加会议的台湾学者曾永义(台湾大学教授)、李殿魁(台湾师范大学教授)、汪志勇(高雄师范大学教授)等在戏曲和俗文学研究方面做了较多交流,并邀请他们参加广陵曲社同期曲会,建立了长期的学术交流关系。

◎10 月,参加"中国俗文学学术讨论会"(江苏苏州),长篇论文《清同治江苏禁毁小本唱片目》经金煦先生增补部分吴歌资料后全文打印出(本人没有经费),联名提交会议发表,后被一些书刊转载。

◎本年秋,美国俄亥俄州大学东亚语系美籍华人学者黄宗泰教授(主要从事中国小说研究)来扬州访问,讨论中国俗文学研究问题。他提出:在美国,如果一个学科的研究对象和研究方法不明确,这个学科不会被承认。引起本人对建立中国俗文学研究体系问题的重视。

◎10—11 月,据中美文化交流协定来苏州大学的美国俄亥俄州大学青年学者马克·本德尔先生(Mark.Bender,现美国俄亥俄州大学教授),同苏州大学孙景尧教授合作研究中国弹词,几次来扬州调查扬州弦词(弹词),为他们组织扬州弦词老艺人作专场演出。

◎应台湾中国民间文学学会邀请参加该会与高雄师范大学国文系联合主办"第一届中国民间文学国际学术会议"(1991 年 12 月,台湾高雄)。因故未与会,书面提交论文《流传八百年的吴歌"月子弯弯照几(九)州"》,收入会议论文集。

◎《前后孝行录》,编著,署名唐碧,上海文艺出版社 1991 年 12 月影印出版。按,本书收清道光二十四年(1844)京江柳书谏堂刊《前后孝行录》(含《文昌帝君孝经》《劝孝格言》等)及宋刊本《孝经》(唐玄宗注)。本人承担此书编辑、出版的全部"责任":"编者"用笔名,"影印出版说明"署本名(签署日期 1991 年 4 月);审稿、签发印刷均由本人签名。本书是 1950 年后中国大陆首次正式出版供研究用的"二十四孝"原本,印刷量很大,随即引起"二十四孝"出版、研究热。

◎发表论文:

(1)《泰山女神的神话、信仰和宗教》,载《泰山研究论丛》,第三辑,青岛:海洋大学出版社 1991 年出版。

(2)《浅谈回族的食俗》,载《中国烹饪研究》(扬州),1990 年第 1 期。

1992 年　55 岁

◎3 月 10—14 日,带领苏州大学孙景尧教授、美国学者马克·本德尔(Mark.Bender)和在苏州大学进修的日本学艺大学铃木健之副教授,到江苏靖江考察"做会讲经"。

車錫倫:　自述學習、教書和研究活動編年

◎9 月 23 日参加江苏省文联第四次代表大会。

◎10 月,江苏省出版总局电子音像出版部几次约请主编《中国宝卷研究通汇》(包括校点《宝卷丛钞》和编纂《宝卷总目》《宝卷提要》等)。经本人校点数部抄本民间宝卷试验,很难保留原卷特殊的民间文化价值,因之婉拒。

◎《吴越民间信仰民俗——吴越民间信仰与民间文艺的考察和研究》(姜彬主编),参著,执笔第四章《宣卷和民间信仰》(与研究生方梅合作),上海文艺出版社 1992 年出版。本书获上海哲学社会科学优秀成果(1986—1993)著作三等奖。

◎《中国民间文学大辞典》(姜彬主编),第一副主编兼歌谣分类主编,上海文艺出版社 1992 年 6 月出版。

◎发表论文:

(1)《驱蝗神刘猛将的来历和演变》(与周正良合作),载《中国民间文化》(上海),1992 年第 1 期(总 5)。

(2)《清同治江苏查禁"小本唱片目"中的俗曲》,载《扬州师院学报》,1992 年第 2 期。

1993 年   56 岁

◎1 月,扬州师院中文系中国文学研究所成立,本人归研究所编制。

◎11 月,应邀参加"江苏傩戏傩文化学术研讨会"(江苏省文化艺术研究所《艺术百家》编辑部等主办,南京),提交论文《苏北的香火神会和香火戏(提纲)》,收入会议论文集。

◎发表论文:

(1)《明代西大乘教的"灵应泰山娘娘宝卷"》,载《扬州师院学报》,1993 年第 4 期。

1994 年   57 岁

◎5 月,美国哈佛大学博士生罗开云(Kathryu Lowry)来访问学,谈明代小曲(俗曲)的演唱问题;7 月本人赴沪又被请约谈。该生回国后,其导师赵如兰教授来信表示感谢。

◎10 月 27—29 日,参加"中国俗文学学会第三次代表大会暨 94 年学术研讨会"。

◎1994 年 7 月,上海古籍出版社原社长魏同贤先生筹集到出版资金,邀请本人主编《中国宝卷通编》(影印出版)。初选"篇目"已完成。1995 年 12 月发生《宝卷·初集》(山西人民出版社出版)事件,"通编"的编辑戛然而止。

◎发表论文:

(1)《中国精怪故事和神、仙、鬼、怪故事系列》(与孙叔瀛合作),载《中国民间文化》(上海),1994 年第 3 集(总 15)。

(2)《介绍曹寅(楝亭)藏明刊"书史纪原"的"雪芹校字"墨迹》,与赵桂芝合作,载《红楼梦学刊》(北京),1994 年第 2 辑。

1995 年   58 岁

◎2 月 22 日,《中国宝卷总目》获全国高校古籍整理委员会列为资助项目,资助经费 1996 年到位。

◎7 月 29 日,台湾嘉义师范学院张继光副教授来访,交流明清小曲的研究,扬州大学中国文化研究所举行座谈会。

◎9 月,招收第三届中国戏曲史硕士研究生刘水云到校。1998 年 5 月,该生通过毕业论文答辩,获硕士学位。

◎《中国精怪故事》,编著,与孙叔瀛合作,上海文艺出版社 1995 年 1 月出版。

◎《俗文学丛考》,专著,台北:学海出版社 1995 年 6 月出版。

◎发表论文:

(1)《江浙民间抄本"古今宝卷汇编"》,载《艺术百家》(南京),1995 年第 3 期;又,人大复印报刊资料《中国古、近代文学》转载,1995 年第 8 期。

(2)《中国宝卷概论》,载《中国民间文化》(上海),1995 年第 2 期(总 18)。

(3)《清代两种民间宗教宝卷》,载《兰州学刊》(兰州),1995 年第 4 期。按,本文排误极多,不能卒读。

(4)《建立中国俗文学研究体系漫谈》,载《中国俗文学家通讯》(北京),第 8 期(1995 年 9 月)。

(5)《"小唱""清曲"和"扬州清曲"》,署笔名唐碧,载《扬州日报》,1995 年 12 月 14 日。

1996 年　59 岁

◎1 月,日本外国语大学地域文化研究科博士院生大部理惠女士来访学,指导她在本院图书馆阅读宝卷,5—7 日带她到江苏靖江市实地考察"做会讲经"。

◎4 月 12—14 日应邀参加台湾大学中文系主办"语文、情性、义理—中国文学的多层面探讨国际会议",提交论文《中国宝卷的发展、分类及其社会文化功能》,收入会议论文集(台湾大学中文系 1996 年 7 月出版)。会后应邀为台湾"中研院"中国文哲研究所筹备处访问学人。24 日应邀赴高雄师范大学国文系作"中国俗文学研究问题"讲演,并交流中文系教学问题。25 日在文哲所筹备处发表"中国第一部宝卷和宝卷研究"专题讲演。26 日回大陆。

◎6 月,申报国家社科项目《中国宝卷研究》获批准为国家"九五"社科规划重点课题(批准号:96AZW020),是扬州师院首次获批的国家社科重点课题。

◎8 月 16—28 日,友人曾永义教授的博士研究生丁肇琴来访,她的博士论文为《俗文学中包公形象之探讨》,带她去合肥、开封、北京等地考察包公胜迹,查阅有关民间传说和演唱文艺资料。从此接受为及门女弟,结合她的专业兴趣,辅导她继续进行中国俗文学研究。

◎发表论文:

(1)《唐代民间流行歌曲[啰唝曲]及有关的几个问题》,载《扬州师院学报》,1996 年第 1 期。

(2)《清同治江苏查禁"小本唱片目"考述》,载《文献》(北京),1996 年第 2 期。

(3)《现代中国宝卷研究的开拓者》,载《曲艺讲坛》(天津),创刊号,1996 年 9 月。

(4)《"破邪详辨"所载明清民间宗教宝卷之存佚》,载《世界宗教研究》(北京),1996 年第 3 期。

(5)《中国最早的宝卷》,载《中国文哲研究通讯》(台北),六卷三期,1996 年 9 月;又,收入《周绍良先生欣开九秩庆寿论文集》,中华书局,1997。

(6)《明清"清曲"和"扬州清曲"》,载《扬州史志》(江苏扬州),1996 第 3—4 期合刊。

(7)《无锡"说因果""香诰"调查的意义》,收入《朱海容作品研究》,乌鲁木齐:新疆人民出版社 1996 年出版。

1997 年　60 岁

◎6 月 7—8 日,参加"1997"年中国俗文学学术年会暨中韩文化交流学术研讨会"(北京),提交论文《中国宝卷文献的几个问题》。

◎ 8 月,应约为《辞天·文学卷》撰写"中国民间文学"(不含少数民族民间文学)词条。拟定"大中小"210 余条,7 万余字。按约于 1998 年 6 月交稿。后约稿者答复:这本计划四十卷的"辞天"是某些人的"商业行动",后毁约,原稿亦不见。

◎11 月 2 日,中国社科院世界宗教研究所访问学者、日本东海大学的浅井纪教授来访(马西沙、韩秉方教授介绍和陪同前来)。3—4 日带他们到江苏靖江考察"做会讲经";5日到张家港考察,由于当地联系人安排不当,没能到做会讲经现场考察,6 日去无锡。本人在张家港港口镇调查了原安排的做会讲经活动(荐亡仪式),结合 1996 年 11 月的调查,写出报告《江苏张家港港口镇的"做会讲经"》。

◎ 12 月 5—10 日,参加江苏省文学艺术界联合会第六次代表大会。

◎ 1997 年 9 月 5 日,扬州师院中文系系主任、中国文化研究所所长通知:10 月起本人按章退休。指导的硕士研究生,如同意继续指导,可返聘一年,不算工龄;承担国家重点课题《中国宝卷研究》及高校古委会资助项目《中国宝卷总目》,自行处理。

◎《中国俗文学概论》(吴同瑞等编),参著,执笔第七章"宝卷",北京大学出版社 1997 年 1 月出版,第 207—224 页。

◎《中国宝卷研究论集》,专著,台北:学海出版社 1997 年 6 月出版。

◎发表论文:

(1)《小曲[叠落金钱]的流变》,载《扬州史志》(江苏扬州),1997 年第 1 期。

(2)《宋元小唱考——兼析扬州清曲起源说的一种错误》,载《扬州大学学报》,1997 年第 2 期。

(3)《江浙吴方言区的宣卷和宝卷》,载《民俗曲艺》(台湾台北),第 106 期,1997 年 3 月。

(4)《宝卷的系统和变迁》(译文),[日]泽田瑞穗著,与佟金铭合译,载《曲艺讲坛》(天津),第三期,1997 年 9 月。又,收入拙著《中国宝卷研究论集》。按,1985 年泽田先生签赠《增补宝卷の研究》(日本东京:国书刊行会 1975 年出版),本文系该书第一部分"宝卷序说"第二、三节。经大部理惠女士代为联系,获泽田先生翻译授权。

(5)《中国宝卷文献的几个问题》,载《中国书目季刊》(台湾台北),1997 年第 4 期(总30);又,《文献》,北京,1998 年第 1 期;又,人大复印报刊资料《中国古、近代文学》转载,1998 年第 4 期。

(6)《吴歌"月子弯弯照九州"源流考析》,载《民族艺术》(广西南宁),1997 年第 4 期。

(7)《浙江嘉善下甸乡王家埭村的"赞神歌"》(调查报告),载《民间宗教》(台湾中坜),第三集,1997 年 12 月。

1998 年 61 岁

◎2 月 18—22 日,带领台湾"中研院"中国文哲所华玮博士到江苏宿迁市沭阳县调查清末民初女剧作家刘清韵家世和创作情况,获新发现刘氏剧本三种(油印本)。接受华玮博士为及门,主要辅导她校点古代戏曲作品。

◎6 月 23—24 日,参加江苏省民间文艺家协会组织到扬中县采风,考察当地"吹子"班为民众做荐亡法会的演唱活动。

◎《中国宝卷总目》,台北:台湾"中研院"中国文哲研究所筹备处 1998 年 6 月出版(该所"图书文献专刊"第五种)。

◎本年,被扬州大学中国文化研究所聘任为特聘研究员。

◎发表论文:

(1)《中国宝卷漫录(四种)》,载《文献》(北京),1998 年第 2 期。

(2)《"结经"探源》,载《扬州大学学报》,1998 年第 3 期。

(3)《江苏靖江农村做会讲经的"破血湖"仪式(调查报告)》,与侯艳珠合作,载《民间宗教》(台湾台北),第四集,1998 年 12 月。

(4)《说"跳槽"》,载《明道文艺》(台湾台中),1998:4(总 265)。

(5)《灶神·财神·玉皇大帝·王母娘娘·泰山女神·妈祖·狱神·土地·泗州大圣·观音菩萨·猛将》,署笔名唐碧,《乡土》(江苏南京)1998 年第 1—12 连载。

1999 年　62 岁

◎ 1999 年 3 月,齐鲁书社鲍思陶先生(1956—2006)约请主编《中国宝卷文献集成》,获批为"山东省出版局出版规划重点选题"。计划在进行中,遇到"无法预料""无可奈何"的原因,鲍先生辞职到山东大学任教,编纂计划结束。

◎《宝卷·弹词》,专著,执笔"宝卷"部分("弹词"部分邀请周良先生写作),春风文艺出版社出版 1999 年出版。

◎发表论文:

(1)《江苏靖江农村做会讲经的"醮殿"仪式》(调查报告),与侯艳珠合作,载《民俗研究》(山东济南),1999 年第 2 期。

(2)《"天地君亲师"牌位的来历》,载《民俗研究》(山东济南),1999 年第 3 期。

(3)《泰山"九莲菩萨""智上菩萨"考》,载《泰安教育学院学报》(山东泰安),1999 年第 2 期。按,本文曾被多家刊物和网站转载。

(4)《关于"泰山道里记"的版本——"泰山道里记"研究之一》,载《岱宗学刊》(山东泰安),1999 年第 3 期。

(5)《佛教与中国宝卷(上)》,载《圆光佛学学报》(台湾中坜),第四集,1999 年 12 月。

(6)《关帝·钟馗》,载《乡土》(南京),1999 年第 1—2 期连载。

(7)《话说"堂会"》,载《弹词艺术》(苏州),第 24 集,1999 年 3 月。

(8)《明清民间宗教与甘肃的念卷和宝卷》,载《敦煌研究》(兰州),1999 年第 4 期(总 62)。

2000 年　63 岁

◎9 月 4—6 日,参加和主持第五次江苏省民间文艺理论研讨会,南京。

◎《中国宝卷总目》(1998 年台湾初版),获江苏省教育厅 2000 年 10 月颁发"江苏省普通高校第三届人文社会科学研究成果奖·中国文学(工具书)"三等奖。

◎《中国宝卷总目》(修订重编本),北京燕山出版社 2000 年 5 月出版。

◎发表论文:

（1）《"泰山道里记"的作者聂鈫—"泰山道里记"研究之二》，载《岱宗学刊》（山东泰安），2000年 第1期。

（2）《读宝卷札记——补"中国宝卷总目"》，载《台湾宗教学会通讯》（台湾台北），第五期（2000年5月）。

（3）《海外收藏的中国宝卷》，载《中华文史论丛》，第63辑，上海古籍出版社2000年9月出版。

（4）《蛋茶》（民俗笔记），载《民俗研究》（山东济南），2000年第3期。

（5）《丙丁宫的火神爷》，载《乡土》（南京），2000年第9期。

（6）《宝卷中的俗曲及其与聊斋俚曲的比较》，载《蒲松龄研究》（山东淄博），2000年第3—4期合刊。

（7）《宋代瓦子中的"说经"与宝卷》，载《书目季刊》（台北），第34卷第2期（2000年9月）。

2001年　64岁

◎4月9—10日，参加江苏省民间文艺家协会第五次会代表大会，卸任协会副主席，挂名为协会"顾问"。

◎6月2—4日，参加"2001海峡两岸民间文学学术研讨会"（台湾花莲教育大学民间文学研究所主办，台湾花莲），提交论文《明清教派宝卷的形式和演唱形态》，收入会议论文集。会后为花莲教育大学民间文学研究所研究生讲演，题目"中国大陆学者的民间文学研究"。6月5—12日，应台湾"中研院"中国文哲研究所邀请为特邀访问学人，在该所发表讲演《中国宝卷研究的世纪回顾》。6月13日回大陆。

◎《中国宝卷总目》（修订重编本），获江苏省人民政府2001年12月颁发"1999—2000年度江苏省哲学社会科学优秀成果"三等奖。

◎发表论文：

（1）《中国宝卷的渊源》，载《敦煌研究》（兰州），2001年第二期（总68期）；又，人大报刊复印资料《中国古、近代文学》2001年11期转载；又，收入《异质文化的碰撞——二十世纪佛教与古代文学》（吴光正等编），哈尔滨：黑龙江人民出版社2009年1月出版。

（2）《中国宝卷研究的世纪回顾》，载《东南大学学报》（南京），第3卷3期（2001年8月）；又，载《中国文哲研究通讯》（台北），第11卷4期（2001年12月）；又，人大报刊复印资料《中国古、近代文学》2001年12期转载。上文经刊物编删节，修补原删节部分，改题《二十世纪中国宝卷研究回顾》，收入《现代学术史上的俗文学》（陈平原主编），武汉：湖北教育出版社2004年10月出版。

（3）《中国宝卷的形成及其演唱形态》，载《燕京学报》，新十一期，北京大学出版社2001年12月出版；又，收入《异质文化的碰撞——二十世纪佛教与古代文学》（吴光正等编），哈尔滨：黑龙江人民出版社2009年1月出版。

（4）《"目连救母出离地狱生天宝卷"漫录》，载《甘肃艺苑》（兰州），2001年第3期。

2002年　65岁

◎筹划主编《中国说唱文学总录》，仿照《中国宝卷总目》体例，邀请海内外专家分别编纂，已被北京燕山出版社纳入"十一五"出版规划。因本人已退休，不能"立项"申请科研经费,同时燕山出版社约稿责编离职,计划作废。

◎《信仰、教化、娱乐——中国宝卷研究及其它》,专著,台北:学生书局出版 2002 年 12 月出版。

◎发表论文:

(1)《"林兰"与赵景深》,载《新文学史料》(北京),2002 年第 1 期(总 94);又,收入《赵景深印象》(李平、胡忌编),北京:学林出版社 2002 年出版。

(2)《明清教派宝卷中的小曲》,载《汉学研究》(台北),20 卷 1 期(2002 年)。

(3)《江苏张家港市港口镇"做会讲经"调查报告》,载《民俗研究》(山东济南),2002 年第 2 期。

(4)《聊斋俚曲曲调的来源(之一)》,载《载蒲松龄研究》(山东淄博),2002 年第 2 期。

(5)《蒲松龄"巫戏"研究》,载《戏曲研究》,第 58 辑,北京:文化艺术出版社 2002 年 6 月出版。

(6)《蒲松龄俚曲中的"十样锦""十种曲"》,载《蒲松龄研究》(山东淄博),2002 年第 3 期。

(7)《蒲松龄俚曲音乐研究》序,本书作者刘晓静,载《蒲松龄研究》(山东淄博),2002 年第 4 期。

2003 年　66 岁

◎11—12 月,应邀参加台湾艺术大学中国音乐学系、台湾"大汉玉集"剧艺团主办 "2003 年说唱艺术学术研讨会",提交论文《明代的陶真、盲词、门词和明代弹词》,收入会议论文集(本文被许多网站转载)。会议前后,参加"弦鼓声声唱——两岸联合说唱演出" 在台各地的巡廻演出活动,并在台湾各高校发表学术讲演 8 场:

(1)11 月 20 日,台湾戏曲学院(台北市),题目《戏曲曲艺唱词的形式和声腔》。

(2)11 月 22 日,东吴大学共通教育国文小组(台北市),题目《清代说唱文学欣赏》。

(3)11 月 24 日,世新大学中文系(台北市),题目《中国精怪故事和神仙鬼怪故事系列》。

(4)11 月 25 日,佛光大学历史研究所(宜兰市),题目《中国宝卷学之研究——我的学思历程》。

(5)11 月 26 日,花莲教育大学民间文学研究所(花莲市),题目《作家文学、民间文学 (俗文学)和通俗文学》,讲演和回答问题分别在上、下午连续进行,共约五小时。

(6)11 月 27 日,逢甲大学中文系(台中市),题目《宝卷与文学》。

(7)11 月 28 日,高雄师范大学中文系(高雄市),题目《五十年代大陆的俗文学研究》

(8)12 月 1 日,政治大学中文系(台北市),题目《明代的说唱词话和鼓词的产生》。

◎发表论文:

(1)《寒夜捣衣》,载《寻根》(河南郑州),2003 年第 2 期(总 52)。

(2)《聊斋俚曲与"倒喇"》,载《蒲松龄研究》(山东淄博),2003 年第 3 期。

(3)《清及近现代吴方言区民间宣卷和宝卷概况》,载《温州师范学院学报》(浙江温州),2003 年第 3 期。

(4)《山西介休的"念卷"和宝卷》,载《民俗研究》(山东济南),2003 年第 4 期。

2004 年　67 岁

◎4 月 28 日—5 月 4 日,参加中国艺术研究院组织中国曲艺史研究代表团(该院曲艺研究所所长姜昆任团长),赴日本进行文化交流活动。中国驻日大使馆文化参赞在东京花十番饭店设宴招待代表团成员。

◎10 月 25—26 日,参加"俗文学与中国当代文化学术研讨会暨中国俗文学学会成立二十周年纪念会"(中国俗文学学会、北京大学中文系、中国传媒大学文学院主办,北京),提交论文《中国宝卷研究的现状和问题》。

◎11 月 3 日,台湾国光剧团来京在长安大戏院演出新编京剧《天地一秀才》,4 日演出《王熙凤大闹宁国府》,应该团艺术总监王安祈教授邀请观剧;5 日,参加"台湾国光剧团2004 年北京演出座谈会"。

◎11 月 11 日,应北京大学中文系邀请作学术讲演,题目"中国俗文学史研究的若干问题"。

◎11 月,应邀参加中国艺术研究主持编纂的《昆曲艺术大典》的工作(《国家"十一五"时期文化发展规划纲要》重要文化遗产保护出版项目),任《文学剧目典》主编。(2005 年12 月收到总主编王文章先生签发《昆曲艺术大典·文学剧目典》主编聘书;2007 年 12 月收到中国艺术研究院签发《昆曲艺术大典》编委会委员聘书)。自本年度 11 月开始,参加"大典"课题组讨论会议,提出大典"原典集成和百科全书式结合"的编纂原则,陆续提出《文学剧目典》大纲、体例,各部分的编纂"说明"、样稿,执笔撰写本典各部分的"概述",审定本典最后定稿等;同时协调与各"分典"之间的关系。直到 2016 年 5 月 18 日参加中国艺术研究院和安徽出版集团联合召开《昆曲艺术大典》"索引"编纂会议(北京),前后历时十二年,参加了"大典"编纂的全过程。

◎12 月 24 日,应中国社会科学院文学研究所古代文学研究室邀请,在该室"学术论坛"(第 39 次)发表讲演,题目"说唱文学研究中的几个问题"。

◎为中国俗文学学会筹款编印《中国俗文学学会通讯》第 31 期(2004 年 6 月印行),专栏介绍台湾新文丰出版社出版《俗文学丛刊》,并编写"中国台湾学者的俗文学研究和教学单位"(用笔名)。

◎应台湾花莲师范学院民间文学研究所《民间文学研究通讯》(创刊号,2005 年 5 月出版)主编李世伟教授邀请,为该刊组织大陆学者的稿件,介绍大陆学者民间文学最新研究成果和信息。

◎发表论文:

(1)《清宣鼎的"三十六声粉铎图咏"》(与蒋静芬合作),载《戏曲研究》(北京),第 66期,北京:中国戏剧出版社 2004 年 11 月出版。

(2)《对关德栋先生俗文学研究成就的思考》,载《中国俗文学学会通讯》(北京),第 31期(2004 年 6 月)。

2005 年　68 岁

◎组织中国俗文学学会和山东大学文学院联合于 2005 年 4 月 28 日在北京大学中文系召开了"著名俗文学家关德栋教授追思会"。

◎8 月 2—5 日,参加"民山间文化青年论坛第三届会议暨泰山非物质文化遗产研讨会"(山东泰安)。

◎5月11—15日,应山东大学文学与新闻传播学院、中国文史哲研究院、历史文化学院邀请,分别发表学术讲演3场,题目"清代说唱文学研究""俗文学学派与中国民间文学史研究""民间宝卷的历史发展"。

◎10月,收到山东大学文学与新闻传播学院特聘博士生导师聘书,指导已故关德栋教授的博士生车振华写作博士论文,题目《清代说唱文学创作研究》。该生于2007年5月通过论文答辩取得博士学位。

◎应中国艺术研究院戏曲研究所聘请,指导该院韩国访问学者许允贞学习中国宝卷,讲课5次。

◎《中国古代文学通论·清代卷》(傅璇宗、蒋寅总主编),参著,执笔"上编"第六章《说唱文学概述》、"下编"第四章《说唱文学文献》,沈阳:辽宁人民出版社2005年7月出版。

◎《中国曲艺通史》(姜昆、倪锺之主编),参著,执笔第六章"古代曲艺向近现代曲艺的转化——明代"、第七章第八节《清代的民间宣卷和宝卷》,人民文学出版社,2005年11月出版。

◎应民政部所属中国社会出版社要求,提出《中华孝道孝行文献汇编》(大型、影印出版)的编纂计划,并提供样稿。后该社编辑告知:上报计划未获批准。

◎发表论文:

(1)《明代的佛教宝卷》,载《民俗研究》(济南),2005年第一期。又,收入《中国民间文艺学年鉴——2005年卷》(刘守华、白庚胜主编),华中师范大学出版社,2007。

(2)《排除成见偏见,建立学科体系》(刘锡诚主持"民间文学学术史百年回顾笔谈"之一),载《民间文化论坛》(北京),2005年第5期(总145)。

2006年　69岁

◎ 为中国俗文学学会编辑《关德栋教授纪念文集》,《中国俗文学学会通讯》第34期特刊,2006年3月。

◎4月7—9日,参加中国俗文学学会第五届代表大会暨"俗文学研究理论与方法学术研讨会"(北京),提交论文《俗文学和俗文学学派》。

◎4月,应山西大学文学院中国鼓词研究中心邀请,在该中心发表讲演两场,题目"宝卷文献的特征""明清说唱文学",并鉴定该中心收藏宝卷近百种。接受该校尚丽新博士为及门,指导她从事宝卷研究。

◎7月5日至15日,参加第三届中国昆曲艺术节,看了大陆、台湾和香港昆剧团演出的12台戏,参加《昆曲艺术大典》编纂人员同各剧团团长、编导人员座谈会。其间,应邀到吴江同里考察该地宣卷活动,写出调研报告《江苏"苏州宣卷"和"同里宣卷"》。

◎7月19日应聘参加中央音乐学院首届音乐学博士后刘晓静的出站研究成果《明清俗曲研究》专家评审会。

◎7月,中国社会科学院研究生院文学系聘为兼任教授,与吕微教授合作指导韩国留学博士生许云贞。本人主要指导该生通阅读该院文学所收藏宝卷,根据宝卷文献特点,建立新的著录体系,撰写了《宝卷版本诸问题》《中国社会科学院文学研究所馆藏宝卷分类目录》,作为毕业论文《从女性到女神——女性修行信念宝卷研究》"附录",于2010年5月25日通过毕业论文答辩,取得博士学位。

◎11 月,应邀在扬州大学文学院发表讲演,题目"中国俗文学史研究中的若干问题"。

◎12 月 8 日,应邀参加台湾"中研院"历史语言研究所主办"俗文学学术讨论会"和《俗文学丛刊》500 册出版发布会(台北),提交论文《孟姜女宝卷故事漫录》,收入会议论文集。会后应邀发表学术讲演两场:

(1) 12 月 12 日,在台湾花莲教育大学民间文学研究所,讲演题目"中国俗文学史研究的再思考——以道情研究为例"。

(2)12 月 13 日,在台湾世新大学中文系,讲演题目"古代戏曲和音乐文艺作品的阅读和欣赏"。

◎《明清民间宗教经卷汇编·续编》,王见川、车锡伦等编,台北:新文丰出版社 2006 年影印出版,大 16 开特精装 12 册。

◎发表论文:

(1)《宝卷的形成和早期的佛教宝卷》,载《文史知识》(北京),2006 年第一期。

(2)《道情考》,载《戏曲研究》(北京),第 70 期,中国戏剧出版社 2006 年出版。

(3)《痛悼前辈关德栋先生》,《关德栋教授纪念文集》(《中国俗文学学会通讯》第 34 期特刊)2003 年 3 月。

(4)《佛教的俗讲、忏法与宝卷的形成》,收入《周绍良先生纪念文集》(白化文主编),北京:中华书局 2006 年 8 月出版。

2007 年　　70 岁

◎5 月 19 日应山东大学学位评定委员会聘请为该校文学与新闻学院四位博士论文评议人。

◎5 月 25 日,应泰安广播电视台、泰山学院邀请,在泰山学院做"泰山女神"讲演。讲演录像后由泰安电视台制作分两集播出,讲稿整理本收入《名家话泰山》(袁久亮主编),济南:齐鲁书社 2009 年 4 月出版。

◎7 月,山西大学文学院尚丽新副教授申报国家社科课题"北方民间宝卷研究"获批准(批准号 07BZW065),本人为课题组成员。

◎ 8 月 24—27 日,参加"2007 年中国靖江宝卷文化国际学术研讨会"(东南大学东方文化研究所、靖江市政府主办,江苏靖江),提交论文《苏州的民间宣卷和宝卷——兼谈民间宝卷的挖掘和出版问题》。

◎10 月 27—29 日,参加"白茆民间文化国际学术研讨会"(中国俗文学学会、常熟市文化局等主办,江苏常熟),提交论文《吴方言区民间叙事诗的传统谫论》。会后在常熟地区做民间宣卷调查,写出调查报告《江苏常熟地区的做会讲经和宝卷简目》。

◎ 10 月,应邀为"全国古籍整理规划领导小组"主持编纂的《中国古籍总目》"集部·曲类"鼓词、俗曲、子弟书、道情、宝卷等入编书目审稿,先后提出《对"集部·曲类"分类体系的意见》《关于"宣讲"》《对"子弟书"稿本的意见》三篇书面意见,不见回应,没有写下去。

◎为纪念前辈傅惜华先生(1907—1970)诞辰一百周年,建议中国艺术研究院戏曲研究所编辑《傅惜华戏曲论丛》,被接受。提出编辑框架,被列为本书"编委会"成员,北京:文化艺术出版社于 2007 年 11 月出版。

◎发表论文:

(1)《江苏山东傩文化区与蒲松龄记述的"巫戏"》,载《河南教育学院学报》(河南郑州),2007年第1期。

(2)《江苏"苏州宣卷"和"同里宣卷"》(调查研究报告),载《民间文化论坛》(北京),2007年第2期。

(3)《小唱考》,《中华戏曲》,第35辑,北京:文化艺术出版社2007年5月出版。

(4)《最早以"宝卷"名的宝卷——谈"目连救母出离地狱生天宝卷"》,载《宁夏师院学报》(宁夏固原),2007年第2期。

(5)《关于"二十世纪'俗文学'周刊论文总目"以及"俗文学学派"》,载《文艺报》(北京),第38期(2007年4月5日)

(6)《"泰山志校证":古籍整理的新硕果》,载《光明日报》(北京),2007年5月19日。

(7)《倒喇考论》(与刘水云合作),载《中华文史论丛》(上海),2007年第2辑(总86辑)。

(8)《"佛说王忠庆大失散手巾宝卷"漫录》,载《韶关学院学报》(广东韶关),2007年第4期。

(9)《清及近现代北方的民间念卷和宝卷》,载《文化遗产》(广州),2007年第一期。按,本文删节稿。

(10)《二十世纪"俗文学"周刊论文总目》序,本书作者关家铮,济南:齐鲁书社2007年出版。

2008年　71岁

◎1月,应聘为扬州大学文学院指导古代文学硕士研究生王欢,毕业论文《中国的财神信仰和财神宝卷》于2010年5月20日通过答辩,授予硕士学位。

◎1月30—31日,参加"东岳文化与大众生活——第四届东岳论坛国际学术研讨会"(中国俗文学学会、北京民俗博物馆主办,北京),提交论文《泰山女神与东岳大帝》。

◎7月18日,参加《中国牛郎织女传说》丛书首发式暨全国第二届牛郎织女传说学术研讨会,北京。

◎11月2—5日,参加"新史料与区域社会史研究——大泽山功德碑国际学术研讨会"(台湾东吴大学人文社会学院、山东大学文史哲研究院等主办,山东平度),提交论文《明清以来山东半岛地区的民间宗教活动——探讨大泽山香会碑的宗教文化背景》。

◎2008年5月,应聘为中国艺术研究院研究生院戏曲学博、硕士研究生授课三讲:"中国文学史研究的俗文学学派""唐代以来音乐文艺形式的研究""中国宝卷的研究"。

◎发表论文:

(1)《王海潮"五经会解"全套的发现》,载《藏书家》(济南),第13辑,济南:齐鲁书社2008年1月出版。

(2)《曾永义学术论文自选集·学术进程》序,本书作者为台湾大学荣誉教授,北京:中华书局,2008年8月出版。

(3)《中国宝卷新论》,载《东亚人文》(王中忱、刘晓峰主编),第一辑,北京:生活·读书·新知三联书店2008年10月出版。

(4)《对江苏靖江做会讲经和宝卷的调查与研究》,载《河南教育学院学报》(河南郑州),2008年第4期。

2009 年　72 岁

◎4 月 10—12 日，参加"2009 泰山东岳庙会国际论坛暨海峡两岸学术研讨会"（中民俗学会、泰山管委会主办，山东泰山），提交论文《清初南无教尹喜编"泰山圣母苦海宝卷"》。

◎4 月 18 日，应邀在山东师范大学文学院发表学术讲演，题目"东岳泰山女神泰山老奶奶"。

◎ 8 月 16—18 日，参加"第二届中国秘密社会史国际学术研讨会"（中国国际友谊促进会、山东大学等主办，山东济南），闭幕式发表专题发言《清长生教编刊"弥勒佛说地藏十王宝卷"》。

◎ 2009 年 1 月，《中国宝卷总目》出现改头换面、署名"北京燕山出版社"盗印的"第二版"。原吴小如先生题签的彩色封面，改为以藏青漏印白色书名等的简陋封面；"责任编辑"在每一页页尾都加了一条与本书毫不相干的历史名人的"读书箴言"（有些未署名，来路不明）。本人没有授权任何出版社出版本书"第二版"。

◎ 9—10 月，拟定《中国民间宗教经卷文献集成》编辑要旨和计划，李世瑜先生（1922—2010）积极支持，出任顾问；中华书局纳入出版计划。请求原任职单位提供一点启动经费，因"已经退休"而拒绝。本人无力自费奔走各地，也没有助手协助，只好放弃。

◎10 月应聘为浙江传媒学院浙江省非物质文化遗产研究基地教授。10 月 10 日为该院新闻与文化传播学院学生作《古代的流行歌曲》讲座。10 月 12—15 日，到该校"非遗"研究基地浙江绍兴县考察民间宣卷，写出报告《经眼绍兴民间宝卷目》，后被收入《绍兴宣卷》（王彪等主编），杭州：浙江摄影出版社 2012 年 5 月出版。

◎《民间信仰与民间文学——车锡伦自选集》，专著，台北：博扬文化事业有限公司 2009 年 7 月出版。

◎《中国宝卷研究》，专著，桂林：广西师范大学出版社 2009 年 12 月出版。

◎发表论文：

(1)《新发现的清初南无教"泰山苦海圣母宝卷"》，载《河南教育学院学报》（河南郑州），2009 年第一期。

(2)《宝卷漫录（五篇）》，载《民间文学年刊》（台湾花莲），第三期，台湾东华大学民间文学研究所编刊，2009 年 10 月出版。

(3)《江苏常熟地区的"做会讲经"和宝卷简目》，载《河南教育学院学报》（河南郑州），2009 年第 6 期 。

(4)《泰山女神与东岳大帝》，收入《东岳文化与大众生活》，桂林：广西师范大学出版社 2009 年出版。

2010 年　73 岁

◎4 月 9—10 日，应邀参加"中华现代学术名著丛书"专家论证会（北京），提交书面发言，主要参加"文学组"讨论。

◎10 月 12—14 日参加"首届江苏民俗文化研究高层论坛"（江苏省民俗学会、常州市民俗研究会主办，江苏常州），提交论文《清末民间常州地区刊印的宝卷》。

◎11 月 13—14 日，参加"近现代社会变迁与中国民俗学"国际学术研讨会（山东大学、文化部民族民间文艺发展中心主办、山东大学文史哲研究院民俗研究所承办,山东济南),提交论文《形成期之宝卷与佛教之忏法、俗讲和"变文"》。

◎发表论文:

(1)《读清末蒋玉真编"醒心宝卷"——兼谈"宣讲"(圣谕、善书)与宣卷(宝卷)》,载《文学遗产》(北京),2010年第2期(2010年3月)。

(2)《常州宝卷》序,载《常州宝卷》(第一辑),广州:珠海出版社2010年出版。

2011年　74岁

◎8月,经过一年筹划,为商务印书馆(文津文化)提供编纂和影印"《中华关圣帝君文献汇编》方案",内容分三部分:一、综合文献、史料;二、宗教经卷和民间宝卷、签诗、善书等;三、文学艺术作品。含中国蒙古族、藏族、满族及世界各地华人的有关文献。

◎8月23—24日参加"中国俗文学学会第六届代表大会暨俗文学与日常生活"学术研讨会。卸任学会副会长职务,改任学会顾问。

◎《中国宝卷研究》获中国文联、中国民间文艺家协会2011年12月颁发"第十届山花奖(民间文艺理论)"。2012年1月4—6日在海南省海口市参加颁奖仪式。

◎《中国宝卷研究》获中国大学出版社协会2011年12月颁发"中国大学出版社图书奖"第二届"优秀学术著作"一等奖。

◎发表论文:

(1)《形成期之宝卷与佛教之忏法、俗讲和"变文"》,载《民族文学研究》(北京),2011年第一期(总120期);又,收入中国俗文学学会年刊《中国俗文学》(陈平原主编),北京大学出版2011年8月出版;收入《历史的侧面:"民族文学研究"三十年论文选萃》,北京:社会科学文献出版社2014出版。

(2)《"非遗"民间宝卷的范围和宝卷的"秘本"、发掘出版等问题》,载《河南教育学院学报》(郑州),2011年第一期。

(3)《清末民国间常州地区刊印的宝卷》,载《民俗研究》(济南),2011年第4期。

2012年　75岁

◎《中国宝卷研究》,获中国俗文学学会2012年12月颁发"首届中国俗文学郑振铎学术奖"著作类一等奖。

2013年　76岁

◎《中国宝卷研究》,获中华人民共和国教育部2013年3月22日颁发第六届高等学校优秀成果(人文社会科学著作)一等奖(教社科证字2013第010号)。

◎12月,扬州大学中国俗文学研究中心成立,应聘为名誉主任。

◎发表论文:

(1)《大说书家柳敬亭》,收入《柳敬亭研究》(刘宁主编),南京:凤凰出版社2013年9月出版。

2014年　77岁

◎9月15—19日,应苏州市戏曲博物馆邀请,做"中国宝卷的历史发展和研究"讲座,并结合该馆"馆藏宝卷全目提要"项目,做有关宝卷文献整理和编目研究工作的讲演,为该馆收藏部分宝卷做鉴定。

◎参与筹办"中国宝卷国际研讨会暨2014年中国俗文学学会年会",特邀无锡灵山宣卷班来会作模拟实景演出。10月17—19日在扬州大学文学院召开,同时举行《中国民间宝卷集成·江苏无锡卷》(商务印书馆出版)首发式。

◎《中国宝卷研究》获中国江苏省委宣传部2014年1月6日颁发"2013年度江苏优秀文化成果"奖。(苏宣【2014】1号文)。

◎获江苏省文学艺术界联合会颁发"江苏省艺术贡献奖"(2014年12月19日)。

◎《中国民间宝卷文献集成·江苏无锡卷》,总主编,北京:商务印书馆2014年10出版,32开精装15册。

2015年　78岁

◎8月24—26日,参加世界历史学会主办,中国历史学会、山东大学承办,"第22届国际历史学研讨会——国际视野下的泰山文化(分会场)"(山东泰安),提交论文《新发现的孤本宝卷"天仙圣母泰山娘娘宝卷"》。

◎9月22日,应邀在陕西师范大学文学院做学术讲演,题目"中国宝卷研究中的几个问题"(陕西西安)。

◎10月5日在北京大学中文系"民间文学前沿问题"学术讲座,题目"什么是宝卷"。

◎台湾大学中文系邀请参加2016年4月"曾永义学术成就与薪传国际学术研讨会"。因故不能参加会议,提交论文《谈曾永义先生的俗文学和戏曲史研究》。

◎《北方民间宝卷研究》(尚丽新执笔,第二作者),北京:商务印书馆出版2015年11月出版。作"序",说明合作情况。

◎发表论文:

(1)《中国宝卷研究的纵深化、多元化和国际化发展 ——中国宝卷国际研讨会暨中国俗文学学会2014年会综述》,(与王定勇合作,署笔名唐碧,第二作者),载《民间文化论坛》,2015年第一期。

(2)《五岳民间传说之研究》序,本书作者丁肇琴教授,2015年2月出版。

2016年　79岁

◎6月2日,应邀在泰山学院讲演(山东泰安),题目"泰山宝卷与泰山民间宗教和民间信仰研究",并应聘为该校兼任教授(2016—2021)。

◎6月8日,应邀参加《中国常州宝卷》首发式暨专家座谈会(江苏常熟),发表演讲题目"吴方言区民间宝卷的宝库"。

◎6月20日,在扬州大学文学院做学术研究体会报告,谈三句话:"天人感应""中庸""学而优则仕";四点体会:"多问多思,实事求是""人弃我取,持之以恒""厚积薄发,勇猛精进""继往开来,自知之明"。

◎6月25—27日,参加"继承与发展——当代中国俗文学学术研讨会"(杭州),做专题讲演"俗文学与俗文学学派"。

◎12月15日参加复旦大学中文系等举办"《赵景深文存》首发式暨赵景深学术成就座谈会";19日、20日为复旦中文系研究生讲课,题目"中国宝卷的历史发展""中国宝卷研究中的几个问题"。

◎《中国民间宝卷文献集成·江苏无锡卷》获江苏省政府2016年11月颁发"江苏省

第十四届哲学社会科学优秀成果奖"二等奖(证书号：140096)

◎《昆曲艺术大典》(王文章总主编)，编委会委员、《文学剧目典》主编，安徽时代传媒股份有限公司暨安徽文艺出版社 2016 年 12 月出版，大 16 开特精装 149 册。应邀参加 12 月 13 日在北京中国艺术研究院举行的首发式。

◎发表论文：

(1)《"泰山天仙圣母灵应宝卷"漫录》，载《民间文化论坛》(北京)，2016 年第 1 期。

(2)《苏州地区一个宣卷家族抄传的宝卷——傅惜华先生旧藏"陆增魁氏藏宝卷"》(与吴瑞卿合作)，载《民间文化论坛》(北京)，2016 年第 4 期。

(3)《什么是宝卷——中国宝卷的历史发展和在"非遗"中的定位》，载《民族艺术》(广西)，2016 年第 2 期。

(4)《中国宝卷研究的纵深化、多元化和国际化发展》，与王定勇合作，第二作者，署名唐碧，《中国宝卷国际讨论会论文集》代序，扬州：广陵书社 2016 年 12 月出版。

2017 年　80 岁

◎4 月 8 日，参加"任中敏诞辰 120 周年学术论坛"(扬州)，提交论文《任中敏先生对"词曲通义"的批注和校订》，收入会议论文集。

◎《谈曾永义先生的俗文学和戏曲史研究》，收入《醉月春风翠谷里——曾永义之学术薪传与研究》(王安祈、李惠绵主编)，台北：万卷楼 2017 年 3 月出版。

附言：感谢诸位年轻朋友贡献佳作出版论文集为本人庆寿。应主编要求，草成此《自述学习、教书和研究活动编年》。虽尽量核查，难免疏误，恳请诸位朋友正误补漏。

车锡伦　2017 年 5 月 12 日修订。

编 后 记

　　2017 年是中国著名俗文学、戏曲和民间文化研究大家车锡伦先生八十大寿,为恭祝车师大吉,诸弟子好友拟编辑《继承与发展——庆祝车锡伦先生欣开九秩论文集》,并由浙江大学出版社协作正式出版。

　　2016 年 6 月 25 日中国俗文学学会、中国傩戏学研究会、扬州大学文学院、浙江传媒学院文学院主办"继承与发展——当代中国俗文学学术研讨会",这是俗文学界的一次盛会,四十余位俗文学、戏曲、民俗文化研究的中青年学者齐聚西子湖畔,就当代中国俗文学研究之"继承与发展"话题进行坦诚交流。俗文学界德高望重的车锡伦先生与会,成为整个会议的核心人物,适值车先生八十高龄(虚龄),就中又多为其弟子,人们亦纷纷表达对车先生的崇敬和爱戴。也是在这次会上,车先生几位弟子好友,一同商议编辑出版纪念文集之事,以丁肇琴、华玮、刘祯、刘水云、尚丽新、王汉民、王定勇(按姓氏首字音序排列)等人组成了编委会。

　　纪念文集体例最终确定后,开始向大陆、港台、海外学者发出征稿启事,次日便有文章陆续寄来。文章收集和初步编辑工作历经两个多月的时间,此间恰逢新春佳节,许多学者利用假期时间不辞辛劳,与编辑反复沟通,调整论文体例,在此对他们对于编辑工作的支持表示衷心的感谢。

　　2017 年 3 月初文章初步审阅完毕,车先生对论文的体例提出了新的建议,于是编辑对收入论文进行进一步完善,将论文的脚注、字体、格式等部分进行进一步修订。其中部分海外和港台学者的文章因语言习惯不同、学术习惯不同等问题需要进一步修订统一,尚丽新副教授承担了这一部分的工作,感谢她的辛勤付出。此期间又陆续收到了新的来稿,截止至 3 月底共收到论文 33 篇。附录收王定勇的《车锡伦先生的俗文学研究之路》和车先生的《车锡伦自述简历、任职和著作》。本文集所收照片由车先生和刘祯提供。

　　纪念文集整个的联络、编辑和整理工作都是由硕士研究生柳青青承担的,谨致感谢!

　　有着太多的话要说,让我们归结为一句:祝车先生安康吉祥!

刘祯

2017 年 4 月 27 日晚于非非想书斋

图书在版编目(CIP)数据

继承与发展:庆祝车锡伦先生欣开九秩论文集/刘
祯,刘水云主编. —杭州:浙江大学出版社,2017.12
ISBN 978-7-308-17556-2

Ⅰ.①继… Ⅱ.①刘…②刘… Ⅲ.①民间文学—中
国—文集 Ⅳ.①I207.7-53

中国版本图书馆 CIP 数据核字(2017)第 258941 号

继承与发展——庆祝车锡伦先生欣开九秩论文集

刘　祯　刘水云　主编

责任编辑	宋旭华　姚逸超	
责任校对	王荣鑫	
封面设计	周　灵	
出版发行	浙江大学出版社	
	(杭州市天目山路 148 号　邮政编码 310007)	
	(网址:http://www.zjupress.com)	
排　　版	浙江时代出版服务有限公司	
印　　刷	虎彩印艺股份有限公司	
开　　本	787mm×1092mm　1/16	
印　　张	21	
彩　　插	2	
字　　数	511 千	
版 印 次	2017 年 12 月第 1 版　2017 年 12 月第 1 次印刷	
书　　号	ISBN 978-7-308-17556-2	
定　　价	120.00 元	

浙江大学出版社发行中心联系方式　(0571)88925591;http://zjdxcbs.tmall.com